Neues Schweizerisches Museum
Zeitschrift für die humanistischen Studien und das Gymnasialwesen in der Schweiz

Vierter Jahrgang

SALZWASSER
VERLAG

Anonym

Neues Schweizerisches Museum Zeitschrift für die humanistischen Studien und das Gymnasialwesen in der Schweiz

Vierter Jahrgang

Unveränderter Nachdruck der Originalausgabe von 1864.

1. Auflage 2022 | ISBN: 978-3-75259-946-6

Verlag: Salzwasser Verlag GmbH, Zeilweg 44, 60439 Frankfurt, Deutschland
Vertretungsberechtigt: E. Roepke, Zeilweg 44, 60439 Frankfurt, Deutschland
Druck: Books on Demand GmbH, In de Tarpen 42, 22848 Norderstedt, Deutschland

Neues

Schweizerisches Museum.

Zeitschrift

für die

humanistischen Studien und das Gymnasialwesen

in der Schweiz,

herausgegeben

von

Dr. W. Vischer,
Professor der Philologie in Basel.

Dr. H. Schweizer-Sidler,
Professor der Philologie in Zürich.

Dr. A. Kießling,
Professor der Philologie in Basel.

Vierter Jahrgang.

Bern 1864.

Inhaltsverzeichniß zum vierten Jahrgang.

Pädagogisches.

Anzeigen.

Die Vorgeschichte der griechischen Prosa.

Ein akademischer Vortrag.

Ungefähr mit dem Anfange der Olympiadenrechnung ist das eigentliche Zeitalter der Sage in Griechenland vorüber, und es beginnt nun mehr und mehr die Arbeit der Geschichte, d. h. des allmählich immer bewußter werdenden Hinstrebens nach großen Zwecken und Zielen auf allen Gebieten geistigen und geistig-materiellen Lebens. Freilich bedeutende Vorspuren dieser letzteren Entwicklung zeigen sich schon viel früher unsrem Blicke, und umgekehrt, die Triebkraft der Sage ist auch jetzt noch lange nicht erloschen, und viel fehlt daran, daß die nächstfolgenden Zeiten vor uns lägen in voller historischer Helle und Klarheit. Schon war wohl in den meisten Staaten die alte patriarchale Monarchie erlegen, und in Sparta namentlich tritt uns schon ein volles Jahrhundert früher die lykurgische Verfassung als ein merkwürdiges Denkmal alterthümlicher, großartig-einfacher Staatsweisheit entgegen, in welcher vielleicht zum ersten Male in der Weltgeschichte die volle Idee des Staates aus der Form des bloßen Familien- und Stammverbandes heraustritt und welche eben damit allem Aufkommen des Despotismus für immer ein Ziel setzt und den sichern Grund einer freiheitlichen Ordnung legt,[1]) deren weiterer Ausbau denn freilich in der Folge noch manche harte Kämpfe gekostet hat. Noch weit früher aber war jener Umschwung auf dem religiösen Gebiete vor sich gegangen, welcher den alten Naturdienst in eine Verehrung sittlicher Mächte umwandelte, ohne jedoch die Naturbeschränkung dieser menschenähnlich gedachten und allen Mängeln und Schwächen des sinnlich-natürlichen Menschen ihren reichlichen Tribut zollenden Götterwesen zu vertilgen. Und dieser Umschwung selbst hat seinen Grund eben darin, daß schon Jahrhunderte lang die Reflexion sich des sittlichen Gebietes bemächtigt, aber darum doch alle Rohheit und Barbarei auf demselben auch jetzt noch lange nicht überwunden hat.[2]) Dieser Zustand der Dinge tritt uns auf das Klarste schon in den ältesten Urkunden griechischer Poesie entgegen, und was den letztgenannten Punkt betrifft, so mag hier vor Allem an jenen Reichthum körniger Sinnsprüche in eben diesen homerischen Dichtungen und zugleich daran erinnert sein, daß ja solcherlei Sprüche ein Lieblingserzeugniß einer solchen ethischen Reflexion oder, wie man sie wohl zu nennen pflegt, praktischen Lebensweisheit zu allen Zeiten und bei allen Völkern gewesen sind. Schon war endlich der älteste Standpunkt epischen Sanges, das kurze balladenartige Heldenlied, längst überschritten, mit und ohne Benutzung solcher älterer Heldenlieder waren umfänglichere epische Gruppen und zusammenhängende Liederreihen entstanden,[3]) und mit bewußter und berechneter Kunst waren endlich auf Grund aller dieser Vorstufen zwei große einheitliche Epopöen componirt worden, die Ilias und die Odyssee. Denn so deutlich sie auch einem Jeden, dem nicht, ohne daß er es vielleicht selber merkt, Gründe von nicht rein wissenschaftlicher Art das Auge verblenden, in ihren vielen Unebenheiten, Widersprüchen und künstlichen Verkittungen die Spuren eines solchen Ursprunges an den Tag legen, so fehlt ihnen doch im Großen und Ganzen eine wahrhaft poetische Einheit nicht, und dies rechtfertigt den Schluß, daß sie ihrer Hauptmasse nach auch als Ganze schließlich aus den Händen je eines einzigen Dichters und zwar bereits aus einer Zeit hervorgingen, in welcher die Vollkraft epischen Sanges noch in der alten Weise, aber in bewußterer Kunstentfaltung fortblühte, und die, wenn nicht mit dem Anfang der Olympiadenrechnung, so doch bald nach demselben ihr Ende erreichte. Und diese bewußte Kunst ist um so höher anzuschlagen, je weniger es noch allem Anscheine nach eine Gelegenheit gab, diese großen Gebilde nun auch als Ganze zum Genusse zu bringen. Der epische Heldensang hat über den Genuß seiner Zuhörer hinaus sein Ziel in seiner eigenen inneren Vollendung gefunden.[3b]) Aber wie die Heldensage, die ihm die Nahrung giebt, so treibt der Heldensang, welcher ihr den schöpferisch-freien Ausdruck leiht, sie aus- und umgestaltet und so auch umgekehrt wiederum sie bereichert, mehret und nährt, auch in der Folge noch neue Blüthen und Früchte. Haben die Epen von den Sieben vor Theben oder des Amphiaraos Ausfahrt und von den Epigonen, die Dichtungen des Arktinos und Lesches von den späteren, das kyprische Lied des Stasinos von den früheren Begebenheiten des troischen Krieges, die Abenteuer von den anderen heimfahrenden Griechenhelden außer dem Odysseus, ohne Zweifel, obwohl weit freiere Schöpfungen, dennoch an wahrhaft künstlerischer Einheit der Ilias und der Odyssee nachgestanden,[4]) so fehlte ihnen doch allem Anschein nach keineswegs große poetische Schönheit und Kraft. Und so dauert die Pflege des ächten Heldenepos fort durch das ganze achte und einen großen Theil des siebenten Jahrhunderts, ja einzelne nicht unbedeutende Nachzügler, wie Panyasis, Herodots Verwandter und Zeitgenosse, und Eugammon, der Sänger der Telegonie oder der Mähre vom Tode des Odysseus, begegnen uns auch noch später.

Aber doch ist der Geist, der uns aus dem Wenigen, was wir von diesen Gedichten wissen, entgegenklingt, ein so unzweifelhaft anderer, als wie er aus Ilias und Odyssee uns anweht, und selbst das Ganze der Ilias und Odyssee ist bereits, so scheint es, von einer gewissen einheitlich=sittlichen Grundidee, von einem Wehen und Weben poetischer Gerechtigkeit durchzogen, mit welchem doch viele der einzelnen Abschnitte, der älteren Grundbestandtheile in einem entschiedenen Widerspruche stehen.[5]) Und wiederum ist in diesem Betracht ein sichtlicher Fortschritt von der Ilias zur Odyssee. In einzelnen Versen ferner klingt schon hier die wehmüthige Empfindung dessen hindurch, daß die Zeiten wirklich andere geworden und daß mit ihnen auch die Menschen sich geändert haben, daß jenes edle und gewaltige Geschlecht, von dem Sage und Sang uns melden, nicht mehr existirt,[6]) daß man also wirklich bereits nicht mehr unmittelbar sich eins fühlt mit den Zeiten der Sage, vielmehr herausgetreten ist aus ihnen in die Arbeit der Geschichte; das Allgemeinmenschliche, Bleibende in den Thaten und Geschicken jener sagenberühmten Helden wird daher mit immer steigendem Bewußtsein als der eigentliche Gegenstand des Interesses herausgehoben. Am merkwürdigsten[7]) ist in dieser Rücksicht jenes Epos des Stasinos, in welchem er die Anfänge des trojanischen Krieges besang. Da ist dieser Krieg nicht mehr bloß ein Kampf zwischen Griechen und Trojanern, sondern ein Kampf, der seine ganz besondere Bedeutung hat für die Geschicke der Welt und der Menschheit überhaupt. Die Erde selber war es, die ihn erregte, indem sie den Zeus bat, ihr die allzuschwere Last, die sie tragen sollte, die Last des allzu zahlreich, gewaltig und übermüthig gewordenen Menschengeschlechts zu erleichtern. Zu diesem Zwecke hat denn Zeus die Helena gezeugt, das verführerische und ränkevolle Weib, und nicht Leda, sondern Nemesis ist ihre Mutter. Zu eben diesem Zwecke hat er aber auch den Achilleus ausgesandt, den gewaltigen Helden, und ihn dazu bestimmt, das Menschengeschlecht ebenso durch Manneskraft zu verheeren, wie Helena durch Weiberschönheit. Und weil trotzdem der Krieg, wie er bis zum zehnten Jahre geführt worden, noch immer nicht Menschen genug hinweggerafft, hat Zeus endlich jenen verderblichen Zwist zwischen Achilleus und Agamemnon erregt, mit welchem Stasinos sein Gedicht schloß, weil mit ihm die Ilias begann. Bei dem Allen aber hat Zeus nicht nach Laune und Willkühr gehandelt, wie so vielfach noch in der Ilias, sondern nach den Anforderungen strenger Gerechtigkeit: mit der Themis ist er zuvor zu Rathe gegangen über den ganzen Krieg. Bemerkenswerth ist auch die neue Figur des Palamedes und sein Gegensatz gegen den Odysseus, der Gegensatz der edleren Klugheit und Erfindsamkeit gegen die niedrigere List und Verschlagenheit. — Mit ungleich geringerer Tiefe der Auffassung als Stasinos scheint der muthmaßlich[8]) spätere und bereits dem siebenten Jahrhundert[9]) angehörende Lesches seinen Stoff durchdrungen zu haben. Er war vielmehr, so scheint es, ein Lobredner der Weltklugheit und Lebensgewandtheit. Darum war Odysseus sein Hauptheld im Gegensatz gegen die rohe Kraft und den wilden Jähzorn des Aias und das grausame Wüthen des Neoptolemos oder die sinnliche Schwäche des Menelaos, dessen Zorn der schöne Busen seines treulosen Weibes entwaffnet.[10])

Lange vorher war nun aber neben dem erzählenden Epos auch schon ein anderes in Aufschwung gekommen, welches, wie man wenigstens bis zu einem gewissen Grade behaupten darf, unmittelbar von lehrhafter Art ist. Uns liegen die Reste desselben in den sogenannten Werken und Tagen des Hesiodos vor, die aber,[11]) wie eine kritische Zergliederung gelehrt hat, so wenig die Schöpfung eines einzigen Dichters sind, daß vielmehr nicht weniger als drei oder vier ganze Jahrhunderte, das zehnte oder neunte bis zum siebenten oder gar sechsten hin, zu ihnen ihre Beiträge geliefert haben. Der älteste Kern des Ganzen ist eine kurze Anweisung zum Feldbau, und neben ihr stecken in demselben vielleicht noch Trümmer eines anderen ursprünglich selbständigen Gedichtes des Hesiodos, in welchem dieser seinen Bruder Perses, der ihn durch den Spruch bestochener Richter um sein Hab und Gut zu betrügen gedachte, und mit ihm diese Richter selbst, das aristokratische Regiment seiner Vaterstadt, zur redlichen Arbeit und zur Gerechtigkeit mahnt. Denn die Gerechtigkeit, spricht er, ist die liebste Tochter des Zeus, und wo sie geehrt wird, da allein ist Wohlstand und Gedeihen, Segen an Kindern, an Vieh und an Feldfrucht.[12]) Man sieht, es ist das eine Poesie nicht für die edlen Geschlechter, deren sagenberühmte Vorfahren der Heldengesang feiert; nicht der Ruhm und die Thaten des Krieges gelten ihr gleichwie den letzteren für das Höchste, sondern vielmehr die friedliche Thätigkeit des Landmanns, und der Krieg im Gegentheil als ein Fluch für die Menschheit.[13]) Nicht in der Vergangenheit drum, sondern lediglich in dem täglichen Leben der Gegenwart schlägt diese Poesie der Gemeinfreien ihre Wurzel. Aber sie zweifelt darum doch die Rechte der Edlen auf die alleinige Herrschaft noch keineswegs an, sie hat wohl einmal über den Druck und die Ungerechtigkeit derselben zu klagen, allein sie denkt nicht an Selbsthilfe und weiß keinen andern Rath, als das Recht vom Himmel herabzurufen, wenn es auf Erden nicht mehr zu finden ist.[14]) Aber so einfach und unentwickelt, so naiv, eudämonistisch und kindlich überhaupt die sittliche Reflexion hier noch ist, immer zeigt es einen Fortschritt gegen das homerische Epos, im sittlichen wie im religiösen Bewußtsein, daß hier der Name des Zeus eben mit dem der Gerechtigkeit so enge verknüpft wird,[15]) wie uns innerhalb des Heldenepos ein annähernd Aehnliches zwar schon in vielen Versen der Ilias und Odyssee,[16]) ein wirklich Gleiches aber erst so viel später entgegentritt, wenn auch Stasinos wohl nicht der Erste war, der innerhalb seiner den gleichen Ton anschlug. Und so viel einzelne Sinnsprüche sich in den homerischen Gedichten auch finden mögen, immer war es ein Fortschritt auf dem Boden der ethischen Reflexion, daß sie sich hier zum fortlaufenden Spruchgedicht an einander reihen und auch zum ersten Male eine Fabel, bekanntlich gleichfalls eine Lieblingsform zum Ausdruck einer solchen Reflexion bei den verschiedensten Völkern, in sich schließen.[18]) Eben jener sentenziöse Charakter des Gedichts ist aber freilich auch der Grund gewesen, daß sich eine Unmasse loser, ihm ursprünglich völlig fremdartiger Sprüche im Laufe der Zeit an dasselbe angesetzt hat. Aber das war nicht der einzige Zusatz, den dieses Gedicht oder vielmehr diese beiden Gedichte des Hesiodos erfuhren. Während die Lebensanschauung der letzteren noch eine durchaus heitere und mit der Gegenwart wohl zufriedene ist, kam schon im achten Jahrhundert ein Stück hinzu, welches einen ähnlichen Geist düsterer Schwermuth athmet wie die Dichtung des Stasinos, und welches zum ersten Male im schrillsten Mißlaute jene in der Ilias nur hie und da leise hindurchtönenden Klagen über das verlorene Paradies erschallen läßt. Mag dieser Mythos von Prometheus und Pandora[17]) in andrer Form uralt sein, mag er in dieser letzteren aus einer Zeit stammen, in welcher die Griechen sich noch nicht als ein selbständiges Glied aus der großen arischen Völkerfamilie herausentwickelt hatten, mag er ursprünglich einen ganz anderen Sinn gehabt haben als der ist, den ich ihm hier für die Entwicklungsgeschichte der griechischen Geistes leihe; immer berechtigt sein erneutes Hervortreten gerade in dieser Uebergangszeit und in der Form, in welcher er hier hervortritt, dazu ihm diese Bedeutung zu leihen. So ist denn also zur Strafe für einen Trug, den Prometheus, der Repräsentant des Menschengeschlechts, gegen den Zeus geübt, zur Strafe also der menschlichen Gottlosigkeit die Welt voller Uebel, voller Mühe und Arbeit geworden und vor Allem das erste Weib, Pandora, geschaffen, in dessen Gefolge alle jene Uebel eingezogen sind. Gewiß eine höchst ähnliche Idee wie die, welche Stasinos in seiner Helena verkörpert hat! Eine weit spätere Redaction hat ferner dieser Episode eine andere, ursprünglich selbständige Dichtung, die auch schon als solche wahrscheinlich erst im siebenten Jahrhundert entstanden war, von verwandtem Inhalt angereiht, die Dichtung von den fünf oder sechs aufeinanderfolgenden Zeit- oder Weltaltern, dem goldenen, silbernen, ehernen, heroischen, eisernen, die, wenn schon nicht in gerader, sondern so zu sagen in spiralförmig gewundener Linie, immer mehr und mehr an Güte und Tugend, an Vollkommenheit aller Art abnehmen.[19]) In dieser Dichtung waltet ein noch viel düstererer Geist, denn dieser Gang der Dinge ist hier nicht eine Folge menschlichen Verschuldens, sondern eines ewigen und unbegreiflichen Schicksalverhängnisses. Es ist dort ein Geist, dessen Weben und Wehen wir bald auch in anderen Erscheinungen jener Zeit wahrnehmen werden. Dann erst wird uns auch klar werden, daß auch der abergläubische Kalender, welcher jetzt den Schluß der Werke und Tage bildet,[20]) und von welchem dieselben die zweite Hälfte ihres Namens tragen, nebst den abergläubischen losen Sprüchen, die ihm voraufgehen,[21]) demselben Geiste entstammt und wohl einer noch etwas späteren Zeit den Ursprung verdankt.

Jetzt zuvörderst müssen wir erst auf ein anderes Gedicht unsere Blicke richten, welches gleichfalls schon im Alterthum, aber keineswegs ebenso unbestritten für ein Werk des Hesiodos galt, nämlich die Theogonie. Aber sie hat sich erst recht einer kritischen Zergliederung als eine Mosaikarbeit aus einer Masse ursprünglich selbständiger älterer Gedichte und Gedichttrümmer erwiesen, und sie stammt in dieser Gestalt schwerlich aus einer früheren Zeit als der zweiten Hälfte des siebenten Jahrhunderts. Aber auch von keinem der einzelnen Stücke scheint Hesiodos der Verfasser, selbst von dem Hymnos auf die helikonischen Musen nicht, welchen der Sammler des Ganzen durch bedeutende eigene Zuthaten zum Proömion dieser Theogonie umgeschaffen hat, und welcher allerdings sich selber als das Werk des Hesiodos bezeichnet. Aber Hesiodos erscheint hier als Hirte, in den ächten Theilen der Werke und Tage dagegen als Ackerbauer, und auch sonst stimmt kein anderes Stück der Theogonie zu jenem Geiste einfacher, allen mythologischen Speculationen fernstehender Bauernweisheit, wie ihn der älteste Kern jenes andern Gedichtes offenbart. Aber die weitere Entwicklung jener Richtung epischer Poesie, welche sich an den Hesiodos anschloß,[22]) hat ebenso gut wie die weitere Entwicklung der homerischen Sängerschulen[23]) allerlei Neben- und Abarten des erzählenden Epos theils erzeugt, theils gepflegt, von welchen uns etwas Zusammenhängendes eben nur in den Grundbestandtheilen der Theogonie übriggeblieben ist, und an welche dann endlich auch die Theogonie als Ganzes und als das erste Beispiel ihrer Art in konsequenter Fortentwicklung sich anreiht. Es sind dies fürs Erste solche Epen, in denen nicht die Heroensage, sondern der Göttermythos behandelt wird. Sage und Mythos sind nämlich meines Erachtens, so vielfach sie auch in einander übergehen und sich miteinander verschwistern, von Hause aus grundverschieden an Ursprung wie an Bedeutung: jene ist, um es kurz zu bezeichnen, die Keimform der Geschichte, dieser dagegen die der Speculation. Beide aber berühren sich darin, daß ein gewisser genealogischer Charakter von der einen ebenso unzertrennlich wie von dem andern ist. Schon in den homerischen Gedichten läßt sich ja ein ziemlich vollständiges theogonisches System nachweisen,[24]) und noch mehr, es läßt sich Manches dafür sagen, daß dies homerische System noch keineswegs das ursprünglichste und älteste der griechischen Mythologie ist.[25]) Aber erst mit dem Absterben der vollen Triebkraft der Heldensage und des naturwüchsigen erzählenden Epos überhaupt konnte ein so rein stoffmäßiges Interesse in das letztere eindringen, daß aus demselben als die zweite jener Nebenarten ein eigentlich genealogisches Epos entstehen konnte. Das ächte Epos hat nicht die Absicht, den überkommenen Sagenstoff unverkürzt der Nachwelt zu überliefern, das überläßt er der noch lebenskräftigen Sage selber. Sein Interesse ist vielmehr auf die künstlerische Form gerichtet, deren Haupterforderniß eine wahrhaft innere und wohl übersehbare Einheit der Handlung ebenso sehr, wie ein anschauliches Eingehen ins Einzelne ist. Ebendarum greift es jedesmal immer nur einen Theil aus irgend einem Sagenkreise heraus, weil diese beiden Eigenschaften zugleich eben um ihres Gegensatzes willen nur durch solche maßvolle Beschränkung erreichbar sind, und es scheut sich dabei eben auch nicht durch eigene Erfindungen, wenngleich im Ganzen mit Schonung, an dem Ueberkommenen zu neuern. Die genealogische Afterpoesie dagegen, und was ihr nahe kommt, verfolgt wirklich bereits historische Zwecke, und deßhalb häuft sie denn auch nach irgend einem äußeren Schema oder reiht an dem losen Faden bloß chronologischer oder biographischer[26]) Verbindung eine möglichst große Masse von Sagen an einander in mehr oder weniger dürrer, kataloghafter Aufzählung. Außer der pseudohesiodischen Theogonie, diesem ältesten Handbuche der Göttergenealogie, besaß nun das Alterthum zunächst zwei andere, gleichfalls dem Hesiodos zugeschriebene Gedichte über die Genealogie der Heroen, den Weiberkatalog und die Eöen, und nur diese wollen wir hier besonders herausheben aus der großen Zahl ähnlicher Dichtungen. Beide enthielten ein Verzeichniß der sterblichen Weiber, welche mit Göttern unsterbliche Heldenkinder gezeugt; und wenn auch beide wohl sicher erst nach dem Beginn der Olympiaden entstanden, so mag doch allerdings diese ganze genealogische Richtung vorwiegend denjenigen Dichterkreisen angehören, welche an den Hesiodos sich anschlossen und mehr dessen minder idealem und poetischem Fluge folgten, als dem hohen Schwunge der homerischen Dichtung. Beide Gedichte wurden dann später dergestalt miteinander verbunden, daß die Eöen ein Anhängsel des Weiberkatalogs bildeten,[27]) und nicht minder ist die Theogonie selber mit einem Anhang versehen, welcher umgekehrt von den Göttinnen handelt, die von sterblichen Männern Kinder empfingen,[28]) und sie schließt dann mit zwei Versen, durch welche der Weiberkatalog als ihre weitere Fortsetzung an sie angeknüpft wird.[29]) Und so ist denn hier jene historische Verbindung zwischen Mythos und Sage, zwischen der Götter- und der ältesten Menschengeschichte bereits ausdrücklich vollzogen, in welcher sich die letztere für ein bereits immer stärker zum historischen Bewußtsein übergehendes, aber doch noch immer in mythischer Anschauung befangenes Zeitalter chronologisch an die erstere anreihen mußte. Insofern liegt denn allerdings auch im Mythos, in der Göttergenealogie oder Theogonie eine Quelle der Geschichtschreibung, und so hören wir denn auch, daß einer der ältesten Geschichtschreiber der Griechen, wenn man ihn überhaupt bereits so nennen darf, Akusilaos von Argos, nur noch einen Schritt weiter ging, indem er im Anschluß au diese Gedichte in Prosa eine Geschichte der Welt vom Chaos bis zum trojanischen Kriege schrieb.[30]) Noch einer dritten Nebenart des erzählenden Epos müssen wir hier endlich gedenken, obwohl sie nur durch ein einziges Beispiel vertreten ist. Es ist dies jenes märchenhafte Gedicht des Prokonnesiers Aristeas vermuthlich aus dem Anfange des siebenten Jahrhunderts[31]) von den einäugigen Arimaspen, den glückseligen Hyperboreern, den goldhütenden Greifen und anderen Wundern des fernen Nordens. Der Dichter, welcher freilich bald selber zu einer märchenhaften Gestalt ward,[32]) gehörte unzweifelhaft der homerischen Schule an,[33]) und schon in der Odyssee finden sich ja in der That eine Reihe ähnlicher märchenhafter Züge, und je mehr eine entfernte Kunde von fremden Ländern mit ihren ungewöhnlichen und daher wunderbar erscheinenden Eigenthümlichkeiten eindrang, desto leichter erklärt sich der fernere Schritt auf dieser Bahn, ein ganzes Epos lediglich aus solchen Zügen zusammenzusetzen. Immer aber bleibt dieser weitere Schritt ein bemerkenswerthes Zeichen für das Gefühl, daß in der Heimath die Zeit der Wunder und der Sage vorüber sei, eine bemerkenswerthe Vorstufe nicht minder für Länder- und Völkerkunde, gleich sehr wie es die eigentliche Sage für die Geschichte ist, und damit indirect zugleich eine neue Vorstufe für die Geschichtschreibung selber.

Wir sind nun mit unseren Betrachtungen überhaupt bereits bis hart an die Schwelle der letzteren getreten. Nicht gilt ein Gleiches aber auch schon von der Philosophie und der wissenschaftlichen Literatur aller Art, und auch für die Entstehung der Geschichtschreibung haben doch noch mancherlei andere vermittelnde Einflüsse gewirkt. Ich rechne dazu die Entstehung und Fortentwicklung der Lyrik seit der Mitte des achten und des Dramas seit den Anfängen des sechsten Jahrhunderts, den Fortschritt in der ethischen und politischen Reflexion, der sich in und außer dieser Lyrik kund giebt; ich rechne dahin endlich jenes erste große bibliothekarische Unternehmen des Peisistratos, welches, wie es scheint,[34]) fast die gesammten epischen Dichter der Nation in abschließenden Gesammtredactionen vereinigte und so gewissermaßen den vollen Abschluß des epischen Zeitalters constatirte, so daß nunmehr in den leergewordenen Platz des Epos die Geschichtschreibung eintreten konnte.

Die beiden ächten, in den Werken und Tagen steckenden Spruchgedichte des Hesiodos können wohl als die unmittelbarste Vorstufe der griechischen Lyrik gelten, denn wäre nicht der Unterschied der Strophe und des Metrums, ihrem sonstigen ästhetischen Charakter nach möchte man viele von den Erzeugnissen der älteren Lyrik schwerlich scharf von ihnen zu unterscheiden im Stande sein, und obendrein ist die in jener so beliebte Form des elegischen Distichons, ja durch eine nur geringe metrische Modification des Hexameters ins Leben gerufen.

Das siebente und sechste Jahrhundert sind überhaupt in Griechenland recht eigentlich als das Zeitalter der practischen Lebensweisheit zu bezeichnen. Dieselbe hat nicht bloß ihren literarischen Ausdruck in dem sentenziösen Charakter der Lyrik dieser Zeiten gefunden, sondern es ist bezeichnend, daß auch Aesopos, der angebliche Erfinder der Fabel, in diesen Zeitraum verlegt wird.[35]) Aesopos ist freilich wahrscheinlich keine geschichtliche Person,[36]) sondern nur die sagenhafte Personification der äsopischen Fabeln.[37]) Es ist hier ferner nicht der Ort, von dem griechischen oder nichtgriechischen Ursprunge der Fabel zu reden.[38]) Fabeln kannte man endlich in Griechenland, selbst wenn jene in den Werken und Tagen nicht bereits zu dem ältesten Grundstock dieses Gedichtes gehören sollte, auch schon früher. Denn die jambischen Dichter Archilochos und Simonides von Amorgos in der zweiten Hälfte des achten und im Anfange des siebenten Jahrhunderts machten bereits von ihnen einen keineswegs spärlichen Gebrauch.[39]) Eine eigene Fabelliteratur entwickelte sich aber auch jetzt noch nicht,[40]) weder in Versen noch in Prosa, sondern einzelne Dichter fuhren auch ferner fort, nach dem Muster des Hesiodos, Gedichten von ganz anderer Art, hie und da auch einmal eine Fabel einzuflechten.[41]) Die eigentliche Fabelpoesie gehört erst dem alexandrinischen Zeitalter, dem Kallimachos und zumal Babrios an. Aber in größerer Masse kam das Erzählen von Fabeln, das Aufgeben und Versifiziren von Räthseln[42]) und andere Spiele des Scharfsinns wohl in der That in jenem sogenannten Zeitalter der sieben Weisen auf. In dieser Bezeichnung desselben haben die Alten selbst seinen Geist verkörpert, wenn auch die geschlossene Siebenzahl und die wechselseitige Verbindung jener Männer und die bestimmten Sinnsprüche, welche einem jeden von ihnen zugeschrieben wurden, wiederum lediglich der Sage angehören und demgemäß denn auch die Namen jener Sieben vielfach verschieden gezählt wurden, dergestalt, daß nur vier von ihnen, Thales, Solon, Bias und Pittakos in allen Aufzählungen wiederkehrten.[43]) Im Uebrigen aber führen schon diese vier Namen nebst einem fünften, nämlich dem des Cheilon, uns hinlänglich darauf hin, daß wir uns unter allen jenen sogenannten Weisen recht eigentlich die Männer frischer und heiterer, körniger und kerniger Lebensweisheit zu denken haben, staatskluge und welterfahrene Köpfe meist von großer Reinheit des Charakters, die in jener politisch bewegten Zeit und namentlich auch in den inneren Kämpfen, welche durch das mehr und mehr sich steigernde politische Bewußtsein und die mit ihm wachsenden politischen Ansprüche der Gemeinfreien hervorgerufen wurden, meist eine höchst segensreiche Rolle spielten. Auch die griechische Lyrik zählt unter ihnen ihre Vertreter, und in dieser wie fast in jeder andern Hinsicht ist es Solon, der unter ihnen besonders hervorragt.

In wiefern nun aber diese Erweiterung und Vertiefung des Nachdenkens über sittliche Verhältnisse auch auf das religiöse Bewußtsein veredelnd oder aber umgekehrt nachtheilig einwirkte, darüber läßt sich aus den dürftigen Trümmern dieser älteren Lyrik, die auf uns gekommen sind, nur sehr wenig entnehmen. Dieselbe Anforderung indessen, welche Hesiodos an die göttliche Gerechtigkeit stellt, daß sie es den Guten wohl und den Schlechten übel ergehen lasse, stellt gleichfalls noch das sechste Jahrhundert. Aber während Hesiodos dabei des frommen Glaubens lebt, daß es auch wirklich in der Welt so zugehe,[44]) hat jene reichere Lebensbeobachtung inzwischen ein Anderes gelehrt, und Theognis spricht[45]) unehrerbietig genug dem Zeus seine Verwunderung darüber aus, daß derselbe vielfach doch so ganz entgegengesetzt verfahre Weiser aber verhält sich auch zu dieser Frage der ungleich tiefere Geist des Solon. Er weiß den Anforderungen eines fortgeschrittneren sittlichen und eines fortgeschrittneren religiösen Bewußtseins zugleich gerecht zu werden, indem er die Vermenschlichung des griechischen Götterthums auf das Entschiedenste mildernd sich dahin erklärt, „Zeus überwache wohl Alles, und Nichts sei ihm verborgen, aber nicht über Einzelnes gerathe er in Zorn wie ein Sterblicher, sondern wenn der Frevel sich gehäuft habe, breche die Strafe herein wie der Sturmwind, der das Gewölk vom Himmel fegt, und so erreiche Jeden, bald früher, bald später, die Vergeltung."[46])

Allein so lehrreich diese Stellen des Solon und Theognis zu dem angegebenen Zwecke auch für uns sind, auf alle Fälle geben die Bruchstücke der älteren Lyrik uns nur eine sehr schwache Kunde von dem merkwürdigen sittlichen und religiösen Umschwunge, welcher sich vom achten bis zum sechsten Jahrhundert in Griechenland vollzog. Andere Quellen sind es, aus denen wir die Gewißheit schöpfen, daß neben der eben bezeichneten geistigen Strömung noch eine ganz andere, in vielem Betracht ganz entgegengesetzte in jenen Zeiten einherging, die wir kurz als die mystische bezeichnen dürfen, daß sich ein ängstliches und gedrücktes Wesen, eine düstere und trauernde Anschauung des ganzen Lebens damals sehr vieler Gemüther bemächtigte. In verschiedenen, später den hesiodischen Werken und Tagen hinzugefügten Theilen und in dem Epos des Stasinos sind uns die Spuren dieser Denkart bereits entgegengetreten. Die älteste derselben bietet sich uns in jener Episode von Prometheus und Pandora in dem ersteren Gedicht dar, und in etwas veränderter Fassung ist derselbe Mythos in einem anderen Gedichte behandelt, welches der hesiodischen Theogonie[47]) eingefügt ist. In der einen wie in der andern Form wird dieser Mythos zu der griechischen Geschichte vom Sündenfall, und ein vollerer Begriff der Sünde tritt erst mit ihm in die griechische Welt ein. Das Erforderniß leiblicher Reinigung, wenn man sich in Gebet und Opfer den Göttern nähern will, ist allerdings schon eine in den homerischen Gedichten gangbare Vorstellung. Aber daß gewisse Handlungen, die er begangen, den Menschen äußerlich und innerlich beflecken, und daß zu ihnen sittliche Uebelthaten, insonderheit Mord und Todtschlag gehören, und daß es ihnen gegenüber nicht bloß der gewöhnlichen Reinigungs-, sondern ganz besonderer Sühnungsceremonien bedarf, diese Vorstellung und mit ihr die Einführung der Sühnopfer und Sühnungsgebräuche aller Art gehört, wie es scheint,[48]) erst den nachfolgenden Zeiten an. In den homerischen Gedichten ist die Bestrafung des Mordes und Todtschlages noch reiner Gegenstand der Privatrache und kann der Familie des Getödteten durch ein Bußgeld abgekauft werden; in den Zeiten, von denen wir hier reden, wird sie der bürgerlichen Rechtspflege übertragen, aber auch der fahrlässige Todtschläger bedarf jetzt der Sühnung, damit der Fluch der Götter von ihm genommen werde.[49]) Und dabei bedenke man nun, welche Blutthaten und Greuel aller Art jene heftigen inneren Parteifehden mit sich brachten, von denen diese Jahrhunderte erfüllt sind, wie selbst die Tempel und Altäre durch sie entweiht wurden. Man bedenke den furchtbaren Druck, den der grundbesitzende Adel im alleinigen Besitz auch der Rechtspflege auf die verschuldeten Hintersassen ausübte, und die rohe Wuth und Grausamkeit des Demos, wenn er endlich mit Gewalt sich gegen seine Dränger erhob, die nun ihrerseits erst recht keine Grenzen kannte! Man bedenke überhaupt jenes Jahrhundertelange und scheinbar fruchtlos sich abarbeitende Ringen der griechischen Völker nach festen und befriedigenden Gestaltungen staatlichen Daseins! Da konnte denn wohl die Vorstellung aufkommen und vielfachen Anklang finden, daß es immer schlechter in der Welt werde, sei es durch eignes Verschulden der Menschen, sei es gar durch ein unverschuldetes dunkles und grauenhaftes Verhängniß. Und je unbegreiflicher dem Menschen dieses letztere, diese allgemeine Ordnung der Dinge ist, je mehr er ihr gegenüber seine Ohnmacht fühlt, in desto fabelhafterem und abergläubischerem Lichte malt er sie sich ins Einzelne aus und sucht durch ängstliche Vermeidung gewisser, rein äußerlicher Dinge ihr dennoch zu entrinnen. Da giebt es denn Glücks- und Unglückstage, welche fest bestimmt sind im Laufe eines jeglichen Jahres und in dieser Bestimmtheit auch der Kunde des in solcherlei Dingen erfahrenen Menschen sich nicht verbergen. Da finden die Wahrsager und Zeichendeuter mit ihrer Wissenschaft vollauf zu thun. Da werden Gedichte von solcher mantischen und magischen Art unter dem Namen des Hesiodos geschmiedet.[50]) Außer jenem Verzeichniß der Glücks- und Unglückstage hing sich z. B. vor Alters, wie schon die Schlußverse lehren, noch eine andere Dichtung von ähnlichem Schlage, die Ornithomantik oder Lehre von der Weissagung aus dem Vogelflug an das alte Ackergedicht an.[51]) Da fanden vor Allem einzelne Männer, wie Epimenides von Kreta und Pherekydes von Syros,[52]) die in dem Geruche besonderer Heiligkeit, in dem Rufe besonderer Begnadigung durch die Götter und besonderer Kenntniß des Sühnungsrituals standen, und die selber im Geiste ihrer Zeit diesen allgemeinen Glauben an sich theilten, den Boden, aus dem sie hervorwuchsen und auf dem sie vielfach eine wahrhaft segensvolle Thätigkeit entwickeln konnten. Denn so grundverschieden auch das Gepräge dieser geistlichen Männer von dem jener welt- und staatsklugen Köpfe ist, welche neben ihnen die Zeit beherrschten, so vertrug sich doch auch die Richtung der ersteren eben um ihres nicht erlogenen, sondern wahrhaften Propheten-

und Sühnpriesterthums willen sehr wohl mit der gesundesten sittlich-politischen Weisheit. Und so finden wir denn nicht bloß den Epimenides selber hie und da mit zu den sieben Weisen gezählt,[53]) sondern wir erblicken ihn auch im engsten Verbande mit den politischen Reformen, welche Solon in Athen und Asteropos und Cheilon in Sparta [54]) durchführten. Wir sind freilich so gut wie gar nicht über die Unruhen unterrichtet, welche in letzterem Staate zu der Uebertragung der Ephorenwahl von den Königen auf die Volksgemeinde führten, und nicht bloß somit die Folge hatten, daß die Ephoren aus königlichen Beamten zu selbständigen Lenkern des Staates neben den Königen wurden, sondern bald auch die, daß sich ihre Gewalt weit über die königliche erhob. Wir wissen auch nicht mit Bestimmtheit, welcher Antheil dem Cheilon an diesem Werke gebührt, doch scheint es, daß seine politische Thätigkeit erst nach der Anwesenheit des Epimenides in Sparta ihren Anfang nahm, und daß er mithin jene Reformen nicht begann, sondern nur vollendete. Aber das ist ein sicheres Ergebniß neuerer Forschung, daß Epimenides es war, welcher denselben die religiöse Weihe und Sanction gab, und noch sicherer wissen wir, daß seine Reinigung Athens von dem Fluche, der seit dem Frevel der Alkmäoniden auf dieser Stadt lastete und sie mit schrecklichen Seuchen verheerte. und die Beruhigung, welche er durch dieselbe den bedrückten Gemüthern ihrer Einwohner gewährte, im vollen Einverständnisse mit Solon geschah und unerläßlich der Gesetzgebung des letzteren vorausgehen und derselben erst den Weg bahnen mußte. Und gerade auf den Epimenides, scheint es,[55]) sind jene Altäre zurückzuführen, welche in Athen wie in Sparta den Personificationen abstracter physischer und sittlicher Begriffe, Regungen und Vorkommenheiten, der Furcht, der Scham, dem Mitleiden, dem Lachen, dem Tode, dem Gerücht, dem ungestümen Antrieb geweiht waren.

Eine solche Zeit fühlte sich nun natürlich auch mit ganz besonderer Liebe von den gewöhnlichen öffentlichen Gottesdiensten hinweg zu den geheimen und mysteriösen hingezogen, in denen die Reste der ursprünglichen Naturreligion sich am Stärksten und Lebendigsten erhalten hatten und welche jetzt zu einem gewaltigen Ansehen gediehen. In der Noth jener Zeiten suchten, wie es zu geschehen pflegt, auch die griechischen Völker in der Religion ihren Trost, und ein ungleich lebendigerer religiöser Trieb entfaltete sich in ihnen, als wie ihn die homerischen Gedichte an den Tag legen, wenn schon auch hier, wie so oft, der Glaube vielfach die Formen des Aberglaubens anzog. So viel roher aber immerhin die ursprüngliche Naturreligion ohne Zweifel gewesen war als die Umgestaltung ihrer Gebilde in jene Ideale schöner Menschlichkeit, wie sie die Griechen seit Homeros in ihren Göttern verehrten, so klopfte doch sicherlich in ihr ein ganz anderer und wärmerer Pulsschlag religiöser Innigkeit und sprudelte ein ganz anderer und stärkerer Born jenes unbedingten Abhängigkeitsgefühles, welches nach Schleiermachers großer Entdeckung der Urquell aller Religion ist. Und so seltsam es klingen mag, die fortgeschrittene sittliche Vertiefung selber mußte jener scheinbar rückwärts schreitenden religiösen Bewegung auf halbem Wege entgegenkommen. Denn sie öffnete ja den Blick für die sittliche Schwäche des Menschen, und ihr konnte daher ein Götterthum wenig genügen, dessen eigene sittliche Hoheit sich wenig oder gar nicht über dieselbe erhob. Ihr mußten weit mehr solche Götter zusagen, die in einer so heiligen Erhabenheit und Ferne über den Menschen stehen, daß es für die letzteren einer besonderen Einweihung bedarf, um ihnen näher zu treten, während doch andererseits solche Weihe wirklich und unfehlbar diese unmittelbare Götternähe und Göttergegenwart, dies unmittelbare Schauen des Göttlichen hervorbringt. Einer ganz ähnlichen geistigen Stimmung entspringt übrigens auch der Dämonenglaube, der allem Anschein nach nicht viel älter als Thales ist. Zu groß ist die Kluft zwischen der Hoheit der Götter und der Schwäche der Menschen, es muß Mittelwesen und Mittler geben, welche sie ausfüllen und die Götter dennoch mit den Menschen und die Menschen mit den Göttern verbinden. Wir finden diesen Glauben in einigen späteren Zuthaten der hesiodischen Werke und Tage,[56]) wir finden ihn namentlich als einen unabtrennbaren Bestandtheil jener Dichtung von den Weltaltern, welche ihnen einverleibt worden ist, und eben dies dient uns zum stärksten Beweise, daß jene Dichtung mindestens nicht vor dem siebenten Jahrhundert entstanden sein kann.[57])

Unter den Mysterien selber ziehen vor allen die orphischen unsre Aufmerksamkeit auf sich. Während dem homerischen Griechen der Leib das wahre Selbst des Menschen und das Erdendasein sein einzig wahres Leben ist, so spricht die religiöse Verbrüderung der Orphiker den gerade entgegengesetzten Satz aus,[58]) daß dieses Erdenleben ein Unglück, daß der Leib das Grab oder der Kerker der Seele sei, in den sie zur Strafe für frühere Vergehungen gefesselt worden und aus dem sie sich daher auch nicht selbst wieder befreien dürfe, um nicht im Hades noch härtere Strafen zu dulden. Das hindert nun freilich die Orphiker nicht daran, trotzdem auch ihrerseits die Seele als eine nur feinere, luftartige, körperliche Substanz zu betrachten, und demzufolge suchten sie denn auch die Heiligung nicht bloß in einer sittlichen Reinigung des inwendigen Menschen, sondern eben so sehr in einer Reihe äußerer und asketischer Gebräuche, die Seligkeit der Eingeweihten im Jenseits wie die Qualen der Verdammten malten sie sich mit gleich sinnlichen Farben aus; es ist sicher buchstäblich zu nehmen, wenn sie lehrten, daß die Seelen der Ungeweihten im Hades im Schmutze und Schlamme liegen müssen. Von dem gleichen Schlage ist ihre mechanische Vergeltungstheorie, daß Jeder in einem späteren Erdenleben gerade dasselbe wiederum erleiden müsse, was er in einem früheren begangen. Wer seine Mutter z. B. ermordet, der werde einst wieder als Weib geboren werden, um den Tod von der Hand seines Sohnes zu erleiden. Ja sie dehnten die Seelenwanderung auch auf Thierkörper aus. Aber dieser ganze Kreislauf zwischen dem Erdendasein und den Zwischenzuständen der Vergeltung, der Strafe sowie der Belohnung, hört für eine jede Seele endlich auf, wenn die Götter die volle Sühne empfangen haben und die Seele jetzt ihrem seligen Urzustande zurückgeben. Aber auch die ganze Welt altert und verjüngt sich wieder in großen Perioden; diese Lehre det Orphiker ist besonders bemerkenswerth, weil wir sie bei den meisten griechischen Philosophen wiederfinden,[59]) deren manche sich dann aber auch an die eschatologischen Lehren dieser Secte mehr oder weniger eng anschließen.[60]) Ueberhaupt aber sind namentlich die Orphiker recht eigentlich die Vorläufer der wissenschaftlichen Entwicklung in mannigfacher Art, die eigentlichen Gelehrten und Denker ihrer Zeit. Sie sind nach den Vorgängen eines Stasinos und der Verfasser der Gedichte von Prometheus und von den Weltaltern, so wie des Sammlers der pseudo-hesiodischen Theogonie die Vertreter einer Speculation, die noch in der alten Form des Mythos befangen ist. Auch aus ihrem Kreise ging eine Theogonie in poetischer Form hervor, von deren ächtem und ursprünglichem Bestande wir aber uur überaus wenig Sicheres wissen.[61]) Aber sie waren auch so zu sagen die ältesten Philologen. Homeros und Hesiodos galten den Griechen bekanntlich und mit Recht auch als die Urkunden ihrer Religion, und so erschienen denn jene heiligen orphischen Männer als die einzig geeigneten Leute, denen Peisistratos jene Redaction der alten Epen seiner Nation übertrug. Onomakritos, das damalige Haupt, und mit ihm zwei andere Genossen dieser Secte, Zopyros aus Heraklea und Orpheus aus Kroton, empfingen und vollführten diesen ehrenvollen Auftrag,[62]) ein bemerkenswerthes Zeichen von dem hohen Ansehen, in welchem damals diese religiöse Brüderschaft in Athen stand.

Auch von andern solchen mystischen Männern gab es im Alterthum Theogonien, so von Epimenides[63]) und Pherekydes von Syros, und der letztere bediente sich dabei schon der ungebundenen Rede. Er ist der älteste Prosaiker der Griechen. Er nähert sich bereits entschieden dem Monotheismus, indem er das höchste Princip, den Zeus, nicht mehr bloß an das Ende, sondern auch bereits an den Anfang der Entwicklung stellte.[64]) Es ist das aber auch kein Wunder, daß vorwiegend gerade Männer solcher Art sich theogonischer Darstellungen beflissen, denn solche den Göttern besonders nahe stehenden und göttlicher Dinge besonders kundigen Männer mußten ja auch in der Genealogie der Götter am besten erfahren sein. Je mehr sie sich nun aber dabei mit der älteren Naturreligion berührten, desto mehr ward die Theogonie bei ihnen auch zur Kosmogonie und sie selber eben damit zu den unmittelbarsten Vorläufern der Naturphilosophie. Es ist wahr, die ältesten ionischen Naturphilosophen knüpfen nicht unmittelbar an sie an. Thales, der erste von ihnen, gehört vielmehr jener Richtung der sieben Weisen an, zu denen er allgemein gerechnet wurde. Aber der wenig spätere Pythagoras vereinigt mit diesen beiden Richtungen, mit der des Naturphilosophen und der ethisch-politischen Wirksamkeit im Geiste des Dorerthums, auch noch die des religiösen Secten- und Mysterienstifters, des Sühnepriesters in der Weise eines Epimenides, Pherekydes und Onomakritos,[65]) und zwei seiner Anhänger, Kerkops und Brontinos, waren Mitglieder sowohl der pythagoreischen als der orphischen Mysterien und der auf beide gegründeten Orden.[66]) Ja, noch im perikleischen Zeitalter spielte der Philosoph Empedokles eine ähnliche, vielseitige Rolle als feuriger Redner und Staatsmann, als Vertheidiger der Demokratie in seiner Vaterstadt, als Arzt und Wunderthäter, als Seher und Sühnpriester und als philosophischer Dichter zugleich.[67])

So sind denn der Philosophie so gut wie der Geschichtschreibung alle Wege gebahnt, und nur darüber noch könnte man vielleicht sich wundern, daß die philosophische Betrachtung, die doch durch die ethische Reflexion eben so gut vorbereitet war als durch die mystischen Kosmogonien, trotzdem bis auf die Sophisten und Sokrates hin und zwar selbst bei den Pythagoreern sich vorwiegend auf die Natur beschränkte. Aber das ist bekanntlich der Charakter der ganzen griechischen Entwicklung, daß sie Schritt für Schritt vorwärts geht und keine Mittelstufen überspringt. Und so wendet sich auch die philosophische Speculation zuerst den Außendingen zu und dann erst auch dem Innern des menschlichen Geistes. Die ionischen Kolonisten aber, wie sie überhaupt an Schnelligkeit der Entwicklung allen andern Griechen voraneilten, waren vorwiegend die Pfleger der Geschichte wie der Philosophie, bis Herodotos die erstere und Anaxagores, Protagoras und Sokrates die letztere nach Athen verpflanzten und unter dem Einflusse der Sophisten sodann auch eine Literatur der Beredtsamkeit und überhaupt der höhern Kunst der Prosa sich eben dort entwickelte.

Greifswald. Fr. Susemihl.

Anmerkungen.

1) Ich verweise für das Genauere namentlich auf die bahnbrechende Abhandlung von Urlichs „über die lykurgischen Rhetren" im Rhein. Mus. N. F. VI, S. 194—242.

2) S. darüber Grote History of Greece II, S. 121 ff. (I, S. 459 ff. der deutschen Uebers.), dessen Darstellung freilich nach dem von Schömann Griech. Alterth. I, S. 46—48 Bemerkten sehr zu ermäßigen ist.

3) Odyss. VIII, 73 ff., 492. 499. Die Annahme einer solchen Mittelstufe von Liedercykeln, Liedercomplexen, Rhapsodiengruppen, oder wie man sie sonst genannt hat, ist denn auch jetzt wohl eine ziemlich allgemeine, und selbst Lachmann (Betrachtungen über Homers Ilias, S. 80) giebt ja wenigstens von einem solchen größeren Ganzen zu, daß es neben mehreren älteren kleinen Liedern der Komposition der Ilias zu Grunde gelegen habe. Zu meinen aber, daß alle solche Cykeln nur eine Verbindung schon vorhandener einzelner Lieder gewesen wären und nicht zum Theil auch freiere Schöpfungen, dazu sehe ich nicht allein keinen Grund, sondern allem Anscheine nach widerspricht auch z. B. die Telemachie wenigstens ihrer Hauptmasse nach geradezu dieser Meinung.

3b) S. Ritschl, bei alexandrinischen Bibliotheken, S. V—VIII, 63 ff. bes. 68, vgl. Susemihl in Jahns Jahrb. LXXIII, S. 600 f.

4) Aristot. Poet. c. 23. 1459a, 30 ff., vgl. c. 24. 1460a, 5 ff. S. über diese Epen bes. Welcker Ep. Cycl. II.

5) Vgl. hierüber hinsichtlich der Ilias bes. Schömann in Jahns Jahrbuch LXIX, S. 15 f. 27 ff.

6) Vgl. Schömann Griech. Alterth. I, S. 21.

7) S. zum Folgenden bes. Welcker a. a. O. II, S. 85 ff. 237 ff.

8) S. Sengebusch in Jahns Jahrb. LXVII, S. 410.

9) Euseb und Synkell setzen ihn in Ol. 30. Außerdem s. Phanias b. Clem. Alex. Strom. I, 21, 131 (p. 144. Sylb. 398 Pott).

10) Es sind das freilich Alles bei der Dürftigkeit unserer Nachrichten sehr gewagte Combinationen. Vgl. übrigens namentlich Nitzsch Sagenpoesie S. 366 ff.

11) Die im Folgenden niedergelegten Ansichten über die Werke und Tage und die Theogonie werde ich demnächst an einem anderen Orte als wahrscheinlich zu begründen suchen.

12) V. 225 ff. Vgl. Odyss. XIX, 108 ff.

13) V. 14, 228 f.

14) V. 250 ff. 280 ff. 237 ff. Vgl. Steitz De Operum et Dierum Hesiodi compositione, Gött. 1856. 8. S. 48—51.

15) S. bes. V. 256 ff. 276 ff.

16) S. Schömann Griech. Alterth. I, S. 47 f.

17) V. 203—211. Ueber den alterthümlichen Charakter dieser Fabel s. Steitz a. a. O. S. 69 f.

18) V. 42—105.

19) V. 106—201. Ich folge der Auslegung Schömanns De aetatibus generis humani, Greifsw. Sommerkat. 1842. Opusc. II, S. 305 ff.

20) V. 765—828.

21) V. 724—764.

22) So allein vermag wenigstens ich es mir zu erklären, daß solcherlei Massen in so großer Zahl unter dem Namen des Hesiodos umgingen.

23) Eigentlich genealogische Dichtungen und dem Aehnliches lassen sich freilich mit Sicherheit aus den homerischen Kreisen sonst nicht nachweisen, aber es wird der Schiffskatalog der Ilias doch wohl vermuthlich aus einer Berührung derselben mit den hesiodischen hervorgegangen sein. Ob der Lakone Kinäthon, der muthmaßliche Dichter der Oedipodie, welcher neben Lesches als Verfasser der kleinen Ilias und neben Eugammon als Verfasser der Telegonie galt, daneben aber als Urheber einer Heraklee und dorischer Genealogie bezeichnet wird (s. Welcker a. a. O. I, S. 237 ff.), der homerischen Schule angehört, erscheint sehr zweifelhaft. Daß aber wenigstens die Behandlung des Göttermythos derselben nicht fremd blieb, dafür scheint jene Titanomachie

ein Beleg, welche bald freilich dem wohl kaum zu ihr zu zählenden Korinther Eumelos, bald aber auch dem anerkannt homerischen Dichter Arktinos beigelegt ward. Athen. I, p. 22c., VII, p. 277d.

24) S. Schömann Comparatio theogoniæ Hesiodeæ cum Homerica, Greifsw. Sommerkat. 1847. Opusc. II, S. 25 ff.

25) S. Petersen Ursprung und Alter der Hesiodeischen Theogonie, Hamburg 1862, 4, S. 34 ff. Vgl. Preller Griech. Mythol. I, S. 31 ff.

26) Vgl. Aristot. Poet. c. 8. 1451a, 19 ff.

27) S. hierüber so wie überhaupt über das Vorstehende Marckscheffel Hesiodi fragmenta, S. 90—141, und in der Kürze Bernhardy Griechische Literaturgesch. IIa, S. 266 ff. Schömann De appendice theogoniæ Hesiodeæ, Gryph. 1851, S. 3 ff. (Opusc. II, S. 375 ff.)

28) V. 963—1020.

29) S. hierüber Schömann an letztangef. O.

30) Vgl. Müller Fragmenta historicorum Graec. I, S. XXXVI ff. 100 ff.

31) S. Sengebusch a. a. O., S. 407 f. Ueber dies Gedicht f. Bernhardy a. a. O. IIa, S. 278 f.

32) Herod. IV, 13—15.

33) Strab. XIV, p. 639.

34) S. Susemihl a. a. O., S. 603 ff.

35) S. bes. Herod. II, 134.

36) S. darüber bes. Welcker Aesop, eine Fabel (Kl. Schr. II, S. 228 bis 263). Auch O. Keller, Untersuchungen über die Geschichte der griechischen Fabel (in Jahns Jahrb. Suppl., N. F. IV). S. 374 ff. hat mich nicht vom Gegentheil überzeugt.

37) Neben denen die Griechen noch andere Arten von Fabeln, wie die libyschen, sybaritischen u. s. w. kannten, s. Keller a. a. O. S. 352 ff.

38) Die sorgfältigsten Untersuchungen hierüber hat zuletzt Keller a. a. O. S. 320 ff. angestellt.

39) S. Keller a. a. O. S. 382 f.

40) Keller a. a. O. S. 378 betrachtet freilich den Aesopos selbst als muthmaßlichen Urheber einer Sammlung phrygischer Fabeln, die denn eben von Samos auch nach dem Mutterlande kam. Ob aber ein solcher Zweig prosaischer Literatur in einer Zeit wahrscheinlich ist, in welcher auch in den kleinasiatischen Kolonien höchstens die allerersten Anfänge der Prosa überhaupt sich regten, möchte doch mindestens stark zu bezweifeln sein. Keller selbst muß überdies zugeben, daß Aesopos im früheren Alterthum durchweg nur

als Fabelerfinder und mündlicher Fabelnerzähler aufgefaßt wird. Denn Alles, was er dagegen zu sagen weiß, besteht nur darin, daß von Aesopos bei Platon im Phäd. p. 60c der Ausdruck μῦθον συνθεῖναι, und daß συντίθημι bei Platon besonders gern von Abfassung von Schriftwerken gebraucht werde. Aber er meint, wäre nicht eine geschriebene Sammlung unter dem Namen des Aesopos zu den Griechen gekommen, so ließe sich bei den vielen schon zuvor in Griechenland bekannten Fabeln der große literarische (?) Ruf desselben nicht erklären. Als ob nicht, falls wir eben nur annehmen, daß Aesopos bloß die sagenhafte Personification der äsopischen (phrygischen) von Fabeln ist, hiemit ganz einfach der große Beifall, welchen diese letztere seit ihrem Aufkommen und ihrer Verbreitung fand, bezeichnet wäre! Oder dürfte man, auch sogar an der historischen Persönlichkeit des Homeros festhaltend, etwa so schließen: da es schon viele epische Dichtungen vor Homeros gab, so läßt sich der große literarische Ruhm des letzteren nur dadurch erklären, daß er die seinen auch schriftlich verbreitete!

41) S. darüber das Genauere bei Keller a. a. O. S. 382. 383.

42) Wenigstens wurden ja gerade Kleobulos, einer der sieben Weisen, und noch mehr seine Tochter Kleobuline als Räthselerfinder und Räthseldichter ganz besonders gefeiert, s. Menage zu Diog. Laert. I, 89. Vergl De reliq. com. Att. S. 112 f.

43) S. das Genauere bei Zeller, Philos. der Griechen I, S. 82.

44) Werke und Tage V. 225 ff. 250 ff. 280 ff.

45) V. 373 ff., vgl. 731 ff.

46) Fr. 13, V. 17 ff. Ich gebe den Inhalt mit den Worten Zellers, a. a. O. I, S. 84 f. wieder.

47) V. 521 ff.

48) S. indessen Schömann, Griech. Alterth. II, S. 338 f.

49) S. zum Vorstehenden das Nähere bei Schömann a. a. O. I, S. 66. 48 ff.

50) So außer der Ornithomantie die Melampodie, die ἐξηγήσεις ἐπὶ τέρασιν, vgl. Marckscheffel a. a. O., S. 169 ff. 172 ff.

51) S. Proklos zu V. 824. Schömann De veterum criticorum notis ad Hesiodi opera et dies, Gryph. 1855, S. 11 (Opusc. III, S. 54).

52) Wegen des letzteren s. in dieser Hinsicht Preller im Rhein. Mus. N. F. IV, S. 388 f. (Ausgewählte Aufsätze, herausg. von Köhler, S. 361 f.) Nitzsch Melet. de hist. Homeri I, S. 161. Urlichs a. a. O. S. 219 f.

53) S. Anm. 43.

54) Ueber diesen letzteren Punkt s. außer Urlichs a. a. O. S. 217—230, der ihn zuerst aufdeckte, Dunker, Gesch. des Alterth. IV, S. 363 ff. und be-

sonders Arn. Schäfer, De ephoris Lacedæmoniis, Gryph. 1863. 4, S. 14ff., welcher auch über die Entstehung und Bedeutung der Siebenzahl dieser sogenannten „Weisen" S. 16 f. eine sehr wahrscheinliche Vermuthung aufstellt.

55) S. Schäfer a. a. O. S. 20.

56) V. 252—255.

57) Schömann, Greifsw. Sommerkat. 1842, S. 12 f. (Opusc. II, S. 317 f.)

58) Man s. zum Folg. die Nachweise bei Lobeck Aglaophamus II, S. 787—818 nebst den Ergänzungen von Preller a. a. O. S. 389ff. (Ausgew. Auff. S. 362 f.)

59) Nämlich bei Anaximandros, Anaximenes, Herakleitos, Empedokles, Platon und den Stoikern, s. Zeller a. a. O. I, S. 172 ff. 184. 477ff. 525ff. IIa, S. 21. III, S. 81f., in gewisser Weise auch bei Xenophanes, s. Zeller a. a. O. I, S. 389; etwas anderer Art ist das „große Jahr" der Pythagoreer, s. Zeller a. a. O. I, S. 310 f.

60) Deutlich zeigt sich dies bei den Pythagoreern, Herakleitos, Empedokles und Platon, s. Zeller a. a. O. I, S. 326 ff. 482 ff. 547 ff., II a, S. 526ff. 535 ff., vgl. Susemihl Platon. Philos. I, S. 107f. Anm. 173.

61) S. darüber bes. Zeller a. a. O. I, S. 68ff.

62) S. darüber bes. die Zusammenstellung von Sengebusch, Diss. Homer. post., S. 30 ff.

63) S. über diese Theogonie des Epimenides bes. Schömann, De poesi theogonica Græcorum, Greifsw. Winterkat. 1849—50, S. 18 f. (Opusc. II, S. 21 f.

64) S. bes. die schon erwähnte Abh. von Preller: „Die Theogonie des Pherekydes von Syros" im Rhein. Mus., N. F. IV, S. 377 ff. (Ausgew. Auff., S. 350ff.) und dessen Artikel „Pherekydes" in der Hall. Encykl.

65) S. Zeller a. a. O. I, S. 232 ff.

66) S. Lobeck a. a. O. I, S. 347 ff.

67) S. Zeller a. a. O. I, S. 500 ff., Anm.

Musonius Rufus.

Ueber den bei mehreren Schriftstellern vorkommenden Namen Musonius haben seit Josephus Scaliger mehrere Gelehrte ihre Untersuchungen geführt. Alle, mit Ausnahme Scaligers, gehen darin einig, daß Tacitus nur von einem Musonius rede, während der bei Philostratus erwähnte Name des Musonius verschiedenartige Auslegungen findet. Die älteren Verfasser der Philosophengeschichten, Jonsius, Brucker, Fabricius, sowie der neuere Gelehrte Hamaker [1]) trennen den Taciteischen vom Philostrateischen Musonius, Nieuwland [2]) dagegen und Adolf Schmidt [3]) vereinigen alle Nachrichten auf eine Persönlichkeit.

Der folgende Versuch hat den Zweck, die Quellen zu prüfen und das Ergebniß der Untersuchung den Ansichten der Gelehrten gegenüberzustellen.

Tacitus spricht an vier Stellen von Musonius:

1. Der Grieche Coeranus und der Tusker Musonius rathen dem C. Rubellius Plautus, der von Nero dem Tode geweiht war, den über ihn verhängten Tod einem in Unsicherheit schwebenden Leben vorzuziehen. [4])

2. Unter den Opfern der Neronischen Grausamkeit werden genannt ein Verginius Flavus und Musonius Rufus. Jenem schadete seine Beredsamkeit, mit der er die Jugend begeisterte, diesem sein philosophischer Unterricht. Beide wurden verbannt. [5])

3. Die Flavianischen Heere standen vor den Thoren Roms. Vitellius hatte sich in die Stadt zurückgezogen und schickte Gesandte zu den feindlichen Anführern. Unter diese hatte sich auch der Ritter Musonius Rufus gedrängt, welcher strenge nach den Lehren der stoischen Philosophie lebte. Er predigte mitten unter den Soldaten über die Gefahren des Kriegs und die Segnungen des Friedens, ohne zu achten, daß er sich dem Spotte der Zuhörer aussetzte. Ja sein Eifer ging so weit, daß er sich nur durch die ihm angedrohten Mißhandlungen und die Zureden verständiger Männer von seiner unzeitigen Predigt abbringen ließ. [6])

4. Barea Soranus, dem Kaiser verdächtig, war von Ostorius Sabinus, einem römischen Ritter, angeklagt worden. Publius Egna-

tius Celer, Client des Soranus. ließ sich herbei, die Anklagen gegen seinen Patron zu bekräftigen. Er war ein durch und durch treuloser Mensch, und verübte seine Schändlichkeiten unter dem Deckmantel eines erheuchelten Stoicismus.

Als Vespasianus die Regierung angetreten hatte, übernahmen es wohlgesinnte Männer, an den verruchten Günstlingen Neros Rache zu nehmen. Musonius klagte den P. Egnatius Celer an, und zwar mit glänzendem Erfolge gegenüber dem Vertheidiger, dem Cyniker Demetrius. [7])

Vergleichen wir die verschiedenen Stellen miteinander, so ist auffallend, wie unvollständig Tacitus gegen seine sonstige Gewohnheit in der Namensangabe ist. Da er bei der erstmaligen Erwähnung einer Persönlichkeit deren Namen vollständig anzugeben pflegt, so müssen wir annehmen, daß dies auch in Ann. XIV. 69, wo Musonius «Tusci generis» genannt wird, der Fall sei. Hiebei kommen wir aber mit den andern Stellen, die einen Musonius Rufus anführen, nicht in Einklang. Wir könnten uns mit dem letzten Auskunftsmittel begnügen, die erste Erwähnung mit vollständiger Namensangabe auf die verloren gegangenen Bücher zu verweisen. Allein auch dann bleibt die bestimmte Hinweisung auf die Herkunft auffallend. Diese Schwierigkeit verschwindet, wenn wir den zweiten Namen «Cœranum Græci generis» in Betracht ziehen. Tacitus beabsichtigte augenscheinlich einen bedeutungsvollen Wink, wenn er einen Griechen und einen Tusker zusammenstellte. Davon später.

Sehen wir näher zu, so ergeben sich folgende Bemerkungen.

Tacitus spricht an einer Stelle von einem Musonius, in den übrigen von einem Musonius Rufus.

Musonius wird näher bezeichnet: doctor sapientiæ (Ann. XIV. 59), Musonius Rufus equestris ordinis, studium philosophiæ et placita stoicorum æmulatus (Hist. III. 81). Musonius Rufus wird wegen seiner gefährlich erscheinenden Lehrthätigkeit verbannt, gleichwie sein College, der Lehrer der Beredsamkeit. Also ergiebt sich einerseits ein Musonius Rufus, ein doctor sapientiæ, wie Coeranus. Offenbar sind Beide Lehrer der Philosophie, womit gut übereinstimmt, daß Beide Nichtrömer waren. Anderseits erhalten wir einen römischen Ritter Musonius Rufus, der bloß bestrebt ist, nach den Regeln der stoischen Philosophie zu leben, also nicht lehrt: ein treffender Gegensatz des handelnden Römers zu dem lehrenden Fremden.

Es ist nicht erwiesen, daß unter doctor sapientiæ ausschließlich ein Stoiker zu verstehen sei, während der Ritter Musonius Rufus ausdrücklich ein Anhänger der Stoiker genannt wird.

Nicht minder unterscheidet sich die Erscheinungsweise des fremden Musonius Rufus von der des Ritters. Ersterer tröstet den dem Tode geweihten Plautus. Letzterer bewegt sich im Lager und auf dem Gerichtshause. Also die Tröstungen kommen wesentlich dem Lehrer zu, die praktische Thätigkeit ist Sache des ernsten, eines philosophischen Lebens sich befleißigenden Staatsmannes.

Alles was von dem fremden Musonius Rufus angeführt wird, fällt unter die Regierung Neros, während der Ritter erst unter Vespasianus auftritt.

Aus diesen wenigen Bemerkungen erfolgt, daß schon die Angaben des Tacitus auf zwei verschiedenen Persönlichkeiten führen, welche allerdings gleichen Namens, aber nicht gleichen Standes und Berufes sind.

Plinius führt uns in der Feststellung des Namens einen Schritt weiter. Er spricht in einem Briefe von seinem Freunde, Artemidorus, dem Schwiegersohn des C. Musonius. Diesen Musonius achtete und liebte Plinius so sehr, als es der Abstand des Alters immer erlaubte. Ebenso groß war seine Achtung vor Artemidorus, der einen so schätzenswerthen Charakter hatte, daß er von C. Musonius würdig befunden wurde, sein Schwiegersohn zu sein. Das Ansehen des Musonius war so groß, daß dies sogar der Grund zu sein scheint, warum Plinius nicht verbannt wurde. [8])

Allerdings läßt sich aus diesem Briefe nichts Bestimmtes schließen. Doch widerspricht nichts der Vermuthung, daß darunter der Ritter Musonius Rufus zu verstehen sei. Die Verfolgung, von welcher Plinius spricht, fällt in das Jahr 95 n. Chr. Nehmen wir an, Musonius Rufus sei unter der Regierung des Vespasianus im besten Mannesalter gewesen, so nähert er sich unter Domitianus schon den Greisenjahren und Plinius konnte daher mit Recht sagen: quantum licitum est per ætatem. Auch die Achtung, welche der Schriftsteller dem würdigen C. Musonius zollt, entspricht ganz dem Ernste, den Tacitus dem Ritter zuschreibt. Schließlich weist die Andeutung »ex omnibus omnium ordinum adsectatoribus« auf den Anhänger einer bestimmten Sekte, also auf den stoischen Ritter Musonius Rufus.

Wir können demnach sagen, daß die zutreffenden Angaben die

Identität des C. Musonius mit dem römischen Ritter Musonius Rufus sehr empfehlen.

Die oben erklärte Unterscheidung des Tyrrheners Musonius von dem C. Musonius Rufus findet eine weitere Bestätigung in einer Stelle des Lucianus,[9]) wonach Musonius wegen allzugroßer Freimüthigkeit mit Dion und Epictetus vertrieben wurde.

Der Tusker Musonius tröstet einen Mann, von welchem Tacitus sagt, Ann. XIV. 57: Plautum magnis opibus ne fingere quidem cupidinem otii, sed veterum Romanorum imitamenta præferre, assumpta etiam Stoicorum arrogantia sectaque, quæ turbidos et negotiorum adpetentes faciat. Es ist schon ein Zeichen von Widerspruchsgeist, wenn Musonius einen Feind des Kaisers tröstet, und es liegt fern, aus dem Urtheile über die Stoiker abzunehmen, daß auch Musonius sich in ähnlicher Weise frei äußern mochte, wie Helvidius Priscus, Thrasea Paetus und andere hervorragende Männer. Der Ritter C. Musonius Rufus dagegen ist verschont von solchen Anschuldigungen; er steht bei Vespasianus in besonderer Achtung und wird selbst von Domitianus nicht angefochten: Beweises genug, um den Vorwurf der Freimüthigkeit entschieden von ihm abzuweisen.

Wir haben demnach auch die Mittheilungen des Cassius Dio dahin zu erklären,[10]) daß unter dem nicht verbannten Musonius der Ritter anzunehmen sei, wahrend die von Nero verhängte Strafe den Tyrrhener Musonius Rufus trifft, womit ganz genau übereinstimmt die Angabe des Philostratus, daß der widerspenstige Tyrrhener Musonius auf die Insel Gyara verbannt worden sei.[11])

Ebenso ist die bei Themistius,[12]) Justinus Martyr,[13]) Suidas[14]) und einem Anonymus bei Scaliger[15]) erwähnte Verbannung oder gar Tödtung des Musonius und die bei Hieronymus vorkommende Angabe von der Zurückberufung des Musonius[16]) dem Tyrrhener zuzuweisen.

Aus diesen Auseinandersetzungen ergiebt sich die Ansicht Scaligers von zwei verschiedenen Männern als die einzig richtige. Er bemerkt zu der merkwürdigen Stelle des Eusebius p. 201, daß der Tyrrhener Musonius von Nero vertrieben, von Vespasianus zurückgerufen und mit dem Amte eines præfectus munitionibus betraut worden sei: **Sed alii fuerunt Musonii et in illis Musonius Rufus equestris ordinis, studium philosophiæ et placita stoicorum æmulatus, de cuius importuna philosophia consule Tac. Hist. III., unde colligimus, quam-**

vis eiusdem nominis et cognominis eiusdem studii hominem non posse tamen eundem esse cum hoc: quia non pulsus fuit in exilium.

Caius Musonius Rufus war ein römischer Ritter, der strenge den Lehren der stoischen Philosophie nachzukommen suchte und im Friedenseifer sich zu dem übelberechneten Schritte verleiten ließ, die Soldaten durch philosophische Ermahnungen bekehren zu wollen. So unpraktisch einerseits, so gewandt war er anderseits, wo ihm Gelegenheit geboten war, vor einem gewählten Zuhörerkreise zu sprechen, wo es galt, dem Guten zum Siege zu verhelfen. C. Musonius Rufus war demnach ein ernster, würdiger, ehrenhafter Mann.

Damit fallen auch die Meinungen derjenigen, welche unter dem Tyrrhener Musonius Rufus und unter dem römischen Ritter C. Musonius Rufus eine und dieselbe Person verstehen. Die Identität wurde als selbstverständlich angesehen. Man mühte sich nur ab mit der Ermittelung eines Musonius, der bei Philostratus ein Babylonier genannt wird.

Die Vulgata hat in Philostratus Vita Apoll. IV. 35: *ἀλλὰ Μουσώνιος ὁ Βαβυλώνιος ἀνὴρ, Ἀπολλωνίου μὲν δεύτερος, ἐδέθη ἐπὶ σοφίᾳ.* Aber Musonius, der babylonische Mann, dem Apollonius zunächst stehend, wurde in den Kerker geworfen wegen seiner Weisheit.

Olearius in seiner Ausgabe des Philostratus sieht schon in dem Namen die Widerlegung der Behauptung, daß Musonius von Babylon herstamme.[17]) Er findet in diesem den Tyrrhener wieder, besonders auch deßwegen, weil Suidas ihn einen *διαλεκτικός* und *Στωικός* nenne. Mit der dialektischen Seite der Philosophie wurde aber damals allgemein Geheimthuerei verbunden, so daß die Benennung *διαλεκτικός* gleichkam dem Magus, Chaldäus.

Da Olearius demgemäß den Begriff des Geheimkünstlers hineinbringen will, so verbessert er: *ἀλλὰ Μουσώνιος, ὡς Βαβυλώνιος, ἀνὴρ Ἀπ. κ.τ.λ.* Diese Verbesserung ist in der That sehr einleuchtend. Die letzte Silbe von *Μουσώνιος* bewirkte, daß das zweite wie *ος* geschriebene *ὡς* ausfiel. Ein Abschreiber konnte das artikellose „*Βαβυλώνιος*" nicht begreifen und ergänzte daher *ὁ*, welches den Zusammenhang ganz zerreißt. Die Stelle lautet demnach: Nero unterdrückte die Philosophen, weil er sie für Zauberer hielt. So wurde auch Musonius als ein Babylonier, d. h. als ein Zauberer gefesselt wegen seiner Weisheit.

Es entsteht nur noch die Frage, ob eine solche Deutung des

Wortes Babylonius gerechtfertigt sei. Dafür weiß schon Olearius selbst Rath. Er führt auf die nahe Verwandtschaft von *διαλεκτικός* zu Magus, Chaldæus, Babylonius. Schlagende Beweise liegen in einer Stelle des Horatius, des Seneca und des Plinius. In den Oden (I. 11, 2) heißt es:

nec Babylonios tentaris numeros.

Seneca Nat. Quæst. III. 1. Duo certe qui apud Chaldæos studuisse se dicunt, Epigenes et Apollonius Myndius, peritissimus inspiciendorum natalium inter se dissident.

Plinius Nat. Hist. VII. § 193 (Sill.). E diverso Epigenes apud Babylonios DCCXX annorum observationes siderum coctilibus laterculis inscriptas docet gravis auctor imprimis.

Der Ansicht des Olearius wagt auch Tillemont beizupflichten. [18]) Dagegen erklärt Brucker, [19]) daß *Βαβυλώνιος ἀνὴρ* nur die Herkunft bedeuten könne, daß ferner die Bedeutung von Zauberer dem Sinne der Philostrateischen Worte nicht entspreche und daß Babylonius in der Bedeutung von Chaldæus nicht erwiesen sei. Mit den obigen Bemerkungen sind alle drei Einwürfe widerlegt.

Nieuwland wirft der Verbesserung des Olearius vor, sie sei eine contorta et insolita constructio, und möchte doch wenigstens gelesen wissen: *ἀνὴρ Ἀπολλωνίου μὲν δεύτερος, ὡς Βαβυλώνιος ἐδέθη ἐπὶ σοφίᾳ.* Fassen wir aber die Stellung der Worte bei Olearius richtig auf und erwägen wir besonders, daß die Apposition *Ἀπολλωνίου μὲν δεύτερος* das *Βαβυλώνιος* noch stärker hervorheben soll, so möchte man eher versucht sein, den Vorschlag Nieuwlands eine contorta et insolita constructio zu nennen. Auch kann die Entgegensetzung *ἐπὶ σοφίᾳ* gegenüber Babylonius nicht Stand halten. Das Eine wird durch das Andere durchaus nicht überflüssig gemacht. Philostratus will gerade die Philosophie, wie sie von Nero aufgefaßt wurde, ihrem wahren Wesen gegenüberstellen und sagt, daß Musonius wegen seiner Philosophie als ein Mantiker angesehen wurde.

Nieuwland schlägt vor, *Βουλσίνιος* oder *Καπίτωνος* zu lesen, und stützt sich hiebei auf den nämlichen unzuverlässigen Suidas, auf welchen er sich berief, als er die Bedeutung von *διαλεκτικός* verwarf. Zunächst ist es sehr leicht, beliebige Namen, die noch dazu keine Aehnlichkeit mit dem zu verwerfenden Worte haben, hinzusetzen; aber die Berechtigung des Namens zu beweisen, ist um so schwerer. Außerdem aber ergreife ich den nämlichen Beweisgrund zu meinen Gunsten, den

Nieuwland für sich verwendet hatte. Die Unzuverlässigkeit des Suidas tritt nämlich in diesem Falle klar zu Tage. Hamaker führt uns auf die Spur, wie dieser Name möchte dem Suidas vor Augen gekommen sein.[20]) In der Ἐπιτομὴ Χρόνων, welche Scaliger der Chronik des Eusebius beigegeben hat, findet sich folgende Angabe unter dem 13. Jahre der Neronischen Regierung.

Ὑπ. Καπίτωνος καὶ Ρούφου.

Wenige Zeilen darauf folgen die Worte:

Μουσώνιος καὶ Πλούταρχος φιλόσοφοι ἐγνωρίζοντο.

Aus dieser Stellung der Angaben schließt Hamaker: Num fortasse in alium eiusdem libri codicem aut in aliud chronicon incidit Suidas, ubi hæc statim consulum nominibus subiecta erant, ut ex verbis Ὑπ. Καπίτωνος καὶ Ρούφου. Μουσώνιος κ.τ.λ. ansam sumserit comminiscendi Capitonem aliquem, patrem Musonii Rufi?

Dies genügt, um die Conjektur Nieuwlands vollständig abzuweisen.

Somit ist denn auch Adolf Schmidt widerlegt, der in einer Anmerkung der „Geschichte der Denk- und Glaubensfreiheit“ mit großer Freiheit Βουλσίνιος aus Βαβυλώνιος herzaubert.[21])

Aus obigen Erörterungen gewinnen wir einen Musonius, der in den Augen des Nero als babylonischer Geheimkünstler galt. Dadurch fällt ein neues Licht auf den Musonius »Tusci generis« bei Tacitus.

Der Stand der damaligen Philosophie läßt sich aus der Naturgeschichte des Plinius und den Naturales Quæstiones des Seneca erkennen. Seneca bekämpft fortwährend die Ansichten der Chaldäer und Tusker. Die Untersuchungen waren vorzüglich auf solche Gegenstände gerichtet, welche am allerwenigsten erforscht werden konnten, und daher geeignet waren, mystische Grübeleien zu fördern.[22]) Es war von Alters her bekanntlich ein Vorrecht der Tusker, über die Bedeutung des Blitzes und der Kometen nachzuforschen, und ich erinnere dafür nur an die Namen eines Caecina und Nigidius Figulus.

Daneben führt aber Plinius drei andere Richtungen an: Tres autem fuere sectæ, Chaldæa, Aegyptia, Græca. H. N. XVIII. § 210. Also eine griechische Sekte. Damit stimmt vortrefflich der Beiname einer Pomponia, welche superstitionis externæ rea war. Sie wird genannt: »Græcina«.[23]) Ebenso gestattet eine andere Stelle des Tacitus eine ähnliche Erklärung. Die doctissimi indigenarum werden mit den doctissimis græcorum genannt, als der Wundervogel Phönix sich in Aegypten wieder zeigte.[24]) Nicht Griechen der Abstammung, sondern des wissenschaftlichen Bekenntnisses sind gemeint. Damit ist für die Bezeichnung des Coeranus und des Musonius die richtige Erklärung gefunden. Es traf sich, daß ihre Herkunft zusammenfiel mit den philosophischen Richtungen, welche, ursprünglich aus Griechenland und Etrurien herstammend, auch in ihrer weitern Verbreitung die Stammesnamen beibehielten. Coeranus war ein geborner und ein philosophischer Grieche, Musonius war ein geborner und ein philosophischer Tusker. Tacitus wollte das Treiben dieser philosophischen Sekten mit den kurzen Andeutungen kennzeichnen.

Auf Grund dieser Ergebnisse kann man leicht versucht sein, einer Ansicht Scaligers beizupflichten. Er behauptet, daß der Turanus Rufus, welcher im Talmud angeführt wird, der Tyrrhener Rufus sei, und daß dieser als præfectus munitionibus das Amt gehabt habe, durch das Befahren mit dem Pfluge die Zerstörung Jerusalems zu bekräftigen.[25]) Die Annahme, daß Turanus Rufus præfectus munitionibus gewesen sei, stützt sich auf eine Angabe des Suidas, der unter dem Namen Musonius einem Brief Julians noch beifügt:

ὁ δὲ ἐπεμέλετο βαρῶν, ὁπηνίκα φεύγειν αὐτὸν ἐπέταττε Νέρων. Diese Würde scheint nach der Erklärung des Suidas: *βάρεις γὰρ τὰ τείχη*, einem Festungskommando gleichgekommen zu sein. Allein erstlich ist mir keine derartige unter einem solchen Namen vorkommende Staatsstelle bekannt; zweitens ist nirgends bezeugt, daß Musonius irgend ein Amt ausgeübt habe. Julianus führt den Musonius zugleich mit Sokrates an, offenbar, weil jener auch ein Philosoph war. Drittens schwebt über dem Worte *βάρις* große Unsicherheit.[26]) Wir müssen daher die Erklärung des Suidas als eine ungenaue unberücksichtigt und die Behauptung Scaligers dahingestellt sein lassen.

Die Lösung dieser Verwechslung eines Kriegsobersten mit einem Philosophen findet sich in Flavius Josephus, also einer Quelle, aus welcher die Verfasser des Talmud selbst wieder geschöpft haben. Er schweigt zwar von einer symbolischen Zerstörungsfeierlichkeit, während der ganze Krieg mit der größten Ausführlichkeit geschildert wird. Wir erfahren dafür den Namen des Befehlshabers, welchen Titus nach der Zerstörung auf dem Platze zurückgelassen hatte. Er heißt Terentius Rufus.[27]) Ich stimme daher Nieuwland bei. Huius nomen in

Turanum Rufum facile depravari posse, nemo credo negabit; neque cuiquam potius convenit ultima illa peractæ expeditionis solemnitas, quam ei præfecto, qui in desolata regione cum præsidio milite maneret.

Die Angaben über die Verbannung des Musonius sind bis jetzt verschoben worden. Philostratus spricht am ausführlichsten von den Umständen, welche mit derselben zusammenhängen.[28])

Nero haßte die Philosophen, weil er sie für Zauberer hielt, und zog sie vor Gericht. Unter diesen befand sich auch Musonius. Er wurde im Gefängnisse so arg mißhandelt, daß er gestorben wäre, wenn sein starker Körper nicht ausgedauert hätte. In dieser Zeit, als die Philosophie so sehr darniederlag, kam Apollonius nach Rom, und trat mit dem eingekerkerten Musonius in ein freundschaftliches Verhältniß und in einen heimlichen Briefwechsel.[29])

Domitianus ging darauf aus, den Apollonius gänzlich zu verderben. Aelianus, sein Präfekt, suchte den Wundermann zu schützen und brachte Neros Benehmen gegen den Tyrrhener Musonius vor. Dieser hatte nämlich mit seinen Gesinnungsgenossen den Tod ruhig erwartet, ja sogar ersehnt. Nero, um ihm diesen Ruhm zu rauben, hatte die Todesstrafe in Verbannung umgewandelt, und ihn nach Gyara, einer Insel im ägäischen Meere geschickt. Sein Ansehen war so groß, daß die Griechen zu ihm herströmten, und die Insel, welche früher wasserarm war, durch ihn eine Quelle erhielt.[30])

Als später Nero sich in Griechenland aufhielt, kam Demetrius mit Musonius, der bei der Durchgrabung des Isthmus beschäftigt war, zusammen. Er bedauerte, daß Musonius zu solch gemeiner Arbeit herabgewürdigt werde. Jener wirft sich mit erneuerter Kraft auf den Spaten und fragt, was er denn wohl sagen würde, wenn er mit der Cither im Lande herumzöge wie Nero.[31])

Die Behauptung des Philostratus, daß Nero die Philosophen haßte, widerspricht der Angabe des Tacitus (Ann. XIV. 16): Etiam sapientiæ doctoribus tempus impertiebat post epulas, utque contraria adseverantium discordia frueretur; nec deerant qui ore vultuque tristi inter oblectamenta regia spectari cuperent. Einzig dastehend ist die Quälerei des Musonius, während andere Leute ähnlicher Stellung entweder mit schnellem Tode bestraft oder in die Verbannung geschickt werden. Tacitus selbst erwähnt der Verbannung mit dem einzigen Worte: »expulit« und Cassius Dio mit „ἐφυγαδεύϑη.“

Für die Briefe kennen wir außer Philostratus keinen andern Gewährsmann als den unzuverlässigen Suidas.[32]) Der Inhalt bietet mehr als ein Bedenken. Warum erwähnt Apollonius im ersten Briefe des Herakles? Ist nicht Herakles der mythische Stifter der cynischen Schule? In den beantwortenden Briefen zeigt sich Musonius als ein eigensinniger und in lächerlicher Weise trotziger Mann. Er hatte doch schon genug Beispiele vor Augen, daß von einem gerechten Prozesse keine Rede sei, und mußte daher einsehen, daß er ganz umsonst auf seine Vertheidigungsrede pochte. Den Gegenstand bildet die Befreiung, allerdings etwas sehr Nothwendiges, aber doch gewiß nichts Erhabenes „μέγα“. Wenn Sokrates angeführt wird, so erinnert man sich sofort an seine letzten Gespräche im Gefängnisse, welche sich nicht um die Fristung des Lebens drehten, sondern die Unsterblichkeit der Seele zu beweisen suchten. Wenn ein Philosoph, der noch dazu mit Sokrates zusammengestellt wird, die Erhaltung seines Lebens, und noch dazu mit lächerlichem Trotze betreibt, so kann man in diesem Manne nichts weniger als etwas Großes finden.

Auf Grund dieser Bedenken wage ich es, die Echtheit dieser Briefe in Abrede zu stellen.

Nicht besser steht es um die Unterredung des Präfekten Aelianus mit Domitianus. Zunächst ist auffallend, daß Musonius nach einer bestimmt genannten Insel verbannt wird, während Tacitus und Cassius Dio die bloße Thatsache der Verbannung aussprechen. Ferner bietet auch der Inhalt der Unterredung Schwierigkeit. Aelianus war dem Wundermanne Apollonius sehr geneigt. Da aber Domitianus alle Philosophen haßte, mußte Aelianus sehr behutsam umgehen, wenn er seinen Herrn von einem gefährlichen Schritte abhalten wollte. Er erzählte ihm, wie Nero gerade die Todesfreudigkeit als Grund angesehen habe, die Philosophen am Leben zu erhalten und führte als Beispiel den Musonius an. Ist es aber nicht höchst unklug, gleich darauf den Kaiser auf den weitreichenden Einfluß des Verbannten aufmerksam zu machen? Mußte Domitianus nicht gerade dadurch des Bestimmtesten zum Entschlusse vollständiger Vertilgung der Philosophen geführt werden? Wir dürfen solchen Widerspruch dem Aelianus nicht zuschreiben und sind daher genöthigt, auch dieser Unterredung allen Werth abzusprechen.

Das gleiche Loos widerfährt der dritten Stelle. Abgesehen davon, daß uns eine derartige an einem Philosophen verübte Strafe unbekannt ist, widersprechen die Zeitangaben aller Beglaubigung. Demetrius lebte in Athen seit dem Baue des Gymnasiums. Dieser fällt vor das Jahr 62.[33]) Bei der Einweihung des Gebäudes sprach sich Demetrius entschieden gegen die Badeweise aus und zog sich dadurch den Haß des Tigellinus und damit die Verbannung zu.[34]) Er lebte in Athen und floh auch damals nicht, als Nero den olympischen Feierlichkeiten beiwohnte. Das geschah im Jahre 66. Im nämlichen Jahre aber besuchte Demetrius den Thrasea Paetus, als dieser auf höhern Befehl sterben mußte.[35]) Entweder muß also Demetrius nie verbannt worden sein; in diesem Falle berichtet Philostratus Falsches; oder aber Demetrius wurde wirklich verbannt; dann ist Tacitus im Irrthum. Wir tragen kein Bedenken, auch diese Mittheilung des Philostratus als eine unglaubwürdige zu verwerfen. Hamaker sucht die Schwierigkeit durch Annahme mehrerer Persönlichkeiten mit dem Namen Demetrius zu heben. Allein wir können aus seiner Beweisführung nicht so viel folgern, sondern bloß, daß die einem Demetrius zugeschriebenen Handlungen verschiedenen Charakter an den Tag legen. Da Tacitus nur einen Cyniker Demetrius kennt, so sind wir genöthigt, bei einem Manne festzuhalten, so ungereimt uns die Beweise seiner Gesinnung erscheinen mögen.[36]) Selbst Adolf Schmidt kann uns nicht beruhigen mit seiner gesuchten Erklärung: „Seine Absicht gieng sicher dahin, nicht von einem Schuldigen die Schuld abzuwälzen, sondern einer allgemeinen Amnestie das Wort zu reden, einem leidenschaftlichen Ausdrucke des Rachegefühls entgegenzutreten, das, wenn einmal erst eine Spalte geöffnet war, ein unaufhaltsames und verderbliches Umsichgreifen besorgen ließ. Wiewohl aber der Ausgang diese Besorgniß und mithin das Bestreben des Demetrius vollkommen rechtfertigte, so wurzelte doch der Haß gegen die neronischen Ankläger viel zu tief, als daß nicht zunächst wenigstens seine Absichten hätten verkannt werden und seine Popularität darunter leiden sollen: er habe, hieß es, einen offenbar Schuldigen mit mehr Eifer als Rechtlichkeit geschützt.“ Wie dürfen aus dem Besuche bei Thrasea durchaus nicht auf den Charakter schließen. Mit einem Philosophen ist nicht nothwendig ein ehrenfester Mann verbunden. Demetrius setzte seine ehrgeizigen persönlichen Absichten über die Vertheidigung des Guten.

Die Prüfung aller Mittheilunen führt uns zurück auf das einfache »expulit« des Tacitus. Alle übrigen Beigaben sind so verdächtiger Art, daß wir sie als nicht wahre betrachten.

Dies sind die Nachrichten, welche das Leben des Musonius berühren. Origenes freilich führt den Musonius als ein Beispiel veränderten Lebenswandels an. Allein die Zusammenstellung mit den Helden und die christliche Tendenz bezeichnen hinlänglich den Werth dieser Stelle.[37])

Aus den bisher gepflogenen Untersuchungen über den gleichnamigen Musonius Rufus ergibt sich nun folgendes:

Musonius Rufus aus Etrurien, war Lehrer der Philosophie. Er beschäftigte sich viel mit derjenigen Richtung der dunkeln und geheimen Studien, welche vorzugsweise in seiner Heimath getrieben wurden. Dies und seine regierungsgefährlichen Umtriebe zogen ihm die Verbannung zu, aus welcher er von Vespasianus zurückgerufen wurde.

Brugg. Dr. J. J. Baebler.

Anmerkungen.

1) H. A. Hamaker: Lectiones Philostrateæ. Lugd. Bat. 1816.

2) Petrus Nieuwland: de Musonius Rufo, philosopho stoico. Amstel. 1783.

3) Adolf Schmidt: Geschichte der Denk- und Glaubensfreiheit während des ersten Jahrhunderts der christlichen Zeitrechnung. Berlin 1847.

4) Ann. XIV. 59. Doctoresque sapientiæ, Cœranum Græci, Musonium Tusci generis, constantiam opperiendæ mortis pro incerta et trepida vita suasisse.

5) Ann. XV. 71. Verginium [Flavum et Musonium] Rufum claritudo nominis expulit: nam Verginius studia iuvenum eloquentia, Musonius præceptis sapientiæ fovebat.

Der Medic. I. hat bloß Rufus. Lipsius hat die Lücke unzweifelhaft richtig ergänzt.

6) Hist. III. 81. Aequioribus animis accepti sunt qui ad Antonium venerant, non quia modestior miles sed duci plus auctoritatis. miscuerat se legatis Musonius Rufus equestris ordinis, studium philosophiæ et placita stoicorum æmulatus; cœptabatque, permixtus manipulis, bona pacis et belli discrimina disserens, armatos monere; id plerisque ludibrio, pluribus tædio; nec deerant, qui propellerent pro-

culcarentque, ni admonitu modestissimi cuiusque et aliis minitantibus omisisset intempestivam sapientiam.

7) Hist. IV. 10. Tum invectus est Musonius in P. Celerem, a quo Baream Soranum falso testimonio circumventum arguebat.

Hist. IV. 40. Repeti inde cognitionem inter Musonium Rufum et Publium Celerem placuit, damnatusque Publius et Sorani manibus satisfactum; insignis publica severitate dies ne privatim quidem laude caruit: iustum iudicum explesse Musonius videbatur; diversa fama Demetrio Cynicam sectam professo, quod manifestum reum ambitiosius quam honestius defendisset.

8) Ep. III. 11. Adque hæc feci, cum septem amicis meis aut occisis aut relegatis, occisis Senecione Rustico Helvidio, relegatis Maurico Gratilla Arria Fannia, tot circa me iactis fulminibus quasi ambustus mihi quoque impendere idem exitium certis quibusdam notis augurarer. Non ideo tamen eximiam gloriam meruisse me, ut ille prædicat, credo, sed tantum effugisse flagitium. Nam et C. Musonium, socerum eius, quantum licitum est per ætatem, cum admiratione dilexi et Artemidorum ipsum iam tum, cum in Syria tribunus militarem, arta familiaritate complexus sum, ... quibus meruit, ut a C. Musonio ex omnium ordinum adsectatoribus gener adsumeretur.

9) De morte Peregrini 48, 18. *πλὴν ἀλλὰ καὶ τοῦτο κλεινὸν αὐτοῦ καὶ διὰ στόματος ἦν ἅπασιν ὁ φιλόσοφος διὰ τὴν παρρησίαν καὶ τὴν ἄγαν ἐλευθερίαν ἐξελαθείς. καὶ προσήλαυνε κατὰ τοῦτο τῷ Μουσωνίῳ καὶ Δίωνι καὶ Ἐπικτήτῳ καὶ εἴ τις ἄλλος ἐν περιστάσει τοιαύτῃ ἐγένετο.*

10) Cass. Dio LXII. 27. *Ῥοῦφος μέντοι Μουσώνιος ὁ φιλόσοφος ἐπὶ τούτοις ἐφυγαδεύθη.*

Id. LXVI. 13. Die Philosophen, besonders der Cyniker Demetrius beunruhigten die Römer unaufhörlich, so daß Vespasianus auf den Rath des Mucianus alle Philosophen aus Rom vertrieb, ausgenommen den Musonius: *καὶ πάντας αὐτίκα τοὺς φιλοσόφους ὁ Οὐεσπασιανὸς πλὴν τοῦ Μουσωνίου, ἐκ τῆς Ῥώμης ἐξέβαλε.*

11) Vita Apollonii VII, 16. *Καὶ μὴν καὶ Μουσώνιον τὸν Τυῤῥηνόν, πολλὰ τῇ ἀρχῇ ἐναντιωθέντα τῇ νήσῳ ξυνέσχεν, ᾗ ὄνομα Γύαρα.*

12) Them. VI. *Πλάτωνα γοῦν ἐπίπρασκε Διονύσιος καὶ Νέρων Μουσώνιον ἐξεκήρυττε.*

13) Apol. I. 46.

14) *Μουσώνιος. διὰ γοῦν τὴν παρρησίαν καὶ τὸ ἐλεγκτικὸν καὶ τὸ ὑπερβάλλον τῆς ἐλευθερίας ὑπὸ Νέρωνος ἀναιρεῖται.*

15) *Μουσώνιος ὁ φιλόσοφος ἐξωρίσθη.*

16) Hieronymus bei Eusebius unter dem Jahre 82: Titus Musonium Rufum philosophum de exilio revocat. Diese Nachricht ist von Reifferscheid in Sueton's Einleitung zu „de philosophicis" eingereiht worden. Suetonius hat geschrieben: Titus Vespasianus. Hieronymus verstand darunter irrig den Sohn Titus, und schrieb daher auch bloß Titus. Tillemont irrt ebenfalls, wenn er schreibt: il fut rappellé à Rome par Galba.

17) Anmerkung zu IV. 35.

18) Hist. des emp. II. p. 501.

19) Hist. crit. II. 502.

20) Lect. Philostr. p. 112.

21) p. 377. „Aus Suidas erfahren wir, daß Musonius aus Volsinii gebürtig war; sollte also nicht Philostratus *Βολσίνιος* oder *Βουλσίνιος* geschrieben haben? Wer nur einigermaßen mit griechischen Handschriften bekannt ist, der weiß, welche täuschende Aehnlichkeit oft zwischen *ο* und *ου* und dem *α* einerseits und zwischen dem *σι* und *ω* anderseits obwaltet. War nun aber erst einmal *Βολσίνιος* oder *Βουλσίνιος* — *Βαλώνιος* gelesen worden: so mußte man dies nothwendig als eine Abkürzung für *Βαβυλώνιος* betrachten, das dergestalt im Texte Platze griff. Das *ὡς* für *ὁ* bei Olearius ist willkürlich; seine Erklärung Chaldæus vel Magus über die Maßen naiv."

22) Nur wenige Beispiele:

Seneca N. Q. II. 32. Hoc autem inter nos et Tuscos quibus summa persequendorum fulminum est scientia, interest. Nos putamus, quod nubes collisæ sunt, ideo fulmina emitti. Ipsi existimant, nubes collidi, ut fulmina emittantur.

II. 35. Fatum fulmine mutari non potest. Permitte mihi illam rigidam sectam tueri eorum, qui excipiunt ista et nihil esse aliud quam ægræ mentis solatia existimant.

II. 50. Quanto simplicior divisio est qua utebatur Attalus noster, vir egregius, qui Etruscorum disciplinam Græca subtilitate miscuerat.

23) Tac. Ann. XIII. 32.

24) Tac. Ann. VI. 34. Paulo Fabio, L. Vitellio consulibus post longum sæculorum ambitum avis phœnix in Aegyptum venit præbuitque materiem doctissimis indigenarum et Græcorum multa super eo miraculo disserendi.

25) Scaliger ad Euseb. p. 201.

26) Vgl. Valckenær in Steph. Thesaur. v. βάρις.

27) Bell. Judaic. VII. 2.

28) V. A. IV. 35.

29) V. A. IV. 46.

30) V. A. VII. 16.

31) V. A. V. 19.

32) *Καπίτωνος, Τυῤῥηνός, πόλεως Βουλσινίου, διαλεκτικός φιλόσοφος καὶ στωικός. γεγονὼς ἐπὶ Νέρωνος γνώριμος δ' Ἀπολλωνίου τοῦ Τυανέως καὶ ἄλλων πολλῶν. πρὸς ὅν καὶ ἐπιστολαὶ φέρονται Ἀπολλωνίου κἀκείνου πρὸς Ἀπολλώνιον.*

33) Tacitus Ann. XIV 47. Gymnasium eo anno dedicatum a Nerone, præbitumque oleum equiti ac senatui Græca facilitate. cf. Suetonius Nero XII. Cass. Dio. LXI. 21. Dies geschah unter den Consuln C. Cäsonius Paetus und C. Petronius Turpilianus im Jahr 61.

Tac. Ann. XV. 22. Isdem consulibus Gymnasium ictu fulminis conflagravit, effigiesque in eo Neronis ad informe æs liquefacta. et motu terræ celebre Campaniæ oppidum Pompeii magna parte proruit. Dies geschah unter den Consuln P. Marius Celsus und L. Asinius Gallus im Jahre 62.

34) V. A. IV. 42.

35) Tac. Ann. XVI. 34. Tum ad Thraseam in hortis agentem quæstor consulis missus vesperascente iam die; illustrium virorum feminarumque coetus egerat, maxime intentus Demetrio, Cynicæ institutionis doctori, cum quo, ut coniectare erat intentione vultus et auditis, si qua clarius proloquebantur, de natura animæ et dissociatione spiritus corporisque inquirebat, donec advenit Domitius Cæcilianus, ex intimis amicis, et ei quid senatus censuisset, exposuit.

36) Lect. Phil. p. 112.

37) Orig. c. Cels. ed. Hœschel p. 156.

Castiglione und sein „Hofmann“.

Oeffentliche Vorlesung.

Wenn Jemand sich vorgenommen hat, über einen Gegenstand zu sprechen, von welchem er annehmen muß, er liege der Theilnahme der Zuhörer noch fern, sei den meisten vielleicht ganz fremd oder gleichgiltig, so wird er mit ängstlicher Hast nach etwas allgemein bekanntem, oder nach etwas durch Schönheit oder Merkwürdigkeit sofort fesselndem sich umsehen, woran er schicklich knüpfen könne, was er zu sagen beabsichtigt. Dies ist heute auch meine Lage. Wenn es sich darum handelt, von einem Manne zu reden, welcher in einer noch nicht veralteten Darstellung der italienischen Literatur mit den Worten abgefertigt wird: „der gelehrte Castiglione verlor als Dichter, was er als Philosoph und sehr eleganter Prosaiker durch sein nicht mehr gelesenes Werk über die Pflichten der Hofleute gewonnen hatte,“ — so tritt man wohl Wenigen zu nahe, wenn man voraussetzt, die bloße Nennung des Gegenstandes reiche keineswegs hin, große Spannung hervorzurufen. Wo nun aber jene Anhaltspunkte finden, die dem Zuhörer den Entschluß zur Aufmerksamkeit erleichtern sollen? Wären wir statt in diesem Saale etwa in Mantua, so könnten Sie in der Corte imperiale, dem von Giulio Romano umgebauten alten Palaste der Herzoge der Stadt, Castiglione's erste Bekanntschaft machen; dort in dem Rundgemälde, das die Decke der Galerie schmückt, und die literarischen Größen des Ortes zu einem mantuanischen Parnasse zusammenstellt, würden Sie ihn neben Virgil, neben dem Humoristen Teofilo Folengo, neben dem fruchtbaren Battista und vielen andern finden, auf welche die Heimat stolz ist. Dann läge der Gedanke nahe, Sie zu einem Ausfluge nach Santa Maria delle Grazie einzuladen; vielleicht würden sie der Besichtigung der zahllosen Votivtafeln und der in Wachs dargestellten vornehmen Besucher des Wallfahrtsortes bald müde werden und gern ein wenig an dem Grabmale, welches im Auftrage von Castiglione's alter Mutter Giulio Romano seinem Freunde errichtete, verweilen, um sich einläßlicher erzählen zu lassen, was in der Inschrift Pietro Bembo, der nachmalige Cardinal, von seinem Studiengenossen und Freunde nur andeutungsweise sagen konnte; Sie würden sich nach seiner Gemahlin erkundigen, wenn Sie auf dem Denksteine daneben Castiglione's wehmüthige Zeilen läsen:

Nicht mehr leb' ich hinfür; das Leben, theuerste Gattin,
Hat, da dich es mir nahm, mir auch das Schicksal geraubt.
Dann erst lebe ich neu, wann neben deinen Gebeinen
Hier im Grabe dereinst friedlich die meinigen ruhn.

uud würden Sie vollends eine Erklärung der Inschrift wünschen, welche Castiglione's Enkel seinem Sohne gesetzt haben, und worin es heißt, dieser Sohn Camillo habe das Buch seines Vaters im Leben verwirklicht, so würden Sie mich damit auf dasjenige gebracht haben, um dessen willen ich den Ausflug über den See veranlaßt hätte. Wäre nur dies alles nicht bloß eine eitle Träumerei! Wären wir am Ende auch nur in der Gemäldesammlung des Louvre in Paris, so sähen Sie das Bild des ungefähr fünfunddreißigjährigen Mannes, wie es von Raphaels Hand der Nachwelt erhalten ist, jenes Bild, vor welches Hippolita, Castiglione's Weib, ihr Söhnchen trug, um ihm den Vater zu zeigen, dem die Pflichten seines Berufes so selten erlaubten im Kreise der Seinigen zu weilen. Auch Raphael, den vier Jahre jüngeren Meister von Urbino, durfte er seinen Freund nennen. Der große Künstler hörte beim Entwerfen seiner Werke gerne den Rath des gelehrten Weltmannes, der dem früh verstorbenen Malerfürsten warme Worte der Trauer nachrief. Aber auch das Bild von Raphaels Hand kann ich Ihnen ja nicht zeigen. So genüge Ihnen denn für einmal zu wissen, daß Castiglione mit Bembo, mit Raphael, mit dessen Schüler Giulio Romano, und außerdem mit Michel Angelo, Sadoleto, mit Vittoria Colonna in freundschaftlichem Verkehre stand, daß Pabst Leo X ihm ein mächtiger Gönner war, daß Pabst Clemens VII ihn eines Vertrauens würdigte, welches er durch Sendungen von höchster Wichtigkeit an den Tag legte, und daß Kaiser Karl V bei Castiglione's Tod gegen seine Umgebung sich so aussprach: ich sage euch, in ihm ist einer der besten Ritter der Welt gestorben. Castiglione selbst hat in seinem Werke über den Hofmann wie er sein soll, die Lehre gegeben, wer sich in Kreise zu begeben hat, wo er noch nicht bekannt ist, sorge dafür, daß ihm ein guter Ruf dahin vorangehe, daß man erfahre, wie er anderwärts sich der Achtung der Gesellschaft erfreue; so wird es ihm leichter werden, die seiner Tüchtigkeit gebührende Anerkennung zu finden. Was er nun Ihnen gegenüber nicht hat selbst thun können, habe ich für ihn thun zu müssen geglaubt. Sie wissen, mit wem er umgegangen ist und wissen nun freilich noch nicht, wer er ist, denn das Sprichwort übertreibt die Wahrheit; aber Sie schenken mir vielleicht jetzt lieber Ihre Aufmerksamkeit, wenn ich versuche, Ihnen den Mann zu schildern, dessen Leben und Wesen mir so geeignet scheint, von dem Charakter seiner Zeit und seines Landes eine Vorstellung zu geben.

Es ist nicht leicht den Lebensgang Castiglione's zu erzählen, wenn man es sich versagen muß, die bunte Reihe von Feldzügen und Friedensschlüssen, von Bündnissen und Entzweiungen zu besprechen, welche die äußere Geschichte der zahlreichen Fürstenthümer und Republiken Italiens im Beginne des sechszehnten Jahrhunderts für den Geschichtschreiber und den Geschichtleser zu einem so schwer zu überblickenden Gegenstande machen; denn all diese Dinge greifen in die persönliche Geschichte des Staatsmannes bedeutend ein, und nur der Gedanke, daß Castiglione weit entfernt war, in seinem staatsmännischen Berufe ganz aufzugehen und daß gerade diese Seite seiner Thätigkeit und seiner persönlichen Ausbildung uns heute als die weniger wichtige und weniger fruchtbare erscheinen muß, kann es rechtfertigen, wenn wir unser Augenmerk vorzugsweise auf den innern Lebensgang des vielseitigen Mannes richten.

Baldassar Castiglione's Eltern waren Edelleute, die in der Nähe von Mantua lebten. Die Mutter, eine Gonzaga, verwandt mit der Familie der Markgrafen des Landes, muß eine bedeutende Frau von großer Einsicht und Thatkraft gewesen sein. Seitdem sie ihren Gemahl in der Schlacht am Taro 1495 verloren hatte, während Baldassare noch als siebzehnjähriger Jüngling unter Calcondila's, Merula's und des älteren Beroaldo Leitung in Mailand seinen Alterthumsstudien oblag, ruhte auf ihr die Sorge für das Hauswesen, dessen Castiglione sich nur selten gegenwärtig annehmen konnte, für den Sohn selbst, der sich im Dienste der Fürsten lange genug nicht über Mangel an Anerkennung, wohl aber über das Ausbleiben des verdienten und versprochenen Gehaltes zu beklagen hatte, für die Geschwister, von welchen zwei Töchter angemessen verheiratet wurden, während eine dritte ins Kloster ging und ein zweiter Sohn früh starb; sie erzog später die der Mutter durch frühen Tod beraubten Enkel. Castiglione war ihr ein dankbarer Sohn; seine zahlreichen uns erhaltenen Briefe an sie sind ein Zeugniß ehrfurchtsvoller Liebe, und als er ein Jahr vor seinem Tode aus dem fernen Spanien Worte väterlicher Ermahnung an seine Kinder richtete, faßte er alle seine Wünsche für das sittliche Gedeihen der Töchter in den Einen zusammen, sie möchten ihrer Großmutter ähnlich werden.

Nach Vollendung seiner Studien trat Castiglione in den Dienst des Markgrafen Francesco von Mantua, den er 1499 nach Mailand begleitete. Ludwig XII von Frankreich zog nach dem Sturze Lodovico Moro's damals in der genannten Stadt ein und die Beschreibung dieser Feierlichkeit ist der Gegenstand des frühesten unter den bekannt gewordenen Briefen des dereinstigen Staatsmannes. Mit demselben Francesco, der einen Theil des französischen Heeres führte, nahm er 1503 Theil an der Schlacht am Garigliano und folgte ihm, nachdem derselbe sein Amt niedergelegt, bis nach Rom zurück. Hier war es, wo er zuerst mit Guidubaldo von Montefeltro, dem nur wenig ältern Herzoge von Urbino zusammentraf, an dessen durch Pflege der Literatur und der schönen Künste nachmals so berühmten Hofe er eine der schönsten Zierden werden sollte. Der dreißigjährige Herzog war eine jener fast wunderbaren Erscheinungen aus dem Fürstenleben der Renaissance, deren frühe Entwicklung, allseitige Begabung selbst dann noch beinahe unglaublich erscheint, wenn man von den Berichten der in ihrer Umgebung lebenden Gelehrten und Dichter Manches als rhetorische Zuthat oder als Aeußerung sei es einer etwas zu weit gehenden Dankbarkeit, sei es niedriger Schmeichelei bezweifelt oder geradezu streicht. Bembo, der schon erwähnte Freund Castiglione's und mit ihm ein Schmuck Urbino's, hat uns unter dem Titel „über den Herzog und die Herzogin von Urbino" ein lateinisch und nach Guidubaldo's Tode geschriebenes Gespräch hinterlassen, in welches der Bericht eines Augenzeugen über die letzten Tage und den Tod des Herzogs und die Leichenrede seines einstigen Lehrers Odässi eingeschaltet sind, und Castiglione hat in einem Briefe an König Heinrich VII von England, bei welchem er zwei Jahre zuvor für seinen Herrn einen Orden hatte in Empfang nehmen müssen (und der ihn damals zum Ritter gemacht, mit Kette, Pferden und Hunden beschenkt hatte), dem Herzog ein Denkmal der Dankbarkeit gesetzt, dessen prüfungsreiches Leben und frühes Ende er darin erzählt, wie er denn auch der allgemeinen Trauer und dem verzweifelnden Schmerz der Herzogin beredte Worte leiht. Diese beiden Zeugen melden von Guidubaldo übereinstimmend, er habe schon in früher Jugend das Lateinische, wie ein Andrer seine Muttersprache gesprochen, seine Kenntniß des Griechischen habe auch diejenigen Feinheiten umfaßt, mit welchen sonst nur eine langjährige Beschäftigung vertraut machte; die Geschichtschreiber, die Moralisten und die Kirchenväter beider alten Sprachen habe er zwar besser gekannt als die Dichter, obwohl er sie nicht zu wiederholten Malen zu lesen, sondern statt dessen nur in stillem Nachdenken an seinem Geiste vorbeiziehn zu lassen gepflegt habe; doch sei seine Belesenheit in Virgil und Homer so weit gegangen, daß nicht leicht eine Stelle aus einem von beiden ihm habe beim Lesen oder in der Unterhaltung vorkommen können, deren Zusammenhang mit dem Ganzen er nicht sofort anzugeben im Stande gewesen wäre. Seine Kenntniß der Erdoberfläche ging ins Einzelnste und hing innig zusammen mit seinem geschichtlichen Wissen, welches sich auf die Geschicke des griechischen, des römischen, des jüdischen Volkes, das Leben der Fürsten, ihre Thaten, ihre Verwandtschaften, die Kunstleistungen, die Sitten, die Gesetze der verschiedensten Länder und Zeiten erstreckte. Sein erstaunliches Gedächtniß hielt die Reihenfolge der Päbste, der Patriarchen mit gleicher Treue fest, wie die Glaubenssätze der römischen Kirche, die Unterschiede ihrer gottesdienstlichen Gebräuche von denen der griechischen. Und doch war sein kurzes Leben — er starb erst 36 Jahre alt — keineswegs das ruhige eines Stubengelehrten unserer Tage gewesen. Von seinem zehnten Jahre an, demjenigen, in welchem er seinen Vater Federigo den großen Feldherrn verlor, stand er, anfangs von seinem Oheim Ottaviano geleitet, an der Spitze verschiedener Heere, deren Führung ihm das eine Mal ein Pabst, das andere Mal die Florentiner oder die Venetianer anvertraut hatten; es waren aber auch schwere Prüfungen über ihn ergangen; im Jahre 1502 war Cesare Borgia auch in Guidubaldo's Land, durch welches er sich bloß freien Durchmarsch erbeten hatte, mit einer Macht eingedrungen, deren sich der Herzog von Urbino nicht zu erwehren vermochte; er mußte fliehen und zog sich mit seiner Gemahlin nach Venedig zurück; dort oder sonst wo in der Verbannung hätte er nun vielleicht noch lange bleiben müssen, wenn nicht im Jahre darauf Pabst Alexanders VI Tod und was damit zusammenhieng, der Sturz Cesare's und die Erhebung Julius II, dessen Bruder mit einer Schwester Guidubaldo's vermählt war, auf den päbstlichen Thron, seinem Schicksal eine günstige Wendung gegeben hätte. Er begab sich zur Krönung des Pabstes nach Rom, mit dessen Hülfe es ihm nachmals gelang, sein Land wieder zu gewinnen. In Rom nun, wie bereits erwähnt, lernte er Castiglione kennen, dem die Verwandtschaftsbeziehungen zu der liebenswürdigen Herzogin Elisabetta, einer Schwester Francesco Gonzagas, und zu Cesare Gonzaga, einem treuen Höflinge Guidubaldo's, es erleichtern mußten, mit dem Herzoge von Urbino in Berührung zu kommen. Das Wohlgefallen scheint beiderseitig gewesen zu sein; wenigstens bat Castiglione seinen bisherigen Fürsten um Erlaubniß, seinen Dienst mit demjenigen seines Schwagers zu vertauschen, was Francesco zwar nicht hinderte, aber auch nicht lange verschmerzen konnte und 1504 übergab im Lager vor Cesena Guidubaldo, der noch mit dem Borgia im Streite lag, seinem neuen Diener fünfzig Reiter zu führen und setzte ihm dafür einen angemessenen Sold aus. Als bald darauf Guidubaldo nach Cesare Borgia's völligem Unterliegen nach Urbino zurückkehrte, folgte ihm Castiglione dahin und verlebte nun dort bis zu dem frühen Tode seines Herrn d. h. bis 1508 einige glückliche Jahre. Seine Beschäftigungen waren verschiedener Art. Diejenige, über welche wir aus unsern Quellen am wenigsten erfahren, welche aber gewiß seinen Neigungen nicht am wenigsten entsprach, war die Fortsetzung des in Mailand begonnenen Studiums des Alterthums. Wie wäre er auch zu der Gewandtheit und Reinheit in der gebundenen wie der ungebundenen lateinischen Rede gelangt, die ihn zu einem der vorzüglichsten Latinisten seiner Zeit macht, wie zu der Vertrautheit mit der Geschichte und den Schriftwerken des Alterthums, wovon alle seine Werke zeugen, wie hätte er seinen eignen Anforderungen an die Bildung eines Mannes von seinem Stande genügt, wo hätte er, um die ruhige, besonnene Männlichkeit, die milde Freundlichkeit und stille Heiterkeit seines Wesens zum angemessenen Ausdrucke bringen zu lernen, sonst Vorbilder gefunden, wenn er nicht fortwährend aus den Schätzen der Bibliothek, die der große Federigo in Urbino mit bedeutendem Aufwande als schönste Zierde seines Palastes gesammelt hatte, seinem Geiste die unvergleichliche Nahrung großer Gedanken des Alterthums, vom Alterthume selbst in die schönste Form gegossen, zugeführt hätte? Dazwischen traten nun freilich zerstreuend, oder besser auch nach andern Seiten bildend verschiedene Geschäfte, wie seine Stellung zu Guidubaldo sie mit sich brachte, Gesandtschaftsreisen nach London (1506) zu König Heinrich VII, nach Mailand zu Ludwig XII von Frankreich (1507), eine Reise nach Rom (1504) im Gefolge des Herzogs, der sich daselbst dem Pabst als neugewählter Befehlshaber der Truppen der Kirche vorzustellen hatte, und anderes mehr. Aber der höhere amtliche Verkehr war ja eben ein Feld, wo der Gelehrte der Renaissance eine bedeutende Rolle spielte; wie die Päbste lange Zeit die besten Latinisten zur Abfassung ihrer Staatsschriften verwendeten und gern durch sie auch mündlich die lateinischen Anreden fremder Botschafter beantworten ließen, anstatt sich der Gefahr auszusetzen, etwa wie Paul II »aliorum ducorum« oder wie Alexander VI »quæ fuerant per illum oblita« zu sagen, so hielten auch weltliche Fürsten bei der Wahl ihrer Gesandten viel auf gewandtes und glänzendes Lateinsprechen; und gewann auf diese Weise der diplomatische Verkehr jene schöne Form, welche damals in den verschiedenartigsten Verhältnissen des Lebens ein Bedürfniß der Gebildeten war, so wurden andererseits die Gelehrten davor bewahrt, durch scheues Sichabschließen von dem, was ihre Zeit bewegte, der Gegenwart sich zu entfremden. Auch das gesellige Leben nahm unsern Hofmann nicht wenig in Anspruch; ein Kreis, wie derjenige, welcher sich um Guidubaldo oder, da dieser durch fortwährende körperliche Leiden meist ans Lager gefesselt war, um seine hochgebildete Gemahlin Elisabetta gebildet hatte, verlangte von seinen Gliedern auch, wo es bloße Unterhaltung galt, große Vielseitigkeit, Regsamkeit und von einem so bedeutenden Manne wie Castiglione nicht geringes thätiges Eingreifen. Wie man sich an gewöhnlichen Abenden die Zeit vertrieb, werden wir bei der Betrachtung von Castiglione's Hauptwerk, dem Cortigiano sehen. Der besondern Anlässe gab es aber sehr viele und verschiedenartige. Oft mochten die Dichter unter der Gesellschaft, und Castiglione war gar nicht der einzige, den Uebrigen ihre neusten Werke vorlegen, ihre Meinung darüber zu vernehmen, die italienischen wenigstens ohne Zweifel; unser Dichter ist freilich in den lateinischen glücklicher; aber wenn nicht alle, so waren doch mehrere unter den anwesenden Frauen im Stande, auch diese zu verstehen, den bittern Schmerz zu fühlen, mit welchem in seinem Alcon der Dichter in der Person eines Hirten den Tod seines talentvollen Studiengenossen Falcone beklagt; und mit dem Dichter zu lächeln, wenn er ihnen seine Warnung an das am Ufer lustwandelnde Mädchen vorlas. „Ergehe dich nicht zu nahe am Meeresstrande, mein Kind. Schuppige, struppige Ungeheuer hausen dort und rauben oft unvorsichtige Mädchen, kommen manchmal auch in Schaaren und treiben viele Menschen in die Fluth; ja, junge Schönen, die etwa darunter, müssen erst noch ihren thierischen Gelüsten dienen. Komm lieber mit mir dort rechts in die schattige Schlucht. Ein klarer Bach durchfließt sie und um die Quelle stehen dunkle Eichen. Dort laß uns einander Kränze winden. Wenn du dann einer Nymphe gleich, hochgeschürzt, Blumen im Haare und am Busen erscheinst, wie werden die Götter des Waldes, wie wird die kalte Fluth der Quelle selbst in Liebe entbrennen! und kommst du heim, so wird Hippolyta in heimlicher Eifersucht sich verzehren. Bleiben wir denn sachte hinter den Andern zurück, daß Niemand unser Wegschleichen gewahre. Wie du aber vom Strande her beängstigendes Rauschen vernimmst, flüchte dich Schutz suchend an meine Brust." — Andere Male mochten Sänger von Beruf sich hören lassen oder ergriff die Herzogin selbst die Laute und sang zu ihren Tönen die Klagen der verlassenen Dido mit so vollendeter Kunst, daß Castiglione, welcher in einem seiner lateinischen Gedichte diesen Gesang preist, zu sagen wagt: von solch einer Dido wäre Aeneas nicht treulos gewichen, oder hätte er es vermocht, so hätten Wellen und Winde sich der Klagenden erbarmt und ihn wider Willen zu ihr zurückgebracht. Besondere Freudentage hatten ihre besondern gesellschaftlichen Genüsse. Auf den Carneval des Jahres 1506 wurde ein von Castiglione gemeinsam mit seinem Verwandten und Freunde Cesare Gonzaga verfaßtes italienisches Schauspiel, Tirsi betitelt, zur Aufführung gebracht. Der fremde Schäfer Tirsi kommt dazu, wie Jola (mit welchem Namen Castiglione sich selbst bezeichnet) über die Härte und Unerbittlichkeit seiner Galatea klagt; Jola und sein Freund Dameta, dessen Gestalt Cesare Gonzaga angenommen hat, schildern ihm dann die Schönheit der Grausamen und zugleich das Leben der übrigen Schäfer und Nymphen des Thales, deren dichterische Kennzeichnung uns zum Theil die nämlichen Ritter und Frauen erkennen läßt, welche im Cortigiano als Mitsprechende wieder erscheinen. Die spröde Galatea ist die Herzogin, welcher die Poeten des Hofes alle ihre Dichterliebe weihten. Der Carneval des folgendes Jahres brachte ein ähnliches, von Bembo gedichtetes Spiel. In die nämliche Zeit ungefähr fällt eine Aufführung des Lustspiels Calandra von Dovizio, welcher dem Dichterkreise von Urbino ebenfalls angehörte und uns bei der Betrachtung des Cortigiano wieder begegnen wird. Castiglione beschreibt in einem Briefe, den wir hier in seinen Hauptzügen wiedergeben, den Aufwand, das mannigfache Beiwerk, womit man das Stück in Urbino ausstattete. Es ist diese Schilderung ein werthvolles Actenstück für die Kunstgeschichte, sie zeigt wie frühe schon das Drama in Italien Gefahr lief von Musik und Pantomime um- und überwuchert zu werden und wie alles Studium des Alterthums auch die Besten noch nicht davon zurückgebracht hatte, sich in beängstigender Buntheit der Eindrücke, in spitzfindiger Allegorie zu gefallen.

Die Scene stellte die äußerste Straße einer Stadt dar, d. h. den Raum zwischen den äußersten Häusern und der Mauer. Die niedrige Wand vom Boden der Bühne bis zur Tiefe des Saales schien aus Mauerwerk zu bestehen, bildete in der Mitte einen Ausbau und war zu beiden Seiten durch Thürme abgeschlossen, auf denen Trompeter und Pfeifer aufgestellt waren. Der Zuschauerraum bildete so gewissermaßen den Stadtgraben. Er war durch eine doppelte Wand, welche eine Wasserleitung darstellte, in zwei Hälften getheilt; die von der Bühne entferntere enthielt aufsteigende Sitzreihen; hinter diesen war die Mauer mit gewobenen Darstellungen aus dem Trojanerkriege bekleidet und auf dem Gesims, das sich am obern Rande derselben durchzog, las man in großen weißen Buchstaben auf blauem Grunde:

Kriege im Feld, und Spiele daheim, so hielt es ja Cäsar
Selbst; denn in beiden übt gern tüchtiger Geist seine Kraft.

Vom Gewölbe hingen zwischen dichtem Grün in zwei Reihen an Drähten dreizehn mit vielen Fackeln besteckte Leuchter herunter; sie hatten die Form von Buchstaben und waren so geordnet, daß sie die Worte Deliciæ populi bildeten. Die Straße, welche man auf der Bühne sah, war reich an prächtigen Gebäuden, Palästen, Thürmen, und zwar sämmtlich in erhabener Darstellung, nur daß die Malerei und das durch die Regeln der Perspective bestimmte Verhältniß der Größen zur Erhöhung der Wirkung beitrugen. Da sah man z. B. einen achteckigen Tempel aus Stuck, der vier Monate Arbeit gekostet hatte; seine Fenster schienen aus Alabaster zu bestehen, seine Unterbalken und Gesimse waren goldfarbig und blau; ihn schmückten rings, scheinbar aus Marmor, Standbilder in runder Arbeit. Seitwärts erhob sich ein Triumphbogen, über dessen Wölbung eine gemalte Darstellung der Geschichte der drei Horatier erhabene Arbeit täuschend nachahmte. In zwei Nischen zu beiden Seiten der Rundung des Bogens hielt je eine Figur aus runder Arbeit in Stuck Trophäen in der Hand. Oben auf dem Werke sah man eine Gestalt zu Pferde, die mit einer Lanze einen Feind niederstieß. Neben ihr brannten auf zwei kleinen Altären Feuer, die während der ganzen Dauer der Aufführung nicht erloschen. Der Comödie Bibiena's gieng ein von einem Kinde verfaßtes und von Kindern trefflich dargestelltes Stück voraus, welches versteckte Musikchöre begleiteten. Zwischen die Aufzüge des Hauptstückes dann waren mimische Darstellungen eingeschaltet. Da sah man Jason mit Schwert und Schild einen kriegerischen Tanz ausführen, dann die feuerschnaubenden Stiere bezwingen und an den Pflug spannen, und Drachenzähne säen, worauf aus dem Boden eine Schaar nach Art der Alten bewaffneter Krieger sich erhob, die in wildem Reigen auf Jason eindrangen, dann aber einander selbst erschlugen, worauf Jason das goldene Vließ holte und mit einem neuen Tanze das erste Zwischenspiel schloß. — Im zweiten erschien nicht wie mehr als 100 Jahre später in Corneille's Andromeda in einem strahlenden Abendstern, sondern auf einem Wagen, den Tauben zogen und umtanzt von einer Schaar Fackeln tragender Liebesgötter mit Bogen und Köcher auf dem Rücken, Venus, nackt und mit einer Fackel in der Hand. Eine Thüre auf der Seite der Bühne wurde in Brand gesteckt und es stürzten neun brennende Jünglinge heraus, die einen neuen Chortanz begannen. — Nachher erschien noch Neptun; seinen feurigen Wagen, auf dem er mit dem Dreizack thronte und welchen Pferde zogen, deren Leiber in Fischschwänze ausliefen, umkreisten in wildem Reigen wunderliche Seeungeheuer. — Zuletzt zog, umgeben von Adlern, Straußen, Meervögeln und bunten Papagaien und gezogen von prächtigen Pfauen, Juno auf funkelndem Wagen, mit Krone und Scepter über die Bühne und die Vögel, die sie dabei begleiteten, führten einen lieblichen Tanz aus. Zum Schlusse des Festes trat einer jener kleinen Liebesgötter noch einmal auf und deutete in Versen, die Castiglione verfaßt hatte, die Gestalten der Zwischenspiele; jene Krieger, die in wilder Zwietracht sich erschlagen hatten, statt einmüthig sich Jasons zu erwehren, ein warnendes Beispiel für das zerrissene und jedem fremden Angriff ohnmächtig preisgegebene Italien; dann als Gegenbild dazu und als schöner Hoffnungstraum die Liebe in ihrer Herrschaft über Erde, Meer und Luftreich. Nachdem dieser Erklärer abgetreten, erklang von vier unsichtbaren Sängern unter Begleitung von vier Violen ein Gebet an Amor und damit schloß die Festlichkeit.

Wenn Castiglione in diese Jahre glücklicher Ruhe die Unterredungen verlegt, welche sein bestes und umfangreichstes Werk, den Cortigiano bilden, und von welchen er in edler Bescheidenheit nur vom Hörensagen etwas zu wissen behauptet, da er damals auf der Reise nach England gewesen sei, so thut er dies gewiß nicht deßwegen, weil jene Unterredungen damals etwa wirklich Statt gefunden hätten, sondern wohl vorzugsweise in dankbarer Erinnerung an die für ihn innerlich so fruchtbare Zeit, wo er in stillem Hafen Kraft und Geschick zur Fahrt auf dem bewegten Meere des Kriegs- und Staatslebens sammelte, in das er nun bald und je länger je weiter hineingetrieben ward. Vielleicht hat er schon bei Lebzeiten Guidubaldo's den Plan zu seinem Buche entworfen, gewiß ist daß um 1518 zum ersten Mal die Vollendung desselben erwähnt wird, und bis wir Castiglione an diesen Zeitpunkt seines Lebens geleitet haben werden, soll auch die Besprechung des Cortigiano verschoben bleiben.

Das Erste, was nun in betrübender Weise das frohe Zusammenleben des Urbiner Kreises unterbrach, war im Jahre 1508 der Tod des Herzogs. Er kam freilich keineswegs unerwartet; das lange Siechthum des noch so jungen und doch seit Jahren des Gebrauches seiner Glieder fast völlig beraubten Fürsten hatte Jeden, auch ihn selbst mit dem Gedanken an sein baldiges Ende vertraut machen müssen, als der Blitzstrahl, welcher in seinem Todesjahre in sein Gemach schlug, das Erdbeben, welches um die nämliche Zeit im Lande verspürt ward, die Stimmen, die sich von den Bergen hören ließen, die Feuerstreifen, die am Himmel erschienen und ähnliche Dinge, welche Bembo mit dem Todesfalle unsinniger Weise in Verbindung bringt, wenn er sie nicht wie die gleich abenteuerlichen Dinge, die er als Vorzeichen von Guidubaldo's Geburt berichtet, geradezu erfunden, ich meine aus seinen Classikern geborgt hat. Mit dem Schmerze über des Herzogs Tod, welcher namentlich bei der Gemahlin des Verstorbenen ein höchst leidenschaftlicher war, verband sich die Besorgniß, das Volk möchte die Gelegenheit benutzen, um irgend welche die Dynastie gefährdende Neuerungen zu versuchen. Denn, war auch Guidubaldo nach Cesare's Sturz in seinen Landen überall mit Zufriedenheit wieder aufgenommen worden, so fragte es sich doch, ob sein Adoptivsohn und Neffe Francesco Maria, den sein Oheim Pabst Julius II schon früher zum Präfectus Urbis d. h. zum obersten Polizeibeamten der päbstlichen Staaten gemacht hatte und jetzt kräftig unterstützte, dem Volke gleich willkommen sein werde. Guidubaldo hatte nämlich — es steckten dahinter nach Bembo's scheinbarer Vermuthung schlimme Zauberkünste seines Oheims — keine Leibeserben hinterlassen. Die thätige Sorge Castiglione's und anderer Freunde, welche in den verschiedenen Städten des Herzogthums mit Truppen jeder Bewegung entgegenzutreten bereit waren, verhütete alle Unruhen und Francesco Maria della Rovere folgte seinem Oheim ungehindert in der Regierung. Dies war nun auf einige Jahre der neue Herr unseres Castiglione. Auch an einer neuen und liebenswürdigen Gemahlin sollte es nicht lange fehlen; den 24. Dezember 1509 vermählte sich der achtzehnjährige Herzog mit Eleonora Gonzaga, welche zu preisen Bembo kaum Worte genug findet, und diesmal verdient er wol Glauben; war nicht ihr Vater der Markgraf von Mantua, dessen Hof nach Bildung und nach Förderung literarischer Bestrebungen sich mit dem von Urbino und dem von Ferrara wohl vergleichen durfte, welchem Isabella, ihre vielgefeierte Mutter entstammte? Gleichwohl kam es in Urbino nicht mehr zu der früheren ruhigen Entfaltung eines durch Wissenschaft und Kunst gehobenen Lebens. Francesco Maria's Neigungen scheinen, wenn gleich sein Lehrer derselbe war, der Guidubaldo gebildet, weniger in dieser Richtung gelegen zu haben; auch waren er und die Seinigen durch die Feldzüge ihres kriegslustigen Beschützers Julius II viel zu sehr in Anspruch genommen, wozu noch kam, daß er 1511 für die Ermordung des Cardinals und Legaten Alidosio, der seinen Groll freilich verdient hatte, vom Pabste auf einige Zeit seiner Herrschaft verlustig erklärt und nachmals unter Leo X derselben unverdienter Weise beraubt wurde. So finden wir denn auch Castiglione in den sieben Jahren, die auf Guidubaldo's Tod folgten, vorzugsweise im Felde thätig und nur Eines seiner lateinischen Gedichte läßt sich mit Sicherheit in diese Zeit setzen; es ist dasjenige, in welchem er das Loos der Wittwe des in Julius Dienste gefallenen Lodovico Pico von Mirandola beklagt, deren Schloß der Pabst belagern ließ, weil sie eine französische Besatzung aufgenommen hatte. Dagegen erfahren wir aus den Briefen an die Mutter mancherlei über Castiglione's Thätigkeit und Leiden während der Feldzüge dieser Jahre; wir hören, wie er große persönliche Tapferkeit bewiesen, wie er oft Mangel an Kleidern und Mundvorrath gelitten, wie er während seiner Krankheit an der Herzogin Elisabetta und ihrer Vertrauten Emilia Pia schwesterliche Pflegerinnen gefunden hat, die nach seiner Genesung mehrere Tage mit der Lösung der für ihn gethanen frommen Gelübde zu thun hatten, wie er bei Ravenna in der blutigen Schlacht mitkämpfte, deren Augenzeuge auch Ariosto gewesen ist. Für all seine Dienste bewies sich ihm der Herzog aber auch dankbar, indem er ihn, als die Ruhe hergestellt war, zum Grafen machte und ihm das Schloß Nuvilara bei Pesaro schenkte, welches er ihm freilich später wieder zu nehmen gezwungen wurde und für das erst

Camillo Castiglione von Guidubaldo II den schuldigen Ersatz bekam. Eine willkommene Aenderung in unseres Autors Leben hatte der Tod Julius II zur Folge; Castiglione wurde nach Rom gesandt, um auf die Pabstwahl im Sinne seines Herrn einzuwirken und als der neugewählte Giovanni de' Medici, Leo X, dem Herzoge die Würde eines Präfecten neuerdings verliehen hatte, schickte ihn dieser als stehenden Gesandten in die Hauptstadt. Dieß brachte ihn nun in die Nähe, und seine großen Talente, seine nicht gewöhnliche Gelehrsamkeit und der ganze Adel seines Wesens in die freundschaftlichsten Beziehungen zu dem literarischen Hofstaate des Pabstes, zu der schon lange bestehenden, aber jetzt erst recht aufblühenden römischen Akademie, von deren frohen Gastmählern und durch mancherlei Vorträge, Scherze und Spiele gewürzten Zusammenkünften Sadoleto später mit so sehnsüchtiger Erinnerung spricht, zu Bembo, Sadoleto, Beroaldo und wie sie alle heißen, zu dem Pabste selbst, der, wenn er ohne Zweifel zum geistlichen Oberhaupte der Christenheit sich wenig eignete, und für die mächtige Bewegung, welche durch die Völker ging, kein Verständniß besaß, ein Fürst von Rom war, wie ihn die Gebildetsten Italiens gar nicht genußfreudiger, kunstverständiger, gutmüthiger sich wünschen konnten. Unserem Urtheile zwar scheint Manches, woran Leo X Gefallen fand, auch abgesehen von seiner kirchlichen Stellung, schon vom Standpunkte eines geläuterten Geschmackes aus, gering gesagt befremdlich; wir hören mit Erstaunen, wie der nämliche Fürst, dem wir die Meisterwerke Raphaels und so manches andre verdanken, worauf die Menschheit stolz ist, sich vergnügte an den rohen Späßen des Bettelmönchs Mariano, und an seiner Gefräßigkeit, für welche vierzig Eier oder zwanzig Stück Hähne keine zu große Aufgabe waren; wie er einen Geistlichen zur Strafe für ein schlechtes Lustspiel, das er hatte aufführen lassen, prellen und dann auf ein Pferd binden und schlagen ließ, und ähnliches mehr. Aber Leo steht auch in dieser Beziehung nicht allein; Clemens VII ergötzt sich an dem Possenreißer Ambrosio gleich unbefangen, den ihm Federigo von Mantua auf einige Zeit borgte; der Hof von Urbino hat seinen Fra Serafino und die rohe Possenreißerei desselben ist auch Castiglione, dem ernsten Staatsmanne gar nicht anstößig, der bloß die Leute seines Standes davor warnt, sich je in ähnlicher Weise ihrer Würde zu begeben. Es ist ja auch am Ende in viel geringerem Grade unser Geschmack, der sich dagegen auflehnt, als unser sittliches Gefühl, das sich empört, wenn es den Menschen sich zum Spielzeug der Laune erniedrigen sieht; aber der Gedanke, daß es noch gar nicht so lange her ist, seit dieses Gefühl in unserer Sitte sich auszusprechen begonnen hat, mache uns zu nachsichtigen Beurtheilern einer Zeit, die in Vielem so groß dasteht. Nennen wir hier gleich noch ein anderes Gebrechen, das dem Blicke unserer Zeit, wenn er sich auf die glänzenden Gestalten der Renaissance richtet, an vielen unter ihnen als ein dunkler Fleck entgegentritt. Es ist dies ein gewisser Mangel an Wahrhaftigkeit, eine gewisse Sorglosigkeit darüber, ob man in den schönen Worten, welche man so trefflich zu reihen verstand, ob man in den überschwenglichen Lobpreisungen, in der heidnischen Redeweise, deren man sich in religiösen Dingen bediente, auch irgendwelche wahre, tiefe Ueberzeugung ausspreche, eine gewisse Gleichgiltigkeit der Frage gegenüber, ob man für die Fürsten, welche man verherrlichte, für die hohen Gönnerinnen, deren Augen, Haare und Hände, oder auch Keuschheit, Milde und Geist man in Hunderten schmachtender Sonette besang, in Wirklichkeit die Begeisterung, die schwärmerische Verehrung empfinde, von der man der Nachwelt die geschriebenen Zeugnisse hinterließ, ein gewisses Ueberwiegen der Werke über den Glauben. Hüten wir uns auch hier vor Ungerechtigkeit. Wenn Ariosto Gelegenheit findet, Lucrezia Borgia als ein Muster von Keuschheit zu erheben; wenn Bembo je nach seinem Aufenthaltsorte seine frostig glühenden Sonette bald an diese, bald an jene Fürstin richtet, während der Gegenstand seiner wirklichen Liebe ein ganz anderer war, wenn er bei Anlaß von Guidubaldo's Geburt und Tod Dinge berichtet, an deren Richtigkeit gewiß Niemand mehr zweifelte als er, so darf, wer sich mit der Geschichte der Renaissance beschäftigt, sich durch die üble Laune, in welche ihn die Unzuverlässigkeit mancher und zwar der geistreichsten Zeitgenossen versetzt, nicht dazu verleiten lassen, sie ohne weiteres der Lügenhaftigkeit oder feiler Schmeichelei zu zeihen, obschon auch dies um jene Zeit nicht ohne Beispiel ist. Der Dichter oder Philologe war, wenn besonders glückliche Verhältnisse ihn nicht unabhängig machten, darauf angewiesen, sich einem Fürsten anzuschließen, wenn er die nöthige Ruhe des Lebens, wenn er auch nur die Hilfsmittel zu seiner Fortbildung sich sichern wollte; diesem gegenüber nahm er nun bald die Stelle eines Historiographen oder eine ähnliche ein, bald die eines Künstlers, dessen Werth man wohl zu schätzen verstand, von dem man aber als Gegenleistung für die ehrende Anerkennung und den Schutz, der ihm zu Theil wurde, treue Anhänglichkeit und eine dem Glanze des Hofes und dem Ruhme des fürstlichen Hauses gewidmete Thätigkeit erwartete. Der Schützling war seiner Bedeutung wohl bewußt und lohnte mit reichem Danke die ihm erwiesenen Wohlthaten, glaubte wohl auch um so eher das Lob überreichlich spenden zu dürfen, da ja seine Stellung und ihre Obliegenheiten Niemandem unbekannt waren. Dazu kommt der Gebrauch einer fremden Sprache; es ist keine Lästerung, auch keine absichtliche Entstellung der Wahrheit, wenn Bembo sagt, dem Pabste Julius II sei seine Gewalt von den unsterblichen Göttern verliehen, es ist Bembo's ganz unverfänglicher Gedanke, um des gut lateinischen Ausdrucks willen mit dem lateinischen Gedanken vertauscht; aber wie denn in dem Gebrauche einer fremden Sprache genau genommen immer eine Art Unwahrheit liegt, so muß die Gewohnheit dieser Auswechselung der eignen Gedanken gegen andere, allmählig mit beigetragen haben, den Sinn für Wahrhaftigkeit abzustumpfen; gewiß ist, daß die im besten Latein geschriebenen Denkmäler jener Zeit für die Ermittelung der Thatsachen der Geschichte Italiens die werthlosesten sind.

Daß diese Bemerkungen gerade hier, wo von Leo's X Hofe die Rede sein mußte, eingeschaltet worden sind, hat nicht darin seinen Grund, daß sie etwa die päbstlichen Kreise besonders träfen; die berührten Gebrechen haften dem Leben der Renaissance an, wo immer es sich kund gibt; aber sie schienen bei der Besprechung des Hofes am besten angebracht, dem eine alte Ueberlieferung ohne Grund die erste Stelle anzuweisen pflegt.

Eins fehlte freilich dem päbstlichen Hofe, und der von Urbino her verwöhnte Gesandte mochte es ungern genug missen, schrieb doch selbst ein Cardinal an Giuliano de' Medici, als es hieß, dieser werde mit seiner jungen Gemahlin nach Rom kommen: Gelobt sei Gott; ein Hof von Damen war das Einzige, was uns fehlte. Dafür fand Castiglione in Rom an dem ersten Maler aller Zeiten einen Freund und seine Liebhaberei, Cameen, Gemälde, Bildhauerarbeiten zu sammeln, den weitesten Spielraum. Inzwischen hatte Francesco Gonzaga, der Markgraf von Mantua, endlich es doch verziehen, daß Castiglione einst den Dienst in Urbino vorgezogen, und berief ihn 1515 in den seinigen; ja er hatte auch eine durch Geburt und Geistesgaben seiner würdige Braut für ihn gefunden, Ippolita, die Tochter des Grafen Torello, und der nun bereits siebenunddreißigjährige Castiglione willfahrte durch eine im folgenden Jahre vollzogene Vermählung gerne dem Wunsche seines neuen Herrn und seiner eignen Mutter. Machte ihn nun zwar seine Verheirathung mit Ippolita nicht, wie es die früher von mächtigen Freunden ihm vorgeschlagene (und kurz vor der Verwirklichung aus politischen Rücksichten der Verwandten des andern Theiles aufgegebene mit Clarice de' Medici) gethan haben würde, zum nahen Verwandten von Herzogen, Königen und Päbsten, so gab sie ihm eine Gattin, die mit treuer Liebe an ihm hing und die der zärtlichen Neigung vollkommen werth war, welche er ihr widmete. Sie war nicht eine Gelehrte, und die lateinischen Verse des zärtlichen Sendschreiben Ippolita's an ihren fernen Gatten, welche zu dem Schönsten gehören, was die neulateinische Dichtung geschaffen, sind des Gatten eigenes Werk; wenigstens zeigen die erhaltenen italienischen Briefe der jungen Gemahlin bei aller herzlichen Zuneigung, die aus ihnen spricht, keineswegs die Sprachgewandtheit, welche man bei der Verfasserin jenes Briefes voraussetzen müßte. Sie war wohl auch nicht eine jener an allseitiger Bildung, an Geschicklichkeit in den ritterlichen Künsten des Reitens, Jagens, Fechtens und Ballspielens mit den Männern wetteifernden Frauen, wie wir sie in den höhern Ständen zu jener Zeit mehrfach treffen; sie war, wenn wir aus Castiglione's an ihrer Statt an ihn selbst gerichteten Worten schließen dürfen und wenn ein nicht für die Oeffentlichkeit bestimmter Brief des Gatten an sie durch seine ganze Haltung zu einem Urtheil über sie berechtigt, ein schlichtes, treu liebendes Weib, durch Anlage und durch Bildung geistig genug hoch stehend, um Castiglione in dem Maße lieben zu können, wie er es verdiente und seiner geistigen Ueberlegenheit gerecht zu werden. Der letzterwähnte Brief, als der kürzere und bei der Uebersetzung weniger verlierende sei hier mitgetheilt. Er ist geschrieben von Rom aus, wo Castiglione's Dienstobliegenheiten ihn länger als ihm lieb war, festhielten, und lautet:

An meine theure und geliebte Gemahlin Maria Ippolita Torella von Castiglione.

Wenn Ihr, mein theures Gemahl, achtzehn Tage lang keine Nachricht von mir gehabt habet, so sind doch während dieser Zeit nie vier Stunden vergangen, daß ich Euer nicht gedacht hätte. Uebrigens habe ich denn doch seither durch viele Briefe den Fehler gut gemacht, während Ihr an mich nur schreibet, wenn Ihr nichts anderes zu thun wißt. Dafür ist Euer letztes Schreiben, Gott sei Dank, einmal recht lang, und doch sagt Ihr erst noch darin, ich solle mir vom Grafen Lodovico berichten lassen, wie sehr Ihr mich liebet. Nun wäre es billig, daß auch ich Euch riethe, Euch vom Pabste sagen zu lassen, wie sehr ich Euch liebe. Denn gewiß ganz Rom weiß es und zwar so gut, daß alle Leute mir sagen, man sehe es mir deutlich an, wie mir fern von Euch nicht wohl sei; ich mache auch kein Hehl daraus, aber dann meinen sie, ich solle Euch doch nach Rom bringen. Ueberlegt es Euch einmal, ob Ihr kommen wollt und schreibt mir Eure Ansicht. Doch Scherz bei Seite, schreibt mir, ob Ihr wollt, daß ich Euch etwas Hübsches von Rom mitbringe; Ihr sollt es bekommen. Nur wüßte ich gern was Euch Freude macht. Ich werde nämlich eines Morgens ganz unversehens ankommen, wenn Ihr noch gar nicht aufgestanden seid. Dann werdet Ihr mir weiß machen wollen, Ihr habet die Nacht von mir geträumt; es wird aber nichts weniger als wahr sein. Noch kann ich Euch den Tag meiner Abreise nicht bestimmen; doch hoffe ich, er sei nicht mehr zu fern. Bis dahin gedenkt mein und liebet mich, der ich mich Euer stets erinnere und Euch liebe von Herzen, mehr als ich Euch sage.

Rom, letzten August 1519.

Ippolita gebar ihrem Gatten einen Sohn Camillo, von dem wir nicht viel wissen, als daß ihn sein Vater im vierten Lebensjahre das Studium des Griechischen beginnen ließ, daß er später, nachdem Castiglione's harmloses Werk auf den Index der verbotenen Bücher gesetzt worden war, sich die Erlaubniß erwirkte, eine gereinigte Ausgabe desselben zu besorgen, und daß er sich im Dienste des Herzogs von Mantua verdient machte; diesem Sohne folgten zwei Töchter. Aber die Geburt der zweiten kostete der Mutter im fünften Jahre ihrer Ehe das Leben, während Castiglione in Rom war, wo wenige Monate zuvor auch Raphael in der Blüthe der Jahre ihm durch den Tod entrissen worden. Vor diese traurigen Ereignisse, welche des Zusammenhangs wegen gleich hier erwähnt wurden, fällt indeß einiges Andere, was wir nicht übergehen dürfen, und zwar vor Allem die Vollendung des Cortigiano, des Werkes, welchem Castiglione zumeist seinen Ruhm verdankt und welches er 1518 nur noch handschriftlich Bembo zur Einsicht und Beurtheilung sandte, ohne jedoch seines gelehrten

Freundes Antwort zu Gesicht zu bekommen, die auch für uns verloren ist. Man liest es allerdings wohl nicht mehr viel; man liest ja überhaupt in Italien weniger als bei uns und ein Buch in Gesprächform über einen ernsten Gegenstand erweckt, wenn schon Platon's und Cicero's Vorgang dafür sprechen, und die Renaissance Treffliches in dieser Gattung geleistet hat, bei manchen, die sonst eine ernste Lectüre nicht scheuen, das Vorurtheil einer lockern, leichten Behandlung; dazu kommt, daß das Wort Hofmann, Höfling aus Gründen nach und nach einen schlechten Klang gewonnen hat, daß die Leute, welche die Studien lieben, in der Regel sich nicht zu Höflingen heranzubilden beabsichtigen, und wer Höfling werden will, in der Regel nichts oder dann ganz anderes liest als er hier finden würde. Trüge Castiglione's Werk den Titel, den wir ihm geben dürften: „Unterredungen berühmter Männer und Frauen der Renaissance über die wesentlichen Bestandtheile der Bildung eines Mannes, der sich befähigen will, am Hofe eines seiner Dienste würdigen Fürsten die Achtung, das Wohlwollen und das Vertrauen seiner Umgebung, namentlich aber seines Herrn zu erwerben, um so zum Besten des Ganzen zu wirken," wüßten es Alle, daß darin das Ideal der weltmännischen Bildung von einem Manne entworfen ist, den wir als Wortführer seiner Zeit in dieser Sache betrachten dürfen und den sie durch ihren Beifall als solchen anerkannt hat, das Buch würde sicherlich häufiger gelesen, und zwar nicht bloß von denjenigen, welche sich mit der Geschichte menschlicher Gesittung beschäftigen, sondern auch von denen, welche mit den bewunderungswürdigen Werken der Dichtung, Malerei, Baukunst, Bildhauerei der Zeit bekannt, gern erfahren möchten, was für Leser und Beschauer und Zuhörer den besten unter den Schöpfern derselben vorgeschwebt haben; Mancher würde vielleicht auch neben Castiglione's Ideal die Wirklichkeit der Bildung halten wollen, deren wir uns rühmen „Zu schauen wie vor uns ein weiser Mann gedacht, Und wie wir's dann zuletzt so herrlich weit gebracht."

Erlauben Sie mir nun, v. A., Ihnen in Kürze zu wiederholen, was Castiglione in behaglicher Breite des Gesprächs entwickelt. Die schöne Form, die er seinem Werke gegeben, werden Sie dabei freilich einbüßen, und die ist in den Augen eines Schriftstellers der Renaissance nichts Geringes; aber sie ist keineswegs das, worauf es zumeist ankommt, wie bei manchen Zeitgenossen, und wenn man von ihr ganz absieht, so bleibt immer noch des Anziehenden genug. Nur die Einleitung sei mir vergönnt, mit größerer Treue wiederzugeben, um daraus einmal auf die lebendige Behandlung der Gesprächsform, dann aber auch auf den geselligen Ton schließen zu lassen, der am Hofe von Urbino herrschte.

(Schluß folgt.)

Solothurn. Ad. Tobler.

Beiträge
zur Kenntniß des Gymnasialwesens in der Schweiz.

Der Unterzeichnete hat an der letztjährigen Versammlung des schweizerischen Gymnasiallehrervereins in Basel den Wunsch ausgesprochen, es möchte das neue schweizerische Museum als „Zeitschrift für die humanistischen Studien und das Gymnasialwesen in der Schweiz“ sich wieder mehr der Besprechung schweizerischer Gymnasialfragen zuwenden und so, unbeschadet seiner Wissenschaftlichkeit, das werden, was es anfänglich zu werden versprach, nämlich ein Band zwischen den verschiedenen humanistischen Anstalten der Schweiz und ein Organ zur Vertretung ihrer Interessen. Wenn an den einen Orten der moderne Zeitgeist den Unterricht in den alten Sprachen möglichst beschneidet, an andern der Ultramontanismus die Gründung paritätischer Gymnasien mit der ihm eigenthümlichen Zähigkeit bekämpft, wenn dagegen auf rein protestantischem Gebiete den Staatsanstalten von pietistischer Seite der Vorwurf der Unchristlichkeit gemacht und mit Concurrenzanstalten wenigstens gedroht wird, so sind das Erscheinungen, die in das Leben unserer deutsch-schweizerischen Gymnasien tief eingreifen und wohl verdienten, von uns in unserm

Organ auf unsere Weise besprochen zu werden. Doch nicht allein von Fehden wüßte unsre Chronik zu berichten, sie würde auch einregistriren, was in den einzelnen Kantonen mit mehr oder weniger Aufsehen zur Hebung des höhern Schulwesens geschieht, welch lebhafter Wetteifer da und dort unter den Gymnasien und ihren Lenkern stattfindet und wie das eine die Erfahrungen des andern sich zu Nutze macht.

Um mit der bündnerischen Kantonsschule anzufangen, so hat sich „im Lande dahinten", welches trotz der Eisenbahnen immer noch in einer gewissen Isolirtheit verharrt, nach langen Kämpfen seit 1850 eine paritätische Anstalt gebildet, die wacker vorwärtsschreitet und das Ihrige dazu beiträgt, daß die wissenschaftlichen Anforderungen z. B. an die Theologen jenes Kantons, welche früher sehr bescheiden waren, immer höher gestellt werden können. Eigenthümlich ist dieser Anstalt die innige Verschmelzung mit dem Lehrerseminar, welches einen integrirenden Bestandtheil der Kantonsschule ausmacht und in der Mehrzahl der Fächer, besonders für die unteren Klassen, mit dem Gymnasium und der Realschule combinirt ist. Ich verweise die Freunde des schweizerischen Gymnasialwesens auf die beiden Schulprogramme von 1858 und 1861, welche eine Geschichte der bündnerischen evangel. Kantonsschule bis 1830 und von da bis 1850 enthalten.

Auch in St. Gallen scheint ein langjähriger Kampf endlich seinen Abschluß gefunden zu haben. An die Stelle der bisherigen auf Vertrag zwischen vier Contrahenten beruhenden paritätischen Kantonsschule, welche auf Ende Oktober 1866 wieder eingehen würde, soll nach dem vor zwei Jahren zwischen den beiden politischen Parteien geschlossenen Compromiß in nächster Zeit eine rein staatliche Anstalt treten. Eine Hauptfrage bei der Organisation derselben war die Trennung des Unterrichts in der Geschichte für die beiden Confessionen. Die Botschaft des Regierungsrathes vom 26. Mai 1863 erklärt S. 15: „Eigene katholische und protestantische Professoren für die Welt- und vaterländische Geschichte und für die Literatur aufstellen, hieße den Grund und Zweck der verfassungsmäßigen Stiftung eines gemeinsamen Lehrerseminars und einer gemeinsamen Kantonsschule nicht nur verkennen, sondern völlig aufheben, hieße factisch, ohne es zu beabsichtigen, feindselige confessionelle Gegensätze und Tendenzen, welche bisher private und öffentliche, politische und kirchliche Lebensverhältnisse lange genug getrübt und verbittert haben, neuerdings pflanzen und verewigen.“ Originell war der Vermittlungsvorschlag des Friedensstifters Dr. Weber, die Reformationsgeschichte von dem übrigen Geschichtsunterricht abzulösen und den beiderseitigen Religionslehrern zu übergeben. Als ob man da nur so ablösen und herausheben könnte! Eher als zu diesem ebenso unwissenschaftlichen als unpädagogischen Mittel hätte Referent zu der völligen Trennung des Geschichtscursus stimmen können, wie sie bei der Gründung der paritätischen Kantonsschule in Chur statuirt wurde, nämlich als äußerste Concession an die Confessionen, so lange die eine oder die andere auf einem gesonderten Unterricht bestehen würde. Gegenwärtig ist diese Trennung nur noch theilweise durchgeführt. In St. Gallen aber hat sich der große Rath in seiner Session vom November vorigen Jahres nach gründlicher Debatte mit bedeutender Mehrheit gegen die Trennung ausgesprochen. Eine andere Streitfrage, auf die ich später zurückkommen werde, das Verhältniß zu den Realschulen, ist nun ebenfalls entschieden. Wir dürfen daher hoffen, daß die Schule bald aus dem Fahrwasser der politischen und confessionellen Strömungen heraustreten und einen festen Boden für sich gewinnen wird.

Einen solchen festen Boden hat die zehnjährige Thurgauer Kantonsschule schon unter ihren Füßen, obwohl sie bereits decretirt, dann durch das Veto wieder wegdecretirt, nur durch die Beharrlichkeit der einsichtigsten thurgauischen Staatsmänner zu Stande gekommen ist. Viele jüngere Männer wirken an derselben mit Energie und leisten dem thurgauischen Schulwesen noch außerdem manchen Dienst, so daß das Volk sich seine Kantonsschule jetzt wohl um keinen Preis wieder nehmen ließe.

In dem benachbarten Winterthur ist ein oberes Gymnasium erst in neuester Zeit ins Leben getreten. Man kann dasselbe bei der geringen Entfernung von der Kantonsschule in Zürich für einen Luxusartikel erklären, aber jedenfalls für einen solchen, durch welchen diese rührige Rivalin der Hauptstadt sich selber hoch ehrt, indem sie in dem Verhältnisse wie keine andere Stadt in der Schweiz aus eigenen Mitteln der Wissenschaft Opfer bringt. Die jährliche Ausgabe der Stadt Winterthur für das höhere Schulwesen beläuft sich nämlich auf 70,000—80,000 Franken. Uebrigens ist dieses vielversprechende Gymnasium im Wesentlichen nach dem Zuschnitt des zürcherischen organisirt und hat bereits im Herbst 1863 seine Probe bestanden, indem die drei ersten Abiturienten desselben im Beisein von Abgeordneten des Erziehungsrathes die Maturitätsprüfung ablegten.

Diese Rivalität jüngerer Anstalten nöthigt die ältern, die früher eines unbestrittenen Rufes sich erfreuten, wie Zürich und Aarau, sich von Zeit zu Zeit zu verjüngen, was in den letzten Jahren wirklich geschehen ist. Zürich hat die Wunde noch immer nicht verschmerzt, die ihm die Reorganisation von 1859, welche sonst manches Gute brachte, durch Verstümmelung des letzten Curses geschlagen hat, und es protestirt noch immer dagegen, indem es im neuesten Programme unter der Rubrik Oberes Gymnasium „drei Klassen, die dritte zur Zeit mit halbjährigem Curse" aufführt. Das Recht, sich vom Griechischen dispensiren zu lassen, obgleich vom großen Rathe ausdrücklich sanctionirt, wird in Wirklichkeit weniger benutzt als früher. Zum ersten Mal mußte dies Jahr wegen Ueberfüllung der ersten (untersten) Klasse des untern Gymnasiums ein Parallelcurs eingerichtet werden.

Basel war von jeher ein Sitz gründlicher humanistischer Bildung. Sein humanistisches Gymnasium, welches freilich schon Knaben von 8—9 Jahren aufnimmt, enthielt Ostern 1863 die in der Schweiz kaum übertroffene Zahl von 356 Schülern, so daß jetzt in fünf Klassen der Unterricht doppelt ertheilt wird. Von den Austretenden geht eine ziemliche Anzahl in die Gewerbeschule über, ein Beweis, daß dort wie in Zürich und anderswo viele das Gymnasium besuchen, welche nicht zu studiren beabsichtigen. Für die Studirenden aber besteht, ehe sie auf die Universität abgehen, nun noch eine schöne Mittelanstalt von drei Jahrescursen, das Pädagogium, welches den Schülern mehr freie Zeit und mehr Freiheit überhaupt gewährt, als die meisten andern Obergymnasien. Uebrigens soll die enge Verbindung mit der Universität neben offenbarem Gewinn auch Inconvenienzen für die Anstalt zur Folge haben.

In Bern ist die Kantonsschule erst seit wenigen Jahren in ihrem gegenwärtigen Bestande aufgebaut und hat immer noch die Concurrenz paralleler stadtbernischer Anstalten zu bestehen, sowie sie bis vor Kurzem das Lerbersche Privatgymnasium neben sich hatte. Sie hat der zunehmenden Rohheit — ich darf wohl diesen starken Ausdruck gebrauchen — im Kanton Bern einen kräftigen Damm entgegengesetzt. Dem Lateinischen ist im Lehrplan der Literarabtheilung [1]) eine große,

[1]) S. Schweizer. Museum I. p. 207.

vielleicht zu große Stundenzahl eingeräumt, so daß sich bereits eine Reaction dagegen erhoben hat und die Klage laut geworden ist, daß die Kantonsschule eigentlich nur für Stadtberner eingerichtet sei, welche dieselbe von unten auf besuchen könnten. Diejenige Reaction gegen die neue Organisation ist aber entschieden durchgefallen, welche von einer Anzahl Studenten gegen die obligatorischen Maturitätsprüfungen erhoben wurde, durch welche verhindert wird, daß jeder Secundarschüler, nachdem er von einem Rechtsagenten oder Notar einigermaßen dressirt worden ist, sich nun als Stud. juris an der Universität etablirt und nach ein paar Jahren aus derselben als fertiger Staatslenker hervorgeht.

Das Solothurner Gymnasium, welches vor drei Jahren umgestaltet wurde, kennt Referent nur aus dem neuesten Programm. Eigenthümlich ist die Zuspitzung desselben zu einer „Theologischen Lehranstalt“, die schwerlich stark besucht sein kann. Zwischen dem obern Gymnasium, das seine Schüler bis zu Cicero und Demosthenes führt, und dieser theologischen Lehranstalt, ist noch ein Lyceum von zwei Jahrescursen, wo weniger mehr alte Sprachen, sondern vorherrschend Philosophie und Naturwissenschaften gelehrt werden. Auf Musik und Gesang scheint man in Solothurn großes Gewicht zu legen, da die Namen der Theilnehmer an diesen Fächern selbst mit Angabe der Stimmen und Instrumente vollständig aufgeführt sind. Im Uebrigen mißbillige ich die Publikation der sämmtlichen Fortgangsnoten in allen Fächern, die nicht nur von 1 bis 6 gehen, sondern innerhalb dieser Zahlen sich wieder in Viertel verzweigen. Welcher Lehrer wird sich vermessen zu behaupten, in solchem Detail bei jedem Schüler das Richtige zu treffen, so daß sein Urtheil verdiente, in dieser Weise verewigt zu werden! Soll der Ehrgeiz der Schüler angespornt werden, so genügt ja eine Veröffentlichung der Rangordnung, welche als das Resultat dieser Fachzeugnisse erscheint. Solchen Erwägungen haben wir es wahrscheinlich zu danken, daß die Fachnoten der Aargauer Kantonsschule im heurigen Programm nicht mehr veröffentlicht sind.

Die meisten der über Solothurn gemachten Bemerkungen gelten auch für Luzern, dessen Programm dem Referenten erst nachträglich zu Gesichte gekommen ist. Das Luzerner Gymnasium ist dem solothurnischen entsprechend organisirt, wenn wir davon absehen, daß man in Luzern kein oberes Gymnasium kennt, sondern einfach sechs Gymnasialklassen vor dem Lyceum zählt. Die Lyceisten erhalten das Prädikat Herr. Die alten Bezeichnungen der Jahrescurse nach den Hauptfächern, als: Grammatik, Rhetorik, Philosophie rc. sind officiell abgeschafft, kommen aber da und dort wieder zur Hinterthüre herein. Lobende Erwähnung verdient, daß die Freifächer Englisch und Italienisch hier und in Solothurn von den Schülern der obern Gymnasialklassen ziemlich zahlreich besucht werden.

Aus der Urschweiz würde ich gerne Näheres berichten, wenn mir Materialien zu Gebote stünden. Es ist uns Protestanten an solchen rein katholischen Lehranstalten, die eine ganz eigenthümliche Geschichte hinter sich haben, und manches Hergebrachte mit Zähigkeit festhalten, Vieles unklar, was wir erst durch Autopsie oder durch fortgesetzte mündliche und schriftliche Mittheilungen begreifen können. Es ergeht daher an die Vertreter dieser Anstalten neuerdings die freilich hier nur von einem Einzelnen ausgesprochene Bitte, den Beschluß des schweizerischen Gymnasiallehrervereins auch ihrerseits zur Wahrheit zu machen, daß von nun an jede Anstalt wo möglich so viele Exemplare ihres Programms an die Schwesteranstalten senden solle, als sich dort Mitglieder des Vereins befinden. Die vereinzelten Besuche und Beitrittserklärungen aus der innern Schweiz haben an unsern Versammlungen stets die lebhaftesten Sympathien gefunden, und wenn der Verein das nächste Jahr in Luzern tagen will, so ist es gewiß einer seiner Hauptwünsche, recht viel Gutes und Neues von dem Schulwesen der Waldstätte zu vernehmen. Referent weiß, daß Schwyz und Einsiedeln bedeutende humanistische Anstalten besitzen, hat auch von Obwalden und Uri hie und da eine betreffende Notiz in den Zeitungen gelesen, und endlich ist er so glücklich, den ersten Jahresbericht der kantonalen Industrieschule, des städtischen Gymnasiums und der Secundarschule von Zug in Händen zu haben.

Das Schulwesen in Zug stand bis vor Kurzem auf niedriger Stufe, allein der Aufschwung, den dieser Kanton neuerdings nimmt, hat bedeutende Verbesserungen angebahnt. Laut obenerwähntem Programm wurde vor zwei Jahren eine neue Secundar- und Industrieschule mit der bestehenden städtischen Gymnasialabtheilung in der Art vereinigt, daß die Secundarschule dem untern Gymnasium in zwei, die Industrieschule dem obern in drei Cursen parallel läuft. In den meisten Fällen ist der Unterricht für die beiden Richtungen gemeinsam, erst im fünften Jahre gehen dieselben auseinander und wird dann noch eine dritte Klasse der Industrieschule, aber für die Gymnasiasten nur eine vierte Klasse aufgeführt. Die den vorhandenen Gymnasialklassen beigesetzten scholastischen Bezeichnungen (I. und II. Syntax, II. Rhetorik) lassen vermuthen, daß die die dritte Gymnasialklasse aus Mangel an Schülern ausgefallen ist. Ueberhaupt ist diese Anstalt erst im Werden und hofft zunächst, die noch auswärts studirenden jungen Zuger an sich zu ziehen.

So viel für einmal über die einzelnen Gymnasien der deutschen Schweiz. Dasjenige in Schaffhausen, an dem ich selbst wirke, habe ich einer genauern Prüfung vorbehalten, bei der es an vergleichenden Rückblicken auf die Schwesteranstalten nicht fehlen soll.

Das Gymnasium in Schaffhausen hatte vor 1851 eine ganz eigenthümliche Organisation. Es bestand aus fünf Realklassen und drei Gelehrtenklassen. Die beiden untern Realklassen waren für alle Schüler gemeinschaftlich, die eine höhere Bildung beanspruchten; in der dritten begannen die eigentlichen Realisten das Französische, die Humanisten das Lateinische. Somit war diese dritte Realklasse zugleich die Elementarklasse, deren Fortsetzung die drei Gelehrtenklassen bildeten, während den Realisten nur noch die vierte und fünfte Realklasse zum Besuche offen stand. Alle diese Kurse waren anderthalbjährig; demnach hatten nach dem Eintritt im neunten Lebensjahre die Humanisten neun, die Realisten sieben und ein halbes Jahr in der Anstalt zu verbleiben. Sehr lose knüpfte sich an die Gelehrtenklassen als Uebergang zur Universität das collegium humanitatis mit zweijährigem Curse, eine Ruine aus alter Zeit. Es war eigentlich nur für angehende Theologen noch brauchbar, so daß Juristen und Mediziner es oft übersprangen. Die Schüler am Collegium hießen Studenten und regelten, wie ein Programm aus jener Zeit sagt, ihr Betragen nach eigenem Gutdünken.

Als im Jahr 1851 dies Institut, welches den Fortschritten der theologischen Wissenschaft längst nicht mehr hatte folgen können, aufgehoben wurde, erhielt Schaffhausen ein modern eingerichtetes Gymnasium unter einheitlicher Leitung. Dasselbe besteht, dem gegenwärtig in der Schweiz herrschenden Sprachgebrauche entgegen, aus zwei Abtheilungen, einer humanistischen und einer realistischen, von denen jene sechs Klassen mit einjährigem Curse, diese vier (jetzt vier und einen halben) Curse zählt. Die zwei obersten humanistischen Klassen bilden ein abgesondertes oberes Gymnasium und ersetzen, wenigstens in der Meinung des Publikums, theilweise noch das collegium humanitatis. Die vier (½) realistischen dagegen wurden zur Vorbereitung auf ein Polytechnikum bestimmt, während die frühern Realklassen nichts als eine höhere Bürgerschule gewesen waren. *Nach unten aber wurde die Anstalt wesentlich beschnitten, indem sie ihre Basis verlor.* Sie erhielt von nun an die Knaben erst mit dreizehn Jahren, nachdem sie fünf Jahre in der Elementarschule, zwei Jahre in der neugegründeten sogenannten Realschule zugebracht hatten. Die Gründung dieses letztern Instituts war eine Concession, welche die Stadt der Landschaft machen mußte. Und wirklich hatten die Hauptorte der Landschaft einen begründeten Anspruch darauf, aus Staatsmitteln eine höhere Volksschule zu erhalten, mit dem Hauptzwecke der Vorbereitung auf das bürgerliche Leben, und dem Nebenzwecke, einzelne Schüler zum Eintritt in höhere Anstalten zu befähigen. Fehlerhaft war aber die Uebertragung dieser Einrichtung auf die Hauptstadt, wo gerade umgekehrt die Mehrzahl derjenigen Schüler, welche sich nicht mit der Volksschule begnügen, eine wirklich höhere Bildung anstrebt. Also hier hätte man die Combination jener beiden Zwecke, die immer ein Nothbehelf für kleinere Ortschaften bleiben wird, füglich dadurch vermeiden können, daß man die eine Gruppe einer höhern städtischen Bürgerschule, die andere den beiden Abtheilungen des Gymnasiums zugewiesen hätte. Statt dessen wurde diese Zwitteranstalt der städtischen Realschule geschaffen und in einen Lehrplan eingezwängt, der für sie nicht paßt. Wegen des jugendlichen Alters ihrer Zöglinge kann sie dieselben in den Realien nicht so weit bringen als die Realschulen auf dem Lande, aber eben doch zu weit für die Zwecke eines gründlich zu Werke gehenden Gymnasiums. Auch über den Sprachunterricht wird die berechtigte Klage geführt, das die Elemente nicht solid und methodisch genug gelehrt werden.

Endlich hat man die Ursache dieses Uebelstandes eingesehen und will nun wieder gut machen, was vor dreizehn Jahren gesündigt worden ist. *Die städtische Realschule soll aufgehoben werden,* und zwar zunächst auf Antrieb der Elementarschule, welche schon seit Jahren darnach strebt, in ihren obern Klassen sich zu einer Handwerker- und Gewerbeschule zu erweitern und daher diejenigen Elemente vereinigen will, die nicht auf das Gymnasium passen. St. Gallen hat so eben denselben Proceß durchgemacht; nur ging hier der Anstoß vom Gymnasium selbst aus, welches geradezu behauptete: „die bisherigen Leistungen der Eingetretenen im Latein sind, sage man frisch die Wahrheit, meist gleich Null.“ [1]) Aus Rücksicht auf die Stadtrealschule, welche von früherer Zeit her festgegründet ist, hat nun der große Rath bloß für das Gymnasium den unmittelbaren Anschluß an die Primarschule beschlossen, während die Industrieschüler vorerst zwei (oder drei) Jahre eine Realschule besuchen sollen. In Schaffhausen, wo jene Rücksicht wegfällt, wird man ohne Zweifel diese halbe Maßregel nicht copiren, sondern die zukünftige Kantonsschule (ich möchte diesen passenderen Namen vorschlagen) mit beiden Füßen auf die Primarschule setzen. Es ist immer ein Nachtheil, wenn eine Anstalt in denjenigen Fächern, die ihren Lebensnerv ausmachen, nicht den Grund legen darf. Die Kantonsschule in Aarau z. B. wird es gewiß nicht als einen Vortheil empfinden, daß sie Schüler aus allen möglichen Bezirksschulen, welche die Elemente des Französischen, des Lateinischen, ja des Griechischen schon hinter sich haben oder haben sollten, aufnehmen und zusammenarbeiten muß.

Was bildet nun den eigenthümlichen Charakter des Schaffhauser Gymnasiums seit der Reorganisation von 1851? Die durch starke Beschränkung der alten Sprachen ermöglichte Aufnahme oder Verstärkung mehrerer Fächer, welche die moderne Bildung erfordert, dazu die möglichst gleichmäßige Vertheilung dieser Fächer auf die verschiedenen Klassen. [2]) Wir haben 6 × 6 und, wenn man die Realschule hinzurechnet, 8 × 6 Stunden Latein, 5 × 6 Stunden Griechisch, 6 × 2 Stunden Religion, 3 × 2 Stunden Geographie u. s. f. Diese Einrichtung gibt (besonders beim Wegfall der ganz unberechtigten Bruchtheile von Stunden) ein ganz nettes Tableau, und stellt einen gewissen liebenswürdigen Encyclopädismus dar, wo alle Fächer ziemlich billig bedacht sind. Dafür hat sie aber eine starke Zersplitte-

[1]) Seite 6 im Gutachten des Lehrerconvents der Kantonsschule über den Entwurf des Kantonsschulgesetzes. St. Gallen 1863 — einer Schrift, die in schneidender Schärfe manche pädagogische Wahrheit ausspricht.

[2]) Man vergleiche die aus dem Programme von 1861 ausgezogene Stundentafel in Jahrg. I. S. 317 dieser Zeitschrift, welche abgesehen von ein paar Einzelnheiten ein richtiges Bild gibt.

rung und Zerstreuung der Schüler zur Folge, indem dieselben gleichzeitig durch zu viel verschiedene Fächer in Anspruch genommen werden. Die Bestellung von Klassenlehrern für jede Klasse hat einen bloß disciplinarischen Charakter und trägt zur Concentration so viel als nichts bei, wohl aber der Umstand, daß in jeder Klasse der Unterricht in den beiden alten Sprachen in einer Hand liegt. Dagegen ist die absonderliche Einrichtung immer noch geblieben, wornach die Schüler jedes Jahr den philologischen Lehrer wechseln, während an andern Gymnasien in der Regel dafür gesorgt ist, daß ein Lehrer entweder stehend zwei aufeinanderfolgende Klassen versieht, oder denselben Flug successive während zweier oder dreier Jahrgänge begleitet.[1]) Der alljährliche Wechsel ist für obere Klassen ganz gut, für untere entschieden nachtheilig, weil die abweichende Methode des neuen Lehrers den Knaben irre macht und auch im günstigsten Falle der Uebergang für Lehrer und Schüler zeitraubend ist.

Als Grundlage zu spezielleren Betrachtungen gebe ich im Folgenden eine Zusammenstellung der Stundenzahl für die Hauptfächer an verschiedenen schweizerischen Gymnasien. Hiebei habe ich die Kantonsschule in Aarau deßwegen übergangen, weil sie bei bloß vier Jahreskursen eine zu mangelhafte Parallele mit den andern Anstalten bietet, und diejenige in Chur wegen der Schwierigkeit, die mit Realschule und Seminar vielfach combinirten Stunden der Humanisten aus dem Programm zu ermitteln.

---

[1]) Das letztere geschieht z. B. in Zürich, Winterthur, Frauenfeld. Im Churer Programm von 1861 S. 8 lese ich folgende Bemerkung: Die erste und zweite, dritte und vierte Lateinklasse, die erste und zweite griechische Klassen, ebenso die ersten und zweiten deutschen Klassen bleiben zwei Jahre lang in der Hand eines Lehrers. [Aehnlich ist es in Basel wenigstens für das Griechische. Zusatz der Redaction.]

	Bern.[1])	Basel.[2])	Luzern.	Solothurn.	Zürich.	Winterthur.	Frauenfeld.[3])	St. Gallen.	Schaffhausen.
	9 Jahrescurse.		8 Jahrescurse.		6½ Jahrescurse.			6 Jahrescurse.	
Religion	16	10	16	13	12	10	10 ref., 13 kath.	10	12 (+4 Realsch.)
Hebräisch	8	—	—	—	4½	4	5	5	4
Deutsch	29	28	28	23½	20½	22½	20	14	17½ (+9 R.)
Latein	77	67	61	57	48½	48½	45½	38	36 (+12 R.)
Griechisch	33	32	25	25	38½	39½	33	27½	30
Französisch	28	25	16	14	19½	17½	13	16	17
Geschichte	20	24	25	15½	17½	14	16½	14	13 (+4 R.)
Geographie	12	12	8	4	5	8	5	4	6 (+4 R.)
Mathematik	33	35	23	24½	24	21	22½	13½	17 (+8 R.)
Naturwissenschaften[4])	8	6	17	25½	12½	15	10	29	19 (+5 R.)
Philosophie	—	—	7	10	1½	1½	—	8	4

[1]) S. Schweiz. Mus. I, S. 207.

[2]) In Geschichte, Mathematik und Naturwissenschaften lege ich die Ansätze für Parallelklasse V A des humanist. Gymnasiums zu Grunde, da V B für die zukünftigen Gewerbeschüler bestimmt zu sein scheint.

[3]) Bei diesen drei Anstalten wurde die Stundenzahl des obersten (halbjährigen) Cursus jeweilen halbirt. Für Frauenfeld benutzte ich die dankenswerthe Uebersicht der Lectionen auf S. 20 des Programms von 1863.

[4]) Mathematische und physikalische Geographie in der Regel mit eingerechnet.

Aus dieser tabellarischen Zusammenstellung ergeben sich folgende Resultate.

Der Religionsunterricht ist überall mit 1 — 2 Stunden wöchentlich bedacht, in obern Klassen fällt er theilweise weg. Schaffhausen hat, wenn man die Realschule hinzurechnet, das Maximum von sechszehn Stunden, was ich deßwegen hervorhebe, weil in der 1862 in Bern erschienenen Schrift: Ueber die Nothwendigkeit der Gründung eines christlichen Privatgymnasiums in der Schweiz, der Religionsunterricht an unserer Anstalt als spärlich bezeichnet wird. Das gerühmte Basel hat in Summa zehn Stunden. Die hebräische Sprache wird daselbst eben so wenig als an den Lyceen von Luzern und Solothurn gelehrt, während die meisten andern Anstalten, Schaffhausen eingerechnet, 4 — 5 Stunden für dieses Fach aussetzen. Das Neue Testament wird in Basel und Chur in der Ursprache gelesen.

Die Muttersprache ist überall ziemlich gleichmäßig mit drei Stunden per Klasse bedacht; am schlechtesten kömmt sie, was die Stundenzahl betrifft, in St. Gallen weg. Alt- und mittelhochdeutsch werden trotz der Autorität berühmter Fachmänner in Aarau, Luzern, Solothurn, Zürich, Winterthur, St. Gallen und Schaffhausen an obern, theilweise sogar an mittlern Klassen gelehrt. Im Ganzen dürfen wohl die schweizerischen Gymnasien den Ruhm in Anspruch nehmen, den Unterricht der deutschen Sprache und Literatur sorgfältiger zu betreiben als es an vielen deutschen Gymnasien geschieht.

Die beiden alten Sprachen nehmen wie billig das Gros der Stunden in Beschlag, obschon sie in unserm praktischen Lande den neuern große Concessionen machen mußten. Weitaus am meisten Stunden für die lateinische Sprache sind in Bern ausgesetzt, dann folgt Basel. St. Gallen und Schaffhausen kommen, wenn man die Stunden der vorausgegangenen Realschulkurse hinzurechnet, Frauenfeld und Zürich quantitativ ziemlich gleich; was aber die Qualität jener Stunden betrifft, muß ich auf das oben S. 10 Gesagte verweisen. In der griechischen Sprache herrscht größere Gleichmäßigkeit; doch sind hier Luzern und Solothurn absolut, Basel und Bern relativ, im Vergleich mit der Stundenzahl des Lateinischen, im Rückstand. Welche Principien maßgebend sind, wenn man der griechischen Sprache nicht einmal halb so viel Zeit zumißt als der lateinischen, vermag ich nicht abzusehen. Sollen doch beide Hand in Hand gehen, da nur ihre Vereinigung die altclassische Bildung zu geben vermag; und wenn das

Lateinische durch die Festigkeit seiner Formen vorzugsweise geeignet ist, eine grammatische Grundlage zu geben, so hat man dagegen im Griechischen an lesbaren Autoren Ueberfluß. Winterthur und Zürich, wo die Zahl der Griechischstunden derjenigen der Lateinstunden am nächsten kommt, sind hierin entschieden auf der rechten Bahn und auch für Schaffhausen nachzuahmen, das an seinen dreißig Stunden zu wenig hat. [1])

Im Französischen haben Bern und Basel nicht viel weniger Stunden als im Griechischen, Frauenfeld um etwas über ein Drittel, eine Differenz, die theilweise von lokalen Verhältnissen herrühren mag. Als das normale Verhältniß würde ich etwa die Hälfte betrachten, denn es ist Thatsache, daß Humanisten, wenn sie das Französische auch nicht sehr früh, aber gleich mit einer tüchtigen Stundenzahl beginnen, in dieser Sprache bald die Realisten oder Industrieschüler erreichen oder überholen, welche schon mehrere Jahre früher angefangen haben. Dasselbe gilt in noch höherm Grade von einer zweiten neuern Sprache, sei es nun Englisch oder Italienisch. Es liegt in der Aufgabe eines Gymnasiums, zur Erlernung einer dieser beiden Sprachen oder auch beider den bessern Schülern Gelegenheit zu geben. Sehr empfehlenswerth ist die Bestimmung des Schaffhauser Lehrplans, welche den Schülern am obern Gymnasium zwischen Hebräisch und Englisch die Wahl läßt, allen aber die Theilnahme am Englischen möglich macht. Diese Einrichtung hat sich bei uns seit zwölf Jahren so bewährt, daß in der Regel auch die zukünftigen Theologen sich das Englische nicht nehmen lassen. Dieselbe Bestimmung verlangte Köchly für Zürich in S. 21 seiner immer noch sehr lesenswerthen Gelegenheitsschrift: Ueber die Reform des Zürcher Gymnasiums 1859, ohne damit durchzudringen. Wenn er aber S. 20 dazu noch das Italienische streng obligatorisch machen will, so überschätzt er sicher die durchschnittliche Fassungs- und Arbeitskraft unserer Schüler.

Der Werth des Geschichtsfaches für die Gymnasialbildung kann nicht hoch genug angeschlagen werden. Diejenigen Anstalten haben demnach einen entschiedenen Vorzug, welche demselben eine bedeu-

---

[[1]) Dasselbe gilt von Basel und es kann die obige Bemerkung des Referenten nicht nachdrücklich genug unterstützt werden. Die Zurücksetzung des Griechischen hat im besten Fall ihren Grund in gedankenlosem Festhalten an der mittelalterlichen Tradition. Anm. d. Red.]

tende Stundenzahl anweisen. Unter unsern schweizerischen Gymnasien stehen in dieser Beziehung Luzern und Basel oben an, während Solothurn, Winterthur und Schaffhausen im Rückstande sind. Das durchschnittliche Maß von zwei Stunden per Klasse, mit welchem sich die letztgenannten Anstalten begnügen, läßt ein extensiv und intensiv erkleckliches Jahresresultat nicht erreichen, da der Lehrer hier die doppelte Aufgabe hat, die Hauptdata fest einzuprägen, und dazu frei zu erzählen sowie die Schüler nacherzählen zu lassen. Freilich ist auch der Umfang der gestellten Aufgabe ein sehr verschiedener. Einige Anstalten begnügen sich mit einem einfachen Kursus der gesammten Geschichte, wie natürlich Aarau, das die Weltgeschichte mit Inbegriff der Schweizergeschichte, nicht ohne Lücken, in drei Jahreskursen mit elf Stunden absolvirt; aber auch St. Gallen, mit bequemer Vertheilung des Stoffes auf fünf Klassen. Die Mehrzahl dagegen steckt sich das Ziel eines doppelten Kurses der allgemeinen Geschichte, eines elementaren zur Einprägung des chronologischen Zusammenhangs der Ereignisse mit Vorwalten des biographischen Elements in den untern Klassen, und eines mehr wissenschaftlichen mit Entwicklung der Verfassungs- und Culturgeschichte der Völker. In der Regel findet hiebei die vaterländische Geschichte ihren Platz am Ende der ersten Reihe und zwar mit Recht, weil Schweizergeschichte ohne Kenntniß der gleichzeitigen europäischen Geschichte ein Unding ist. Dieses Ziel eines doppelten Curses erreicht laut Programm Luzern vollständig, Basel und Zürich kommen ihm nahe; jedoch fehlt in Zürich das erste, in Basel das zweite Mal die neuere Geschichte. Winterthur durchläuft dieselbe Bahn wie Zürich mit noch schnellern Schritten; in Frauenfeld scheint in diesem Fache die vollständigste Confusion zu herrschen, wenn das vorjährige Programm maßgebend ist. Schaffhausen endlich weist den doppelten Cursus der allgemeinen Geschichte nebst besonderer Schweizergeschichte sehr hübsch gegliedert in seinem Lehrplan auf; in Folge der geringen Stundenzahl aber entspricht die Wirklichkeit dem Ideale so wenig, daß kaum der einfache Cursus in sechs Jahren absolvirt wird. Dies könnte allenfalls angehen, wenn unsere Humanisten den Geschichtsunterricht besonders hätten; da aber die Realisten denselben theilen müssen, welche im vierten oder fünften Jahre abgehen, so wäre es unverantwortlich, dieselben noch ferner mit einer so unvollständigen Bildung in diesem für das Leben höchst nothwendigen Fache zu belassen.

Ueber den Unterricht in der Geographie kann ich kurz hinweggehen, da derselbe überall als grundlegende Hülfswissenschaft der Geschichte in ein paar untern Klassen mit verhältnißmäßig wenigen Stunden gegeben wird. Am meisten Stunden weisen hier abermals Basel und Bern auf, welche freilich auch die jüngsten Schüler haben, dann Winterthur und Luzern.

Mathematik und die naturwissenschaftlichen Fächer gehören für das Gymnasium zusammen. Sie sind unentbehrlich für die humanistische Bildung, liegen aber nicht im Centrum derselben. Sie müssen daher auch hinsichtlich der Stundenzahl sowohl zu den Hauptfächern, als unter sich in einem richtigen Verhältnisse stehen. Das rechte Maß dürfte für die Mathematik durchschnittlich drei, für die Naturwissenschaften zwei Stunden per Klasse betragen. Statt dessen treffen wir in der Wirklichkeit die größten Ungleichheiten. In Basel und Bern sind den mathematischen Fächern zusammen 35 resp. 33, der gesammten Naturkunde aber nur 6 resp. 8 Stunden eingeräumt. In Chur nehmen die Gymasiasten, wenn ich das Programm recht verstehe, an 3 Mathematikstunden Theil. Das entgegengesetzte Extrem findet sich in St. Gallen, wo auf 13½ Mathematikstunden nicht weniger als 29 naturwissenschaftliche kommen. Ich will nicht behaupten, daß den Gymnasiasten ein vollständiger Cursus der Chemie etwas schade, allein nach der überwiegenden Ansicht ist er für dieselben entbehrlich; höchstens könnte den zukünftigen Medizinern Gelegenheit gegeben werden, denselben an der Realschule mitzumachen. Vom pädagogischen Standpunkt aus dürfte es richtig sein, den Schwerpunkt dieser Fächer in die obern Klassen zu verlegen, wo der Geist des Schülers nicht mehr in dem Maße durch das Erlernen neuer Sprachen in Anspruch genommen wird. Dazu kömmt, daß für das mathematische Denken wenigstens eine gewisse Reife des Verstandes unerläßliche Bedingung ist. Dagegen werden allerdings in den untersten Klassen mehrere Stunden für Zifferrechnen ausgesetzt werden müssen, um ein für allemal Fertigkeit und Sicherheit in demselben zu erzielen.

Ueber die Zulässigkeit oder Nichtzulässigkeit philosophischer Disciplinen an Gymnasien gehen die Ansichten bekanntlich sehr weit von einander. In unserm Vaterlande geben denselben nur diejenigen Anstalten noch einen weitern Spielraum, welche unter dem Einflusse des Katholizismus stehen. Nach seinen individuellen Erfahrungen möchte Referent dieses Fach nur ungern ganz verbannen. Er schließt sich daher denjenigen an, welche die Philosophie am Gymnasium rein propädeutisch behandelt wissen wollen und daher auf die oberste Klasse beschränken.

Nach dieser vergleichenden Betrachtung der deutschschweizerischen Gymnasien hinsichtlich der einzelnen Fächer und des Gewichtes, welches sie denselben beilegen, gedenke ich sie an zwei allgemeinen Principien zu messen, deren Durchführung im höchsten Interesse der Jugend selbst liegt.

Das erstere Princip ist dasjenige, welches ich nach Lattmann und Köchly[1]) die Concentration des Gymnasiums nennen möchte, indem ich darunter nicht bloß die Concentration alles Lehrstoffs um den Mittelpunkt der altclassischen Bildung, sondern auch die sich daraus ergebende Concentration des Unterrichts in jeder einzelnen Klasse um je ein Hauptfach oder ein paar Hauptfächer verstehe. Der Lehrplan der meisten schweizerischen Anstalten bietet ein solches Vielerlei verschiedener auf möglichst viele Klassen in kleinen Portionen vertheilten Fächer, daß einem fast bange wird um den Kopf des Schülers, der die ganze Woche von einem Gebiet in das andere gejagt wird. Non multa sed multum ist ein alter, aber nie genug beherzigter Spruch. Daher muß ich vor Allem den Satz geltend machen, daß in einer Klasse nur je eine Sprache, aber diese sofort mit Macht begonnen werde, so daß die andern für einmal zurücktreten. In geringerm Maße findet dieser Grundsatz auch auf die übrigen Hauptfächer seine Anwendung. Keine einstündigen Fächer! Lieber ein Fach mit vier Stunden in einem Jahre zum Abschluß bringen, als es auf zwei Jahre mit je zwei Stunden zu vertheilen.

Eine derartige Concentration ist natürlich für obere Klassen weniger nothwendig, weil auf dieser Stufe der Geist schon geübter ist. Doch bietet uns gerade der Lehrplan des Pädagogiums in Basel ein Muster von Einfachheit. In Hinsicht auf die Bevorzugung eines neuen Faches in jeder Klasse war das Zürcher Gymnasium von jeher voran. Es beginnt in der untersten Klasse das Lateinische mit zehn (früher sogar mit zwölf) Stunden und bringt auf diese Weise seinen

---

[1]) Thesen und Bemerkungen zu einer einheitlichen Umgestaltung unserer Gymnasien, Jahrgang I. dieser Zeitschrift, S. 89—108 und 192—203; eine Abhandlung, der ich viel Belehrung verdanke. Möchte uns der Verfasser, welcher zum Leidweisen seiner zahlreichen Schüler und Freunde in diesen Tagen die Schweiz verläßt, dennoch bald mit den verheißenen Fortsetzungen dieser Arbeit erfreuen.

zwölfjährigen Zöglingen in einem Jahre die Grundzüge der ganzen Formenlehre bei; zugleich haben deutsche Sprache und Mathematik je vier Stunden; die Geographie wird mit dieser Klasse in fünf Stunden absolvirt. Im zweiten Jahre hat die lateinische Sprache nur acht Stunden und es beginnt die griechische ebenfalls mit acht, die Geschichte mit vier Stunden. Im dritten Jahre werden die beiden alten Sprachen auf je sechs Stunden reducirt und das Französische tritt mit ebenfalls sechs Stunden auf den Plan. Zugleich wird Naturkunde mit zwei Stunden eingeführt, um dann auf drei zu steigen. In der folgenden Klasse haben Latein und Griechisch je sieben, Französisch fünf Stunden. Von nun an bleiben die übrigen Fächer in ziemlich festem Verhältniß, außer daß das Französische noch mehr abnimmt, dagegen in der zweiten Klasse des obern Gymnasiums Hebräisch, in der dritten philosophische Propädeutik je dreistündig eintritt. — Im Lehrplan von Winterthur tritt derselbe Grundsatz, nur weniger prononcirt hervor. Sehr weit sind Frauenfeld und, wie schon oben bemerkt, Schaffhausen von demselben entfernt, indem zwar auch da die drei Sprachen nacheinander auftreten, doch mit von Anfang an festgestellten und sich gleichbleibenden Stundenzahlen. Nur im Französischen findet eine successive Abnahme statt. In St. Gallen werden bis jetzt die von den verschiedenen Realschulen herkommenden Schüler im Sommersemester mit zehn Stunden Latein zusammengearbeitet, während sie im Wintersemester nur sechs Stunden Latein haben und dafür das Griechische mit fünf Stunden beginnen.

Der andere Grundsatz, den ich aufstellen möchte, ist rein quantitativer Natur: die Schüler sollen nicht zu sehr mit Stunden überladen werden. Die bedenkliche Erscheinung, daß so viele unserer Schüler augenkrank werden oder an sonstigen Gebrechen leiden, muß den Pädagogen stutzig machen und ihn veranlassen, den Geist nicht zu sehr auf Kosten des Körpers in Anspruch zu nehmen. Die obligatorischen Turn- und Waffenübungen bilden allerdings ein wohlthätiges Gegengewicht, nehmen aber auf der andern Seite viel Zeit in Anspruch, die Waffenübungen namentlich. Und doch ist dem Knaben und Jüngling auch einige Zeit zu ganz ungezwungener körperlicher Bewegung oder zu geistiger Erholung durch Lectüre, Musik und andere individuelle Liebhabereien zu gönnen. Wenn nun eine humane Pädagogik dem Schüler durch die Methode des Unterrichtes selbst und durch eine passende Vertheilung der Aufgaben große Erleichterung gewähren kann, so kann sie es noch mehr durch möglichste Beschränkung der Stundenzahl und Accommodation derselben an das Lebensalter des Schülers.

In letzterer Hinsicht ergeben sich mir folgende Forderungen von selbst. Die Knaben im zarteren Alter bedürfen der Schonung um so mehr, als sie sich bei guter Leitung mit der gespanntesten Aufmerksamkeit dem Unterrichte hingeben. Je tiefer daher ein Gymnasium hinabreicht, mit desto geringerer Stundenzahl muß es beginnen und dieselbe allmählig steigern. In den mittlern Klassen haben sich am meisten Fächer gehäuft, welche gründlich betrieben werden wollen; hier darf auch die receptive Kraft des Knaben am meisten in Anspruch genommen werden: daher die größte Stundenzahl. Dieselbe ist im beginnenden Jünglingsalter nicht mehr zu steigern, eher zu reduciren. Am obern Gymnasium soll die freie Productionskraft des Jünglings allmählig erwachen. Es muß dieselbe durch mündliche und schriftliche Darstellung seiner Gedanken, sowohl in der Schule als außer derselben im Kreise seiner Altersgenossen üben; er muß zu mannigfacher, theilweise von den Lehrern controlirter Privatlecture Zeit haben; er muß sich mit einem Worte auf den Uebergang zur Universität vorbereiten, wo das Zuviel der Collegien der Tod aller Selbstthätigkeit, aller wahren Wissenschaftlichkeit ist. Allerdings hat auch das andere Extrem, die zu geringe Beschäftigung der ältern Schüler, seine gefährliche Seite.

Laßt uns nun zusehen, wie die Stundenzahl der einzelnen Anstalten sich zu dem angeführten Postulat verhält.

In der folgenden möglichst gleichmäßig angelegten Tabelle ist die oberste Klasse aller Gymnasien mit I bezeichnet, so daß sämmtliche Anstalten nach ungleichen Anfängen an diesem gleichen Ziele ausmünden, welches durchschnittlich dem neunzehnten Lebensjahre entsprechen mag. Der Turnunterricht ist überall mitgezählt (außer in Luzern, wo er nicht obligatorisch zu sein scheint); die militärischen Uebungen dagegen nicht. Das Hebräische ist als integrirender Bestandtheil des Lehrplans für eine Anzahl von Schülern mitgerechnet, das Englische nicht, weil die Theilnahme an demselben meistens frei gestellt ist.

	IX.	VIII.	VII.	VI.	V.	IV.	III.	II.	I.	Klasse.
Bern	33	34	34	35	34	34	36	37	37	Stunden.
Basel	29	30	32	34	34	33	28	28	27	"
Luzern		26	28	29	28	30	30	28	27	"
Solothurn		26½	29½	29	28	29½	29	29½	27	"
Zürich			34	35	36	37	36	38	39	"
Winterthur			35	35	35	37	34	31	29	"
Frauenfeld [1])			29	35	34	33	31	33	32	"
St. Gallen [2])				35½	35	33	32	40	38	"
Schaffhausen				36	36	35	35	31	31	"
Aarau [3])						39	37	37	35	"

Ein Blick auf vorstehende Tabelle zeigt, daß Solothurn und Luzern durchweg die geringste Stundenzahl haben, während das durchschnittliche Maximum sich in Zürich findet, dem Bern und St. Gallen sehr nahe kommen. Bern belastet namentlich seine untersten Klassen stark. Dagegen dürfte Frauenfeld im Ganzen das rechte Verhältniß haben, ebenso Basel an seinem humanistischen Gymnasium, wogegen die Pädagogisten sehr geschont werden. Ein Pädagogist in Basel hat durchschnittlich zehn Stunden weniger als ein Obergymnasiast in Zürich. Absolut die höchste Stundenzahl, nämlich vierzig, weist St. Gallen in Secunda auf. Für Chur freilich würde meine Berechnung, abgesehen von der obersten (siebenten) Klasse, sogar durchschnittlich 40 ergeben; allein ich kann, wie schon oben bemerkt, derselben nicht recht trauen. Nach meiner Ansicht ist, was über 35 hinausgeht, entschieden vom Uebel. Wir Lehrer tragen schwer genug an 20—25 Stunden; wie können wir denn dem Schüler, der doch so zu sagen auch ein Mensch ist, wöchentlich 35—40 zumuthen? Nach Abrechnung des freien Nachmittags, der an vielen Orten nicht einmal frei ist, sondern für die

---

[1]) Für Frauenfeld, wo gleich wie in Zürich und Winterthur der letzte Cursus nur halbjährig ist, konnte in Ermanglung genauerer Angaben die Stundenzahl dieser Abtheilung VI. b, wie sie im dortigen Programme heißt, nur vermuthungsweise tarirt werden. Uebrigens sind hier der Einfachheit wegen überall die höhern Zahlen mit Zugrundlegung des eine halbe Stunde mehr betragenden katholischen Religionsunterrichtes angenommen.

[2]) In St. Gallen sind für den Gesangunterricht der zwei untern Klassen zwei Stunden, der übrigen eine Stunde angesetzt, was der Angabe des Programms ungefähr entsprechen wird.

[3]) In Aarau haben alle Klassen ungefähr vier Turnstunden.

Kadettenübungen verwendet wird, trifft das auf den Tag beinahe sieben Stunden!

Doch ich will hievon abbrechen und zur Reorganisation des Schaffhauser Gymnasiums zurückkehren. Ich resumire den Stand der Sache. Darüber war man bis jetzt einig, daß die städtische Realschule wenigstens als Vorbereitungsanstalt für das Gymnasium aufgehoben werden soll. Hieraus ergiebt sich als natürliche Consequenz, daß die betreffenden zwei Klassen dem Gymnasium in irgend einer Form wieder unten angesetzt werden. Man könnte aus denselben eine Art Progymnasium machen, welches seine eigenen Lehrer mit Bevorzugung des Klassenlehrersystems vor dem Fachlehrersystem hätte. Allein die Gefahr liegt sehr nahe, daß die alten Uebelstände, der Mangel an Gründlichkeit und an gehöriger Berücksichtigung der nachfolgenden Unterrichtsstufen sich an dieser gesonderten Anstalt bald wieder festsetzen würden. Der Vorzug eines solchen Progymnasiums vor der Realschule bestände einzig in dem Ausschluß der nicht auf das Gymnasium reflectirenden Schüler. Man wird also viel besser thun, diese beiden Klassen ganz dem Organismus des Gymnasiums einzufügen, welches zwar die Vermehrung als eine bedeutende Last empfinden, jedoch hoffentlich im Stande sein wird, dieselbe zu bewältigen. Ja ich bin überzeugt, daß gerade in Folge dieses Zuwachses das Gymnasium selbst, in seinen beiden Abtheilungen zweckmäßiger wird eingerichtet werden können. Ich schätze nämlich den Gewinn, der für die Fortschritte und die geistige Reife der Schüler durch die unmittelbare Aufnahme in das Gymnasium erwächst, auf ein halbes Jahr wenigstens. Dieser Gewinn, gehörig ausgebeutet, wird zur schnellern Absolvirung der Elemente und zum frühern Beginn des höhern Unterrichts in allen Fächern führen. Ein oberes Gymnasium von nur zwei Jahrescursen und eine obere Realabtheilung von nur einem halben Jahrescurs sind jetzt schon abnorm und werden es durch die im Wurf liegende Veränderung noch viel mehr werden.

Köchly setzte in seinen Reformplänen von jeher ein oberes Gymnasium von mindestens drei Jahrescursen voraus; das Basler Pädagogium hat drei Klassen; das obere Gymnasium in Zürich hat sie auch, nur ist die letzte gewaltsam auf einen Halbjahrcurs reducirt. In Schaffhausen wäre es nach dem zu erwartenden Zuwachs von unten nur rationell, endlich die Spur des **collegium humanitatis** zu verlassen und einem selbstständigen, in sich gegliederten obern Gymnasium drei Klassen zuzuweisen.

Unsere Realabtheilung ist jedenfalls nicht ausgebaut und kann daher mit andern Industrieschulen nicht völlig concurriren. Zwar bringt sie ihre Schüler in der Regel auf das Polytechnikum; allein es ist zu bedenken, daß die Anforderungen in Zürich wenigstens nicht hoch gestellt werden. Dort wird man aber nächstens darauf Bedacht nehmen müssen, die Frequenz zu vermindern statt zu vermehren, und auf diesen Fall müssen wir uns vorbereiten. Jetzt schon hört man Klagen über mangelhaften Unterricht in der neuern Geschichte und den Naturwissenschaften. Diesen kann man durch vermehrte Lehrstunden in den genannten Fächern abhelfen, wenn man die Realisten von der jetzigen vierten Klasse an als obere Real- oder Industrieabtheilung gesondert unterrichtet. Innerhalb derselben würde man die Handelsbeflissenen mit ihren speciellen Bedürfnissen von den zukünftigen Technikern ausscheiden, und jenen wenigstens noch ein Jahr, diesen anderthalb bis zwei Jahrescurse widmen. Das erstere wird wohl die Regel bleiben müssen, weil die Curse am eidgenössischen Polytechnikum im Herbst beginnen; für das Gymnasium aber wollen wir uns solche Halbheiten so lange als möglich vom Leibe halten. — So viel im Allgemeinen über die Realabtheilung, welche ohne allen Zweifel einer Erweiterung und Vermehrung der Lehrkräfte bedarf; einen speciellen Plan hiefür mögen Männer von Fach am geeigneten Orte entwerfen. Ich erlaube mir nur noch die Bemerkung, daß zukünftig in dieser Abtheilung auch die Arbeitskraft der Schüler mehr in Anspruch zu nehmen wäre, während sie gegenwärtig im Vergleich mit den Humanisten wenig angestrengt werden.

Dagegen bin ich meinen Lesern Aufklärung über die Gliederung des projectirten untern und obern Gymnasiums (im engern Sinne des Wortes) schuldig. Das untere Gymnasium würde also fünf, das obere drei Jahrescurse zählen. Es versteht sich von selbst, daß mit der untersten Klasse der Unterricht im Lateinischen beginnen müßte, und die Grundzüge der Formenlehre in zwei Jahren etwa mit sieben und fünf Stunden fertig eingeprägt würden. Mir scheinen elfjährige Knaben für den Anfang des Lateinischen gerade im rechten Alter zu stehen, während der zu frühe Beginn (z. B. mit dem neunten Jahre wie in Basel) zur Folge hat, daß man die Schüler drei bis vier Jahre lang mit den Elementen plagen muß, bis sie zum Lesen eines Schriftstellers kommen, ein Nachtheil, der auch bei der gewandtesten Behandlung des Lehrstoffes sich immer fühlbar machen wird. Ich könnte mich auch dazu verstehen, erst mit dem zwölften Jahre anzufangen wie in Zürich; aber dann müßte im Interesse des Faches auch mit derselben größern Stundenzahl angefangen und fortgefahren werden wie in Zürich. Da nun unsere sämmtlichen höhern Schulen auf einem Elementarcursus von bloß fünf Klassen basiren, so sehe ich nicht ein, warum man nicht von diesem günstigen Umstande ferner Nutzen ziehen und die Arbeit, in diesem Fache sowohl als in andern, zur Erleichterung der Jugend auf mehr Jahre vertheilen sollte.

Neben dem Lateinischen wäre in den beiden untersten Klassen die Hauptsache ein gründlicher Unterricht in der Muttersprache, der die grammatischen Begriffe in den Köpfen der Schüler zur völligen Klarheit bringen und in der Orthographie für das ganze Leben einen festen Grund legen müßte. Außerdem würden praktisches Rechnen und vielleicht noch elementare Geometrie sowie Geographie die wichtigsten Lehrgegenstände sein. Erst im zweiten Jahre würde die Geschichte beginnen. In den beiden untersten Klassen, vielleicht auch noch in der dritten, würde kein strenges Fachstudium herrschen, sondern je ein paar Fächer in der Hand eines Lehrers vereinigt sein. Zwar müßte darauf gedrungen werden, daß der Elementarunterricht im Lateinischen mit größter Sorgfalt behandelt und von einem philologisch durchgebildeten Lehrer ertheilt werde, weil der Bau auf einem soliden Fundamente ruhen muß. Dieser Lehrer könnte aber je nach Umständen noch Deutsch oder Geschichte in denselben Klassen übernehmen, ebenso der Lehrer des Französischen für die Realabtheilung, und endlich würde ein dritter Lehrer hauptsächlich für Rechnen und Naturkunde anzustellen sein.

Im dritten Jahre tritt — um mich nicht mehr hypothetisch auszudrücken — die griechische, im vierten die französische Sprache ein. Die Erfahrung hat gezeigt, daß die bisherige Stundenzahl im Griechischen nicht mehr ausreicht und der Abschluß der Formenlehre immer weiter hinauf geschoben werden muß. Der Hauptgrund, warum im Lehrplan das Französische gegen die ursprüngliche Absicht dem Griechischen vorangestellt wurde, war der Mangel an Lehrkräften. Dieser fällt nunmehr weg, weil für den Lateinunterricht in den untersten Klassen ohnehin ein vierter Philologe angestellt werden muß. Das

Französische soll durch Zurücksetzung in seinen vorigen Stand eine einzige Stunde verlieren. Im Griechischen ist nun das Ziel für das untere Gymnasium — welches also mit der jetzigen dritten Klasse abschließt — vollständige Bewältigung der Formenlehre des attischen und jonischen Dialects und Einführung in die Lecture des Homer. Im Lateinischen soll bis zu diesem Zeitpunkt auch der Hauptcursus der Syntax absolvirt sein, damit im obern Gymnasium in beiden Sprachen ein planmäßiger Lehrcursus vom historischen Standpunkte aus eingerichtet werden kann.[1])

Nach dem bisherigen Lehrplan war die erste Klasse des obern Gymnasiums unverhältnißmäßig überladen. Im flagrantesten Widerspruch mit dem Grundsatze, in einer Klasse nur je eine neue Sprache zu beginnen, wurde in jener Klasse nicht nur Hebräisch und Griechisch, sondern auch Althochdeutsch, das ebenfalls so viel als eine Sprache ist, außerdem noch Philosophie angefangen. Nach meinem Plan soll nun bloß das Althochdeutsche schon in der zukünftigen ersten Klasse des obern Gymnasiums (versteht sich nach Ausscheidung der Realisten), Hebräisch und Englisch im bisherigen Verhältniß ein Jahr darauf, und erst im dritten Jahre philosophische Propädeutik beginnen.

Den Geschichtsunterricht denke ich mir folgendermaßen eingetheilt:

I. Cursus, für Humanisten und Realisten gemeinsam.

Uebersichtliche Behandlung der gesammten Geschichte nach einem Leitfaden.

2. Klasse: Alte Geschichte wenigstens bis Augustus.
3. Klasse: Kaiserzeit und Mittelalter.
4. Klasse: Neuere Geschichte.
5. Klasse: Schweizergeschichte.

II. Cursus bloß für die Humanisten am obern Gymnasium.

Zweiter Gang durch die Geschichte nach höhern Gesichtspunkten. Spezielle Behandlung einzelner Partien mit Herstellung des Zusammenhangs.

---

[1]) Etwa nach den Umrissen von Köchly: Vermischte Blätter zur Gymnasialreform, S. 64 folg. Ich glaube zwar, daß die Praxis uns zu mehrfacher Beschränkung dieses Planes nöthigen würde, doch wäre bei möglichster Ausdehnung der cursorischen Lecture ein schönes Ziel erreichbar.

1. Klasse: Alterthum.
2. Klasse: Mittelalter.
3. Klasse: Neuere Geschichte.

In der 2. und 3. Klasse soll die Verfassungsgeschichte der Schweiz, die bis jetzt unter dem pompösen Namen Staatsrecht als eigenes Fach figurirte, an den geeigneten Orten eingeflochten werden.

Die Realisten der obern Abtheilung erhalten einen ausführlicheren Cursus der neuern und neuesten Geschichte nach ihren besondern Bedürfnissen.

Bei bedeutend vermehrter Stundenzahl sollte es möglich sein, die angegebenen Ziele zu erreichen.

Die Vertheilung des naturwissenschaftlichen Unterrichts muß ich natürlich Sachkundigen überlassen; doch glaube ich, daß die für das untere Gymnasium angesetzten Stunden genügen sollten, um das Wesentliche der Zoologie, Botanik und Mineralogie durchzunehmen, wogegen am obern Gymnasium Physik und allenfalls Chemie (ein propädeutischer Cursus wie in Frauenfeld), in der dritten Klasse mathematische und physikalische Geographie zu lehren wären. Die humanistischen und realistischen Klassen könnten nur noch für einen Theil des naturwissenschaftlichen Unterrichts combinirt werden.

Das Turnen soll von nun an auch für die Schüler der obern Abtheilungen obligatorisch sein, indem die größere Zahl derselben die Errichtung einer eigenen Abtheilung rechtfertigen wird.

Indem ich im Folgenden noch meine Stundentafel vorlege, beanspruche ich damit keineswegs einen allgemein gültigen Musterlehrplan hinzustellen, wohl aber ein nach Grundsätzen entworfenes und nach den besondern Umständen modifizirtes Reorganisationsproject für ein mit einer Real- oder Industrieschule theilweise combinirtes Gymnasium, welches für den Kanton Schaffhausen die einzige Möglichkeit ist. Da noch mehrere größere und kleinere Kantone sich in derselben Lage befinden, so dürfte auch dieser Theil meines Aufsatzes etwelches allgemeine Interesse haben.

Stundentafel für ein achtklassiges Gymnasium in Schaffhausen.
(Project.)

	Unteres Gymnasium					Oberes Gymnasium			Stunden.
	I.	II.	III.	IV.	V.	I.	II.	III.	
Religion	2	2	2	2	2	2	2	2	16
Hebräisch (Englisch)	—	—	—	—	—	—	3	2	5
Deutsch	5	5	3	3	3	3	3	2	27
Lateinisch	7	5	6	6	6	6	5	6	47
Griechisch	—	—	6	5	5	6	6	6	34
Französisch	—	—	—	5	4	3	2	2	16
Geschichte	—	4	3	3	3	3	3	3	22
Geographie	4	2	—	—	—	—	—	—	6
Mathematik	4	3	2	2	3	4	3	2	23
Naturwissenschaften	—	2	2	2	2	3	2	2	15
Philosophie	—	—	—	—	—	—	—	2	2
Schreiben	2	2	2	—	—	—	—	—	6
Zeichnen	2	2	2	2	2	—	—	—	10
Gesang	2	2	2	2	2	—	—	—	10
Turnen	2	2	2	2	2	2	2	2	16
	30	31	32	34	34	32	31	31	Stund.

Schaffhausen, 1. März 1864.

Dr. Theodor Hug.

Zur Erinnerung an Joh. Friedr. Böhmer.

In zwei Richtungen hat sich in unserm Jahrhundert in Deutschland die historische Wissenschaft bahnbrechend bewegt: in Forschung und Darstellung. Freilich auch vorher schon war auf beiden Gebieten manches Bedeutende und auch heute noch Rühmenswerthe geleistet worden. Es wäre schnöder Undank, die Verdienste der eifrigen Sammler und Herausgeber des sechszehnten, siebenzehnten, achtzehnten Jahrhunderts, der Freher, Urstisius, Mencken, Leibnitz, Oefele u. s. w. nicht anerkennen zu wollen; es wäre unbillig, der wenn auch formlosen, so doch fleißigen und gewissenhaften geschichtlichen Darstellungen der Mascow, Schmidt, Häberlin zu vergessen. Aber jene Forschungen waren zum größten Theile ohne System unternommen und ohne Genauigkeit veröffentlicht und diese Darstellungen waren von einer richtigen, methodischen Kritik eben so weit entfernt, wie von einer tieferen geistigen Durchdringung des behandelten Stoffes, davon ganz abgesehen, daß jene Aufgabe der Geschichtschreibung, die Resultate ihrer gelehrten Bemühung in ansprechender Form auch den Laien, dem großen lesenden Publikum zugänglich und genießbar zu machen, damals noch nicht einmal angestrebt worden ist. Erst die kolossalen Arbeiten der Gelehrten, die unter Georg Pertz' meisterhafter Leitung mit unermüdetem Fleiße, mit scharfer Kritik und peinlicher Genauigkeit die Herausgabe der Monumenta Germaniæ historica übernahmen, haben hierin für alle Zeiten und Völker Muster aufgestellt, und gleichzeitig hat auch die historische Darstellung einen gewaltigen Aufschwung genommen und sich nicht nur in der Geschichte dieser Wissenschaft, sondern der allgemeinen Literatur einen ehrenvollen Platz gewonnen.

Unter den Männern, welche ihre Lebenskraft der Erforschung der vaterländischen Geschichte gewidmet haben, wird immer eine der hervorragendsten Stellen einnehmen, unübertroffen an Fleiß und Aufopferung für die Sache, der er die ganze Energie seines Wesens zugewendet hatte, der Bibliothekar der freien Stadt Frankfurt Dr. Joh. Friedr. Böhmer.

Noch unter der Herrschaft des altersschwachen heil. röm. Reichs deutscher Nation ward er im Jahre 1795 in der Krönungsstadt der deutschen Kaiser in Frankfurt geboren. Aus der Pfalz stammend und dort begütert, war sein Vater nach Frankfurt übergesiedelt und in die Dienste der freien Reichsstadt getreten, deren gesammtes Kanzleiwesen unter seiner Leitung stand. Als tüchtiger Jurist war er zudem von mehreren Reichsständen zum Vertrauensmann und Vertreter bestellt worden und erfreute sich so eines weit ausgebreiteten Geschäftskreises, wohlbegründeten Ansehens, reicher Einkünfte. Der väterliche Wohlstand erlaubte dem begabten Sohne, nachdem er zu Heidelberg und Göttingen seine Studien vollendet und ihnen durch die Erwerbung des juristischen Doctortitels den äußern Abschluß gegeben hatte, statt die Laufbahn der Kanzleistube betreten zu müssen, zur Erweiterung seiner Kenntnisse und seines Gesichtskreises das Land deutscher Sehnsucht, Italien zu besuchen und dort mit jugendlicher Empfänglichkeit und Begeisterung die mächtigen Anregungen in sich aufzunehmen, welche gerade damals, da die neu erstehende deutsche Kunst auf den großen Resten der Antike und des Mittelalters eine glänzende Entwicklung begann, besonders reichlich in Rom, wo es ihm längere Zeit zu verweilen gegönnt war, nach allen Seiten hin ausströmten. Nach Deutschland zurückgekehrt, fand er, zum Mitadministrator der kurz vorher gegründeten Städel'schen Kunstanstalt gewählt, Gelegenheit, die dort empfangenen künstlerischen Anregungen zu verwerthen und für seine wissenschaftliche Richtung eröffnete sich ihm nicht lange darauf durch die Theilnahme an den monumentalen Arbeiten der Gesellschaft für ältere deutsche Geschichtskunde ein Wirkungskreis der lohnendsten Thätigkeit. Durch den bekannten Rath Schlosser trat Böhmer mit dem Freiherrn vom Stein in Beziehungen. Es sind die Worte erhalten, mit denen der unvergeßliche Urheber der großen nationalen Unternehmung einem befreundeten Manne von der zugesicherten Mitwirkung Böhmers an der Herausgabe der Monumenta Nachricht gab. Am 11. März 1823 hatte er seine erste Unterredung mit Stein gehabt. Am 17. schrieb dieser an den nachmaligen Erzbischof von Köln, Freiherrn von Spiegel: „Ich hoffe, wir machen einen hiesigen jungen Gelehrten Dr. Böhmer dazu (zur Mitwirkung) willig, der Liebe zur Wissenschaft mit vieler Bescheidenheit und äußerem Anstand verbindet und dem der Besitz seines eigenen bedeutenden Vermögens die nöthige Unabhängigkeit verschafft.“ Im August desselben Jahres sah Böhmer den wissenschaftlichen Leiter der großen Arbeiten, Georg Pertz, der eben damals aus Italien kam, wo er bereits für das Unternehmen thätig gewesen, zum ersten Male und besprach mit ihm den Plan des künftigen Werkes. Von da an blieb er dem Herausgeber der Monumenta in unverbrüchlich treuer Gesinnung freundschaftlich verbunden. Für die Zwecke der Gesellschaft hat er keine Mühe gescheut. Im Februar 1824 übernahm er das Secretariat und damit die große Last einer weit verzweigten, zum Theil mit unangenehmen Formalitäten reichlich versetzten Correspondenz. Später trat er neben Pertz in das Directorium und war — um des Letzteren eigene Worte zu gebrauchen — „in Frankfurt der thätige Mittelpunkt des Unternehmens."

Wenn diese wissenschaftliche Thätigkeit sich durch seine äußeren Verhältnisse von Anfang an wesentlich gefördert sah, so trat als neuer diesen Arbeiten günstiger Vorzug die Stellung hinzu, welche er mit dem Jahre 1830 als Vorstand der Frankfurter Stadtbibliothek bis zu seinem Tode einnahm. Der reiche Bücherschatz dieses Institutes unterstützte in der erfreulichsten Weise seine vielverzweigten Studien und das Amt selbst ließ ihm die Muße, fast in jedem Jahre größere oder kleinere Reisen zu wissenschaftlichen Zwecken zu unternehmen. Außer den zahlreichen Reisen in Deutschland sind vier italienische (1837, 1840, 1849/50 außer jener früher erwähnten ersten von 1818), eine Reise nach Frankreich (1831), zwei mit Pertz gemeinschaftlich unternommen nach Belgien und Holland (1835) und nach Oesterreich (1843) als die wichtigsten zu verzeichnen*). Auf diesen Reisen, auf denen er die großen Archive und Bibliotheken des Continents, die für die Geschichte des deutschen Mittelalters Material versprachen, sämmtlich, aber auch zahlreiche kleinere, oft verborgene und erst von ihm aufgefundene Sammlungen von Städten, Klöstern, Privaten, die bedeutenderen zu wiederholten Malen, brauchte, hat er den Stoff zusammengelesen und auf jeder neuen erweitert und vermehrt, aus dem sein bahnbrechendes Werk, die **Regesta Imperii**, hervorgegangen ist. Regesten werden nach mittelalterlichem, altrömischer Terminologie entstammenden Kanzleigebrauche die chronologisch geordneten Verzeichnisse der Urkunden, hier zunächst jener der deutschen Könige und Kaiser, dann aber auch anderer mit der Reichsgeschichte in Berührung stehender Fürsten oder Gemeinwesen genannt; kurze Auszüge aus jeder einzelnen Urkunde nebst Angabe des Datums und des Ausstellungsortes, bei den älteren

*) Ich verdanke diese und noch ein paar andere biographische Notizen der gütigen Mittheilung des Herrn Professor Janssen in Frankfurt, der Böhmer in den letzten Lebensjahren wohl am nächsten stand.

wohl auch noch der Zeugen, welche als Urkundspersonen erscheinen. Es ist klar, welche Fülle von Material (so weit die Urkunden schon gedruckt waren) in einer Anzahl von Folianten zerstreut oder noch völlig unbekannt in den Archiven verborgen, auf diese Art zuerst zugänglich oder wenigstens in so übersichtlicher, vollständiger Zusammenstellung zuerst in umfassender Weise nutzbar gemacht wurde. Die politische und Cultur-, die Kirchen- und Rechtsgeschichte sah auf jeder Seite der Böhmer'schen Werke neue Fundgruben eröffnet, neue Beziehungen nachgewiesen, neue Forschungen angeregt. Jeder Stamm, jedes Land, jedes Bisthum, jedes Stift, jede Stadt, jedes Adelsgeschlecht fand jetzt erst seine Geschichte in den organischen Zusammenhang zur Reichsgeschichte gesetzt; über das Verhältniß der Centralgewalt zu der territorialen Landeshoheit, des Reichs zur Kirche, der Kaiser zum Auslande ward allenthalben reiches, zum großen Theile überraschendes Licht verbreitet. So konnte Böhmer mit Recht am Schlusse der Vorrede zum ersten Regestenbande, der die Urkunden der römischen Könige und Kaiser von Conrad I bis Heinrich VII, 911 bis 1313, enthielt und zu Frankfurt 1831 erschien, von seiner Arbeit sagen: „Möge Niemand das scheinbar mechanische meiner Arbeit mißfallen. Es giebt eigentlich keine mechanische Arbeiten; jede ist nur das, wozu der Arbeiter sie macht. Was kann es fördern, am Gebäude der Geschichte weiter zu bauen, wenn der Boden noch nicht untermauert ist? Weg mit solchem Danaidengeschäft und lieber hin zu grundlegenden Arbeiten! Sanctus amor patriæ dat animum." Und wohl durfte er auch seinen Arbeiten diese Worte zur Begleitung mitgeben, welche der Freiherr vom Stein in hoher Gesinnung den Monumentis Germaniæ historicis als Motto auf die Stirne gesetzt hatte. Denn auch ihn beseelte bei seinen Arbeiten nicht nur wissenschaftliches Streben, sondern auch ächt patriotische Gesinnung. „Wenn es wahr ist," sagt er einmal, „daß das Selbstbewußtsein der Nationen in ihrer Geschichte ruht, und wenn Niemand seiner selbst vergessen, sondern vielmehr sich kennen soll, so werden Zeit und Kraft hier nicht vergeudet sein, diene das aus den Urquellen hervortretende treue Bild dessen, was unser Vaterland gewesen ist, nun zur Belehrung oder — nur zum Andenken." Und diesen Gesichtspunkt, von dem aus er an seine Arbeiten heranging und sie für die Gesammtheit der Mit- und Nachlebenden nutzbar zu machen suchte, deutet er auch in dem schönen Sonett Rückert's, dessen Freundschaft er in Rom gewonnen, an, das er jenem ersten Regestenband als Motto mit auf den Weg gab. Da heißt es von dem deutschen Volke:

„Was irgend noch von alter Geisteshabe,
Die du gewannst durch mehr als ein Jahrhundert,
Sich finden mag, zusammen wird's gelesen

Und aufgespeichert, daß wenn einst im Grab
Du selber ruhst, die Folgezeit verwundert
Erkenne d'raus, wie reich du bist gewesen."

So war denn nun in der That ein Grund gelegt, auf dem nach vielen Seiten hin stattliche Bauwerke entstehen konnten und entstanden. Nicht die geringsten durch den Fleiß eben desjenigen, der den ersten Grund gelegt. Denn nicht hat er nach dieser Arbeit, die so viele neue Bahnen aufthat, sich begnügt, nur einen Pfad einzuschlagen und auf diesem allein weiter zu schreiten, sondern so viele er eröffnet, auf so vielen ist er selbst rüstig vorwärts geschritten. Nicht in dem Sinne, daß er das gesammelte Material mit bildender Hand zu einem nach Inhalt und Form vollendeten Ganzen gestaltet hätte. Er hat die geschichtliche Literatur mit keinem darstellenden Werke bereichert. Aber er hat fortgefahren, das Werk, das er begonnen, nach allen Seiten hin weiter zu führen. Schon zwei Jahre nach dem Erscheinen des ersten Regestenbandes (1833) konnte er die Urkunden sämmtlicher Karolinger herausgeben, Ergänzungen seiner ersten Edition und die Bearbeitung einer weitern Periode versprechen. Schon konnte er melden, daß seine Anregung von praktischem Erfolge gewesen, daß die Kaiserurkunden vom Jahre 1400 an, die in officieller Sammlung als „Reichsregistratur- und Gedenkbücher" in Wien erhalten sind, an dem Chorherrn des österreichischen Stifts St. Florian, Chmel, einen der Aufgabe gewachsenen Bearbeiter gefunden hätten. Und diese Nachfolge blieb nicht vereinzelt. Die seither in großer Zahl erschienenen Sammlungen von Regesten einzelner Länder und Städte, Bisthümer und Stifter, wie sie von Archiven, historischen Vereinen und einzelnen Gelehrten ausgegangen sind, haben sich alle an das Muster gehalten, das die Editionen Böhmer's gaben. Von solchem Erfolge waren die Mahnungen gekrönt, die er fast in jeder der Vorreden zu einem neuen Regestenbande an Alle ergehen ließ, welchen die Pflege der vaterländischen Geschichte am Herzen liege. Am meisten Hoffnung hatte er in seinem hohen Sinn auf die Nachfahren jener wissenschaftlich wirkenden Klostergeistlichen Oesterreichs gesetzt, aus deren Mitte einst die trefflichen Brüder Pez, der hochverdiente Bessel hervorgegangen waren. Von hier aus erwartete er eine gerade diesen Kreisen nahe liegende Aufgabe ergriffen und erfüllt zu sehen, die er mit Recht für eine der höchsten, verdienstlichsten hielt. Wie von ihm die Regesten der Kaiser und Könige, sollten von dort die der Päpste gesammelt werden. Was aber dort nicht geschah, sollte, wenigstens bis zum Jahre 1198 herab, ein jüdischer Gelehrter vollbringen, Ph. Jaffé, dessen kolossaler Arbeitskraft die gelehrte Welt das „Riesenwerk“ (wie es Wattenbach nennt) der Regesta Pontificum Romanorum verdankt.

Das Erscheinen der beiden Regestenbände, einer der bedeutendsten Vorarbeiten für das in den Monumentis noch zu edirende Registrum Imperii, hat der Begründer des großen nationalen Werkes, der Freiherr vom Stein, nicht mehr erlebt. Nur noch auf den ersten Bogen der Kaiserregesten „hat sein Auge wohlgefällig geruht“. Von dem ersten Tage seiner Bekanntschaft mit Böhmer an hat er eine regelmäßige Correspondenz mit ihm geführt, für seine Arbeiten stets das lebhafteste Interesse gezeigt, für seine Persönlichkeit das höchste Wohlwollen bewiesen (in einem Brief an Pertz nennt er ihn einmal „den guten, fleißigen, treuen Dr. Böhmer“) und seine Unternehmungen durch seine weitverzweigten und vielvermögenden Verbindungen unterstützt. So auch jenes bedeutende Werk, das zunächst den zwei ersten Regestenbänden folgte und ein eben so lebhaftes Zeugniß seines regen Bürgersinnes, seiner treuen Gesinnung gegen die Vaterstadt, als neuerdings seines unermüdeten Fleißes ist. 1836 erschien der Codex diplomaticus Mœnofrancofurtanus, die Sammlung der vollständig abgedruckten Urkunden der Reichsstadt Frankfurt bis zum Jahre 1400 herab, nicht weniger als 1026 Nummern. In ihm sind alle dem Herausgeber erreichbaren Frankfurter Urkunden bis zum Jahre 1300, von da an, da die Masse der noch vorhandenen sich unverhältnißmäßig vermehrt, die bedeutenderen, die etwa das Verhältniß zum Kaiser, das Schicksal des Reichsgutes, Landfrieden, Städtebünde, Verfassungsfragen, Zunftwesen und dgl. betrafen, mitgetheilt. Ein zweiter Band sollte eine Auswahl von Urkunden des fünfzehnten Jahrhunderts und chronologische Regesten aller gedruckten Frankfurter Urkunden nebst erläuternden Bemerkungen zu den Stücken des ersten Bandes enthalten. Er ist leider nicht erschienen, obwohl kaum ein Zweifel besteht, daß Böhmer die Materialien dazu vollständig gesammelt habe.

Nur drei Jahre später, als das Frankfurter Urkundenbuch (1839), erschien wieder ein neuer Regestenband, die Urkunden Kaiser Ludwigs des Baiern und seiner Zeit 1314—1347. Er bot schon einen mannigfaltigern Anblick dar als jene früheren. Die Bewegung der Zeit selbst spiegelte sich auch in diesem, man möchte sagen musivischen Bilde ab, in dem man sie hier überliefert sah. Der Zwist der beiden im Unfrieden der Fürsten erwählten Könige, die Parteistellung im Reiche, die Erhebung des luxemburgischen Böhmenkönigs, die Kräftigung, welche, auf Kosten der immer mehr beschränkten Centralgewalt, der Landeshoheit der einzelnen Fürsten erwuchs, die von der französischen Politik inspirirten Eingriffe der Avignoner Päpste in die Rechte des Reiches, das Bündniß Ludwigs mit England, die Verhandlungen mit Frankreich, die verfehlten Versuche, was der kaiserlichen Macht in Deutschland abging, in Italien zu ersetzen — das alles tritt mit jener Unmittelbarkeit, wie sie den urkundlichen Ueberlieferungen eigen ist, an uns heran. Ihm ist eine Uebersicht des bedeutendsten Schriftsteller des vierzehnten Jahrhunderts in kurzen, zutreffenden Charakteristiken vorangeschickt und damit schon für die noch folgenden Bände das Verfahren angedeutet und eingeleitet, in die lange Reihe der Urkundenauszüge auch Stellen aus den gleichzeitigen Chronisten und kurze Bemerkungen über wichtige Ereignisse der Zeit einzuflechten. Die Regesten Ludwigs wurden noch vermehrt und erweitert durch zwei Ergänzungshefte, die in den Jahren 1841 und 1846 erschienen. Ein drittes ist längst druckfertig, aber noch nicht zu Tage getreten.

Es ist bekannt, in welch absprechender Weise Vorurtheil, Unwissenheit oder übler Wille die Geschichtschreiber des deutschen Mittelalters verurtheilt hat. Schlagwörter, wie sie in diesem Sinne wohl auch von bedeutenden Männern gebraucht worden sind, von „dürftigen Chroniken, unwissenden Mönchen, elendem Latein“ waren im Stande, den höchsten Unwillen Böhmer's hervorzurufen. In der Vorrede zu den Regesten Ludwigs des Baiern beklagt er sich sehr heftig über die derben Worte, mit denen Schlosser nach seiner Art, ungerecht genug, den braven Fürstenfelder Mönch schmäht, der in treuer Anhänglichkeit an seinen Landesfürsten die Geschichte Ludwigs bis 1326 erzählt. Das beste Mittel, solchen einseitigen Urtheilen mit Erfolg entgegenzuarbeiten, war, die Bekanntschaft des Publikums mit den alten Chronisten in möglichst ausgedehnter Weise zu vermitteln. Die Gesellschaft für ältere deutsche Geschichtskunde hatte diese Aufgabe vorlängst in's Auge gefaßt und ihre Lösung durch die deutschen Uebersetzungen und die lateinischen Octavausgaben der bedeutendsten älteren Autoren angestrebt. Aber wie das kolossale Werk der Monumenta naturgemäß nur langsam einen nach dem andern seiner stattlichen Reihe von Folianten aus dem überreichen Schatze der gesammelten Materialien hervorgehen lassen kann, so wird es noch eine geraume Anzahl von Jahren währen, bis auch für die späteren Zeiten des Mittelalters die Schriftsteller nach den besten Handschriften, kritisch gesichtet, weitläufig commentirt, dem Freunde der vaterländischen Geschichte vorliegen. So faßte Böhmer den Plan, aus jenen Jahrhunderten, an deren Quellen die Edition der Monumenta noch nicht herangekommen war, eine Reihe der wichtigsten Schriftsteller in neuen handlichen Ausgaben erscheinen zu lassen, zum großen Theil aus den Handschriften, manche, von denen nur alte, selten gewordene Drucke vorlagen, nach diesen neu abgedruckt. Er ist zwar hiebei nicht von jenen tief einschneidenden Principien philologischer und historischer Kritik ausgegangen, durch deren Durchführung die Monumenta ein ewig gültiges Musterwerk geworden sind, aber er hat doch mit Recht die Erwartung aussprechen dürfen, daß seine Ausgaben auch nach dem Erscheinen der betreffenden Autoren in den Monumentis noch brauchbar sein werden. Von den kleineren Aufzeichnungen freilich, Annalen und dgl., hat sich in den neuesten Bänden der Monumenta herausgestellt, daß Manches, mit der Gesammtheit des überlieferten Quellenmaterials zusammengehalten, in ein anderes Verhältniß zum Ganzen und zu verwandten Schriften tritt, daß andere Namen, als Böhmer sie wählte, correcter angewendet werden müssen, aber im Ganzen und Großen sind seine Ausgaben durch jene neueren keineswegs als antiquirt zu betrachten. Nicht nur dem Forscher und dem wissensdurstigen Geschichtsfreunde wollte Böhmer übrigens durch diese Editionen deutscher Geschichtsquellen — also, Fontes rerum Germanicorum hat er die drei Bände betitelt, die er als Beiträge zur Geschichte des vierzehnten, dreizehnten und zwölften Jahrhunderts in den Jahren 1843, 1845 und 1853 erscheinen ließ — das Studium erleichtern, er hatte auch einen pädagogischen Zweck im Auge. Es sei erlaubt, hier mit seinen eigenen Worten zu sprechen: „Man hat bei uns die Classiker der Griechen und Römer so oft, ja unzählbar oft aufgelegt, die uns doch viel weniger angehen, von denen ich sagen möchte, was Hamlet von jenem Schauspieler sagt, der die alte Hecuba so rührend darstellte: what's Hecuba to him or he to Hecuba? Es war in Zeiten, in denen die Nation sich selbst verloren hatte. Wenn sie nun zum zweiten Mal schlaftrunken aufwacht und — spät genug — sich selbst wieder finden will, so werden auch die Classiker ihrer Geschichte willkommen sein, die nur erst ein Mal oder ein paar Mal, aber weder für den Handgebrauch, noch für den Privatbesitz gedruckt sind, zumal wenn noch ungedruckt gebliebenes damit verbunden wird. Denn hoc nunc est os ex ossibus nostris et caro de carne nostra, hier sind lebendige und wahrhaftige Zeugen der Geschichte unseres Vaterlandes. Möchte es mir gelingen, durch solche Handausgaben dem Selbstbewußtsein unseres Volkes, so weit dieses auf der Kenntniß der Vergangenheit ruht, einigen Vorschub zu leisten. Insbesondere wünsche ich, daß Lehrer der vaterländischen Geschichte sich hier auf eine bequeme Weise mit deren Quellen bekannt machen und ihre Schüler zu gleicher Bekanntschaft aufmuntern möchten. Ein wie viel lebendigeres Bild der Zeit läßt sich daraus schöpfen, als aus allen neueren Handbüchern!“

Das Verständniß dieser Quellenschriften war er bestrebt zu erleichtern durch die trefflichen Charakteristiken der einzelnen Stücke in den Vorreden seiner Ausgaben. Da findet sich manche feine, von dem tiefen Studium, auf dem seine Kenntnisse ruhten, zeugende Bemerkung, die andern Wege gewiesen hat, auf denen neue Resultate zu gewinnen seien. Und in diesen Vorreden hat er wohl auch den Beweis geführt, daß eine reiche Darstellungsgabe ihm zu Gebote stehe und die Kunst, in kurzen, knapp gedrängten Sätzen die Physiognomie eines großen Zeitraumes getreu, lebendig, plastisch zu schildern. Ich wüßte nicht, wie man besser, präciser und klarer die Zustände des Reiches in der ersten Hälfte des vierzehnten Jahrhunderts schildern könnte, als er es in der Vorrede zum ersten Bande der Fontes gethan hat.

Solche Charakteristiken der Hauptschriftsteller sowie der behandelten Epoche und der in ihr hauptsächlich hervorragenden Persönlichkeiten hat er von nun an auch den noch erscheinenden Regestenbänden vorausgeschickt. 1844 traten die Regesten des Kaiserreichs von 1246 bis 1313 an das Licht, denen 1849 und 1857 zwei Ergänzungshefte folgten und 1849 die Regesten von 1198—1254, wie schon die Ueberschriften erweisen, theilweise Umarbeitungen der älteren Bände. Den letzteren sind die meisten Zuthaten beigegeben, in denen sich Böhmer's subjektive Ansicht über die Reichsgeschichte jener Zeit ausspricht. Nach der Richtung, die er von Anfang an namentlich zu der Frage der

Stellung von Kaiserthum und Papstthum eingenommen, konnte seine Beurtheilung des bedeutendsten Fürsten jener Zeit Kaiser Friedrichs II keine günstige sein. Aber die Urkunden selbst in ihrer idealen Objectivität neutralisiren doch die Wirkung seiner oft ungerechten Aussprüche. Wenn er selbst dem bekannten Buche Höfler's beipflichtet, so ist doch von keiner Seite zur Verurtheilung dieser tendenziösen Arbeit mehr und besseres Material beigebracht worden, als gerade in den Regesten.

Kaiser Friedrich II hat uns Deutschen nicht allein angehört. Nur zu sehr hat er mit seiner über alles Gewöhnliche hinausstrebenden Genialität sich für die Idee der Weltmonarchie begeistert. So finden sich denn in seinen Urkunden naturgemäß zahlreiche Beziehungen zu fast allen europäischen Reichen. Da ist es denn begreiflich, daß auch in die Bearbeitung seiner Geschichte die Deutschen sich mit Ausländern theilen. Ein gelehrter Franzose, Huillard-Bréholles, ist es bekanntlich, der die Urkunden der Zeit Friedrichs II gesammelt und herausgegeben hat. Auch diese hochverdiente Arbeit verdankt Böhmer's Regesten die wesentlichste Anregung und erfolgreichste Förderung. »L'excellent livre publié par Mr. Böhmer,« sagt er in den einleitenden Worten zum ersten Bande seiner Historia diplomatica Friderici II, »est le guide fidèle et presque toujours sûr, que nous avons dû suivre par le classement des pièces qui portent avec elles leurs dates.«

Niemand weniger als Böhmer hat nach äußeren Auszeichnungen Verlangen tragen können. Wenn es aber eine gab, die er mit freudiger Genugthuung begrüßte, so war es die ehrende Anerkennung, die ihm dadurch zu Theil ward, daß seine Kaiserregesten am 14. März 1856 in öffentlicher Sitzung der k. Gesellschaft der Wissenschaften zu Göttingen „ohne vorausgegangene Bewerbung und zur Ueberraschung des Verfassers" — wie er in der bald darauf veröffentlichten Vorrede zum zweiten Ergänzungshefte seiner Regesten von 1246—1313 sagt — mit einem der Wedekind'schen Geschichtspreise beehrt wurden. In dem Berichte, den Professor Waitz als Director der Wedekindschen Preisstiftung der Gesellschaft zu erstatten hatte, motivirte er die Zuerkennung in schönen, Böhmer's Verdienste voll würdigenden Worten: „Wenn von den Monumenta Germaniæ historica, als dem Product gemeinsamer Bestrebungen der Mitglieder und Mitarbeiter der Gesellschaft für ältere deutsche Geschichtskunde namentlich in den späteren während der letzten neun Jahre erschienenen Bänden, von Jaffé's

Regesta pontificum Romanorum, als einer Arbeit, die bei aller Wichtigkeit für die deutsche Geschichte nicht unmittelbar ihr angehört, abgesehen werden muß, so gibt es keine wissenschaftliche Leistung, welche Böhmer's Kaiserregesten den ersten Platz irgend streitig machen könnte: auch Jaffé hatte in ihnen ein Vorbild, ohne das er schwerlich seine Arbeit so ausgeführt hätte. Es ist zu bekannt, welche Bedeutung jenes Werk für die deutsche Geschichtsforschung hat, als daß es nöthig wäre, sich hier ausführlich darüber auszulassen. Namentlich die zuletzt zum Theil in zweiter Bearbeitung publicirten Bände, in denen der Verfasser seinen Plan erweitert, einmal auch die Zeugnisse der Geschichtsschreiber in die chronologische Reihe der Urkunden und Briefe aufgenommen, sodann auch diejenigen Aktenstücke, welche nicht von den Kaisern selbst ausgegangen sind, aber zur Erläuterung ihrer oder der Reichsgeschichte beitragen, berücksichtigt und in besondern Abtheilungen aufgeführt, auch viele bis dahin ungedruckte, durch seine eigenen Untersuchungen aufgefundene oder von andern Forschern mitgetheilte Stücke zur Kenntniß gebracht hat, sind von dem allergrößten Werth: wie sie gewissermaßen das feste Gerippe geben für den Bau der Reichsgeschichte im Ganzen, so enthalten sie zugleich eine Reihe feiner und sorgfältiger Ausführungen im Einzelnen. Mit ganz besonderer Liebe und Sorgfalt ist aber der zuletzt erschienene Band bearbeitet ..... Mit manchen Urtheilen, die der Verfasser nebenher oder in der Vorrede ausspricht, werden viele nicht einverstanden sein, werden meinen, daß dieselben am wenigsten in dies Werk gehören; aber sowohl der Reichthum des hier zuerst aufgeschlossenen Materials, wie die Fülle einzelner trefflicher Bemerkungen und Untersuchungen machen dasselbe zu einer der bedeutendsten Leistungen, deren sich die deutsche Geschichtsforschung seit lange zu erfreuen gehabt hat."

Aber nicht nur die deutsche Reichsgeschichte in den großen Zügen ihrer Entwicklung, sondern auch der Verlauf der Territorialgeschichten ist überall durch Böhmer's Arbeiten erläutert, die wissenschaftliche Durchforschung oft erst von ihm eröffnet worden. Für den baierischen Volksstamm und dessen Geschichte hegte er eine besondere Vorliebe. „Mein persönlicher Beruf," sagte er selbst von sich, „mich mit baierischer Geschichte zu beschäftigen, soweit er nicht in wissenschaftlicher Weise durch meine Arbeit selbst begründet ist, lag darin, daß ich der Rheinpfalz entstammend und dorten angesessen dem Königreiche Baiern angehöre und daß bei öfter wiederholtem Besuche der Hauptstadt Land und Leute mir werth geworden sind." Diese Worte stehen in der Einleitung zu den 1854 erschienenen Wittelsbachischen Regesten, welche die Urkunden dieses Fürstenhauses von der Erwerbung des Herzogthums Baiern 1180 bis zu dessen erster Wiedervereinigung 1340 enthalten. Böhmer war der Letzte, fremdem Verdienste, selbst dem unbedeutendsten, seine Anerkennung zu versagen. „Ich vermag," schrieb er einmal dem Verfasser dieser Zeilen, „die Namen Arroden's und Buchner's nicht anders als mit Achtung zu nennen. Beide und so auch Kölner und Lieb haben zu ihren Zeiten gethan, was sie zu thun wußten und vermochten. Wenn uns nun Mängel dabei erscheinen, so müssen wir uns doch hüten, durch deren Rüge diese Männer hinter andere zu stellen, die bei gleichem Berufe noch Geringeres oder gar nichts leisteten." So fiel denn auch sein Urtheil über die bairische Historiographie in der Einleitung zu den Wittelsbachischen Regesten aus. Er sprach mit Anerkennung von den Leistungen jener älteren Gelehrten, sah sich aber auch nicht veranlaßt, sein ungünstiges Urtheil über die unverständige und unzuverlässige Herausgabe der Regesta und Monumenta Boica und über das verwahrloste, nicht einmal durchweg vor Veruntreuung der eigenen Beamten geschützte Archivwesen Baierns zu unterdrücken. Dies hat man ihm in München sehr verübelt. Diese wohlgemeinte und sehr verdienstliche, wenn auch, da sie sehr rasch entstand, vielleicht am wenigsten vollendete Arbeit des berühmten Gelehrten und besonders ihre Einleitung tragen ohne Zweifel Schuld, daß man ihn nicht, wovon eine Zeitlang die Rede war, als Vorstand der bairischen Archive berief. Eine schwere Unterlassung. Denn vielleicht nur ein Mann von der Autorität, der Erfahrung und dem Fleiße Böhmer's wäre im Stande, in das den Uneingeweihten geradezu unfaßbare Chaos der bairischen Staats-, Reichs- und Hausarchive Ordnung und System zu bringen.

Außer diesen durch den Druck zum Gemeingut aller Gelehrten gewordenen Arbeiten dürfte sich in Böhmer's Nachlaß eine weitere Reihe sehr bedeutender Beiträge zur deutschen Geschichte vorfinden. Ich selbst habe im Jahre 1860 bei ihm ein drittes Ergänzungsheft zu den Regesten Ludwigs des Baiern, völlig ausgearbeitete Regesten Kaiser Karl's IV (freilich nur die gedruckten Urkunden berücksichtigend), Regesten der Erzbischöfe von Mainz und eine große Menge von Material zur Fortsetzung der Fontes rerum Germanicorum gesehen, woraus ich nur die längst versprochene wichtige Chronik des Henricus Dapifer de Diessenhofen namhaft machen will. Wie man hört, hat Böhmer drei befreundete Gelehrte, die Herren Arnold, Ficker und Janssen mit der Ordnung und Herausgabe seines literarischen Nachlasses betraut und ihnen zu diesem Zwecke eine sehr bedeutende Summe zur Verfügung gestellt. Möchten diese Männer, deren Namen das vollste Vertrauen verdienen, sich dieser ehrenvollen Verpflichtung recht bald unterziehen!

Es erübrigt, noch von zweien Arbeiten Böhmer's zu sprechen, welche noch enger, als die bisher aufgeführten, mit seiner Thätigkeit für die Monumenta in Verbindung stehen. Einmal „Die Reichsgesetze von 900—1460, nachgewiesen von J. F. Böhmer," 1832 erschienen, eine Publikation, welche den fünf Jahre später ausgegebenen vierten Band der Monumenta (den zweiten der Leges) wesentlich gefördert hat, und dann die „Acta Conradi I Regis. Die Urkunden König Conrads I, 911—918", die ihr Erscheinen dem Formatsstreit verdanken, der vorlängst zwischen Böhmer und Pertz ausgebrochen war. Böhmer war ein abgesagter Feind des Folioformates, das nach dem Vorbilde der alten Publikationen auch für die Monumenta gewählt worden war. Zum Theile dieser Abneigung verdanken auch die Fontes ihr Entstehen. Nun wollte er, nachdem für Scriptores und Leges jenes Format einmal nicht mehr zu ändern war, wenigstens die Kaiserurkunden, an deren Vorbereitung für den Abdruck in den Monumentis er den hervorragendsten Antheil genommen, in dem handlicheren Lexicalformat veröffentlicht sehen, fand aber hier an Pertz's Widerspruch ein unübersteigliches Hinderniß. Wenn das Gerücht die Wahrheit spricht, so wäre dieser Meinungsverschiedenheit der beiden hochverdienten Männer zuzuschreiben, daß, sehr zum Nachtheil der Wissenschaft, von jener Urkundensammlung noch nichts erschienen ist. Hier nun wollte Böhmer zunächst eine Probe der von ihm vertretenen Manier der Edition ablegen, indem er jene Urkunden im Jahre 1859 herausgab und sie — wie es in der Vorrede heißt — „den Freunden und Kennern des Gegenstandes, vor allen G. H. Pertz, zu geneigter Beurtheilung und Würdigung" vorlegte. In den Buchhandel kam diese Arbeit gar nicht, sondern wurde nur an befreundete Gelehrte als Geschenk vertheilt.

Dies ist Böhmer's letzte Edition gewesen. Am 22. December that er auf der Straße einen harten Fall und hatte dann eine schwere Krankheit durchzumachen, von der genesen, er sich eine Zeit lang, vom Juni bis November 1861 wieder ziemlich wohl und im Stande fühlte, die ihm unentbehrliche wissenschaftliche Thätigkeit wieder aufzunehmen. Jedoch im Winter 1861/62 abermals erkrankt, blieb ein Schwächezustand zurück, der ihn völlig arbeitsunfähig machte und auch seine Auflösung langsam vorbereitete. Am 22. October 1863, als die Dämmerung hereinbrach, in der fünften Nachmittagsstunde, entschlief er. An dem schönen Herbstmorgen des 26. October wurde er von seinen Freunden zum Grabe geleitet, an dem Pfarrer Dr. Steitz zu seinem Gedächtnisse sprach. Als Lutheraner, wie er geboren worden und gelebt — das hielt der Redner für nöthig, den Gerüchten gegenüber, die ihn für einen Kryptokatholiken hatten ausgeben wollen, ausdrücklich zu erklären — war er gestorben.

Ein edler, seltener Mensch ist mit ihm geschieden. Selten nicht nur in dem Sinne, daß er in dem Gange seines äußern und innern Lebens abwich von der Linie der Gewöhnlichen, daß er in manchem Zug einer scharf ausgeprägten Individualität als Original gelten mochte, als ein Typus alter vergangener Zeiten inmitten einer jüngeren, anders gearteten Generation, sondern selten durch prächtige Eigenschaften des Geistes und Gemüthes, die in so reicher Erscheinung nicht häufig im Leben begegnen. Ein Mann, dem ein großes Vermögen gestattet, in unbeschränkter Unabhängigkeit zu leben, wie und wo er will, der sich aber freiwillig in die, wenn auch nicht engen, doch immerhin fest gezogenen Schranken eines öffentlichen Amtes fügt; ein reich begabtes Talent, von Natur aus fähig, nach vielen Seiten hin eine erfreuliche Thätigkeit zu üben, das sich aber von freien Stücken auf eine ganz bestimmte, mühsame und minutiöse Arbeitssparte concentrirt; ein Gelehrter, wohl im Stande, wie es einzelne Proben beweisen, sich durch geschichtliche Darstellung einen glänzenden, in den weitesten Kreisen gefeierten Namen zu machen, der sich aber bescheidet, seine ganze Arbeitskraft nur der Sammlung von Material, auf dem Andere weiter bauen mögen, zu widmen und die Ehre eines berühmten Namens nur in dem engeren Kreise der Fachgenossen zu genießen.

Sein Bildungsgang war vornehmlich durch zwei Momente beeinflußt: einmal durch die Romantik der Zeit, in der er äußere Eindrücke mit lebhafterer Gewalt auf sein jugendliches Gemüth mochte einwirken lassen und dann — was ihm als eine Lebensaufgabe erschien — durch die auf jedem Schritt mit vollstem Bewußtsein vertretene Reaction gegen die flachere, raisonnirende, einseitige Geschichtsanschauung, wie sie aus dem achtzehnten in unser Jahrhundert herübergekommen war. In demselben Jahre, in dem er mit Stein und Pertz jene für seine Zukunft entscheidende Verbindung eingegangen, war er auch mit Clemens Brentano bekannt geworden, und innige Freundschaft verband ihn mit dem Rath Schlosser, mit mehreren Mitgliedern der Familie Görres. Mit Männern der Richtung, die durch die eben genannten Namen wissenschaftlich und literarisch glänzend repräsentirt wird, hat er Zeitlebens mannichfache Berührungspunkte gehabt. Ueberhaupt hat er sich seine Freunde nicht unter den Anhängern modernen Wesens gesucht. Denn Studium und Neigung zog ihn zu der Vergangenheit. Vornehmlich zu jener Vergangenheit, in der die deutsche Nation groß und mächtig dastand an der Spitze der christlichen Weltmonarchie. Er hat für die glänzende Erscheinung des deutschen Kaiserthums mit idealistischer Begeisterung geschwärmt. „Welche Blüthe, welcher Glanz," ruft er einmal aus, „würde unserer Geschichte entzogen mit der Idee des Kaiserthums!" Aber er hat wohl darin geirrt, daß er, dessen warmer patriotischer Gesinnung, dessen gediegenem Wissen am wenigsten alle die trüben Erscheinungen entgehen konnten, die sich nur zu bald im Gefolge dieses Glanzes zeigten, diese aus äußerlichen, aus subjectiven Ursachen, aus der Persönlichkeit einzelner Kaiser zu erklären versuchte und sich der Einsicht der von Anfang an tief wurzelnden Unwahrheit des Kaiserthumes und seiner Beziehungen zur Kirche einer-, zu den Bedürfnissen der Nation anderseits verschloß. Er hat für die „Herrlichkeit" der mittelalterlichen Kirche, für die civilisatorische, läuternde Mission der geistlichen Gewalt geschwärmt, aber darüber den vorwiegend politischen Charakter des Verhältnisses, in dem die Kirche, das Papstthum zu den Kaisern, den Staaten stand, übersehen. Wenn er hierin durchaus die Anschauungen der Romantiker theilte, so hat er doch nicht, wie jene, die Zustände des Mittelalters bloß bewundert. „Nachdem die Zeiten des Mittelalters so lange verkannt worden sind," sagt er einmal, „hat man sie zuletzt nicht selten zu sehr erhoben. Wenn damals auf der einen Seite die Kräfte des Gemüths sich in wunderbarer Fülle und Tiefe entfalteten und unsterbliche Gebilde schufen, so ist auf der andern Seite doch auch eine reichliche Zuthat von Barbarei nicht zu verkennen." Drum ermahnte er, um solchen schiefen Urtheilen ein Ende zu machen, immer wieder von Neuem zum Studium der mittelalterlichen Geschichten aus den ersten Quellen.

Wenn er so an die großen Entwicklungsprozesse der Vergangenheit, trotz der Fülle gelehrten Wissens und der Aufrichtigkeit ehrlichen Strebens, nicht unbefangen herantrat, so ist er den politischen Bewegungen der Gegenwart noch viel weniger gerecht geworden. Es ist über das deutsche Parlament von 1848/49 vielleicht nie etwas Ungerechteres geschrieben worden, als die Parabase, mit der Böhmer, ohne äußeren Anlaß, die Einleitung seiner Staufischen Regesten schloß. Und die geradezu ungeschichtlichen Ausführungen über die schleswig-holsteinische Frage an derselben Stelle werden auch von denen, die sonst seine politischen Ansichten durchaus theilen, doch wohl nur die Wenigsten sich aneignen mögen.

Wenn die Früchte seiner erstaunlichen Arbeitskraft nach allen Seiten hin von mächtiger Wirkung waren, so hat er persönlich nur Wenigen ein engeres Anschließen gestattet. Schroff und derb in seinem äußeren Auftreten, mag er Manchen, der sich ihm nähern wollte, zurückgeschreckt haben. Und doch welch reiches Gemüth barg diese rauhere Hülle! Die Wenigen, denen es gegönnt war, ihm näher zu kommen, wissen zu erzählen, was für ein treuer, zuverlässiger Freund er trotz vielfacher Sonderlichkeiten, unter denen wohl gelegentlich auch die ihm zunächst Stehenden leiden mußten, gewesen ist. Und wie viele werden jetzt, da sie wohl das Verbot überschreiten dürfen, das der Lebende streng eingeschärft, von der segenbringenden Art reden können, mit der er die Fülle seines Reichthums zu verwenden wußte. Nicht nur in dem landläufigen Wohlthun der Reichen, bloß zur Linderung von Noth und Elend, sondern auch — und dies verdient, selten wie es besonders in Deutschland ist, ausdrücklicher Erwähnung — zur Förderung solcher seinem Fache nahe stehenden Arbeiten, welchen die Ungunst des literarischen Marktes nur spärlichen Absatz versprach. Es gibt manches verdienstliche Buch, von dem nur Wenige wissen, daß sein Erscheinen oder seine Fortführung einzig und allein der Munificenz des gelehrten Frankfurter Bibliothekars zu verdanken ist.

Das Glück eines traulichen Familienkreises ist Böhmer nie zu Theil geworden. Hart gegen sich selbst, einsam und zurückgezogen hat er in den weitläuftigen Räumen des alten Hauses am Hirschgraben, nahe dem Geburtshause seines größten Landsmannes, seine Tage verlebt. Von den lauten Freuden der großen Welt hat er nichts genießen mögen, aber auch der stilleren, vertrauten Geselligkeit im engsten Kreise gleichgesinnter Männer hat er nur wenige wöchentliche Stunden der kostbaren Zeit geopfert. Seine ganze Kraft, die gewaltige Energie seines Fleißes, die ausdauernde Spannkraft seiner geistigen Begabung hat er einzig und allein der Wissenschaft gewidmet. So lange es in Deutschland Männer gibt, denen die Pflege der historischen Wissenschaft als heilige Aufgabe am Herzen liegt, wird das Andenken Joh. Friedr. Böhmer's hochgefeiert, unvergessen fortleben.

Freiburg im Breisgau. F. v. Weech.

Ueber den Werth des Dio Chrysostomus für die Kenntniß seiner Zeit.*)

Die Geschichte als Betrachtung und Darstellung nicht bloß vergangener Thatsachen, sondern auch des vergangenen Daseins sieht sich unaufhörlich neben den eigentlichen Historikern hingewiesen auf die ganze Literatur der betreffenden Zeiten, ja auf die Schriftwelt und die Denkmäler im weitesten Sinne des Wortes. In besonders hohem Grade gilt dies von der Geschichte solcher Zeitalter, deren historische Ueberlieferung im engern Sinne lückenhaft ist und deren Wichtigkeit eben so sehr oder noch mehr in den herrschenden Zuständen als in den Ereignissen liegt. Beides kann behauptet werden von der Zeit des Kaisers Trajan. Während in der so glänzenden Regierungsgeschichte des optimus princeps selbst die chronologische Reihenfolge der Facta nur mit großer Mühe hat hergestellt werden können, während Plinius Dio Cassius und einige viel spätere Epitomatoren kaum eine zusammenhängende Darstellung gewähren, ist gerade in Betreff des allgemeinen Zustandes der Ruhm jener Zeit öfter bis zu starker Ueberschätzung getrieben worden. Müssen uns nun nicht gerade hier Aufzeichnungen jeder Art höchst erwünscht sein, sobald sie irgend ein Licht auf den Gegenstand werfen, welches dessen wahre Form und Farbe um etwas sichtbarer macht?

Eine solche Hülfsurkunde besitzen wir in Gestalt der achtzig Reden, Abhandlungen und Dialoge des Dio Chrysostomus, welche auch in der That längst für die Geschichte Trajans benützt worden sind. Möge es gestattet sein, dasjenige, was bei Dio im weitern Sinne historisch nutzbar erscheint, nach einigen Richtungen hin zu verfolgen. Von

*) Der Verfasser, nicht Philologe, bittet die Männer des Faches um Nachsicht.

seinem äußern Leben soll nur so viel angeführt werden, daß er um die Mitte des I. Jahrhunderts n. Chr. als Sohn einer vornehmen Familie zu Prusa in Bithynien (dem jetzigen Brussa) geboren wurde, die ganze rhetorisch-philosophische Bildung seiner Zeit genoß, und schon unter den Flaviern in Rom lebte; von Domitian ausgewiesen, reiste er in Griechenland und am Pontus und erschien unter Nerva wieder in Rom, wo er auch, nach einem nochmaligen längern Aufenthalt zu Prusa unter Trajan sein Leben beschloß. Da aus guten Gründen die noch vorhandenen Arbeiten zum weit überwiegenden Theil in seine spätere Lebenszeit verlegt werden, so redet er zu uns wesentlich als Zeitgenosse Trajans.

Freilich liegt ihm jede andere Absicht näher als die, der Nachwelt ein Bild seiner Zeit zu hinterlassen, und als eifriger Atticist könnte er uns in historischer Beziehung möglicher Weise noch viel weniger gewähren als er in der That gewährt. Während die Ethica seines Zeitgenossen Plutarch in einer beinahe sorglosen Schreibart eine ungeheure Fülle belehrender Thatsachen mittheilen, scheint Dio zu reden und zu schreiben vor Allem um seinen Styl zu zeigen, der nach den reinsten attischen Mustern gebildet ist, und die sinkende alte Welt lohnte ihm dafür mit dem Ehrennamen Chrysostomos, Goldmund. Erst in zweiter Linie, als Substrat des Styles, scheint ihm der Inhalt zu gelten. Man wird daher nicht zu sehr erstaunen, wenn seine Raisonnements in den verschiedenen Stücken sich bisweilen auf das stärkste widersprechen, je nachdem ihn die Rundung seines Gegenstandes auf diesen oder einen andern Abschluß hinführte. Dies ist um so mehr zu bedauern, da Dio von Hause aus eine originelle Natur gewesen sein muß. Er hätte unter Domitian ruhig in der Provinz leben können als wohlhabender Mann, und zog es doch vor, bei Hellenen und Barbaren in einem solchen Aufzug herumzustreifen, daß ihn die Leute bald einen Landstreicher, bald einen Bettler, bald einen Philosophen nannten. Von einer Verkappung mit dem Zweck, unerkannt zu bleiben, kann dabei keine Rede sein; Dio wagte sich auch damals mit kühner Rede hervor: „ich allein," rühmt er sich später, „hatte den Muth, die Wahrheit zu sagen als alle schwiegen, und setzte dabei mein Leben auf's Spiel." Durch das Aufsuchen der Entbehrung nähert er sich sodann derjenigen Ascese, welche bald darauf bei den beginnenden Neuplatonikern und bei den orientalisirenden Philosophen und Theurgen als wesentlicher Zug erscheint. Von den letztern unterscheidet er sich jedoch sehr ausdrücklich und mit herbem Spott; er ruft den in Olympia versammelten Griechen zu: „Wenn Ihr Eltern, Heimath, Heiligthümer und Ahnengräber verlassen wollt, um gewissen Weisen, die es Euch gegen Lohn oder sonstige Dienste erlauben, dahin zu folgen, wohin sie Euch führen, sei es nach Ninive, Süsa, Bactra oder Palibothra, so werdet Ihr glückseliger sein als die Glückseligkeit selber." Nicht ohne Ascese also, aber noch frei von aller Mystik und Theurgie, bezeichnet Dio einen beginnenden Wendepunkt der Zeiten. Seine Bekanntschaft mit Apollonius von Tyana ist wohl erst eine Erdichtung des Philostratus, wenigstens in derjenigen Form genommen, in welcher sie dieser erzählt.

Im Dogma schließt sich Dio am meisten der Stoa an, wie sich weiterhin zeigen wird, und demgemäß polemisirt er wenigstens einmal gegen die Epikuräer. In der Regel aber spricht er als Popularphilosoph und dann gerne unter einer der beiden weltbekannten Masken des hellenischen Alterthums: Socrates und Diogenes, je nachdem er mehr die Selbsterkenntniß oder die Weltverachtung betonen will. Er hatte selbst das Leben eines ἀγύρτης jahrelang geführt und durfte in der That das Bild eines durch Entbehrung freien Menschen unter dem Namen des Diogenes mit vollem Humor entwickeln. In den fünf Reden, wo dies geschieht, strömt ein ergötzlicher Hohn über Könige und Sophisten, Genußsüchtige und Athleten, ja über alle Stände herein, die ihm gerade vor den Wurf kommen. Uebrigens befremdet es bei der damaligen Zersetzung aller ältern Schulen nicht, daß Dio sich keiner derselben ausdrücklich anschließt. Er benützt reichlich die von den Frühern ererbte Licenz, diejenigen Philosophen, welche ihm nicht zusagen, als Sophisten und Rhetoren herunterzusetzen, „denn ich," sagte er zweimal mit Emphase, „bin kein Rhetor." Den Zulauf, welchen die „Sophisten" finden, erklärt er aus der Thorheit und Erbärmlichkeit der Menschen, und die Rhetoren macht er mit den damals bei ihnen beliebten fingirten Fällen lächerlich, wie sie z. B. Reden aus dem peloponnesischen Kriege hielten, ob Athen mit Sparta kämpfen oder den Corcyräern helfen solle? oder aus der spätern Zeit: ob man sich mit Theben gegen Philipp von Macedonien verbinden solle? In der Rede an die Alexandriner wird der Mangel an wahren Philosophen mit dem Ueberfluß an Rhetoren in dieselbe Causalverbindung gebracht, welche zwischen dem Mangel an guten Aerzten und der starken Beschäftigung der Todtengräber vorhanden sei. Auch beutet er den Umstand aus, daß er keine Schüler annehme, ja er beginnt mehr als eine seiner Reden mit einer spöttischen Verwunderung darüber, daß ihm die Hörer zuströmten, wie die Vögel der Eule, während doch so viele Rhetoren, Schriftsteller und prächtige Pfauen von Sophisten da seien. Wie nun die Eule dem Jäger trefflich diene um Vögel anzulocken, so könnte er einem Sophisten hiezu sehr dienlich sein, aber es scheine, diese Art von Leuten möchten nichts mit ihm zu schaffen haben. Um so viel herrlicher wird dafür der ächte Philosoph gepriesen, der wahrste und vollkommenste Erklärer und Prophet der unsterblichen Natur, der die Menschen belehrt nicht über erdichtete Fälle, sondern über das Leben, der Pflicht und That voraus erwägt und deßhalb der Tröster im Unglück und der Rathgeber sein kann für Städte, Völker und Könige. Ueber letztern Punkt verbreitet sich besonders die 49ste Rede, wo dem Philosophen die Herrschaft über die Menschen zugesprochen wird, weil er vor Allem Etwas beherrsche, das schwerer zu lenken sei als alle Hellenen und Barbaren zusammengenommen, nämlich sich selbst. Zwar hätten die Philosophen nur selten unmittelbar geherrscht, wie etwa einst die Pythagoräer über die italischen Griechen, aber weise Könige hätten von jeher gewußt, was ihnen die Philosophen als Rathgeber und Erzieher sein könnten, woneben ganz unbefangen als Parallele die Mitherrschaft weiser Priesterkasten bei Barbarenkönigen angeführt wird, der Magier in Persien, der ἱερεῖς in Aegypten, der Brahmanen in Indien, der Druiden im Keltenland. Dieser philosophische Anspruch in seiner besondern Anwendung auf das Verhältniß zu Dio's großem Gönner Trajan wird besonders zu betrachten sein, während vor der Hand festzustellen ist, daß derselbe Dio in skeptischen oder umwölkten Augenblicken die Philosophie als active Macht schon völlig preisgab. In der wichtigen 72sten Rede werden hierüber die betrübendsten Zugeständnisse gemacht. Wer jetzt, heißt es, in der Philosophentracht, im ἱμάτιον ohne χίτων, mit langem Haar und Bart auftritt (und Dio selbst trug sich so), den läßt man nicht mit Schweigen vorüber, sondern man neckt, höhnt, schmäht, ja man zerrt ihn bisweilen, wenn er nicht ein starkes Aussehen hat und Niemand, der ihm helfen kann, in der Nähe ist. Und doch sind solcher Leute sehr viele, fast mehr an Zahl als die Schuster, oder die Walker, oder die Spaßmacher oder die Theilnehmer irgend eines Gewerbes. Man glaubt eben, der Philosoph verachte die andern Leute im Stillen und bewundere andere Ideale als das der Meisten, nämlich das Wohlleben; man fürchtet, er halte eine Moralrede bereit. Doch es giebt auch noch Wißbegierige und Hoffende, welche auch von uns erwarten, was ihnen einst an weisen Reden ein Aesop, ein Socrates, ein Diogenes gewährt haben, und welche uns folgen wie die Vögel der Eule. Allein, fährt Dio dießmal fort, die weise alte Eule ist längst todt, und die jetzigen haben nur Flügel und Schnabel von ihr, sind aber sonst thörichter als andere Vögel. So tragen wir alle die Tracht des Socrates und Diogenes, an Weisheit aber stehen wir hinter Jenen weit zurück und ebenso in unserm Wandel und in unserer Rede. Freilich ziehen wir gleichwohl, wie die Eule, viele andere Vögel hinter uns her, selber einfältig und von einem ebenso einfältigen Schwarm belästigt.

Dieses Gefühl in Betreff der Philosophie hängt übrigens zusammen mit einer niedrigen Schätzung der damaligen Zeit überhaupt, welche uns doch in so manchem Betracht durch ihren Glanz blendet. Während festdatirte Kunstwerke der trajanischen Zeit noch dem Herrlichsten nahe stehen, sagt Dio doch z. B. von der Poesie: das meiste ist alt und von viel weiseren Leuten als die Zeitgenossen sind. Die Ereignisse der nähern Vergangenheit nennt er modern und ruhmlos. Auch an schweren Klagen über die Auflösung der Sitte läßt er es nicht fehlen, wobei man im Zweifel darüber bleiben mag, ob noch der Stoiker oder schon mehr der Moralist im Sinne der spätern Philosophen aus ihm redet. Allein bei näherer Betrachtung findet man, daß Dio nicht nur gegen seine Zeit, sondern gegen das ganze Dasein überwiegend pessimistisch gestimmt erscheint. Zwar stellt er in der 30sten Rede die beiden Weltanschauungen, die pessimistische und dann die optimistische nebeneinander, ohne irgend welche Vermittlung oder abschließendes Urtheil. Sein sterbender Schüler Charidemos dictirt einem Sklaven, wie in einer Verzückung, *ὥσπερ ἐνθουσιῶν*, zuerst seine direkte Ueberzeugung in die Feder; es ist eine Ansicht ähnlich derjenigen der indischen Religionen, der brahmanischen wie der buddhistischen, welche sich dann bei Empedokles und Pythagoras wiederfindet: „wir Menschen sind von Titanengeblüt, und daher den Göttern nicht lieb; wir werden von ihnen gezüchtigt und sind zur Strafe geboren; unser Leben ist eine Haft und was wir *κόσμος* nennen, nur ein von den Göttern erschaffener erstickender Kerker voller Züchtigungen. Unsere beiden Marterknechte, Leib und Seele, sind wir selbst, jener mit seinen Krankheiten, diese mit ihren Schmerzen und Leidenschaften." Nach weiterer trostloser Ausführung dieses Bildes fährt jedoch der

Sterbende fort; es gebe auch eine bessere Rede, welche er einst von einem Ackersmann in ländlichem Rhythmus und Ton habe singen hören. Und nun folgt der Preis der Güte der Götter gegen die Menschen, welche ja ihres Geschlechtes seien; es folgt die von der Stoa ausgegangene, hier volksthümlich umgebildete Lehre vom κόσμος als einem schönen, durch die Götter hergerichteten Hause zur festlichen Erfreuung der Menschen. Allein bei andern Anlässen, wo Dio in eigenem Namen spricht, am Schluß der 69sten und vorzüglich in der 74sten Rede (περὶ ἀπιστίας) wird vor der ganzen concreten Menschheit in wahrhaft düstern Ausdrücken gewarnt. Mehr als einmal in seinen Städtereden frägt er am Anfang, warum man einen Mann nicht in Ruhe, in seinem Incognito lasse, der da sehe und erkenne, wie viel Unerfreuliches und Schreckliches in der üppigen und trugvollen Welt vorhanden sei? Angenehme Reden möchten die Leute allenfalls von Solchen erwarten, welche ins Leben hereinkommen wie heitere Schwärmer, umgeben von Flötenschall und Gesang, in der Meinung, sie kämen zu einem Fest oder zu einem Gelage von Prassern.]

Diese Lebensanschauung hindert jedoch Dio nicht an einer sehr oft und stark betonten Religiosität. Die Götter, sagt Dio, senden das Gute, das Böse kommt von den Menschen. Er verfährt im Sinne der Stoa, indem er zunächst die Einheit des göttlichen Wesens unter der Gestalt des Zeus mit einem hohen, fast lyrischen Schwunge preist. In der 12ten Rede, welche er, vom Exil zurückkehrend, am Fest zu Olympia hielt, konnte dieses Thema am ehesten zu seinem Rechte kommen. Die Größe des Gottes und die Herrlichkeit des κόσμος werden hier in enger Verbindung dargestellt, und zwar als frühe gemeinsame Uransicht des ganzen Menschengeschlechtes, der Hellenen wie der Barbaren, denn hier wie dann im Christenthum sprengt der Monotheismus die Schranken der Nationen. Die Urmenschen, damals noch in engerm Zusammenhang mit dem Göttlichen, umleuchtet von der Pracht des Himmels und der Erde, durch den süßen Laut der Sprache unter sich verbunden, wie hätten sie ohne Kenntniß und Ahnung des Säenden und Pflanzenden, des Erhalters und Ernährers bleiben sollen? Ueberall offenbart sich Gottes Weisheit und Macht; überall wurde die Ahnung hingedrängt auf den Höchsten, den Herrn des Ganzen, den Ordner des Himmels und der Welt. Der Redner lenkt hierauf geistvoll ein gegen die unvermeidlichen Bedingungen des

Auftretens in Olympia, indem er dem Phidias eine Rechenschaft über sein Zeusideal in den Mund legt.

Auch bei jedem andern Anlaß wird dieser Weltzeus mit den höchsten Epitheten gefeiert, als höchster König, als gemeinsamer Fürsorger und Vater der Götter und Menschen, als höchster Magistrat, als Spender von Frieden und Krieg. Noch einmal bringt Dio das ganze Thema sehr feierlich vor in der Borysthenitica der 36sten Rede, welche er vor dem Zeustempel zu Olbia am Pontus hielt. „Der *κόσμος*," spricht er, „ist eine von oben geschaffene und geordnete *πόλις* oder Gemeinwesen, nicht geleitet durch Tyrannen oder Demen oder Dekarchien oder Oligarchien oder andere Krankheitsformen, sondern durch den weisesten und ältesten Herrscher und Gesetzgeber über Sterbliche und Unsterbliche, den Herrn des Himmels und alles Daseins. Deßhalb errichten die Menschen Altäre dem *Ζεὺς βασιλεὺς*, und Einige in ihren Gebeten nennen ihn auch ohne Widerwillen Vater, und ebenso mögen sie auch den ganzen *κόσμος* benennen als Haus des Zeus, oder eher, da ein Königthum besser zu einer *πόλις* als zu einem bloßen Hause paßt, als *πόλις* des Zeus. Es ist die civitas Dei, wie später der Ausdruck des heil. Augustin lautet, nur daß dieser davon ausscheidet eine civitas dieser Welt, welche bei Dio noch in der *πόλις τοῦ Διὸς* mitbegriffen sein kann. Am Bürgerthum dieses wahren Gemeinwesens können alle Menschen theilnehmen, welche Rede und Verstand haben; es ist kein Sparta, welches die Heloten einzig ausschließt. Neben diesen Analogien mit der christlichen Auffassung findet sich auch noch eine mit der mosaischen Genesis. Als Gott die Welt erschaffen, und zwar viel schöner als sie jetzt in ihrer Alterung ist, und als er, der Schöpfer und Vater, die neugeschaffene sah, empfand er — nicht niedriges Wohlgefallen (*ἥσθη μὲν οὐδαμῶς*), sondern hohe Wonne (*ἐχάρη δὲ καὶ ἐτέρφθη*).

Sehr zweifelhaft wird neben diesem Zeus die Stellung des übrigen Olymp. Dio schwankt zwischen der ausdrücklichen Verehrung der Einzelgötter und ihrer Subsumtion unter das große göttliche Wesen. In der Rhodiaca meldet er als Thatsache: Einige sagen: Apoll, Helios und Dionysos seien identisch, viele aber fassen sämmtliche Götter in Eine Kraft und Macht zusammen. Anderswo sind ihm die Götternamen nur Einzelbezeichnungen für *Τύχη*, Fortuna, welche beim Landmann Demeter, beim Hirten Pan, beim Seemann Leukothea heiße oder in die beiden Dioskuren auseinandergehe. Bisweilen aber gedenkt er der Einzelgötter mit der größten Andacht, und seine 39ste Rede schließt mit einer priesterlichen Anrufung an eine ganze Reihe derselben, sie möchten der Stadt Nicäa den Geist der Eintracht schenken. Er erzürnt sich wie einst schon Plato über Homers Lügen vom unziemlichen Leben der Götter, von ihren Feindschaften, Betrügereien, Verwundungen, Buhlschaften, wobei nur noch fehle, daß sie einander getödtet hätten. Kaum daß die Möglichkeit offen gelassen wird, daß in jenen Ereignissen Naturwahrheiten verhüllt liegen könnten. Auch Dio's Auffassung der Heroen ist eine schwankende und vollends die der Dämonen und des Dämons der einzelnen Menschen. Letzterer wird bald als das geistige Wesen des Einzelnen, als sein νοῦς bezeichnet, bald als die außer dem Menschen liegende, das Schicksal eines Jeden zwingende Macht, wie z. B. Fürsten und Eroberer sind. Das Adjectiv δαιμόνιος, bei Dio in der guten Bedeutung von „gottgesandt", bildet wiederum eine besondere Schattirung. Endlich braucht Dio das Wort auch noch im Sinne der herrschenden Religion; sein Idealkaiser (Rede 3) glaubt außer den Göttern auch noch an gute Dämonen und an Heroen, nämlich Seelen trefflicher Männer. Wir dürfen in dieser Verwirrung ein Bild der Krisis erkennen, in welcher dieser Begriff damals noch lag, bis ihm die neuplatonische Schule wieder einen sehr entschiedenen und gefährlichen Sinn verlieh.

Merkwürdig frei hält sich Dio von jeder Superstition und Allem, was damit zusammenhängt. Obwohl er selber wenigstens einmal in seinem Leben ein Orakel befragte und dessen Antworten einigermaßen befolgte, erklärt er sich doch in der 10ten Rede gegen das Befragen der Orakel überhaupt; wer den Geist (νοῦς) habe, bedürfe ihrer nicht, in Delphi heiße es ja: Erkenne dich selbst, als ein Gebot des Gottes an Alle in einer Sache, die Alle nöthig hätten, und wenn nun der Mensch sich selber noch nicht erkenne, wie wolle er dann die Götter verstehen, deren Sprache eine andere sei als die menschliche? Daher die Mißverständnisse eines Laios, Krösos u. a., welche schon unfähig waren, richtig zu fragen. Mit Unrecht zürne man hernach bei unglücklichem Ausgange dem Apollon. Den Alexandrinern bestreitet er nicht, daß die Gottheit (er mag dem Serapis die Ehre nicht anthun, ihn einzeln zu nennen) bei ihnen täglich ihre Macht zeige durch Orakel und Träume, womit das Uebernachten der Genesung Suchenden im dortigen Tempel gemeint ist. Aber der Gott verabsäumt die Wachenden ebensowenig und künde auch bei Tage die Zukunft.

Von den Mysterien, und zwar insbesondere von den attischen, spricht Dio mehrmals als ein Eingeweihter, allein nur um die Ceremonien derselben als dürftiges Gleichniß neben die höhere geistige Anschauung des *κόσμος*, neben die wahre Einweihung durch die Gottheit selbst hinzustellen. Uebrigens sind die betreffenden Aussagen nicht ohne antiquarischen Werth, weil sie uns Einzelnes vom Hergang der Mysterien verrathen und weil auf die häufige Einweihung von Barbaren nachdrücklich hingewiesen wird. Offenbar hatte sich in Athen und Eleusis eine liberale Praxis hierüber festgesetzt.

Wenn die trajanische Zeit auf uns wirkt wie der letzte helle und klare Tag der alten Welt kurz vor der mit Hadrian beginnenden Herrschaft der Magier und Theurgen, so ist Dio's Redensammlung für diese unsere Taxirung jener Zeit nicht ohne bestimmenden Werth. Allein die Aufklärung, deren er sich bewußt gewesen sein muß, hätte an einer bestimmten Stelle ihre Grenzen erkennen und sich vor der Poesie beugen sollen, nämlich beim Eintritt in die Sagenwelt des heroischen Zeitalters. Viele seiner Reden, Abhandlungen und Dialoge sind der letztern gewidmet, darunter zwei Gespräche von einem schon fast lucianischen Charakter, Chiron und Achill, Philoktet und Odysseus. Sein Verhalten zum Gegenstande ist ein sehr verschiedenes, das des Literators, des Skeptikers, des Philosophen. Das Vorherrschende aber ist die Anwendung eines Prinzips auf die Heroenwelt, welches schon längst durch Euhemeros auf die Götterwelt angewandt worden war. Dio läßt nämlich die heroisch-mythischen Einzelgestalten zwar als historisch gelten, löst sie weder in allgemeine Anschauungen noch in Naturkräfte auf, ersetzt aber das Wunderbare, das von ihnen ausgesagt wird, durch solche Hergänge, die ihm wahrscheinlich dünken und durchflicht die Sage mit ergänzenden psychologischen Motiven nach seinem und seiner Zeit Geschmacke. Das Zweite ist, daß er den gar zu wundergetränkten Sagen geradezu eine von ihm ersonnene prosaische Historie unterschiebt. Das Dritte, daß er neue Mythen als Hüllen und Symbole allgemeiner Wahrheiten erdichtet, wozu die Philosophen seit Plato's Vorgang berechtigt waren. Aber so wie Dio diese Freiheiten handhabt, machen sie einen unbeschreiblich barocken Effect.

Vorweg muß hier die berüchtige elfte Rede über die Nichteinnahme von Troja, *ὑπὲρ τοῦ Ἴλιον μὴ ἁλῶναι* erwähnt werden, weil man in Zweifel bleibt, ob Dio hier eher ein Probe- und Prachtstück von rhetorischer Paradoxie aufstellen will, oder ob er mehr von seiner Art des Euhemerismus bestimmt wird. Die Rede ist an die Ilienser gerichtet, wahrscheinlich aber so wenig an Ort und Stelle wirklich gehalten worden als die meisten übrigen Städtereden Dio's. Sie beginnt mit komischem Spott über das Festhalten auch an den gräulichsten alten Mythen, wenn dieselben nur zum Lokalruhm gehörten. Es soll mich nicht wundern, wenn auch Ihr, Männer von Ilion, eher dem Homer glaubt, der so schlimm über Euch gelogen, als meiner Wahrheit, und wenn Eure Kinder von frühe an Gedichte lernen müssen, die nichts als Verwünschungen über Eure Stadt enthalten. Käme ich nach Argos, so würde man dort ebenso Atreus und Thyest nicht aufgeben wollen und mich am Ende aus der Stadt treiben. In Theben freuen sich die Leute, daß Hera's Zorn ihnen die Sphinx brachte, welche ihre Söhne fraß, und daß Oedipus den Vater tödtete, sich mit der Mutter vermählte und dann geblendet herumirrte u. s. w. Denn so sehr ist das Gemüth der Menschen von Ruhmsucht zerrüttet, daß sie lieber durch das größte Unglück berühmt als ohne Unglück obscur sein wollen. Dio weiß den wahren Hergang des trojanischen Krieges von einem Priester zu Onuphis in jenem Aegypten, wo die Poesie weislich verboten ist, und wo von jeher die genaue Aufzeichnung regiert hat. Hier besitzt man auch die alten griechischen Ereignisse in geschichtlicher, nicht in poetischer Gestalt, wie bei den prahlerischen und leichtgläubigen Griechen, welche im Stande sind, ihre Dichter als Zeugen von Thatsachen anzuführen. Nun folgt freilich nur eine öde, unpoetische und dennoch fabelhafte Fiction an der Stelle der unsterblichen Ilias, deren einzelne Unwahrscheinlichkeiten und Lücken Dio mit so vielem Triumph aufzeigt. Das Resultat ist in Kürze dieses. Paris hat die Helena nicht entführt, sondern ganz gesetzlich gefreit; Agamemnon fürchtet, er möchte als Gemahl der Helena politische Ansprüche auf Griechenland machen und ruft die griechischen Fürsten zum Angriffskriege auf, welche ihm als verschmähte Freier auch willig folgen. Die Troer aber vertheidigten sich mit dem Muthe des guten Gewissens; Achill fiel durch Hector; die Achäer zogen zuletzt auf gütlichen Vergleich hin ab und hinterließen das hölzerne Pferd ohne allen Trug als Bußgeschenk an die Athene Ilias, als Zeugniß ihrer Niederlage. Beim Friedensschlusse machte Odysseus den Unterhändler, auch die verwittwete Helena war dabei thätig; Hector vermählte sie hernach mit dem Deiphobus; Priamus starb in hohem Alter, mächtig und geehrt. Wie gedemüthigt aber die Achäer nach Hause kamen, geht schon aus dem schlechten Empfang hervor, welchen sie fanden; Klytämnestra verachtete den geschlagenen Gemahl und Aegisth konnte ihn tödten und ihm succediren; Diomed wurde vertrieben; Menelaos kam gar nicht heim, sondern blieb in Aegypten, heirathete eine Pharaonentochter und erzählte den Priestern die ganze Geschichte des Krieges. Je machtloser die Griechen, desto gewaltiger waren hernach die Troer; Aeneas gieng nicht etwa als Flüchtling nach Italien, sondern Hector sandte ihn mit einem Heer auf Eroberung aus. Wer dies Alles nicht glauben will, schließt Dio, der möge wissen, daß er nie vom Truge frei werden und nie Lüge und Wahrheit unterscheiden wird.

In andern Reden, wo der Gedanke an bloße Paradoxie wegfällt, wird z. B. die Geschichte von Nessus und Dejanira dahin berichtigt, daß der sterbende Centaur die Gemahlin des Herakles bewegt, demselben statt seiner Löwenhaut bessere Kleider und mehrere Bequemlichkeit anzugewöhnen, freilich zum Verderben des Helden. Von Paris auf dem Ida wird bemerkt, er habe die drei Göttinnen nur als Traumgesicht gesehen und sich sein Richteramt nur eingebildet. Züge, welche genügen, um die grundprosaische Manier des Autors zu kennzeichnen.

Andere Male legt Dio in einen schon vorhandenen Mythus einen philosophischen Sinn, wie dieß Viele vor ihm gethan. Dieß nennt er *μῦθον ἐκπονεῖν*, einen Mythus ausarbeiten, vollenden und vergleicht das Unternehmen irgendwo mit dem Pfropfen edler Zweige auf wilde Stämme, indem erst jetzt die unnützen Erzählungen in das Gebiet des Pflichtmäßigen, Wirklichen und Wahren hinübergezogen würden. Vielleicht hatten sogar schon die ursprünglichen Erfinder den Verständigen etwas der Art andeuten wollen. Ein von dieser Methode höchlich erbauter Mitredner (in der 60sten Rede) vergleicht die Philosophen mit den Figurengießern, welchen Thon, welches Wachs diese auch in den Model gießen, die Figur wird dem Model entsprechen; und ebenso machen die Philosophen aus jedem Mythus, jeder Rede, die sie nach ihren Gedanken formen, etwas Nützliches und der Philosophie Geziemendes.

Ein solcher ausgearbeiteter Mythus ist wohl der in der 53sten Rede von dem libyschen Ungethüm mit einem menschlichen und einem Schlangenende, was Dio auf die Begierden bezieht. Der absichtlich räthselhafte Schluß deutet auf ein gleichzeitiges, vielleicht römisches Ereigniß. Dieser Klasse gehört auch an, was in der 10ten Rede dem Diogenes in den Mund gelegt wird über den Oedipus. Letzterer habe nämlich das Räthsel der Sphinx nicht einmal gelöst, wohl aber rief er ihr zu: „es ist der Mensch!“ aber was der Mensch eigentlich sei, sagte er nicht und erkannte er nicht. Einstweilen dünkte er sich wohl den Weisesten und brachte auch die übrigen Thebaner zu dieser Ansicht, ging dann aber auf die bekannte Weise ins Verderben. Die Sphinx selber aber war niemand anders als Ἀμαϑία, das Nichtlernen, das Verderben der Böotier in früherer Zeit wie jetzt.

Zum neuen Ersinnen von Mythen endlich, welche sich dann hätten lebendig weiterhelfen können, war Dio's Phantasie viel zu dürftig. Sein Hauptstück von dieser Art, in der ersten Rede, ist nur eine Nachahmung von dem bekannten Mythus des Prodikos Herakles am Scheidewege. Dio läßt sich die Geschichte von einer greisen arkadischen Hirtin und Wahrsagerin am Alpheios erzählen, bei einer Opfereiche zwischen Heräa und Olympia. Herakles, welcher auch hier die handelnde Person ist, wird zunächst geschildert, nicht bloß als König von Argos, sondern als Herr der ganzen Welt, so weit jetzt seine Heiligthümer reichen. Sein Vater Zeus senkte in ihn gute Entschlüsse, brachte ihn unter treffliche Genossen und deutete ihm durch Vögelflug und Mantik Jegliches an. Und da nun Herakles für die Weltherrschaft bestimmt war, erwog Zeus, wie viel Sterbliches doch in ihm und wie viel böse Exempel unter den Menschen vorhanden seien und sandte den Hermes nach Theben zu ihm. Dieser führte ihn zu dem Berg mit den beiden Gipfeln, wo die Königsherrschaft (Βασιλεια) und die Tyrannis, jede mit ihren Begleiterinnen hausen. Der Kronprinz empfängt bei genauer Betrachtung beider den tiefsten Eindruck und erklärt dem Erzieher auf dessen Befragen, er bewundere die Basileia und möchte die Tyrannis in den Abgrund stürzen. Hermes lobt diese Gesinnung und berichtet es dem Zeus. Hierauf erhält Herakles von seinem Vater die Weltherrschaft und stürzt überall die Tyrannen.

Es verhält sich nämlich mit Dio wie seither mit mehr als einem Dichter, welcher gerne Mythen geschaffen hätte, und doch nicht über allegorische Figuren hinauskam. Die letztern können ihren Sinn und Namen höchstens durch solche Handlungen expliciren, welche sich a priori von selbst verstehen; ein Conflikt kann nicht in sie verlegt werden und damit fehlt ihnen für die Erzählung die wahre Persönlichkeit und das lebendige Interesse. Die bildende Kunst, welche sie in ruhigem Dasein darstellen darf, und an keine Succession von Handlungen gebunden ist, kann den allegorischen Gestalten viel eher gerecht werden, auch mahnt gerade diese erste Rede Dio's sehr lebhaft an gemalte Vorbilder, z. B. in der Aufzählung der Gefolgschaften der beiden Hauptpersonen; es finden sich bei der Basileia: Dike, Eunomia, Eirene, Nomos, — bei der Tyrannis: Omotes, Hybris, Anomia, Stasis, Kolakeia. Dagegen ist das Verhalten der Basileia und der Tyrannis selbst auf das allerunglücklichste so geschildert, daß die Handlungsweise des rechtmäßigen Herrschers und die des Tyrannen, wie sie sich während einer ganzen Regierung bei stetem Wechsel der Umgebungen und der Umstände offenbart, hier während weniger Augenblicke auf den beiden Berghöhen vor Herakles Augen repetirt werden muß. Die Tyrannis (um nur von dieser zu reden), auf ihrem mit trüben Wolken bedeckten niedrigern Gipfel hat ihren stets schwankenden, obwohl prächtigern Thron über dem Abgrund, auf einem unterhöhlten Boden; die zu ihr emporführenden Nebenpfade sind voller Blut und Leichen; mit unsicherm Grinsen schaut sie dünkelhaft über die angelangten Fremden hinweg; sie hält das Gold bald fest in ihrem Gewand, bald wirft sie es erschrocken aus; sie wechselt die Farbe, thut bald dieses, bald jenes, springt auf und setzt sich wieder, lacht und weint u. s. w. In der vierten Rede läßt Dio den Diogenes die Persönlichkeiten der drei Dämonen Habsucht, Ueppigkeit und Ehrsucht in analoger Weise construiren, als Gestalten in vermeintlich charakteristischer Thätigkeit. „So wie die Physiognomen," sagt der Weise von Sinope, „aus der Gestalt die Eigenschaften errathen, so umgekehrt wir aus den Eigenschaften die Gestalt." Er beruft sich außerdem auch noch auf die Künstler, welche ja Flüsse, Quellen, Inseln, Städte u. s. w. personificiren, so daß z. B. an den Flußgötteru das Liegen charakteristisch sei; es hätte ihm aber gerade hier in die Augen springen müssen, wie sehr die Kunst durch das Ruhen ihrer allegorischen Gestalten gegenüber der erzwungenen Thätigkeit der Seinigen im Recht und im Vortheil war. Andere, zum Theil wahrhaft absurde Allegorien, wollen wir gerne übergehen, und so auch das angeblich aus der persischen Religion entnommene Theologumenon am Ende der 36sten Rede, welches indeß sein besonderes religionsgeschichtliches Interesse haben könnte.

Auf diese Art wird bei Dio die hellenische Heroensage bald willkürlich verändert, bald nach Gutbefinden ausgebeutet, bald durch mangelhafte allegorisirende Erfindungen verdrängt. Wahrscheinlich ahnte unter Trajan noch Niemand, welche Gestalt die Heroen Homers später annehmen, wie sie als gefürchtete Dämonen wiederkehren würden. Etwa hundert Jahre nach Dio meldet sich als Urkunde hiefür das philostratische Gespräch zwischen dem Winzer und dem Phönicier.

Was nun Dio unter solchen Umständen und Voraussetzungen über die große alte Hauptquelle der Heldensage, über Homer vorbringt, kann natürlich unsere Kenntniß und Beurtheilung Homers nicht fördern. Doch ist ein eigenthümliches Interesse vorhanden, die Schicksale des alten Dichters unter den Händen der Spätlinge der klassischen Zeit und so auch des Dio zu verfolgen. Die ganze Bildung war dergestalt auf Homer orientirt, daß ihn auch die Rhetorik als conventionellen Hauptgegenstand nie lange umgehen oder gar entbehren konnte. In der Rede von der Nichteinnahme Troja's läßt sich Dio mit humoristischem Ingrimm völlig gehen. Er beneidet Homer nicht um seinen Ruhm, getraut sich aber aus dessen eigenem Gedicht zu beweisen, was für eine Menge von Lügen er vorgebracht habe, mögen nun auch die Sophisten über Asebie schreien. Homer war ein Bettler, und das Zeugniß oder Lob eines solchen lasse doch heutzutage kein Mensch gelten. Er lobe höchlich den Odysseus und schildere ihn dann doch als Lügner; er selbst sei eben tapfer im Lügen gewesen und brüste sich damit wie mit der Wahrheit. Schon daß er nicht mit dem wahren Anfang, nämlich mit der Geschichte der Helena beginne, sei ganz in der Art der Lügner, welche nichts in der rechten Reihenfolge vorbringen. Anderes, das er verbergen wolle, berichte er nur beiläufig und undeutlich und das Unsicherste, wie z. B. die Geschichte von Scylla, Polyphem, Kirke 2c. lasse er einen Andern erzählen. Hochbedenklich erscheine vor Allem, daß er die an pathetischen Zügen so reiche Eroberung der Stadt nicht behandelt, sondern nur als Ahnungswort dem Priamus und dann als kurzen Bericht dem Demodokos in der Odyssee in den Mund gelegt habe. Warum hat er ferner den Tod des Achill, Memnon, Aiax und Paris nicht behandelt? Im Fortgang des Werkes, als er sah, wie leichtgläubig die Menschen waren, flocht er allerdings nachträglich noch Dies und Jenes ein. Ueberhaupt hält sich Dio für fähig, die Stellen anzugeben, wo Homer die Achtung vor seinen Zuhörern gänzlich abzulegen und ohne Rückhalt zu lügen beginne. Immerhin aber habe er über die Menschen noch weniger als über die Götter gelogen und den Griechen insofern genützt, als er ihnen, für den Fall eines Krieges mit den Asiaten, den allzugroßen Schrecken benahm.

In den übrigen Reden aber wird Homer je nach dem rhetorischen Bedürfniß des Momentes in den Himmel erhoben als Dichter großer

Fürsten, als Herold jeglicher Tugend, als Erzieher seiner Nation, als gottbegeisterter Sänger, größer denn Orpheus und die Sirenen, als Verherrlicher des Zeus, als Freier hochgesinnter Armer, als wahrer Lehrer des Socrates, und dann werden ihm wieder auf das bitterste seine Erzählungen von den Göttern und seine Verschwendung lobender Beiwörter an Alles und Jegliches, und wäre es Thersites, vorgeworfen. Daß es mit der Nichteinnahme von Troja nicht so ernst gemeint war, zeigt die 33ste Rede (Tarsica prior), wo der Untergang Troja's ganz unbefangen zugegeben wird, und zwar als wohlverdiente Strafe für die Weichlichkeit, den Uebermuth und die Maßlosigkeit der Troer. Neben all diesem Gerede aber findet sich eine wichtigere Nachricht. Schon zu Olbia am Pontus erfährt Dio, daß die dortigen abgeschnittenen und von außen bedrängten Hellenen von allen Dichtern nur Homer kennen, diesen aber auswendig wissen; der hehre Dichter erscheint uns hier, wie als das frühste, so auch als das späteste gemeinsame Gut des noch nicht barbarischen Hellenenthums und zwar an seiner bedrohten äußersten Peripherie. In der 53sten Rede aber meldet Dio: nicht nur die griechisch Redenden, sondern auch viele Barbaren besäßen den Homer; so zunächst die Zweisprachigen, mit Hellenen gemischten, zu welchen sonst das meiste Griechische nicht mehr dringe, wahrscheinlich z. B. kein Tragiker und kaum mehr ein Lyriker; aber auch einige der ganz fernen Barbaren sängen den Homer in Uebersetzung, namentlich die Inder. „Von den Sternen unseres Himmels sehen sie viele nicht mehr, aber von den Klagen der Andromache und Hekabe, von der Tapferkeit des Achill und des Hektor sind sie unterrichtet.“ Ich weiß nicht, ob irgend ein Grund vorhanden ist, die Richtigkeit dieser Aussage von vorneherein zu bezweifeln.

Auch sonst kommen bei Dio einige literargeschichtliche Thatsachen von Werth vor, die sich vielleicht anderswo nicht oder nur weniger deutlich nachweisen lassen. Die 18te Rede, wahrscheinlich an einen jüngern Römer gerichtet, giebt eine elegante Uebersicht derjenigen Dichter, Redner, Historiker und Philosophen, deren man sich bemächtigen müsse, je nach dem Grade ihrer Wichtigkeit für den Zweck, um Kunde und Kraft der Redekunst zu erreichen, wie sie sich für einen politischen Mann gezieme. Ueber das Weiterleben des Dramas in den damaligen griechisch redenden Städten erfahren wir aus der 57sten Rede, daß seit so langer Zeit immer noch dieselben Tragödien und Comödien gegeben wurden, wahrscheinlich die attischen des V. und IV. Jahrhunderts.

Von den Tragödien, heißt es in der 19ten Rede, behaupten sich noch die festern Theile, ich meine die Jamben, von denen man noch Parthien in den Theatern aufführt, *καὶ τούτων μέρη διεξίασιν ἐν τοῖς θεάτροις*, die Weichtheile aber, nämlich die Chöre, haben sich aufgelöst, sowie von alten Leichen die Knochen und die Muskeln bleiben, der Rest aber zersetzt ist. In Nicomedien wurden noch fast täglich „Tragödien und Anderes" aufgeführt. Es versteht sich von selbst, daß das übrige Schauwesen, die Pantomime, das Athletentreiben, das Gladiatorenthum, der Pomp der Hippodrome das Drama weit übertönte. Dio spricht mit Ausnahme der alexandrinischen Rede nicht viel und offenbar nicht gerne von diesen anderweitig so genau bekannten Dingen, doch kommt über die Gladiatoren, die den feiner denkenden Griechen eine widerwärtige römische Importation waren, in der 31sten Rede eine merkwürdige Aussage vor: in Korinth sei wenigstens das Lokal für deren Kämpfe eine wüste Schlucht vor der Stadt, wo man keinen Freigebornen begraben würde, die Athener dagegen hätten dieß Schauspiel in ihr Theater unterhalb der Akropolis eingeführt, so daß der Mord oft an den Thronen erfolge, wo der Hierophant und die übrigen Priester sitzen müssen. Es sind dieselben Throne, welche den Gegenstand einer der schönsten neuern Entdeckungen in Athen ausgemacht haben.

Sonst pflegt Dio gegen römische Einrichtungen und Verhältnisse nicht zu polemisiren, und wir dürfen hinzusetzen: es leitete ihn hierin nicht eine weltkluge Rücksicht, sondern eine klare Einsicht in die Unmöglichkeit, irgend ein unabhängiges Griechenthum wieder herzustellen. Ihm verdanken wir eine jener seltenen zusammenfassenden Aussagen über das Schicksal einer andern Nationalität, welche für die geschichtliche Betrachtung von hohem Werthe sind. So wie im XIV. Jahrhundert der Araber Ibn-Chaldun an einer Stelle seines zweiten Buches das Schicksal der ächten Race-Araber in dem ungeheuren Khalifenreich beklagt, so Dio das der Hellenen in der alten Welt. Gerne bezeugt er den einzelnen Städten, zu welchen er spricht, auch seiner Vaterstadt Prusa, daß ihr Leben und ihre Einrichtungen noch hellenisch seien, aber in der 31sten Rede läßt er seinem Kummer den Lauf. Nachdem er die Rhodier wegen eines Vergehens, von welchem noch weiter die Rede sein wird, auf das Strengste getadelt, redet er ihnen auf folgende Weise zu: „Einst beruhte die gemeinsame Ehre auf Vielen; und Viele brachten Hellas empor: die Athener, die Lacedämonier, die Thebaner, eine Zeitlang die Korinther und vor Alters die Argiver. Jetzt ist es mit Allen nichts mehr. Die Einen sind gänzlich zerstört und ausgerottet, die Andern führen sich schlecht auf und zernichten ihren alten Ruhm, indem sie als einen Gewinn rechnen, daß Niemand sie verhindert, Uebles zu thun. (Welche civitates liberæ damit gemeint sein mögen, mag unentschieden bleiben.) Ihr Rhodier seid noch übrig, ihr allein dürft glauben, ihr seid noch etwas und und würdet nicht gänzlich verachtet. Wer aber so wie jene mit der Heimath umgeht, der müßte es auch verantworten, wenn die Hellenen längst in geringerer Achtung ständen als Phrygier und Thracier. Wieget euch nicht damit ein, daß ihr das Primat von Hellas hättet, denn unter Lebenden und Solchen, die noch für Ehr- oder Ruhmlosigkeit ein Gefühl haben, kann man der erste sein, jene aber sind auf alle Weise elend und erbärmlich zu Grunde gegangen. Wenn man die Leute jetzt sieht, so kann man sich den Ruhm und Glanz ihrer frühern Schicksale nicht mehr vorstellen. Eher verrathen die Steine die Erhabenheit und Größe von Hellas und die Trümmer der Gebäude, denn die, welche noch darin wohnen, würde Niemand auch nur für die Abkömmlinge der Mysier halten. Mir scheint das Loos der völlig untergegangenen Städte ein besseres als das der so fortlebenden. Das Andenken jener bleibt doch gesund und der Ruf ihrer früheren Herrlichkeit wird durch nichts erniedrigt. So ist es auch besser, daß Leichen zernichtet werden, als daß man sie in faulendem Zustande sehe." — Von den Verlusten des Griechenthums in Unteritalien spricht Dio nur beiläufig, von denjenigen am Pontus erwähnt er (Rede 36) die Ueberfälle durch die Geten, zumal den schrecklichsten um die Mitte des I. Jahrhunderts v. Chr.; daraufhin hätten sich die Pontusstädte (fast lauter milesische Colonien) gar nicht mehr wieder oder nur kümmerlich bevölkert und dann meist mit Barbaren. „Denn viele Städteeroberungen sind geschehen in vielen Theilen der über viele Länder zerstreuten Hellas." Offenbar bezeichnet hier letzteres Wort nur die Nationalität. Von der Zerrüttung Macedoniens erfahren wir aus Dio nur so viel, daß Pella, von wo einst die Eroberung Asiens ausgegangen, nur noch ein Trümmerhaufen von Ziegeln war. Thessalien heißt: verödet, Arcadien: verwüstet. Dio erlebte die Maßregeln des großen Philhellenen Hadrian nicht mehr; es ist aber die Frage, ob er damit eine ernste Hoffnung würde verknüpft haben.

Auch der Erbin so vieler Länder und Völker, der weltherrschenden

Roma hat Dio unbefangen seine Warnungen zukommen lassen und zwar zunächst der Stadt Rom als solcher. Was er in der 79sten Rede über den künstlerisch werthlosen Stoffluxus der Römer beim Bauen und Decoriren sagt, über die kostbaren Steinarten, das Elfenbein, den Bernstein, Dinge, die man den fernen Barbaren um gutes Geld abkaufe, das haben auch Andere sehr umständlich gerügt. Eigenthümlicher lauten die Ahnungen der 13ten Rede: „Die Größe Roms ist verdächtiger und nicht ganz sicherer Art; möchtet Ihr den Pomp ablegen, in kleinern Häusern wohnen, keine Sklavenhaufen mehr halten! Je frommer und heiliger Ihr dann würdet, desto geringer und wohlfeiler wären auch Eure Opfer! und die Masse, die Ihr jetzt nähret, würde vermindert und die Stadt erleichtert wie ein Schiff, aus dem man den Ballast geworfen. Wie aber jetzt die Dinge liegen, bei der Menge von Schätzen, die aus der ganzen Welt sich hier anhäufen, bei dem herrschenden Genußleben, bei der allgemeinen Gier, erinnert Rom an den Scheiterhaufen des Patroklos, welchen Achill zurüstete mit vielem Holz, vielen Leichen mit Gewändern, mit Fett und Oel dazu, worauf er mit Spenden die Winde herbeirief und ihnen Opfer versprach, wenn sie kämen, um den Brand anzufachen. So könnte auch die menschliche Bosheit und Zügellosigkeit entzündet werden über Rom.“ Was Dio hier andeutet, ist dann doch nur stückweise und momentan eingetreten in den Tumulten des dritten Jahrhunderts unter Alexander Severus, Gordian, Carinus. Die Gestalten Alarichs und Geiserichs aber sind dem Dio noch nicht erschienen.

Ferner hat sich Dio sehr umständlich über die römische Weltherrschaft vernehmen lassen, zunächst in den vier ersten Reden, welche für Trajan bestimmt, theilweise auch an ihn gerichtet sind. Ihre Abfassung fällt theils unter Nerva, den Adoptivvater Trajans, theils unter die eigene Regierung des letztern. Wenn hier die Verherrlichung dieses Staatswesens etwas laut und stark tönt, so verdient der kleinasiatische Grieche vor Allem mehr Nachsicht als der geborne Römer verdienen würde, denn seit vielen Generationen, seit Alexander und seinen Diadochen ist der griechische Osten an die Monarchie und sogar an die Vergötterung der Unwürdigsten gewöhnt. Sodann soll ja nicht Trajan geschildert werden, wie er war, sondern der Idealherrscher, wie er sein sollte, mit paränetischer Richtung an Trajan. Da werden aus Homer die alten Epitheta hervorgenommen; der rechtmäßige Herrscher ist Hirt und Hüter der Völker, oder wie bei Horaz: Vater und Hüter des ganzen Menschengeschlechtes. Er ist ein eifriger Diener der Götter, von ihrem Dasein überzeugt und von ihnen geliebt, ein sterbliches Nachbild des größten und ersten Königs Zeus, von dem er auch die Gewalt und die Regierungsgabe, die „Zeuskunst“ empfangen hat und dessen Beinamen als Machtprädikat (δυνάμεις) auch auf ihn anwendbar sind, wie Polieus, Philios, Hetaireios, Hikesios, Xenios, Ktesios, Epikarpios u. a. Der höchste Verein sittlicher Eigenschaften wird ihm beigelegt: Fürsorge für alle Menschen, emsige Pflichttreue und Arbeitsamkeit, Ehrfurcht vor den Gesetzen und Einrichtung, Liebe zur Wahrheit, Verachtung der Schmeichelei, religiöse Auffassung aller Dinge, so daß er jede Tugend für eine Frömmigkeit und jede Bosheit für eine Gottlosigkeit hält u. dgl. m. Von Gleichnissen für das Verhältniß von Herrscher und Volk genügen dem Redner nur noch die stärksten: Seele und Leib, Sonne und Welt. Auch untergeordnete Züge des Idealbildes sind nicht ohne Interesse: die Kunst, richtig mit den Soldaten umzugehen, die Entfernung von aller weichlichen Schwärmerei, so daß z. B. mit Musik nichts auszurichten ist, die Liebe zur Jagd als Bild des Krieges, mit ihrem kräftigenden Ritt und Rennen, nicht zu einer bequemen Parkjagd in der Art der alten Perserkönige.

In die Frage über Werth oder Unwerth des römischen Imperiums wurde unvermeidlich das nächste große Präcedens aus der griechischen Welt mitverflochten: Alexander von Macedonien. Bei den Römern des ersten Jahrhunderts, zumal bei denjenigen, welche bestimmt waren, dem augusteischen Hause als Opfer zu fallen, begegnen wir einem instinctiven Hasse gegen Alexander, so bei Seneca und besonders bei Lucan; dieser ruft im zehnten Gesang der Pharsalia seine Verwünschung über jenes Prachtgrab im Bruchion zu Alexandrien, allwo Pellæi proles vesana Philippi Felix prædo ruht, welcher einst der Welt das jammervolle Beispiel gab, daß so viele Länder und Völker unter Einer Herrschaft vereinigt werden könnten. Dio darf schon als Grieche anders denken, und mit der Zeit drang Alexander auch bei vielen Römern zur Stellung eines Heros, ja eines Dämons durch. In der zweiten Rede wird er unter der Form eines Gespräches mit seinem Vater Philipp völlig als junger Löwe idealisirt und ihm die größte Hoheit der Denkweise beigelegt. In der vierten Rede, einem Gespräch mit Diogenes, tritt er allerdings in einer wesentlich verschiedenen Schattirung auf, als der Ehrgeizige und von seiner eigenen Macht Abhängige, während der Cyniker von Allem unabhängig ist. In der Art, wie

Diogenes ihm zum Voraus seinen künftigen asiatischen Ruhm verleiden will, könnte vielleicht sogar ein Wink an Trajan liegen, dessen Kriegslust schon vor dem dacischen Kriege bekannt gewesen sein muß. Gegen Ende heißt es: Erst wenn du deinen Dämon, nämlich dein eigenes Gemüth, deinen größten Gegner versöhnt haben wirst, dann wirst du auch wahrhaft König sein.

Der Philosoph scheint aber auch sich und seinesgleichen nicht vergessen zu haben, indem ja die Philosophie wesentlich zur Weltherrschaft befähigen sollte, wie früher bemerkt worden ist. Nicht daß er sich auf eine gesetzlich bestimmte Form der Theilnahme am Regieren beriefe, denn sein Bekenntniß in Beziehung auf die drei angeblich allein möglichen Verfassungsformen giebt unumwunden der Monarchie den Vorzug vor der Aristokratie und der Demokratie, weil sie am ehesten in guter Anwendung vorkomme. Was in der 56sten Rede von einer durch Rathgeber, Ephoren u. dgl. beschränkten Monarchie gesagt wird, bezieht sich nur auf die Vergangenheit. Auch vom römischen Senat und dessen möglicher Mitwirkung sagt er kein Wort, wohl aber denkt er sich den Kaiser in der Nähe umgeben und in der Ferne bedient von hoch, unangreifbar und beneidenswerth gestellten Vertrauten, φίλοι, die Jener zur Stütze hätte im Glück und Unglück, mit deren Augen und Ohren er sähe und hörte, und mit deren Gedanken er dächte. Durch kein Erdengut, nur durch Wohlwollen und Liebe kann er sie gewinnen. Waffen, Heere und Burgen sind trügerische Hülfsmittel ohne diese Vertrauten, welche dem Herrscher dieses Alles verwalten helfen und ihm die nöthige Ubiquität verschaffen. Er wählt dazu nicht bloß aus seinen Nächsten, sondern aus allen Menschen, d. h. aus dem ganzen Reiche die Treuesten. Wir dürfen kaum daran zweifeln, daß Dio hier wesentlich auch „den Philosophen“ gemeint hat.

In diesen so viel als officiellen vier ersten Reden wird der Gegensatz zwischen der rechtmäßigen Herrschaft, wie die des Trajan für Dio ist, und der Tyrannis consequent festgehalten. In zahlreichen Stellen anderer Reden aber scheut sich Dio nicht, die Herrschaft überhaupt als etwas Unglückliches für den Regenten wie für die Regierten zu bezeichnen und auf den Mangel an jeglicher Garantie des Imperiums hinzudeuten. Der Perserkönig, von Verrath umgeben und nur auf seine Leibwache gestützt, wie ihn Diogenes in der sechsten Rede schildern muß, ist doch nur der Kaiser. Auf einmal wechseln mit den Worten τύραννος, τυραννὶς die Ausdrücke μόναρχος, μοναρχία ab; es wird in düsterm Sinne geredet von der beständigen Furcht vor gewaltsamem Tode in einem nicht zu berechnenden Moment, von dem Undank derer, welchen man Wohlthaten erwiesen, von der Unmöglichkeit der Flucht aus dem weiten Reiche, vom Zorn der Freigesinnten und vom Trug der Niedriggesinnten. Laut andern Stellen (73ste Rede) kann es der Monarch nicht vertragen, daß ein trefflicher Mann in seiner Nähe sei und beim Volk Ansehen und Gunst genieße. Unsinnigen, ungerechten, feigen Fürsten wird (62ste Rede) damit gedroht, daß ihre Herrschaft nicht lange zu dauern pflege. In der 21sten Rede heißt es einmal: man erhebt den Reichsten zum Kaiser, von dem man das meiste Geld erwartet. Ebendort wird über Nero mit Bitterkeit bemerkt: noch jetzt möchten Alle, daß er noch lebte. Anderswo (45ste Rede) nennt er den Domitian den stärksten und schwersten, der bei allen Hellenen und Barbaren Gebieter (δεσπότης) und Gott hieß und eigentlich ein böser Dämon war.

Zum Schlusse ist der Städtereden Dio's zu gedenken, welche für einige der betreffenden Orte zum Wichtigsten gehören, was über sie aufgezeichnet ist. Absichtlich übergehe ich das ganze Verhältniß Dio's zu seiner Vaterstadt Prusa, obschon eine Reihe von Reden sammt zwei Briefen im zehnten Buche des Plinius davon Kunde geben, indem diese Angelegenheit eine weitläufige Auseinandersetzung erfordern würde.

Für das städtische Leben überhaupt, besonders in Kleinasien, ist zunächst die erste der drei Reden περὶ δόξης, die 66ste in der Reihenfolge von Werthe. Sie bestätigt in hohem Grade, was man auch aus andern Aufzeichnungen jener und der nächstfolgenden Zeit weiß: das Fortleben einer mächtigen Ambition reicher Bürger, welche um bloßer Ehrenauszeichnungen willen ihr Vermögen ausgaben. Von den öffentlichen Bauten redet Dio nicht, ob er gleich selbst in Prusa eine schöne Halle errichtet hat; das Ziel seines Spottes sind die Aufführungen und Bewirthungen, die man dem Volke giebt: Flötenspieler, Mimen, Kitharisten, Gaukler, Faustkämpfer, Pankratiasten, Ringer, Läufer, sogar olympische Sieger, die man um fünf Talente miethet; dann die Löwen für die Thierkämpfe, ja die Hekatomben von Stieren für die Opfer; endlich die Gelage, mit welchen man das Volk der Reihe nach je 100 Personen täglich ergötzen muß. Und für dieses Alles erhält der armgewordene Thor (ἀνόητος) Auszeichnungen, welche man in den Städten eben dafür erfunden hat: einen Kranz, eine Binde, ein Purpurkleid, eine Proedrie oder Vorsitz in Behörden oder bei Festen, eine öffentliche Proklamation, die ihn zum verdienten Manne erklärt, während ihm die beständige Sorge und Aufregung darüber, ob er es auch Allen recht gemacht, den Schlaf raubt. Selbst wenn dergleichen wirklich selten vorgekommen wäre, so müßte schon das Verlangen danach, die herrschende Voraussetzung, den damaligen städtischen Geist eigenthümlich gefärbt haben.

Zu den städtischen Schauspielen gehörte aber in der Kaiserzeit auch, daß Redner oder Philosophen sich vor kleinern Kreisen sowohl als vor versammeltem Volk und dann meist im Theater oder auf der Agora hören ließen. Als solcher will nun auch Dio in verschiedenen Städten aufgetreten sein und von mehreren seiner Städtereden ist dieß wohl glaublich, dagegen sind wahrscheinlich die Rhodiaca und die Celaenische Rede, jedenfalls aber die Tarsica prior und diejenige ad Alexandrinos nie anders als schriftlich vorhanden gewesen.

Die rhodische (81ste) Rede bezeichnet scharf und deutlich einen bestimmten Grad des geistigen und sittlichen Absterbens einer griechischen Republik. Seit den Diadochenzeiten war es nichts Seltenes mehr, daß bei politischen Veränderungen ältere Ehrenstatuen weggenommen wurden oder neue Köpfe oder auch nur neue Namen erhielten, was man durch Tyrannei und Gefahr irgendwie entschuldigen mochte. Aber in Rhodus, welches zu Dio's Lebzeiten mehrmals seine Freiheit an die römische Regierung verlor und sie wieder erhielt, war ein mächtiger Beamter vom Range der Strategen erbärmlich genug gewesen, ohne Zweifel mit Connivenz der Stadtregierung, ältere Statuen mit den Namen der ersten besten vornehmer Römer zu versehen, welche zufällig auf Rhodus abstiegen, und zwar that er es mit der wohlgemeinten Absicht, der Stadt ihre Freiheit durch diese Gunstbuhlerei länger zu erhalten. Der Mißbrauch fieng an mit den verletzten Statuen und denen, die nicht mehr auf ihren Basen standen, und gieng über auf die unverletzten, die aber keine Inschrift mehr hatten, und dann auf solche, welche die Inschrift noch hatten, aber sehr alt waren, bis zuletzt kein Unterschied mehr gemacht wurde. Dio belehrt nun die Rhodier darüber, was Ruhm sei, was man vor Alters habe wirken oder leiden müssen, um durch Statuen geehrt zu werden, und wie lächerlich diese Art von Huldigung den Römern selber vorkommen möge. Er erscheint hier auf seiner vollen Höhe, in berechtigtem Ingrimme, in scharf dahinjagender Rede, im Vollbesitz der nöthigen Kunde des Ortes und der Umstände. Wie er die Rhodier als letztes noch ganz lebendes Griechenvolk bei der Ehre zu fassen sucht, wurde bereits erwähnt, am Schlusse rühmt er noch ihre sonstige unberührte, hellenische Sitte, zumal ihren ruhigen Anstand. Eine fälschlich dem Dio zugeschriebene Rede, die 37ste corinthische, behandelt stellenweise ebenfalls die Veränderung der Inschriften an Statuen.

Von den Reden an das cilicische Tarsus (38 und 34) enthält die erste eine solche Fluth von Vorwürfen über das weichliche und liederliche Traumleben der dünkelvollen Stadt, daß die Tarsier den Philosophen schwerlich hätten zu Ende reden lassen. Auch hier finden sich werthvolle Nachrichten und schöne Stellen, wie z. B. jene, da Dio den Tarsiern zu Gemüthe führt, es sei nicht immer so gewesen. „Wie, wenn halbgöttliche Gründer und Stadtgottheiten bisweilen unsichtbar bei ihren Festen in ihren Städten einkehrten, so hier Herakles bei seinem Scheiterhaufen, den ihr alljährlich so schön aufputzt (am Herakles-Sandanfeste)? wird er sich nicht lieber von Euch hinweg nach Thracien und Libyen wenden? oder Perseus der über der Stadt schwebt?" Die zweite Rede, wie es scheint, unter Nerva wirklich gehalten, ist belehrend für die Verfassung, das Beamtenwesen und die Grenzhändel der Stadt gegen ihre Nachbarn von Mallus, Aegae, Adana u. s. w., mit einem Wink über die Sinnlosigkeit von Zänkereien zwischen Mitknechten, *ὁμόδουλοι*, indem sie ja doch alle Unterthanen von Rom seien. Ein analoges Thema behandelt die 38ste Rede an die Nicomedier, welche zwar den Ehrentitel der Metropole von Bithynien unbestritten besaßen, aber mit Nicäa um den ersten Rang, das *πρωτεύειν*, den Primat haderten, zum Gelächter der Römer, denn diese pflegten dergleichen als hellenische Thorheiten zu bezeichnen. Auch zu Nicäa hat dann Dio in der 39sten Rede darauf hingewiesen, daß nur durch Eintracht einige Achtung bei den Römern zu gewinnen sei. Die thatsächliche Hauptstadt von Phrygien, das in seinem Fett erstickende Celänä, wo besonders bei den alljährlichen großen Gerichtstagen ungemein viel Geld in Umlauf kam, wird in der 35sten Rede ironisch gepriesen als der glückseligste und wohllebendste Ort der Welt, etwa mit Ausnahme Indiens. Von diesem letztern entwirft hierauf der Redner ein Fabelbild als von dem wahren Schlaraffenland, wie um seine Zuhörer lüstern und damit unglücklich zu machen. Herzlicher als von diesen allen spricht Dio in der 36sten Rede (der Borysthenica) von Olbia, der armen alten Pontusstadt, welche sich nach der früher erwähnten großen Verwüstung durch die Geten zwar wieder etwas erholt hat, indem die umwohnenden Barbaren selber hier das Dasein eines griechischen Emporions wünschten. Aber das neue Olbia hat sich in einen Winkel des alten Umfanges zusammengezogen, so daß einige der noch vorhandenen alten Thürme jetzt weit draußen im Felde stehen. Von den Bildern in den Tempeln ist keines unverletzt, auch keine der Sculpturen auf den Gräbern. Allein ionische Züge sind an den Leuten noch zu erkennen, und das hellenische Haar und der Bart, wenn gleich in Verbindung mit halbbarbarischer Tracht; und mit dem Cultus des Achilleus Pontarches lebt auch Homer noch in Aller Munde. Dio's Zuhörerschaft, die sich draußen vor dem Thor um ihn gesammelt, alle bewaffnet wegen eines gestrigen Scythenüberfalls, folgen ihm in die Stadt vor den Zeustempel, wo er ihnen dann jene Rede über die πόλις des Zeus hielt. Ein Greis unterbricht ihn mit höflichem Lobe; es sei ein Wunder, daß sich ein Philosoph bei ihnen hören lasse; wohl kommen, heißt es, sogenannte Hellenen her, aber es sind Kaufleute, in Wahrheit barbarischer als wir, die uns schlechte Waaren und nichtswürdigen Wein bringen und nicht viel Besseres von hier wegführen, dich aber hat wohl Achill von seiner (seligen) Insel her zu unserer Wonne gesandt.

Den stärksten Contrast zu dieser Borysthenitica bildet die große, höchst sorgfältig gearbeitete (32ste) Rede an die Alexandriner. Die erste Stadt des Reiches nächst Rom, der Schlüssel der größten Schätze und Einnahmen, der Sitz des Welthandels, freilich um ihres meuterischen Wesens willen scharf bewacht, ist einer wüthenden Begeisterung für Musik, Theater und Wagenrennen anheimgefallen; das ganze Leben droht ein wilder κῶμος (Taumelschwarm) zu werden von lauter Tanzenden, Trällernden und Mördern; aus Parteiung für jene Dinge stirbt man hier wie anderswo für das Vaterland. Dio's Rede züchtigt mittelbar das ganze ausgeartete Schauwesen des römischen Reiches, aber für Alexandrien insbesondere ist sie eines der wichtigsten Actenstücke. Sie hebt das Unfreie und Nervöse an jenem Treiben meisterhaft hervor und führt daneben noch die stärksten Geißelhiebe auf die vornehmen Localphilosophen wie auf die Cyniker an allen Kreuzstraßen und Tempelpylonen, auf die Schmeichelrhetoren wie auf die Advokaten, indem alle nicht mehr reden, sondern einen singenden Vortrag haben annehmen müssen. Am Ende wird der geistig verödeten Bevölkerung, die nur noch Hohnreden und Melodien im Gedächtniß behalten kann, angedeutet, daß ihr Gelächter nur ein Beweis dafür sei, wie gänzlich ihnen die wahre Freude abhanden gekommen.

Endlich aber findet sich und zwar als siebente Rede, unter dem Titel *Εὐβοϊκὸς ἢ κυνηγος*, Venator, eine der schönsten Idyllen der alten Literatur, unstreitig das für uns werthvollste Stück der ganzen großen Sammlung.

Wenn sich Dio von den Städten des damaligen Griechenlands hoffnungslos abwendet, so behält er doch eine offene Sympathie für die spärlichen Landbevölkerungen mit ihren alterthümlichen Sitten. Von seinem Aufenthalt im Peloponnes sagt er in der ersten Rede: Ich mied die Städte und hielt mich auf bei Hirten und Jägern von edeln und einfachen Sitten. Der *Εὐβοϊκὸς* ist nun eine lebendige, völlig in den Schranken der Wirklichkeit gehaltene und dabei theils launige, theils hochpoetische Darstellung einer Existenz dieser Art. Dio, von Chios herkommend, leidet Schiffbruch an der Küste von Euböa und findet dann hülfreiche Aufnahme in einer Doppelfamilie, welche von Jagd und etwas Feld- und Gartenbau und ein paar Reben über den Abgründen lebt und deren Geschichte ihm nun erzählt wird. Außerordentlich schön ist besonders der Gegensatz zwischen der Freiheit und Weltvergessenheit dieser einfachen und rüstigen Leute und dem Zustand einer verkommenen und verfaulten Küstenstadt geschildert, unter welcher man sich nach Belieben Chalcis, Eretria oder einen andern Ort der Insel denken kann. Dieß Alles wird nicht etwa beschrieben, sondern entwickelt sich vor den Augen des Lesers an einem vollkommen lebendigen Vorgang. Zuletzt lernt Dio die beiden Familien näher kennen und wohnt als glücklicher Gast der Verlobung zwischen dem Sohne der einen und der Tochter der andern bei.

Zweierlei Wünsche pflegen bei der Betrachtung der so fragmentatarisch auf uns gekommenen alten Literatur aufzusteigen: der eine, daß auch noch das verloren Gegangene von den Autoren, die wir kennen, gerettet sein möchte; der andere, daß sie statt so vieler Dinge, die uns wenig mehr berühren oder bei andern Schriftstellern schon besser vorhanden sind, dasjenige erzählen möchten, was uns wichtiger wäre. Der erstere Wunsch lautet in Beziehung auf Dio dahin, daß seine Getica gerettet sein möchten, welche über die große Frage von Gothen und Geten, über die Nationalität und das allmählige Auftreten der Völker am Pontus entscheidendes Licht ver breiten müßten. Was da gegen das wirklich von Dio auf uns Gekommene betrifft, so würde er mit zehn Stücken von ähnlichem Werthe und Inhalt wie der *Εὐβοϊκός* heute mit im Vordergrunde der griechischen Literatur stehen, während er mit seinen 79 übrigen Reden allerdings seiner und der nächstfolgenden Zeit besser genügt hat, weil sie Styl und Redekunst über Alles verehrte.

Basel. Prof. J. Burckhardt.

Castiglione und sein „Hofmann“.

Fortsetzung von Seite 56.

Nach einer glänzenden Schilderung des Palastes von Urbino und des Herzogs beginnt Castiglione so: Nach der Abendmahlzeit aber begab sich der Herzog meist zu Bette und dann sammelte sich der Hof um die Herzogin Elisabetta Gonzaga und ihre geistreiche Freundin Emilia Pia. Durch die Allen gemeinsame ehrerbietige Anhänglichkeit an die liebenswürdige Fürstin verbunden, durch die Furcht, ihr zu mißfallen, in Schranken gehalten, verkehrten die Anwesenden unter einander in heiterer Unbefangenheit, maßvoller Fröhlichkeit, man saß, man lachte, man scherzte wie man wollte, nur daß die anmuthvolle Würde der hohen Frau Jeden unbewußt beherrschte und zügelte. Da brachte man also den späteren Abend hin mit Musik, Tanz, warf Fragen auf, machte Spiele, die bald der, bald jener vorschlug und bei denen sich oft Gelegenheit bot, geliebte Personen die Gefühle des Herzens in sinnbildlicher Weise erkennen zu lassen; man neckte sich gegenseitig mit witzigen Reden, man entwarf Wahlsprüche und Abzeichen, und daß dies alles mit Geist und Geschmack geschah, ist natürlich, wenn man bedenkt, wer die Theilnehmer waren. Es wohnten nämlich bei: der Präfect von Rom, Francesco Maria della Rovere, der Adoptivsohn und Nachfolger Guidubaldo's, die beiden Fregoso, Söhne der Schwester des Herzogs, der eine nachmals Doge von Genua, der andere Erzbischof von Salerno, beide aus ihrer Heimat von einer feindlichen Partei vertrieben; ferner Giuliano de' Medici, der Bruder des Cardinals Giovanni, des spätern Pabstes Leo X, wie dieser seit langen Jahren aus der Heimat verbannt, jener Giuliano, der in der Sakristei von S. Lorenzo, wo Michelangelo seine Erscheinung der Nachwelt überliefert hat, über dem Räthsel des Lebens zu brüten scheint; Pietro Bembo, der gelehrte, mit den alten Sprachen wohl vertraute, aber auch seine eigene mit nicht geringerer Gewandtheit handhabende Patrizier aus Venedig, der später Leo's X Secretär und zuletzt Cardinal wurde, nebst vielen andern, die wie die genannten eine Zeit lang ihren stehenden Aufenthalt am urbinatischen Hofe genommen hatten. Dazu kamen solche Freunde des fürstlichen Hauses, die, ohne förmlich dort niedergelassen zu sein, sehr oft an den beschriebenen Unterhaltungen Theil nahmen; unter ihnen war ein trefflicher Gesellschafter, dem schönen Geschlechte sehr zugethan und höchst erfahren in der Kunst, ernste und würdevolle Leute bei einer schwachen Seite zu packen und geschickt zur Belustigung der Beobachter dieselben zu mancherlei Narrheiten zu veranlassen, Bernardo Dovizi aus Bibbiena in Toskana, damals noch der Secretär des Cardinals Giovanni (Leo X), der ihn später zum Schatzmeister, sogar zum Cardinal machte, und neben dessen Bildniß Raphael in dem Siege Leo's IV über die Sarazenen auch das unseres Dichters angebracht hat. Ein talentvoller Improvisator, wie Bernardo Accolti, den seine Zeitgenossen den „Einzigen" nannten und von dem sie erzählen, wenn man erfahren habe, er werde von seinen Gedichten vorlesen, so habe man die Werkstätten in der Nähe geschlossen und Wachen an die Thüren gestellt, um jede Störung zu verhüten, mußte am Hofe von Urbino, dessen Fürstin und deren Begleiterin er Jahre lang seine dichterische Liebe weihte, ein ebenso willkommenes Element sein als er es nachmals in der Umgebung Leo's X war.

Als nun im Winter 1506 auf 1507 Pabst Julius I auf der Rückkehr von seinem siegreichen Feldzuge gegen die Baglioni in Perugia und die Bentivogli in Bologna in Urbino anhielt, wo man alles aufwandte, um ihm und seinem Hofe Ehre zu erweisen, vermehrte sich die Gesellschaft um eine beträchtliche Anzahl römischer Hofleute, von denen Einige nach dem Aufbruche des päbstlichen Hofes sich noch nicht von Urbino losreißen konnten und noch einige Zeit daselbst verweilten, und diesen Gästen zu Liebe suchte man nun die gewöhnlichen Freuden der Geselligkeit noch zu steigern, namentlich den abendlichen Spielen erhöhten Reiz zu geben. So setzte man sich denn gleich am

Abend nach des Pabstes Abreise im Kreise nieder, und zwar kam immer zwischen zwei Herren eine Dame zu sitzen, so weit die Zahl der Damen ausreichte und nachdem man eine Zeit lang sich, wie es Jedem behagte, unterhalten hatte, hieß die Herzogin die Emilia Pia ein Spiel anordnen und übertrug ihr auch, damit Keiner ihr zu widersprechen wage, ihre ganze Gewalt als Herrin des Hauses. Emilia Pia aber will sich die Sache leicht machen und schlägt vor, es solle jeder Anwesende — die Damen werden, da ihre Führerin sich nicht selbst unterziehen will, der Pflicht ebenfalls entbunden — ein noch nie gemachtes Spiel vorschlagen und die Gesellschaft solle sich nachher darüber einigen, welches davon zu machen sei. Gaspar Pallavicino macht den Anfang und sagt: Jeder weiß, daß Liebende an denen, die sie lieben, nur Tugenden sehen und für ihre Fehler blind sind; auf der andern Seite aber ist es gewiß, daß kein Mensch ohne Fehler ist; ich schlage nun vor, es solle jedes Mitglied der Gesellschaft sich darüber aussprechen, welche Tugend es vor allen andern an der geliebten Person zu finden wünscht und welcher Fehler ihm an derselben am verzeihlichsten scheint. So werden wir die schönsten Tugenden und andrerseits die in Liebesverhältnissen am wenigsten störenden Fehler kennen lernen. Cesare Gonzaga kommt nun an die Reihe und äußert sich wie folgt: Es liegen in allen Menschen, auch in denen, welche uns die Allerverständigsten scheinen, Keime gewisser Narrheiten, die man mit einiger Geschicklichkeit leicht zum Ausbruch bringen kann, gerade wie man im Neapolitanischen vor den von der Tarantel Gestochenen versuchsweise mancherlei Instrumente spielt, bis man den Ton findet, welcher die Eigenschaft hat, durch eine gewisse innere Verwandtschaft den bösen Saft, auf welchem ihre Krankheit beruht, in die zur Heilung nothwendige Wallung zu bringen. In dieser Gesellschaft haben wir schon oft zur allgemeinen Belustigung durch allerlei Kunstgriffe solche Keime bis zum höchsten Grade der Narrheit sich entwickeln lassen; den einen in der Dichtung, den andern in der Musik, den dritten in der Liebe, andere im Tanzen, im Fechten, im Reiten zum Unsinn getrieben. Nun suche man einmal, gestützt auf Beobachtung, von jedem Mitglied der Gesellschaft ausfindig zu machen — und von mir zuerst — in welcher Richtung und wie man es am leichtesten zum Unsinnigen treiben könnte. So wird Jeder über sich selbst mancherlei Aufschluß bekommen, an den er nie gedacht. — Der Vorschlag gefällt, aber es gilt noch andere zu hören. Der lustige Ordensgeistliche Serafino, der in der Gesellschaft den niedrigeren Scherz übernommen zu haben scheint, möchte allen Anwesenden die Frage vorlegen, warum die Frauen meistentheils die Schlangen gut leiden mögen und die Ratten hassen, was er allein beantworten zu können behauptet; es wird aber darauf nicht eingetreten. — Auch der in die Herzogin verliebte Dichter Accolti, der „Einzige“, schlägt ein Spiel vor, bei dem er sich die meisten Lorbeern versprechen darf. Die Herzogin, über deren Härte und Gefühllosigkeit er sich beklagt, trägt auf der Stirne ein S; da er nun nicht, wie er wohl möchte, die Folter anwenden kann, um von ihr zu erfahren, welche neue Schlinge dieser Buchstabe birgt, so sollen die Anwesenden der Reihe nach denselben deuten. Emilia Pia meint aber, der Dichter liebe die Herzogin gerade darum am feurigsten, weil seinem durchdringenden Blick ihre Tugenden in größerer Zahl und Klarheit offenbar seien, als den geblendeten Augen Anderer; so werde er denn auch selbst am besten das Räthsel lösen. Hierauf trägt der „Einzige“ ein Sonett vor, worin er die ihm willkommenen und die nicht willkommenen Bedeutungen durchgeht, welche das S haben könnte, und das er sich den Anschein giebt, aus dem Stegreif verfaßt zu haben. Ottaviano Fregoso kommt nun an die Reihe. Wenn ich bis jetzt noch nicht geliebt habe, beginnt er, so kommt dies blos daher, daß jedes Liebesgefühl, das etwa in mir erwachen wollte, sofort wieder erlosch, sobald ich die blassen, abgehärmten und verweinten Gesichter mancher Liebenden sah, ihre Seufzer, ihr Reden von Verzweiflung und Tod hörte. Freilich habe ich nun auch Leute kennen gelernt, die in der Liebe so glücklich sind, daß nicht nur die Huld, nein auch das Schmollen und Zürnen der Geliebten ihnen eine Quelle der höchsten Wonne ist. Gerne möchte ich nun von den Versammelten hören, welcher Art und welches Ursprungs das Grollen der Geliebten sein muß, damit es den Liebenden nicht nur nicht bekümmere, sondern selbst beglücken kann. Vielleicht würde, was ich da zu hören bekäme, mich für die Zukunft beherzter zur Liebe machen. Pietro Bembo, hieran anschließend, meint, ihm sei der Zorn der Geliebten immer Ursache der Bekümmerniß gewesen, dagegen sei er darüber im Zweifel und möchte die Ansicht der Gesellschaft vernehmen, ob es betrübender sei, unverdienter Weise, etwa auf ein falsches Gerücht hin, von der geliebten Person hart behandelt zu werden, oder aber ihren Zorn zu verdienen. Nun ergreift Federigo Fregoso das Wort und macht den Vorschlag, es solle Jemand von der Gesellschaft beauftragt werden, den vollendeten Hofmann zu schildern und bis ins Einzelne auszuführen, welche Eigenschaften und Fähigkeiten Einen dieses Namens würdig machen, und die übrigen Anwesenden sollen durch Einwürfe und Fragen zu allseitiger Behandlung des Gegenstandes Anlaß geben; denn kaum anderswo in Italien, meint er, dürfte sich eine Zahl von so trefflichen Rittern beisammen finden, die außer den zu ihrem Stande erforderlichen Fähigkeiten noch so mannigfache und gründliche Kenntnisse besäßen. Dieser Vorschlag wird angenommen; und Emilia Pia, beauftragt den Vortragenden zu nennen, fordert neckend den Grafen Lodovico Canossa auf; denn, meint sie, sie wolle Einen dazu erwählen, der durch seine mangelhafte Sachkenntniß den Uebrigen häufig Anlaß zu Einwendungen gebe, da sonst das Spiel leicht langweilig werden dürfte. Der Graf bleibt ihr die Antwort nicht schuldig und sagt, so lange sie gegenwärtig sei, brauche man nicht zu fürchten, der Widerspruch werde ausbleiben und zwar um so weniger, je richtiger die aufgestellten Behauptungen seien.

Hierauf beginnt nun das Gespräch über den vollendeten Hofmann:

Vorerst soll derselbe edlem Hause entstammen; denn wenn gleich niedere Herkunft mit den trefflichsten Eigenschaften wohl vereinbar ist, so liegt in der Abstammung von einer Reihe ausgezeichneter Ahnen eine solche zum Großen und Edeln treibende Kraft, ein solcher Stachel zur eigenen Vervollkommnung, eine solche Warnung vor eigener Entwürdigung, eine solche Empfehlung für die erste Schätzung durch Andere, daß nicht darauf verzichtet werden darf, wo es gilt, den Hofmann mit allem auszustatten, was ihn zieren kann. Dazu kommt ferner ein empfänglicher Geist, regelmäßiger, kräftiger Bau des lieber noch zu kurzen als zu langen Leibes, ansprechende Männlichkeit des Gesichtsausdruckes und die angeborene Anmuth der Erscheinung, die Jeden anzieht und günstig einnimmt. Im Waffenhandwerk, das seine hauptsächlichste Beschäftigung sein soll, ist die gründliche Fachkenntniß, die man vom Feldherrn verlangt, für den Hofmann nicht von Nöthen, wohl aber soll er darüber wachen, daß nicht der kleinste Makel auf seine Treue oder auf seinen Muth fällt, womit jedoch natürlich nicht gemeint sein kann, daß er, wie manche thun, nun auch immer mit seinem kriegerischen Sinn prahle, wenn gleich auf der andern Seite ein gegründetes und mit Bescheidenheit sich äußerndes Selbstgefühl nicht Tadel verdient.

Der Gebrauch aller Waffen, die man zu Fuße und zu Pferde

anwendet, soll dem Hofmann geläufig sein, namentlich derjenigen, welche Edelleute zu führen pflegen; erfordert schon der Kriegsdienst einige Fertigkeit darin, so verlangt sie der Zweikampf, der zwar vermieden werden soll, wo es irgend angeht, bisweilen aber nicht zu vermeiden ist, und dessen Vorschriften man kennen soll, eine noch viel bedeutendere; und hiebei ist zu bemerken, daß, soll einmal zum Zweikampf geschritten werden, es lächerlich ist, Waffen zu wählen, die weder schneiden noch stechen, sich zu panzern, als wollte man sich Kanonen gegenüber stellen und feige nur auf die eigene Vertheidigung bedacht zu sein. Auch all die Künste, welche beim eigentlichen Waffenspiele zur Anwendung kommen, beim öffentlichen Turniere, soll er besitzen und zwar soll er es, wie einst Alcibiades, jedem Volke gerade in dem, was es besonders gut versteht, zuvorzuthun streben; das Reiten in jedem Sattel, die Behandlung und die Beurtheilung der Pferde ist eben so unentbehrlich. Auch die Jagd, dies Bild des Krieges und ächte Edelmannslust, das Springen, Schwimmen, Laufen, Steinwerfen und Ringen sind zu empfehlen; denn nicht bloß fördern diese Uebungen alle die kriegerische Tüchtigkeit, sondern wer in den Fall kommt, der sich ja oft darbietet, öffentlich zu zeigen, wie weit er es darin gebracht, erwirbt sich Ansehen bei der Menge, die denn doch berücksichtigt werden muß. Im Ballschlagen und im Voltigiren zu Pferde kommt die Gewandtheit allseitig zur Anwendung, welche die übrigen Uebungen stückweise zur Erscheinung bringen. Gewisse andere Künste ähnlicher Art sollen Gauklern überlassen bleiben. Dagegen mögen Tanz, Scherz und Spiel und andere weniger ermüdende Uebungen mit den genannten abwechseln. Alles aber, was der Hofmann thut, soll er mit Anmuth thun, sei es nun, daß ihm dieselbe angeboren sei, wie es manchen Günstlingen der Himmel verliehen hat, sei es, daß Anstrengung und stete Aufmerksamkeit auf sich selbst ihm erst dazu verhelfen müssen. Wie erwirbt man aber diese Anmuth, ohne welche alle Geschicklichkeit wirkungslos bleibt? Einmal durch früh begonnene fleißige Arbeit unter der Leitung der besten Meister, nachher durch aufmerksame Beobachtung verschiedener, in der oder jener Kunst ausgezeichneter Leute, von denen man sich das Beste anzueignen sucht, vor allem aber durch Vermeidung alles Gesuchten dadurch, daß man dem, was man vielleicht im Schweiße seines Angesichts erlernt hat, den Schein des Leichten, Gewöhnlichen, Einfachen zu geben versteht. Auch im Reden und Schreiben kann man sich vor dem Gesuchten, Gezwungenen nicht genug hüten; nicht nur ist es lächerlich, nachdem man ein Jahr von seiner Heimath entfernt gewesen, spanische oder französische Brocken in seine Rede zu mischen, wie manche thun, sondern auch das ängstliche Streben Vieler, ihre Sprache und ihre Schriften mit längst außer Uebung gekommenen Ausdrücken der ältesten toskanischen Schriftsteller auszustatten, ist hieher zu rechnen, und ebenso die Scheu, sich von der toskanischen Mundart auch da zu entfernen, wo andere Formen richtiger sind, dem Lateinischen näher stehen, oder wo sich aus dem Lateinischen oder einer Mundart der französischen oder spanischen Sprache passende und verständliche Ausdrücke entlehnen lassen. Wohl soll auf den schriftlichen Ausdruck größere Sorgfalt verwendet werden, denn er muß vor einer genauern Prüfung bestehen können; aber er bleibt doch immer nur ein Abbild des gewählten mündlichen und so gilt auch für ihn was für diesen als Grundsatz aufgestellt wird. Wende man doch lieber größere Mühe auf Angemessenheit der Darstellung, angenehmen, lebendigen Vortrag, als daß man in der Meinung, die alten Toskaner nachzuahmen, sich des Rechtes der Weiterbildung des Vorgefundenen ohne Noth begibt, von dem jene so ausgedehnten Gebrauch gemacht haben. Ueberall aber verfehlt die Bemühung, mehr scheinen zu wollen als man ist, bei Verständigen die Wirkung, in der Sprache wie in der leiblichen Erscheinung. Nichts nimmt einer Frau so sehr die Anmuth wie das Uebermaß leicht zu entdeckender Schönheitsmittel, das Ausraufen der Augenbrauen, das Ueberziehen des Gesichtes mit einer Kruste von Pflaster und Schminke, welche bewirkt, daß die Arme nur einmal im Tage die Farbe wechseln kann und das Lachen sich ganz versagen muß, während schöne Zähne, die auf einmal in einem lächelnde Munde sichtbar werden, eine wohlgeformte weiße Hand, die zufällig frei vom Handschuh erscheint, ein zierliches Sammtschühlein, ein weißer Strumpf, die sich etwa beim Einsteigen in den Wagen blicken lassen, gerade darum so angenehm berühren, weil man unwillkürlich denkt, auf diese gewöhnlich dem Auge entzogenen Dinge sei wahrscheinlich gar keine Sorgfalt verwendet worden.

In Beziehung auf die Gesinnung läßt sich alles in die Forderung zusammenfassen, daß der feste Wille vorhanden sei, ein rechter, ein zuverlässiger Mann zu sein; der rechte Wille bedarf der Auseinandersetzung dessen nicht, was dazu alles gehöre. Als hauptsächlicher Schmuck des Geistes dient die literarische Bildung. Der Ruhm, dies längere und höhere Leben, welches des verdienten Mannes nach seinem Tode wartet, ist für den Krieger der unentbehrliche Stachel, und den Werth dieses schönsten Lohnes kennt nur, wer mit den Dichtern, Rednern und Geschichtschreibern der Griechen und Römer vertraut ist. Ihre Sprachen soll der Hofmann verstehen und selbst zu gebrauchen wissen, jedenfalls aber seine italienische Muttersprache. Er soll sich in gebundener und freier Rede üben. Gelingen ihm Werke, die andern bekannt zu werden verdienen, so wird er sich dadurch Gunst erwerben, namentlich auch bei Frauen; wo nicht, so entziehe er seine Versuche den Blicken Anderer; auch in diesem Falle wird er seinen Sinn für die Beurtheilung fremder Schöpfungen geschärft und sich Sicherheit und Fülle der Rede für den Verkehr mit Jedermann erworben haben. Doch hüte er sich vor Selbstüberschätzung und vor allzu rascher Annahme des Lobes der Schmeichler. Stets habe er vor Augen und erinnere auch andere daran — sie werden seine Leistungen nur um so höher schätzen — daß das Waffenhandwerk sein eigentlicher Beruf, die literarische Beschäftigung nur ein Schmuck seines Lebens ist. Musik, sowie Zeichnen und Malen dürfen dabei nicht fehlen, weiß man doch, welchen Werth schon die Alten auf die Bekanntschaft mit diesen Künsten gelegt haben; und in der That auch abgesehen von der Gunst, welche guter Gesang und schönes Lautenspiel im gesellschaftlichen Leben erwerben, abgesehen von dem Nutzen, welchen das Zeichnen im Kriege oder auch sonst gewährt, wo es gilt, Angeschautes festzuhalten oder Andern darzustellen, der sittliche Einfluß der Musik, ihre aufheiternde, tröstende Wirkung ist so bedeutend, die Schärfung des Blickes für das Schöne durch die Beschäftigung mit der Malerei so unläugbar, daß den beiden Künsten durchaus eine Stelle in der Bildung des idealen Hofmanns gebührt. So weit wird der Gegenstand am ersten Tage behandelt; nachdem Musik und Tanz die Unterhaltung geschlossen, geht die Gesellschaft auseinander.

Am Abend darauf — und hiermit beginnt das zweite Buch von Castiglione's Werk — ist Federigo Fregoso zur weiteren Behandlung des Gegenstandes das Wort verliehen und wird in beständiger Wechselrede der Anwesenden, wobei Castiglione jedoch immer den Stand und die Eigenthümlichkeit der Einzelnen festhält, die Schilderung des Hofmannes in folgender Weise fortgeführt. Nachdem die wesentlichen natürlichen Anlagen und die nothwendig zu erwerbenden Fertigkeiten und Kenntnisse aufgezählt worden sind, gilt es jetzt, die Art und Weise zu bestimmen, in welcher dieselben zur Geltung gebracht werden müssen, festzusetzen, welche Verwendung derselben den Hofmann in seiner Laufbahn fördert. Denn es genügt nicht, all das Genannte zu besitzen, die verschiedenen Vorzüge müssen auch so in Verbindung mit einander gebracht und in der Art im Verkehr mit der Welt verwerthet werden, daß sie alle beitragen, denjenigen beliebt zu machen, der damit ausgestattet ist. Dazu braucht es Umsicht und ein beständiges Streben, überall derselbe, stets in Uebereinstimmung mit sich selbst zu sein. In jedem Thun wird zwar immer je Eine geistige Anlage, je Eine Tugend vorwalten, aber es kann die Wirkung ihres Erscheinens nur erhöhen, wenn sich zugleich mit ihr eine entgegengesetzte Anlage oder Tugend kundgibt; so erhöht ja auch der Maler die Wirkung des Lichtes durch die Tiefe des Schattens, den er daneben stellt. Milde Freundlichkeit und kräftige Mannhaftigkeit, bescheidenes Schweigen und bedeutendes Thun lassen einander in hellerem Lichte erscheinen. Was die Rücksicht auf Ort und Zeit betrifft, so zeigen einige Beispiele, wie das gemeint ist. In der Schlacht wird der verständige Hofmann zur Vollbringung ritterlicher Thaten eine Stelle suchen, wo, was er ausführt, nicht im Getümmel der Schlacht verschwindet, sondern von den Besten des Heeres, am liebsten vom Fürsten, dem er dient, gesehen werden mag; beim Kampfspiel, Lanzenrennen u. dgl., wo er eine gewählte Zuschauerschaft um sich weiß, wird er es an nichts fehlen lassen, an keinem passenden Schmuck, an keiner Bewegung, die seinen Geschmack, seine Gestalt und Geschicklichkeit im günstigsten Lichte wird erscheinen lassen; er wird suchen, nicht erst so spät auf dem Platze sich einzufinden, daß die Aufmerksamkeit des Publikums bereits ermüdet und abgespannt ist; er wird nie vergessen, mit wem er spricht und seine Rede darnach einrichten; eine Frau z. B. wird ja nie mit Wohlgefallen, vielmehr stets mit Furcht und Bangigkeit anhören, was man ihr von Fechtkünsten, von verübten Metzeleien und dgl. erzählt. Mit den Bauern im Freien zu tanzen, zu ringen, um die Wette zu springen, wie die Edelleute in der Lombardei thun, ist nicht rathsam; dabei zu unterliegen ist schimpflich und zu siegen bringt wenig Ehre. Ueberhaupt hüte sich der Hofmann, öffentlich Fertigkeiten zu zeigen, die nicht zu seinem eigentlichen Berufe, dem Waffenhandwerk, gehören; in kleinern Kreisen von gleichgestellten Freunden ist für ihn der Ort zu tanzen, zu singen und dgl., doch immer nur sofern die Gesellschaft es zu wünschen scheint, sofern er nicht zu alt ist, mit Würde und ohne

Zudringlichkeit; eine Ausnahme ist nur dann erlaubt, wenn er verkleidet auftritt, wenn ihn gleich Jedermann erkennt; dann wird es ihm Niemand verübeln, wenn er alles thut und zwar mit Aufwendung seiner ganzen Geschicklichkeit, was seine Rolle mit sich bringt. Ist dies doch selbst dem Fürsten erlaubt, der auf solche Weise Gelegenheit findet, zu zeigen, daß er seines fürstlichen Ansehens nicht bedarf und daß ihm seine persönliche Tüchtigkeit genügt, um unter den Herren der Umgebung als der Erste zu erscheinen. Der Jüngling und der Alte haben sich beide gleichermaßen vor den Fehlern zu hüten, die ihnen dem reifen Manne gegenüber eigen sind, dieser vor zu großer Gesprächigkeit, wenn man auf seine besten Jahre zu reden kommt, vor Aengstlichkeit, zu weit getriebener Sparsamkeit, jener vor unstätem, lärmendem Wesen.

Was nun den Verkehr des Hofmannes mit Einzelnen betrifft, so kommt hier zunächst sein fürstlicher Herr in Betracht. Liebevolle, verehrende Anhänglichkeit und Unterwürfigkeit soll all sein Denken und Thun durchdringen. Fürsten zu Gefallen zu leben in allen Dingen, die recht oder moralisch weder gut noch schlecht sind, ist seine Hauptaufgabe. Sie erfüllen heißt: das vorzugsweise auch gegen die eigene Neigung thun, was der Herr gern sieht; in seinen Reden frei von Unwahrheit, von Lästerungssucht, von Rechthaberei und unpassender Vertraulichkeit sein; selten um etwas für sich selbst und immer nur um Dinge bitten, die der Fürst ohne Ueberwindung gewähren oder aber verweigern kann, ohne denken zu müssen, er verfeinde sich den Bittsteller oder betrübe ihn; sich nicht zu ihm drängen, wenn er allein sein oder in Gegenwart von Leuten, vor denen er sich keinen Zwang aufzulegen braucht, der Ruhe genießen möchte; nicht nach Gunstbezeugungen haschen, angebotene dankbar, aber nicht wie etwas Unerhörtes und nie Gehofftes, wenn gleich Werthvolles annehmen und versagte leicht verschmerzen. Ein Fürst, der solche aufmerksame Ergebenheit nicht zu schätzen wüßte, der verständigen Rath in ernsten Dingen und unterhaltende Gesellschaft, wenn er ausruht, beides gepaart mit Bescheidenheit, nicht huldvoll belohnte, der wäre eines so treuen Dieners gar nicht werth und verdiente von ihm verlassen zu werden; ja der Hofmann *soll* sogar einen Herrn verlassen, der seine Gunst Unwürdigen zuwendet; man wird ihn darum nur loben, wenn er wenigstens den rechten Augenblick dazu wählt, nicht etwa die Zeit, wo derselbe in Unglück oder Gefahr ist. — Hier kommt auch die Frage des Gehorsams gegen den Fürsten zur Beantwortung. Mit aller Bestimmtheit ist festzuhalten, daß Gehorsam keine Pflicht, vielmehr Ungehorsam Pflicht ist, sobald die Ausführung des Befohlenen dem Fürsten Schaden oder Schande bringen würde; weniger leicht ist festzusetzen, wie weit sich der treue Diener von der Vorschrift seines Gebieters entfernen dürfe, wenn er durch so eine Abweichung demselben besser zu dienen glaubt als durch genaue Befolgung der Vorschrift; es läßt sich wohl überlegen, was dieser gutgemeinte Ungehorsam für Folgen haben wird, wenn die Sache mißlingt, und ob der Herr es sich gefallen läßt, daß sein Untergebener sich bessere Einsicht zuzutrauen erlaubt.

Hierauf wendet sich das Gespräch dem Verkehr des Hofmannes mit Gleichgestellten zu. Vorerst wird aber der passendsten Art sich zu kleiden erwähnt. Castiglione bedauert, daß mit der staatlichen Unabhängigkeit den Italienern auch eine eigenthümliche, als italienisch anerkannte Tracht abhanden gekommen sei; er möchte gerne empfehlen, sich der herrschenden Sitte anzuschließen; aber eine solche besteht nicht: der kleidet sich wie ein Spanier, der wie ein Franzose, ein dritter trägt deutsche Tracht, ein vierter tritt gar als Türke auf; da mag denn jeder wählen, was ihm gefällt, wenn es nur seinem Stande nicht unangemessen und nicht allzu auffällig ist. Die schwarze Farbe oder doch dunkle Farben werden dem ruhigen, ernsten Wesen des Hofmannes im Frieden am besten entsprechen, während zu den Waffen, zu öffentlichen Aufzügen und Spielen helle, glänzende Farben sich eher schicken. Die Kleidung verdient die nämliche Aufmerksamkeit, wie das sonstige Auftreten, der Gang, die Art zu blicken, zu lachen. Sie soll im Einklang sein mit dem, als was der Hofmann erscheinen will; in jedem Falle sauber und mit gleichmäßiger Sorge behandelt. — Auch die Leute, mit denen man oft in vertrauter Weise verkehrt, sollen nicht die ersten besten sein; nach dem Umgang beurtheilt man zumeist die Menschen; der Hofmann schließe sich daher bei aller Artigkeit gegen Jeden, mit dem er zusammenleben muß, vorzugsweise den allgemein geschätzten, als gut bekannten an und suche sich ihre Achtung und ihr Wohlwollen zu erwerben; Freundschaft aber, jene unauflösliche, auf Uebereinstimmung des Strebens und gegenseitigem unbedingtem Vertrauen beruhende Freundschaft verbinde ihn nur mit Einem. Karten und Würfel sind ihm nicht verboten; aber über dem Spiele darf nichts Wichtiges versäumt, es darf nicht aus Gewinnsucht getrieben, es muß durchaus ehrlich gespielt und ein Verlust ohne Zeichen großer Aufregung erlitten werden; große Geschicklichkeit im Schachspiel verlangt einen Aufwand von Zeit und Anstrengung, den man besser ernstern Dingen zu Gute kommen läßt. — Um sich nach besten Kräften gegen eine unbegründete Mißachtung von Seite des Fürsten und der ihm blindlings folgenden Umgebung zu sichern und dem eigenen Werthe von Anfang an zur gebührenden Anerkennung zu verhelfen, sorge der Hofmann dafür, daß an jedem Orte, wo er zum ersten Male hinkommt, ihm ein guter Name vorhergeht und daß die Leute daselbst erfahren, er sei anderwärts von angesehenen Leuten geschätzt und geliebt worden; ist so der Boden vorbereitet, wird es ihm leichter werden, durch sein eigenes Erscheinen die gewünschte Wirkung hervorzubringen. Zu diesem Ende darf sich der Hofmann freilich mit denen nicht einlassen, noch weniger sie nachahmen, deren Ehrgeiz darauf geht, durch unfläthiges Reden, platte Possenreißerei die Leute zum Lachen zu bringen, die einander spaßweise durchprügeln, Sand (bei Tische Suppe oder Tunke) in's Gesicht werfen, sich die Treppe hinunterstoßen und sich über den, der nicht mithält, als über einen, der besser sein wolle, aufhalten und ihm den Namen eines närrischen Gesellen versagen, der ihnen höchst ehrenvoll vorkommt.

Soll nun auch der Hofmann in allem, was zu seiner Ausbildung verlangt worden ist, es zu solcher Vollendung bringen, daß Alle ihn bewundern und er nichts zu bewundern braucht, so sei er doch in der Anerkennung fremder Leistungen nicht zu karg; auf der andern Seite wisse er auch die nur oberflächliche Kenntniß eines Gegenstandes zu verwerthen und den Mangel geschickt zu verbergen; er trete so weit es möglich nur vorbereitet und nach einiger Uebung oder Ueberlegung mit irgend etwas vor die Gesellschaft, wisse aber seinem Auftreten den Anschein des Unvorbereiteten zu geben. Wo es ihm aber durchaus am Wissen oder Können mangelt, hüte er sich vor verwegenen Versuchen und gestehe offen sein Unvermögen; ohne jedoch jemals die Gelegenheit zu suchen, andern eine weniger günstige Meinung von sich beizubringen als sie sonst wohl haben würden; all dieses Zurücktretenlassen der eignen Mängel und Unvollkommenheiten und das geschickte Hervorstellen der Vorzüge, seien sie körperlicher oder geistiger Art, ist Kunst, aber eine erlaubte, nicht mit Betrug zu verwechselnde Kunst. — Des Hofmanns Rede halte sich fern von Unwahrheit und Uebertreibung oder auch nur dem Scheine derselben; überhaupt eben gilt es in der

Unterhaltung, nie zu vergessen, mit wem, wo und wann man spricht, und welche gesellschaftliche Stellung man von den Anwesenden angewiesen haben will. Dies gilt namentlich auch von der scherzhaften Rede, sei dieselbe eine zusammenhängende Darstellung komischer Vorfälle oder Lagen, bestehe sie in einer vereinzelten, treffenden Aeußerung; denn beruhen gleich beide Arten vorzugsweise auf einer glücklichen Naturanlage, so bleibt doch in Beziehung auf die Wahl unter den Einfällen, die Einem kommen können, und auf die Zuspitzung und Glättung, kurz die wirksamste Verwerthung derselben, Einiges übrig, was gelernt werden muß und über die Naturanlage hinausgeht.

Hier wird aber der Redner, Federigo Fregoso, einstweilen abgelöst durch Bernardo Bibiena, der als ausübender Spaßmacher von großem Rufe, der geschickteste scheint, die Theorie des Scherzes zu behandeln. Es wird eine freilich nicht ganz befriedigende Bestimmung des Begriffes des Lächerlichen vorausgeschickt; dann der Scherz des Possenreißers, der am Hofe auch nicht fehlen zu dürfen scheint, ausgeschieden; vor dem Gebrauche des Witzes gegen Bedauerungswürdige sowohl als gegen förmlich Schlechte und wiederum gegen allgemein Beliebte und Geschätzte gewarnt. Hierauf erwähnt der Vortragende des Scherzes, der auf der Mehrdeutigkeit der Worte und desjenigen, der auf mehrfacher Deutung oder Auffassung einer Thatsache oder Sachlage beruht. Bei den scherzhaften Erzählungen kommt auf die Wahrheit der Thatsache wenig, auf Lebendigkeit und Anschaulichkeit der Darstellung alles an. Selten verfehlt ihre Wirkung eine gelungene Nachahmung der Stimme, der Redeweise, des Gesichtsausdruckes einer bekannten Person, nur daß es auch hier gilt, die Schranken des Anständigen nicht zu überschreiten, also alles Gesichterschneiden, Wiedergeben körperlicher Mißgestalt und dgl. den gemeinen Possenreißern zu überlassen. Dazu kommt das Erzählen von lächerlichen Fehlern, von mancherlei Narrheiten, Aufschneidereien oder gesuchtem Benehmen, sonderbaren Vergleichungen. Wortspiele dürfen nicht an den Haaren herbeigezogen, bissige Spottreden nicht zu verletzend noch zu allgemein sein, d. h. nicht ganze Klassen von Leuten treffen, sonst bekommen sie leicht den Anschein des zuvor Ausgedachten. Als weitere Arten von Wortwitzen werden angeführt diejenigen, bei denen durch eine kleine Entstellung des erwarteten Wortes eine überraschende Veränderung des Sinnes entsteht, die Anwendung bekannter Dichterworte in ganz unerwarteter Weise, die Deutung eines Personennamens oder eines Titels in der

Weise, daß eine ergötzliche Beziehung zu seinem Träger in denselben gelegt wird, die unerwartete Verwendung der vom Einen gebrauchten bildlichen Rede in der Gegenrede des Andern, und dergleichen mehr, was durch die zahlreichen und großentheils recht guten Beispielsscherze anschaulich gemacht wird. Als dritte Art des Scherzes wird schließlich in gleicher Weise d. h. unter Anführung zahlreicher Beispiele, die nach ihrem Charakter zusammengestellt werden, der scherzhafte Streich besprochen und auch hier vor dem gemein Possenhaften als des Hofmannes unwürdig gewarnt. Bei näherer Betrachtung einiger von Boccacio berichteter Streiche zeigen sich aber in der Gesellschaft in Beziehung auf die Schätzung der Frauen sehr auseinander gehende Ansichten. Die anwesenden Damen stellen daraufhin den Antrag, es solle Giuliano de' Medici, der im Rufe eines großen Verehrers des schönen Geschlechts steht und sich desselben im Gespräche wacker angenommen hat, bei der nächsten Unterredung dem eben entworfenen Bilde des Hofmannes dasjenige der vollendeten Hofdame gegenüber stellen. Giuliano nimmt den Auftrag an und entledigt sich desselben im dritten Buche. Adel der Geburt, Freiheit von gezwungenem Wesen, Anmuth des Thuns, Sittenreinheit, Bescheidenheit sind bei der Frau so wenig wie beim Hofmann zu entbehren, dagegen soll die Weichheit des weiblichen Wesens alle diese Eigenschaften begleiten; Schönheit ist hier viel nothwendiger als beim Manne, auch soll von ihr selbst der Schein des Bösen noch viel sorgsamer gemieden werden als von ihm. Läßt man nun diejenigen Eigenschaften außer Betracht, welche beiden Geschlechtern am Hofe gleich wesentlich zukommen, sowie diejenigen, welche jede Frau besitzen soll, als da sind Güte, Bescheidenheit, Kenntniß und Erfüllung ihrer Aufgabe als Hausherrin und als Mutter, und frägt man nach dem, was die Palastdame insbesondere bedarf, so wird geantwortet werden müssen, es sei dies das Geschick der freundlichen, anziehenden, sittigen Unterhaltung mit Männern der verschiedensten Berufsarten, das feine Gefühl der richtigen Mitte zwischen steifer Sprödigkeit und unweiblicher Ausgelassenheit. Sie soll sich nie bereit zeigen von andern Frauen Böses leicht zu glauben, als finde sie es gar zu begreiflich; sie soll es verstehen, mit Jedem seinem Stande gemäß und mit Berücksichtigung dessen, was ihn zumeist anziehen mag, zu sprechen, die Bildung, welche dies voraussetzt, ja nur am rechten Orte zeigen. Ballschlagen, Fechten, Reiten, Jagen, was hie und da Frauen treiben, schickt sich wenig für sie; auch beim Tanzen, Singen und beim Spielen musikalischer Instrumente soll die Eigenart des Geschlechtes gewahrt bleiben, indem sowohl das Uebermaß der Leidenschaftlichkeit im Vortrag gemieden, als auch Instrumente bei Seite gelassen werden, die dem Manne zu spielen allein ansteht. Da bei der Frau Schönheit viel wünschenswerther ist als beim Manne, so ist ihr auch eher erlaubt, ihre körperlichen Vorzüge durch die Kleidung zu heben; sie soll dieselbe mit ihrem Wesen möglichst in Einklang bringen, sie darf auch leibliche Mängel durch sie zu verbergen versuchen. Sie soll einige Kenntniß, nicht überall auch Fertigkeit in denjenigen Dingen besitzen, die man vom Hofmanne verlangt, schon damit sie die Männer gerecht zu würdigen im Stande sei.

Hier erhebt sich nun auf's Neue ein Streit über den Vorrang der Geschlechter. Weniger auf eigene Beobachtung als nach damaliger Weise auf die Sätze alter Weltweiser sich stützend, behaupten die Gegner der Frauen die Ueberlegenheit der Männer, als der Form gegenüber dem Stoffe, als des warmen Elementes gegenüber dem kalten u. s. w. Giuliano aber führt Philosophen gegen Philosophen zu Feld und unterstützt seine Ansicht durch eine Menge von Beispielen edler, starker, hochbegabter Frauen des Alterthums und seiner Zeit, die Castiglione's Belesenheit alle Ehre macht.

Nimmt man nun die Möglichkeit einer so reich begabten und so vielseitig gebildeten Frau an, so wird man annehmen müssen, es werde dieselbe an einem Hofe Anbeter in großer Zahl finden und es ist rathsam, ihr einige Winke über ihr Verhalten gegen dieselben zu geben. Einmal schenke sie den Reden, den Schwüren, den Thränen der Verehrer nicht allzu leicht Glauben; es ist nur zu gewiß, daß Manchem all diese Mittel auch dann zu Gebote stehen, wenn sein Herz kalt, seine Absichten der niedrigsten Art sind; bei vielen Andern dient die Sprache der Liebe nur der höflichen Ergebenheit zum Ausdrucke und ohne irgend betrüben zu wollen, könnten sie eine Unvorsichtige leicht zu einem Irrthume veranlassen, in welchem sie ihrer Würde etwas vergeben dürfte.

Daraus ergiebt sich, daß die Hofdame den Dienst der Herren am besten mit dem freundlichen, bescheidenen Ablehnen einer Frau erwiedert, die überzeugt ist, daß sie so große Ehre gar nicht verdient, nicht ernst aufnehmen kann. Doch soll ihr nicht versagt sein zu lieben, namentlich nicht einen Mann wie der früher geschilderte ist; im Gegentheil in der innigen Gemeinschaft der Liebe werden die beiden Wesen ihre rechte Vollendung erst finden. Ist sie aber vermählt, so gebührt ihre ganze Liebe dem Gatten, und auch der Haß, die Gleichgültigkeit, die Unwürdigkeit dieses letztern geben ihr nur zu einer durchaus reinen und über alles Sinnliche erhabenen Neigung für einen Andern das Recht. Ist sie unvermählt und liebt einen Mann, dessen Gattin sie zu werden hoffen darf, denn jede andere Liebe ist ihr untersagt, so braucht sie ihre Neigung nicht zu verheimlichen, aber sie lasse dieselbe nie anders als in der Weise erkennen, daß sie dem Geliebten stets in der ganzen Würde jungfräulicher Hoheit erscheine.

Der Mann, der geliebt werden will, muß der Liebe würdig sein und selbst lieben; seine Liebe aber gilt es dann auch zu erklären oder doch, da dies in manchen Fällen die geliebte Frau beleidigen könnte, namentlich wenn es zu frühzeitig geschähe, durch eifrigen Dienst, durch beredte Blicke zu erkennen zu geben. Eine erworbene Zuneigung soll dann auch sorglich gehegt werden durch stete Aufmerksamkeit auf die Wünsche der Geliebten, durch Unterdrückung aller eifersüchtigen Regungen, die doch nur Mangel an Selbstvertrauen beweisen und somit auch die gute Meinung Anderer von uns erschüttern, und durch schonendes Geheimhalten jeder Gunstbezeugung, welche die Geliebte nicht möchte unter die Leute kommen lassen.

Am Abende des folgenden Tages unternimmt nun, wie das vierte Buch berichtet, Ottaviano Fregoso zu zeigen, wie die ganze Bildung des Hofmannes durch den Zweck seines Hoflebens bestimmt wird. Sie dürfte in der That eine vielfach verschiedene sein, es dürften vielleicht statt der aufgezählten Gegenstände hie und da andere in ihren Bereich gezogen werden, wenn nicht durchaus als Ziel vor Augen bleiben müßte, daß der Hofmann dem Fürsten ein wohlmeinender, wohlunterrichteter, aber auch ein stets willkommener Rathgeber sei. Den Gefahren und Versuchungen, die dem Fürsten aus seiner hohen Stellung, aus der Nähe allzu gefälliger Schmeichler und anderer stets willfähriger Leute erwachsen, tritt die Wahrheitsliebe und treue Anhänglichkeit des durch seine Geburt dem Fürsten nahe stehenden, durch seine Bildung zum Rathe befähigten und um seiner gesellschaftlichen Gewandtheit willen beliebten Hofmannes wirksam entgegen; dieser wird ihn auf den Weg der Tugend weisen, ihm aus der Geschichte Vorbilder des Guten vor Augen halten, er wird ihn auf würdige Art zu unterhalten und ihm so den beschwerdereichen Weg zum hohen Ziele angenehm zu machen wissen. Die Erkenntniß des unberechenbaren Einflusses eines guten und eines schlechten Regenten giebt dem Hofmanne den Maßstab zur richtigen Beurtheilung der Bedeutung seines Amtes und der Verantwortlichkeit, die er mit ihm auf sich nimmt. — Hieran reiht sich die Besprechung mehrerer weiterer Fragen, die zwar nicht mehr den Hofmann betreffen, aber doch mit dem bisher Vorgebrachten in enger Verbindung stehen. Es handelt sich da um die Lehrbarkeit der Tugend und diese wird festgehalten, und das Laster auf Unwissenheit, Unvermögen zu unterscheiden zurückgeführt. Es wird der Mäßigkeit vor der Selbstüberwindung der Vorzug gegeben, wie er denn auch dem Feldherrn gebühre, der ohne Schlacht und somit ohne Ungewißheit des Ausganges den Feind besiege und zur Unterwerfung zwinge gegenüber demjenigen, der dazu erneuter Kämpfe bedürfe. Es werden die Vorzüge der Alleinherrschaft vor der Geschlechterregierung und der Selbstregierung des Volkes aufgezählt; nicht nur zeigt das Thierleben zahlreiche Beispiele monarchischer Einrichtungen, nicht nur ist die Regierung der Welt in Eine Hand gelegt; die Herrschaft eines Einzelnen ist nach einem Grundsatze der Schulen auch schon darum die beste Regierungsform, weil ihre Ausartung oder Verderbniß, die Tyrannei die schlimmste ist. Nun soll aber freilich der Fürst in der richtigen Weise zu befehlen wissen, nur Zweckmäßiges, nur solches, was zu befehlen ihm zusieht, nur denen, die vernünftigermaßen zu gehorchen haben, am richtigen Orte und im rechten Augenblicke; wer zu befehlen versteht, dem gehorcht man stets. Oft aber darf sich der Fürst auch nicht ersparen, die Vollstreckung seines Geheißes selbst zu überwachen; ja selbst Hand anzulegen. Der Friede, die Ruhe soll das Ziel seines Sinnens und Trachtens sein; aber um des Friedens willen und zu seiner Sicherheit werde das Volk geschickt die Waffen zu führen. Rathsam wäre es, daß der Fürst aus dem Adel eine berathende Versammlung wählte, von deren Mitgliedern er über alles Vorkommende offene und überzeugungsgemäße Eröffnungen erhielte, und daß ein Rath aus der Bürgerschaft die Versammlung der Adelichen beständig von den Verhältnissen der Bevölkerung unterrichtet hielte. Gerechtigkeit handhabe der Fürst vor allem; seine Richter seien mit Klugheit und Güte ausgestattet. Er habe Gott vor Augen in guten und bösen Tagen, er sehe im Unglück eine Mahnung an die höchste Macht und eine Aufforderung zu kräftigem Ringen mit den Widerwärtigkeiten. Dagegen halte er sich fern von Zauberkünsten, Wahrsagerei u. dgl. abergläubischem Thun. Er kenne keinen Unterschied der Person, wo es gilt, Gerechtigkeit zu üben oder im Benehmen gegen die Untergebenen, aber er achte auf den Unterschied des Verdienstes. Ein solcher Regent wird keiner Söldnerheere zu seiner Sicherheit bedürfen. Wichtig ist es, die Vermögensunterschiede unter der Bevölkerung nie zu groß werden zu lassen; ein wohlhabender Mittelstand ist die beste Bürgschaft der öffentlichen Ordnung und Sicherheit. Mit der größten Sorgfalt soll der Fürst auch die kleinsten Dinge überwachen und zwar nicht blos durch Minister. Streit schlichten, Rechtshändel abkürzen zwischen den Unterthanen; die Verwandschaften und Familien verbinden; Handel und Gewerbe und Künste heben, Gastfreundschaft üben gegen Fremde und gegen Geistliche; dem Uebermaße der Pracht in Bauten, Kleidung, Ausstattung der Bräute Schranken setzen, all dies fordert seine Thätigkeit heraus. — Der Umstand, daß der Hofmann, um den Fürsten zu all diesem anleiten oder doch dabei mit seinem Rathe fördern zu können, ziemlich alt sein muß, während früher von seiner Liebe die Rede war, veranlaßt die Gesellschaft zu untersuchen, wie es sich mit der Liebe je nach den Lebensaltern verhalte. Bembo führt dabei vornehmlich das Wort und seine Ansicht, offenbar übereinstimmend mit derjenigen Castiglione's, ist folgende: Liebe heißt Genuß der Schönheit. Genuß setzt Verlangen und dieses eine gewisse Kenntniß des Verlangten voraus. Je nachdem nun diese Kenntniß vermittelt wird, entweder durch die Sinne, oder durch den Verstand oder endlich durch die Vernunft, ist das Verlangen entweder Gelüsten oder Wahl oder Wille. Die Sinne täuschen aber über das Wesen der Schönheit, sie erkennen blos die leibliche Seite derselben; das Gelüsten glaubt im Genuß des Leibes Befriedigung zu finden; findet sie aber nicht; es führt blos entweder zu Ueberdruß und Enttäuschung oder zu stets sich steigernder Begierde. Dies ist die Liebe der von den Sinnen überwältigten, dem Verstande nicht gehorchenden Jugend; ihr Genuß ist derjenige der Thiere, nur daß die Schmerzen, die Pein dieser Liebe den Thieren unbekannt sind. Indessen verdient sie bei der Jugend Nachsicht, namentlich wenn sie die Triebfeder edeln Thuns wird. Im reiferen Alter, wann die ungestüme Hitze der Jugend sich gekühlt hat, der Verstand zu seinem Rechte gekommen ist, wird die Schönheit erkannt als das, was sie wirklich ist, nämlich die wohlgefällige Erscheinung des Guten; so im Weltgebäude, so im menschlichen Leibe, wo überall die höchste Zweckmäßigkeit mit der höchsten Schönheit zusammentrifft; so auch in den Werken menschlichen Kunstfleißes. Die Schönheit des Leibes ist der Ausdruck der Schönheit der Seele und wenn zuweilen, was nicht geläugnet werden soll, Schönheit nicht mit Güte sich paart, so ist dies eine Ausnahme und erklärt sich durch feindliche Einwirkung, oder es ist die Schönheit nur eine scheinbare. Dem siegreichen Erscheinen der Schönheit gegenüber bleibt dem Verstande des seiner selbst mächtigen Mannes immerfort gegenwärtig, daß die leibliche Wohlgestalt nur ein Abbild und zwar stets ein dürftiges der Seelenschönheit ist und daß nur Auge und Ohr des Genusses auch der leiblichen Schönheit fähig sind; die schöne Frau nun wird der Gegenstand seiner achtungsvollen Liebe sein; er wird selbst sorgen, daß keine Leidenschaft, keine niedrige Regung den Spiegel ihrer Seele trübe; er wird ihr beistehen, sich zu immer höherer und reinerer Schönheit durchzubilden. Dafür lohnt ihn der Blick, die Rede, der Kuß der Geliebten; warum sollte sie ihm diese Vereinigung der Lippen versagen? weiß sie doch, daß er darin nur das süße Verschmelzen zweier Seelen zu Einem Wesen sieht.

Doch ist dies nur die erste Stufe einer Reihe von weitern Läuterungen der liebenden Seele. Diese muß dahin gelangen, daß sie der leiblichen Gegenwart der Schönheit nicht mehr bedarf, um in dem innigsten Verkehr mit ihr zu stehen; sie soll von hier zu der Stufe sich aufschwingen, wo sich die Anschauung der einzelnen Schönheit zur Anschauung der Schönheit überhaupt erweitert; nur wird freilich auch diese Liebe, so unendlich hoch sie über jeder andern irdischen Liebe steht, erst dann zur höchsten Reinheit gelangen und zur Seligkeit werden, wenn die Seele ihre irdische Hülle von sich streift und als reiner Geist, ohne mehr der Sinne und der Verrichtungen des Verstandes zu bedürfen, in das Meer der göttlichen Schönheit trunken sich taucht.

Wir versagen uns hier alle weitern Betrachtungen über das inhaltreiche Buch, über seine Verwandtschaft mit Gesprächen Platon's und Cicero's und mit denen von Palmieri und Pandolfini, über seine Nachkommen, von dem Galateo des Casa und dem Malpiglio des Tasso bis herunter zu dem „Gesellschafter wie er sein soll“ und Meier's Complimentirbuch; wir wollen nicht nachweisen, wie Castiglione's Gedanken annähernd verwirklicht waren in Leuten wie er selbst, und wie schon hundert Jahre zuvor Vittorino von Feltre und Andere in ihrer Erziehungsweise gleich vielseitige schöne Ausbildung der Menschennatur angestrebt hatten; wir gedenken auch weder im

Scherze noch im Ernste einen Cortigiano für unsere Tage als Seitenstück zu entwerfen, sondern wir eilen dem Schlusse unserer Darstellung zu. Bloß dem, der sich etwa wundern sollte, warum denn wohl ein so außerordentlich unverfängliches Buch wie das geschilderte, auf den Index der von der Kirche verbotenen Bücher gekommen sei, während sein Verfasser zu zwei Päbsten in den freundschaftlichsten Beziehungen stand, ja des Einen Gesandter war, wollen wir, so gut es uns möglich, Aufschluß geben.

Einmal trat die Verdammung des Cortigiano zu einer Zeit ein, wo die namentlich seit den vierziger Jahren entschieden hervortretende Gegenwirkung gegen die auch in Italien höchst bedenklich gewordene reformatorische Bewegung ihre größte Heftigkeit erreicht hatte, wo Päbste auf dem Stuhle Petri saßen, die consequenter Weise, wenn es möglich gewesen wäre, nicht nur einzelne Meinungsäußerungen, sondern die ganzen Persönlichkeiten einiger ihrer Vorgänger hätten auf den Index setzen müssen, zu einer Zeit, wo auch ein Cardinal Sadoleto, ein Cardinal Fregoso nicht allen Leuten rechtgläubig genug waren, wo über die nackten Gestalten von Michelangelo's jüngstem Gericht Gewänder gemalt wurden, zur Zeit der Inquisition und des tridentinischen Concils. In solcher Zeit brauchte es zu einer Verdammung nicht viel. Was nun in unserm Falle dazu führte, sieht man am besten, wenn man eine der gar nicht leicht zu bekommenden gereinigten Ausgaben neben eine der überall zu findenden ächten hält. Der Unterschied ist sehr unbedeutend, betrifft nirgends die Grundgedanken, sondern so geringfügige Dinge, daß man nicht ohne Lächeln an die Sorgfalt denken kann, welche an die Reinigung gewendet wurde. Da ist namentlich das Wort Fortuna, das Castiglione nirgends mit Nachdruck und eher im Sinne von Schicksal als von Zufall braucht, überall getilgt und entweder durch ganz farblose Umschreibungen oder durch providenza ersetzt; ganz besonders scheinen aber von den zahlreichen Schnurren des zweiten Buches diejenigen mißfallen zu haben, in welchen Geistliche das Ziel des harmlosen Witzes sind. Heißt es im Originale, der Bischof von Vicenza sei ein rechter Narr, so nennt die gereinigte Ausgabe den Bürgermeister von Vicenza statt seiner; führt das Original die Aeußerung des Erzbischofs von Florenz an: die Leute sollen ihr Hab und Gut vor den Rechtsbeflissenen, ihren Leib vor den Medizinern und ihre Seelen vor den Theologen in Acht nehmen, so begnügt sich die Censur mit der Verdächtigung der Aerzte und Advokaten.

An einer andern Stelle erzählt Castiglione von Raphael, er habe einst zwei befreundeten Cardinälen, welche um ihn zu necken, die Gesichter der Apostel Petrus und Paulus auf einem seiner Gemälde als allzuroth getadelt hätten, zur Antwort gegeben: Es sei anzunehmen, die Beiden seien in Wirklichkeit so roth und zwar vor Beschämung, weil ihre Kirche von Leuten wie sie, die beiden Cardinäle, verwaltet werde. Dafür finden wir in der gereinigten Ausgabe einen Maler des Alterthums im Gespräche mit zwei römischen Senatoren über die rothen Gesichter des Romulus und des Remus. — An die Geschichte manches Buches läßt sich ohne Zwang die Geschichte der ganzen geistigen Bewegung einer Zeit anknüpfen; wir wollen dies hier an Castiglione's Werke nicht versuchen, aber darauf hinweisen, wie an dem Verbote des Cortigiano und der erbärmlichen Zustutzung desselben im Kleinen sich das Erlahmen der geistigen Strömung der Renaissance wiederspiegelt, die zu früh eingetretene Stockung und Versumpfung im Leben der Geister, deren freier Fluß durch die Dämme der religiösen Knechtschaft und der spanischen Despotie bis ins vorige Jahrhundert in seinem natürlichen Laufe gehemmt blieb.

Hätten wir uns vorgenommen, Castiglione's staatsmännische Wirksamkeit zu schildern, so müßten wir vom Jahre 1518 an, bei dem wir in der Lebensbeschreibung angekommen, in dem Maße weitläufiger werden, als Castiglione's Stellung eine einflußreichere, die Tragweite der von ihm besorgten Geschäfte eine größere wird, und seine Briefe würden uns dazu ein vortreffliches Material liefern. Wir müßten da erzählen, wie nach Francesco Gonzaga's Tode Castiglione erst außerordentlicher, dann stehender Gesandter seines Sohnes und Nachfolgers Federigo am römischen Hofe wurde; wie er nach Pabst Leo's Tode und der Wahl des wohlmeinenden, ernsten, der Renaissance im Sinne der Italiener nicht eben freundlich gesinnten Holländers Hadrian VI auf kurze Zeit nach Mantua und unter seinem Herrn in den Kriegsdienst zurückkehrte; wie er dann, nachdem die muthwilligen Römer dem Arzte des Pabstes die Inschrift: „dem Befreier des Vaterlandes“ gesetzt hatten und Clemens VII, wieder ein Mediceer, an Hadrian's Stelle getreten war, neuerdings den Verkehr seines Herrn mit dem päbstlichen Stuhle vermittelte, 1524 aber mit Erlaubniß Federigo's als Gesandter des Pabstes an den Hof von Madrid reiste und stets auf Frieden und gutes Einvernehmen zwischen Clemens und Kaiser Karl V dringend dem Letztern nach Toledo, Sevilla und Granada folgte. Er war inzwischen ein älterer Mann geworden; wir können es aber dem boshaften Jovius nicht glauben, daß er, der im Cortigiano und im Tirsi mit so viel Humor der Sorgfalt erwähnt, womit der ältliche aber immer noch galante Herr Morello von Ortona seinen Bart rasire und die ergrauenden Haare färbe, nun auch selbst sich durch allerlei Künste den Anschein der Jugend habe geben wollen. Er brauchte wahrlich sich nicht zu schämen, wenn auf seine Haare der Schnee des Alters sich legte; er konnte auf fünfzig Jahre edlen Zwecken gewidmeter Thätigkeit mit frohem Selbstgefühl zurückblicken. Ein bitterer Schmerz aber war ihm noch vorbehalten. Mit aller Kraft und Beharrlichkeit, deren er fähig war, hatte Castiglione mehrere Jahre hindurch sich bemüht, Clemens mit dem Kaiser Karl in gutes Einvernehmen zu setzen und beiderseitiges Vertrauen in die guten Absichten zu nähren; da traf wie ein Blitz aus heiterem Himmel den Gesandten die Nachricht von der Gefangennehmung des Pabstes und jener entsetzlichen Verheerung Roms durch die kaiserlichen Truppen unter Bourbon, von deren Gräueln die Zeitgenossen alle nicht genug zu berichten wissen, und was ihn persönlich auf's tiefste kränken mußte, der Pabst beschuldigte ihn eines heimlichen Einverständnisses mit seinen Feinden oder doch einer unverantwortlichen Pflichtversäumniß, da einem beim Kaiser so gut angeschriebenen Gesandten unmöglich die beabsichtigten Bewegungen des Heeres haben unbekannt sein können. Castiglione fühlte sich nun zwar durchaus unschuldig, hatte doch der Kaiser selbst, wenn gleich Frondsberg wilde Schaaren unter seinen Fahnen zogen, dieselben bei weitem nicht genug in seiner Gewalt gehabt, um ihr ungestümes Drängen nach seinem Willen zu lenken, und hätte doch Clemens, bei der mehr als zweideutigen Stellung, welche ihn neue und weitgehende Pläne seinen früheren Freunden gegenüber einnehmen ließen, sich von Karl eines gerechten Mißtrauens versehen müssen. Castiglione, welcher sofort den Einfluß der spanischen Prälaten zur Befreiung des Pabstes aufgeboten hatte, rechtfertigte sich durch eine Darstellung seiner ganzen Thätigkeit in Spanien und bekräftigte außerdem seine treu kirchliche und päbstliche Gesinnung durch ein offenes Sendschreiben an den damals noch in Spanien lebenden Juan Valdez, welcher in einem Dialoge die Verheerung Roms als ein göttliches Strafgericht, eine von der verderbten römischen Geistlichkeit wohlverdiente Züchtigung dargestellt hatte. Mit ungeheurer Heftigkeit wirft er ihm darin lutherische Neigungen vor, droht ihm mit der Inquisition, verdächtigt seine Herkunft, als ob seine Eltern Juden gewesen seien, und seine Absichten, als ob er, vom Teufel gestachelt, nur ewige Zwietracht zwischen Kaiser und Pabst zu stiften beabsichtige. — Wer diese Gelegenheitsschrift liest, erkennt darin den freundlich milden Verfasser des Cortigiano gar nicht wieder, und muß, um nicht ungerecht gegen ihn zu werden, sich immer wieder vergegenwärtigen, daß Castiglione sie verfaßte mit dem ganzen Unmuth eines Diplomaten, welcher auf einmal zusammenstürzen sieht, woran er in froher Hoffnung des Gelingens Jahre lang gebaut, und mit dem Bestreben, seiner amtlichen Stellung genügend, ein kräftiges, rhetorisch tadelloses Schulstück zu liefern. Es gelang ihm auch, den Pabst von seiner treuen Ergebenheit zu überzeugen. Aber keine Verzeihung desselben, keine Gunst des Kaisers, der ihm das spanische Bürgerrecht ertheilte und ihm, aber umsonst, eine reiche Pfründe anbot, gab ihm die geschwundene Lebensfreudigkeit und die seit jenem schweren Schlage verlorne Gesundheit wieder. So hörte denn auch seine schriftstellerische Thätigkeit, die übrigens seit Jahren dem Drange der Staatsangelegenheiten hatte weichen müssen, völlig auf; auch die wenigen hier noch nicht erwähnten lateinischen und italienischen Gedichte gehören vermuthlich, einige ohne allen Zweifel, der Zeit Leo's X an. Aber seinen Cortigiano übergab er noch 1528 selbst dem Drucke; Vittoria Colonna, welcher er die Handschrift anvertraut hatte, wie er in der Vorrede sagt, hatte Stücke davon in Abschriften unter die Leute kommen lassen, und der Verfasser sah sich genöthigt, wenn er sein Werk nicht verstümmelt und des Zusammenhanges baar in den Händen der Lesewelt wissen wollte, durch die Veröffentlichung des Ganzen sich den verdienten Ruhm zu sichern. Ein wehmüthiges Vorwort gedenkt der seit 1506 durch den Tod dahingerafften Glieder jenes Kreises auserwählter Freunde. Den 8. Februar 1529 folgte ihnen Castiglione. Im fernen Toledo ließ ihn Carl V mit hohen Ehren bestatten und dort ruhte seine Leiche, bis sechszehn Monate später die greise Mutter seine Gebeine in die Heimat herüberholen und neben denen seiner vorausgegangenen Gemahlin in der Kirche della Grazia bei Mantua beisetzen ließ.

Und damit kehren wir, den Kreis schließend, an den Punkt zurück, von dem wir ausgegangen. Es ist ein Leben an uns vorübergezogen voll mannigfaltiger, edeln Zwecken geweihter Thätigkeit, das Leben eines Mannes von nicht außerordentlicher, aber von bedeutender und nach allen Seiten schön gepflegter Begabung, ein Leben nicht durch ungewöhnliche Ereignisse, durch eigenthümliche Schicksalswendungen ausgezeichnet, aber um so eher geeignet, den Durchschnitt der Lebensläufe der gelehrten Weltlichen des Zeitraumes darzustellen. Hat dieses Leben in erwähnenswerther und andauernder Weise auf die Geschichte Italiens, auf die der europäischen Menschheit eingewirkt? War es eine Blüthe, von der nichts geblieben als welke Blätter, oder ward aus der Blüthe eine Frucht, in deren Schoße die Keime eines neuen Wachsthumes lagen? Tauchte es empor aus der Nacht wie die Sternschnuppe, um spurlos wieder in der Nacht zu verschwinden, oder gieng es auf wie ein freundlicher Stern, um neben vielen andern den nächtlichen Seefahrer auf die richtige Bahn zu leiten? — Castiglione's Thätigkeit gehört nicht bloß den fünfzig Jahren an, die er gelebt hat. Freilich, was er als Staatsmann geleistet, mag uns geringfügig scheinen; auch er hat es nicht zu hoch angeschlagen; seine Persönlichkeit ist ansprechend und liebenswürdig, aber nicht gewaltig, nicht hinreißend, wie etwa Dante's. Aber er hat einem großen Gedanken einer großen Zeit das beredte Wort geliehen, und dies Wort hat Jahrhunderte lang ernste, strebende Geister angeregt und ermuthigt, und wenn unsere Zeit, die sich der Theilung der Arbeit rühmt und dabei vergißt, daß sie auch diejenige der verkümmerten Persönlichkeit ist, durch das Brausen der Räder und das Pfeifen der Locomotiven hindurch das Wort der Renaissance nicht vernimmt, so ist sie eben darum die, welcher man es am öftesten wiederholen muß.

Solothurn. Adolf Tobler.

Die Schule zu Brugg im XVI. Jahrhundert.

Im Stadtarchive zu Brugg liegen fünf sogenannte Rothe Bücher. Drei davon sind Manuale, eines enthält das Stadtrecht, und eines eine Chronik. Das erste ist begonnen im Jahre 1464, das zweite 1493, das dritte 1505, das vierte 1516, das letzte um 1522. Im zweiten, dritten und fünften sind Nachrichten über die Schule zu

Brugg aufbewahrt; im zweiten bloß die allgemeinsten Bestimmungen über Besoldung und Verpflichtungen der Lehrer; in den beiden letztern einläßlichere Verordnungen über Unterricht, Zucht 2c., und zwar gehören diejenigen des dritten Buches in den Anfang, diejenigen des fünften an den Schluß des XVI. Jahrhunderts.

Ueber die Stiftungszeit der Schule fehlen alle Nachrichten. Während die meisten Schulen aus Stiften hervorgiengen, muß hier ein anderer Entstehungsgrund gesucht werden. Brugg ist von jeher ein Schooßkind der Habsburger gewesen. In unmittelbarer Nähe liegen in der Tiefe die Altenburg, in der Höhe die Habsburg. Ein zahlreicher Adel wohnte in der Umgegend und war zum Theil in Brugg selbst verburgrechtet. Es läßt sich denken, daß hier schon recht frühe eine Herrenschule errichtet wurde, die dann nachher an die Stadt überging. Sie sollte den Söhnen der Vornehmen die übliche Bildung beibringen und unterschied sich demnach von den gewöhnlichen Stiftsschulen wie die Externenschule von der schola interior im Kloster zu St. Gallen. In jener erhielten die benachbarten Adeligen den nöthigen Unterricht, in dieser wohnten und lernten die oblati und Novizen. Allerdings blühte auch ein Stift ganz in der Nähe, das Kloster Königsfelden und es wurden lebhafte Verbindungen zwischen der Stadt und dem Frauenkloster unterhalten; doch fehlt jede Andeutung, daß die Schule abhängig gewesen wäre vom Kloster. Auch die Sitte der Schüler, jeweilen zu Weihnachten in Königsfelden das gute Jahr anzusingen, darf nicht als Beweis angeführt werden und war später wohl nur Begrüßung des Bernerischen Hofmeisters, der zugleich Examinator oder Schulinspector war.

Ueber die Organisation der Schule mangeln genauere Angaben. Die älteste Aufzeichnung befiehlt dem Lehrer: „der schul halb sol er unsre kind truwlich vnd wol versechen, sy früntlich vnd flyssentlich vnderwysen vnd leren schriben, läsen, vnd was dan yetlichem zustatt, nach aller vnd gutter notturfft.“ Die mittlere Fassung enthält gar keine Andeutung, und auch die neueste Schulordnung stellt allgemein bloß die oberste Claß oder Letzgen den übrigen Letzgen gegenüber. Jedenfalls waren der Klassen wenige, da die Schule nur für einen Lehrer berechnet war und bloß ausnahmsweise ein Provisor zugezogen wurde. Auch zählte jede Klasse wenige Schüler, sonst wäre die Frau des Schulmeisters übel daran gewesen, wenn sie nach Vorschrift zur Weihnachtszeit den Schülern das Essen hätte bereiten sollen. Erst am

Schlusse des 16. Jahrhunderts besuchten auch Landknaben die Schule, wohl nur unter besonderer Vergünstigung und ohne die Rechte der Stadtknaben: „Diewyl nun vil knaben vnd schuler ab der Landtschafft vnd dörfferen in unser schul kommend vnd wintterszytt von wägen des thors verhindert werden, söllent schullmeister vnd Provisor uff jede stund flyssig acht han vnd losen vnd die knaben darzu hallten, daß sy wintterszytt umb 7 — 9 verharren, somerszyt aber von 6 bis umb die nüne."

Die Schüler bildeten unter sich eine zusammenhängende Gesellschaft, und waren auch mit der Familie des Lehrers mehrfach verknüpft. Sie pflegten zu Weihnachten in Königsfelden und an andern Orten das gute Jahr anzusingen. Der Lebkuchen und die fünf Schillinge, welche in Königsfelden ihnen verabreicht wurden, kamen der Frau des Schulmeisters zu, wofür sie die Verpflichtung hatte, während dieser Zeit des Singens den Schülern zu kochen. Mit besonderer Vergünstigung durfte die Familie des Schulmeisters mit den Schülern essen und trinken. Das gesammelte Geld wurde theils dem Lehrer, theils den Schülern anvertraut und zu nutzbringendem Gebrauche verwendet. Dazu gehörte auch die jährliche Ausbesserung „der tüfels kleidung." Wahrscheinlich war wie in Rheinfelden die Bochselnacht, so auch in Brugg den Schülern eine Zeit erlaubt, in der sie ungestraft sich vermummen und Possen treiben durften.

„Und als dann die schüler zu wynnacht gewonlich ir gutt jar ze Küngsfelden zu Brugg vnd an andern ortten zusamentragen vnd ersingen, solichs sol ein schulmeyster getruwlich zesamen behalten vnd suß in kein weg anders dann zu ir niessung bruchen. Und alsdann den schülern zu wynnacht zu Küngsfelden zu irem gutten iar wirt ein lebkuchen vnd funf schilling haller, derselb lebkuch vnd die funf schilling sond werden des schulmeysters frowen, vnd darumb sol sy inen dieselben zitt irs singens umb das gut jar kochen und ir ding zu eren vnd irem nutz bringen. Der schulmeyster und sin frow mögen och wol mit inen essen vnd trinken die selben zitt, vnd was den schülern an geltt wirt, darzu sollen allwegen zwen schüler zu seckellmeysteren gesetzt vnd denselben das in gezellt werden, dasselb dann zimlich vnd ordenlich ze niessen gebruchen och damit des tüvels kleydung järlich erbesseren."

Der enge Verband der Schüler untereinander und mit dem Lehrer dauerte auch außerhalb der Schule fort. Die Schüler mußten sich selbst beobachten und ungehörige Vorfälle dem Lehrer anzeigen. Zu diesem Zwecke war heimlich ein lupus gesetzt mit dem Auftrage, die cavillantes oder Unzüchtigen der Strafe zu überantworten. Später wurden vier Knaben, deren Wohnungen bequem lagen, beordert, an vier Orten der Stadt Acht zu geben und allwöchentlich Bericht abzustatten: „vnd damit er mag vernemen der schüleren wol vnd übel tun sol von im für vnd für ein lupus heimlich gesetzt vnd dem bevolnen werden die cavillantes oder vnzüchtigen, die solicher ordnung nit nachkommen uffzumercken, vnd dem schulmeyster anzugeben damit die gestrofft werden, vnd besunder so soll der selb wol achten welicher der schüler schwür oder ander vnsubre wort bruchen, dann uß dem wa es nit gestraft vill ergernussen wurden erwachsen." In der spätern Schulordnung wird verlangt:

„Harzu sollendt verordnet werden vier under den knaben, die zum kumlichsten an vier Ortten der statt daheimen syent uff dissers acht ze nemen, soliche all wochen ze fragen von den unzüchtigen die ze straffen, damit alle unhoflichkeit vermitten vnd zucht geüffnet werde."

Dem Lehrer selbst war auferlegt, fleißig die Schüler in den Abendstunden zu besuchen und auf deren Arbeiten und Betragen Acht zu haben: „vnd damit sy inn allweg deß fürer zucht vnd lere bruchen vnd ergriffen, sol er sy abends mit scripturas besuchung vnd latin geben getrüwlich bescheyden, vnd so vil im des möglich ist, des empsigern bywandell by inen haben, damit sy still vnd mit gutter lerung erzogen vor unnützem geschwetz, vor habern und rumoren verhüttet mögen werden."

Der Unterricht ist uns nur aus der obersten Klasse bekannt, aber auch hier ohne genau bezeichneten Lehrstoff. Die beiden ältern Aufzeichnungen schweigen durchaus von den Lehr- und Lesemitteln; in der neuesten ist die Grenze des Unterrichts für die untern Klassen angezeigt: Lateinische Grammatik, Uebung im Lateinsprechen und Uebersetzen und Schönschreiben: „Die übrigen andern letzgen sollent sich im Donat grammatik latinreden vnd vertolmetschen flyssig finden lan, sy sollent och acht hallten daß die knaben gute buchstaben machend im schryben." Die oberste Klasse widmete den Morgen der griechischen Sprache; ein orator, ein poeta oder historicus wurde gelesen; Grammatik, Syntax und Exercitien bildeten den Zielunkt des Unterrichtes. Ebenso las im Lateinischen des Nachmittags der Lehrer einen Autor, gewöhnlich einen Redner vor und übte daran Grammatik, Themata, formulæ loquendi ac scribendi, Syntax. Zwei Mal wöchentlich wurde das hebräische Psalmenbuch oder sonst ein passendes Buch mit Hülfe der besten Grammatik eingeübt. „Demnach so vil die classes vnd letzgen belanget, hat vnns für gutt angsechen, daß unser schullen authores oder bücher in glycher gstallt wyß form und maß latin griechisch und hebräisch, sovil müglich unser Gn. Herren Statt Bern glychförmig gehallten werde, innsonnderheit ist geordnet, daß der schulmeyster in syner obersten claß oder letzgen die dry sprachen, latin griechisch vnd hebräisch lerne ie die beste grammatik deren so bruchig übe, vnd morgens zyt ein griechischen oratorem poettam oder historicum lese, die griechische grammatic, in Sintaxi so die knaben darzu tugenlich vnd themata exercier vnd bruche damit sy dieselbig verstanden.

„Zwei mal aber in der wochen das hebreisch psalmenbuch oder sonst ein kommlich buch des altten testaments lesen und die beste grammatik darzu bruchen, umb 12 aber einen latinischen authorem, prosa, orationem fürlesen, in demselbigen die grammatic vnd was darzu dienstlich bruchen vnd üben, als thomata, formulas loquendi ac scribendi und dero sintaxi hienebent uff das wenigest thütsche episteln oder argument fürschriben, die zu vertolmetschen, damit exercitium stili geübt werde."

Wie in allen Gelehrtenschulen, war auch hier das Deutsche verpönt und galt nur als Dollmetsch, wo ihm nicht auszuweichen war in deutschen Episteln und Argumenten. Damit das Latein recht in Fleisch und Blut übergehe, war den Schülern anbefohlen, unter- und miteinander, in und außer der Schule latein zu sprechen. Nur in den dringendsten Fällen durften sie mit ihren Angehörigen und Laien deutsch sprechen.

„Er sol och vast ernstlich bevelchen wenig geschwetz vnd wort zu bruchen vnd das sy reden sollent in latin under vnd mit einandern, beyde in vnd ußwendig der schull ze thun, aber mit vatter mutter vnd leyschen personen mögen sy zu ir notturft tütsch wol reden alles mit züchten."

Im Unterrichte selbst zeichnete der asinus, wahrscheinlich ein Stück Holz den Fehlbaren aus:

„Damit sy dester flyßiger zum latinreden gehalten werden, sol ein jede letzgen ihren eigenen asinum han vnd welicher den zuletzt us der schull tragt, sol gestrafft werden."

Diese rein sprachlichen Fertigkeiten sollten ihre nächste Anwendung finden in dem Disputieren:

„Zu dem dissputtieren sollent sy gehallten werden, diewyl sölichs die nutzbarkeit daß sy die ding so einost gerecitiert wider äferet werden."

Demnach war das Trivium Grammatik, Rhetorik, Dialektik festgehalten, durch das Studium der Griechen in humanistischem Sinne erweitert und durch das Hebräische auf's geistliche Amt hinüber geleitet.

Vom Quadrivium galt die Musik als wesentlicher Bestandtheil des Unterrichtes: „er soll sy och das cantum es syg versiklen, antifsen, anfahung, ymß vnd sequantzen, och in ander wys wie das der zit vnd ir gestalt halb nutz vnd gut ist, leren vnd an sinem guten fliß des nutzen erwinden lassen."

Gegenwärtig noch zieren die sieben freien Künste mit der Theologia die Vorderseite unseres Bezirksschulgebäudes in Figur und Wort, letzteres in hebräischen, griechischen, lateinischen und deutschen Sprüchen. Wahrscheinlich sind die Farben bei einem Umbau des Gebäudes in der Mitte des 17ten Jahrhunderts aufgetragen worden. Es ist überraschend, zu vernehmen, daß die Schule eines bescheidenen Landstädtchens sich frühe die Errungenschaften des Humanismus aneignete und eine Sprache lehrte, die man heutzutage auf die Universitäten zu verweisen im Begriffe steht.

Wir erstaunen nicht minder, wenn wir erfahren, daß die so häufigen Klagen der Eltern über Ueberladung der Kinder mit Schulstunden und Arbeiten durch unsern Stundenplan zurückgewiesen werden. Die Alten beschäftigten ihre Jugend strenge und anhaltend mit Gleichartigem, während unsere gegenwärtigen Schulfächer wahre Hetzjagden anstellen: non multa, sed multum. Einzig und allein und mit ersprießlicher Freude und sichtbarem Erfolge wird der Schüler lernen, wenn er ganze halbe Tage am nämlichen Gegenstande festgehalten wird. Ebenso stimmt auch die Zeit des Unterrichtes nicht mit den heutigen Stundeneintheilungen zusammen. Er fällt in die frühesten Morgenstunden und läßt den Schülern reichliche Zeit, gehörig auszuruhen und mit frischem Muthe Nachmittags wieder an die Arbeit zu gehen. Während heutzutage der Morgen als die fruchtbringendste Zeit gilt, die recht ausgenutzt werden soll, fiel früher die längste Spanne auf den Nachmittag. Drei frühe Morgenstunden schienen genug, um fruchtbar zu lehren und empfänglich zu lernen; was drüber ist, ist auch heute vom Uebel. Oben ist die Zeit angegeben, wie sie nach dem neuesten Stundenplan festgesetzt wurde. Die ältere Schulordnung verlangte vom Lehrer, daß er sich im Sommer um fünf Uhr, im Winter um sechs Uhr bei den Schülern einfinde. Nachmittags begann der Unterricht um elf Uhr, an Fasttagen um zwölf Uhr und dauerte bis vier Uhr.

„Er sol sich by inen in der schull vinden im summer des morgens der fünfften vnd im wintter der sechsten stund, alles ungevarlich. Aber nach dem ymbis sol er in glicher form vnd gestalt umb die eylfften stund so es nit vasttag sind, und so es die wären, umb die zwölfften stund by den schüleren in der schull sich erschynen vnd mit fürgeben erklären vnd gutem lutren der letzgen thun vnd handlen wie obstatt, vnd dieselben vor der vierden stund nit hinlassen, es wären dann vyrabend oder solich zitt vnd tag die anders wurden erheyschen."

Eine rührende Aufmerksamkeit bekundet folgende Vorschrift: „vnd alsdann ir yecklichem nach sinem stand vnd altter ein gemäß vnd fügsame letzgen an vnd furgeben, vnd die wol vnd also gezäm vnd sittengklich erkleren, och zu geburlicher zitt, sy derselben verhören vnd irn geprust vnd irrtung sagen vnd erscheinen, daß den knaben daruß nutz vnd kunstriche vnd ein lob vnd rum möge erwachsen."

Es ist durchaus zeitgemäß, daß körperlicher Stärkung keine Aufmerksamkeit geschenkt wurde; ja eine Verfügung sucht sogar das Baden zu verhüten: „sy sollent acht vnd warnemen daß die Knaben nit in der Aar baden onne erlaubtnuß der Eltern."

Auch die Zucht wurde in einer Weise gehandhabt, die unserer Zeit manchen zu beherzigenden Wink gibt. Mehr als heut zu Tage übernahm es die Schule, ihre Zöglinge auch außerhalb des Unterrichtes, sogar mitten in der Familie zu beaufsichtigen und sie that Recht daran. Die Eltern verzichten ja auch heute noch so gerne auf das Recht, ihre Kinder zu züchtigen und wollen dem Zuchtmeister, eben dem Schulmeister diese Last überbinden. Thut dieser es nicht, so thun die Eltern es auch nicht und das Kind geht leer aus an Streichen, bleibt aber voll von Bosheiten. Schwüre, unsaubere Worte und unanständiges Betragen mußten gewissenhaft verzeigt werden. Ebenso blieben rohe, oder auch nur muthwillige Ausbrüche jugendlicher Unbesonnenheit nicht ungeahndet.

„Sy söllendt der schüleren gut Acht haben, sampt vnd sonders daß sy nit vnzüchtig geberden geschrey, muttwillen trybend, einandern nit schlachendt, werffendt, an einandern züchend, zannend, mit den schulsecken, schrybzügen schlachent, och uff einander kein wust vom mund noch fuß nit werffen heimlich noch offennlich alles by hertter straff der rutten. In der schul, kilchen, kilchhoff vnd uff der gassen sich aller stille flyßend, einandern nit yöurkind, kein glöuff noch geschrei trybent, mit steynen nit in die fenster nach becher weder von hand noch schlingen werffend, Regiments und allten personen gebürliche eer bewyßent. Es sol och ein schulmeyster mit den schulleren ernstlich verschaffen, daß sy inn der kilchen, inn dem chor vnd dem kilchhoff vnd glogghuß alle zucht bruchen, gezenck, gejöck, geschrey, gelöuff weder darin noch uff der porkilchen tryben noch machen, och zu den glogken dheins wegs komen vnd das by dem ußzug ir kleyder vnd ruttenschlag durch den gantzen lyb verbietten, sunder so sy heim gand vnd uß gelassen werden, daß sie gemeinlich für das beinhuß gangen, da ir yegklicher ein pater noster vnd ave maria oder den psalmen de profundis mit andacht betten vnd denn mit zuchten hin und heimgangen."

Schule, Kirchhof, Kirche und Beinhaus lagen bei einander, daher die häufigen Ermahnungen, mit Anstand und Andacht an diesen Stätten sich aufzuhalten. Durch die Reformation verwandelte sich der Chordienst in die Kinderlehre und die beiden obersten Klassen mußten dem Praedicanten antworten: „Flyßig sollents sys zum kilchgang fürderlichst zum katechismo vnd kinderbricht hallten, daß die in den zwo obersten letzgen mögen dem predicanten uff sine frag antworten."

Die Strafen zeugen von großer Sorgfalt, und unsere Vorfahren beobachteten ärztlich wohlbegründete Schonung. Gar oft vergessen unsere gegenwärtigen Schulmeister zu bedenken, welchen Körpertheil oder mit welchem Mittel sie züchtigen. Hier wird genau vorgeschrieben, was fruchtet und nicht schadet: „Dann och ein schulmeyster zu ir straff wann sy das verschulden mit der rutten sol komen vnnd sy weder mit der hand noch mit dem steklin besunder uff ir hopt nit schlachen, dann das besunder ir jungend halb an ir gedachtnus vnnd memory groß schaden möchte gebern."

Die spätere Schulordnung schreibt vor: „Sy sollent ouch die knaben, so straffbar erfunden, nit mit zorn oder schalkg, nit mit flacher hand, büchern, rutten, knöpffen, uff die kopff schlachen, sunder allwägen mit der rutten schlachen mit wortten lehren vnderwyßen."

Auch die verschärfte Strafe, das eigentliche Ruthenstreichen, war allerdings barbarisch, aber nicht schädlich. Oben schon wurde der „ußzug ir kleyder vnd ruttenschlag durch den gantzen lyb" erwähnt.

Die nämliche ängstliche Aufmerksamkeit mußte der Lehrer auch auf die Instandhaltung des Gebäudes übertragen, ja bei sich beobachten in der Reinheit seines Lebenswandels und in der Wahrung seiner und der Stadt Interessen: „Sy sollent och zu der schul vnd iro hußeren gut acht nämen, daß darin nützit gevarlich zeergang, verwüßt oder gschent werde. So aber zu zyten daran oder darinnen etwas nothwendig zu verbesseren es wäre an fensteren, offen, tach, zieglen, felladen vnd andern dingen, die sich täglich schlyßent das sol der schulmeyster einem kilchenpfläger, der provisor aber einem pfleger St. Görgen*) anzeigen, damit solicher bezitten vnd wenigesten schaden verbessert werde.

„Es soll ein schulmeyster und Provisor sovil müglich sich flyßen eines erbaren lebens zugsamen handels vnd wandels, alle böse gesellschaft myden, laster fliehen, der jugent mit thun und lassen ein gut exempel vortragen, daß sie in allen cappitlen wie andere predicanten vnd vorstender des Wort Gottes in irer censur erfunden werden."

In dem Eide, den der Schulmeister zu schwören hatte, ist Bedacht genommen auf den Abzug des Schulmeisters, wobei der Bürgereid gefordert wird, auch fernerhin der Stadt Nutzen zu fördern und Schaden zu wenden: „Wan er ouch nit mer by uns blyben oder wir in nit mer behalten wöltten, mag yetlicher teil dem andern ein fronvasten vor abkünden, und wenn er dann abscheydet, sol er vor schweren vor eim geseßnen Rath wie ein burger der von der statt zuchen will vnd soll hiemit in beden siner ämptern der schryberig vnd schul tun das er weiß daß der statt nutz vnd er ist getruwlich vnd vngefahrlich."

Es ist sonderbar, daß der Lehrer seinen Nutzungen selbst nachgehen muß, damit er nirgends übervortheilt und verkürzt werde: „Besunder sol ouch ein schulmeyster ein järlich nutzung lutter vnd ordenlich in ein robell vnd regisiter versamlen vnd begriffen, damit nützit verschine vnd verloren werd, vnd solichs och in sinem abscheid zu der statt handen zu überantwurtten."

Die Besoldung war beträchtlich. Die Stadt bezahlte 40 Pfund und überließ dem Lehrer zur Benutzung eine Behausung, einen Stall, einen Garten, Pünte und Matte. Außerdem bezog der Schulmeister von jeder Spende, die einen Mütt Kernen ausmachte, 20 Brode, von einer halben Spende 10 Brode, vom Leutpriester 1 Pfund, und durfte

*) St. Georgkirche im Mönthal bei Brugg.

auch den Auzins einziehen, der 60 Viertel Bäsen betrug, um daraus den Provisor besolden zu können:

„Vnd als wir des willens wären, daß vnser kind vlyßlich vnd wol versechen vnd gelertt möchten werden, so haben wir einem schulmeyster verordnet vnd zugelassen, daß er vnsern altten owzinß,*) der sich sechtzig viertell vesen järlich gebürt, soll in nemen vnd nießen, damit er eynen provisor mög deß baß gehaben vnd die kind geleren, wa aber solicher vlyß mit den kindern nit gebrucht wurd vnd vns gefiell, so mögen wir sölichen järlichen zins wyder umb zu vnsern handen nemen vnd den schulmeyster by dem alten lon lässen blyben, solichs statt eim schulthessen vnd ratt uff ihr gefallen daß sy dar in handlen vnd solichs endren mögen nach irem gevallen.“

Schließlich waren auch die Schüler verflichtet, den Unterricht zu bezahlen:

„Der schull halb gibt im ein yetlicher schüler zu yetlicher fronvasten ze lon sechs schilling haller vnd yetlichs jars sechs haller für exiles vnd intrales, jetlicher schüler gibt zu sant Martinstag ein maß landtwin, ze vaßnacht yetlicher ein vaßnacht hun, oder zween schilling darfür, ze ostern yetlicher zechen eyger, vnd über das sol er nyemant wytter belesten, an eins schulthessen vnd rats wyssen vnd wyllen.“

Das Schulamt war mit der Stadtschreiberstelle verbunden, wohl deßhalb, weil der Stadtschreiber einzig die Feder zu führen hatte und somit auch fast einzig im Stande war, andere Leute in die gleiche Kunst einzuführen. Allein nur Gelehrte konnten schreiben und lesen; daher bekleideten auch diese Stellen meistens Fremde, die freilich gar zu oft wechselten. Im Jahr 1492 war Schreiber und Schulmeister Cunrat Winck von Frankfurt, 1493 Rudolf Huser von Winterthur, 1500 Meister Hans Levi von Helttbrunnen (Heilbronn), 1509 Johannes Grülich von Winterthur, 1517 Heinrich Huber von Dießenhofen, geschworner kaiserlicher offner Notar.

Diese wenigen Mittheilungen sind dem ausgesprochenen Wunsche entsprungen, die Zeitschrift möchte mehr eigentlich schweizerische Schulnachrichten bringen, und es schien mir nicht ohne Werth, aus einem wenig bekannten, aber stets wohlbebauten Felde einige Aehren ausgestellt zu haben. Alle Erscheinungen, die dem höhern und niedern

*) Die Au liegt unterhalb der Stadt an der Aare und war in Bürgerpünten abgetheilt.

Schulwesen jener Zeit eigen sind, Anklänge an die Bursen, Nachklänge des scholastischen Unterrichtes, die Erfolge des Humanismus, und die gesunde, kräftige, strenge Pädagogik treten auch hier hervor und es ist nicht umsonst, wenn Brugg in der theologischen und juristischen, in der medicinischen und philosophischen Disciplin sich den Namen Prophetenheim erworben hat.

Brugg. Dr. J. J. Baebler.

Döderlein's Wirken in der Schweiz.

Döderlein kam zwar erst in Erlangen dazu, seine fruchtbare und originelle Wirksamkeit als Pädagog, als Docent und als Schriftsteller nach allen Seiten zu entfalten, aber schon bei seinen ersten Anfängen im Lehramt, während seiner nicht ganz vierjährigen Wirksamkeit in der Schweiz als Professor an der Berner Akademie, traten die herrlichen Eigenschaften seines Gemüthes sowohl als seines Geistes in schönster Vereinigung hervor und erwiesen sich segensreich an den Jünglingen, die damals das Glück hatten seine Zuhörer und Schüler zu sein. Von diesen leben freilich — es sind seitdem bald fünfzig Jahre — jetzt nur noch wenige, und erst noch im vorigen Jahre sind nur im Aargau zwei ihm sehr anhängliche Schüler gestorben. Aber alle ohne Ausnahme bewahrten ihm ihr Leben lang hohe Achtung und Dankbarkeit, und diejenigen, deren Umstände es fügten, daß sie noch in nähere Berührung mit ihm kamen, auch die herzlichste Liebe. Schmerzlich überraschte darum die Nachricht, daß der treffliche Mann mitten aus seiner noch frischen Wirksamkeit — hatte er doch erst noch 1863 den ersten Band seiner Ausgabe der Ilias erscheinen lassen — am 9. November gestorben sei.

Wohl scheint es daher angemessen, daß bei den großen Verdiensten, die er sich um Viele in unserm Lande erworben, seiner auch in dieser Zeitschrift gedacht werde; und wenn der Unterzeichnete dieses auch gerne geschicktern Federn überlassen hätte, so fühlt er sich doch selbst dazu verbunden durch die Pflicht doppelter Dankbarkeit. Er hat nämlich in

Döderlein nicht nur wie viele Andere mit ihm den vielseitig anregenden und bildenden Lehrer, sondern auch den sichersten Wegweiser zum künftigen Lebensberufe zu verehren. Denn als ich hierüber aus mehrern Gründen ungewiß war, sagte mir Döderlein, der etlichemale gründlich mit mir darüber geredet hatte und überdieß mit nicht gewöhnlicher Sicherheit erkannte, wozu ein Jeder sich am besten eignen möchte, eines Abends: „Sie müßen Philologie studiren und Gymnasiallehrer werden, und nehmen Sie sich vor, ob es nun werde oder nicht, einst an Ihrer Kantonsschule in Aarau zu wirken.“ Und nicht nur gab er mir diesen Rath, der, wenn ich schon damals nicht gerade an Aarau dachte, meinem Geschmacke sogleich zusagte, sondern er half mir auch die Hindernisse bei mehrern Personen, die in meiner Heimath sich für mich interessirten, denen aber nach damaligen Begriffen der „Philologe“ ohne den Beisatz „Theologe“ etwas gar zu Ungewöhnliches, Fremdartiges und Gewagtes schien, getreulich theils durch Briefe, theils in mündlicher Besprechung beseitigen. Auch rieth er mir die damals frisch aufblühende Universität Breslau zu besuchen und empfahl mich angelegentlich seinem dortigen Freunde, dem edeln Franz Passow, an dem ich einen zweiten trefflichen Rathgeber und Leiter meiner Studien fand. Beiden Männern bin ich für immer zum innigsten Danke verpflichtet, und Döderlein besonders, der mir denjenigen Beruf treffend gezeigt, zu dem ich mich wohl am meisten eignete und in dem ich die Bestimmung und das Glück meines Lebens gefunden habe. Aber ähnlich traf er es auch bei andern seiner Schüler, so bei J. Kraft von Brugg, meinem Schul- und Studienkameraden von den ersten Schulbänken auf, der leider schon 1842 als geliebter und verdienter Director der Schule in Lenzburg verstorben ist.

Döderlein wurde, so meldet mir ein Jugendfreund und ebenfalls ein dankbarer Schüler unsers gemeinschaftlichen Lehrers aus den Angaben des akademischen Manuals in Bern, am 6. September 1815 noch nicht ganz vierundzwanzig Jahre alt aus München nach Bern an die philologische Professur der Akademie berufen und hielt am 9. Januar 1816 seine Inaugurationsrede. Die vacante Stelle war ausgeschrieben und Döderlein hatte sich gemeldet. Ob er von Niethammer und Thiersch in München, mit welch letzterm er in näherm Verkehr gestanden, oder auch auf geschehene Anfrage von Böckh in Berlin, wo er ebenfalls eine Zeit lang studirt hatte, empfohlen worden war, weiß ich nicht genau zu sagen. Wissenschaftlich hatte er sich bekannt gemacht durch sein Specimen novæ ed. tragœdiarum Sophoclis, Erlangen 1814. Seine äußere Erscheinung machte auf uns junge Bursche von 16 bis höchstens 18 Jahren einen seltsamen Eindruck — eine hoch und gerade gewachsene, aber dabei gar zu schlanke Gestalt mit scharfen Gesichtszügen und Haaren von hochgermanischer Färbung — so einen Professor hatten wir noch nie gesehen. Als er in der Aula seine wackere Antrittrede gehalten und im damals üblichen Ornate, schwarzem Frack, schwarzen kurzen Beinkleidern und schwarzseidenen Strümpfen, in raschem Schritte, einen gewaltig hohen Schiff- oder Klapphut, chapeau-bas, tragend nach seiner Wohnung gieng, führte ihn sein Weg durch eine der niedrigen gewölbten Arkaden (in Bern Lauben genannt), von deren Decke zur nächtlichen Beleuchtung Laternen herabhingen, und während er bis dorthin den Hut unter dem Arme getragen, setzte er ihn in der Laube auf — eine ihm offenbar ungewohnte Tracht — und hatte das Mißgeschick mit dem Hute in eine Laterne so heftig zu stoßen, daß sie in klingende Scherben zersplitterte. Die jungen Leute, die ihm nachsahen, konnten ein Gelächter nicht zurückhalten. Aber dieses fatale Omen wandte sich ganz zum Bessern, als er zu lehren anfieng. Er zündete Lichter an, ob denen die verunglückte Laterne rasch vergessen wurde. Doch um Döderlein als Lehrer und in seinem Verkehr mit jungen Leuten zu schildern, bedarf es eines Blickes auf die höchst eigenthümliche damalige Einrichtung des höhern Unterrichtswesens in Bern.

Die Akademie enthielt alle vier Fakultäten, unterschied sich jedoch nebst vielem Andern von Universitäten dadurch, daß in der Regel keine freie Wahl der Vorlesungen gestattet war, sondern wie in einer Schule die Curse obligatorisch vorgeschrieben waren. Und das war auch für die philosophische Fakultät, wenn man sie so heißen will, — sie hieß aber Philologie — ganz zweckmäßig. Denn in Wahrheit bildete sie mit ihren drei Jahrescursen nur die drei obersten Klassen eines Gymnasiums, und die jungen Leute traten in der Regel im sechszehnten Jahre ein. Allein nur Mathematik und Physik wurden für jede Klasse oder Promotion, wie man sie nannte, besonders gelehrt, so daß darin ein stufenmäßiger Gang eingeschlagen wurde, und dieser Unterricht wurde von einem sehr verdienten Manne, Prof. Trechsel, recht faßlich und solid gegeben. Dagegen zum Unterricht im Lateinischen, Griechischen, in der Philosophie (Empirische Psychologie, Logik, Geschichte der Philosophie, damals von dem als Dichter bekannten

Rudolf Wyß dem jüngern ertheilt) und in der Rhetorik, womit Einiges aus der Literatur und Uebung in Aufsätzen verbunden war, kamen höchst unzweckmäßig alle drei Promotionen in die gleiche Stunde zusammen. Auch Hebräisch wurde gelehrt, früher von einem ehrwürdigen und wohlmeinenden Prof. Schärer, Uebersetzer der Psalmen, der aber ein ganz unpraktischer Lehrer des Faches war, wie schon daraus erhellet, daß er die Paradigmen in lateinischen Buchstaben niederschreiben und so auswendig lernen ließ. Begreiflich wurde so nichts gelernt. Zum Glücke übernahm später diesen Unterricht stellvertretend der damalige Professor des Gymnasiums, Samuel Lutz, später seit 1833 nach Umgestaltung der Akademie in eine Universität Professor der biblischen Exegese, ein ganz ausgezeichneter Mann. Er mußte bei den ersten Elementen anfangen; aber vermöge seiner Gründlichkeit und seiner belebenden Methode brachten es diejenigen, die Sinn und Eifer dafür hatten, in zwei Jahren sehr weit und wohl Keiner blieb ganz zurück. Geschichte wurde keine gelehrt, sondern blieb dem Privatfleiß überlassen. Aus allem dem ergibt sich, daß diese Philologie genannte Abtheilung der Akademie im Grunde nur mit den obern drei Klassen eines Gymnasiums verglichen werden kann, ohne aber so zweckmäßig wie dieses organisirt zu sein. Die Schüler hießen Studenten und wurden mit Herr und Sie oder nach Bernerweise mit Ihr angeredet. Bemerkenswerth ist auch, daß diese Philologie fast lauter künftige Theologie Studirende enthielt. Selten fand man da einen künftigen Juristen und noch seltener einen Mediciner, und es ist betrübend zu sagen, wie ärmliche Forderungen man an diejenigen stellte, die in die zwei letztgenannten Fakultäten eintreten wollten. Einzig von den Theologen forderte man eine eingehendere wissenschaftliche Vorbereitung; für sie allein war der Besuch der Philologie obligatorisch, so daß diese die Vorhalle zur Theologie war. Mit dem sechzehnten Jahre traten in die Philologie die Schüler aus dem Gymnasium ein, welches aus zwei Klassen bestand und freilich wieder mehrere Klassen, die man im Ganzen Literarschule hieß, unter sich hatte. Das Gymnasium also mit seinen zwei Klassen läßt sich mit der Tertia und Untersecunda eines deutschen Gymnasiums vergleichen. Der Professor des Gymnasiums, Lutz, versah die Rectoratsgeschäfte und war zugleich Lehrer des Lateinischen und Griechischen in der obern Klasse, wo er damals Livius und Oden des Horatius, Homer und Abschnitte Herodots aus Geßner's Chrestomathie erklären ließ. Es gieng langsam, aber gründlich. Lutz verstand es vortrefflich seine Schüler zur Selbstthätigkeit anzuhalten; sie sollten zu Hause mit eigener Anstrengung es im Verständniß soweit bringen als möglich und die Schulstunde nur dazu bestimmt sein zu berichtigen und wirkliche Schwierigkeiten aufzulösen, so daß sie zur Controle des Privatfleißes wurde. Dieser an Charakter, Geist und umfassender Gelehrsamkeit seltene Mann, der mit Döderlein sehr befreundet war, ist bei Lebzeiten, so sehr er auch von seinen Schülern verehrt war, in weitern Kreisen weniger bekannt geworden, weil er bei allem Reichthum seines Wissens nicht als Schriftsteller auftrat. Erst nach seinem schon 1844 erfolgten Tode wurden aus seinem Nachlaß zwei theologische Werke, die er noch nicht einmal zum Drucke ausgearbeitet hatte, herausgegeben, eine Hermeneutik und biblische Dogmatik. Doch wer ihn näher kennen lernen will, der lese die voriges Jahr herausgekommene Schilderung aus der Feder seines Sohnes, Wilhelm Lutz, ein gediegenes Buch, dessen Wahrhaftigkeit ich in Allem, worin ich Lutz kennen lernte, und in meiner Jugend kannte ich ihn als Lehrer und aus Privatgesprächen sehr wohl, bezeugen und bestätigen muß. Ich konnte nicht umhin, seiner insoweit hier zu gedenken, da es auch für Döderlein charakteristisch ist, daß er mit Lutz sehr wohl befreundet war. Lutz erkannte übrigens die Mängel in der Einrichtung des damaligen höhern Unterrichtswesens in Bern sehr wohl und bemühte sich in seiner Sphäre abzuhelfen, konnte aber bei der Zähigkeit des Regimentes, welches sowie abgeneigt allen politischen Reformen auch von durchgreifenden Aenderungen im Unterrichtswesen nichts wissen wollte, nicht durchdringen. Er trat daher von seiner Stelle in Bern zurück und übernahm eine Pfarrstelle auf dem Lande. Erst mit Anfang der Dreißigerjahre, da er zu neuer Wirksamkeit nach Bern kam, gelangten seine richtigen Ideen zur Geltung, und er hatte die Freude, daß nicht nur unter seiner Einwirkung das Gymnasium zweckmäßig organisirt, sondern auch die Akademie zur Universität umgestaltet wurde.

In diese nun, wie oben beschrieben, eigenthümlich gestalteten Verhältnisse der Akademie möchte mancher an eine andere Studienordnung Gewöhnte Mühe gehabt haben sich hineinzufinden. Döderlein aber zum Theil durch die erste Lection belehrt, woran er mit uns sei, wußte sehr bald seine Lehrart unsern Bedürfnissen anzupassen. Ohne Zweifel durch den Namen Akademie irre geführt, schickte er sich an, akademische Vorlesungen zu halten. Er hatte die Elektra des Sophokles angekündigt. Wir hatten nichts in Händen als den Tauchnitz'schen Text. In der ersten Stunde begann er in freiem Vortrage mit einer Einleitung, wobei er vom Ursprunge des griechischen Drama, von seiner Beziehung zum Epos und zur Lyrik, vom Chor an den Dionysosfesten u. s. w. sprach. Das war uns alles neu, aber gefiel uns sehr. Da jedoch Döderlein bemerkt hatte, daß Niemand auch nur ein Wort nachschrieb, so fragte er einen Zuhörer, den er nach der Lection antraf, ob er denn lauter uns bekannte Dinge gesagt hätte, da man nichts hätte nachschreiben mögen. „Durchaus nicht bekannte, war die aufrichtige Antwort, aber andere Professoren pflegten uns zu dictiren, was wir schreiben sollten, und erläuterten dann die Dictate." Einige baten ihn dann den ersten Vortrag zu wiederholen, damit wir ihn nachschreiben könnten. Dazu nun wollte er sich nicht verstehen, wohl aber dictirte er einige Hauptsätze, und allmälig gewöhnten wir uns, wenn auch nicht nachzuschreiben, doch Notizen zu machen. Später äußerte er sich gegen Einige in seiner Laune über jene erste Stunde, er sei fast in Verlegenheit gerathen, weil er angefangen habe zu glauben, wir seien auf unserm Standpunkt ziemlich über das hinaus, was er uns lehren zu können gemeint hätte.

Als es aber ans Uebersetzen und Erläutern der Elektra gieng, ergab sich bald, daß ein leichterer Schriftsteller für unsern Standpunkt sich besser geschickt hätte. Aber wir hatten nun einmal den Sophokles, und Döderlein, den Niemand über den Grad unseres Wissens und Könnens in Kenntniß gesetzt hatte, unterzog sich mit rühmlicher Geduld, die Grammaticalia nicht nur der Syntax, sondern auch der Formenlehre oft bis zu den Elementen herab bei Gelegenheit der Lectüre zu durchgehen, bisweilen die Accentlehre, die Analogien der Wortbildung, den Gebrauch der Präpositionen, der Conjunctionen, der Modi recht schulmäßig zu lehren. Denn wir hatten manches davon nie gewußt, anderes in einem langen Interim vergessen. So mußte er die zu günstige Vorstellung, mit der er sein Amt begonnen hatte, bald aufgeben, ließ sich aber dadurch nicht entmuthigen, sondern behandelte die Schriftsteller mit uns nach unserm Bedürfniß, rief bald diesen bald jenen auf zu übersetzen, wie es von jeher an der Akademie Brauch war, drang aber immer auf genaue Vorbereitung, während er, wo er bei Schwächern guten Willen sah, getreulich nachhalf. So spürte Jeder, daß er vorrückte, daß über eine Menge dunkler oder halbverstandner Dinge ein helles Licht kam. Mit dem Vorrücken wuchs die Lust mehr zu thun, Sophokles gefiel uns immer besser, und lebhaft wurde auch in Privatgesprächen unter Einzelnen das in der Stunde Vorgekommene besprochen. Man sah, wie gerne sich Döderlein unserer annahm, wie viel ihm daran lag uns vorwärts zu bringen; allgemeine Achtung und Liebe und volles Vertrauen kamen ihm entgegen. Es wurde das glücklichste Verhältniß, das sich zwischen Schülern und Lehrer bilden konnte, fördernd für jene, lohnend für diesen.

In Folge seiner Behandlung, dann aber bald auch wegen des Inhaltes des Gelesenen geschah es, daß wir eine entschiedene Vorliebe für das Griechische faßten, welches theils wegen ungehöriger oder auch ungenießbarer Behandlung durch einen alten, sonst nicht ungelehrten Mann (Prof. Risold), theils nach dessen endlich erfolgtem Rücktritte durch Vacatur und ungenügendes Provisorium im Rückstande geblieben war. Im Lateinischen waren wir besser bestellt, welches damals der Prof. Karl Jahn lehrte. Es war, wenn auch nicht gerade ein eindringender, doch ein übender Unterricht, da wir viel lasen, wobei der Lehrer auf guten Ausdruck im Deutschen hielt und die lateinische Phraseologie mit der deutschen verglich. Auch ließ er uns von Zeit zu Zeit lateinische Uebersetzungen machen, die er mit nützlicher Belehrung corrigirte. Wenn es aber bei der mangelhaften Einrichtung der Akademie ein Uebelstand im Lateinischen war, daß keine Stufenfolge in der Wahl der Schriftsteller eingehalten werden konnte, so trat dieser Uebelstand nicht weniger hervor im Griechischen, oder vielmehr wegen der größern Verschiedenheit der Individualität der Schriftsteller und ihrer Sprache noch weit stärker. Einer drückte das so aus, es sei ihm, er müsse bei jedem Schriftsteller ein neues Griechisch lernen.

Döderlein las mit uns wenigstens damals, als ich sein Zuhörer war, außer Sophokles auch des Aeschylus Eumeniden, philippische Reden des Demosthenes, einiges aus Plato, aus Herodot, aus Homer, auch versuchte er es mit Pindar, wobei wir aber über die erste und siebente Ode nicht hinauskamen. Denn bald mußte er sich überzeugen, so sehr uns auch diese Oden, nachdem wir uns mit großer Mühe durchgearbeitet, freilich erst bei der zweiten Lesung gefielen, daß er damit zu hoch gegriffen hatte, weil wir noch zu wenig Griechisch gelesen hatten, um für Pindar gehörig vorbereitet zu sein. Daß uns aber gleichwohl die Schriftsteller, die er mit uns las, sehr bald mundeten, so daß dafür ein lebendiges Interesse erwuchs, das erreichte er erstlich durch seine vorangeschickten Einleitungen über Leben, Zeitverhältnisse, allfällige Vorgänger des Schriftstellers, womit er einen Vorbegriff gab, so daß man sich freute, die nähere Bekanntschaft bald zu machen. Zweitens wußte er durch seine Interpretation die Aufmerksamkeit in steter Spannung zu erhalten, indem er Grammatisches und Worterklärung so weit als nöthig, jedoch dann genau, durchnahm, nicht aber sich in weite Excursionen verlief, nur da halten ließ, wo er voraussetzen konnte, daß sich Schwieriges für uns oder zu wenig Beachtetes fände, und überall auf Festhaltung des Zusammenhangs und des Gedankenganges hinarbeitete, welchen junge Leute ob der Besprechung des Einzelnen leicht aus den Augen verlieren. Aber auch dazu verbrauchte er nicht viel Zeit; mit einer kurzen und treffenden Frage nöthigte er einzudringen und der Flüchtigkeit unbemerkt gebliebene Beziehungen zu entdecken.

Vorzüglich war seine Einleitung zu Thukydides und seine Behandlungsweise dieses Schriftstellers. Wie schon bemerkt, mangelte uns in der Akademie aller Geschichtsunterricht. Vaterländische Geschichte lasen wohl die meisten aus Johannes v. Müller, bisweilen auch ein Buch über neuere Geschichte, aber um die Kenntniß der alten war es bei uns schwach bestellt. Da gab uns Döderlein nicht bloß eine Einleitung zu Thukydides, sondern er benutzte auch das Proömium, um uns eine Uebersicht der griechischen Geschichte von der dorischen Wanderung bis zum peloponnesischen Kriege zu geben, und später kam dazu noch eine Belehrung über einige Hauptparthien der griechischen Antiquitäten, speciell der Staatsalterthümer, was den Reiz für das Studium des Thukydides erhöhte, so daß wir in diesem Schriftsteller, was die erzählenden Parthien betrifft, rasch vorrückten und die Staatsreden, obschon sie uns viel zu denken und zu schaffen gaben, mit großem Interesse lasen. Ja mehr als einer von uns, während der eine diesen, der andere einen andern Schriftsteller, wählte sich zu seinem Privatstudium gerade den Thukydides und las ihn großentheils oder ganz durch. Da man aber an vielen Stellen ohne Commentar unmöglich durchkommen konnte, so besuchte man Döderlein — er hatte uns eingeladen — und legte ihm das Unbezwingliche vor, und stets bereit und freundlich, half er uns zum Verständniß oder zeigte uns den Weg dazu. Wir hatten nämlich nichts als bloße Texte in Händen, und einleitende Schriften und Commentare waren uns unzugänglich. Denn damals gab es noch keine mit Einleitungen versehene und für angehende Studierende passend commentirte billige Ausgaben, wie man sie jetzt von allen Schulautoren sogar mehrfach hat; und diejenigen, welche gegen commentirte Schulausgaben seltsamer Weise eifern, haben in ihrer Jugend schwerlich erfahren, was es für einen Gymnasiasten heißt, einen Schriftsteller privatim zu studieren ohne alle Hülfsmittel, wenn man nicht Gelegenheit hat, einen gefälligen Lehrer häufig zu berathen. Denn wo sich unauflösliche Schwierigkeiten auf einander folgen, da ist es nicht zu verwundern, wenn jungen Leuten die Lust vergeht.

Döderlein war als Professor der Philologie berufen und hatte als solcher sowohl Latein als Griechisch zu behandeln. Auch las er des Tacitus Agricola und erklärte zu unserer großen Freude einige Sermonen des Horatius, beides sehr eindringend und letztere mit witzigem Humor. Bisweilen bediente er sich bei den Erklärungen der lateinischen Sprache und ließ auch uns im Lateinsprechen Versuche machen. Weil aber sonst Jahn die römischen Schriftsteller erklärte und uns im Lateinschreiben zu üben hatte, so übernahm er dagegen wesentlich das Griechische, welches auch damals seine Hauptstärke und Vorliebe war. Das Gründliche, Lebendige, Geistvolle seines Verfahrens, der Ernst und Eifer, mit dem er lehrte, verbunden mit einem glücklichen Takt in dem, was für uns zu erörtern nöthig war, konnte nicht verfehlen, die jungen Leute dafür zu gewinnen und bald bekam bei ihnen das Griechische das Uebergewicht. Aber bei seinen öffentlichen Lehrstunden ließ er es nicht bewenden, sondern nachdem er noch kein Jahr in Bern war, lud er eine Anzahl solcher, die mehr Lust und Theilnahme zeigten, ein, wöchentlich ein oder zwei Mal Abends als eine Selecta in seiner Wohnung zusammen zu kommen, wo dann Abschnitte aus Schriftstellern und grammatische, mitunter auch kritische Fragen in freierer Disputation besprochen wurden. Daraus entstand allmählig ein Seminarium philologicum, für welches er Statuten entwarf, die von der Behörde genehmigt wurden. Auch erlangte er dafür einen kleinen Kredit, aus welchem er für jedes Mitglied ein Exemplar des Aristophanes von Invernizi, zwei Bände, anschaffte, denn eine andere Textausgabe war damals nicht zu haben. Daraus lasen wir an jenen Abenden von Döderlein bezeichnete Abschnitte aus dem Frieden und aus den Acharnern mit Freude und mit Nutzen. Einigermaßen waren wir durch die Lectüre des Thukydides historisch dazu vorbereitet. Hier und da versuchte man sich auch in metrischer, deutscher Uebersetzung griechischer Trimeter.

Hatten wir an ihm einen Lehrer von seltener Begabung, der uns für seinen Unterricht durch die Art desselben gewann, einen Mann, dem wir, wie seinem Freunde Lutz, unbedingt vertrauten, so benutzte er dieses Vertrauen, uns aufmerksam zu machen auf die Mängel unserer Bildung, deren Ursachen freilich nicht so sehr in uns als in den äußern Umständen lagen, und gab uns Rath, die Sachen anzugreifen. Für Studien in der Geschichte verwies er uns nicht auf bändereiche und langathmige Werke, sondern zuerst auf Monographien und Biographien, wie die Gracchen von Hegewisch, Schillers dreißigjährigem Krieg u. s. w. Der Unterricht, den wir in der Philosophie erhielten, war eben auch nicht anregend, auch hier empfahl er uns geeignete Schriften, z. B. Julius und Evagoras von Fries; Einige von uns hatten bis dahin sehr geringe Kenntniß von deutschen Klassikern, und durch Döderlein zuerst wurde mancher aufmerksam auf Lessing, Göthe, Schiller, deren Dramen wir mit Begierde, oft auch mehrere in Gesellschaft lasen, wo wir über das Gelesene uns lebhaft unterhielten und disputirten. Eine Anzahl entschloß sich, Wallensteins Lager öffentlich aufzuführen, wofür sich auch Döderlein interessirte. Die Rollen wurden passend vertheilt und wohl eingeübt, und die Aufführung gelang nicht nur zur Freude der Darsteller, sondern auch der zahlreichen Zuschauer. Ebenso später auch der Tell. Wenn seitdem einige von uns in bereits vorgerücktem Alter zusammen kamen und der gemeinsam verlebten frohen Jugend gedachten, gehörte auch Döderlein zu den liebsten Erinnerungen, und Jeder hatte irgend ein treffendes Wort oder ein Histörchen von ihm zu erzählen.

Nahm sich doch auch Döderlein eines Jeden so zu sagen speciell an und sorgte für unsere Bildung nach jeder ersprießlichen Richtung. In jener Zeit eröffnete Klias einen Curs in der Gymnastik, damals etwas ganz Neues in Bern. Döderlein ermunterte uns zur Theilnahme; wir folgten gerne und gewannen Freude und noch lange dauernden Nutzen von diesen Uebungen, bei denen Klias recht verständig nicht einseitig auf Entwicklung von Kraft, sondern auch der Gewandtheit hinarbeitete. So brachten wir in Bern bei sonst strenger Eingezogenheit und mannigfaltiger Anstrengung nicht nur nützliche, sondern auch fröhliche Jahre zu, und es übten die beiden Männer, Lutz und Döderlein, auf uns den nachhaltigsten Einfluß. Wenn jener uns schon äußerlich durch seine schöne und mannhafte Erscheinung, die uns an edle Gestalten aus den Zeiten unserer Vorfahren mahnte, noch mehr aber durch seinen sittlichen Ernst imponirte, da er bei der großen Kraft und dem Schwunge seines Geistes überall ein festes und grundsätzliches Maß im Handeln und Urtheilen behauptete und damit der Jugend unbedingte Verehrung einflößte und ihr als Vorbild männlichen Strebens galt; so wirkte Döderlein bei ganz anderer Individualität eben so wohlthätig ein. Er hatte es weder mit verwilderten noch auch mit verwöhnten oder schlaffen jungen Leuten zu thun, wohl aber mit einer Jugend, die der Weckung und Aufmunterung bedurfte, der man ein würdiges Ziel zu zeigen hatte, um ihre Kräfte zu ausdauernder Thätigkeit hervorzurufen. Und das verstand er vortrefflich. Er wußte jeden zu taxiren und errieth meistens glücklich, wozu er geeignet und wie er anzufassen sei; und diese Kenntniß gewann er durch seine Leutseligkeit, weßwegen man ihn auch gerne besuchte und über Studienangelegenheiten seinen Rath zu hören wünschte. Er forderte von Keinem zu viel, aber was zu leisten war, mußte recht geleistet werden, wenigstens die Merkmale redlicher Anstrengung an sich tragen. So angenehm er auch den witzigen Humor spielen lassen konnte, so wirksam zeigte er den Ernst, wo er am Platze war; da brachte er auch wohl einen scharfen Sarkasmus an, der jedoch nicht verwundete, sondern reizte das Getadelte abzuthun, weil man fühlte, daß auch dem scharf treffenden Wort des geistreichen Mannes herzliches Wohlmeinen zu Grunde lag, dem man sich scheute nicht zu entsprechen.

Oeffentliche Lehrstunden hatte er nicht über zehn in der Woche; desto mehr aber widmete er, wie im Vorigen sich ergiebt, seinen Schülern Zeit im Privatverkehr. Für seine Lectionen bereitete er sich fleißig vor, was auch der Umstand beweist, daß alles, was er in jenen wenigen Jahren in Bern publicirte, mit seinen Lectionen zusammenhing: so die Uebersetzung des Agricola und eine kritische Abhandlung über Tacitus in den Actis philologorum Monacensium, die mir gegenwärtig nicht bei der Hand ist, um sie näher zu bezeichnen. Bei Anlaß von Kannegießers jetzt vergessenem Grundriß der Alterthumswissenschaft, der bekanntlich die Tradition von Einwanderungen aus Aegypten und dem Phönikerlande nach Griechenland ins Entgegengesetzte umkehren wollte, mit welchen Paradoxien und Hypothesen Döderlein sich damals eine Zeit lang beschäftigte, und bei Anlaß seiner Lectionen über Thukydides befaßte er sich eifrig mit griechischer Geschichte, woraus dann einige Artikel in Ersch und Grubers Encyklopädie hervorgiengen und die 57 gehaltvollen Thesen über die politische Entwicklung Griechenlands von der Heraklidenwanderung bis auf die Peisistratiden in den von ihm und Bremi herausgegebenen „Philologischen Beiträgen aus der Schweiz“ I. Bd. 1819, welche Thesen er etwas manieriert und herausfordernd, worüber sich in einer Anzeige auch G. Hermann aufhielt, „Schutz- und Trutzstellen“ nannte und seinem Lehrer August Böckh dedicierte. Eine ähnliche Manier zeigt sich auch hin und wieder in seiner andern Jugendarbeit, in der Uebersetzung des Agricola. Er war eben auch jung und ein Kind seiner Zeit, und man denke an den Einfluß, den von etwa 1816 an Jahns Kraftdeutsch auf manche jüngere deutsche Schriftsteller übte, wie sich auch an Kortüms frühern Schriften und an Andern zeigt. Ja sogar der keineswegs das Knappe in der Darstellung liebende Zschokke zeigt in seiner bairischen Geschichte Spuren davon.

Diese philologischen Beiträge aus der Schweiz enthalten werthvolle auch jetzt noch lesenswerthe Stücke, außer dem genannten Döderleins die meisten, nämlich fünf von Bremi, eines von J. C. Orelli, eines von Kortüm, eines von W. E. Weber, damals in Chur.*) Diese Sammlung, von welcher nach Döderleins Abgang aus der Schweiz kein zweiter Band mehr herauskam, ist bezeichnend für seine rüstige Thätigkeit. Denn er war es, der den Gedanken an die Herausgabe einer solchen Sammlung auf die Bahn brachte und die Ausführung wesentlich betrieb. Damals nämlich blieben mehr als jetzt Gelehrte dieses Faches, woran es der Schweiz niemals mangelte, in ihrem Kanton gleichsam abgeschlossen und hatten wenig oder keine Berührung miteinander. Er aber, ein Mann voller Lebendigkeit, kannte die Vortheile solcher Berührungen und die Ermunterung, die für einzelne in ihrem Kreise allein stehende Männer des gleichen Faches durch vereinigte Theilnahme an einem Unternehmen erwächst, und treffend ist seine Auffassung und Beurtheilung dieser Dinge in der

---

I. Schutz- und Trutzstellen über die alte Geschichte Griechenlands, besonders Athens. Von L. Döderlein. II. Des Demosthenes erste Philippische Rede ist nur ein Ganzes. Von J. H. Bremi. III. Der Demagog Kleon. Von F. Kortüm. IV. Aristoteles Pädagogik. Von J. K. v. Orelli. V. Platon's Kriton, ein echter Dialog des Platon. Von J. H. Bremi. VI. Ueber zwei Ausgaben der Iphigenia in Aulis, den Anfang und das Ende dieses Dramas. Von ebend. VII. Zu Theognis. Von Dr. W. E. Weber. VIII. Anmerkungen zu Xenophons Hiero. Von Bremi. IX. In Ciceronis orationem pro L. Flacco. Scripsit I. H. Bremius.

Schweiz, die er in seinem und Bremi's Namen im Vorworte ausspricht. Er benutzte bisweilen seine Ferien zur Anknüpfung solcher Bekanntschaften, so in Zürich mit den berühmten Männern Bremi und Orelli, so in Aarau mit dem damaligen Rector der Kantonsschule E. A. Evers. Am häufigsten besuchte er das zwei Stunden von Bern entfernte Hofwyl, welches damals in seiner Blüthe stand und wo viele strebsame junge Männer als Lehrer in Fellenbergs Institut in ihrer Thätigkeit sowohl als in ihrem lebendigen Verkehre glückliche und erfahrungsreiche Jahre verlebten (s. Pabst: Theod. Müllers Leben und Wirken in der Schweiz). Außer andern zum Theil namhaft gewordenen, wie Schacht, Briegleb, U. J. H. Becker, wirkte dort auch der treffliche Kortüm, der sich später als Lehrer in Aarau, Basel, Bern, sowie auch literarisch um die Schweiz verdient gemacht hat. Zu diesem Freunde zog es Döderlein schon wegen der Gemeinsamkeit ihrer Studien. Denn auch Kortüm lebte und webte damals in der ältern griechischen Geschichte und im Thukydides, wovon die Frucht Kortüms 1821 herausgekommene Geschichte der hellenischen Staatsverfassungen ist. Zu solchen Besuchen nahm Döderlein etliche Male auch Einige von uns mit, damit wir das dortige Wesen und Treiben anschauen könnten, und stellte uns einigen seiner Freunde vor, besonders auch Kortüm, der uns in einer seiner Stunden über Thukydides, einem uns damals auch nicht unbekannten Schriftsteller, hospitiren ließ. Und da hatten wir Gelegenheit, beides, sowohl Kortüms genaue Bekanntschaft mit dem Thukydides als die Klarheit und geschickte Methode seines Unterrichts zu bewundern. Diese Besuche in Hofwyl hinterließen in uns solche Eindrücke, daß wenigstens zwei von uns später die dargebotene Gelegenheit, die ersten Versuche im Lehramt in Hofwyl zu machen, begierig ergriffen und es nachher nie bereuten, diese pädagogische und didaktische Vorschule genossen zu haben.

Der Aufenthalt in Bern war für Döderlein angenehm. In seinem Lehramte und in seinem Verhältnisse zu den Zuhörern war er, wie aus dem Obigen hervorgeht, glücklich. Während er in Bern war, ging er auch seine erste Ehe ein mit der schönen Tochter Niethammers, die er in München kennen gelernt hatte. Auch hatte er in Bern sehr achtungswerthe Männer zu Freunden, darunter vornehmlich Lutz, von dem mit Recht gelten konnte εἷς ἀντὶ πολλῶν. „Am Umgange mit Lutz," schreibt mir ein Freund, der in der Lage war, dieses Verhältniß genauer zu kennen, „hatte Döderlein besondere Freude und schaute auf ihn mit wahrhafter Begeisterung. Lutz ist der ihm befreundete Lehrer im Auslande, von dem er in seinen Reden und Aufsätzen Bd. I. S. 249 ohne seinen Namen zu nennen, „Einiges mittheilt." Mehrere Jahre nach Lutz's Tode redete er mit mir von ihm mit warmem Ausdrucke der Liebe und Verehrung. Er sei ein Mann gewesen im vollen Sinne des Wortes, von wahrem Adel und Größe der Seele. —

Mir sind keine Unannehmlichkeiten oder Collisionen bekannt, die Döderlein veranlaßt hätten, sein Bleiben in Bern abzukürzen. Zwar die Restaurationspartei stand damals auf der Höhe ihrer Macht, und in der Bürgerschaft hörte man viele Aeußerungen des Unwillens über Schmälerung der Rechte; aber Döderlein hielt sich als Nichtberner fern von Politik und gab auch dem Argwohn keinen Anlaß, während Lutz als Berner zur Theilnahme nach hiesigen Begriffen nicht bloß das Recht, sondern auch die Pflicht hatte und diese in der ehrenhaftesten, am Ende von allen Parteien als heilsam anerkannten Weise erfüllte. Allerdings regte sich damals unter der studirenden Jugend ein freierer, aber nicht ungebundener Geist, und ängstliche Seelen blickten wohl mit Argwohn auf die beiden Männer wegen ihrer großen Geltung bei der Jugend; allein vergeblich hätte man in dem Thun dieser Männer eine Spur gesucht von demjenigen, was man Demagogie nennt. Aber die Verhältnisse der Zeit und was vor den Augen vorging, blieb nicht ohne Eindruck auf die jungen Leute. Jedoch Döderlein mußte noch im letzten Jahr in Bern eine schlimme Unannehmlichkeit erfahren. Es war dies ein haßvolles Pamphlet, eine unwürdige und hämisch verdrehende und bespöttelnde Schilderung seines Thuns als Lehrer und Gelehrter in einer anonymen Broschüre, „Fegfeuer" betitelt, in welcher auch auf Lutz und andere Personen böse Seitenblicke fielen. Döderlein aber, wenn es ihn auch augenblicklich verletzte, wurde reichlich dafür schadlos gehalten, da sich lauter Unwille und zwar nicht nur in Bern, über das Machwerk und die Motive desselben äußerte. Nicht um eine längst begrabene, vielleicht später von ihrem Urheber selbst bereute, Geschichte wieder heraufzurufen, wird die Sache hier berührt, sondern um Döderleins Benehmen dabei nicht zu verschweigen, das seine edle und überlegene Denkweise trefflich charakterisirt. „Nie ist mir Döderlein — schreibt mir ein Freund, der damals in Bern war — höher und ehrwürdiger erschienen, als bei diesem in seinen Motiven erbärmlichen Angriff. Er äußerte sich darüber, daß er dem Verfasser zu großem Dank verpflichtet sei, weil er durch ihn allerdings auf eine bedeutende Lücke in seinen Kenntnissen aufmerksam geworden wäre Denn allerdings haftete ihm damals noch die Einseitigkeit der Wolf'schen Schule an, die ob dem Eifer, mit dem sie sich vorzugsweise auf das Griechische warf, die Schwestersprache mehr als billig vernachläßigte. Er werde sich nun desto mehr anstrengen, diesem Mangel abzuhelfen. Wie er Wort gehalten hat, wissen wir, und ohne diesen Stoß des Gegners hätten wir vielleicht seine lateinischen Synonymen und Etymologien nie erhalten." Mir selbst äußerte er nach Jahren einmal: „Vergessen und vergeben! Ich habe für mich auch einigen Nutzen daraus gezogen. Reiste ich nach Bern, so würde es mir gar nicht unangenehm sein, mit dem Manne zusammenzutreffen."

Von Bern schied er ohne Groll. Noch im Sommer 1851, als er von einer Reise nach Mailand zurückkehrte, verlebte ich mit meinem theuern Lehrer in Ragatz zum letzten Male einen schönen frohen Tag. Er hatte dort auf seiner Hinfahrt nach Mailand zufällig vernommen, daß ich gerade damals eine halbe Stunde weiter oben, in Pfäfers weile, und so bestellte er mich nach der Rückkunft mit einem griechischen Distichon hinunter zu kommen: *εἴ με φιλεῖς, κατάβηθι*, fing es an. Ich fand ihn zu meiner Freude vor allen Dingen geistig, aber auch körperlich beinahe so frisch wie in seiner Jugend. Insbesondere ließ er seinen Humor recht munter spielen. Einmal kam er auch auf seine Jahre in Bern zu reden. An seinen dortigen Aufenthalt denke er gerne zurück. Er verdanke demselben Vieles. Er habe dort in manchen Dingen einen großartigen Sinn gefunden, wie man ihn oft in einem größern Staate nicht antreffe.

Am 16. August 1819 wünschte und erhielt er die Entlassung auf den kommenden Herbst, als deren einziger Grund, wie mir ein Bernerfreund aus den Akten meldet, angegeben ist, „weil er von seinem Landesherrn, dem König von Baiern, den Befehl erhalten habe, das Rectorat des Gymnasiums zu Erlangen und die zweite ordentliche Professur der alten Literatur zu übernehmen." — Nicht leicht hat ein Lehrer in so kurzer Zeit so viel Gutes gewirkt, sich so viel Liebe und Dank erworben und sich in so vielen Herzen ein bleibendes Andenken gestiftet.

Aarau. Rudolf Rauchenstein.

Berichtigungen und Nachträge

zu den

„Beiträgen zur Kenntniß des Gymnasialwesens in der Schweiz." *)

Gymnasium in Frauenfeld. Durch die Notiz auf S. IV des Programmes von 1863 wurde Referent zu der Annahme verleitet, daß die Abiturienten von hier in der Regel im Herbst abgingen; nun wird ihm aber von befreundeter Seite die Mittheilung gemacht, daß dies nur ausnahmsweise der Fall sei, also das Gymnasium 7 volle Jahrescurse statt 6½ zähle. Hienach ist die Uebersicht S. 66 zu berichtigen und insbesondere für das Lateinische die Gesammtzahl von 49, für das Griechische die von 36 Stunden anzusetzen. Freilich haben die Schüler der beiden letzten Curse (VI a und VI b) den Unterricht gemeinschaftlich, welcher Uebelstand durch den Mangel an Lehrkräften und die verhältnißmäßig geringe Anzahl der Schüler bedingt ist.

Die S. 69 gerügte anscheinende Confusion im Lehrplan der Geschichte entwirrt sich nach den erhaltenen verdankenswerthen Aufschlüssen folgendermaßen:

I. und II. Klasse (Gymnasium und Industrieschule combinirt): je 2 Stunden biographische Skizzen zur Einführung in die Geschichte. Dieses Fach wurde für die erste Klasse erst seit einem Jahre eingeführt.

III. Klasse (combinirt): 2—3 Stunden Schweizergeschichte. Die drei untersten Klassen der Industrieschule vertreten für den Kreis Frauenfeld zugleich die Secundarschule, in welcher Schweizergeschichte vorschriftsmäßig gelehrt werden muß.

IV. Klasse (combinirt): 3 Stunden übersichtliche Darstellung der Geschichte, so weit sie nicht in der Schweizergeschichte behandelt ist, so daß die vielen ins bürgerliche Leben übergehenden Schüler einen allgemeinen Ueberblick über die Geschichte mitnehmen.

V. Gymn. Kl. 4 Stunden alte Geschichte.

VI. Gymn. Kl. 3 Stunden im 1. Jahrescurs mittlere Geschichte.
3 Stunden im 2. Jahrescurs neuere Geschichte.

*) S. 56—80 des vierten Jahrgangs dieser Zeitschrift.

Bei dem gemeinschaftlichen Unterricht dieser beiden Curse läßt es sich allerdings nicht vermeiden, daß ein Jahr ums andere die Schüler zuerst neuere und erst nachher mittlere Geschichte haben. Ueberhaupt konnten diese Normen bei dem häufigen Wechsel der betreffenden Lehrer und den dadurch hervorgerufenen störenden Vacanzen nicht immer genau innegehalten werden.

St. Gallen. Zu S. 70 ist nachzutragen, daß der philosophische Unterricht für das Schuljahr 1864/65 von 8 auf 6 Stunden in der obersten Klasse reducirt worden ist.

Zürich. Hier treten mit dem Schuljahre 1864/65 ebenfalls mehrere Veränderungen des Lehrplans in Kraft, die jedoch nicht von großer principieller Bedeutung zu sein scheinen. Hauptsächlich ist im Deutschen die systematische Behandlung der Grammatik auf die beiden untersten Klassen zusammengedrängt worden, so daß in derselben die Stundenzahl vermehrt ist, während sie in der mittleren bis auf 2 herabsinkt, um im obern Gymnasium wieder das Maximum 4 zu erreichen, wo altdeutsche Formenlehre und Geschichte der deutschen Literatur mit Macht auftreten soll. Während bisher (s. S. 72) die Geographie auf die unterste, die alte Geschichte besonders auf die zweite Klasse sich concentrirte, wird der Unterricht in diesen beiden Fächern nunmehr auf beide Klassen ziemlich gleichmäßig vertheilt, was kaum ein Fortschritt sein dürfte.

Am obern Gymnasium mußten schon bisher in Folge der übergroßen Stundenzahl viele Schüler der dritten, theilweise auch der zweiten Klasse, namentlich diejenigen, welche Hebräisch lernen, vom Französischen dispensirt werden, so daß in der Tabelle S. 74 3 Stunden abzuziehen sind.

* * *

Bei dem absoluten Mangel an Vorarbeiten für eine Statistik der deutsch-schweizerischen Gymnasien waren einzelne irrige Auffassungen von Seiten des Referenten unvermeidlich. Er ist daher bereit, jede weitere Berichtigung oder Ergänzung seiner Zusammenstellungen zu benutzen und, sowie die fernere Entwicklung des schweizerischen Gymnasialwesens aufmerksam zu verfolgen, wenn ihm dieses durch die regelmäßige Zusendung der Programme von Seiten der Herren Collegen ermöglicht wird.

Schaffhausen. Theodor Hug.

Anzeigen.

Fr. Gruner (Prof. an der k. Realanstalt zu Stuttgart) **Schulgrammatik der französischen Sprache für Real- und gelehrte Schulen.** Stuttgart, Metzler 1863. X. und 385 S. 8°. (Fr. 3. 90.)

Der Verfasser, welcher bereits mehrere weit verbreitete Hilfsmittel zum französischen Schulunterricht geliefert hat, gibt hier ein Buch, nach welchem bei Schülern, die einen etwa zweijährigen Elementarcurs durchgemacht haben, die Lücken, welche derselbe in der Lautlehre und der Wortlehre gelassen hat, ausgefüllt, namentlich aber Wortfügung und Satzfügung systematisch gelehrt werden sollen. Er verspricht, in Kurzem ein Bändchen Uebungsaufgaben zum letzten Theile nachzuliefern. Daß es rathsam sei, dem vorgerückteren Schüler ein Buch in die Hand zu geben, in welchem er in zusammenhängender Darstellung und verhältnißmäßiger Vollständigkeit finde, was er bisher nur bruchstücksweise und mehr als Ergebniß einer zwar geordneten, aber immer doch durch Rücksichten auf die Praxis mitbestimmten Analyse kennen gelernt hat, und durch welches ihm nun auch eine Uebersicht der Besonderheiten der fremden Sprache in Wort- und in Satzfügung ermöglicht werde — ist lange anerkannt, und ein neuer Versuch, diesen Forderungen gerecht zu werden, gewiß nicht etwa mit der Bemerkung abzuweisen, der Bücher, welche gleich viel versprechen, seien eher zu viel als zu wenig; ist doch namentlich in der Syntax noch so vieles aufzufassen, und in allen Theilen der französischen Sprachlehre noch so wenig geschehen, um dieselbe in den richtigen Zusammenhang mit der lateinischen zu setzen, auf welche sie in den meisten Schulbüchern, wohl auch auf den meisten Gelehrtenschulen, beinah keine Rücksicht nimmt, da doch, wo irgend die Möglichkeit der Erklärung aus dem Ursprung gegeben ist, alles dieselbe gebietet. —

Hier haben wir es nun freilich nicht mit einem Buche zu thun welches in der Syntax neue oder besonders zu empfehlende alte Wege, einschlüge, noch mit einem Lehrmittel, welches aus der Bekanntschaft mit dem Latein, die bei französisch lernenden Gymnasiasten vorausgesetzt werden darf, all den Vortheil für den Unterricht zöge, der daraus zu ziehen wäre; Herr Gruner will ja auch den Realschulen, vermuthlich auch den nicht Latein treibenden, ein brauchbares Lehrmittel bieten; die neue „französische Schulgrammatik“ scheint eher sich durch eine gewisse Vollständigkeit oder Ausführlichkeit in der Behandlung mancher Gegenstände auszeichnen zu wollen, welche in Schulbüchern sonst kürzer besprochen worden sind. So ist die Lautlehre (Aussprache) zum Beispiel in einer Weise behandelt, die zwar manchem Lehrer, sofern er sich nicht an Malvin-Cazal oder ähnliche Werke selbst halten kann, das Buch zu einem willkommenen Rathgeber in zweifelhaften Fällen machen wird, die aber zur Aufzählung von so vielen Einzelheiten ohne allen Werth für die Schule geführt hat, daß wir im Interesse der letzteren größere Beschränkung gewünscht hätten, während wir freilich die Bemerkungen über die Bindung der Endconsonanten ungern vermissen würden.

Das Gleiche ist zu sagen über die Bestimmung des Geschlechtes der Substantive nach ihren Endungen. Ist schon bei Mätzner die Zahl der hierüber aufgestellten Regeln eher zu groß als zu klein, wie man denn auch bei ihm zwischen den Zeilen den Mißmuth über die Unmöglichkeit, Ordnung in das Ordnungslose zu bringen, deutlich herausliest, wie rechtfertigt sich erst in einem Schulbuche die von Herrn G. gegebene Statistik? Wer wird es im Gedächtniß behalten, daß von 27 Wörtern, die im Französischen auf ble endigen, nur 6 weiblich sind, von 16 auf bre 4, von 100 auf tre 17 und wie das nun weiter geht; oder, da dies ja auch von Herrn G. nicht gewünscht werden kann, wer wird nicht lieber, statt sich die Regel zu merken, die Wörter auf le, me, re seien männlich, wenn diesen Buchstaben b, c, d, f, g, p, s, t, v vorangehen, und 75 Ausnahmen sich einzuprägen, wer wird nicht lieber auf die Regel verzichten und Wörter, die er erwarten kann brauchen zu müssen (und dazu gehören chéragre, berme, derme, limestre, scolopendre nicht), einfach mit dem Artikel und etwa noch mit einem Adjectiv verbunden auswendig lernen, falls ein Gesetz, das manche Einzelheiten nach weniger äußerlichen Merkmalen zusammenfaßt, ihm die Sache nicht erleichtert? Uns genügt für einmal das Wenige, was Schmitz Elementarbuch II. gibt, für die Schule vollkommen.

Aus der Syntax werden Lehrer und Schüler Verschiedenes lernen können; denn auch hier hat es der Verfasser an fleißigem Nachlesen und Eintragen nicht fehlen lassen. Doch bedauern wir, daß er, da er doch den Werth einer planmäßigen Darstellung der Syntax nicht verkennt, den syntaktischen Stoff nach den Wortarten geordnet hat. Man kann das thun, ja man wird es vielleicht auch noch als das einzig sprachwissenschaftlich Begründete erkennen, die Syntax ganz in der Wortlehre aufgehen zu lassen; dann müßte aber auch die Wortlehre eine ganz andere Gestalt gewinnen; sie müßte in der Weise umgearbeitet werden, daß von jeder Wortart, von jeder Form der mannigfache Gedankengehalt angegeben würde, den sie bergen kann; neben dem Wörterbuche, das aber viel von seinem jetzigen Gehalte abzutreten hätte und zum Stammbuche würde, entstünde dann, bloß planmäßiger geordnet, ein Wortarten- und Formenbuch, das wie jenes außer der Aufzählung der in der jedesmaligen Sprache ausgebildeten Individuen die Darlegung des in jeder Wortart und jeder Form aufgehobenen Gedankeninhaltes, die Etymologie der Formen, die Synonymik derselben, daneben auch die Beschreibung der an ihnen und am Stamme beim Zusammentritt der Beiden vorgehenden Lautveränderungen zum Gegenstande hätte, und so nach ganz andern Gesichtspunkten geordnet den Inhalt der jetzigen Wortlehre und Satzlehre aufnähme; hieran hätte sich dann endlich noch die Lehre von der Wortstellung zu schließen. Trennt man aber Wortlehre und Satzlehre, wie man es namentlich für's Französische und für alle in ihrer Entwickelung gleich vorgeschrittenen Sprachen wird thun müssen, so lange nicht an einer jüngern (also einer alten), gleichmäßiger gebildeten Sprache die Ausführbarkeit jener Verquickung thatsächlich erwiesen ist, so wird man besser thun, die Syntax nach den Redetheilen zu ordnen, wenn sie nicht ganz ungeordnet bleiben und nicht das alphabetische Inhaltsverzeichniß der alleinige Führer durch das Labyrinth der Einzelheiten sein soll. Wo soll ich zum Beispiel die in dem Satze »**il a les cheveux blonds**« vorliegende Eigenheit des Französischen in einer Satzlehre suchen, deren erster Theil „Wortfügung" (der zweite behandelt die „Satzfügung") in die Kapitel vom Artikel, vom Substantiv, von den Präpositionen, vom Adjectiv, vom Zahlwort, vom Fürwort, vom Zeitwort, vom Adverbium zerfällt (oder ist das nicht ein Zerfallen im eigentlichsten Sinne des Wortes)? Herr G. bespricht die Sache (S. 155), wo er vom Artikel handelt, unter dem Titel „bestimmter Artikel bei Gattungsnamen" mit den Worten: „häufig steht der bestimmte Artikel nach avoir, um die Beschaffenheit der wesentlichen Glieder oder Theile eines bekannten organischen Ganzen oder auch geistige Eigenschaften zu beschreiben, wobei jedoch stets ein näher bestimmendes Adjectiv hinter dem Substantiv steht." Ich sehe hier ab von der Schiefheit des Ausdrucks, als ob der Artikel stünde, um die Beschaffenheit, um Eigenschaften zu „beschreiben"; ich möchte bloß wissen, wo der Verfasser den Satz »moi, je soutiens qu'il les a noirs« oder Vauvenargue's Spruch »Ce n'est point un grand avantage d'avoir l'esprit vif, *si on ne l'a juste*« unterbringen würde, ob nicht die Vergleichung mit dem deutschen „er trägt die Haare kurz" oder mit dem französischen »jamais peut-être il ne les avait faites (nämlich ses promenades) ni si longues ni si fréquentes« (A. Achard) lehrt, daß weder der Artikel, noch avoir, noch das Substantiv wesentliche Elemente der Erscheinung sind, um welche es sich handelt, daß vielmehr der sogenannte doppelte (Nominativ oder) Accusativ oder, wenn man lieber will die auf das (Subject oder) Object bezogene und mit ihr congruirende adverbiale Bestimmung der Oberbegriff ist, welchem sich die bezeichnete Art von Erscheinungen unterzuordnen hat (vgl. Schmitz Encycl. S. 177).

So scheint uns auch zweifelhaft, wo bei der angeführten Eintheilung ein großer Theil der Verbindungen von Substantiven mit à einzureihen sei. Gehören sie in's Kapitel vom Substantiv, wo Herr G. sie hinstellt, wo er aber die Fälle nicht besprechen darf, in welchem ein tonloses Pronomen an der Stelle des Substantivs mit à stehen dürfte, oder in das von den Präpositionen, wo letztere Fälle aber hinwieder ausgeschlossen bleiben müßten? Am besten unterscheidet man wohl die Fälle, wo ein tonloses Pronomen stehen dürfte (das ist allerhöchstens noch Dativ zu nennen) und diejenigen, wo die Präposition à unvermeidlich ist (dies ist eine präpositionale Verbindung so gut wie eine mit avec oder de oder contre). Einen Dativ des Mittels, einen des Ortes oder der Zeit gibt es im Französischen nicht.

Wir erwähnen noch einiger Einzelheiten, welche der Berichtigung bedürfen. Vorerst die Bemerkung, daß, wo das Lateinische als Quelle des Französischen herbeigezogen oder sonst etymologische Notizen beigebracht werden, es fast immer an Genauigkeit und Sauberkeit fehlt; da wird âge von ævum, mâle von masculum, conquête von conquisitio, bâtard von Bastard, forêt von Forst hergeleitet, rétraction zur Ableitung von retirer gemacht u. dgl. Was muß denn der Schüler von einer Sprache halten, in welcher mit dem lateinischen Stoffe so wild gehaust worden sein soll? Dazu paßt es nun freilich, wenn bei der Angabe der „Veränderungen, welche sich zwischen der französischen und der lateinischen Sprache bildeten", der Lautwechsel oder die Lautwandelung, der die erste Stelle gebührte, übergangen wird.

Der Ausdruck ist oft in unbegreiflicher Weise schief oder unbeholfen; einige Beispiele davon sind bereits angeführt worden; sie ließen sich in's Unendliche vermehren. „â ersetzt meistens ein doppeltes a oder ein ausgefallenes s“, „oui ist als Flexionssilbe der Zeitwörter (!) stets zweisilbig“, „ua ist einsilbig in allen Wörtern nach g und q (außer arguer)“, „un verwandelt seinen Laut än in den abgekürzten Nasenlaut ön, annähernd dem une, wenn das folgende Substantiv, Adjectiv oder Adverb mit einem Vocal oder stummen h anfängt, z. B. un ami (sprich un-nami)“ u. s. w.

So lange dergleichen Dinge in einem Buche stehen, ist es zwar für den Lehrer vielleicht immer noch brauchbar, sollte aber vor den Schülern sorglich versteckt werden; sie dürfen nicht wissen, wie gedankenlos man für sie arbeitet.

Nicht weniger oft als die Schreibweise des Verfassers müssen wir seine Auffassung der sprachlichen Thatsachen tadeln. So scheint es uns eine gefährliche Lehre, wenn Herr G. sagt: „In den Endungen ble, cle, fle, gle, ple wird das stumme e... kurz hörbar zwischen beiden Consonanten.“ Allerdings wird es da hörbar, aber unseres Wissens nur bei Nichtfranzosen. Louis ist keineswegs „immer einsilbig“; man sehe Beranger's Louis XI und Quicherat S. 7. Die ie von acier, sablier, allier, criez mußten auseinander gehalten werden; ebenso die eu in deux und in acteur.

S. 180 wird bei Anlaß der Construction je l'ai entendu dire à plusieurs personnes bemerkt, die Person werde häufig auch im Accusativ gesetzt, wenn entweder der thätige Gegenstand (eben war es eine Person) im Accusativ (dann wird er allerdings im Accusativ gesetzt) dem Infinitiv vorangehe und eigentlich von diesem regiert werde, oder wenn eine Zweideutigkeit dadurch entsteht, daß der Dativ vom Infinitiv abhängen könnte. Wir wollen uns hier bei der Aeußerlichkeit der Auffassung nicht aufhalten; wir wissen wohl, daß die Vergleichung mit der Muttersprache und in vielen Fällen auch die Schwierigkeit, sich verständlich zu machen, für die Schüler bisweilen eine Darstellung der Thatsachen bedingen, welche nicht auf den Grund der Dinge eingeht; aber wir möchten fragen, in welchen Fällen denn jener Accusativ des thätigen Gegenstandes vom Infinitive regiert werde, der ihm folgt, und ob nicht auch da, wo von Zweideutigkeit keine Rede sein kann, oftmals der Accusativ sich findet. Le zèle qu'on le verra deployer, sagt De Lomenie, je l'ai vu décrocher son épée, Alfred de Musset, ceux qu'il voit évidemment avoir avec lui des manières de penser et de sentir communes, J. J. Rousseau. Man vergleiche je laisserais aux flatteurs prendre tout leur avantage avec lui, Rousseau, und La cour... laissa la province admirer le Typhon, Boileau.

S. 165 will uns die Eintheilung der Appositionen in erklärende oder ergänzende und andererseits unterscheidende oder auszeichnende nicht recht gefallen, durchaus unrichtig ist aber die Bemerkung, die Appositionen der zweiten Gattung hätten den Artikel im Nominativ bei sich (nous avons de Plîne, le naturaliste, un excellent ouvrage...). Das heißt denn doch das Wesen der Apposition und das der französischen Declination ganz sonderbar verkennen. Auch hier ist wieder das einzig Richtige das Einfachste. Wie wir deutsch sagen: von Pl. dem Naturforscher, d. h. die Apposition in den Fall des Nomens setzen, zu welchem sie gehört, die Präposition aber nicht wiederholen, so geschieht es im Französischen, nur daß dort die Präpositionen alle den Accusativ regieren, um bei dieser Redensart zu bleiben. Folgerichtig, aber mit gleich wenig Grund, erklärt Herr G. denn auch S. 225 les plus vaillants in der Verbindung aux hommes les plus vaillants für einen Nominativ.

Es handelt sich daselbst um den Superlativ, dessen Zusammenfallen mit dem Comparativ, worüber unlängst Städler in Herrig's Archiv treffende Bemerkungen gab, hie. noch immer nicht erkannt wird. Der Superlativ erscheint das eine Mal als relativer (Comparativ nebst bestimmtem Artikel oder Possessivpronomen), das andere Mal als absoluter (très, fort, bien). Nun wird aber fälschlich auch le plus zu den absoluten Superlativen gezogen, als ob dem Satze c'est ici que la rivière est le plus profonde nicht auch eine Relation auf verschiedene „minder tief sein“ klar vorläge. Kurz der Unterschied zwischen relativ und absolut wird ein ganz anderer, und zugleich der Gebrauch der beiden Wörter ein durchaus ungerechtfertigter, wenn man mit jenem den Superlativ in la rivière la plus profonde, mit diesem den in la rivière est le plus profonde bezeichnen will. Es sind beide relativ, nur gehört dort plus zu profonde, hier zu est. Aus Sätzen wie la première fable de Lafontaine est celle dont la morale est le plus de tout âge, Rousseau, erklären sich solche wie un médecin habile et observateur pourrait interpréter jusqu'à un certain point les paroles et les actions des maniaques qui paraissent le plus extravagantes, Paul Janet.

Hier durfte auch nicht unerwähnt bleiben, daß der Superlativ des bestimmten Artikels nicht bloß hinter Possessivfürwörtern nicht bedarf, oder daß dem französischen Sprachgefühl der Comparativ schon ohne den bestimmten Artikel in zahlreichen Fällen kräftig genug erscheint, um in der Rolle des deutschen Superlativs aufzutreten. Nicht bloß braucht nämlich der Artikel hinter dem Substantive nicht wiederholt zu werden, wie folgender Satz von Racine zeigt: Chargeant de mon débris les reliques plus chères, sondern er ist auch ganz überflüssig da, wo seine individualisirende Kraft schon in der Art des Satzes liegt, wie wenn Rousseau sagt: C'est quand l'un croit mieux se cacher que l'autre le fait mieux connaître, oder Le meilleur lit est celui qui procure un meilleur sommeil, oder Bourdaloue: C'est dans ce mystère que Dieu a fait éclater plus hautement sa sagesse, oder Buffon: C'est le pays où il (le chameau) est en plus grand nombre, oder wenn man überall liest: ce qu'il y a de plus beau u. dgl.

S. 232 wird in vielen Regeln zersplittert, was sich sehr einfach und alle Fälle umfassend so ausdrücken läßt (übrigens in keinem mir bekannten Lehrbuche sich findet): Treffen mehrere tonlose Fürwörter vor oder nach dem Zeitworte zusammen, so stellt sich dasjenige im Accusativ dem Zeitworte zunächst; lui, leur (und die Adverbien y und en) stehen aber hinter den übrigen. Die erste Person hat vielleicht den Vorrang vor der zweiten, von dem Herr G. spricht; nur sieht man das hier nicht, da tonlose Fürwörter dieser zwei Personen nie zusammentreffen.

S. 242 dürfte unter den Eigenheiten des Französischen im Gebrauche der Possessive der Verbindungen: il est mon aîné, il prit l'habitude de frayer avec ses inférieurs, jamais il ne parle de son ancien ami sans se dire hautement son obligé, il me plaît de me sentir toujours son obligé gedacht sein. Schmitz, franz. Grammatik erwähnt ihrer S. 239.

S. 190 vermißt man die Anführung des Falles, in welchem, wie Schmitz a. a. O. S. 103 zeigt und Mätzner S. 377 kurz und treffend erklärt, nach dem conditionalen si der Conditionalis stehen darf. Hier noch ein Beispiel aus dem neueren Sprachgebrauche: Si vous auriez de la répugnance à me voir votre belle-mère, je n'en aurais pas moins.... Moliere. Si je l'avais rencontré dans la rue, c'est tout au plus, si je me serais donné la peine de traverser le ruisseau pour aller à lui, Soulie.

S. 336 finden wir an Sätzen wie je ne puis point ne point admirer gar nichts, was sie einer besondern Besprechung werth erscheinen ließe; soll ihrer aber gedacht sein, so genügt es nicht, mit Mätzner, Schmitz u. a. zu sagen, die doppelte Verneinung komme einer Bejahung gleich. Das Unterlassen unmöglich erklären ist etwas ganz anderes als das Thun möglich erklären.

Am selben Orte konnte einer Erscheinung gedacht werden, deren in keinem mir bekannten Lehrbuche Erwähnung geschieht, die aber sei es nun mit Tadel oder bloßer Berichterstattung, wie es Ausländern eher geziemt, angeführt werden sollte, ich meine die Verneinung von ne.. que in ne.. pas.. que. Es ist bekannt, was il n'y a que les femmes qui... heißen würde; um das Gegentheil davon zu sagen, drückt Murger, Revue de deux mondes Jahrg. 27, B. 9, S. 673 sich so aus: il n'y a pas que les femmes qui aient des caprices, und A. de Musset sagt: il n'y a pas que vos ouvriers qui aient crié, und V. Hugo: l'enfant n'avait pas que les pieds de joli.

Schmitz (S. 267), Mätzner (S. 612) u. a. erwähnen der nicht seltenen Fälle, in welchen ein Relativsatz einem adnominalen Adjectiv coordinirt wird, wie in: dans les temps plus heureux et dont la mémoire s'est effacée en moi (X. de Maistre) oder j'ai des sites favoris et que j'aime de préférence (ders.); Herr G. spricht nicht davon, auch nicht von dem verwandten Falle, wo der Relativsatz coordinirt dem von andern adnominalen Bestimmungen entblößten Substantiv sich anschließt, was ich übrigens auch anderwärts nicht beachtet finde. Tout est dit, et l'on vient trop tard depuis plus de sept mille ans qu'il y a des hommes, et qui pensent. Ce n'est pas un livre, ou qui mérite au moins que le monde en parle (La Bruyere).

Solothurn. Adolf Tobler.

Dictionnaire de la langue française par E. Littré de l'Institut. Paris 1863, L. Hachette & Cie. gr. 4°. Sechs Lieferungen. LX und 896 Seiten. A—Cri.

Das neue französische Wörterbuch, auf welches in diesen Blättern schon früher als auf ein Werk hingewiesen wurde, von welchem viel zu erwarten sei, hat nunmehr angefangen zu erscheinen, und wir wollen nicht versäumen, die Leser des Museums mit demselben bekannt zu machen. In einer ziemlich weitläufigen Vorrede setzt Herr L. aus einander, wie er geglaubt habe, sein Werk einrichten zu müssen, damit es zu einer richtigen Darstellung des neufranzösischen Sprachgebrauches in seiner ganzen Weite, sowie der Geschichte desselben werde. Wie er nun jeden Artikel hat zerfallen lassen in: Anführung des Wortes; Aussprache; Besonderheiten der Flexion; Grundbedeutung und abgeleitete Bedeutungen nebst nach diesen geordneten Belegen aus neufranzösischen Schriftstellern (vom siebzehnten Jahrhundert bis auf die Gegenwart); besondere Bemerkungen über Schreibung, Bedeutung, grammatische Construction, wo dieselben streitig sind; sinnverwandte Wörter (ohne Anspruch auf Vollständigkeit); chronologisch geordnete Belege des Vorkommens der noch neufranzösischen Wörter von den ältesten Zeiten bis zum sechszehnten Jahrhundert; Etymologie — so bespricht er nun, nicht ganz in derselben Ordnung, sein Verfahren bei der Bearbeitung der verschiedenen Gegenstände.

Der Verfasser hat bei der Ungewißheit, in welcher sich der Einzelne in Betreff der Ueblichkeit oder Verschollenheit der Wörter stets befindet, sich zum Grundsatze gemacht, eher zu viel als zu wenig aufzunehmen, er hat die Wörter alle behandelt, welche sich in der letzten Ausgabe des akademischen Wörterbuches finden, dazu aber in großer Zahl andere hinzugefügt, welche die Akademie übergangen hat, ob sie sich gleich in den Classikern finden. Daß diejenigen unter ihnen, welche noch jetzt im Gebrauche sind, aufzunehmen waren, verstand sich von selbst; aber auch die unüblich gewordenen mochte Herr L. nicht ausschließen. Aus den Schriftstellern des sechszehnten und noch früherer Jahrhunderte durfte ebenfalls manches Wort Aufnahme finden, das leicht verständlich und ohne Schwierigkeit anwendbar war. Die Sprache der Gewerbe lieferte hinwieder manchen auch außerhalb des Kreises der Berufsgenossen kennenswerthen, oft auch durch die Ursprünglichkeit der Form oder der Bedeutung lehrreichen Ausdruck. Ebenso wurde aus der Sprache der Wissenschaften zu denen, welche die Akademie bereits zugelassen hatte, noch mancher, wenn schon in der Regel durchaus unfranzösische Terminus ausgewählt, wofern seine Kenntniß für die allgemeine Bildung wünschenswerth erschien. Bei Wörtern der letzten Art verbot indeß der Raum oftmals erschöpfende Erklärung zu geben, wie man sie von Fachwörterbüchern fordern darf. Vielleicht bietet in dieser Hinsicht Herrn L.'s Werk nur zu viel und wäre es rathsamer gewesen, den Stoff zu einem förmlichen Fremdwörterbuche auszuscheiden, in welches nun zwar streng genommen sehr Vieles gehörte, was kein Laie da suchen würde, worein wir aber nur die erst in's Neufranzösische eingedrungenen nicht lateinischen Wörter weisen möchten.

Da Herrn L's Wörterbuch die Geschichte jedes Wortes, somit die vollständige Reihe der Bedeutungen desselben gibt, so gut sich das eben erreichen ließ, braucht es nicht wie das der Akademie die gewöhnlichste, bei Betrachtung des Wortes außer allem Zusammenhange zuerst sich darbietende Bedeutung voranzustellen, aus welcher als der abgeleitetsten die übrigen sich oft kaum erklären lassen, und welche zudem manchmal schwer zu wählen, keinesfalls aber als die im neunzehnten Jahrhundert geläufigste schon vernunftgemäß die erste ist; die Bedeutungen werden hier vielmehr in der Reihenfolge aufgeführt, wie sie, wenn man vom lateinischen Vorbilde oder den französischen Elementen (in der Ableitung und Zusammensetzung) den Ausgang nimmt, sich am besten aus einander erklären. Dieß der gewiß gut zu heißende leitende Grundsatz. Daß hie und da sich Anlaß bietet, aus psychologischen oder aus geschichtlichen Gründen, eine andre als die von Herrn L. gegebene Anordnung vorzuziehen, braucht nicht erst gesagt zu werden.

Weniger leicht war es in Bezug auf die Aussprache, welche bei jedem Worte nach den Bestimmungen einer die Einleitung schließenden Tafel dargestellt erscheint, und die Bindung der Endkonsonanten, welche in den meisten Fällen berücksichtigt ist, einen leitenden Grundsatz aufzustellen. Alter Brauch, landschaftliche Einflüsse, Anschluß an die Schreibung liegen in einer Weise im Streit, daß eine Darstellung der Aussprache, mag sie noch so geschickt zwischen die Ueberlieferung und siegreiche Neuerungen sich zu stellen suchen, immer Widerspruch finden wird. Wer aber mit so viel Sorgfalt und Sachkenntniß wie der Verfasser den Gegenstand behandelt, wird wenigstens sicherlich angehört werden, vielleicht selbst auf den Brauch einwirken können.

Wie wichtig die Belegstellen aus den classischen Schriftstellern sind, haben schon verschiedene französische Lexikographen thatsächlich anerkannt, auch die Akademie in ihrem früh unterbrochenen historischen Wörterbuche, und Herr L. sagt mit Recht, die Einordnung des Gesammelten unter die Bedeutungen führe in den meisten Fällen zu Erweiterung oder Umgestaltung der Bedeutungsgruppen. Beispielen, die durch ihren sonstigen Inhalt belehrend oder anziehend waren, ist er nicht aus dem Wege gegangen, aber er hat sie auch nicht gerade massenweise aufzuspeichern gesucht. (Dochez scheint manchmal den Zweck eines Wörterbuches ganz vergessen zu haben und nur geistreiche Aeußerungen der verschiedensten Leute seitenweise aufspeichern zu wollen; man sehe esprit, religion u. dgl.)

In dem Abschnitte der einzelnen Artikel, welcher „Bemerkungen" überschrieben ist, wird die Richtigkeit dieser oder jener Schreibweise, Wortverbindung erörtert, das von den Grammatikern der Gegenwart zur Entscheidung Aufgestellte angeführt, bisweilen neuer Prüfung unterworfen; ferner werden Abweichungen des heutigen vom älteren (classischen) Sprachgebrauch bemerkt, wenn dieselben der Art sind, daß die Wiederaufnahme des Alten in die jetzige Rede und Schrift unangenehm auffallen würde, und umgekehrt einzelne Stellen classischer Werke dem weniger unterrichteten Leser als fehlerhaft erscheinen könnten; endlich wird, wo es sich thun ließ, die Erklärung bildlicher, sprichwörtlicher Redeweisen gegeben. Was die beiden letztern Punkte betrifft, so ist ihre Besprechung in einem historischen Wörterbuche, das der Gegenwart neben der geschichtlichen Belehrung auch Anweisung zum Gebrauche der Sprache geben will, am Platze; viele Dinge der ersten Art aber gehören nun einmal nicht in's Wörterbuch, sondern in die Grammatik oder die Rhetorik oder die Metrik u. s. w.; sie erscheinen geradezu in falschem Lichte, wenn man, wie es die alphabetische Anordnung mit sich bringt, unter jedem in Betracht kommenden Worte als etwas ihm Eigenthümliches behandelt, was dasselbe mit vielen andern gemein hat; will man z. B. im Wörterbuche die Notiz unterbringen, daß j'aie vormals zweisilbig gewesen sei, so darf man sie nicht unter avoir in der Weise aufführen, daß man zu glauben verleitet wird, avoir stehe mit der Zweisilbigkeit seines Conjunctivs ganz allein, sondern man muß, wenn einmal der Rahmen des Wörterbuches so weit sein soll, daß auch die Metrik hineingehört, entweder der Metrik ein besonderes Kapitel der Einleitung einräumen und im Verlaufe auf die Paragraphen desselben verweisen, oder aber die verschiedenen Punkte, die man berücksichtigen will, auf verschiedene Wörter vertheilen, sie dort mit der richtigen Verallgemeinerung des Einzelnen besprechen und später auf diese Auseinandersetzung zurückweisen.

Die Nebeneinanderhaltung von Synonymen soll der Bestimmung der Bedeutung dienen; was auf geradem Wege so schwer auszusprechen ist, wird auf diese Art, durch Feststellung der Gränze gegen verschiedene Nachbarn anschaulich gemacht.

Für denjenigen, welcher nicht bloß den gegenwärtigen Stand des Sprachschatzes zu kennen wünscht, wie er mit verhältnißmäßig geringen Einbußen und zahlreichen Erweiterungen vom siebzehnten Jahrhundert auf unsere Zeit herübergekommen ist, sondern, auch zwar nicht den ganzen Reichthum der französischen Sprache des Mittelalters, aber doch den Wandel der Formen und der Bedeutungen überblicken möchte, der hinter der neufranzösischen Zeit liegt, folgen nach Jahrhunderten geordnete Belegstellen aus einer großen Zahl altfranzösischer Dichter und Prosaiker. Mancher möchte wohl wünschen, es wären dieselben am rechten Orte neben die neufranzösischen Belege eingeschaltet, also nach den Bedeutungen geordnet worden, wobei es ja ganz gleichgültig gewesen wäre, wenn hie und da eine Bedeutung bloß aus altfranzösischen Quellen hätte belegt werden können; die Geschichte des Wortes müßte nicht aus zwei nach verschiedenen Hinsichten gebildeten Reihen von Anführungen zusammengestellt werden. Vermuthlich reichte dazu das gesammelte Material nicht aus, und man ließ die Rücksicht auf die nicht Geschichte suchenden Leser überwiegen, die bei der vorliegenden Anordnung allerdings leichter die gegenwärtige Kraft der Wörter kennen lernen. Uebrigens ist auf alle Fälle auch so ein bedeutender Fortschritt in der französischen Lexikographie anzuerkennen. (Unrichtig ist es, wenn hier beispielsweise cuens aus comes des Vocalwechsels wegen mit volenté aus vol*u*ntatem zusammengestellt, und nicht minder, wenn dé „Würfel" und dé „Fingerhut" als etymologisch verschieden dargestellt werden, weil als afz. Form des Letzteren deel vorkomme. Deel ist natürlich nicht alte Form von dé, sondern ein verwandtes, aber ganz anderes Wort.)

Hinter diese Dinge alle stellt sich die Etymologie, sich stützend auf die Formen des Wortes in den Mundarten und in den Schwestersprachen, kein Wort übergehend, wenn sie gleich nicht bei jedem Rath weiß; nach Kräften bemüht, allen Anforderungen gerecht zu werden, die sie an sich selbst stellt in Beziehung auf Sinn, Form, Lautwandel (der von der Form nicht zu trennen war), vermittelnde Formen und Bedeutungen aus der älteren Sprache (und daß diese uns oft nicht zu Gebote stehen, erschwert die Aufgabe außerordentlich), Formen der Schwestersprachen und Accent.

Es versteht sich, daß, wenn die Leitung des Unternehmens zwar in Einer Hand liegt, zahlreiche Mitarbeiter dem sechzigjährigen Verfasser zur Seite stehen müssen. Wir nennen unter ihnen die bekannten

Schulschriftsteller Sommer und B. Jullien und den nunmehr verstorbenen Genfer Humbert, den Verfasser des Idiotikons seiner Vaterstadt. Dazu kommen als handschriftliche Hilfsmittel die von Lacurne de Sainte-Pelaye († 1781) für sein nur zum kleinsten Theile erschienenes altfranzösisches Wörterbuch, und die von Pongens für seinen Trésor des origines de la langue franç. (1819 und 1825 erschienen Bruchstücke davon) gesammelten Materialien, welche die kais. Bibliothek und diejenige des Instituts aufbewahren. Daß Diez hier nicht genannt wird, muß befremden; im Werke selbst findet sich sein Name nicht selten, besonders freilich da, wo seine Etymologien angegriffen werden. Daß Herr L. diesem ersten Forscher auf dem Gebiete der romanischen Sprachkunde sonst Gerechtigkeit widerfahren läßt, zeigt seine Geschichte der französischen Sprache und stillschweigend die ganze vorliegende Arbeit.

Der Vorrede, in welcher die hier in Kürze mitgetheilten und besprochenen leitenden Grundsätze dargelegt sind, schließt sich ein Anhang an, worin Herr L. über die Grammatik, die Aussprache, den Versbau der alten französischen Sprache, das Verhältniß der ehemaligen und der jetzigen Mundarten zur Schriftsprache, das Verhältniß dieser zu den übrigen romanischen Sprachen handelt und die Geschichte der Sprache und der nationalen Literatur Frankreichs bis zur Feststellung der Ersteren im siebzehnten Jahrhundert durchgeht. Was er auf diesen 16 Quartseiten gibt, ist eine Zusammenstellung aller wichtigeren Ergebnisse der Untersuchungen, welche seine Geschichte der französischen Sprache enthält, und zeichnet sich aus durch klare, übersichtliche und beredte Darstellung, während freilich auch hier manches unberücksichtigt geblieben ist, das weniger als anderes auch bei der gedrängtesten Behandlung übergangen werden durfte, so beispielsweise das Streben der neueren Sprache, den Lautgesetzen zuwider denselben Vocal in allen Formen eines Zeitwortes festzuhalten, oder die neben dem Accente noch vorhandenen Merkmale, welche die ächt französischen auf dem Latein beruhenden Wörter von dem in späterer Zeit aus derselben oder einer romanischen Sprache herüber genommenen unterscheiden lassen (aptitude neben attitude, crisper vgl. mit crêpe, stable vgl. mit étable, cavalcade vgl. mit chevauchée u. s. w.)

So viel über die leitenden Grundsätze der hochwillkommenen Arbeit; eine eingehende Prüfung der einzelnen Artikel müssen wir uns hier versagen. Möge es dem Verfasser vergönnt sein, das Werk seines Alters zu vollenden.

Solothurn, Nov. 1863. Adolf Tobler.

Ueber „Wunn und Weid“ im altdeutschen Recht
(mit besonderer Rücksicht auf die Schweiz).

Wer den Versuch wagt, zur Erklärung eines in seiner praktischen Geltung heutzutage ziemlich verblichenen, in den ältern Rechtsquellen aber ungemein häufigen und doch seinem eigentlichen Sinn nach vielfach bestrittenen Ausdrucks wie „Wunn und Weid“ etwas beizutragen, wird wohl daran thun, bevor er an die Untersuchung der materiellen Bedeutung geht, einige Vorfragen **formeller** Art zu berühren, deren Berücksichtigung für die materielle Frage vielleicht mehr als man bisher zu bedenken geneigt war, in Anschlag kommen dürfte.

Daß die alte Rechtssprache der Deutschen wohl mehr als diejenige eines andern Volkes von der Neigung zu stehenden Formeln eigenthümlicher Art durchdrungen ist, weiß Jeder, der irgend einmal einen Einblick in die bezüglichen Denkmäler gethan hat, und Grimm hat in der Einleitung zu seinen „deutschen Rechtsalterthümern“ dieser für Sprache und Recht gleich bedeutsamen Thatsache gebührende Aufmerksamkeit geschenkt. Für unsern Zweck handelt es sich zunächst um jene zahlreichen Formeln, die wie „Wunn und Weid“ nach der sogenannten Alliteration gebildet sind, welche bekanntlich auch den Versbau der ältesten deutschen Poesie beherrschte und in der ganzen Sprache so reiche Wurzeln trieb, daß eine Menge noch heute üblicher Redeweisen, nicht bloß im Rechtsgebrauch, sondern in der Volkssprache überhaupt, jene Bildungsweise verrathen, vgl. Haus und Heim, oder — Hof; Haut und Haar; Leib und Leben; Mann und Maus; Nacht und Nebel; Schutz und Schirm; Stock und Stein; Thür und Thor; Wind und Wetter. — Daß solche Alliteration nur gleichartige Redetheile, wie Substantiv mit Substantiv u. s. w. verbindet, ist bemerkenswerth; wichtiger aber für unsern Zweck ist die Beobachtung, daß die verbundenen gleichartigen Redetheile auch gleichartige Bedeutung tragen, wenigstens wenn sie durch „und" verknüpft sind; es entsteht also dann eine Art von „Tautologie", welche dem unmittelbaren Sprachgefühl nicht widrig sondern wohlgefällig zu sein scheint, die Wissenschaft aber unter Umständen in Verlegenheit bringen kann. Denn eine reine Tautologie würde das Sprachgefühl weder schaffen noch schön finden; das Bindewörtchen und kann seiner Natur nach nicht völlig Gleichbedeutendes aneinander fügen, das eine Glied der Verbindung muß zum andern etwas irgendwie Verschiedenes hinzubringen und zu dem dadurch ebenfalls eigenthümlichen Gesammtwerth der Formel in irgend einem Maaße etwas beitragen. Aber eben mit der Bestimmung dieses „etwas", wenn man unter Umständen darauf geführt wird, ihr nachzufragen, beginnt die Verlegenheit der Sprachwissenschaft und vorkommenden Falles vielleicht auch der praktischen Rechtsauslegung. Man hat einen „stehenden" Ausdruck, der äußerlich aus zwei Theilen „besteht"; er führt aber nur eine, untheilbare Vorstellung mit sich; wie soll nun dieses Product auf seine Factoren zurück vertheilt, oder wie soll aus den Factoren das Product abgeleitet werden? Wir brauchen nicht einmal den Fall anzunehmen, der doch häufig gerade in Redensarten von der fraglichen Art stattfindet, daß das eine Glied der Combination nie anders als eben in dieser Combination vorkommt, so daß sein Sinn erst aus dem Ganzen, statt umgekehrt, erschlossen werden müßte; sondern gesetzt auch, die beiden Glieder seien, jedes für sich, sattsam bekannt, so kommt durch ihre einfache Addition oder sogar Multiplication nicht immer ein Collectivbegriff heraus, der dem Zusammenhang eines größern Ganzen, dem er eingefügt werden sollte, Genüge leistet, oder man begreift wenigstens nicht, wie das Ganze mit diesen Theilen zu diesem Sinn kommt. Nehmen wir, statt der oben angeführten Beispiele, einige von den Formeln, welche aus dem auch in der Poesie erst nach der Alliteration aufgekommenen Prinzip des eigentlich sogenannten Reims gebildet, ebenfalls in Rechts- und Volkssprache eingewurzelt und bis auf unsere Tage gekommen sind, wie: Gut und Blut; Dach und Fach; Weg und Steg; Handel und Wandel; Stein und Bein; leben und weben; weit und breit. Auch hier versagen die gewöhnlichen Analysen und Synthesen zum Theil ihren Dienst; wir werden vom Ganzen auf die Theile, von diesen wieder auf jenes zurückgewiesen; ja wir werden recht eigentlich — um selbst eine solche Redensart zu gebrauchen, „vom Pontius zum Pilatus geschickt". Es gibt noch eine dritte Art Formeln, welche aber nicht in den Lauten, sondern gleichsam nur in der Bedeutung reimen, als: durch Mark und Bein; mit Fug und Recht. Diese Beispiele haben sich in der gewöhnlichen Sprache bei weitem nicht so zahlreich erhalten, wie die der beiden ersten Arten, wahrscheinlich weil für Wohlgefallen und Gedächtniß der Reim fehlte; aber in der Rechtssprache waren sie, auch von Adjectiven und Verben, nicht selten. Als ob jedoch auf anderm Wege eingebracht werden sollte, was man ohne Reim vermißte, nämlich eine gewisse Abrundung des Ausdrucks, finden wir dreigliedrige Rechtsformeln in so reicher Zahl, daß Grimm mit Beispielen mehrere Seiten seines Werkes füllt (15 u. f.). Z. B.: „Gericht, Herrlichkeit und Freiheit; getreu, hold und gehorsam; bitten, heißen und mahnen." Indessen kommt hier allerdings zu der von Grimm so genannten „Macht und Nothwendigkeit des tautologischen Ausdrucks, womit der ganze Satz erhöhten belebteren Sinn und mehr Stärke und Festigkeit gewinnt," ein neues Moment hinzu. „Mitunter sollen auch — fährt Grimm selbst fort — in dem zweiten und dritten Wort" (statt bloßer Wiederholung des Gedankens des ersten) „bestimmte Besonderheiten hervorgehoben werden." Wir brauchen diese dreigliedrigen reimlosen Formeln nicht weiter zu verfolgen, da wir uns zunächst auf eine zweigliedrige gereimte zu richten haben; aber gerade von diesem Zweck sind wir mit dem Vorigen keineswegs abgeschweift. Denn wenn die Bildung reimloser und sogar dreigliedriger Formeln unzweifelhaft einerseits den Trieb verräth, den Inhalt gewisser Rechtsbegriffe in genauerer Besonderung vorzuführen, andrerseits aber denselben Trieb nach Wortspiel und Gedankenparallelen, wie die scheinbar ganz tautologischen Reimformeln, so fällt doch auch von jenen rückwärts auf diese die Wahrscheinlichkeit, daß auch sie nicht nur auf einem formell ästhetischen Prinzip beruhen, sondern ebenfalls schon ein Streben nach materiell juridischer Bedeutsamkeit einschließen, obwohl der ursprüngliche Trieb immerhin mehr auf poetische Anschaulichkeit, Lebhaftigkeit und Verstärkung gerichtet gewesen zu sein scheint, da wir ja die ganze Sprache von jenen Formeln durchzogen und hinwieder das ganze Recht von poetischer Symbolik umrankt finden. Hiemit kommen wir aber auf die oben angedeuteten Schwierigkeiten zurück, bei Erklärung der Formeln ein constantes Verhältniß zu finden zwischen einem materiellen Kern und bloß formeller Zuthat, und wenn wir auch nicht zum voraus behaupten wollen, das Verhältniß der Wörter „Wunn“ und „Weid“ untereinander in Hinsicht auf die Gesammtbedeutung der Formel „Wunn und Weid“ sei eben so schwierig festzustellen wie in mehreren der obigen Beispiele aus der gewöhnlichen Volkssprache, so steht doch fest, daß die Formel „Wunn und Weid“ aus der Analogie mit allen ähnlichen, der sie offenbar ihre Entstehung verdankt, ebenso wenig von vornherein darf herausgerissen werden. Wir werden uns also wenigstens von dem Vorurtheile frei halten, welches das Mißlingen oder Ungenügen mancher bisherigen Erklärungsversuche der fraglichen Formel veranlaßt zu haben scheint, — daß nämlich die Bestandtheile derselben und von ihresgleichen jeder für sich einen scharf bestimmbaren Sinn enthalten und daß die Gesammtbedeutung die eben dadurch genau bestimmte Summe der Theilbedeutungen sein müsse; es muß vielmehr die Möglichkeit eines anderweitigen Verhaltens vor der Hand noch offen bleiben. Hinwieder soll aber auch nichts unversucht bleiben, dem räthselhaften Sinn des Ganzen auf dem allerdings natürlichsten Wege, von den Theilen aus, irgendwie beizukommen. Dazu bieten sich denn auch mehrere Angriffspunkte dar, welche wenigstens erwogen werden müßen. Da das Prinzip der Alliteration am mächtigsten in der alten Poesie sich entfaltet hat, so könnte man darauf verfallen, von dort her einen Stützpunkt zu suchen. Aber wenn von den sogenannten „Stäben“, d. h. den gleichen Anfangsbuchstaben mehrerer Wörter innerhalb einer Verszeile der altdeutschen Poesie, die vordern als „Stollen“, d. h. Stützen, die hintern als Hauptstäbe bezeichnet werden und gelten, so hat die letztere Benennung wohl nur darin ihren Grund, daß der hintere Stab dem Ende der Zeile, als der metrischen Einheit, näher steht, und insofern eine noch bevorzugtere Stelle einnimmt, als die Reimworte der spätern Poesie an den Enden mehrerer Zeilen, welche zusammen erst die höhere metrische Einheit einer Strophe bilden; im Uebrigen stehen Stollen und Hauptstäbe factisch ganz in demselben Verhältniß gegenseitiger Stützung und gleichmäßiger Zusammenwirkung zum Ganzen wie die Glieder einer kürzern Formel, so daß von einem Vorwiegen des einen oder andern und einem darin enthaltenen Ausgangspunkte für die Bestimmung des Sinnes nicht die Rede sein kann. Aber auch abgesehen davon möchte es schon schwer sein, von allgemein sprachlichem (nicht rhythmischem) Gefühle aus, unter einer gewissen Zahl alliterirender Formeln solche zu unterscheiden, in welchen das Hauptgewicht, gleichsam der Grundton der Gesammtbedeutung, der aber die Mitklänge hervorruft, auf dem ersten, und solche, in denen es auf dem zweiten Gliede ruhe, vollends unmöglich also, von einer relativen oder absoluten Mehrheit von Fällen aus sich für das Eine oder Andere als Regel für noch streitige Fälle zu entscheiden. In der Sprache überhaupt wirken Assimilation und Attraction mächtig im Verhältniß der Laute und Satzglieder, und zwar beide sowohl vorwärts als rückwärts greifend, wie Steinthal (Zeitschr. f. Sprachw. 1, 93 ff.) so schön gezeigt hat; es wäre also Aehnliches in Formeln psychologisch wohl möglich; aber wer getraut sich, es auf überzeugende Weise nachzuweisen und durchzuführen? Festern Boden hätte man unter sich, wenn sich eine größere Zahl von Fällen darböte, wo verwitterte Gestalt oder verblichene Bedeutung oder beides zusammen an einem Glied einer Formel darauf deutete, daß es vielleicht von Anfang an der schwächere Theil der Verbindung gewesen und gleichsam nur dem andern zulieb ihm nachgebildet und beigefügt worden sei, etwa in der Art der Reduplikationssylben, welche meist vom lautlichen Vollgehalt der nachfolgenden Wurzel abstehen und doch zur Verstärkung der Bedeutung dienen. In der That sind die wenigen Spuren solchen Vorgangs, schwerlich ganz zufällig, mehr von d e r Art, daß das v o r d e r e Glied der Formel von jener Schwäche afficirt erscheint. Unser schweizerisches „wind und weh“ (ohnmächtig) ist entstellt aus „winn und weh“ (da sich d nach n ungemein leicht einstellt), vom alten Verbum winnan, welches bedeutete „in hohem Grade erregt sein und sich danach geberden, vor Schmerz, Wuth oder Uebermuth“, und uns später bei der Etymologie von „Wunn“ wieder begegnen wird. Im Elsaß hört man (nach Schmeller, bair. Wörterb. 4, 91) „wunn und weh“, wo sich das alte nn erhalten hat, aber wahrscheinlich an „wund“ gedacht wird. Die Form schlägt übrigens abermals in unser „Wunn“ ein, auch was den Wechsel von i und u betrifft; denn statt „Wunn“ finde ich in der Formel einmal auch (s. Grimm, RA. 44) „W i n d e und Weide“ geschrieben, wo das erstere offenbar mit seinem d nur mechanische Angleichung an das letztere ist, während in dem Vokal i eine Erinnerung an das alte winne = Weide (s. ebenfalls unten bei der Etymologie von „Wunn“) mitwirken mag. Jedenfalls beweist diese Gestalt des Wortes, daß auch die Bedeutung bereits sehr unsicher geworden und wahrscheinlich von Anfang an dem vollkräftigeren „Weide“ untergeordnet gewesen war. In der Redensart „Hülle und Fülle“

empfängt abermals das erste Wort nur noch vom zweiten sein Licht, wie ein Planet von seiner Sonne, oder es ist durch ein Gesetz der Schwerkraft zunächst an das zweite gebunden, wie ein Trabant an seinen Planeten. In „Rübis und Stübis“ (dem Sinne nach ungefähr = Butz und Benz = Groß und Klein) scheinen gar beide Glieder wie Doppelsterne in einander; denn der Erklärung, die Stalder (Idiot. 2, 526), ohne Zweifel richtig, aus dem bündnerischen Romanisch gibt, ist sich der deutsche Schweizer nicht bewußt, sondern er denkt höchstens bei „Stübis“ an „stüben“, stieben. Ebenso ungewiß ist der Vorrang des ersten oder zweiten Gliedes in den von Grimm (S. 46 unten) zusammengestellten Formeln: zock und flock, fleck und zeck 2c. Fälle von Unterordnung, resp. Abschwächung des zweiten Gliedes werden wohl auch vorkommen. Was man sich bei „Kind und Kegel“ unter dem zweiten gemeiniglich denkt, weiß ich nicht; von „gäng und gäb“ hat sich nur das erste Glied in der Berner Mundart (aber als Adverb) lebendig erhalten. — Jedenfalls also kann eins von bleiden Gliedern einer Formel das stärkere sein, und es fragt sich dann bloß, was für eine Rolle das andere spiele, ob es erweitere oder erläutere, ausmale oder verstärke, denn verstärken kann, wie schon angedeutet, auch das schwächere. Fruchtbare Gesichtspunkte für die Erklärung werden also nach den bisherigen Bemerkungen darin liegen, ob die gelegentlich verbundenen Wörter daneben beide auch getrennt vorkommen, oder vielleicht nur das eine, oder welches von ihnen öfter allein, auch welches geschichtlich länger in Verständniß und Gebrauch geblieben sei. Erst nach Erledigung aller solcher Vorfragen oder im Zusammenhang mit ihrer Untersuchung, wird sich mit einiger Wahrscheinlichkeit ergeben, ob zwei Wörter jemals, zu einer Formel verbunden, einen untheilbaren Begriff ausmachten oder einen realen Doppelbegriff, und erst dann kann der wirkliche Inhalt oder factische Werth der Verbindung in Frage kommen. Als Mittel zur Bestimmung desselben wird sich vor Allem die Untersuchung aufdrängen, in welchem wechselnden Zusammenhang mit andern, mehr oder weniger ähnlichen Formeln die fragliche vorkomme: man wird dann aus sachlichen Erwägungen herauszufinden suchen, welche Bedeutung ihr neben jenen füglich zukommen dürfe. Aber es kann hiebei freilich auch der Fall eintreten, daß die mehrern Formeln untereinander wieder fast in demselben Verhältniß stehen wie die Glieder jeder einzelnen, d. h. im Verhältniß von Tautologie oder freier Synonymie, oder daß die andern Formeln, aus denen wir, als aus bekannten Größen, den Werth unserer unbekannten ableiten müssen, selbst nicht von klarer Bedeutung, sondern einer Aufhellung ihrerseits nicht minder bedürftig sind. In so verzweifeltem Falle, wo Alles gegen einander neigt und gegenseitigen Halt sucht, wäre eine Uebersetzung der Formel in einer andern Sprache aus der Zeit ihrer Entstehung oder ihres ältern Bestandes ein erwünschter Fund; wenn man also ihrer habhaft werden kann, wird man sie nach Kräften ausbeuten. Ist aber dieses Hülfsmittel nicht zu erlangen oder leistet es nicht genügende Dienste, so wird man am Ende nach der Etymologie und nach irgend welchen sachverwandten Daten der Sprach- und Culturgeschichte greifen, welche mittelbar ein Streiflicht auf die Frage werfen mögen.

Nach dieser Methode sollte nun auch die Formel „Wunn und Weid" behandelt werden; die vorliegende Arbeit will aber nur eine Studie über den Gegenstand, nicht eine erschöpfende Abhandlung desselben sein, zu welcher ein vollständigeres Material von Nöthen wäre, als mir gegenwärtig zu Gebote steht. Vor mir liegen einige sechzig, kürzere und längere, aus Urkunden und Weisthümern vom dreizehnten bis sechszehnten Jahrhundert entnommene Stellen, von welchen sich ungefähr ein Dritttheil findet bei Grimm, RA. S. 43—46. Schmeller, bair. Wörterb. 4, 93—4, die Mehrzahl in der kleinen Schrift: Wunn und Weide, ein Versuch urkundlicher Forschung, von B. Zeerleder v. Steinegg. Constanz 1845. Die Fundorte der Stellen bei Grimm sind über ganz Deutschland zerstreut; Schmellers Quellen sind natürlich vorzugsweise oberdeutsch-bairische; Zeerleders Urkunden sind ausschließlich nordostschweizerische, ebenso einige aus Zellwegers Aufsatz über Wunn und Weid im fünften Band des schweizerischen „Geschichtsforschers" (S. 169—181). Die Gesammtzahl der Stellen muß im Verhältniß zur Häufigkeit des Vorkommens der Formel „Wunn und Weid" in sämmtlichen deutschen Rechtsquellen eine sehr geringe genannt werden, aber ich zweifle, ob bei Häufung der Belege in die Hunderte hinein, welche sehr leicht möglich wäre, viele neue Verbindungen oder Modifikationen der Formel selbst zum Vorschein kommen würden; es liegt in der Natur der Quellen, daß sie innerhalb gewisser Schranken übereinstimmenden Zusammenhang und Wortlaut aufweisen. Ich glaube also, an meinen sechzig Fällen, von denen übrigens keiner dem andern ganz gleich ist, wenn nicht einen maßgebenden Durchschnitt, doch einen beträchtlichen Ausschnitt aus dem Kreise des möglichen Vorkommens und Bedeutens der Formel zu besitzen; und wenn ich auch auf Endgültigkeit meines Ergebnisses nochmals ausdrücklich verzichte, so meine ich doch, wenn sich aus sechzig Stellen nichts Bestimmtes herauslesen läßt, so würde man mit 6 × 60 im vorliegenden Fall nicht viel weiter kommen.

Meine Stellen nun der Reihe nach alle aufzuführen, gedenke ich nicht, wohl aber alle diejenigen hervorzuheben, denen irgend ein beweisendes Moment abzugewinnen möglich scheint. Was sich aus ihrer Gesammtheit betreffend die formellen Vorfragen ergibt, läßt sich kurz zusammenfassen.

„Wunn" ohne „Weid" findet sich nur in Einer Stelle: wasser, wunne, weg und steg, stock und stein, in der erden und ob der erden, besucht und unbesucht (Grimm S. 43). Man beachte übrigens, daß hier wasser und wunne, obwohl sie gegenüber den andern Bestandtheilen der Formel zusammen ein Paar zu bilden scheinen, nicht wie jene durch und, sondern bloß durch den Anlaut verbunden sind.

„Weid" ohne „Wunn" findet sich ziemlich häufig, bald mehr oder weniger selbstständig, bald mit einem andern Wort durch Alliteration gepaart. Ganz selbstständig steht es unter einer Menge ebenfalls vereinzelter Bezeichnungen von Grund und Boden in einer von Grimm (a. a. O.) angeführten Stelle, zunächst umgeben von egerden und trat, welche ebenfalls, und zwar das letztere entschieden, Weideland bezeichnen.

an walde, an wasser, an weide, nach markzalen (a. a. O.) ist eine Formel, von deren drei Gliedern jedes die wiederholte Präposition mit sich führt, aber durch Anlaut mit den andern gebunden ist.

Paarweise Verbindungen sind: weg und weid; wald und weid; wasser und weid; letztere Form besonders häufig bei Einweisung in Grundherrschaft und Gerichtsbarkeit" (Grimm S. 44—45), übrigens entsprechend der obigen Verbindung: wasser, wunne.

Ob in der Formel: weisen zu grund und grat, man und bann, zock und flock, wasser und wind, die vogel in der luft, die fisch im wasser, gebot und verbot, busche, welder und was da ist binnen dem begriff der selbiger dorfer (Grimm S. 45) — wind dasselbe sei was wir oben in der Form winde als gleichbedeutend mit wunn fanden, wage ich nicht zu entscheiden.

Weitaus am häufigsten findet sich aber allerdings wunn und weid zusammen, und zwar fast immer in dieser Folge, nur zwei Mal umgekehrt weid — wunn, jedoch nicht immer beide durch und förmlich verbunden, sondern auch in asyndetischem Zusammenhang jedes mit wiederholter Präposition, z. B. an egerden, an gereute, an wunn, an weid, an trat. (Schmeller a. a. O.) Oder: ... mit wunne, mit weide ... (in einer längern Aufzählung bei Zeerl. S. 5) oder ohne Präposition: ... holz, veld, wunn, weid, trieb, tratt ... (ebend. S. 6).

Wohl zu bemerken ist auch der übrigens seltene Gebrauch der Pluralform von beiden Wörtern oder nur von dem einen: „an gärten, an äckern, an egerten, an wunnen, waiden, viehtriben, grasen" (Schmell.); hier folgen W. u. W. dem Plural aller übrigen. — „spenn und stöß, von beider dörfer wunn und weiden wegen, da ietweder parti vermaint, daß der ander teil mit irem vech in hölzern, veldern, wunnen und waiden übertrieb und zu weit greife." (Zeerl. S. 22.) „die burger sond und mugent iro wunne, waiden, veld und gemeinmark nießen, besetzen und entsetzen als bishar" (ebend. S. 19). In der Stelle: daß du die armen leut mit irem vich ir gemain wunn und waid suchen laßest (Schm.) gehört wohl der sonst nicht vorkommende Zusatz gemain zu beiden Substantiven gleichmäßig oder zu ihrem Collectivbegriff.

Für die Bedeutung der Formel und ihrer Bestandtheile ergibt sich aus dem Bisherigen noch nichts, als aus der Thatsache, daß wenigstens „Weid" häufig auch ohne „Wunn" in ähnlicher Verbindung vorkommt, die Möglichkeit, daß es auch ohne „Wunn" so viel besagen könne als mit demselben. Die Formel ist jedenfalls keine untrennbare, in dem Sinn, daß jedes Glied das andere zu einem neuen Gesammtbegriff wesentlich ergänzen müßte; wo sie aber stattfindet, scheint „Weid" der vorherrschende Bestandtheil, nur wird ihm dann auch eine weitere Bedeutung als in seiner heutigen Vereinzelung zukommen.

Wenden wir uns nun zu der materiellen Frage selbst, so könnten auch hier verschiedene Möglichkeiten als Vorfragen behandelt werden. Man könnte also zunächst fragen: Bezeichnet die Formel überhaupt Theile von Grund und Boden als solcher, eine oder zwei bestimmte Arten von Grundstücken nach ihnen äußerlich anhaftender Naturbeschaffenheit? oder bezeichnet sie eine oder zwei

Arten von Nutzung, welche durch menschliches Thun, nach rechtlichen Bestimmungen an verschiedenartige Grundstücke sich heften kann? Vielleicht muß aber diese Alternative, als solche nicht haltbar, in die einfache Frage umgewandelt werden: Bezeichnet die Formel eine und dieselbe Art von Liegenschaften, aber mit verschiedener Benutzungsweise? (denn verschiedenartiges Land mit derselben Nutzungsweise ist nicht wohl denkbar); dann erst käme die Hauptfrage: was für Land oder welche Nutzung bezeichnet sie nun wirklich? Als ein besonderer Gesichtspunkt könnte für beide Fälle noch hinzukommen die Querfrage: Gehört das fragliche Land oder die fragliche Nutzung zu dem, was nach altdeutscher Rechtsverfassung das Gesammteigenthum einer Genossenschaft, oder zu dem, was Sondereigenthum eines Einzelnen heißt? Daß zwischen den beiden letztgenannten Prinzipien, welche von dem Gegensatz zwischen Lehen und Eigen wohl zu unterscheiden sind, im deutschen Mittelalter eine natürliche Spannung und ein fortwährender geheimer Kampf stattfand und daß erst im Lauf der Zeit das Uebergewicht vom erstern auf das letztere übergieng, ist bekannt. Diese Unterscheidungen sind nicht aus dem Leeren, und zum Theil nach ihnen gehen auch wirklich die verschiedenen Ansichten über „Wunn und Weid" auseinander; aber daß man einen festen Halt für die Behandlung unserer Frage daran nicht fände, liegt in der Natur der Sache. Wunne und Weide sind beides ursprünglich verbale Begriffe und bezeichnen demgemäß zunächst die Nutzung; aber wie leicht ist von da der Uebergang auf das der Nutzung ganz eigentlich zu „Grund" liegende Element des Bodens? Die auf Grundlage des römischen Rechts ausgebildete moderne Rechtssprache muß freilich im Stande sein, solche Unterschiede schärfer auszuprägen und festzuhalten: aber wer der altdeutschen ein gleiches Vermögen zutraut, vergißt ihren durchaus volksthümlichen Ursprung und Charakter, ihren zu Anfang besprochenen poetischen Anhauch, vermöge dessen sie, bei noch so ehrlichem Streben nach Deutlichkeit und Präcision, durch redselige Häufung von synonymen Ausdrücken zwar allerlei lebendige Anschauungen mit sich führt, aber eben dadurch jenen Haupterfordernissen der rechtlichen Praxis mehr ausweicht als entgegen kommt. Ein Blick in unsere Belegstellen kann nur dazu dienen, diese Wahrnehmung zu bestätigen. Wenn z. B. eine niederdeutsche Formel lautet: **mit torve, mit twige, mit watere, mit weide mit lüden und mit allerslahte nut** (Grimm

S. 43), so könnte man meinen, weide sei also kein nut; aber wir werden sogleich daran irre, wenn wir lesen: betreibung, wun und waid der wälder (Schmell. S. 93) oder: der mit uns nimt waid und wunn (ebend. 94). Eine appenzellische Urkunde, die Zellweger a. a. O. beibringt, lautet: und auch die gerechtigkeit, so die lüt daselbs umb trib und tratt, in holz und veld, in wunn und weid zu einander gehabt haben, und läßt uns durch den Wechsel der Präpositionen um und in im Unklaren, ob Wunn und Weid selber eine Gerechtigkeit sei. Ebenso unsicher ist der Sprachgebrauch, wenn es (ebend.) von einem Streit zwischen „gemeinen Alpgenossen" und einem Einzelnen heißt: antreffend wonn und weid, holz und feld, zwischen irer bêden partien alpen und weiden, damit wir inen zil und marchen zustellen, damit jeder teil eigentlich wissen mög, was er nutzen und brauchen soll. Eine der ersten Urkunden bei Zeerleder (S. 5) lautet: mit hûs, mit hof, mit hofraiti, mit wisan und mit akern, mit holz, mit velde, mit wunne, mit weide, mit wegen, mit stegen, ob und undenan, uß und inne, mit allen rehten und êhafti und mit aller ir zugehörde. Hier scheinen die Liegenschaften von den darauf haftenden Rechten ausdrücklich unterschieden und Wunn und Weid zu jenen zu gehören; aber das deutliche Gegentheil ist der Fall, wenn 1473 entschieden wurde, „daß die von Rudolfingen wunn und weid, so wît ire güter und holz und veld in iren twing und bennen..., mit irem vech nuzen, nießen und gebrûchen söllint" (Zeerl. S. 23.) oder wenn in einer Zürcher „Buren Pratica" aus dem Anfang des 16. Jahrhunderts die hübsche Wetterregel vorkommt (ebend. 26—27):

St. Paulus der bekêrer, er ist ein grôßer lêrer:
Schînt uf sînen tag die sunn, würt vil frucht, weid und wunn.

Stellen endlich wie: mit acker, mit matten, mit holz, mit feld, mit wunn, mit weid, mit însât, mit ûßsât, mit steg und weg, mit wasser, mit wasserrinsen, mit grund, mit grât, und mit êhaften und rechten, so deheinigs wegs dazu gehören (Zeerl. 33—34) oder: uns dünket ouch recht, daß die von Switz und von Art unsere (die österreichische) herrschaft (1351) an iren höven zu Zug und zu Egeri unbekümbert lazen sullen an iren welden und vederspile, an vischenzen in dem sêwe, an holze, velde, wunne und weide und an allem dem so zu derselben höven gehöret (S. 98), — solche Stellen lassen aus der

Reihenfolge der Aufzählung nicht erkennen, ob Wunn und Weid mehr als Boden oder als Nutzen zu betrachten sei. Am ehesten deuten auf eine Unterscheidung zwischen wirklichem Eigenthum an Liegenschaften und bloßer Nutzung Stellen wie: **und waz gutes zu demselbenhove höret, es sîge an feld, an achern, an holz, an wasser, oder an wunne oder an weide;** dann muß aber angenommen werden, daß es Höfe gab, die ihren Bedarf an Wiesen- und Weideland nur in Form von Mitgenuß an Gemeindeland besaßen, und damit werden wir auf die Frage geführt, ob überhaupt Wunn und Weid sich auf eigene oder gemeinsame Güter beziehe; im letztern Fall könnte die Formel im strengen Sinn natürlich nur Nutzung als solche bezeichnen. Grimm behandelt sie in dem Abschnitt von der Mark (S. 521—2), übrigens ohne nähern Aufschluß, und allerdings ist sie an vielen Stellen mehr oder weniger ausdrücklich mit solcher Beziehung verbunden. So heißt es in dem Meierrodel, den das erste Heft des „Unnoth, Zeitschrift für Geschichte und Alterthum des Standes Schaffhausen", 1863, mittheilt: **Buochberger und Rüedlinger wunn und weid wissend wir nit anders denn daß es ains sye und gât als wît und als verre als unser holz und veld gât und unser herren zwing und benn.** Noch deutlicher sprechen mehrere bereits weiter oben angeführte und andere weiter unten anzuführende Stellen. Aber im Jahr 1434 „**offnotend**" vor dem Abt von Stein die Gebrüder Tägenhart, daß sie „**ir wise und all iri rechten irer wise... zu koufen geben haben... mit grund, mit boden, mit steg, mit weg, mit wunn, mit weid, mit wasser, wasserlaitinen und mit aller êhafti, herkomen und zugehörd, inzehaben, ze nuzen, ze nießent, ze besetzend, ze entsetzend etc.**" (Zeerl. 37—8). In anderm Zusammenhang schließt freilich Eines das Andere nicht aus; so wurde 1493 ausgemacht, daß ein dem Kloster St. Catharinathal gehöriger Hof „**in holz, in veld, in wunn, in waid, gerechtigkeit haben soll und brûchen mag wie ander höf und güter zu dem kleinen Andelfingen; desgleichen die Gemeind zu Kl. A. wunn und waidrecht zu dem hof haben; und um daß der hof holzrecht, wunn und waid habe, söllen die frowen** (des Klosters) **der gemeinde järlich geben ainen mütt roggen.** (49—50.)

Bei solchem Stand des Sprachgebrauchs scheint es schwer, eine bestimmte Ansicht über die materielle Bedeutung von „Wunn und Waid" zu fassen; dennoch neigt man sich in neuerer Zeit zu einer solchen hin. Grimm drückt sich noch ziemlich unbestimmt aus (RA. 46): etwas bestimmter schon Schmeller, welcher unter „Wunn" bebautes Land, insbesondere Wiesenland verstehen zu müssen glaubt; ganz bestimmt erklärt Wackernagel „wunn" als „bearbeitetes, zum Heuen bestelltes Wiesenland", wunn und weid also geradezu = Wiese und Weide, wobei man für das letztere Wort seine heutige Bedeutung vorauszusetzen scheint. Stalder (2, 459) erklärt „Wunn und Weid" als das Recht, ein Stück Land nach Belieben zu nutzen, d. h. es anzusäen und zu ärndten (Wunn) oder zur Weide liegen zu lassen; der Herausgeber des „Unnoth" (zu der oben angeführten Stelle) unterscheidet Wunn und Weid als „Wiesen und Triften, angeblümte und wilde Wiesen." Alle diese Erklärungen stimmen also darin überein, daß „Wunn" sich auf Wiesenbau beziehe, nur daß nach Stalders Worten auch Ackerbau und -ertrag darin inbegriffen sein könnte. Am ausführlichsten und sorgfältigsten hat eine andere Modifikation derselben Hauptansicht Zeerleder entwickelt, dessen Auffassung in Kürze folgende ist. Er geht (S. 7 ff.) davon aus, daß in der ältern Zeit, wo das Grundeigenthum noch weniger vertheilt war, die Ernährung des Viehstandes zur Sommerzeit vortheilhafter als auf Stallfütterung auf den Weidgang begründet werden mußte; je nach Umständen also, d. h. je nach der Witterung, dem mehr oder weniger fleißigen Anbau, besonders aber je nach der örtlichen Fruchtbarkeit der Wiesen, haben diese ihren Ertrag ebenso oft in der Gestalt von Weide als von Heu liefern müssen, und diese doppelte Nutzung des Wiesengrundes sei es, die in der urkundlichen Aufzählung der verschiedenen Bestandtheile und Erträgnisse eines Hofes „Wunn und Weide" heiße. Am Schlusse der Untersuchung seiner Urkunden kommt Z. zu dem Ergebniß (S. 85), daß in der deutschen Kanzleisprache des Mittelalters das Wort „Wunn" die Benutzung einer Wiese bezeichne, und zwar ursprünglich die Benutzung durch Heugewinnung, in der Folge aber die Benutzung überhaupt, also auch diejenige durch Weide, zuweilen die Benutzung der Gemeinweide." Zeerleder findet (S. 88) selbst, daß diese letztere Fassung seiner Ansicht „weniger stringent und genau sei, aber eben deßwegen vielleicht um nichts weniger richtig"; man müsse auch bedenken, daß die Worte mit den wechselnden Zeiten ihre Bedeutung ändern oder modificiren. (Vgl. noch S. 47.)

Ungefähr zu demselben Schluß gelange auch ich bei wiederholter Erwägung sowohl der Zeerleder'schen als meiner übrigen Belegstellen und in Folge meiner oben ausgesprochenen Ansicht über die altdeutsche Rechtssprache im Allgemeinen. Ich finde nur, Zeerleder habe sich allzu große Mühe gegeben, zu beweisen, daß „Wunn und Weid" auch ausdrücklich nur von Wiesen, und vorzugsweise von Wiesen, zu verstehen sei, denn jenes konnte überhaupt nie zweifelhaft sein, dieses aber verliert einen Theil seines Gewichtes durch die Ansicht, daß jede „Wiese" unter Umständen auch „Weide" werden und heißen konnte, womit zwar noch der heutige Brauch übereinstimmt, aber auch der Gegensatz von Wunn und Weid abgestumpft wird. Nöthiger also wäre es gewesen, nachzuweisen, daß jener freiere Gebrauch der Formel, auf den man sich ja am Ende doch zurückziehen muß, wenn nicht der ursprüngliche, doch der später vorherrschende sei, der dann, je nach Umständen und Zusammenhang einzelner Fälle, eine vorzugsweise Beziehung nach dieser oder jener Seite annehmen konnte. So fanden wir ja schon oben auch „Betreibung, Wunn und Weid der Wälder," neben der Verbindung „Wald und Weid". Wenn aber Zellweger (a. a. O.) nachzuweisen sucht, daß z. B. in den Alpen von Appenzell unter „Wunn" neben „Weide" nichts Anderes verstanden werden könne als das Recht, zum Behuf der Alpenwirthschaft in dem zur Weide gehörenden Wald Holz zu schlagen, so geht er wohl mit dieser Einschränkung auch wieder zu weit. Allerdings findet sich urkundlich auch jus lignandi et pascendi, deutsch „holz und weide" verbunden; aber in einer bereits oben angeführten Zeerleder'schen Urkunde wird „holzrecht" neben wunn und weid genannt. Eine Formel wie: all daz darzu gehört ze velde und ze dorf, ze holz und ze wis, weg und waid, stock und stein, grunt und poden, oder wie ez genant ist (Grimm S. 43) unterscheidet holz und wis von waid, aber daraus ist nicht zu schließen, daß etwa holz und wis zusammen das fehlende wunn ersetzen, denn wir fanden oben wunnen und waiden auch neben viehtriben und grasen, so wie wunne und weide neben wisan, holz und ackern, während einmal auch „wunn und waid ûf des gotshûses wisen und acheren erscheint, so daß nachgerade kaum eine Art von Gütern übrig bleibt, von der nicht gelegentlich Wunn und Weid gebraucht würde.

Vorzugsweise, in unsern Stellen wenigstens sechsmal, erscheint „Wunn und Weid" neben „Trieb und Trat", darunter einmal waid neben trat, ein andermal wunn, waid, trat, ein drittes Mal in der verworrenen Fassung: gerechtigkeit umb trib und tratt, in holz und feld, in wunn und waid. 1498 wurde entschieden „wie das gotshûs und die bürger zu Stein von altem har wunn und weid, trib und trat zusamen gehept haben, daß es hinfür ouch dabî blîben und das früntlich mit einander brûchen söllen.“ (Zeerl. S. 54—5.) Hier scheint wunn und weid gleichbedeutend mit trib und trat, ebenso in einem Spruch des Landvogts Edlibach, 1520 (Zeerl. S. 62), nur daß trib und trat mehr den Boden als solchen, wunn und weid mehr den Nutzen bezeichnen mag. Nach andern Stellen kann wunn und waid auch von Privatbesitz gelten, während trat entschieden als Gemeinweide erklärt wird: ager compascuus, pastura vana, zunächst auf Brachfeldern.

Grimm (S. 522) behauptet, es gehöre wesentlich zum Begriff gemeiner Markweide, daß Sichel und Sense nicht darauf dürfen, also auch kein Heu gemacht werde; aber eine Urkunde von 948 erklärt communio durch: foenum secandum et pascua habenda (Zeerl. 94), und unter meinen Belegen finde ich nur sechsmal bei Wunn und Weid ausdrücklichen Bezug auf unmittelbare Benutzung durch das Vieh, wobei also „Wunn“ geradezu = „Weide“ steht und von Heugewinn nicht die Rede sein kann. So in der schon oben angeführten Stelle: daß du die armen leut mit irem vieh ir gemain wunn und waid suchen lassest, und in zwei andern ebenfalls schon citirten. Genauere Bestimmungen gibt z. B. der Spruch eines Schiedsgerichtes der Tagsatzung vom Jahr 1480 wegen „spenn und stöß“ zwischen Schlatt und Dießenhofen „als von wunn und waid wegen“: Dass die die von Diessenhofen die von Schlatt in schwendi und emdwisen zehen tag vor St. Jörgen mit irem vich unbekümbert (unbelästigt) lassen sond, deßglîchen zu herbst bis St. Michaelistag, damit sie irem zugvich waid mügent haben etc. (Zeerl. S. 52.) Aehnlich in dem Streit zwischen Kloster und Bürgerschaft zu Stein: ob der abt und convent etlich ir's gotshûs' wisen, die, nachdem sie gehöwt worden, ûsliggen (zur Weide offen) sollen, einichs jâres nit höwen oder maigen sondern lieber ûsätzen (abweiden lassen) wollen, daß sie dann von St. Jörgen tag ires gotshûses vich in sölich wisen schlachen und das darin weiden mögen bis ûf St. Ulrichs tag . .; desglîchen in der ernt, so das gotshûs sîn zelgen und acker schnîden lât, daß dann des gotshûs zugrinder, und suß kein vich, darûf geweidet werden vier tag (55—56). Endlich entscheiden Burgermeister und Rath von Schaffhausen „antreffend wunn und weid zu Mogren und Herblingen: daß ieder teil mit sinem vich uf die gericht, zwing und benn des andren zu trîben kein gerechtigkeit haben sölle, es sige denn, daß ein teil in des andren zwing und benn zu eren (pflügen) hab, so mög er dannzumal mit dem vich, damit er bůwt, wol ůf desselbigen teils wunn und weid unverhindert faren und trîben (58—9).

Also auch solche vorübergehende Nutzung, vielleicht nur an den Säumen cultivirten Wiesen- und Ackerlandes, fällt unter den Begriff von Wunn und Weid, und hiemit halte ich den Umfang desselben nach meinen Quellen für erschöpft. Ich glaube also, die Formel konnte jede mögliche Nutzungsweise von Grund und Boden zur Nahrung des Viehs, resp. die verschiedenen Arten von Grund und Boden selbst in Hinsicht auf jene Nutzung bezeichnen; ausgeschlossen bleibt mithin nur der eigentliche fruchttragende Acker, Obstbaumzucht und Gartenbau. Wunn und Weid der „Wälder" bezieht sich auf die Jahreszeit, wo auch der Wald, besonders der aus der Brache neu aufschießende, dem Vieh einige Weide bot; für die Eichelmast der Schweine im Herbst galten besondere Benennungen und Bestimmungen. „Wunn" und „Weid" unter sich selbst so auseinanderzuhalten, daß einem jeden von ihnen ein bestimmter Antheil an dem aufgestellten Gesammtbegriff zugewiesen würde, halte ich auf unserm heutigen Standpunkt für nicht mehr möglich und habe mich überzeugt, daß auch in der Westschweiz die Ansichten von Fachmännern, welche auf eine Besonderung in jener Art ausgehen, je nach den Bezirken ihrer Beobachtung von einander abweichen. Dagegen füge ich hier noch bei, daß nach Grimm (RA. 521) in Oberdeutschland die Grasweide im Walde auch „Blume, Blumbesuch" heißt, und daß das letztere Wort auch mit vorangehendem trib oder mit folgendem holzschlag zu einer Formel verbunden vorkommt, welche dem „Wunn und Weid" wohl fast gleich steht. Schmeller (3, 191—2) erklärt „den Blumen besuchen" = Wunn und Weide, Weid und Wasser suchen, d. h. das Vieh auf die Gemeinweide treiben. Blumbesuch = Viehtrieb, Weiderecht. In der Schweiz heißt „der Blume" (nach Stalder 1, 188—9) die Nutzung eines Landgutes, der Ertrag desselben sowohl in Atzung als in Heu und Emd.

Wer sich mit dem Ergebniß unserer Erklärung der deutschen Urkunden nicht befriedigen kann, mag nun immerhin noch den Versuch machen, aus lateinischen Originalen oder Uebersetzungen größere Gewißheit zu schöpfen; nur darf man sich auch über die Tragweite dieses Hülfsmittels keinen Illusionen hingeben. Es ist gewiß, daß die Formel „Wunn und Weid", wie alle ähnlichen, in die volksthümliche altdeutsche Rechtssprache nicht etwa erst durch Uebersetzung entsprechender lateinischer Ausdrücke eingedrungen ist, sondern daß umgekehrt die letztern nach bereits stehenden deutschen gebildet sind; höchstens kann in einzelnen Fällen ursprüngliches Zusammentreffen des beiderseitigen Sprachgebrauchs, gegründet auf in der Natur der Sache liegende Gemeinsamkeit der Anschauung, angenommen werden (vgl. Grimm, RA. S. 23—27). So wenig als es daher Jemanden einfallen wird, altlateinische Formeln, wie ferro flammâque, nomen numenque, felix faustumque, aus Nachahmung deutschen Klanges zu erklären, statt aus einem allen Sprachen in ihrer ältern Zeit noch von ihrem Ursprunge her mehr oder weniger anhaftenden Hang zu onomatopoetischer Alliteration, eben so wenig wird man schließen: wenn in lateinischen Urkunden die alliterirenden Worte prata und pascua ungefähr dem deutschen „Wunn und Weide" entsprechen, so seien diese eben eine nachbildende Uebersetzung von jenen. Aber gesetzt auch, dieß wäre der Fall, so bliebe gegenüber der Hoffnung, aus dem Lateinischen den materiellen Sinn des deutschen Ausdrucks zu errathen, immer noch das Bedenken, das alle „Uebersetzung", als solche, gegen sich hat, die Unmöglichkeit vollkommener Congruenz zwischen irgend welchen zwei Sprachen; denn die verschiedenen Sprachen verhalten sich in dieser Beziehung zu einander ganz wie die Synonymen einer Sprache, und so wenig „Wunn" mit „Weid" sprachlich ganz gleichbedeutend sein kann, eben so wenig beide mit prata und pascua, wie schon die Verschiedenheit des Numerus zeigt Dieses Bedenken wird durch den Umstand, daß wir es in der That mit Rückübersetzung zu thun haben, zwar nicht erhöht, aber auch nicht verringert; prüfen wir jedoch unsere Daten.

In den lateinischen Urkunden vom siebenten Jahrhundert an (also seit an die Stelle des römischen Reichs die germanischen Staaten getreten waren) ist beinahe stehend die Formel von Grund und Boden: cum agris cultis et incultis, silvis, pratis, aquis aquarumque decursibus (Grimm S. 43). Sie entspricht in ihrem allgemeinen Bau unverkennbar den einfachern deutschen Fassungen, und erfährt später, wie diese, mannigfache Erweiterungen, z. B. cum omni jure, districtu, pratis, pascuis, silvis, viis et inviis, aquis aquarumve decursibus, agris, cultis et incultis, aliisque pertinentiis suis omnibus (Zeerl. 29). Was die einzelnen Ausdrücke anbelangt, so entspricht den agri culti et inculti am nächsten das bû und urbû einer von Grimm (a. a. O.) mitgetheilten deutschen Formel. Schmeller (4, 94) erinnert, daß auch die Formel baw und wayde vorkomme; aber daraus, daß baw an der Stelle des gewöhnlicheren wunn steht, darf nach allem Bisherigen noch nicht Synonymität dieser beiden geschlossen werden. Näher an Wunn und Weid kommen wir heran, wenn in einer von Zeerl. (11—13) mitgetheilten Urkunde von 1152 die Rede ist von einem jus, quod cives Constantienses post secationem foeni in prato eorum.. ad pascua animalium suorum habere... decreverunt. Nachher heißt es von den Constanzern (obschon sie jenes Recht an das Kloster Kreuzlingen abgetreten hatten): prata tanquam communia pascua calcare nitebantur. Das scheint ganz genau der Begriff des deutschen trat, das wir oben mehrfach mit Wunn und Weid parallel gefunden haben. In einer andern Stelle (bei Zeerl. S. 15) beziehen sich die Worte in prato und in dictis pascuis deutlich auf dasselbe Grundstück und unter dem Jahr 1429 ist die Rede von einem Streit super certis pratis seu pascuis, ganz wie 1293 von einer wise, die das Kloster der Schotten den Constanzern zu kaufen gab, „ze ir weide.“ Das letztere Wort bedeutet hier schwerlich bloß die freie Weide des Viehs selbst, sondern es schließt den Heugewinn ein, gemäß der doppelten Nutzbarkeit solcher Grundstücke, wie sie von Zeerleder so stark hervorgehoben wird, aber eben darum auch die Unterscheidung von Wunn und Weid, prata und pascua so sehr erschwert. Zu den bedeutsamsten Zeugnissen gehören solche, deren lateinischem Text hinwieder eine deutsche Uebersetzung beigegeben ist. Das Kloster Rheinau wollte 1429 zu Oerlingen einen Fischteich graben; die benachbarte Gemeinde Trüllikon behauptete aber auf dem zum Teich bestimmten Boden zu besitzen communitatem, seu jus pascendi, vulgo wunn und weide, in dictis pascuis seu pratis (Zeerl. 67). Ebenso steht in einem Rheinauer Rodel von 1413: jus pascendi (nachher mit dem Beisatz communiter) quod vulgo dicitur wun et waid (Zeerl. 71). Hienach würde sich Wunn und Weid nur auf Gemeinweide beziehen; dazu stimmt aber nicht ganz die letzte Stelle, die ich noch anzuführen habe. 1259 verkaufte Rudolf von Habsburg dem Kloster Wettingen Güter zu Schlieren und Dietikon, mit pascuis, compascuis, impascuis, seinen Leuten jedoch die jura pascualia et compascualia vorbehaltend. 1344 bestätigte sein Urenkel den Verkauf durch eine deutsche Urkunde, in welcher die beiden lateinischen Formeln durch „wunn und weide“ übersetzt werden (Zeerl. 106). Scherz sagt in seinem Glossar: wonne restringendum videtur ad prata, quæ desecta demum patent pecori et hactenus diversa sunt a pascuis communibus (welche immer offen stehn). Auch diese Unterscheidung wird gegenüber dem wechselnden Sprachgebrauch, wie er im Bisherigen dargelegt ist, nicht Stand halten. Bevor wir übrigens daran gehen, zum Schlusse einige sprachgeschichtliche Data über die getrennten Wörter „Wunn“ und „Weide“ zusammenzustellen, muß noch beigebracht werden, was sich von formelhaftem Gebrauch derselben außerhalb der Rechtssprache vorfindet.

Wenn Hans Sachs sagt: „Sommer, du verschwelkest (machst welken) Wunn und Weid!“ so scheint hier noch die bisher besprochene Bedeutung der Worte zu gelten, nur daß statt des rechtlichen Interesses ein gemüthliches waltet. Wenn der bernische Fabeldichter Boner die Fliege zur Ameise sagen läßt:

an wunnen und weiden bin ich rîch,
dîn leben ist mîme ungelîch. (Fab. 41)

so ist das bereits halb bildlich gesprochen. Mit ganz bildlichem Gebrauch der Formel sagt Gottfr. von Straßburg (Trist. 16759):

ouge und ôre heten dâ
weide und wunne beide,
daz ouge sîne weide,
daz ôre sîne wunne,
dâ was schate und sunne.

und schon etwas früher Wernher (Marienleben p. 32.):

bêdiu, wunne und weide,
und vil stätigen segen
hete ir der engil gegeben.

(nämlich der h. Anna durch die Kunde ihrer Schwangerschaft mit Maria). Aehnlich p. 167:

si heten volle weide,
wunneclichiu spil,
alles liebes und êren vil.

Zwar ist hier die Formel bereits aufgelöst, aber wenn wir p. 105 lesen:

gnâde, f r ö u d e und w e i d e
wolte got geben aller werlte,
(nämlich durch Maria)

so steht fröude hier offenbar an der Stelle von bildlich gebrauchtem wunne, während doch auch die sinnlichere Bedeutung des Wortes daneben nicht ganz erloschen ist, wenn es in einer Beschreibung des Paradieses heißt:

dô Adam die w u n n a n s a c h,
ein wort er frôlichen sprach:
ich hân hie f r ö u d e und w u n n e,
und liuhtet wie die sunne;
hie stênt g r a s, b l u o m e n unde k l ê
.... wir haben hie guoten gemach.

Alle diese Stellen zusammen zeigen deutlich den Uebergang der sinnlichen Bedeutung von wunne in die rein geistige, welche im heutigen „Wonne" einzig fortdauert, übrigens schon im Althochdeutschen vorkommt, und zwar z. B. gerade wieder von der Herrlichkeit des Paradieses (Otfr. 7, 18), während die bildliche Bedeutung des mittelhochdeutschen weide, in den obigen Stellen und auch in dem Adjectiv geweide (sich freuend), sich nur in der Zusammensetzung „Augenweide", in dem reflexiven „sich weiden" (vgl. das ältere „sich begrasen", spanisch darse un verde = sich gütlich thun, wohl sein lassen, frz. se repaître) und zum Theil in dem Adjectiv „weidlich" erhalten hat.

Daß die sinnliche Bedeutung von wunne neben der geistigen fortbestand, zeigt auch der Name w u n n e m â n ô t, den Karl der Große dem Mai gab, nicht in dem für jenes Zeitalter allzu sentimentalen Sinn von „Wonne", sondern jedenfalls mit der praktischen Hinweisung auf Bestellung der W i e s e n. Uebrigens gibt Wackernagel als die richtigere Lesart des Namens die Form winnemânôt; winne aber, gothisch vinja, heißt „Weide" und es gehört dazu ein eigenes Verbum winên, depascere, wohl zu unterscheiden von winnan, dem die Form wunne, von der Bedeutung „gewinnen" abgeleitet, näher steht. Es gibt aber auch noch eine dritte Form des Substantivs für „Weide", wona, — also mit einfachem n wie winên und vinja, übrigens auch das W u n der Formel ziemlich oft und das angelsächsische vyn, Wonne, — und dazu stimmt das Verbum wonên, auch der Bedeutung nach, indem für die älteste, nomadische Lebensweise die Weide eben auch der W o h n p l a t z ist; insofern man aber diesen da aufschlägt, wo man sich wohl fühlt, liegt auch die „Wonne" nahe. Daß auch der umgekehrte Hergang stattfinden kann, lehrt der von Grimm (Gesch. d. Spr. 17) angeführte Gebrauch von fröude bei einem mhd. Dichter = Jagdbeute; das schweizerische „erfreut werden" mit selbstverständlicher Beziehung auf die Freude über die Geburt eines Kindes, das französische égayage = Bewässerung der Wiesen; aber daß wunne auf Wiese übertragen wurde, entweder nach der Erklärung von Scherz: delectatio pecoris in pascuis, oder nach der Ansicht von Grimm, weil der Anblick der Fluren im Herzen der Menschen „Wonne" erweckt, ist weniger wahrscheinlich, als daß die Bedeutung „Wonne" selbst erst vom Anblick und Genuß der Fluren abstrahirt wurde. Auch die von Zeerleder (S. 87—88, 124—5) beigebrachten Ortsnamen: Wunnenberg, Wunnenwyl, -stein, -heim, Wunsiedel, Wonnsäß, sind schwerlich nach der heutigen Bedeutung von „Wonne" zu erklären, und es ist möglich, daß selbst der ahd. Name des Paradieses wunnigarto nur dasselbe bezeichnet, was der einfache gothische vaggs, nämlich: Wiese, vgl. die zahlreichen Ortsnamen auf -wangen. In diesem Zusammenhang mag auch angeführt werden, daß nach Schmeller auf Schoonen eine abgemähte Flur und die Beweidung derselben wennewang heißt; es wird dabei kaum an das sachlich entsprechende französische vain pâturage, auch nicht an das altdeutsche Adjectiv wan, leer (vgl. Schmell. 4, 79—81), sondern eher an das obige winne gedacht. Was aber wunne betrifft, so muß unter der Voraussetzung, daß diese Form des Wortes ursprünglich sei, — nicht erst assimilirt aus wunja (vgl. gothisch unvunands, bekümmert) wie winne aus vinja, — allerdings auf die Etymologie des starken Verbums winnan gegriffen werden. Als Grundbedeutung desselben fanden wir schon oben: lebhaft bewegt, angestrengt sein, etwa im Sinne des heutigen „ringen", sowohl von Arbeit als von Leiden, wie das lateinische labor und das altdeutsche arbeit. Nun finde ich bei Schmeller (4, 91) die ältern niederdeutschen Redensarten: land winnen = bebauen, bearbeiten. gewunnen land = angebautes. landwinner, winne = agricola; winhof, villa. Demgemäß würde wunne „angebautes Land" oder den daraus zu ziehenden „Gewinn" bedeuten, wie denn solcher in unserm Klima immer erst erarbeitet werden muß. ga-winnan nun hieß, mit der in der Vorsylbe liegenden Verstärkung oder Vollendung des Begriffs: quærere, lucrari, occupare, consequi; aber in der oberdeutschen Volkssprache haften noch Redensarten, welche jenem niederdeutschen winnen nahe kommen. Schmeller (a. a. O. 90) führt an: Stöcke gewinnen = Holz hauen. Bäume gewinnen = aus dem Wasser ziehen. Heu gewinnen = mähen. Holz gewinnen = schlagen und zubereiten. Korn gewinnen = worfeln. Ein Feld gewinnen = abernten. Das schweizerische gwünne (von Stalder 1, 497 wegen der Nebenform günne mit ginnen [anschneiden] vermengt), gilt bloß von Obst und Beeren. Hienach könnte wunne, wenn es mit dem zusammengesetzten Verbum verbunden werden darf, überhaupt „Gewinn" von Naturprodukten bezeichnen, in noch weiterm Sinne als den wir oben ihm wirklich zustehend fanden.

Prüfen wir zum Schlusse, ob nicht auch „Weide" auf einen allgemeineren Begriff ausläuft. Wenn wir finden, daß das ahd. weida Jagd, Fischfang und Viehweide gleichzeitig und gleichmäßig bezeichnet, so sehen wir uns mit Einem Schlage in den ältesten Culturzustand zurückversetzt, wo wirklich jene drei Beschäftigungen zusammen das ganze Naturleben der Völker ausmachen. Noch heute beziehen sich die erst später in der Schrift unterschiedenen Zusammensetzungen mit Waid — auf das Jagdwesen; „Waidlig" heißt in der Schweiz noch immer ein Fischerkahn; das Adjectiv waidlich, weidenlich bezeichnet in der ältern Sprache alle mögliche zu jenen Gewerben nöthige Tüchtigkeit, Rüstigkeit und Stattlichkeit (vgl. noch Schmell. 4, 24—9. Stald. 2, 442). Von dem altdeutschen Verbum weidanôn oder weinanjan, welches ebenfalls pascere und venari umfaßte, stammt aber auch, mit dem regelmäßigen Uebergang des deutschen w in romanisches gu, italienisch guadagnare, französisch gagner, beide heutzutage mit der allgemeinern Bedeutung: gewinnen. Aber das altspanische guadanar hieß: mähen (portugiesisch guadanha, Sichel, Sense), das altfranzösische gaagner, das Feld bauen (s. noch Diez, rom. Wörterb. 1, 228); das französische gain heißt auch: Ernte, regain ist = Grummet, schweizerisch: Emd, das Nachheu. Wenn so auf romanischem Boden die Weide zur Wunne werden konnte, warum nicht in der deutschen Heimat die Wunne zur Weide, und beide unter Umständen Eines? Jedenfalls sehen wir beide Mal die Uebergangszeit aus dem schweifenden Hirten- und Jägerleben zum seßhaften Ackerbau in der Sprache treu und anschaulich abgespiegelt.

Bern, Mai 1864. Dr. L. Tobler.

Ueber Alliteration.

I.

Was die neuere Grammatik — vorzugsweise der germanischen Sprachen — mit einer dem Alterthum fremden Bezeichnung Alliteration nennt, hatte schon seit längerer Zeit meine Aufmerksamkeit hingelenkt auf die beiden classischen Sprachen; da, als ich mit wachsender Befriedigung gesammelt, mit wachsender Ueberzeugung meine Notizen und Sammlungen geordnet hatte, bekam ich zufällig Kenntniß und Einsicht von der Abhandlung Naeke's im rheinischen Museum 1829: »de alliteratione sermonis latini«, p. 324 seqq. Daß hie und da gelegentlich auch schon von dieser eigenthümlichen Erscheinung die Rede gewesen war, wußte ich wohl, aber daß sie in diesem Umfang, ex officio, auf classischem Boden behandelt, ja, auch nur bemerkt worden war, war mir neu und ich wollte schon meine Arbeit für überflüssig halten. Eine genaue Einsicht aber in Naeke's Aufsatz änderte meine Anschauung.

Der Umstand zwar, daß auch Naeke erst am Ende seines Sammlens Kenntniß erhielt von bedeutenden Vorarbeiten auf diesem Felde, konnte mich nicht bestimmen, sein Beispiel zu befolgen, wohl aber die Wahrnehmung, daß er sich auf ein gewisses Sprachgebiet eingeschränkt und somit der Nachlese ziemlich viel übrig gelassen hatte, dann aber auch sein principieller Verzicht auf die griechische Litteratur. Er glaubt zwar auch an ein Vorkommen der Alliteration daselbst — wenn auch nicht in dieser wuchernden Fülle wie im Lateinischen, die ihm hie und da gar zu üppig erscheint — er glaubt daran, weil ihm der feine Schönheitssinn der Griechen, ihr an Melodie des Rhythmus und des Klanges gewöhntes Ohr, ihre oft an Spielerei anklingende Formenlust und Formgewandtheit nicht dazu angethan scheint, um sich ein so fruchtbares Mittel sprachlicher Eleganz, wie die Alliteration, entgehen zu lassen — aber gerade deswegen zieht er vor, »Graecos ... intactos mittere, quam leviter perstringere.«

Lachmann war anderer Meinung, und es ist insofern gut für diejenigen, welche die Alliteration ungern bei den classischen Völkern vermissen würden, einstweilen eine Autorität, wie diejenige Nacke's, einer anderen entgegensetzen zu können. In einem kurzgehaltenen Artikel der halle'schen Encyclopädie (sub voce Allit.) bestreitet Lachmann die Anwendung der Alliteration nicht nur bei den Griechen, sondern im Ganzen auch bei den Römern; von diesen gibt er höchstens zu, daß sie vielleicht bei „uralten" Dichtern möchte zu finden sein; von der griechischen sagt er, es sei zwar nicht thöricht gewesen, sie bei Homer zu suchen, wohl aber thöricht, sie darin zu finden. Nun aber enthält die Arbeit Naeke's eine solche Fülle von Beispielen, wenigstens für gewisse Perioden und Arten der römischen Litteratur, daß ein Zweifel nicht mehr Platz greifen kann; daß aber auch die Griechen, und zwar nicht nur die Rhetoren in ihrer Theorie, sondern auch die Schriftsteller in praxi, die Alliteration gekannt und angewandt haben, soll der vorliegende Aufsatz zu beweisen suchen. Der Verfasser macht dabei weder für das lateinische, noch für das griechische Sprachgebiet auf irgend eine Vollständigkeit Anspruch, er hat meist nur Beispiele gewählt, die ihm eine bewußte Anwendung der Alliteration zu beweisen schienen; zufällig alliterirender mußte es natürlich eine unzählbare Menge geben, und Naeke scheint ihm hie und da zu weit gegangen zu sein. Sicher ist, wollte man alle und jede Alliteration ohne die Gewähr ihrer Absichtlichkeit zusammentragen, daß eine ähnliche Arbeit zu einem Riesenwerk anschwellen müßte; um aber überflüssige Länge zu vermeiden, hat der Verfasser dieses Aufsatzes sich absichtlich und gern auf ein solches Quantum beschränkt, welches ihm zur Führung des Beweises hinlänglich zu sein und fernere Zweifel auszuschließen schien. Eine zweite Beschränkung ist diese: Naeke und seine Vorgänger (wie z. B. Pontanus) haben eine dreifache Art der Alliteration angenommen, je nachdem dieselbe am Anfang oder in der Mitte, oder am Ende der Wörter erscheint — also auch der Reim, das homoeoteleuton fällt unter diese Betrachtungsweise; sie kann sich damit rechtfertigen, daß die griechischen Theoretiker in ihren Kunstausdrücken wenigstens Anfang und Ende selbst nicht auseinanderzuhalten pflegen, d. h. die Erscheinungen hier und dort mit dem gleichen Generalnamen (wovon unten) bezeichnen, während sie allerdings für den Endreim auch einen besonderen Terminus haben — *ὁμοιοτέλευτον* — und andere Specialausdrücke für die bloße Aehnlichkeit am gleichen Ort.

Wir schließen hier die Erscheinungen am Ende und innerhalb der Wörter principiell von unserer Untersuchung aus und beschränken die

Alliteration auf denjenigen Theil, wo sie am ursprünglichsten zu Hause ist, für welchen, wenn ich recht berichtet bin, auch ihr Name zuerst aufgestellt wurde — auf den Anfang. Denn das Wort ist nicht antiken Ursprungs, sondern erfunden worden zunächst für die dadurch bezeichnete Eigenthümlichkeit der nordischen und scandinavischen Poesie: „Stabreim oder Anreim" heißt sie dort auch seit Jacob Grimm und beruht „auf dem Gleichklang consonantischer Anlaute" nach Dr. J. Eman. Schneider Darstellung der deutschen Verskunst p. 19. Dasjenige Capitel dieses Werkes, welches über die deutsche Alliteration handelt, enthält sehr brauchbare Winke auch für die Alliteration der Römer und der Griechen. Nur muß hier gleich zu Anfang als Unterschied von der deutschen Alliteration der Umstand betont werden, daß diejenige der classischen Völker sich nicht auf die Sphäre der Consonanten beschränkt, sondern auch die Vocale in ihren Bereich zieht.[1] Ueberhaupt ist sie hier durchaus an kein strengeres kunstmäßiges Gesetz gebunden, wie in jener altsächsischen, angelsächsischen und nordischen Poesie. Wenn hier „in zwei zusammengestellten Verszeilen wenigstens zwei, meistens drei betonte Silben mit gleichem Anlaut beginnen müssen", so kommt bei römischen und griechischen Dichtern die Zahl der alliterirenden Silben ebensowenig in Betracht, als Arsis oder Thesis, Quantität oder Accent, sondern die Anwendung oder Nicht-Anwendung der Alliteration in beliebiger Ausdehnung ist so willkürlich als möglich und dem Takt des Schriftstellers völlig anheimgegeben. Des Schriftstellers — denn wenn sie auch vorzugsweise ein Mittel für dichterische Darstellung ist, so doch keineswegs ausschließlich; auch Prosaiker wissen dieselbe stellenweis sehr wirksam zu verwenden: für uns also, in diesem Aufsatze, »fit alliteratio .... quoties dictiones continuatae vel binae vel ternae »vel plures« ab iisdem primis consonantibus, mutatis aliquando vocalibus, aut ab iisdem incipiunt syllabis, aut ab iisdem primis vocalibus.«

Pontanus, welcher diese Definition aufstellte, hat noch beigefügt »in versu«, was wir weggelassen, er hat weggelassen »vel plures«, was wir zugesetzt haben. Es wird uns um so eher vergönnt sein, eine kurze Zeit bei unsrer eigenen Sprache zu verweilen, als sie es ist,

---

[1]) Diese Beschränkung des Altdeutschen kann doch, so viel ich weiß, nur so zu verstehen sein, daß dort alle Vokale in Bezug auf Alliteration gleich gelten, d. h., daß jeder für den andern stehen kann.

welche dem jetzt landläufigen Ausdruck „Alliteration“ zum Dasein verholfen hat, als sie ferner für einzelne Fälle Vergleichungspunkte darbietet. Freilich weiß ich über das erste Vorkommen des Wortes nichts mitzutheilen, aber daß es zuerst aus der Terminologie der deutschen Poetik übertragen wurde auf die „ὁμοιοκέφαλα“ (sit venia verbo) der classischen Sprachen, scheint gewiß. J. Grimm hat in seinen deutschen Rechtsalterthümern (Göttingen 1854) eine große Anzahl von alliterirenden Wörterpaaren zusammengestellt, welche den uralten Trieb und Zug unserer deutschen Vorfahren zur Alliteration hinreichend darthun; wie viele derselben heute noch allgemeines Sprachgut sind, ist allzubekannt, als daß hierorts nicht eine bescheidene Anzahl derselben genügen sollte: Bausch und Bogen, Erbe und Eigen, Feuer und Flamme, Gift und Galle, Haut und Haar, Haus und Hof, Heu und Haber, Himmel und Hölle, Herz und Hirn, Herz und Hand, Kind und Kegel, Kapp und Kugel, König und Kaiser, Land und Leute, Leib und Leben, Luft und Licht, Mann und Maus, Nacht und Nebel, Ruß und Rauch, Roß und Reiter, Schutz und Schirm, Stock und Stein, Tod und Teufel, Tod und Thal (z. B. zu Tod und Thal segeln), Trieb und Trat, Wald und Wege, Wasser und Winde, Werke und Worte, Wind und Welle, Wissen und Wille, Wunn und Weid, — auch adjectivische Paare sind nicht selten: blaß und bleich, frank und frei, gäng und gäbe, frisch und fromm, los und ledig, steif und starr, scharf und schneidend, — ebenso verbale: drücken und drängen, leiben und leben, singen und sagen, schimpfen und schänden, tichten und trachten u. a. m.

Niemand wird auch, wo ähnliche Ausdrücke noch in Begleitung des Reimes sich vorfinden, wie in dem bekannten „Glück und Glas, wie bald bricht das“, Niemand in sprichwörtlichen Ausdrücken, wie: Sprichwort wahr Wort, allzuscharf macht schartig, Werk ist Wille, wie der Hirt so die Herde u. a. die Alliteration verkennen wollen. Wir werden Aehnlichem auf classischem Gebiet begegnen, und hier ist gerade eine Stelle, wo Nacke, der für seinen Zweck mit Recht am reichlichsten aus Plautus geschöpft hat, noch ausgiebig ergänzt werden kann. J. Grimm steht nicht an, die Alliteration, verglichen mit dem Endreim, „eine zartere und edlere Pflanze“ zu nennen, „welche durch ihre freiere Stellung und gleichmäßigere Wiederkehr einen geringeren sinnlichen Reiz erregt und ..... minder in die äußeren Sinne fallend der metrischen Bewegung selbständig sich anschmiegt.“ — Darum haben auch moderne Dichter trotz und neben dem Reim noch zu dem Mittel der Alliteration als Accessit gegriffen, und welch tonmalerischer Effekt in Bürger's Versen liegt:

Wonne weht aus Thal und Hügel,
Weht aus Flur und Wiesenplan,
Weht aus glattem Wasserspiegel,
Wonne weht mit weichem Flügel
Des Piloten Wange an —

fühlt jedes, auch das ungebildetste Ohr. Es ist nicht nur der Reiz der Wiederholung, welcher sich unserem Sinn einschmeichelt, sondern der sanfte Anhauch des wiederholten Lautes, welcher den Inhalt so sprechend wiedergibt. Ueberhaupt möchte Bürger derjenige deutsche Dichter sein, welcher am häufigsten und widerstandlosesten sich von den Lockungen der Alliteration hat schaukeln und fortreißen lassen; eine Menge seiner Gedichte, vorab die Leonore (z. B. „Doch keiner war, der Kundschaft gab von Allen, die da kamen"), geben Zeugniß dafür. — Aber auch Göthe gönnt ihr gern und willig eine Stelle, wenn er auch nicht ihr zu Liebe zu jenen „tripp und trapp" und „hopphopphopp" und „hurre hurre" so häufig heruntersteigt, wohin jener vielleicht zu oft sich verirrt. Denn in jenen und ähnlichen Ausdrücken hat der Trieb zur Alliteration Wörter geschaffen, welche, wenn man sich so ausdrücken darf, eigentlich keine sind, und diese üppigen wildwachsenden Schosse sollten mit großer Vorsicht im poetischen Sprachschatz verwerthet werden. Wie prächtig nimmt sich dagegen ein Vers aus wie der Schiller'sche: „Und hohler und hohler hört man's heulen", oder das Göthe'sche: „Aus dem bewegten Wasser rauscht ein feuchtes Weib empor", — oder Verse, in welchen eine mehrfache, d. h. auf verschiedenen Lauten sich wiegende Alliteration verwendet ist, wie z. B.: „Brausend bricht die Welle wogend ohne Rast und Ruh an's Ufer." Doch haben jene Zwitterworte ihre Analoga auch in den classischen Sprachen. Wenigstens wüßte ich für Formen wie daries dardaries astataries, oder huat hanat huat ista pista sista domiabo damnaustra (Beschwörungsformeln bei Cato d. r. r. cap. 160), oder für die reichhaltige Climax der griechischen Interjectionen — *ἰὴ ἰή*, *ἐὴ ἐή*, *ἰωὰ ἰωά*, *ἰοὺ ἰού*, *ἰὼ ἰώ*, *τοτοῖ ὀτοτοτοῖ*, *παπαπαπαῖ*, *ὀιοῖ ὀιοῖ*, *αἰαῖ αἰαῖ*, *ὂὂὂ*, *ἂἂἂ*, u. a. — ich wüßte, sage ich, dafür keinen anderen Entstehungsgrund, als die tiefwurzelnde Neigung zur Wiederholung, sei's nun gleicher Wörter oder gleicher Laute. Hieher werden wohl auch billig die Ausdrücke der Zärtlichkeit zu rechnen sein, welche so vielen Sprachen gemeinsam sind, und auch den classischen — *πάππα*, *μάμμα*, pappus u. a.[1]) — nicht fehlen. Es liegt mehr oder weniger in der Natur einer jeden Sprache, daß sie sich gedrungen fühlt, nicht nur sinn- und stammverwandten, sondern den entgegengesetzten Begriffen des wechselnden Gedankenspiels auch in der Sprache durch Gleichklang des Anlautes einen sinnlichen Ausdruck zu geben. Diese Neigung hat sich in unserer Muttersprache vielleicht von Anfang an stärker ausgeprägt, vielleicht länger erhalten als in der lateinischen, und diese ihrerseits zeigt mehr Spuren und Merkmale als das Griechische, dafür hat aber diese Sprache jenen Gleichklang des Anlautes angewandt und aufbewahrt als ein Mittel zur Hervorhebung und Verstärkung des Begriffes, den wir jetzt noch an zahllosen Beispielen wahrnehmen — in der Reduplication.

Wenn richtig bemerkt wurde, daß im Altdeutschen in gewissen zusammengehörigen Götter- und Heldennamen die Alliteration ein sinnliches Zeichen dieser Verwandtschaft sei — vergleiche Ingo, Isco, Irmino, ferner die burgundischen Helden des Nibelungenliedes Gunther, Gernot, Giselher, auch Hildebrand und Hadubrand — so ist es mit den lateinischen Pilumnus und Picumnus, mit Jovis und Jovino (Juno), Janus und Jana, Romulus und Remus, Vulcanus und Vesta, nicht anders und so pflegt noch Plautus Götter- und andere Namen möglichst alliterirend zu ordnen, z. B. .... Mars Mercurius Hercules Submanus Sol Saturnus dique omnes ament; oder Cliniam Chremem, Cratinum Diniam Demosthenem.[2])

Wenn nun im Griechischen ähnliche Erscheinungen auftreten, wenn Homer Namen verbindet, wie folgende:

Ὀρσίλοχον μὲν πρῶτα καὶ Ὄρμενον ἠδ' Ὀφελέστην

oder geographische:

... ὅσσοι τὸ Πελασγικὸν Ἄργος ἔναιον
οἵ τ' Ἄλον, οἵ δ' Ἀλόπην, u. s. w.; ferner:

---

[1]) Vgl. auch das Ammenlied (Schol. zu Persius III, 18 ed. Dübner):
lalla lalla lalla lalla aut dormi aut lacte.

[2]) Auch Benennungen eines Einzelnen mögen hie und da einen bewußt alliterirenden Charakter haben, wie Semo Sancus, Titus Tatius. Sicher hat noch in verhältnißmäßig später Zeit Juvenal die Alliteration der Namen in Clodius accuset moechos, Catilina Cethegum nicht zufällig sich entschlüpfen lassen.

οἳ δ' ἄρα Νίσυρόν τ' εἶχον, Κράπαθόν τε Κάσον τε
Καὶ Κῶν, Εὐρυπύλοιο πόλιν, νήσους τε Καλύδνας,

so wird man diese Gliederungen weder für zufällige, noch für metrisch geforderte, sondern für bewußt alliterirende halten dürfen. Kaum macht sich aber der Trieb nach Wiederholung des Anlautes irgendwo anders in höherem Grade und consequenter bemerklich als in der schon oben erwähnten, von den Grammatikern so genannten Reduplikation. Und hier fassen wir dieselbe nicht nur in ihrem gewöhnlichen Vorkommen bei der Verbalconjugation auf, wo sie, nach G. Curtius, die vollendete, also auch hier verstärkte Handlung bezeichnet, sondern als verstärkendes, wort- und begriffbildendes Element überhaupt; vorwiegend im Griechischen, aber auch überaus häufig im Lateinischen. Ich denke an Wörter wie *τί-θημι, ἵ-στημι* (= *σί-στημι*), *δί-δωμι, ποι-πνύω, ποι-φύσσω, δει-δίσσομαι, δει-δίσκομαι, πάμ-παν, τε-τρεμαίνω, μαρ-μαίρειν, μερ-μερίζειν, παμ-φαίνειν, κάρ-καρον* (carcer), *βόρ-βορος, ταν-ταλοῦν, πιμ-πράναι, πιμ-πλάναι, βαμ-βαίνειν, καγ-χάζειν, καγ-χαλᾶν, παι-πάλλειν, δαι-δάλλειν, παι-φάσσειν, μαι-μάσσειν, λαί-λαψ, Τάν-ταλος, Τί-τυρος, Σί-συφος, Ἀλ-αλκ-ομενηίς, κε-κρύφαλος, τι-θήνη, τί-τθη* und hundert andere ähnliche Bildungen, im Lateinischen an mur-mur, cur-culio, gurgulio, mar-mor, Mar-mar (= Mars), me-mor, cin-cinnus, tintinnabulum, can-cer, can-celli, je-junus, ci-cindela, po-pulus (*πολύς*), ti-tillare, su-surrare, ul-ulare, die sich sehr leicht vermehren ließen, wenn hier der Ort dafür wäre (vgl. Leo Meyer, vergleichende Grammatik I. 417 seqq.). Gegenüber der Reduplication und Alliteration solcher Ausdrücke, welche der Schmerz als Interjectionen gleichsam in physischer Nothwendigkeit und von der Naturkraft überwältigt ausstößt, oder solcher, welche dem ersten naturwüchsigen Lallen des Kindes zur Bezeichnung zärtlichen Liebkosens abgelauscht sind — gegenüber solchen mechanisch entstehenden Lauten, wenn man so sagen darf, greift nun auch, in allen drei Sprachen, eine mehr dynamische oder geistige Reduplication und Alliteration gewisser grammatikalischer Formen Platz; als Beispiel mögen die Fragpartikeln dienen: wo? wie? wann? warum? — quid? quor? quantus? quando? quot? — *ποῖ; πῇ; πῶς; πόσος; πόθεν; κτλ.* — Dagegen scheint es zu weit gegangen, wenn man, wie es wohl geschieht, den sogenannten griechischen Accusativ des Inhalts hieher ziehen und aus einem ähnlichen geistigen Vorgang erklären will. Ausdrücke wie *μάχην μάχεσθαι, πόλεμον πολεμεῖν, νίκην νικᾶν, φυλακὴν φυλάττειν* und ihre ganze große Sippe finden, scheint mir, ihre Erklärung in einem anderen Prozeß, der wo möglich noch ursprünglicher und natürlicher ist, als der oben für Alliteration und Reduplication angenommene. Denn bei jenem Accusativ sind es nicht ähnliche, sondern durchaus die gleichen Begriffe, der gleiche Stamm, welcher nur nach Substanz oder Action sich auseinanderspaltet, und mag man nun über Priorität des Nomen oder des Verbum denken wie man will, so gab es doch nichts näher liegendes und natürlicheres, als entweder den Begriff, der in der Thätigkeit lag, als Substanz aus ihr herauszulösen und selbstständig neben sie hinzustellen, als ein durch sie bewirktes, oder aber dem substanziellen Begriff, wenn man ihm zur Thätigkeit verhelfen wollte, diese selbst aus seinem eigenen Stock und Stamm herausgeschnitten beizugesellen. Man darf bedauern, daß dieser so einfache und kräftige Entwicklungsgang nach und nach dem Bewußtsein ferner gerückt wurde und in der sprachbildenden Thätigkeit mehr und mehr zurücktrat, daß selbst die schon vorhandenen Bildungen nur unter gewissen Umständen und Cautelen sprachgiltig blieben und daß farblose, allgemeine Ausdrücke, wie z. B. *ποιεῖσθαι*, an die Stelle jener markigen und bezeichnenden traten, so daß man *ὅρκους ποιεῖσθαι, σπονδὰς ποιεῖσθαι ἀπολογίαν ποιεῖσθαι, κατηγορίαν ποιεῖσθαι* zu sagen anfing — man kann es bedauern, sage ich, aber darauf einen Schluß zu gründen, als verliere sich in der Sprache der tiefgewurzelte Trieb zur Wiederholung, wäre unrichtig; der Grund liegt vielmehr in dem stetigen, vom Sinnlichen und Concreten zum Abstracten und Verallgemeinern den fortschreitenden Gang der Sprache. Anders schon gestaltet sich die Sache, wenn zu einem Ausdrucke, der an und für sich schon den Begriff vollkommen bezeichnet und ausfüllt, dichterisch oder alterthümlich ein zweiter des gleichen Stammes hinzutritt, wie z. B. in propere properas, tacitus taces, omnes omnia, cupienter cupit, malus male, bonus bene, oder gar, was Cato gebraucht, bonas preces bene precari. Hierin liegt Absicht und Bewußtsein, man kann diese Erscheinungen, wie sie besonders im Griechischen bei den Dramatikern üppig wuchern, zur Alliteration rechnen, die Rhetorik gibt ihnen dagegen, wie wir bald sehen werden, einen anderen Namen, und allerdings ist es hier weniger die Gleichheit des Anlautes, welche gesucht wird, als die volle stammliche Wiederholung.

Man wird uns aber nun verzeihen, wenn wir, ehe wir uns nach einer theoretischen Begründung der Alliteration umsehen, eine Anzahl von Beispielen gleichsam zur practischen Beglaubigung vorausschicken, und zwar Beispiele nicht aus dem dichterischen Gebrauch, sondern aus einer Sphäre ähnlich derjenigen, welcher wir auch oben die deutschen, gewöhnlich zweitheiligen Ausdrücke entnommen haben. Wir meinen die Sprache, wie sie in Recht und Satzung, in einzelnen religiösen und sacralen Formeln, in gewissen sprichwörtlichen Redensarten, wie auch in Ausdrücken des gewöhnlichen bürgerlichen (auch wohl, bei den Römern, des kriegerischen) Lebens, theils zu mehrerer Feierlichkeit, theils zum Zeichen der Gleichartigkeit, theils auch zur Hülfe für das Gedächtniß jene Ausdrücke alliterirend paart und bindet. Dahin gehören: domi duellique (= bellique) — forma factisque — nomen numenque — templa tesquaque — ferro flammaque — pestis perniciesque — vineta virgultaque — maria montesque (sc. polliceri, so Sallust) — oleum et operam (sc. perdere) — cor et cerebrum (Herz und Hirn) — in manu mancipioque — aves atque altiles — luctu atque lamentis — venae et viscera — semen et stirps — facinus et flagitium — forte fortuna — tot tantaque — a capite ad calcem — foedus fidesque — fruges frumentaque — lucus locusve — pastores pascuaque (Cato) — fama atque fortuna (bei Cicero und bei Sallust) — tabulis et testibus (sc. aliquid probare; Gell. XIV, 2) — locum et lautia (sc. praebere einigemal bei Livius und Gellius, auch libera loca praebere) — Venus volgivaga — populo plebeique — inter os et offam oder inter manum mentumque (beides bei Cato, für das griechische *πολλὰ μεταξὺ πέλει κύλικος καὶ χείλεος ἄκρου*) — anni aetas — vox vires (Cato gegen Galba: multa me dehortata sunt huc prodire, anni aetas, vox vires) — ora oculique — inter sacrum et saxum. — Auch die bekannten filiis filiabusque (filii filiae, nepotes neptes) — libertis libertabusque — diis deabusque können hieher gerechnet werden. Ferner adjectivische Ausdrücke, wie: dulce et decorum — magnum et memorabile — sacrosanctus — lacerum laesumque (membrum, Gellius IV, 3) — clarus canorusque — rebus prolixis atque prosperis (Cato öfter) — sanus salvusque — purus putus — purus probus profanus (bei Festus) — purus piusque — vivatus et vividus (Festus) — fluxus et fragilis — bonum felix faustum fortunatumque — laetus lubens — serius atque severus — pransus paratus — salva servata (republica) — facienda fugienda;

adverbial: blande et benivole — bene beateque — sane sarteque — longe lateque — satis superque;

verbal: vive valeque — pudet pigetque — perdere pessum dare — fundere et fugare — do devoveo (Macrob. III, 4) — do dico dedico — do dico addico (Formel des Prätors) — ut sciam sentiam intellegamque — inscripta insculptaque — injudicatus incondempnatus — proferre promovere (sc. fines) — conciliare et conplacare (solche Composita mit gleicher Präposition sind besonders häufig). Hieher gehören auch Formeln wie: poenas pendere — foedus ferire — triumviri aeri argento auro flando feriundo (ein besonders deutliches Beispiel) — datum donum duit (Liv. XXII, 10) — diem dicere — sero sapere (sero sapiunt Phryges, Livius Andron.? oder Naevius?), juridische Ausdrücke wie: reddatis restituatis — reddatur reficiatur — distribuatur dividatur — cogito coerceto — modica majora minorave (e. g. vasa faxit) — si furtum faxit noxiamque nocuit — die Schlußformel der Strafgesetze: dare domino damnas esto, — ferner das Statut: qui in senatu sententiam dixit dixerit, qui eodem coit coierit convenit convenerit u. s. w. — parce precor — da quod debes de manu dextra — hic hodie — hic hostia — wahrscheinlich auch fortunae faber (Sallust. ad Caes. de republ. ord. orat. I.) — silex silens — cornu copiae — male mulcari — vitio vertere — u. a. m. In einer Gebetsformel (comprecatio) bei Gellius XIII, 23 heißt es: nuptiis propriis et prosperis, und ebenso: quod de tuo conjugis consilio contigit, ferner: unde liberos sibi et suis posteros patriae pararent; und in einem gleichfalls von Gellius (XVI, 3) aufbewahrten Soldatenschwur: extraque *h*astam *h*astile *p*omum *p*abulum utrem *f*ollem *f*aculam si quid ibi inveneris sustulerisve .... *p*roferes aut *p*rofitebere etc. Auch sprichwörtliche Redensarten sind hieher zu rechnen, wie: ad restim res redit — cum Care carissa (*πρὸς Κρῆτα κρητίζειν*) — cicada cicadae cara — canis festinans caecos parit catulos; und selbst das Griechische geht hier nicht leer aus, wenn auch das Meiste der Figur des *πολύπτωτον* oder des *παρηγμένον* angehören mag, die aber natürlich von der Alliteration unzertrennlich sind: *Ταντάλου τάλαντα* — *πτωχοῦ πήρα οὐ πίμπλαται* — *μωμήσεταί τις μᾶλλον ἢ μιμήσεται* (Figur der annominatio oder *παρωνομασία*[1]) — *μηδὲ μέλι μηδὲ μέλισσαι* — *κακοῦ κόρακος κακὸν ᾠὸν* — *μὴ κινεῖν κακὸν εὖ κείμενον* — *ὁ Κρὴς τὸν Κρῆτα* — *ἧλιξ ἥλικα τέρπει* — *λίνον λίνῳ συνάπτειν* — *δίκη δίκην ἔτικτε καὶ βλάβη βλάβην* (lis litem serit) — *ὕβρις ὕβριν ἔτικτε καὶ ψόγος ψόγον* — *τῶν φιλτάτων τὰ φίλτατα* — *λεχὼ λέαιναν καὶ κακὸς κύων φοβεῖ* (*λλκκκ*) — *λίθῳ λαλεῖς* u. a. m. Auch Ausdrücke, jenem lateinischen dii deaeque entsprechend, wie: *πάντες τε θεοὶ, πᾶσαί τε θέαιναι*, oder *θεοὶ καὶ θεαὶ πάντες καὶ πᾶσαι*, (*Ὀλυμπίοις καὶ Ὀλυμπίῃσι πᾶσι καὶ πάσῃσι* bei Aristoph.), so wie *αὖθις αὖ* (*ἀπαξάπας, ἀπαξαπλῶς*?) mögen hier als aus verwandten sprachlichen Gesetzen entstanden angeführt werden.

Und nun zur Theorie. Sollte diese Erscheinung, die sich doch deutlich genug kennzeichnet, von den Kunsttheoretikern ignorirt, oder gar nicht bemerkt, sollte sie also namenlos geblieben sein? Es wäre in der That höchst merkwürdig, da, besonders von den griechischen Rhetoren, die Mittel des erhöhten, rednerischen und dichterischen Ausdruckes, alle die Figuren und Wendungen, wodurch die Rede an Eleganz, Deutlichkeit oder Kraft gewinnt, auf eine so überaus erschöpfende Weise der vorhandenen Praxis entnommen und dargestellt worden sind, daß unser Ohr, Auge und Gefühl eher ein Allzuviel, eher eine Uebertreibung, eine Ueberanspannung unserer Rezeptivwerkzeuge darin wahrnehmen möchten, als eine Neigung zum Gegentheil. Allerdings einen Spezialausdruck für die Vorgänge im Anlaut, entsprechend den termini für den Auslaut (*ὁμοιοτέλευτον, πολύπτωτον* und *ὁμοιόπτωτον, παρηγμένον*), haben weder Griechen noch Römer; ein *ὁμοιοκέφαλον* existirt in der Kunstsprache nicht, dagegen an Allgemeinausdrücken, welche dasjenige, was wir Alliteration nennen, auch bezeichnen, fehlt es wenigstens den Griechen nicht. Ein Grund, warum kein ausschließlicher terminus für die Alliteration aufkam, war gewiß der Umstand, daß sie so überaus häufig in Begleitung mit anderen *σχήματα λέξεως* auftritt, welche für das Ohr oder den Gedanken einen stärkeren Accent haben, so besonders die Annominatio oder *παρονομασία*[1]) (meist unserem „Wortspiel" entsprechend), das Polyptoton und Paregmenon, die Repetitio und Geminatio, die Anaphora u. a.

Wenn wir chronologisch verfahren wollen, so bietet sich uns zuerst jene bekannte Stelle im Platonischen Gastmahl, wo es heißt

[1]) oder *παρωνομασία*?

(p. 185 c.): *Παυσανίου δὲ παυσαμένου*, und, recht zum Zeichen der gesuchten Absichtlichkeit, fortgefahren wird: *διδάσκουσι γάρ με ἴσα λέγειν οὑτωσὶ οἱ σοφοί.* Wen Plato hier unter den „Weisen" versteht, ist ebenso leicht ersichtlich, als schwer zu sagen ist, welches rhetorische Kunststück er mit jenen Worten nachmachen wollte. Denn unglücklicher Weise kann mehr als einen damit gemeint sein. Beide Wörter enthalten die gleiche Silbenzahl, sind also quantitativ gleich, und so behauptet Victorius in seinem Commentar zu Arist. Rhetor. III. 9, es sei an unserer Stelle nur die quantitative Gleichheit (die *ἰσότης*), nicht die qualitative (die *ὁμοιότης*) zu verstehen. Darin beruhe eben der Unterschied zwischen *ἴσος* und *ὅμοιος*. Und daß die Silben auch gezählt und ihre Gleichheit zu den rhetorischen Mitteln gerechnet wurde, beweisen die Rhetores graeci hinreichend. Aber jene beiden Wörter sind zugleich *ὁμοιοτέλευτα*. Wie nun? welche Figur hat Plato gemeint? Unter den Kunststücken, welche Gorgias in die Rede einführte und wodurch er sich in der Geschichte der Rhetorik einen so hervorragenden Namen erwarb, steht das *ὁμοιοτέλευτον* oben an. Aber er bildet doch nur eine Species dessen, was Cicero kurz und bündig im orator c. 52 als Erfindung des Gorgias nennt, nämlich paria paribus adjuncta et similiter definita itemque contrariis relata contraria. — Denn wenn allerdings auch *par* (ähnlich wie aequalis) die Gleichheit, nach der Seite der Kraft und Größe, die quantitative, gewöhnlich bezeichnet, so läßt hier der Gegensatz der *contraria* den Gedanken an ein quantitatives Verhältniß nicht aufkommen und das Attribut der *paria*, die *similiter* definita, spricht ganz entschieden für die Aehnlichkeit der Form, welche, wenn wir die allgemeine Fassung Cicero's recht deuten wollen, sowohl zwischen ganzen Satzgliedern, *κῶλα*, als zwischen einzelnen Wörtern bestand. Plato wird also an jener Stelle nicht die so untergeordnete Quantität hervorgehoben, die so auffällige Qualität dagegen ignorirt haben, mit anderen Worten: er stellt die Wörter zusammen, weil sie an Klang und Farbe gleich sind; *παρήχησις* heißt dieses und zu ihm gehört auch die Alliteration. Wir haben also hier, nach unserer Ansicht, ein altes, vollwichtiges Beispiel für die Kenntniß und Anwendung derselben. Um zu Aristoteles, dem *A* und *Ω* aller Theorie bei Griechen und Römer überzugehen, so ist zu bedauern, daß gerade derjenige Abschnitt, welcher über Aehnlichkeit und Gleichheit der Wörter und Glieder handelt (Rhetor. III. 9), nicht heil ist. Dies ergibt sich am augenfälligsten aus der lateinischen

Uebersetzung des Georgius Trapezuntius, welche zum Theil ganz andere Sätze enthält, als die im heutigen Text vorkommenden (s. Buhle ad loc.). Aristoteles nennt dort *παρίσωσις — ἐὰν ἴσα ἔχῃ τὰ κῶλα, παρομοίωσις-ἐὰν ὅμοια τὰ ἔσχατα ἔχῃ ἑκάτερον τὸ κῶλον.* Während also dort, bei der *παρίσωσις* »aequalia membra sunt, id est, cum verba verbis quasi dimensa et paria responderint« (Victorius nach Cicero), so enthält die *παρομοίωσις* »similitudinem *extremarum* partium membrorum, id est, *initii ac finis.*« Daß *ἔσχατα* (das Aeußerste) nur dieses, d. h. Anfang **und** Ende, bedeuten kann, beweist das Folgende: *ἀνάγκη δὲ ἢ ἐν ἀρχῇ ἢ ἐπὶ τελευτῆς ἔχειν.* Aristoteles fährt fort: *καὶ ἀρχὴ μὲν ἀεὶ τὰ ὀνόματα* [1]), *ἡ δε τελευτὴ τὰς ἐσχάτας συλλαβὰς ἢ τοῦ αὐτοῦ ὀνόματος πτώσεις ἢ τὸ αὐτὸ ὄνομα.* Unter diesem „Anfang" kann Aristoteles nur den Anfang des Satzgliedes verstehen, nicht den Anlaut des das Satzglied beginnenden Wortes, denn eines der angeführten Beispiele (Ilias IX, 526): *δωρητοί τ' ἐπέλοντο, παράρρητοί τ' ἐπέεσσιν* wäre sonst sehr unpassend gewählt, insofern die Wörter, auf welche es ankommt, *δωρητοὶ* und *παράρρητοι*, nicht eben gleich anlauten. Wie steht es aber mit dem anderen Beispiel der *παρομοίωσις* zu Anfang der beiden Satzglieder? *ἀγρὸν γὰρ ἔλαβεν ἀργὸν παρ' αὐτοῦ?* Hier findet sich allerdings diejenige Aehnlichkeit, welche wir brauchen, eine Alliteration, wie man sie nur wünschen kann, aber wo sind denn die beiden Glieder, die beim vorhergehenden und den nun folgenden Beispielen gewissenhaft aufgeführt werden? Es muß hier eine Corruptel stecken. Daß es dem Aristoteles aber sehr auf die *κῶλα* ankommt, beweist das angeführte Beispiel: *δωρητοί τ' ἐπέλοντο παράρρητοί τ' ἐπέεσσιν*, welches ja sonst, abgesehen von den *κῶλα* und nur die Wörter ins Auge gefaßt, gerade ein Beispiel für die Gleichheit der *τελευτὴ*, nicht der *ἀρχὴ*, wäre, ein eigentliches *ὁμοιοτέλευτον.* Der Umstand, daß Aristoteles jene beiden Wörter, *δωρητοὶ* und *παράρρητοι*, „gleich" nennen kann, beweist, daß sein Begriff der „Gleichheit" ein sehr weitreichender und vielumfassender ist, wie denn schon Victorius richtig ebmerkt hat, daß ihm »nomina similia« diejenigen seien »quae tota sui formatione parum inter se differunt, non similiter tantum desinunt aut incipiunt.«

[1]) Hier muß offenbar *ὅμοια ἔχει* als Prädikat aus dem Vorhergehenden ergänzt werden, wenn nicht, da diese Zumuthung der Schärfe der Definition Eintrag thut, zu lesen ist *καὶ ἀρχὴ μὲν ἀεὶ ἔχει ὅμοια τὰ ὀνόματα*, wie ich vorschlagen möchte.

Man sieht, wir haben bei Aristoteles nicht viel für unseren Zweck gewonnen, als etwa ein Beispiel; aber der unsichere Text schneidet jeden Schluß ab. Etwas leichter wird die Sache in der ars rhetorica des Anaximenes. Hier vernehmen wir (cap. 28), übrigens entsprechend der Definition des Aristoteles, daß die *παρομοίωσις οὐ μόνον ἴσα τὰ κῶλα ποιεῖ* (wie die *πάρισωσις*) *ἀλλὰ καὶ ὅμοια ἐξ ὁμοίων ὀνομάτων, οἷον λεῖπε*[1]) *λόγου μίμημα, φέρε πόθου τέχνασμα.* Also wiederum *ὁμοιοτέλευτα* als Beispiel, denn, fährt der Autor fort, *μάλιστα .. ποιεῖ ὅμοια τὰ τελευταῖα τῶν ὀνομάτων.* In diesem *μάλιστα* (hauptsächlich) liegt aber zugleich, daß die Aehnlichkeit der Wörter auch durch andere Theile, als nur durch den Ausgang (*τὰ τελευταῖα*) derselben bewirkt werden könne, zunächst also auch durch den Anlaut. Zum Beweis folgt noch eine Definition der *ὅμοια ὀνόματα* sammt Beispiel, nämlich jene sind *τὰ ἐξ ὁμοίων συλλαβῶν, ἐν ἅις πλεῖστα γράμματα τὰ αὐτά ἐστιν,* wie klar wird aus: *πλήθει μεν ἐνδεῶς, δυνάμει δε ἐντελῶς.* Hier haben wir neben dem *ὁμοιοτέλευτον* also die Alliteration. Somit gehört diese zur *παρομοίωσις* und hat nicht, wie das *ὁμοιοτέλευτον*, einen Specialnamen, aus dem einfachen Grunde, weil sie weniger zur *ὁμοιότης* der Wörter beitrug, und »denominatio fit a potiori.« Spätere Rhetoren gebrauchen den Ausdruck *παρίσωσις* für die Gleichheit des Anlautes, wie für diejenige des Auslautes, so Tiberius (bei Walz rhet. gr. VIII. 56), welchem schon das Beispiel *ὅτε τοίνυν τοῦθ' οὕτως εἶχε* zur Veranschaulichung für die erstgenannte genügt; anderswo (III. 709) wird als Beispiel der *παρίσωσις κατὰ συλλαβὴν* angeführt *προσήκει προθύμως*[2]), dieselbe Bezeichnung aber auch für das *ὁμοιοτέλευτον* gebraucht. An einem andern Orte (VIII. 640 ib.) wird als Beispiel der *παρίσωσις* eine Stelle aus Demosthenes (Olynth. I. p. 12) citirt: *τῆς παρ' ἐκείνων εὐνοίας εὐεργέτημα ἂν ἔγωγε θείην* — und zwar heißt diese *παρίσωσις „ἐξ ἐπεμβολῆς"*, weil dieselbe gebraucht werden soll, um durch ein zwischen zwei *ἰσόκωλα* eingeschobenes indifferentes Glied die allzugroße Wirkung der *παρίσωσις* zu schwächen (*ἀμβλύνειν*).

Noch bezeichnender aber als *παρίσωσις* ist nun ein Ausdruck,

---

[1]) So lese ich statt des sinnlosen *ὅσον δεῖ σὲ λόγ.*; *οἷον* = exempli gratia *ΛΕΙΣΕ* und *ΛΕΙΠΕ* sind der Form nach nicht sehr verschieden.

[2]) Demosth. orat. olynth. I. init.

welcher sehr häufig bei jenen späteren Rhetoren gefunden wird und den Gleichklang des Anlautes wie den den Auslautes umfaßt: *παρήχησις*. So Hermogenes (III, 169), welcher sie „*κάλλος ὁμοίων ὀνομάτων*“ nennt. *Γίγνεται δὲ* — heißt es von ihr — *ὅταν δύο ἢ τρεῖς ἢ τέτταρες λέξεις ἢ ὀνόματα εἴπῃ τις ὅμοια μὲν ἠχοῦντα, διάφορον δὲ τὴν δήλωσιν ἔχοντα.* Als Beispiele dienen: *πείθει τὸν Πειθίαν* (Xenoph. Hill. VII, 1, 41, wo jetzt *Πεισίαν* gelesen wird) — *Εὐπείθει πείθοντο* (Homer Odyss. *ω* 465), dann die bekannten Verse der Ilias I, 201:

ἤτοι ὁ κάπ' πεδίον 'Αλήϊον οἶος ἀλᾶτο
ὃν θυμὸν κατέδων, πάτον ἀνθρώπων ἀλεείνων,

und endlich Thucyd. I, 110: *τοῦτον δὲ διὰ μέγεθός τε τοῦ ἕλους οὐκ ἠδύναντο ἑλεῖν, καὶ ἅμα μαχιμώτατοί εἰσι τῶν Αἰγυπτίων οἱ ἕλειοι.* Ein ähnliches Beispiel führt Maximus Planudes V, 430 aus einer (nicht mehr vorhandenen) Rede des Demosthenes an: *δεινὸν γὰρ εἰ τοὺς ἐλεεῖν, ἂν ἕλωσιν, οὐκ εἰδότας ἑλόμενοι ἐλεήσετε.* (Der spiritus asper stört den Gleichklang nicht.) Endlich mag noch als Beispiel der *παρήχησις* dasjenige des Gregor. Corinthius aus einem nicht genannten Autor angeführt werden (VII, 1262): *κατηγορήσω γὰρ αὐτὸς ἐγὼ τῆς ἐμῆς εἴτε ἀπονοίας εἴτε ἀνοίας* — wozu wir bemerken, daß auch dieser Theoretiker die Parechese sowohl für den Anlaut als für den Auslaut annimmt. Wenn nun Victorius in den var. lect. XXVII die Alliteration *παρίσωσις* nannte, so war er in seinem Rechte, noch besser aber, weil spezieller, ist der Name *παρήχησις*, wie ihn Gulielmius, Voß und Geßner schon gebraucht haben (Naeke p. 327). Einen lateinischen Ausdruck wird man vergeblich suchen, da die Benennung »similia« bei Quintilian IX, 3. 75 zu viel umfaßt, unter Anderem Wörter, welche zwar ähnlich klingen, aber verschieden anfangen, wie res — spes, orator — arator. Und schon aus diesem Grunde muß die Alliteration getrennt werden von der annominatio oder *παρονομασία*, denn diese wird zwar gewöhnlich, aber nicht immer und nicht nothwendig mit den gleichen Lauten ihre Wörter beginnen lassen. »Haec figura ita ornat orationem ut in nomine aut in verbo interdum syllaba nonnunquam littera immutata diversa significet« definirt sie Aquila Romanus p. 296 (Frotscher) und diese littera kann auch die erste sein. Ein weiterer Unterschied ist aber der, daß die unter den Begriff der annominatio fallenden Worte gewöhnlich nicht nur eine verschiedene, sondern eine antithetische Bedeutung haben, daß diese Gegenüberstellung einen Witz oder eine Pointe ausmacht, so wenn *verba* den *verbera*, *praetor* dem *praedo*, *libet* dem *licet* oder *ferreus* dem *ferre* entgegensteht, wie bei Cicero de amicit. c. 23: quis tam esset ferreus qui eam vitam ferre posset....? u. s. w. Die annominatio ist demnach strenger und laxer als die Alliteration: strenger in Bezug auf den Klang, insofern bei der Alliteration die Worte nur im ersten Anlaut zusammenklingen müssen, sonst aber himmelweit auseinanderklaffen können; laxer dagegen in Bezug auf den Lebensnerv der Alliteration — den Anlaut [1]). Wenn trotzdem die alten Theoretiker bei der Parechese (worin wir die unserer Alliteration am nächsten kommende Benennung erblicken) von „gleichklingenden" Wörtern sprechen, so ist dieser „Gleichklang", wie die Beispiele zeigen, in möglichster Beschränkung aufzufassen (vgl. *προςήκει προθύμως*), gleichwohl aber und mit aller Beschränkung ist es immer eine Silbe, welche die Gleichheit ausmacht, niemals nur ein Buchstabe (d. h. hier: ein Consonant) und so darf behauptet werden, daß die Kunstausdrücke Parechese und Alliteration sich nicht vollständig decken; daß diese in der Praxis ein größeres Gebiet hat, als die Theorie ihr absteckte, wenigstens abzustecken scheint. Denn wer weiß, ob sie nicht absichtlich nur das Bedeutendere, Klangvollere hervorhob? oder wer will anderseits beweisen, daß, wenn die Theorie nicht trümmerhaft auf uns gekommen, wenn z. B. die von Aristoteles erwähnten Theodectea erhalten wären, nicht auch jene consonantische Alliteration ihre Berücksichtigung würde gefunden haben?

Noch ist die Figur des *Παρηγμένον* hier zu erledigen, welche Ernesti (init. rhetor. p. 168) durch »conjunctio conjugatorum« erklärt und mit den Beispielen et *nati natorum* u. s. w.; *sua se* manu interemit, ipse *gravis graviterque* u. s. w. belegt. Die lateinischen Techniker nennen diese Figur wohl auch derivatio, auch declinatio, oder conjugatum »qua idem verbum varie mutatum et flexum in una periodo ponitur.« Ein deutsches Beispiel findet sich in Schiller's Braut von Messina: Und so erwuchs ich still am stillen Ort. Das Polyptoton wird am besten als eine Species dieser Figur bezeichnet. Was uns hindern könnte, beide der Alliteration (Parechesis) unterzu-

[1]) So ist das Bonmot des Timon aus Phlius auf Plato: *ὡς ἀνέπλασσε Πλάτων πεπλασμένα θαύματα εἰδώς* der Form nach zwar mehr eine Alliteration oder ein *παρηγμένον*, dem Inhalt nach eher eine annominatio, ein Wortspiel.

ordnen, sehe ich nicht ein, man müßte denn für diese den Gleichklang verschiedener Stämme urgiren wollen, wozu des Hermogenes Definition: ὀνόματα ...... διάφορον τὴν δήλωσιν ἔχοντα nicht zu berechtigen scheint.

Wer indeß irgendwie der Theorie noch keinen Glauben schenkte und selbst durch die schon angeführten Beispiele sich noch nicht überzeugt erklären sollte, dem hoffen wir durch die nun folgende Rundschau die letzten Spuren von Zweifel zu benehmen. Begreiflich wird hier zunächst und zumeist die Poesie in Betracht kommen, die Prosa nur eine untergeordnete Rolle spielen, außer wo sie etwa, wie in der Rede oder dem höheren geschichtlichen Stil, sich zuweilen über ihr Niveau erhebt. Wir beginnen füglich mit den Römern, weil diese, wie schon erwähnt, die Alliteration in viel deutlicherem Gepräge erhalten haben.

Wenn wir in einem der ältesten Denkmäler römischer Poesie, in den Liedern der Salier, deren Inhalt theilweis einen auf Agricultur bezüglichen, die Schutzgötter Roms verherrlichenden Charakter hatte, trotz der trümmerhaften Ueberlieferung Stellen lesen, wie folgende [1]): advosem (adversarium) abercet pa (patrum) et po (populi) plisima (plurima) polet (pollet) auceta (aucta) topper (cito) prosapia pilumnoe poploe (pilati populi) privivio es — so dürfte es schwer halten, die Alliteration hier verkennen zu wollen; deutlich tritt diese auch zu Tage an der Stelle:

axe agglomerati. astasint. ambaxioque circumeuntes.

Ferner in:

excendere. experitos. effata. expatare,

auch coemisse — cusianes (= curiones)

duonus — dunus — ceruses (creator)

scheinen alliterirend gebraucht. Und mag nun Kritik und Interpretation dieser Lieder noch so weit auseinandergehen, der alliterirende Charakter wird nie bezweifelt werden können. Für unsere Frage ist es gleichgültig, welches Versmaaß ihnen zu Grunde liegt, daß aber im ältesten uns bekannten Nationalvers der Römer, dem saturnischen, die Alliteration reichlich vertreten ist, darf mit der größten Sicherheit behauptet werden. Man lese Verse des Nävius (bei Festus), wie folgenden:

---

[1]) Ich folge der Reconstruction von Corssen orig. poes. rom., die von Bergk ist mir nicht zur Hand.

*s*copas et verbenas *s*agmina *s*umpserunt,

oder aus dessen bellum Punic.:

eorúm *s*ectám *s*equúuntur *m*últi mórtáles.
magnámque *d*omúm *d*ecorémque *d*ítem véxárant.
is qúi *s*úrsum ad coélum *s*ústulít *s*uás res.
(?) quod bruti nec *s*atis *s*ardare queunt.
postquám *a*vem *á*spéxit témplo *A*nchíses, sácra.

Ferner die Grabschrift auf den Dichter:

Im*m*órtalís *m*ortáles sí *f*orét *f*as *f*lére
*F*lerént divaé Caménae Naéviúm poétam.
Itáque póstquamst órchi *t*ráditús *t*hensaúro,
Oblíti sunt Romaé *l*oquiér *l*atína *l*íngua.

Diesen gegenüber sind Verse des ältern Dichters, des Livius Andronicus, aus der übersetzten Odyssee, wie z. B.:

*V*irúm mihí Caména ínsecé *v*ersútum.
toppér *c*itó ad aédes vénimús *c*ircae.
(?) matremque *p*rocitum *p*lurimis venerunt.
(?) tuncque remos jussit religare struppis —

allerdings problematischer, wenigstens nicht so augenfällig, jedoch zweifle ich nicht, daß eine reichere und diplomatisch gesichertere Ueberlieferung eine Ausbeute gewähren würde. Es darf hierorts wohl angeführt werden, daß ein späterer Uebersetzer des Homer, Matius (Gellius IX, 14), in den uns erhaltenen zwei Hexametern die Alliteration angewandt hat. Will man sie auch im ersten derselben nicht anerkennen:

*A*ltera pars *a*cii **u**itasset fluminis **u**ndas,

so dürfte sie im zweiten schwer zu läugnen sein:

An **m**aneat *s*pecii *s*imulacrum in **m**orte *s*ilentum.

Wenn ferner Livius an einer Stelle seiner Odyssee die Verbindung parcentes praemodum gebraucht, welche Gellius glaubt als eigenthümlich anführen zu sollen (statt admodum oder supra modum), so glaube ich, das Streben nach Alliteration bestimmte jenen dazu.

So findet sich nun auch die Alliteration hinlänglich ausgeprägt in den Grabschriften der beiden Scipionen, in der einen (des C. Cornel. Cn. Barb. F.):

Gnaivód pátre prognátus fórtis vír sapiénsque
Quojús formá virtútei paríssuma fúit (?)
Consúl censór etc. (ppp — fff — cc.)

in der andern (des L. Cornel. Cn. F. Cn. N.):

magna — multas; parva — possidet; honos — honore; victus — virtutei; quaeratis — quei; minus — mandatus.

Soviel über die Saturnier. Aber auch in anderem Versmaaß hat sich Nävius die Alliteration nicht entgehen lassen. Gellius hat uns seine Spottverse, jambische Septenare, auf den ältern Scipio aufbewahrt (VII. 8):

Etiám qui res *m*anu *m*ágnas saepe *g*éssit *g*lorióse
Quojus fácta *v*iva núnc *v*igent, qui apud géntes solus *p*raéstat,
Eum suús *p*ater cum *p*állio *a*b *a*míco *a*bduxit úno.

Hier kann zugleich die Alliteration als Fingerzeig dienen, uns vor übereilter Aenderungssucht zu warnen. Zwar Fleckeisen (zur Kritik lateinischer Dichterfragm. p. 29) geht mit der Ueberlieferung — magnas manu — noch sehr zart um und ändert nur die Wortstellung in

etiam qui res manu saepe magnas gessit gloriose,

bedauert aber, mit feinfühlendem Sinn, daß „dann leider die Alliteration gestört wird"; J. Brix dagegen (in seiner Ausgabe des Trinummus p. 3) schreibt:

etiam qui res magnas manu saepe *egit* gloriose,

wodurch die zweite Alliteration völlig zerstört wird. Und mit der Umstellung manu magnas (von Herzberg) ist so leicht geholfen!

Gewiß sind auch die vaticinia des Marcius, wodurch die Schlacht bei Cannae vorhergesagt wurde, metrisch abgefaßt gewesen und noch aus der veränderten Gestalt derselben bei Livius (XXV, 12) und (theilweise) Macrob. (I, 17) klingt die Alliteration deutlich durch; z. B.: ne te alienigenae *c*ogant in *c*ampo Diomedis *c*onserere manus. Sed neque *c*redes tu mihi donec *c*ompleris sanguine *c*ampum, *m*ultaque *m*illia ... deferet amnis etc.; ferner: Hostem Romani si [*e*x agro] *e*xpellere *v*ultis *v*omicamque quae gentium *v*enit longe Apollini *v*ovendos censeo ludos ..... quum *p*opulus dederit ex *p*ublico *p*artem, *p*rivati uti conferant pro *s*e *s*uisque .... *p*raeerit *p*raetor, qui jus *p*opulo *p*lebeique dabit ..... Divus extinguet *p*erduelles *v*estros, qui *v*estros campos *p*ascunt *p*lacide.

Es lassen sich verschiedene Behandlungsarten denken, wie eine Beispielsammlung von Alliterationen systematisch und zugleich überschaulich geordnet werden kann. Naeke hat dieselbe nach den Buchstaben geordnet; wir ziehen eine mehr chronologische Reihenfolge vor, denn es kommt uns weniger darauf an, zu zeigen, daß die Alliteration in den classischen Sprachen überhaupt vorkommt, als, wie verbreitet und traditionell ihre Anwendung ist. Es käme nun, streng genommen, eigentlich Plautus zuerst an die Reihe, wir lassen jedoch Ennius vorangehen, als den vielseitigeren Dichter, und es ist bezeichnend, daß er in keiner der vielfachen Dichtgattungen, in denen er sich versuchte, die Alliteration vernachlässigt hat: seine Annalen, seine Dramen (tragische wie comische), seine Satyren, seine Epigramme, sowie seine übrigen, unter keiner der genannten Categorieen unterzubringenden Gedichte, alle liefern zahlreiche Beispiele.

Aus den Annalen führe ich an:

quae cava corpore caeruleo cortina receptat (ccccc).
nec cum capta capi nec cum combusta cremari (cccccc).
nec sese dedit in conspectum corde cupitum (ccc).
accipe daque fidem foedusque feri bene firmum (ffff).
.... dictum factumque facit frux (fff).
silvarum saltus latebras lamasque lutosas (ss — lll).
Brundusium pulcro praecinctum praepete portust (pppp).
poste recumbite vestraque pectora pellite tonsis (ppp).
.... permulsi pectora Poeni (ppp).
premitur pede pes atque armis arma teruntur (ppp — aaa).
lib. XI, v. 362: Pendent peniculamentum unum ad quemque pedem.

Um den Vers herzustellen, schreibt Scaliger: unum ad quodque pedule — Iberg und Hug: pediculamenta unum ad quemque pedem dependent. Vielleicht aber hat der Dichter geschrieben:

pendent peniculamenta unum ad *quodque pedum par*.

Dabei denke ich mir natürlich nicht die Schilderung eines Einzelnen, sondern mehrerer von der gleichen Gattung. Die um ein Wort vermehrte Alliteration scheint durch den Charakter des Verses empfohlen.

Bei dieser Gelegenheit erlaube ich mir, einen anderen, den Epigrammen angehörigen Vers hieher zu ziehen, den Cicero an drei Stellen (Tuscul. I, 15, 34, ibid. 49, 117 und Cato maj. 20, 73) übereinstimmend folgendermaaßen citirt:

Nemo me lacrumis decoret nec funera fletu
Faxit; cur? volito vivus per ora virum.

Die Alliteration des zweiten Verses ist augenfällig; aber auch im ersten ist Bentley's Vermuthung, lessum statt fletu, durch die beseitigte Alliteration allein schon gerichtet. Ich vermuthe aber, daß der Dichter nicht erst am Ende des Verses den alliterirenden Charakter eintreten ließ, sondern schon früher, daß aber eine spätere Zeit, vielleicht schon Cicero, die alterthümliche Form, die hier in Betracht kommt, sei es verschmähte, sei es vernachlässigte. Ich meine:

Nemo me *d*acrumis *d*ecoret nec f. f. etc.

Die Form dacruma brauchte wenigstens Nävius, nach dem Zeugniß des Festus, und zwar „öfter“; warum sollte der alterthümelnde Ennius dieselbe nicht auch hervorgezogen haben, um einen Effekt damit zu erreichen? besonders da der Ausdruck lacrimis decorare, ohne die Annahme einer gesuchten Alliteration, etwas auffällig wäre. Nach meiner Vermuthung haben wir also eine vierfach gegliederte Alliteration: mm — dd — fff — vvv. Denn, um dies hier gleich zu bemerken: wenn ich schon zu Anfang dieser Abhandlung erklärt habe, daß sie nur die im Anlaut erscheinende Alliteration in Betracht ziehen werde, so schließt diese Maxime durchaus nicht Fälle aus, wie hier nemo me. Gleich wie oben re-ceptat (quae cava corpore caeruleo cortina receptat) mitgezählt wurde — (nach Analogie einer Menge von Fällen) —, so ist es hier mit dem Compositum ne[he]mo = ne-mo. Negation und Präposition zählen allerdings meist für den Anfang der Zusammensetzung, diese als ein Wort betrachtet, jedoch sind die Fälle auch sehr häufig, wo das Haupt- und Grundwort der Composition hervortritt und gezählt wird. — Eines der augenfälligsten Beispiele aus den Annalen ist das bekannte:

O Tite tute Tati tibi tanta tyranne tulisti.

Sehr markirt ist auch:

Africa terribili tremit horrida terra tumultu.

Aus den Dramen des Dichters mögen angeführt werden:

..... ferro saeptus possidet sedes sacras (sss). —
di deaeque magno mactassint malo (dd — mmm). —
.... saxa spargens tabo sanie et sanguine atro (ssss). —
imus huc illuc hinc cum illuc ventum est ire illuc lucet (iiiii). —
caedem caveo cum hoc vestitu squalida saeptus stola (ccc — sss). —
paratum pestem ut participet parem (pppp). —
saeviter suspitionem ferre falsam futilumst (ss — fff). —
.. stultust qui cupita cupiens cupienter cupit (cccc) —

ein Beispiel, welches zugleich als Beleg für das oben angeführte σχῆμα des παρηγμένον dienen kann.

O Patricoles ad vos adveniens auxilium et vostras manus
Peto prius quam oppeto malam pestem mandatam hostili manu. —

Hier überwiegt sichtlich die durch m gebildete Alliteration (mmmm), jedoch auch die übrigen: aaa und ppp sind absichtlich, die letztere mit der erstgenannten „verschränkt“ oder „überschlagend“, ein Fall, der im Lateinischen ebenso häufig, als im Altdeutschen selten ist. Die Verschränkung ist aber zu unterscheiden von demjenigen Fall, wo irgend ein indifferentes, d. h. nicht alliterirendes Wort zwischen ein Alliterationspaar hineintritt. Zwingen nicht metrische Gründe, so scheint diese Erscheinung verdächtig. Darum möchte z. B. der von Festus citirte Vers des Ennius (aus den Hedyphagetica): alius in mari vult magno tenere tonsam, durch Umstellung zu ändern sein in: alius in mari magno vult t. t.

Aus den Dramen führe ich noch an:

Sed virum virtute vera vivere animatum addecet (vvvv — aa) —

und ganz vocalisch:

Jam dudum abludit animus atque aures avent
avide exspectantes nuntium etc. (aaaaaa). —

Aus den Comödieen des Dichters genüge hier, wo Plautus und seine Kunstgenossen die reichlichste Ausbeute gewähren, der eine Vers:

illic nugator nili non nauci est homo (nnnn), —

aus den übrigen Gedichten (Satyren, Hedyphagetica):

propter stagna ubi lanigerum pecus piscibus pascit (ppp) —
restitant, occurrunt, obstant, obstrigillant obigitant (ob ob ob ob ob) —
quid turdum, merulam melanurum umbramque marinam (mmm).

Auch mit dem Reime gepaart wendet Ennius die Alliteration an, z. B. in dem bekannten haec omnia vidi inflammari

Priamo vi vitam evitari (vvvv) u. s. w.

Für Beispiele anderer Tragiker, eines Accius oder Pacuvius, können wir hier füglich auf Stieglitz de Pacuvii Duloreste verweisen, eines jedoch (aus des Accius Hecuba) können wir uns nicht enthalten anzuführen, da es statt vieler dienen kann, insofern hier die (vocalische) Alliteration nicht nur sehr kräftig, sondern von großer malerischer Wirkung ist. Cicero hat uns (Tuscul. I, 16) die Verse erhalten:

Adsum atque advenio Acherunte vix via alta atque ardua (aaaaaaa — vv)
Per speluncas saxis structas asperis pendentibus (sss)
Maxumis ubi rigida constat crassa caligo inferum (ccc) —

Es spricht der Geist des gemordeten Polydor; besonders der erste

Vers ist charakteristisch, und könnte gewisse ähnliche Effekte deutscher Romantiker und moderner Epigonen uns in Erinnerung bringen.

Man möge uns diese kleine Abschweifung nicht übel nehmen. Sehr augenfällig ist auch ein consonantisches Beispiel aus desselben Accius »Atreus«: major mihi moles, majus miscendum st malum — ferner aus »Philoctet«: e viperino morsu venae viscerum veneno imbutae cett. — Gleich nach jener ersten Stelle führt Cicero aus unbekannter Quelle zwei Verse eines Dichters an, wo vielleicht die Alliteration wiederum ihren Einfluß in die Wagschaale der Entscheidung werfen kann:

Unde animae excitantur obscura umbra, aperto ex ostio
Alta Acheruntis, falso sanguine, mortuorum imagines. —

Die Wörter des ersten Verses beginnen mit lauter Vocalen, was kaum zufällig ist, da im Altdeutschen dergleichen für wirkliche und vollgültige Alliteration betrachtet wird. Im zweiten Vers theilt sich die handschriftliche Ueberlieferung zwischen falso sanguine und salso sang. Abgesehen nun von der geschraubten Erklärung jenes Epithetons »falsus« (vgl. Tischer ad loc.), so möchte die andere Lesart schon der Alliteration wegen (aa — ss) den Vorzug verdienen, wie sie denn auch um innerer Gründe willen die wahrscheinlichere ist. — Unter den Comikern aber (und zwar aller Gattungen, der palliata wie der togata, der atellana wie des mimus) ist Plautus so wenig der einzige, daß ein Blick in Ribbeck's comic. lat. fragm. hinreicht, uns zu einer andern Ueberzeugung zu verhelfen. Ein Mehr oder Weniger mag es hier allerdings gegeben haben, wie denn z. B. zwischen Plautus und Terenz in dieser Beziehung ein eklatanter Unterschied besteht und jener mit vollen Händen und in schöpferischer Laune ausstreut, während dieser mit sehr knapper Beschränkung und kühler Urbanität zu Werke geht — aber die bewußte Anwendung der Alliteration wird überall und durchgängig wahrgenommen. Beispielsweise folgende Citate aus Naevius, Atilius, Caecilius, Turpilius, Afranius, Pomponius:

.... dissicis, dispulveras —
In choro ludens datatim dat se et communem facit
alii adnutat, alii adnictat, alium amat, alium tenet. (aaaaaaa)—

Drei aufeinanderfolgende Verse (des Naevius) enden folgendermaaßen:

probavi plausibus — regem rumpere — superat servitus. —

Numquam quisquam amico amanti amica nimis fiet fidelis (aaa — ff) —
Qui hic ante parta patria peregre prodigunt (pppp) —
Domo patres patriam ut colatis potius quam peregri probra (ppppp) —
Cape caede, Lyde, come conde (cccc) —
.... Theodotum
compiles [nuper] qui aras compitalibus (cc)
sedens in cella circumtectus tegetibus (cc)
lares ludentis peni pinxit bubulo (ll — pp) —
Libera lingua loquamur ludis Liberalibus (lllll) —
Cum suum sibi alius alium socius socium sauciat (sssss — aa) —
Sine suam senectutem ducat usque ad senium sorbilo (sssss) —
Saepe est etiam sub palliolo sordido sapientia (ssss) —
Ita quod laetitia me mobilitat, maeror molitur metu (mmmmm) —
Percutias pavidum postrēmo a parco patre (ppppp) —
Nam ab amico amante argentum accipere meretrix [nunc] nevolt (aaaaa) —
...... miseram terrent omnia me, maris (mmm)
scopuli sonitus solitudo sanctitudo Apollinis (ssss) —
Vigilans et sollers sicca sana sobria (ssss) —
Adpetis dominatum demens praemature praecocem (dd — pp) —
Quo casu cecidit spes reducendi domum (cc — dd)
Quam cupio cujus ego indies impendio (cc — ii)
ex desiderio magis magisque maceror (mmm) —
Incepi contui conspicio coleatam cuspidem (ccccc) —
Pati dum potuerunt antequam pugae pilant (pppp). —

Aus Plautus, zu welchem wir uns jetzt wenden, werden wir durchaus nur solche Beispiele anführen, welche zwingend und beweisend sind, denn man kann allerdings des Guten auch zu viel finden wollen.

Wenn Naeke in Zusammenstellungen wie adeo adest — aut amet aut adeat — obstinate dat operam — obsera ostium — opus est obsequi — orare jussit opere maxumo, oder in Terenzianischen Ausdrücken wie sine invidia laudem invenias — maxumo te orabat opera — blande dicere aut benigne facere — Di tibi Demea — minime mirum — sodann auch in albus aterve (Cicero), albus an ater (Catull), ja in Ausdrücken wie omnibus rebus relictis — wenn er in diesen und ähnlichen Wendungen absichtliche und bewußte Alliterationen sieht, so darf diese Absicht doch mindestens in Zweifel gezogen, sie darf nicht als bewiesen hingestellt werden. Damit soll keineswegs über sämmtliche alliterirende Zusammenstellungen, welche etwa nur aus zwei Gliedern bestehen, ein Zweifel ausgesprochen sein: wir selber haben oben eine große Anzahl solcher anerkannt, aber es kommt auf Art und Gepräge an, diese sind oft mindestens so entscheidend als die Zahl, und wenn Niemand zweifeln wird, daß (um gleichfalls ein Nacke'sches Beispiel zu gebrauchen) die Zusammenstellung armati et animati eine vollgültige Alliteration sei, so möchte Nacke für sein: amore ardeo, oder amore abundas, oder omnes homines und ähnliche sehr wenige Gläubige finden. — Wir selber haben aus Plautus folgende Beispiele gesammelt und ausgewählt:

vocalisch: anima est amica amanti — unam amicam amamus ambo — adficere atque adjuvare (und zwar ist hier deßwegen Alliteration anzunehmen, weil im gleichen Satz Alliterationsglieder vorhergehen: vos in vostris voltis mercimoniis .... me laetum lucris (vvv — ll) — exitium excidium exlecebra fiet — armis equis exercitu utque eximiis bellatoribus — nisi ad hoc exemplum experior non potest ussura ussurpari — ornamentis opiparisque opsoniis — ita mi stolido susum vorsum os sublevere officiis (verschränkte Alliteration: sss — oo) — is dedit operam optumam (vicinus veneris geht vorher, is nunc cum servis servat folgt, also vv — oo — ss, drei Alliterationspaare) — maximas opimitates opiparasque offers mihi — optumo optume optumam operam das (zugleich ein Beispiel des παρηγμένον) — opstant, opsistunt, occedunt — incredibilis imposque animi inamabilis illepidus — impure inhoneste injure illex (und so eine große Anzahl mit der Präposition oder der Negation in); —

consonantisch: Bacchis Bacchas metuo et Bacchanal tuum — conjuratim cruciamenta conferant — contrectare aut compellare conloquive aut contui — culices cimices pedesque pulicesque — celeriter cenam coqui — capitis condicionem pessumam ex primaria — centuriata capitis habuit comitia — convivis cenam conditam dabo — cludam crassam Chrysidem — Chiruchus fuit Ceronicus Crimnus Cricolabus Collabus collicrepidae cruricrepidae — cave sis tibi ne bubuli in te cottabi crebri crepent — civis civitate caelitum — raso capite calvos capiam pileum — cenam continuo coqui — crassas capiat conpedes — curate ut splendor meo sit clupeo clarior — cepi tabellas consignavi clanculum — comminiscere cedodum callidum consilium cito — tuis nunc cruribus capitique fraudem capitalem hinc creas — cum cura aut cautela — cor corpusque cruciat, quid id est quod cruciat, cedo? — dicta docta pro datis — illos qui dant eos derides qui deludunt deperis — multa malaque dicta dixistis mihi — digitos dispoliat suos et tuos digitos decorat — distractio discidium vastities venit — salutem scriptam dignam dignis mittere — di divites sunt deos decent opulentiae — ditis damnare atque domare — domi duellique duellatores optimi — dispennite hominem divorsum et distennite — domi dolos domi delenifica facta domi fallacias — huic homini dignumst divitias esse et diu vitam dari — facetis fabricis et doctis dolis — fortem atque fortunatum in forma regia — senem statutum ... contracto fronte, fraudulentum ... malum mali viti probrique plenum — fac fidele sis fidelis cave fidem fluxam geras — laetus lubens laudes ago — ego loquar? lepide, licet — lembus ille mihi laedit latus — latera loris faciam valide varia uti sint — laudem lucrum ludum jocum festivitatem ferias — locus loquendi lectus est — mandes, moriri sese misere mavolt — me malis malim modis — illum meum malum promptare malim quam peculium (verschränkte Alliteration) — militi Macedonico minis viginti mea voluptas vendidit (item) — eandem miles qui viginti mulierem minis mercatus abiit — quae miseriae te tam misere macerent — malam rem magnam et maturam — ex malis multis malum quod minumumst id minume est malum — male malum metuo miser — post mortem in morte nil est quod metuam mali — miserae quom venit in mentem mihi mortis metus membra occupat — metere messem maxumam — mores hominum moros et morosos (zugleich Paronomasie) — magna moenis moenia — ad mortem male mulcassitis — neque praeripio pulpamentum neque praevorto gaudium — sed malum maximum si id palam provenit — partem piscium poscat sibi — peccassis quod posterius postules — parricidi perjuri plenissumus — perge porro proloqui — capitali periclo per praedones plurimos — tuus pater peculiarem parvule puero dedit — prata in patinis proferunt — perplexabiliter earum hodie perpavefaciam pectora — hau magnum huic est pondus pugno, perii, pugnos ponderat — parque pietati tuum si partum percoles — non probare perurgendo mihi potes nisi pars datur —

proinde habetis quasi praesentes sint. Pudicitia est, pater — O patria o Pergamum o Priame periisti senex — ubi piem Pietatem si istoc more moratam tibi postulem placere, mater, mihi quo pacto praecipis? — portitorem privabo portorio — pariter potant, pariter scortari solent — non potuit paucis plura plane proloqui — quanta pernis pestis veniet quanta labes larido, quanta sumini absumedo, quanta callo calamitas, quanta laniis lassitudo! — ubi reliquiarum reliquias reconderem — rogatis rumpitis, aliquam reperitis rimam — sator sartorque scelerum et messor maxime — sane sapio et sentio — suum si quis sumet id tu sinito sumere — sum vere vero verbero — super savia savia — non sedeo istic, vos sedete, ego sedero in subsellio — stantem stanti savium — sermo suavis suaviatio — servos sermonem serat — suo sodali sedulo — sic isti solent superbi subdomari — superesse vitae sospitem et superstitem — ter trinas triplicis tribus — temere tinnit tintinnabulum — vidit verbis vincat ne is se viderit — vi victo vivere — viri virtute freti et viribus — virtute dicit vos victores vivere — venerem vomere vis — voluptas venustas Venus ... sermo suavisaviatio. — In fünf aufeinanderfolgenden Versen sind die letzten Worte alliterirend, nämlich cum etiam cavet — cantor captus est — servem sedulo — praesenti pecunia — vitio vertere.

Diese Sammlung wird, so klein sie ist, dennoch genügen; wer mehr begehrt, den verweisen wir auf Naeke; von einem Zweifel kann hier, bei Plautus, vollends nicht die Rede sein, sonst müßten mit gleichem, ja mit mehr Recht die zwar viel mehr in die Ohren fallenden, aber viel weniger vorkommenden ὁμοιοτέλευτα desselben Dichters, z. B. mollesco et consenesco et tabesco metu — morsiunculae oppressiunculae — nam neque fictum usquamst neque pictum neque scriptum in poematis — vorsa sparsa tersa strata lauta structaque omnia ut sient u. a. für zufällig erklärt werden. — Gegen die Plautinische Fülle gewährt Terenz allerdings eine nur spärliche Ausbeute, allein in Stellen wie hic est vietus vetus veternosus senex — omnia omnes semper optata offerant — crispus crassus caesius — consilia consequi consimilia — ut lubet ludas licet — oppido opportune te obtulisti mi obviam — initium ullum invenire idoneum — dicent ducent damnatum domum wird man die geflissentliche Alliteration nicht verkennen wollen — wir wiederholen es: die geflissentliche, denn nun und nimmermehr können wir zu der Ansicht Naeke's stimmen, welcher meint, Bewußtsein oder Unabsichtlichkeit sei einerlei für unsere Frage, das Vorhandensein der Alliteration allein sei entscheidend genug (»quid sit data opera factum, et rursus quid inscientibus scriptoribus exciderit, ut saepe incertum est, ita non multum interest utrum hoc statuas an illud: tantundem et haec probant et illa«, l. c. p. 402). —

So viel über die Dramatiker. Aber auch die epische Poesie schmückte ihre Hexameter nichts weniger als selten durch die Alliteration, und auch das Miniaturepos, die Satura, verschmähte nicht die Wirkungen derselben. Beide Gattungen streifen sie aber nach und nach (bei einzelnen Dichtern bis auf unbedeutende Spuren) ab; je früher die Dichter, je üppiger sproßt im Allgemeinen die Alliteration. Das Alter zwar eines Valerius Aedituus, von Antium, dessen Verse Gellius anführt, möchte schwer zu bestimmen sein, so wie auch die von ihm gepflegte dichterische Gattung, daß aber der Anfang der von Gellius aufbewahrten Verse des Dichters (XIX, 9):

Dicere cum conor curam tibi, Pamphile, cordis — (cccc)

alliterirend gehalten ist, ist ebenso sicher, als diese Verse wahrscheinlich lyrischer Natur sind. Ebenso hat der von demselben Gellius (XVIII, 11) genannte, weiter auch nicht bekannte Furius in seinem »virescit volnere virtus« sicherlich einer bewußten Alliteration gehuldigt. Um aber zu bekannten überzugehen, so ist merkwürdig, wie selbst Lucilius, der Vater der römischen Satura, trotz seiner litterarischen Opposition gegen alle Schnörkel und Zierrathen des Ausdrucks, dennoch von der nun einmal eingebürgerten, traditionell feststehenden Alliteration sich nicht hat freimachen — können oder wollen. Bekanntlich läßt ihn Gellius (XVIII, 11) „auf sehr witzige Weise“ die Sucht jener Sprachkünstler in ihrer Blöße darstellen, welche sich Isocratiker zu sein dünkten, und invita Minerva mit verschwenderischer Hand *ὁμοιοτέλευτα* und *ἰσοκατάληκτα πάρισα* und *ὁμοιόπτωτα* und andere ähnliche Künsteleien (scitamenta) über ihren Stil ausstreuten. Diese Manier geißelte der Dichter als „kindisch, kunstlos, abgeschmackt“. Die Alliteration dagegen fand Gnade; vgl. Stellen wie folgende:

Αἰγίλιποι montes, Aetnae omnes asperi Athones (aaaa) —
Ceteri item in capulo hunc non esse aliumque cubare (ccc) —
Natibus naricem impressit crassam et capitatam —
Custodem classis catapulta —
Aptari caput atque comas fluitare capronas —

Rauco concionem sonitu et curvis cogant cornibus —
Cuja opera Terginas calix per castra cluebat —
Et virtute tua et claris conducere chartis —
Quid? sua committunt mortali claustra Camoenae —
Dividant differant, dissipent distrahant —
Paulo hoc melius quam mediocre, hoc minus malum ut pessimum —
. . :. . et vellit mappas mantella merumque —
Protulit et pretio ingenti dat primitus paucos —
Intubus praeterea pedibus praetensus equinis —
Non peperit, virum postica parte profundit —
. . . non te porro praecedere porcent —
. . . . . pernix quod pectore puro
quod puero similis —
Firmiter hoc probiterque tuo sit pectore fixum (verschränkt) —
Percrepa pugnam Pompili —
Virtus divitiis pretium persolvere posse,
commoda praeterea patriae sibi prima putare —
Perminxi imposuique pudendam pellibus labem (pppp) —
Campanus sonipes succursor nullus sequetur —
Dixi, ad principium venio, vetulam atque virosam —
Vivite lurcones, comedones, vivite ventres —
Vis est vita, vides —.

Ist nun auch diejenige Gattung der Satura, welche Juvenalis pflegt, eine nach Inhalt und Form sehr verschiedene, so machen einzelne Stellen derselben den Eindruck, als ob selbst die ingrimmige Rhetorik dieses Dichters hie und da zu der Alliteration gegriffen habe. Vergleiche:
Clodius accuset moechos, Catilina Cethegos (ccc) —
Dat veniam corvis, vexat censura columbas (ccc — vv) —
Tertius e coelo cecidit Cato (ccc) —
Et curare cutem, summi constantia civis (cccc) —
. . . pavidoque gelantur
pectore nec tremulis possunt insistere plantis (pppp) —
Parce, precor. Paean, et tu, dea, pone sagittas (pppp) —
. . . crinem abscondente galero
intravit calidum veteri centone lupanar et cellam vacuam (ccccc),
siehe noch V, 91 seqq., 105 seqq., 153 seqq. —

Das gewaltige, imposante Lehrgedicht des Lucretius Carus „über das

Wesen der Dinge" verläugnet scinen, wenn auch auf griechischer Lehre fußenden, so doch der Form und dem Gepräge nach ächt römischen Charakter auch darin nicht, daß es der Alliteration eine nicht unbedeutende Stelle einräumt. Ausdrücke wie multa modis multis varia ratione moveri wiederholen sich entweder in ganz gleicher Fassung oder in kleinern Schattirungen an vielen Stellen des Gedichtes. Ferner lese man Verse und Wendungen wie folgende; in altas aeris auras — vemens violentia vini — da dictis, diva, leporem — ductores Danaum delecti — lacrimis lassi luctuque redibant — temptaret tempore talei — conturbare animam consuevit corpore in ipso — in noctis caligine caeca cernere censemus — multis munita virum vi — ad caelumque ferat flammai fulgura rursum — quae cum magna modis multis miranda videtur — magnos manibus convellere montes — ni mirum quia multa modis communia multis multarum rerum in rebus primordia mixta — verum ubi vementi magis est commota metu mens — nam multis partibus hic est mobilior multisque minutior et mage pollens — nam facit ipsa suis interdum femina factis morigerisque modis et munde corpore culto (fff—mmm—cc) — corpora sunt porro partim primordia rerum — haec, scio, pernosces, parva perdoctus opella — ficta pedum pono pressis vestigia signis — temporis in puncto, primum quod parvola causa est procul a tergo quae provehat atque propellat — parare non potuit pedibus qui pontum per vada possent — quod quoniam nostro quoque constat corpore certum (qqq—ccc) — in somnis spirare tamen sudareque semper — quam subito soleat sol ortus tempore tali — te sociam studio scribendis versibus esse — terra mare et contra mare terras terminat omnes — e tenebris tantis tam clarum extollere lumen — fluctibus e tantis vitam tantisque tenebris in tam tranquilla et tam clara luce locavit — vivida vis animi pervicit — ventorum validis fervescunt viribus undae — et variae volucres nemora avia pervolitantes (vvvv). — Ein besonders schönes Beispiel von Alliterations-Paaren ist: extorquebit enim vitam vis morbida membris, nec ratio remedi communis certa dabatur (ee—vv—mm—rr—cc). —

Nach diesen Vorgängen ist es sehr natürlich, daß nun auch der eigentliche Epiker der Römer, daß Virgil der Alliteration vielfach Platz gestattet hat, und zwar nirgends mehr als in der Aeneide, seinem Hauptwerk. Es sind der Beispiele zu viele, theils auch zu auffällige, als daß die Anklage erhoben werden könnte, man lege die Alliterationen gegen Willen und Absicht des Dichters hinein. Außerdem würde diese Anklage auch alte Ausleger des Virgil treffen. Denn Servius schon bemerkt z. B. die gleichen Anfänge in den Worten (Aen. III, 183) casus Cassandra canebat und (ibid. III, 82) Anchisen adgnovit amicum, und fügt hinzu, dergleichen habe »majoribus« gefallen. So wird auch nicht zufällig sein: sale saxa sonabant — fit sonitus spumante salo — dona carere dolis Danaum — descendo et ducente deo — caecos rabies catulique relicti — milia quot magnis unquam venere Mycenis — pulvere perque pedes trajectus lora tumentis — nam si vestra manus violasset dona Minervae — levare viros vimque addere victis — vix primi proelia temptant portarum vigiles — ipse manu mortem inveniam, miserabitur hostis — striduut silvae saevitque tridenti spumeus — candenti corpore cycnum — Rutulis responsa remittunt — congestum cespite culmen (Eclog.), — oder Verse wie: flumina, pinguis ubi et placabilis ara Palicis — in partem quae peste caret tum pondere turris procubuit — vaginaque eripit ensem fulmineum strictoque ferit retinacula ferro (ee—fff) — ducite ab urbe domum, mea carmina, ducite Daphnin (Eclog.) — cui pendere sua patereris in arbore poma (ibid.) — occursare capro, cornu ferit ille, caveto (ibid.) — carmina nulla canam, non, me pascente capellae florentem cytisum et salices carpetis amaras (ibid.). Oder wird Jemand glauben, daß dem Dichter ohne dessen Wissen folgende Verse „entschlüpft" seien: Et Clytium Aeoliden et amicum Crethea Musis, Crethea Musarum comitem, cui carmina semper et citharae cordi (ccccccc) — propinquum pauper in arma pater primis huc misit ab annis — prosequitur pavitans et ficto pectore fatur — sat patriae Priamoque datum, si Pergama dextra defendi possent, etiam hac defensa fuissent (p und d) — hic aliud majus miseris multoque tremendum objicitur magis — has mihi servassent sedes satis una superque, tum longo limite sulcus dat lucem et late circum loca sulfure fumant? — und gar ein Beispiel, wie kaum ein anderes in die Ohren fallend: sociis edixit signa sequantur atque animos aptent armis pugnaeque parent se (sss — aaaa — pp), — Wer aber trotzdem die Meinung verfechten sollte, daß unter Tausenden von Versen ein solches Zusammentreffen gleichwohl nicht in Betracht kommen könne, dem antworten wir, daß wir die obenstehenden Beispiele beinah ausschließlich dem II. und IX.

Buch entnommen haben, daß mithin die Summe der Alliterationen sich um ein Ansehnliches vervielfachen ließe, wenn es sich irgendwie um Vollständigkeit der Aufzählung handelte; wollten wir aber erst alle diejenigen Fälle aufführen, wo der Dichter nur zwei aufeinanderfolgende Worte — wer weiß wie oft absichtlich und wie oft ohne Zweck — mit demselben Laut hat beginnen lassen, so müßten wir billig für die Geduld unsrer Leser fürchten.

Bei dieser Gelegenheit sei bemerkt, daß auch die unter Virgil's Namen laufenden Gedichte Culex, Ciris, Copa, Moretum, selbst die sog. Catalecta, eine gelegentliche Anwendung der Alliteration nicht verkennen lassen, wenn auch (schon gemäß ihrer litterarischen Gattung) nicht in dem Umfange, der im eigentlichen Heldenepos, der Aeneis, zu Tage tritt. Wir lassen einige der bemerkenswertheren Beispiele folgen:

(Culex) steterunt amnes, silvaeque canorae sponte sua cantus capiebant cortice avara (sss — cccc) — quae Trojae videre viri videreque Grai, Teucria cum magno manaret sanguine tellus — sideribus certat consurgere jamque superne corripere et solis et sidera cuncta minantur —

(Ciris) Aeginamque simul sementiferamque Seriphum — expertum multis miserae mihi rebus amorem — quod si non alia poteras ratione parentem flectere (sed poteris, quid enim non unica possis?) — hunc potius tamen ipsa pio cum jure licebit — venatus esses virgo sectata virorum — quod si alio quovis animi jactaris amore (aaa) — quare quae cantus meditanti mittere certos magna mihi cupido (qq — mmmm — ccc).

(Copa) sunt cupa et calices, cyathi — schließt mit: mors aurem vellens: vivite, ait, venio!

(Moretum) lumina fida vocat, geminos tunc veste lacertos liberat et cinctus villosae tegmine caprae — peragit Volcanus Vestaque partes — singula tunc capitum nodoso cortice nudat et summis spoliat coriis contemptaque passim spargit humi atque abicit. —

(Catalecta, VIII. ed. Paldam.) Scilicet hoc sine fraude Vari dulcissime dicam:

Dispeream, nisi me perdidit iste putus,
Sin autem praecepta vetant me dicere, sane non dicam, sed me perdidit iste puer. —

Wir wollen hierorts nicht untersuchen, in welchen dichterischen

Gattungen die Alliteration einen weiteren, in welchen einen beschränkteren Raum in Anspruch nehme, soviel jedoch ist einstweilen sicher, daß die eigentliche Lyrik enthaltsamer in ihrer Anwendung ist. Ein frappantes Beispiel liefert Ovid; denn hier kann man verschiedene Gattungen einer und derselben dichtenden Persönlichkeit vergleichen. Man wird finden, daß seine „Metamorphosen" in Bezug auf Alliteration unverhältnißmäßig reichere Ausbeute gewähren, als die Tristien. So hat auch sein großer Vorgänger Catull in seinen Liedern der Alliteration eine verschwindend kleine Bedeutung eingeräumt, und Verse wie: aspice unus ut accubans vir tuus Tyrio in toro totus immineat tibi (aa — ttttt) — möchten nicht leicht in duplo gefunden werden.

Was nun aber Ovid betrifft, so mögen folgende aus Buch VIII, IX, X Metam. herausgegriffene Stellen für ihn zeugen:

fulmen habent acres in aduncis dentibus apri — armatosque unguibus ursos uitat — celsum in cornua cervum — sine conjuge caelebs vivebat thalamique diu consorte carebat — illa moram celeri cessataque tempora cursu corrigit — discede aut desine, dixit, quaerere quid doleam — vimque Dei passam, Delphos Delonque tenentis — femina femineo correpta cupidine nulla est — mors mihi munus erit, decet haec dare dona novercam (mmm — ddd) — maestam tota Miletida mente — gaudete malis modo prodita nostris moenia, nam, fateor, merui — et modo cervicem modo crura micantia captat (mmm — ccc) — conjugium crudele meum est, tibi nubere nulla nolet — percussit pectora palmis — pugnae pectora praebent — ore premens discede precor miseroque pudori parce — Di, precor, et pietas sacrataque jura parentum hoc prohibete nefas — o patriae praelate meae, praelate parenti — corpora Cecropidum pennis pendere putares, pendebant pennis — restabat tertia tauri forma trucis — virginis est verae facies quam vivere credas — perque novem noctes Venerem tactusque viriles in vetitis numerant. — Zugleich als Beispiele des Polyptoton mögen dienen: mors morte pianda est, in scelus addendum scelus est, in funera funus — cum pede pes junctus totoque ego pectore pronus et digitos digitis et frontem fronte premebam. —

Die nachaugusteischen Zeiten schließen wir von längerer Betrachtung aus (s. Anmerk.), nicht etwa aus Geringschätzung der silbernen Litteraturperiode, sondern weil das Gefühl für Alliteration, ohne gerade zu ersterben oder gänzlich aus dem Sprachbewußtsein zu verschwinden, dennoch nicht so kräftig mehr auftritt, als in der classischen und vorclassischen Periode. Nachklänge finden sich noch überall, selbst in den späteren Jahrhunderten; schon die Nachahmung Virgil's, des Vorbildes für alle späteren Epiker, bedingte einigermaaßen das Weiterleben der Alliteration. Wenn Silius Italicus schreibt: cura subit collem turrita cingere fronte castelloque urbem circumvallare frequenti — oder Statius: mille modi leti, miseros mors una fatigat — *m*agnus quanto *m*ucrone *m*inatur, *m*iratur plus posse *m*anus, strepit ardua pulsu *m*achina continuo, septem per culmina *m*ontis it fragor et *m*agnae vincit vaga *m*urmura Romae — vidi artes veterumque manus variisque metalla viva modis (vvvv — mmm), — so wird man nicht umhin können, dieses und ähnliches als Reliquien früherer Zeiten anzusehen.

Anmerkung. Wir können uns nicht enthalten, wenigstens anmerkungsweise noch eine kleine Sammlung von Beispielen nachvirgilianischer Zeiten folgen zu lassen zur Bestätigung unserer Behauptung: *Manilius* (bei welchem Dichter Bentley die Alliterationen nicht als beabsichtigt, sondern als fehlerhaft ansah):

asserit hanc Cytherea sibi per sidera sedem — conor et indictos in carmine ducere cantus — fortunamque fori fundentem verba patronum — corripit et mortis captum sub carcere claudit — luxuriamque lucris animus luxuque rapinas. —

Calpurnius, eclog.:

conveniunt dulcique simul contendere cantu pignoribusque parant — nec mora, discernunt digitis, prior incipit Idas: me Sylvanus amat, dociles mihi donat avenas et mea frondenti circumdat tempora taeda. —

Lucanus: utque satis trepidum turba coeunte tumultum composuit — et celsus medio conspectus in agmine Caesar — non pia concinuit cum rauco classica cornu — invadunt clypeos curvataque cuspide tela. —

Valerius Flaccus: ... tranquilla tuens nec fronte timendus — nil nostri divumque memor, non nuntia tandem — conticuit, certus Scythico concurrere ponto Cyaneas — redde tholo et tantis temet dignare periclis — ... sed bella tibi terrasque timebam — solveret amplexus tristi tuba tertia signo — ... mirabere mille magistros — par tibi, nec proles magni praeclara Doricli picta manus ustoque placet sed barbara mento. —

Silius Ital.: haec ignara viri vacuoque adsueta cubili venatu et silvis — quam circum immensi populi condensaque cingunt agmina certantum. —

Statius (Thebais): visa virum facies, pariter pallorque ruborque — viscera caesarum pecudum, his cumulare canistris perdomitam saxo Cererem — . . . . . . belli mihi semina sunto Adrastus socer et superis adjuncta sinistris connubia — nec furiis post fata modum flammasque rebelles. —

Aber selbst die bescheidene Epik des Fabeldichters *Phaedrus* kennt und verwerthet die Alliteration. Man sehe die Masse von **m**, die sich in seinem »mons parturiens« alliterirend häuft, ferner in »vulpes et uva« die Kreuzung von **v** und **s**; man lese die Fabel »canes et crocodili«:

*C*anes *c*urrentes bibere in Nilo flumine a *c*orcodilis ne rapiantur, traditum est. Igitur *c*um *c*urrens bibere *c*oepisset *c*anis. Sic *c*orcodilus: 'quam *l*ibet *l*ambe otio, noli vereri. At ille: Facerem me hercule nisi esse scirem *c*arnis te *c*upidum meae. —

Ferner in den »muli duo«:

. . . . *c*elsa *c*ervice eminet *c*larumque *c*ollo jactat tintinnabulum —

in »cervus ad fontem«:

per *c*ampum fugere *c*oepit et *c*ursu levi *c*anes elusit —

in »leo senex«:

aper fulmineis ad eum *v*enit dentibus et *v*indicavit *i*ctu *v*eterem *i*njuriam; *i*nfestis taurus mox *c*onfodit *c*ornibus hostile *c*orpus (v, i, c) —

in »aquila, cornix et testudo«:

*p*romissa *p*arte *s*uadet ut *s*copulum *s*uper *a*ltis *a*b *a*stris duram illidat *c*orticem, qua *c*omminuta facile vescitur *c*ibo (p, s, a, c) —

in »equus et aper«:

equus *s*olitus *s*edare qua fuerat *s*itim dum *s*ese aper *v*olutat turbavit *v*adum (s, v) —

Dieß sind nur einzelne Beispiele, welche die Menge des vorhandenen Stoffes durchaus nicht erschöpfen.

Auch *Petronius* hat gelegentlich die Alliteration in seinen prächtigen Versen wirken lassen, vgl. fragm. XII der Bipontina:

. . . . . .

palmitibus plenis Bacchum vincire Palemque
pastorum gaudere manu, natat obrutus omni
Neptunus demersus aqua, Pallasque tabernas
vindicat et voti reus et qui vendidit orbem (p, n, o, v) —

In derselben Bipontina befindet sich im Anhang zu Petronius das epitaphium M. Lucceji eines nicht gekannten Verfassers in fließenden Distichen, worin beinah jeder Vers ein Alliterationspaar enthält, manche sogar mehrere. Es beginnt:

Cum *p*raematura raptum *m*ihi *m*orte repotem
*f*lerem *P*arcarum *p*utria *f*ila querens (p, m, f) —

(siehe ibid. Alcimus p. 248). — Nun sind, wohlgemerkt, Phaedrus und Petronius keine Epiker, welche, der Gattung nach, irgend verglichen werden könnten mit den vorhergenannten. Hier, im Epos, war von Lucretius, war wenigstens von Virgilius an die Alliteration durch Tradition gewissermaaßen sanctionirt; die frühere Lyrik ist in ihrer Anwendung äußerst zurückhaltend, später dagegen wirkt das Beispiel des Epos auch auf andere dichterische Gattungen, speziell auch auf die Lyrik. Die Priapea — wir müssen sie doch wohl zur Lyrik rechnen — gewähren eine ziemliche Ausbeute für Alliteration, vgl. (in der Sammlung bei Weber, corp. poet. lat. die Nummern 18, 37, 48, 52, 58, 77, 83); eine (72) möge hier stehen:

si *c*ommissa meae *c*arpes pomaria *c*urae
*d*ulcia, quid *d*oleam perdere *d*octus eris.

Noch spät, noch bei dem vielgewandten und in allen Gebieten der Poesie sich herumtummelnden Ausonius, scheint das Gefühl für Alliteration oder die Erinnerung an dieselbe zeitweise aufzuflackern, vgl. sein Tetrastichon auf Caligula, welches beginnt:

post hunc castrensis caliga cognomine Caesar
successit, saevo saevior ingenio,

oder das Epigramm auf Rufus:

Rhetoris haec Rufi statua est, si saxea, Rufi
cur id ais? Semper saxeus ipse fuit.

Ja, stärker noch regt sich diese Erinnerung bei dem späteren, ebenso vielseitigen Claudianus, dem letzten eigentlichen und wirklichen Dichter der Römer, dessen große Eigenschaften überhaupt nach so vielen Seiten hin an die schönsten Zeiten der römischen Poesie gemahnen. Vgl. den Anfang des Gedichtes in Eutropium, des dritten Buches de laude Stilichonis:

> Quem populi plausu procerum quem voce petebas
> aspice Roma virum cett. —

Ferner im Epithalam. Pallad. et Celer.:

> ... quod poscere ferro
> posthabita pietate solent. Tum purpura primum —

oder ibid.:

> praestantes e plebe vocat, puer illicet Aethon
> et Pyrois rutilas respersi murice plumas
> prosiliunt, puroque imbutis melle sagittis, cett.

Wer diese und ähnliche Beispiele, (eine aufmerksame Lectüre kann dieselben natürlich in bedeutender Vervielfältigung an die Hand geben und wird dann auch das minder Augenfällige unter das gleiche Gesetz bringen), wer dieselben also gewahr wird, der wird die aufgestellte Ansicht, daß die Alliteration nie völlig in der lateinischen Poesie ausgestorben ist, billigen und theilen müssen.

Wir könnten hier mit der Betrachtung der lateinischen Alliteration schließen, da diese, als wesentlich poetisches Mittel, in der Prosa nur sparsame Anwendung finden kann und darf. Wo jedoch der prosaische Ausdruck einen höheren Schwung nimmt, wo geflissentlich und mit Nachdruck ein Passus, ein Gedanke, eine Thatsache soll herausgehoben und betont werden vor anderen — vorzugsweise also in der Rede oder der Geschichtschreibung, — da kann die Alliteration als äußerlich, sinnlich verstärkendes Mittel hinzutreten. Cäsar's bekannter Ausspruch »veni vidi vici« verdankt einen großen Theil seiner kernigen Kraft der Alliteration, aber auch sein großer Vorgänger in der Kriegskunst, der ältere Scipio, scheint gelegentlich die Alliteration als Verstärkungsmittel des Ausdrucks nicht verschmäht zu haben. Qui non modo vinosus sed virosus quoque sit, äußerte er sich einmal, wie Gellius berichtet; freilich gehört diese Art der pointösen Alliteration zur Abtheilung der Paronomasie; wenn aber der gleiche Scipio in einer Rede (Gellius VI, 11) sich folgender Ausdrücke bediente: si tu plus tertia parte pecuniae paternae perdidisti, so wird man diesen ἀϑροισμός von p kaum zufällig nennen dürfen. Auf der andern Seite aber darf in einer gewöhnlichen farblosen Erzählung eine ähnliche Häufung keinen Anspruch auf Absichtlichkeit machen, und wer z. B. in Caesar de bello civili: Quibus rebus cognitis Caesar consilium capit (cccc) etc. eine geflissentliche Alliteration sehen wollte, würde sicherlich irren. Eher dürfte man eine solche bei Sallust erkennen an der Stelle, wo der jüngere Scipio seine Ermahnungsrede an Jugurtha hält: ut potius publice quam privatim amicitiam populi Romani coleret ... periculose a paucis emi quod multorum esset ... sin properantius pergeret suamet ipsum pecunia praecipitem casurum [1]). — Aber gerade der Buchstabe p ist als Anlaut so überaus häufig, so unverhältnißmäßig dominirend, daß man sich hüten muß, überall und unter allen Umständen eine Alliteration anzunehmen. So möchte die Stelle in Cicero's Tuscul. V, 33: animum et praesentem percipere pariter cum corpore et prospicere venientem nec praeteritam praeterfluere sinere ohne weitere Absicht bloß zufällig alliteriren, gewiß aber hat der gleiche Autor in seinem Cato major den *σιγματισμός* in der Stelle sensim sine sensu aetas senescit geflissentlich angewandt. Wenn es aber in derselben Schrift heißt: gremio subacto sparsum semen excepit (terra) — oder contra avium minorum morsus munitur (arista), so liegt kein Grund vor, in diesen simplen didactischen Erörterungen eine beabsichtigte Alliteration anzunehmen, so wie es anderseits schwer hält, dieselbe läugnen zu wollen in: (ne senectutem ab omnibus) vitiis videar vindicare (ibid.), und ebenso in: nemo pietate praestantior, cujus a me corpus est crematum — oder in: (quominus) in cunis vagiam valde recusem, nec vero velim quasi decurso spatio a calce ad carcerem revocari (ibid.), denn diese Stellen treten heraus durch einen gewissen Accent der Empfindung, der sich z. B. auch geltend macht in Cicero's aus Verwunderung und Aerger gemischtem: Nostros non norunt (Tuscul. I, 49). Ebendaselbst (I, 49, 117) ist der Satz: portum potius paratum nobis ut perfugium putemus gewiß absichtlich alliterirend, während in dem Ausdruck ad solemne et statum sacrificium (ibid. 47. 113), oder in dem Satz cera circumlitos condunt (ibid. 45. 108) dies nicht anzunehmen ist, so wenig als (um ein Beispiel aus einer anderen Schrift herauszugreifen), de re publ. I. 10: Sapientiorem soleo Socratem judicare. Dagegen, wenn Cicero (ad

---

[1]) Ob Jugurth. 33: *Sin reticeat, non sociis saluti fore, sed se suasque spes corrupturum* — für zufällig gelten darf?

Quint. fratr. XI.) schreibt: fervet ferturque avaritia, so beweist die Wahl gerade dieser Worte eine beabsichtigte Alliteration. Vollends aber in Cicero's Reden sind einzelne Stellen ganz unzweifelhaft durch die Alliteration verstärkt, so das bekannte vi victa vis in der Miloniana, ebenso ibid.: vestrae tunc arae viguerunt, vestra vis valuit, so das Asyndeton der ersten Catilinaria: abiit excessit erupit evasit, sowie noch andere Stellen gerade dieser Rede, z. B.: magno me metu liberabis dum modo inter me atque te murus intersit (mmmmmm) — cum proximis comitiis consularibus me consulem in campo et competitores tuos interficere voluisti, compressi conatus tuos nefarios amicorum praesidiis et copiis (cccccccc) — residebit in re publica reliqua conjuratorum manus — hoc autem uno interfecto intellego rei publicae pestem paulisper reprimi, non in perpetuum comprimi posse (ppppppp) — und so auch in der zweiten: ex hac enim parte pudor pugnat, illinc petulantia, hinc pudicitia illinc stuprum, hinc pietas illinc scelus — wie auch zu Anfang der dritten: (urbem) e flamma ac ferro ac paene e faucibus fati ereptam videtis — die Häufung der f keine zufällige ist. —

Zum Schluß sei es gestattet, einer, wenn auch vom Gewährsmann (Brisson, formul. juris u. s. w. p. 799) ohne Zeitbestimmung angegebenen, so doch jedenfalls späten Grabschrift (eines Parasiten) zu erwähnen, zum Beweis, wie das alliterirende Element sammt Verwandtschaft immer noch, wenigstens für das scherzhafte Genre, eine gewisse Anziehungskraft besaß. Dort heißt es u. a.: ... ne miremini sive moramini .... semper saxum hoc vos vocat .... non vos vocat quod vacat ore verum is quojus cinis hic latet .... nunc hic vos vocari voluit valuitque hoc. Haec olim sua voluntas volentes vos legere hoc scriptum .... immo sculptum .... litteratus silex silens (sc. sum). Adhuc quid hic latet late (?). Quod ego efferri et effari gestio Sestius Polensis Parasitus cett.

Wir kommen nun zu den Griechen. An den tonmalerischen Mitteln der griechischen Sprache (bei Homer wie bei den Dramatikern) hat noch Niemand gezweifelt; die Alliteration gehört aber billigerweise auch dazu. Freilich gab es und gibt es vielleicht jetzt noch Leute, welche in Versen, wie den allbekannten des Sophocles, *τυφλὸς τά τ' ὦτα τόν τε νοῦν τά τ' ὄμματ' εἶ*, „Stotterverse" erkennen, wie z. B. Apel in der Metrik II, 149, der auch noch über andere ähnliche, wie *ὑπέρ τ' ἐμαυτοῦ τοῦ θεοῦ τε τῆσδέ τε*, ja über Aeschylus' *δόσιν κακὰν κακῶν κακοῖς* den Stab bricht. Gewiß mit Unrecht, denn in solchen Häufungen liegt die größte Absichtlichkeit; es sind Verse, in welchen die jeweilige Situation und Stimmung des Sprechenden möglichst gemalt werden soll. In dem einfachen *τὸν καταρατότατον* des Sophocles (Oed. rex 1444) liegt eine concentrirte Kraft, welche hervorgebracht wird durch das Aneinanderschlagen von sieben harten, kurzen Silben, deren Consonanten (*κ*, *τ*, *ρ*) an Starrheit und Sprödigkeit sich überbieten und den beiden Vocalen durchaus entsprechend sind. Aehnlich verhält es sich mit Odyss. IV, 754: *μηδὲ γέροντα κάκου κεκακωμένον*. Auch in dem sophocleischen Verse *εἰ δείν' ἔδρασας δεινὰ καὶ παθεῖν σὲ δεῖ* wird man keineswegs eine zufällige, vocalische wie consonantische (*ει — δ*) Wiederholung anzunehmen haben, sondern eine gesuchte und beabsichtigte, welche den Vers bedeutsam hervorheben soll, und selbst Stellen, wo ein starker Sigmatismus zu Tage tritt, wie *σοφοὶ τύραννοι τῇ σοφῶν συνουσίᾳ*, dürfen bei Sophocles kaum als fehlerhaft gelten, sondern es muß darin ein rhetorischer Effekt angenommen werden. (Vgl. auch Antig. 737 und 739:

πόλις γὰρ οὐκ ἔσθ' ἥτις ἀνδρός ἔσθ' ἑνὸς —
καλῶς ἐρήμης γ' ἂν σὺ γῆς ἄρχοις μόνος,

und Oed. rex 60 und 61:

νοσεῖτε πάντες καὶ νοσοῦντες ὡς ἐγὼ
οὐκ ἔστιν οὐδεὶς ὅστις ἐξ ἴσου νοσεῖ.) Bei Euripides vielleicht, der überhaupt gemäß seiner didactischen Richtung die Form dem Inhalt opferte, nicht immer. Der Vers in der Medea: *ἔσωσα σ' ὡς ἴσασιν Ἑλλήνων ὅσοι* dürfte noch seine Rechtfertigung finden in der erregten Stimmung der Sprechenden, im Zischen ihres Ingrimms, aber es darf nicht geläugnet werden, daß der Dichter anderswo ohne ähnliche Begründung verfahren ist. Von Pindar und seinem Lehrer Lasos von Hermione wird überliefert, daß sie eine Antipathie gegen jenen Buchstaben hatten, eine bewußte und geflissentliche Abneigung also, und eben dieses Bewußtsein von dem, was ihm wohl oder übel klang, was es glaubte anwenden oder unterlassen zu sollen, ist es, was jedem griechischen gut organisirten Ohr eigen war, und auf dieses Bewußtsein berufen wir uns in unserer Frage. Wenn wir also in Oed. rex (1312 seqq.):

ἰὼ σκότου νέφος ἐμὸν ἀπότροπον
ἐπιπλόμενον ἄφατον
ἀδάματόν τε
καὶ δυςούριστον ὄν

die Reime als beabsichtigt anerkennen werden (vgl. auch Antig. 766), so werden wir in den Trachin.:

πότερα πρότερ' ἂν ἐπιστένω
πότερα τέλεα περαιτέρω
δύσκριτ' ἔμοιγε δυστάνῳ —

dasselbe thun nicht nur in Betreff des Reims, sondern auch in Betreff der Alliteration (ππππ — δδ). In der That, wenn die Wiederholung irgend eines charakteristischen Lautes einen Effekt bewirken soll, gleichviel wo jener steht (vgl. in Aristopheles Wolken v. 50: ὄζων τρυγὸς τρασιᾶς ἐρίου περιουσίας die Wirkung des ρ — ρωτασμὸς — und Kock zu d. St.), wie sollte nicht vorzugsweise der Anlaut als solcher, als kräftigster Hebel jener Wirkung, ausersehen werden? Die Häufung desselben Lautes ist schon bei Homer nichts seltenes, vgl. Iliad. IX, 86 (χ), IX, 120 (η), XIII, 158 (π), XIII, 20 (7 τ!), noch häufiger aber ist die eigentliche Alliteration, und wenn, wie schon früher bemerkt, allerdings die lateinische Poesie dieselbe in viel ausgedehnterem Maaße zur Anwendung bringt, Ennius also, einem Homer gegenübergestellt, im Vortheil ist, so hat doch auch dieser seine vollgültigen Alliterationen aufzuweisen. Beispiele aus der Ilias:

ἀλλ' ἄγ' ἀνὴρ ἀντ' ἀνδρὸς ἴτω —
ἀλγήσας δ', ἀχρεῖον ἰδὼν ἀπομόρξατο δάκρυ —
ἀφρήτωρ ἀθέμιστος ἀνέστιός ἐστιν ἐκεῖνος —
.... αἰπόλια πλατέ' αἰγῶν αἰπόλοι ἄνδρες —
αἰγίδ' ἔχων ἐρίτιμον ἀγήραον ἀθανάτην τε —
ὑμεῖς δ' ἄλλοθεν ἄλλος ἐρήτυειν ἐπέεσσιν —
πὰρ Διὸς αἰγιόχοιο σὺν ἀγγελίῃ ἀλεγείνῃ —
ἄψ ἐθέλω ἀρέσαι δόμεναί τ' ἀπερείσι' ἄποινα —
αἴ κεν ἄνευ ἐμέθεν καὶ Ἀθηναίης ἀγελαίης —
.. ὁ δ' ἀργαλέῳ ἔχετ' ἄσθματι κῆρ ἀπινύσσων —
αἰδώς, Ἀργεῖοι, νῦν ἄρκιον ἢ ἀπολέσθαι —
αἶψα δ' ἔπειτ' Ἀχιλῆος ἀπ' ὀφθαλμῶν σκέδασ' ἀχλὺν —
ἀγγελίην ἀπόφασθε, τὸ γάρ γέρας ἐστὶ γερόντων —
ἄντικρυ δ' ἀπόφημι, γυναῖκα μεν οὐκ ἀποδώσω —
ἀλλὰ μὲν ὄφρα γέροντος ἀπώσομεν ἄγριον ἄνδρα —

ἀσπὶς ἄρ' ἀσπίδ' ἔρεισε, κόρυς κόρυν, ἀνέρα δ' ἀνὴρ —
ἥμενοι αὖθι ἕκαστοι ἀκήριοι ἀκλεὲς αὔτως —
αἴθ' ὄφελες ἄγονός τ' ἔμεναι ἄγαμός τ' ἀπολέσθαι —
οἰκτρὸς ἀπὸ μνηστῆς ἀλόχου ἀστοῖσιν ἀρήγων —
ἀνέρος ἀφραδίῃσιν ἀγανοῦ Λαομέδοντος —
Τρωσὶ μαχήσασθαι ἀτὰρ Ἀργείοισιν ἀρήξειν —
. ἀτὰρ ἄψ ἀπιὼν μάλα μέρμερα μήσατο ἔργα —
ἐς δ' ἐρέτας ἔκρινεν ἐείκοσι, ἐς δ' ἑκατόμβας (εεεεεε) —
. . . . . ἐγὼν ἐμὲ λύσομαι, ἐστὶ γὰρ ἔνδον —
οἵ πολλοί τε καὶ ἐσθλοὶ ἐφέστασαν ἔγχε' ἔχοντες —
(ἐν μὲν γαῖαν ἔτευξ' ἐν δ' οὐρανόν, ἐν δὲ θάλασσαν, — und
ἐν δ' ἔρις ἐν δὲ κυδοιμὸς ὁμίλεον ἐν δ' ὀλοὴ κὴρ) —
εἴ πού τις καὶ ἔμοιγε θεῶν ἐπιτάρροθός ἐστιν —
ἐμμεμαὼς ἐπόρουσεν· ἐρυξάμενος ξίφος ὀξὺ —
ὄγνως ἐννοσίγαιε ἐμὴν ἐν στήθεσι βουλὴν —
ἔγχει ἐρειδόμενον, ἔτι γὰρ ἔχον ἄλγεα λυγρὰ —
αὐτὰρ ἐπεὶ πόσιος καὶ ἐδητύος ἐξ ἔρον ἕντο —
. . . ἐνένιπεν ἔπος τ' ἔφατ' ἐκ δ' ὀνόμαζεν —
Ὀρσίλοχον μὲν πρῶτα καὶ Ὄρμενον ἠδ' Ὀφελέστην —
ὄψιμον ὀψιτέλεστον, ὅου κλέος οὔποτ' ὀλεῖται —
ἦμος δ' ἠριγένεια φάνη ῥοδοδάκτυλος ἠώς —
Εὐρύπυλος δ' Εὐαιμονίδης Ὑψήνορα δῖον
υἱὸν ὑπερθύμου Δολοπίονος . . . . —
δεινὸν δερκομένη, περὶ δὲ δειμός τε φόβος τε —
θάρσει, μήτε τί σοι θάνατος καταθύμιος ἔστω (θθθ) —
καί κε τὸ βουλοίμην καὶ κεν πολὺ κέρδιον ἦεν —
καλά, παρ' αὐτοῖσιν ποσὶ κέκλιτο εὖ κατὰ κόσμον —
αὐτὸς δ' ἐν κορυφῇσι καθέζετο κύδει γαίων —
τεύχεα δ' οὐ κατὰ κόσμον ἀπὸ κρατός τε καὶ ὤμων.
. . . . μοι μία γείνατο μητηρ —
μηκέτι παῖδε φίλω πολεμίζετε μηδὲ μάχεσθε —
κρῖν' ἄνδρας κατὰ φῦλα κατὰ φρήτρας Ἀγάμεμνον,
ὡς φρήτρη φρήτρηφιν ἀρήγῃ φῦλα δε φύλοις —
οἵ τέ με τιμήσουσι μάλιστα δὲ μητιέτα Ζεὺς —
ἄντιον ἀλλήλων ἔχετον μεμαῶτε μάχεσθαι (αα—μμ) —
Τρώων οὐδ' ἄρα μιν μίμνον πολέες περ ἐόντες (μμ—ππ) —
ὡς ὅτ' ἀνὴρ ἀπάλαμνος ἰὼν πολέος πεδίοιο (αα—ππ) —
εἴ ποτέ μοι καὶ πατρὶ φίλα φρονέουσα παρέστης (πππ—φφ) —

ὅς δὴ πολλάων πόλεων κατέλυσε κάρηνα (ππ—κκ) —
πεπληγὼς ἀγορῆθεν ἀεικέσσι πληγῇσι (ππ—αα) —
ἄπρηκτον πόλεμον πολεμίζειν ἠδὲ μάχεσθαι —
...... πολέμου δ' ἀποπαύεο πάμπαν —
πρὶν κάμνειν πρὶν πάντας ἐρωῆσαι πολέμοιο —
.... πᾶσιν δε παραὶ ποσὶ κάππεσε θυμός —
καὶ πηγὰς ποταμῶν καὶ πίσεα ποιήεντα —
ἐν πεδίῳ πεπόλιστο πόλις ...... —
πιείρας πέρθοντε πόλεις μερόπων ἀνθρώπων —
ἄντυγα πὰρ πυμάτην σάκεος πύκα ποιητοῖο —
ἄστρα δὲ δὴ προβέβηκε παρῴχηκεν δε πλέων νύξ —
πατρὶ δὲ σῷ μέγα πῆμα πόληί τε παντί τε δήμῳ —
πρηνέα δὸς πεσέειν Σκαιῶν προπάροιθε πυλάων —
τεῖχος δ' οὐκ ἔχραισμε τετυγμένον οὐδέ τι τάφρος —
ἦ νύ τί τοι Τρῶες τέμενος τάμον ..... —
τριπλῇ τετραπλῇ δ' ἀποτίσομεν ..... —

Aus der Odyssee mögen folgende Beispiele hier stehen:

...... δήεις δε διοτρεφέας βασιλῆας
δαῖτα δαινυμένους —
ὄχνη ἐπ' ὄχνῃ γηράσκει, μῆλον δ' ἐπὶ μήλῳ
αὐτὰρ ἐπὶ σταφυλῇ σταφυλὴ u. s. w. —
παῦροι γάρ τοι παῖδες ὁμοῖοι πατρὶ πέλονται,
οἱ πλέονες κακίους παῦροι δέ τε πατρὸς ἀρείους —
ἤ πύξ ἠὲ πάλῃ ἢ καὶ ποσὶν ... —
... πλῆτο δε πᾶν πεδίον πεζῶν τε καὶ ἵππων —
.... ἐπὶ νῆα θοὴν καὶ θῖνα θαλάσσης —
.... μάλα γὰρ μέγα μήσατο ἔργον —
... ὄρσας ἀργαλέων ἀνέμων ἀμέγαρτον ἀϋτμήν —
Ὠκέανος ἀνίησιν ἀναψύχειν ἀνθρώπους —
αὐτῷ κήδε' ἔσεσθαι ἐμοὶ δ' ἄχος αἰὲν ἄλαστον —
ἀλλ' ἄλλος τις πτωχὸς ἀνὴρ ἀλαλασμένος ἐλθών —
..... ἄνδρες ἀμύμονος ἀνδρὸς ἄκοιτιν —
ἄξομαι ἀμφοτέροις ἀλόχους —
ἀρχοὶ μνηστήρων, ἀρετῇ δ' ἔσαν ἔξοχ' ἄριστοι —
ταῦτ' ἄρ ἀοιδὸς ἄειδε περικλυτὸς, αὐτὰρ Ὀδυσσεὺς —
ἄλλος δ' αὖτ' εἶδος μὲν ἀλίγκιος ἀθανάτοισιν —
αἰὲν ἀτιμάζει, φιλέει δ' αἴδηλον Ἄρηα —
...... ὁ δ' ἄρ οὐκ ἀπίθησεν ἀκούσας —

ἀλλ' ἀπάνευθεν ἐπ' ἀγροῦ πήματα πάσχει —
ἀλλ' ὅτε Σούνιον ἱρὸν ἀφικόμεθ' ἄκρον Ἀθηνέων
.... ἀλλ' αὕτως ἄχθος ἀρούρης —
δήομεν ἀγλαὸν ἄλσος Ἀθήνης ἄγχι κελεύθου —
ἀνέρας αἰτίζων, ἀχρημοσύνη γὰρ ἀνώγει —
δὴ τότε κεῖτ' ἀπόθεστος ἀποιχομένοιο ἄνακτος —
.... ἀκήριοι ἄνδρες ἄλυξαν —
ἀλλ' αὕτως διὰ νύκτα θοὴν ἀλάλησθαι ἄνωγας —
παίδων ἠδ' ἀλόχων οὐδ' ἀλλήλων ἀλέγουσιν —
ὃς τοῦτον τὸν ἄναλτον ἀλητεύειν ἀπέπαυσας —
μή τίς τοι τάχα Ἴρου ἀμείνων ἄλλος ἀναστῇ —
.. ἐγὼν ἑτάροισιν ἐποτρύνας ἐκέλευσα —
... ἐς γαῖαν ἐλεύσσομεν ἐγγὺς ἐόντων —
ἐξῆμαρ μὲν ἔπειτα ἐμοὶ ἐρίηρες ἑταῖροι —
ἤ πόσιν ἔνδον ἐόντα παρ' ἐσχάρῃ οὔποτ' ἔφησθα —
ἐλθεῖν ἐν χείρεσσιν ἔχοντ' εὐῆρες ἐρετμόν —
οὐκέτ' ἔπειτ' ἐθέλουσιν ἐναίσιμα ἐργάζεσθαι —
..... ἐπεὶ ἐξ ἐμεῦ ἔκλυες αὐτῆς —
ἤ Ὀδυσεὺς ἔλθῃ, ἔτι γὰρ καὶ ἐλπίδος αἶσα —
ἡμιόνους ἔλυον, ἐσθῆτα δὲ ἔσφερον εἴσω —
ἐνδυκέως ἐφίλει τε καὶ ἔτρεφεν ἠδὲ ἔφασκεν —
ἐκ δ' ἐλάσαι σιάλοισιν ἐοικότας ἐννέωροισιν —
πίνοντες καὶ ἔδοντες, ἐπηετανὸν γὰρ ἔχουσιν —
ἀλλ' ἔπετ', ἔδδεισεν γὰρ ἐμὴν ἔκπαγλον ἐνιπήν —
καὶ τότε μ' ἐκκαλέσαντες ἔφαν ἐρίηρες ἑταῖροι —
πέπλον ἔχουσ' ἐν χερσίν, ἔπος τ' ἔφατ' ἔκ δ' ὀνόμαζεν —
εἰπεῖν ἠδ' ἐπακοῦσαι ἐμὸν ἔπος ὡς ἐρέεινον —
ἔστασαν — αὐτὰρ ἔγωγε Πύλονδ' ἔχον, οὐδέ ποτ' ἔσβη —
ἐξ ἀρχῆς, εἴπερ τε γέροντ' εἴρηαι ἐπελθών —
.... πατὲρ ἐσθλὸν ἐνὶ φρέσιν, εἴ ποθεν ἐλθών —
πρωθήβην ἔτ' ἐοῦσαν, ἐεικοσάβοια δ' ἔδωκεν —
ὡς εἰπὼν ἐπὶ νῆος ἔβην, ἐκέλευσα δ' ἑταίρους —
.... δασσάμενοι δαίνυντ' ἐρικυδέα δαῖτα —
οἰμωγὴ δὲ δέδηε δεδάκρυνται δὲ παρειαί —
Ἑρμεία, Διὸς υἱέ, διάκτορε δῶτορ ἐάων —
ἦμος δ' ἠέλιος κατέδυ καὶ ἐπὶ κνέφας ἦλθεν —
κάλλει μὲν οἱ πρῶτα προσώπατα καλὰ κάθηρε —
κύσσε δέ μιν κεφαλήν τε καὶ ἄμφω φάεα καλά —

ἂν δε κυὼν κεφαλήν τε καὶ οὔατα κείμενος ἔσχε —
ἀλλ' ἀκέων κίνησε κάρη κακὰ βυσσοδομεύων —
.. ἐπεὶ κλαίουσα κορέσσατο ὅν κατὰ θυμόν —
ἡ μὲν ἄρ' ἐς κρήνην κατεβήσετο καλλιρέεθρον —
..... κακός κόναβος κατὰ νῆας ὀρώρει —
καλὴν χρυσείην, κεφαλῇ δ' ἐπέθηκε καλύπτρην —
ἀλλ' ἄρα τόνγε κύνες τε καὶ οἰωνοὶ κατέδαψαν
κείμενον —
αἶψα δε κηρύκεσσι λιγυφθόγγοισι κέλευσε
κηρύσσειν ἀγορήνδε καρηκομόωντας Ἀχαιοὺς —
ἡ δ' ἔθεεν κατὰ κῦμα διαπρήσσουσα κέλευθον —
κείμεν' ἐπ' ἠπείρου ἤ ειν ἁλὶ κῦμα κυλίνδει —
ἠδ' ὅσσοι κραναὴν Ἰθάκην κάτα κοιρανέουσιν —
κὰκ κεφαλῆς εἴρυσσε, κάλυψε δὲ καλὰ πρόσωπα —
εἴ μοι ἔτ' ἐν μεγάροις μήτηρ μένει .... —
μηδέ τι μ' αἰδόμενος μειλίσσεο, μηδ' ἐλεαίρων —
βῆ δ' ἴμεναι μέγαρόνδε μετὰ μνηστῆρας ἀγανούς —
μήτηρ μὲν μοί φησι φιλὴ πινυτὴ περ ἐοῦσα —
ἐν πάντεσσι πόνοισι παρίσταμαι —
πάντως παπταίνοντα πρὸς ἠεροειδέα πόντον —
πυρὸν ἐρεπτομένοις παρὰ πυελὸν ὡς τό πάρος περ —
.... πετέσθην
ἐς πεδίον λιπέτην δὲ Πύλου αἰπὺ πτολίεθρον —
ἤδη γὰρ τρίτόν ἐστιν ἔτος, τάχα δ' εἶσι τέταρτον —
ὡς φάτο, χαῖρε δὲ φήμη Ὀδυσσῆος φίλος υἱός. —

Auch Zusammenstellungen wie *θρασυμέμνονα θυμολέοντα — πολυκτήμων πολυλήιος* — Wendungen wie *κύμβαχος ἐν κονίῃσι*, Epitheta wie (*Ἀχαιῶν*) *χαλκοχιτώνων* sind alliterirend aufzufassen.

Aus diesen Beispielen geht hervor, daß die vocalische Alliteration (*α* und *ε*) der consonantischen kaum untergeordnet ist, wie dies von der lateinischen behauptet werden kann, und daß ferner, entsprechend den Erscheinungen des Lateinischen und aus denselben Gründen wie hier, einzelne Consonanten, wie *π*, *κ*, *μ*, *δ*, eine größere, andere eine untergeordnete Anwendung in der Alliteration finden.

Man könnte finden, in Gedichten von solchem Umfange sei die Anzahl jener Alliterationen verschwindend klein und gestatte keinen Schluß auf wirkliche beabsichtigte Anwendung derselben. Darauf entgegnen wir, daß wir mit den oben angeführten Beispielen die wirklich alliterirenden Stellen und Verse lange nicht erschöpft haben: wir wollten nur einige der augenfälligsten aufführen, welche der Art sind, daß man mit dem Einwand: quandoque bonus dormitat Homerus dagegen nicht aufkommen kann; denn wenn Verse wie *ἐς δ' ἐρέτας ἔκρινεν ἐείκοσιν ἐς δ' ἑκατόμβας* — zufällig sich so gestaltet haben, so sind sie fehlerhaft, und dieser Fehler müßte dann dem guten Homer doch zu oft aufgebürdet werden, als sich mit der landläufigen und im Ganzen gewiß richtigen Vorstellung von der Vollkommenheit jener Dichtungen reimt. Gegen Homer tritt Hesiod sehr zurück im Gebrauch der Alliteration, höchstens ließen sich einige Beispiele aus den *ἔργ. κ. ἡμέρ.* anführen, aber wir ziehen vor, nur das Sichere für unsern Zweck zu verwerthen.

Die noch vorhandene griechische Lyrik macht den Eindruck, als ob hier, wie in der lateinischen, die Alliteration eine äußerst beschränkte Anwendung gefunden habe. Freilich wäre man kaum in Verlegenheit, wenn man jeden vorkommenden *ἀθροισμὸς* des Buchstabens *π* ohne weiteres für Alliteration erklären dürfte. Dies ist aber nicht der Fall. Der in Rede stehende Laut hat eine so überwiegende, vor allen andern Buchstaben dominirende Anwendung im Griechischen als Anlaut, daß hier allerdings vieles für zufällig, ungesucht gelten muß, man müßte denn den griechischen Autoren, Dichtern wie Prosaisten, eine ganz maaßlose Vorliebe für diesen Laut zutrauen, eine Vorliebe, welche wir wenigstens nicht im Stande wären zu motiviren, und welche bei den meisten Schriftstellern eine ganz exclusive wäre. Wo aber keine andere Alliteration gefunden wird, als die mit *π*, darf man billig diese dem Zufall zuschreiben, dem Zufall oder vielmehr der Thatsache, daß durch die Präpositionen *πρὸ, περὶ, παρὰ, πρὸς*, durch Wörter wie *πολὺς* und *πᾶς* und ihre endlosen Zusammensetzungen, durch die Fragewörter (und indefinita): *πῶς, πότε, ποῖος* u. s. w. der Laut einen so ungemeinen Umfang gewonnen hat. (Aehnlich und aus ähnlichen Gründen ist es mit dem p der Lateiner.) Man lese beispielsweise Tyrtaeus eleg. VII (bei Schneidewin del.): die Menge der *π* ist überraschend, ob aber bezweckt? Man vergleiche Demosthenes (de corona): *καὶ πρῶτον μὲν τὴν εἰς Πελοπόννησον πρεςβείαν ἔγραψα ὅτε πρῶτον ἐκεῖνος εἰς Πελοπόννησον παρεδύετο .... μετὰ δὲ ταῦτα ἅπαντας ἀποστόλους ἀπέπεμψε* — oder (ibid.) *τὸ κεκρίσθαι περὶ πάντων πολλάκις πρότερον* — oder (ibid.) *ἐπειδὰν δ' ἔλθωσιν οἱ πρέσβεις εἰς Θήβας*, *πῶς χρήσασθαι τῷ πράγματι παραινῶ; τούτῳ πάνυ μοι προσέχετε τὸν νοῦν* — ferner Lysias (in Eratosth.) *πολλαχοῦ κινδυνεύσαντες καὶ εἰς πολλὰς πόλεις πλανηθέντες καὶ πανταχόθεν ἐκβαλλόμενοι ἐνδεεῖς ὄντες τῶν ἐπιτηδείων, οἱ μὲν ἐν πολεμίᾳ τῇ πατρίδι τοὺς παῖδας καταλιπόντες κτλ.* Was werden wir hier annehmen müssen? Es ist nicht leicht zu sagen; wahrscheinlich ist aber, daß die Redner denjenigen Buchstaben zu rhetorischem Effekt gewählt haben, welcher am leichtesten dazu zu verwerthen war.

Wir kehren nach dieser kleinen Abschweifung zurück zu der Lyrik, welcher wir einen sehr mäßigen Gebrauch der Alliteration vindizirt haben. Aber sie findet sich doch auch. In einem Scolion heißt es:

σύν μοι πῖνε, συνήβα, συνέρα, συστεφανηφόρει,

σύν μοι μαινομένῳ μαίνεο, σὺν σώφρονι σωφρόνει —

mit kräftigster, wirksamster Alliteration, die nicht nur in der Wiederholung der Präposition ruht, wie in Sophocles' bekanntem *οὔτοι συνέχθειν ἀλλὰ συμφιλεῖν ἔφυν* oder im nachgeahmten euripideischen *συσσωφρονεῖν γὰρ οὐχὶ συννοσεῖν ἔφυν.* Sappho: *κατθνάσκει Κυθέρη', ἄβρος Ἄδωνις, τί κε θεῖμεν; — καττύπτεσθε κόρας καὶ κατερύκεσθε χιτῶνας* — auch das oben (als sprichwörtlich) angeführte *μήτ' ἔμοι μέλι μήτε μέλισσα* gebraucht sie (vgl. auch bei Bergk Anth. gr. 416, 31: *ἄλει, μύλα, ἄλει, καὶ γὰρ Πιττακὸς ἀλεῖ, μεγάλας Μυτιλήνας βασιλεύων*). Sonst aber gewähren gerade die Tragiker die beste Ausbeute für die griechische Alliteration. Aehnlich den eben angeführten Stellen ließen sich noch manche anführen (z. B. *εἰ ξυμπονήσεις καὶ ξυνεργάσει, σκόπει*). Eine der am häufigsten vorkommenden Alliterationen ist die durch die Negation gebildete: *ἄκλαυτον, ἄταφον — ἄφθιτον ἀκαμάταν — ἄκλαυτος ἄφιλος ἀνυμέναιος — ἄμοιρον, ἀκτέριστον, ἀνόσιον νέκυν — ἀνυμέναιος ἄλυρος ἄχορος — ἄφατον ἀδάματόν τε καὶ δυσούριστον — τόν ἄθεον ἄνομον ἄδικον τόκον* [1]) — *δύσκριτ' ἔμοιγε δυστάνῳ.* Diese Eigenthümlichkeit ist zu bekannt, als daß es weiterer Beispiele bedürfte. Ebenso auch die zweite, welche in der Wiederholung des ersten Bestandtheils verschiedene Composita besetzt, so *τὰν λιπο-*

---

[1]) Dergleichen verschmähen auch die Prosaiker nicht. Wenn Herodot sich ausdrückt *ταῦτα δὲ ἡ εὐτυχία οἱ ἀπερύκει, ἄπηρος δέ ἐστιν, ἄνουσος, ἀπαθὴς κακῶν, εὔπαις εὐειδὴς* — so ist dieses und ähnliches durchaus nicht seine Eigenthümlichkeit, sondern tiefwurzelnde Neigung der gesammten Sprache, für welche fernere Belege und Beweise völlig überflüssig wären.

πάτορα λιπόγαμόν θ' ἃ πλείστους ἔκτανεν Ἑλλάνων — διθρόνου διόθεν καὶ δισκήπτρου — ἑλέναυς ἕλανδρος ἑλέπτολις — δίπτυχα δίστομα — πανσύρτῳ παμμήνῳ πολλῶν στυγνῶν τ' ἀχέων αἰῶνι — u. s. w. Damit läßt sich vergleichen die pathetische Wiederholung desselben Wortes, deren sich Aeschylus und besonders Euripides bis zum Uebermaaß bedient haben, z. B. νέαι νέαι δυαὶ δυαὶ (Aesch. Pers.) Ein besonders berühmtes Beispiel liefern die „Sieben gegen Theben“ in jener Responsion zwischen Antigone und Ismene: ἐπίλυσιν πόνων, ἐπίλυσιν δότε. Τίς ἄρα ῥύσεται; τίς ἄρ' ἐπαρκέσει; ... ὀλοὰ λέγειν, ὀλοὰ δ' ὁρᾶν — ἰὼ πόνος, ἰὼ κακὰ — τάλαν γένος; τάλαν πάθος — ἐή, ἐή — ἰὼ ἰὼ — ..... διπλᾶ λέγειν, διπλᾶ δ' ὁρᾶν — δορὶ δ' ἔκανες, δορὶ δ' ἔθανες — μελεόπονος, μελεοπαθής. — Auch Sophocles hat die Wiederholung als pathetisches Mittel sehr häufig angewandt, doch mit mehr Berechtigung als Euripides, vgl. in den Trachinn:

ὦ παῖ παῖ ποῦ ποτ' εἶ,
τᾷδέ με τᾷδέ με
πρόσλαβε κουφίσας.
ἒ ἒ ἰὼ ἰὼ δαῖμον.
θρώσκει δ' αὖ, θρώσκει
δειλαία διολοῦσ' ἡμᾶς
ἀποτίβατος ἀγρία
νόσος —

und im Ajas: ἰὼ ἰὼ Πὰν Πὰν, ὦ Πὰν Πὰν ἁλίπλαγκτε, ein Beispiel, welches neben jener Figur auch eigentliche Alliterationen aufweist. Keine Figur aber ist von den Tragikern verschwenderischer angewandt worden, als diejenige des Polyptoton und des so nahe damit verwandten Paregmenon, welche beide, wie wir oben gesehen, als Erscheinungen der Alliteration können aufgefaßt werden. Beispiele (Aeschylus): δόσιν κακὰν κακῶν κακοῖς — τύμμα τύμμασι τῖσαι (τττ) — πιστὰ πιστῶν — τίνα πόλις πονεῖ πόνον; — (mit eigentlicher Alliteration) — παρὰ φίλης φίλῳ φέρειν (ebenfalls) — ἀλλ' ἀντ' ἀγαθῶν ἀγαθοῖσι βρίοις — βίᾳ βίᾳ τε πολλὰ φροῦδα βατέαι βαθμὶ — ἄναξ ἀνάκτων καὶ μακάρων μακάρτατε καὶ τελέων τελειότατον κράτος — καὶ κενὸς κενὸν καλεῖ (eigentlich alliterirend). (Sophocles:) πόνος πόνῳ πόνον φέρει, πᾶ πᾶ πᾶ γὰρ οὐκ ἔβαν ἐγώ (ππππππ — εε) — κακοὶ κάκ' κακῶν (Alliteration nebst ἀθροισμὸς) — νέκυν νεκρῶν ἄμοιβον — κεῖται δὲ νεκρὸς περὶ νεκρῷ — πήματα φθιτῶν ἐπὶ πήμασι πίπτοντα — (im Oed. Col.:) δειλαία δειλαίων — κακὰ κακῶν — ἔσχατ' ἐσχάτων κακὰ — πάντ' ὁ παγκρατὴς θεὸς — μυρίας ὁ μύριος — χάρις χάριν — ὕβρις ὕβριν — γέρων γέροντι — πολλὰ πολλαχοῦ — κακῶν κάκιστε — αὐτὸς αὐτοῦ (dieses Pronomen nebst ἄλλος und den Derivatis vielleicht die häufigsten in der genannten Figur.) — (Euripides:) σφαγαῖσιν ἀνοσίαισιν ἀνοσίου πατρὸς — ξειναὶ ξειναῖς παρέχωμεν ἔκπληξιν — ἄλλα δ' ἐξ ἄλλων κυρεῖ — δάκρυα δάκρυσι — ὅσιον ὁσίας — πήματα πήμασι — μόνος μόνῳ — δειλαία δειλαίῳ — γοερὰν γοεραῖς — σοφὸς σοφῶς — ἕτερα δ' ἕτερος ἕτερον — δούλα δούλας — ἕτερα δ' ἀφ' ἑτέρων κακὰ κακῶν κυρεῖ — (mit eigentlicher Alliteration) — πάθεσιν πάθεα μέλεσιν μέλεα... φόνια φόνια — u. a. m. Auch alliterirende Wortspiele kennen die Tragiker; das bekannteste ist wohl dasjenige im Ajas des Sophocles, wo der Name des Helden mit αἰάζειν zusammengebracht wird; aber auch in der Antigone heißt es von Hämon: Αἵμων ὄλωλεν, αὐτόχειρ δ' αἱμάσσεται mit unverkennbarem Bezug. — Mit diesen Arten ist nun aber die Alliteration der Tragiker noch lange nicht erschöpft. Die häufigste ist auch hier wieder die mit π — die häufigste, aber nicht immer die sicherste. Vgl. Oed. rex. v. 164 sqq. Oed. Col. 1064, 1058 sqq. Electr. 365 sqq., ferner die Chöre aus Antigone πολυώνυμε Καδμείας sqq. und πολλὰ τὰ δεινά, κοὐδὲν ἀνθρώπου δεινότερον πέλει τοῦτο καὶ πολιοῦ πέραν πόντου χειμερίῳ νότῳ χωρεῖ περιβρυχίοισι περῶν ἐπ' οἴδμασι — wo man sich dem Gefühl der Absichtlichkeit nicht entziehen kann; ebenso wenig im Philoctet: Ποίαντι πατρὶ πρὸς πάτρας Οἴτης πλάκος — oder ibid.: πλάθει πᾶσιν, θείῳ πυρὶ παμφαὴς — oder in Fällen, wo noch andere Alliterationen, ja Reime hinzutreten, wie:

πότερα πρότερ' ἂν ἐπιστένω,
πότερα τέλεα περαιτέρω
δύσκριτ' ἔμοιγε δυστάνῳ; (ππππ — δδ).

So wechseln π α ρ in dem Chor der „Perser" 129 sqq.: μηδὲν φοβηθῇς, φιλία γὰρ ἥδε τάξις πτερύγων θοαῖς ἁμίλλαις προσέβα τόνδε πάγον πατρώας μόγις παρειποῦσα φρένας — ebendaselbst π und δ: ὁμίχλα προσῇξε πλήρης δακρύων σὸν δέμας εἰσιδοῦσιν πέτρᾳ προσαναινόμενον — ferner π, φ, δ in (Choeph.): ἐμόλετ' ἐς δόμον τοῦ Ἀγαμέμνονος διπλοῦς λέως, διπλοῦς Ἄρης, ἔλακε δ' ἐς τὸ πᾶν ὁ πυθοχρήστας φυγὰς θεόθεν εὖ φραδαῖσιν ὡρμημένος· ἐπολολύξατ' ὦ δεσποσυνᾶν δόμων ἀναφυγὰς κακῶν καὶ κτεάνων τριβὰς ὑπαὶ δυοῖν μιαστόροιν δυςοίμου τύχας u. s. w. — π u. σ in (Antigone): πολλῷ σάλῳ σείσαντες ὤρθωσαν πάλιν — ibid. π u. δ: ποίαν παρεξελθοῦσα δαιμόνων δίκην — ibid. π und α: πεσὼν ἀκέστας μητ' ἀκίνητος πέλει. — π und κ (Eurip. Med.): οὐδ' ἂν κτανεῖν πείσασα Πελιάδας κόρας πατέρα κατῴκει τήνδε γῆν Κορινθίαν; ibid. π und ε: παίδων πατὴρ πέφυκας εἰκός δ' ἐστιν εὔνοιαν σ' ἔχειν — π, κ, γ, ϑ in (Aesch. Prom.): .... ταχύπτεροι πνοαὶ ποταμῶν τε πηγαὶ ποντίων τε κυμάτων ἀνήριθμον γέλασμα παμμῆτόρ τε γῆ καὶ τὸν πανόπτην κύκλον ἥλιον καλῶ, ἴδεσθε μ' οἷα πρὸς θεῶν πάσχω θεὸς u. s. w. Bald darauf tritt noch τ hinzu: φεῦ φεῦ τὸ παρὸν τό τ' ἐπερχόμενον πῆμα στενάχω, πῆ ποτε μόχθων χρὴ τέρματα τῶνδ' ἐπιτεῖλαι (τττ). Aber auch das alleinstehende π zwingt uns zur Anerkennung der Alliteration an Stellen wie folgende: .... πάντρομος πελειάς, τοὶ μὲν γὰρ ποτὶ πύργους πανδαμὶ πανομιλὶ u. s. w. — ποίνιμα πάθεα παθεῖν πόρος — ὦ Πέλοπος τὰ πρόσθεν πολύπονος ἱππεία — πού ποτε πλαζόμενον προςβλέπει — οὐδὲ πᾶν ἀναπτύξαι πρέπει πρὸς φῶς παρούσης τῆςδε πλησίας ἐμοί — πρὶν πυρὶ θερμῷ πόδα τις προςαύσῃ — σοῦ δ' οὖν πέφυκα πάντα προσκοπεῖν — τὰ τοῦδε πενθεῖν πήματ' εἰς πλεῖστον πόλεως — πολύπλανοι πλάναι (welche im gleichen Stück, Prometheus, auch πολύδονοι und πολύφθοροι heißen) — πίθεσθέ μοι, πίθεσθε, συμπονήσατε τῷ νῦν μογοῦντι, ταὐτά μοι πλανωμένη πρὸς ἄλλοτ' ἄλλον πημονὴ προςιζάνει — εἰ προςδοκᾷς ἐμοῦ τι πεύσεσθαι πάρα — ὁ δ' οὖν ποιείτω πάντα προσδόκη τά μοι — πάντως γὰρ οὐ πείσεις νιν, οὐ γὰρ εὐπιθής, πάπταινε δ' αὐτὸς μή τι πημανθῇς ὁδῷ — ναρθηκοπλήρωτον δὲ θηρῶμαι πυρὸς πηγὴν κλοπαίαν ἣ διδάσκαλος τέχνης πάσης βροτοῖς πέφηνε καὶ μέγας πόρος — ὦ γῆς ἁπάσης Ἀσιάδος πολίσματα, ὦ Περσὶς αἶα καὶ πολὺς πλούτου λιμήν, ὡς ἐν μιᾷ πληγῇ κατέφθαρται πολὺς ὄλβος τὸ Περσῶν δ' ἄνθος οἴχεται πεσὸν — und wenn gleich Euripides die Alliteration (seine Wiederholungen hier nicht gerechnet) spärlicher anwendet als seine größeren Vorgänger, so hält es schwer, Stellen wie: μηδ' ἐν νάπαισι Πηλίου πεσεῖν ποτε τμηθεῖσα πεύκη — oder: νῦν ποῖ τράπωμαι, πότερα πρὸς πατρὸς δόμους οὓς σοι προδοῦσα καὶ πάτραν ἀφικόμην ἢ πρὸς ταλαίνας Πελιάδας für zufällig alliterirend zu nehmen, da wir auch andere Alliterationen bei ihm finden, wie: δάκρυα δάκρυσιν συνέπεσε σιδαρέοισι βέλεσι — ὡς οὐ θέμις σε λέξομεν θύειν θεᾷ — ἐγὼ δὲ σᾷ δυστυχίᾳ δάκρυσι διοίσω — ἄταφος ἄφιλος ἄτας ἐμᾶς ἄϊστος εἶ — πόδα παρθένιον ὅσιον ὁσίας — δοκῶ γὰρ δυσμενὴς εἶναι δόμοις — εἰ μὴ τυράννων δώμασιν δώσειν δίκην — u. a. m. Wir haben nun noch Beispiele anderer als durch π alliterirender Stellen aus Sophocles und Aeschylus zu den oben schon vorgekommenen anzuführen: Ἄιδος ὅτε Μοῖρ' ἀνυμέναιος ἄλυρος ἄχορος ἀναπέφηνε — οὐδὲν γὰρ οὔτ' ἀλγεινὸν οὔτ' ἄτης ἄτερ οὔτ' αἰσχρὸν οὔτ' ἄτιμον (zu Anfang der Antigone, auch von Schneidewin und Nauck als alliterirend anerkannt) — ὄψεις ἀράξας αὐτὸς αὐτουργῷ χερὶ — τὰν ἄφθιτον ἀκαμάταν ἀποτρύεται — τά τ' ἀντιτείνοντ' αὐτόπρεμν' ἀπόλλυται — ἄσκευον αὐτὸν ἀσπίδων τε καὶ στρατοῦ — οὐκ ἀλλοτρίαν ἄτην ἀλλ' αὐτὸς ἁμαρτων — οἵαν ἐδήλωσας ἀνδρὸς αἴθοπος ἀγγελίαν ἄτλατον — μέγας ἀντίδικος Μενέλαος ἄναξ ἠδ' Ἀγαμέμνων διθρόνου Διόθεν καὶ δισκήπτρου τιμῆς — Ἀϊδωνεὺς δ' ἀναπομπὸς ἀνείης Ἀϊδωνεὺς — ὕπν' ὀδύνας ἀδαὴς ὕπνε δ' ἀλγέων εὐαὴς ἡμῖν ἔλθοις, εὐαίων εὐαίων, ὦναξ — ὡς ἀπ' ἐλπίδων οὐχ ὥσπερ ἐξέπεμψα σ' εἰςεδεξάμην — ἔκρυψε, τοῖς ἔνερθεν ἔντιμον νεκροῖς — οὐ γὰρ ἔσθ' ὅπως ὅδ' οὐκ Ὀρέστης ἔσθ' ὁ προςφωνῶν ἐμὲ — ὀμβροφόροισιν τ' ἀνέμοις ἀγρίας ἁλὸς ἀντήσαντες ὄλοιντο — οὐκ οἶσθ' ὅποι γῆς οὐδ' ὅποι γνώμης φέρει — δεινῶς δακρῦσαι κἀπικωκῦσαι δοκεῖ τὸν υἱὸν ἡ δύστηνος — τῷ σῷ δικαίῳ δῆτ' ἐπισπέσθαι με δεῖ — ἁμαρτίας σφε δεῖ θεοῖς δοῦναι δίκην — τέ τάδε δυνάτα δυνάτα περὶ τᾷ σᾷ δίδυμα διαγόεν — δαῖμον ὅς ἐμπίτνεις δώμασι καὶ διφυίοισι Τανταλίδαισι — δνόφοι καλύπτουσι δόμους δεσποτῶν θανάτοισι — ὁρᾶτε δεσμώτην με δύσποτμον θεὸν — δέρχθητ' ἐςίδεσθ' οἵῳ δεσμῷ — θανεῖν τε σύν σοι τὸν θανόντα θ' ἁγνίσαι — μήτε κτερίζειν μήτε κωκῦσαί τινα — καὶ κάκιστα δὴ μακρῷ κάτειμι — μή τι καὶ κατάσχετον κρυφῇ καλύπτεν καρδίᾳ θυμουμένη — κευθμὼν καλύπτει τὸν παλαιγενῆ Κρόνον — κακὸν με καρδίαν περιπιτνεῖ κρύος — κάππεσε κάτθανε καὶ καταθάψομεν — κράτος ἰσόψυχον ἐκ γυναικῶν καρδιόδηκτον ἐμοὶ κρατύνεις — ἐφεστίῳ δὲ μάντις ὢν μιάσματι μυχὸν ἔκρανας αὐτόσσυτος αὐτόκλητος — σπέρμα σεμνᾶς μέγα ματρὸς — ἐμοὶ δὲ μήτηρ οὐχ ἅπαξ μόνον Θέμις καὶ Γαῖα πολλῶν ὀνομάτων μορφὴ μία — ἡ τῶν φίλων φρονοῦσα μὴ μνήμην ἔχειν — κεῖται δὲ νεκρὸς περὶ νεκρῷ τὰ *νυμφικὰ τέλη λαχὼν* — *ἐν τάφῳ τιθεῖσα τοῦτο πᾶσι* — *φερέσθω φάμα φιλοφόρμιγξ φυλάσσοι τ' ἀτιμίας τιμὰς τὸ δάμιον* — *φύσας φανεῖ φρένας ποτέ* —.

Daß der Sprachkünstler Aristophanes unter den mannigfaltigen Mitteln, die er gebraucht, um seinen Versen die vis comica einzuhauchen, auch die Alliteration werde angewandt haben, läßt sich zum Voraus denken; gleichwohl geschieht es ziemlich spärlich, wenigstens im Verhältniß zu seinen Kunstgenossen in Rom. Aber wird man deßwegen ihm die Kenntniß oder die Anwendung derselben absprechen und sämmtliche Fälle ihres Vorkommens dem Zufall zuschreiben wollen? Hat er den Reim deßwegen nicht gelernt, weil er ihn nur selten anwandte? Aber die Stelle in den Wolken (711 seqq.: *καὶ τὰς πλευρὰς δαρδάπτουσι, καὶ τὴν ψυχὴν ἐκπίνουσι, καὶ τοὺς ὄρχεις ἐξέλκουσι καί μ' ἀπολοῦσι* — gilt, denk' ich, für viele. Von der Figur des *παρηγμένον* (wie *εὐκταίαις εὐχαῖς, μάκαρα μάκαρι σὺν τύχῃ* und andern zahlreichen Beispielen) wollen wir hier gar nicht sprechen, auch nicht von dem *ἀθροισμὸς* der *π* (z. B. Vögel 1155 seqq.); schwer wird es aber sein, eine geflissentliche Alliteration zu verkennen in *ἐπὴν ὁ πατὴρ ὁ πελαργὸς ἐκπετησίμους πάντας ποιήσῃ τοὺς πελαργιδῆς* u. s. w., oder in *τί σοι πιθώμεθ; ὅ, τι πίθοισθε; πρῶτα μὲν μὴ περιπέτεσθε πανταχῇ* u. s. w. Ausdrücke wie *πλείστους πόνους πονῆσαι, Περσῶν πάντων πρότερος* wollen wir nicht rechnen; aber wenn wir lesen *ὅς δέ κ' ἐμῶν ἐπέων ἔλθῃ πρώτιστα προφήτης*, so werden wir uns gegen das Gefühl einer Alliteration nicht verschließen können. Wenn Pisthetärus (in den „Vögeln") Verse zischt und zwitschert wie *οὗτος αὐτὸς νῷν φράσει τίς ἐστιν ὄρνις οὑτοσί*, so ist der gesuchte Sigmatismus hier gewiß unverkennbar*), ebenso augenfällig aber ist die Alliteration in *λαμβάνειν τάλαντον, ἤν τε τῶν τυράννων τίς τινα τῶν τεθνηκότων ἀποκτείνῃ, τάλαντον λαμβάνειν*, fühlbar auch in *τίς ἡ πτέρωσις; τίς ὁ τρόπος τῆς τριλοφίας;* — oder in *τρέφειν τέθριππον ἢ τυπτόμενον ἐπιτριβῆναι* (so auch Kock ad loc.). Vgl. ferner *φυσάτω πάππους παρ' ἡμῖν καὶ φανοῦνται φράτερες* — *ὕσομεν πρώτοισιν ὑμῖν τοῖσι δ' ἄλλοις ὕστερον* — *τί δεῦρο πόδα σὺ κυκλὸν ἀνὰ κύκλον κυκλεῖς;* — *τί σοι δοκεῖ δράσειν; ἀποδώσειν σοι δοκεῖ;* — *δοκεῖ μοι τῶδε δοῦναι νῦν δίκην διαφοβηθῆναι δ' ὑφ ἡμῶν* —

*) So auch die Häufung von *τ* in *ὡς τοῦτ' ἄτιμον τοὔργόν ἐστιν αὐτίκα*. —

τοὺς κωμήτας γυμνοὺς ἀθρόους κεὶ κριμνώδη κατανίφοι — θεῶν θυσίαι θαλίαι τε — ἀλλ' οὐ δύναμαι δείλαιος εὕδειν δακνόμενος ὑπὸ τῆς δαπάνης — κύρβις κίναδος κρόταλον — ἦλθες ἦλθες ὤφθης, ἡδὺν φθόγγον ἐμοὶ φέρουσ' ἀλλ' ὦ καλλιβόαν κρέκουσ αὐλόν φθέγμασιν ἠρινοῖς ἄρχου τῶν ἀναπαίστων (Alliteration und Reim zugleich). — Auch die neuere Comödie der Griechen scheint der Alliteration nicht ganz uneingedenk zu sein als eines Mittels, dem spruchartigen Charakter vieler ihrer Verse einen Halt für das Gedächtniß zu geben; so heißt es bei Menander: μὴ πάντα πᾶσι πειρῶ πιστεύειν ἀεὶ — πλούτῳ πεποιθὼς ἄνικα μὴ πειρῶ ποιεῖν — Beispiele, welche einstweilen genügen mögen, da sie frappant genug sind. Vielleicht bietet sich später einmal Gelegenheit Einzelnes und an einzelnen Schriftstellern, was hier nur kurz und summarisch angedeutet werden konnte, im Detail zu verfolgen.

Basel, 2. August 1864.

J. Mähly.

Ueber die Gliederung des griechischen Landes und den Einfluß derselben auf den Charakter und die Culturentwicklung der verschiedenen griechischen Volksstämme.

Rede zum Antritt der ordentlichen Professur der classischen Alterthumswissenschaft an der Hochschule Zürich gehalten am 23. April 1864

von

Prof. Dr. Conrad Bursian.*)

Hochverehrte Versammlung!

Indem ich, der Vorschrift des Gesetzes entsprechend, hier erscheine, um meinen Eintritt in den Kreis der Lehrer unserer Hochschule durch einen wissenschaftlichen Vortrag gleichsam öffentlich zu beurkunden,

*) Da der Vortrag selbst frei gehalten wurde, so darf die folgende Wiedergabe desselben nur als eine annähernd, nicht durchaus getreue betrachtet werden. Eine kurze, im Wesentlichen richtige Skizze desselben hat schon das Zürcher Intelligenzblatt vom 26. und 27. April 1864 gegeben.

drängt es mich vor allem des Mannes zu gedenken, dessen Stelle in diesem Kreise zu vertreten die mir gewordene ebenso ehrenvolle als schwierige Aufgabe ist. Zwar weiß ich wohl, daß es nicht erst meines Zeugnisses dafür bedarf, daß durch Hermann Köchly's Scheiden von uns unsere Hochschule einen ihrer anerkanntesten Gelehrten und trefflichsten Lehrer, die Stadt Zürich einen wackeren Bürger verloren hat; aber es ist für mich Herzenssache, auch meinerseits als sein Nachfolger dieses öffentlich auszusprechen und mit diesen Worten einen schlichten Kranz achtungsvoller und freundschaftlicher Erinnerung an ihn an dieser Stätte niederzulegen.

Indem ich mich nun zu dem eigentlichen Gegenstande meines Vortrages wende, muß ich, hauptsächlich zur Erklärung und Rechtfertigung der Wahl desselben, mir erlauben, einige wenige Worte über mich selbst und meine wissenschaftlichen Bestrebungen vorauszuschicken. Ein günstiges Geschick hat es mir verstattet, mehrere Jahre auf dem jedem Alterthumsforscher heiligen Boden der Länder der alten Cultur zu weilen, insbesondere Griechenland in seinen wichtigsten Theilen zu durchwandern und Land und Volk sowie die nationalen Trümmer seiner großen Vergangenheit Aug in Auge anzuschauen. Dieser Umstand ist natürlich auf die ganze Richtung meiner Studien von wesentlichem Einflusse gewesen: er hat mich insbesondere auf die historisch-geographische Erforschung des griechischen Landes und damit auf die Betrachtung des Zusammenhanges, der zwischen der Natur dieses Landes und der eigenthümlichen Culturentwickelung seiner früheren Bewohner bestanden hat, geführt. Es ist ja eine zuerst von Carl Ritter in bestimmter Weise ausgesprochene und wissenschaftlich begründete Ansicht, daß Natur und Geschichte in lebendiger Wechselwirkung unter einander stehen, daß ein enger Zusammenhang wie zwischen Leib und Seele so auch zwischen dem Charakter eines Volkes und dem Lande das es bewohnt, zwischen Physik und Ethik derselben stattfindet; und es scheint mir, daß Griechenland zu den Ländern gehört, bei welchen sich dieser Zusammenhang in besonders scharfer und deutlicher Weise ausgeprägt hat, indem sich auf allen Gebieten des antiken griechischen Volkslebens, in Religion, Kunst und Literatur, in den politischen und socialen Verhältnissen, der Einfluß des Landes auf seine Bewohner geltend macht. Gestatten Sie mir also, Ihre Aufmerksamkeit für einige, freilich, wie es die Umstände mit sich bringen, nur kurze skizzenhafte Bemerkungen über die Gliederung des griechischen Landes und den Einfluß desselben auf den Charakter und die Culturentwickelung der verschiedenen griechischen Volksstämme in Anspruch zu nehmen.

Was nun zunächst die geographische Gestaltung des griechischen Landes im Allgemeinen anlangt, so sind die Hauptcharakterzüge desselben einerseits die reiche maritime Entwickelung, indem überall und je weiter man nach Süden herabkommt, immer entschiedener das Meer gleichsam mit dem Festlande sich vermählt und in dasselbe eindringt, andrerseits die große Mannigfaltigkeit und Abwechslung, ja Gesondertheit der einzelnen Landschaften, welche durch die das Land in verschiedenen Richtungen durchziehenden Gebirge hervorgebracht wird. In Bezug auf jene maritime Entwickelung ist, wie besonders Ernst Curtius hervorgehoben hat, die Ostseite des Landes entschieden vor der Westseite von der Natur bevorzugt, theils durch einen größeren Reichthum an trefflichen Buchten und Häfen, theils durch die zahlreichen Inseln, welche als Bruchstücke eines untergegangenen Continents eine Art von Brücke zwischen Griechenland und Kleinasien bilden. Diese Küstengestaltung nun hat offenbar die Bewohner des griechischen Landes, insbesondere die der östlicheren Hälfte desselben, von Anfang an auf die Seefahrt und namentlich auf den Verkehr mit dem Osten, mit den Völkern Asiens hingewiesen und zu Einwanderungen aus dieser großen Wiege der Menschheit eingeladen. Jene Mannigfaltigkeit und Gesondertheit der einzelnen Landschaften unter sich aber ist die unverkennbare Ursache sowohl des in der ganzen griechischen Geschichte, bis zur Unterdrückung der selbständigen nationalen Entwickelung durch auswärtige Eroberer so entschieden sich geltendmachenden Princips der Decentralisation, des gänzlichen Mangels einer einheitlichen politischen Gestaltung des Volkes, wofür es eben an einem natürlichen Mittelpunkte fehlte, als auch der bedeutenden Verschiedenheiten, welche wir zwischen den einzelnen griechischen Völkerschaften in der Sprache, in den religiösen Vorstellungen, in den Leistungen auf den Gebieten der schönen Künste und Literatur, in den politischen und socialen Gestaltungen finden, Verschiedenheiten die durch die Gegensätze des dorischen und jonischen Wesens keineswegs erschöpft sind, sondern fast bei jedem einzelnen Cantone in eigenthümlicher Form auftreten. So können wir uns hauptsächlich mit Hülfe der Inschriften wenigstens einigermaßen eine Vorstellung machen von der bunten Mannigfaltigkeit der griechischen Dialecte, von denen mehrere, wie z. B. der arkadische, lokrische, thessalische, kretische, in der Literatur im engeren Sinne gar keine Vertretung gefunden haben;

aus dem leider verhältnißmäßig nur so geringen Ueberbleibseln von der reichen Fülle von Kunstwerken, welche alle von griechischer Cultur berührte Gegenden schmückte, in Verbindung mit den sporadischen Nachrichten der alten Schriftsteller ahnen wir wenigstens die mannigfachen Besonderheiten der attischen, der kleinasiatisch-jonischen, der äginetischen, argivischen, unteritalischen Kunstschulen; die bedeutenden localen Verschiedenheiten in den religiösen Anschauungen und Traditionen wie in den Cultgebräuchen springen jedem, der in das Wesen und Werden der griechischen Religion und Mythologie tiefer einzudringen sucht, unmittelbar in die Augen; manche Literaturgattungen sind in einigen griechischen Landschaften zu hoher Blüthe gelangt, in anderen dagegen so gut wie gar nicht gepflegt worden; welche wesentliche Unterschiede zwischen den Verfassungen der verschiedenen griechischen Staaten bestanden, das würden wir noch deutlicher als es uns jetzt möglich ist, erkennen, wenn uns das große Werk des Aristoteles, worin er die Politien von 148 Staaten zusammengestellt hatte, erhalten wäre; wie zahlreiche Abweichungen, ja fast schroffe Gegensätze endlich in Hinsichten der Sitten und Volkscharaktere, die ja mit den Staatseinrichtungen in innigster Wechselwirkung stehen, in den verschiedenen Landschaften stattfanden, das denke ich noch weiterhin bei der Einzelbetrachtung derselben in einigen schlagenden Beispielen nachzuweisen. Alle diese Verschiedenheiten nun waren, wie uns hauptsächlich die vergleichende Sprachwissenschaft, die sicherste Leuchte auf den dunkeln Pfaden der ethnographischen Forschung, gelehrt hat, ursprünglich, besonders in den gemeinsamen asiatischen Ursitzen des griechischen Volkes, nicht vorhanden, sie müssen also erst nach der Uebersiedelung der verschiedenen Bruchtheile desselben in ihre Wohnsitze im europäischen Hellas respective in den Colonien unter dem Einflusse der Natur dieser Landschaften sich entwickelt haben, während sie sich in den späteren Zeiten der griechischen Geschichte, zum Theil in Folge der wachsenden Macht des Bewußtseins der gemeinsamen hellenischen Nationalität im Gegensatze zu barbarischem Wesen, hauptsächlich aber durch den nivellirenden Einfluß der Fremdherrschaft, allmälig wieder abschleifen, trotz dem aber bis zu dem heutigen Tage noch nicht völlig verschwunden sind.

Neben den beiden bisher besprochenen Charakterzügen des griechischen Landes im Allgemeinen lassen Sie mich noch kurz der schönen Formen seiner Berge, besonders der nichtbewaldeten, der Reinheit und

Klarheit der Luft in den meisten Landschaften, der tiefen Bläue des Himmels und des Meeres, der prächtigen Lichteffekte, welche namentlich auch durch die Wirkung der Sonnenstrahlen auf die kahlen Berge hervorgebracht werden, gedenken, Vorzüge die besonders Attika und Jonien im höchsten Grade eigen sind und die doch gewiß viel dazu beigetragen haben, daß die Griechen überhaupt, vor allen aber die Athener, mit jenem tiefen Gefühl für Schönheit, mit jenem feinen Formensinn, mit jenem Wohlgefallen an glänzender, gesättigter Färbung begabt waren, die sie zur Schöpfung von für alle Zeiten mustergültigen Kunstwerken befähigten. Auch manche einzelne Erscheinungen der griechischen Kunst, die dem modernen Menschen anfangs fremdartig dünken, sind auf diesen Einfluß der Landesnatur zurückzuführen: so die Polychromie der Architektur, die wohl für jeden, der einen griechischen Tempel an seinem ursprünglichen Standorte gesehen hat, zum Glaubensartikel geworden ist; die chryselephantine Sculptur, und ähnliches. Endlich will ich noch mit einem Worte erwähnen, daß die Milde des Klima's in den meisten griechischen Landschaften, die nur wenig Schutz vor dem Wetter erfordert und den Menschen den größten Theil des Tages und des Jahres hindurch den Aufenthalt im Freien gestattet, nicht ohne Einfluß geblieben ist auf die sociale Gestaltung des griechischen Lebens: daher der Mangel an Häuslichkeit, womit wieder die niedrige Stellung der Frauen zusammenhängt, daher das Leben der Männer auf der Straße und dem Markte, daher auch die Einfachheit der Kleidung und der Privatwohnungen, die wenigstens bei der ärmeren Klasse, nach den auf dem Felsboden einiger Gegenden noch erkennbaren Hausplätzen zu urtheilen, kaum für ein glücklich liebend Paar Raum genug darbieten konnten, gegenüber der Pracht nicht nur der Göttertempel, sondern auch der den Zwecken des Verkehrs und öffentlichen Lebens dienenden Bauten.

Wenden wir uns nun zur Betrachtung der einzelnen Landschaften und beginnen wir mit der nordwestlichsten derselben, mit Epeiros, so sehen wir dort ein rauhes Gebirgsland mit einer nur durch wenige sichere Ankerplätze unterbrochenen Steilküste, das gegen Süden in weite Lagunen ausläuft, im Innern ganz von zum Theil wild zerklüfteten, zum Theil reich, besonders mit Vallonea-Eichen bewaldeten Gebirgen durchzogen, an und zwischen denen gutes Weideland, aber nur sehr weniges Ackerland sich findet: es fehlt durchaus an Plätzen für größere städtische Anlagen, die einen natürlichen Mittelpunkt des Landes bilden könnten; daher die Bewohner, fast ohne Verkehr mit anderen Landschaften, fast nur von Viehzucht lebend, in offenen Ortschaften (*κῶμαι*) wohnten, zwischen denen hie und da Castelle errichtet waren, in welche sie bei feindlichen Angriffen ihre Habe, Weiber und Kinder flüchteten; erst später wurden städtische Mittelpunkte künstlich geschaffen, aber nur an den äußersten Rändern der Landschaft, wie Ambrakia durch Pyrrhos, Nikopolis durch Augustus. In der griechischen Culturentwickelung spielen denn auch die Epeiroten, wenigstens in der historischen Zeit gar keine Rolle: sie sind hinter den übrigen griechischen Völkerschaften zurück geblieben und werden von ihnen sogar als Barbaren betrachtet, obgleich ihr Dodona einer der ältesten und angesehensten Sitze pelasgischer Religion und Cultur gewesen ist. Einen ganz ähnlichen landschaftlichen Charakter tragen die Gebiete der Amphilocher, Doloper, Agräer und der Stämme des nördlichen und östlichen Aetoliens (der sogenannten *ἐπίκτητος Αἰτωλία*), der Aperanter, Eurytanen, Ophioner und Apodoten, sowie ihrer östlichen Nachbarn, der mit einem wahrscheinlich von ihrer Hauptbeschäftigung, der Ziegenzucht, entlehnten Spitznamen benannten Ozolischen, d. i. Stink-Lokrer; auch hier finden wir nirgends Raum für einen städtischen Mittelpunkt, überall rauhe Gebirge mit wenigen und schwer gangbaren Pässen, die Bewohner gleichfalls in offenen Weilern wohnend, nur mit Jagd und Viehzucht beschäftigt, in ewigem Fehdezustand unter einander lebend, daher immer in Waffen einhergehend, die ächten Vorfahren der modernen Klephten, den Künsten des Friedens abgeneigt, zum Theil noch auf einer so niedrigen Culturstufe stehend, daß man, wie Thukydides von den Eurytanen berichtet, im übrigen Griechenland glaubte, sie nährten sich von rohem Fleisch. Aehnlich ist aber die Beschaffenheit des Ländchens Doris, der sogenannten Metropolis des großen dorischen Volksstammes, das, zwischen Oeta und Parnasos eingeklemmt, im Wesentlichen auf das schmale Flußthal des Pindosflusses beschränkt, durch seine östlichen Nachbarn, die Malier, vom Meere abgesperrt, fast gar kein Ackerland und keine Verkehrstraße besaß, daher seine Bewohner den Spitznamen der Hungerdorier (*Λιμοδωριεῖς*) erhalten hatten. Günstigere landschaftliche Verhältnisse zeigt Akarnanien und Altätolien, eine zusammengehörige Landschaft, die durch den Acheloos nur politisch getheilt wurde. Hier finden wir zwischen den Gebirgen eine größere Ebene, die nicht nur treffliche Weiden, sondern auch gutes Ackerland und Weinland enthält und südlich vom Arakynthosgebirge, das diese

Centralebene im Süden begränzt, einen breiten Saum von angeschwemmtem Küstenlande. Aber freilich war schon im Alterthum wie noch jetzt ein bedeutender Strich der Centralebene von Seen, die Küstenebene zum großen Theil von Lagunen bedeckt, die besonders gegen Westen tief ins Land eingreifen und so seicht sind, daß sie nur mit ganz flachen Kähnen, sogenannten Einbäumen (μονόξυλα) befahren werden können, wie auch der Acheloos nur auf eine kurze Strecke schiffbar ist. Auch die großentheils felsige Westküste Akarnaniens ist, abgesehen von der Nordwestecke der Landschaft, in welcher sich ebenso wie an den Buchten der Südküste von Aetolien und Lokris frühzeitig die Korinther festsetzten, der Schiffahrt wenig günstig, und da noch überdieß die Bewohner der beiden politisch getrennten Landschaften in Folge von Gränzstreitigkeiten in fortwährenden Kämpfen untereinander lagen, so blieb auch hier für die Künste des Friedens und eine selbständige höhere Culturentwickelung wenig Raum.

Eine der von Natur am meisten begünstigten griechischen Landschaften ist Thessalien, seinem Hauptttheile nach eine fruchtbare und wohlbewässerte Ebene, die zwar rings von Bergen umschlossen ist, aber in der besonders auch durch ihre landschaftlichen Reize berühmten Tempeschlucht einen genügend breiten Spalt zum Ausfluß der Gewässer besitzt, daher nur an einigen der tiefsten Stellen Landseen wie die Boebeis und Nessonis sich finden, während im Uebrigen der Boden das fruchtbarste Ackerland (der schon von Horaz berühmte »Larisae campus opimae«) und fettes, namentlich auch für die Pferdezucht trefflich geeignetes Weideland ist. Daher war Thessalien das Land des Ritter- oder vielmehr Junkerthums; der Mittelstand fehlte fast ganz, die reichen Ländereien waren im Besitze der Aristokratie, die sie durch hörige Bauern, welche gar keine politischen Rechte hatten, bearbeiten ließ; die hohen Herren waren, wie uns berichtet wird, stolz und übermüthig, der Schwelgerei in hohem Grade ergeben, dabei treulos und verrätherisch und zugleich, wie dies so häufig mit der Verfeinerung des äußeren Lebens verbunden ist, sehr abergläubisch; in Folge dessen galt Thessalien wenigstens zur Zeit des Sokrates als ein gesetzloses Land und blieb bis ins spätere Alterthum der classische Boden für Zauberei und Hexen; das einzige schwunghaft betriebene Geschäft war der Sclavenhandel, indem die Ritter als gute Sclavenzüchter einen großen Theil Griechenlands mit dieser Waare versorgten. Aehnlich, aber weniger günstig sind die landschaftlichen Verhältnisse Boiotiens. Auch hier finden wir eine große, rings von Bergen umgebene Tiefebene mit einem Spalt im Nordwesten, durch welchen die Gewässer einströmen, aber nirgends einen Abfluß für dieselben über der Erde, sondern nur unterirdische Abzugscanäle, die sogenannten Katabothren, natürliche, zum Theil künstlich erweiterte Spalten im Felsgebirge, die aber nicht genügen, um den Boden des Thalkessels trocken zu legen. So ist denn im Winter der größere Theil der Ebene mit Wasser bedeckt und bildet den sogenannten Kopaissee; im Frühjahre beginnt zwar das Wasser zu sinken, wodurch größere Strecken fetten Thonbodens für den hier reichlich lohnenden Getreidebau und gute Triften, besonders auch zur Pferdezucht, wie die Ebene Hippia zwischen Lebadeia und Orchomenos, frei werden; aber an mehreren Stellen bleibt das Wasser das ganze Jahr hindurch stehen und bildet tiefe, dicht mit Schilfrohr bewachsene Sümpfe und Tümpel. Ist nun schon an sich das Klima in dem ringsumschlossenen Thalkessel unangenehm, im Sommer drückend heiß, im Winter empfindlich kalt, so sind insbesondere jene Sümpfe und ihre Ausdünstungen die Ursache der dicken und schweren, von häufigen Nebeln erfüllten Luft, jenes »crassus aër«, von welchem schon die Alten den sprüchwörtlich gewordenen Stumpfsinn und Mangel an feinem Geschmack und Verständniß für höhere Kunst bei den Boiotern herleiteten. Damit hängen dann auch die anderen übeln Eigenschaften zusammen, welche die Alten den Boiotern vorwerfen: ihr stark ausgeprägter Hang zur Ueppigkeit, besonders zum Trunk, ihre Raufsucht, die sie sogleich zum Messer greifen ließ und es für einen Fremden gefährlich machte, Processe gegen sie zu führen, überhaupt eine gewisse Maaßlosigkeit in allen Dingen. Die einzige Kunst, welche bei ihnen eifrig und mit Erfolg gepflegt wurde, war das Flötenspiel, eine Erscheinung, die zwar zunächst aus einem äußerlichen Grunde, dem Reichthume an trefflichem Flötenrohr, welches an mehreren Stellen der Kopais wächst, herzuleiten ist, aber gewiß auch mit dem ethischen Charakter der Flötenmusik, wie ihn die Alten auffaßten, zusammenhängt. Auch in der Religion herrscht das überschwengliche orgiastische Element, wie es besonders im Dionysosdienste auftritt, in der Poesie von Anfang an die Reflexion, das didaktisch-gnomische Element vor, womit sich leicht wie bei Hesiod eine gewisse trübe, fast melancholische Weltanschauung verbindet. Auch der größte der boiotischen Dichter, Pindar, ist nicht frei von einem gewissen Uebermaaß sowohl in der Freiheit des Gedankenganges als in dem Schwunge der Sprache.

Kommt man aus Boiotien über die Wasserscheide des Kithaeron herüber nach Attika, so athmet man in der That freier auf. Attika ist eben, wie wohl schon der Name besagt, wesentlich Küstenland, fast in allen seinen Theilen der Einwirkung des Meeres zugänglich: durch den Seewind, der jeden Nachmittag regelmäßig sich einstellt, wird die Hitze des Sommers gemildert, der Winter ist ebenfalls durch den Einfluß des Meeres mild, so daß nur selten Schnee fällt, der dann wenigstens in der Ebene meist in wenigen Stunden wieder schmilzt. Die Luft ist fein, klar und durchsichtig wie kaum anderswo, daher auch die Farbenwirkungen an den meist kahlen Bergen, besonders an dem ganz aus blaugrauem Marmor bestehenden Hymettos, von besonderer Schönheit. Der Boden des Landes ist durchgängig etwas mager, aber durchaus nicht unfruchtbar: er giebt seinen Bewohnern seine Produkte, hauptsächlich Gerste, Oel und Feigen, auch Wein — zwar nicht ohne Arbeit und nicht in Fülle, aber dafür von besonderer Güte. Mit dieser Beschaffenheit des Landes hängt nun offenbar der attische Volkscharakter zusammen: die Feinsinnigkeit und der Witz, die freilich leicht in Spitzfindigkeit und Schlauheit ausarteten, die Empfänglichkeit für alles Schöne und Edle, besonders auch die das eigentliche Wesen des Classischen ausmachende Maaßhaltung in jeder Hinsicht. Der Umstand, daß wir hier eine bedeutende Ebene, die einen natürlichen Centralpunkt der Landschaft bildet, finden, erklärt es, daß in Attika früher als irgendwo in Griechenland uns ein concentrirter Einheitsstaat entgegentritt mit einem politischen Mittelpunkte, in welchem auch Litteratur und Kunst sich zur höchsten Blüthe entwickeln; aber diese Concentration war, wiederum in Folge der landschaftlichen Verhältnisse, nicht so stark daß die anderen Landestheile über jenem Mittelpunkte ganz vernachlässigt worden wären; vielmehr finden wir in vielen Ortschaften außerhalb der Hauptstadt ansehnliche Tempel mit bedeutenden Kunstwerken, Anlagen für theatralische Aufführungen und sonstige Baulichkeiten für öffentliche Zwecke. Endlich hat die reiche Küstenentwickelung das Volk naturgemäß auf die Schiffahrt und den Verkehr mit dem Auslande und damit auf Industrie und Fabrikation zum Behuf des Exports hingewiesen.

Doch ich bemerke daß, meine Uhr abgelaufen ist; lassen Sie mich also nur noch mit zwei Worten Korinth und Messenien berühren als interessante Beispiele für den Einfluß der Landschaft auf die Umwandelung des Charakters eines eingewanderten Volksstammes. In beiden Landschaften finden wir in der historischen Zeit Dorier als den herrschenden Stamm, wenn auch vielfach mit den Resten der älteren Bevölkerung vermischt, aber in beiden ist das altdorische Wesen bis zur Unkenntlichkeit umgewandelt. Korinth war eine Welthandelstadt, deren Schiffe fast alle Meere befuhren, voll Reichtbum und Ueppigkeit, mit zahlreichen Hetären, die es besonders auf die reichen fremden Schiffsherren abgesehen hatten, so daß die Gefährlichkeit einer Reise nach Korinth sprüchwörtlich geworden war. In Messenien dagegen, einer reizenden, reichen und fruchtbaren, besonders auch für den Getreidebau trefflich geeigneten Landschaft, waren die kriegerischen Dorier bald friedliche Ackerbauer geworden; und obgleich der alte dorische Heldenmuth noch bisweilen in ihnen aufflammte, wie besonders während der freilich durch die Dichtung mannigfach ausgeschmückten messenischen Kriege, so mußten sie doch ihren östlichen Nachbarn und Stammesgenossen, bei denen das alte kriegerische Wesen nicht durch den Einfluß der Landesnatur gemildert worden war, unterliegen.

Und hiermit genug; ich fürchte, ich habe Ihre Geduld schon allzulange in Anspruch genommen und wünsche nur, daß meine anspruchslosen Schilderungeu Ihnen der Aufmerksamkeit, die Sie ihnen geschenkt haben, nicht ganz unwerth erschienen sein mögen.

Eine Schulfeier.

Schulfeiern sind an unsern schweizerischen Gymnasien eine ziemlich seltene Erscheinung. Unser nüchterner Sinn läßt sich nämlich von dem richtigen Gefühle leiten, daß es leicht des Guten zu viel wird, wenn man außer der Eröffnung und dem Schluß der Curse den Geburtstag des Landesherrn, den Stiftungstag der Anstalt und vielleicht noch andere denkwürdige Tage alljährlich offiziell und feierlich begeht. Wirklich liegt die Gefahr nahe, bei solchen häufig wiederkehrenden Actus in ein unwahres Pathos zu verfallen und bei den Theilnehmern eine Sammlung und Erhebung des Gemüthes vorauszusetzen, die in Wahrheit nicht vorhanden ist. Dieß war bei einer Schulfeier von der Art nicht zu befürchten, wie sie hier kurz beschrieben werden soll, d. i. bei dem Jubiläum eines beliebten Lehrers und verdienten Vorstehers eines

Gymnasiums. Am 15. August 1864 wurde nämlich in Schaffhausen das fünfundzwanzigjährige Amtsjubiläum des Herrn Director Morstadt unter großer Theilnahme gefeiert.

Nachdem die Schüler den Jubilaren schon am frühen Morgen in seiner Wohnung mit einem Geschenk überrascht hatten, begrüßte derselbe um 9½ Uhr die im Saale des Gymnasiums versammelte Lehrer- und Schülerschaft mit herzlichen Worten. Von da begab man sich in geordnetem Zuge zum Rathhaus, um im alterthümlichen Rathsaale den Eintritt der eingeladenen Repräsentanten des Staates und der Stadt zu erwarten. Nach dem Gesang der Schüler betrat der Vicedirector Dr. Ott die Rednerbühne, um in gedrängten Zügen das Bild eines Directors zu entwerfen und zu zeigen, in welch hohem Maaße der Jubilar diesem Ideal entspreche. Hierauf überreichte er demselben eine von ihm im Auftrag der Lehrerschaft bearbeitete Festschrift, über die wir uns noch einige Worte vorbehalten. Der Jubilar dankte mit gerührten Worten, lehnte das gespendete Lob bescheiden ab und bemerkte, daß vielmehr das ihm angebotene Lehramt als das Directorium ihn hieher gezogen habe, indem ihm eine wesentliche Eigenschaft eines Directors, nämlich der Ehrgeiz, fehle. Auch die Ansprachen der beiden Mitglieder des Regierungsrathes und Stadtrathes, welche ihm die Urkunden des Landrechtes und des Stadtbürgerrechtes bei diesem Anlasse überreichten, beantwortete er mit großer Offenheit, indem er in seiner ungezwungenen Weise von seinen Antecedentien, insbesondere von den politischen Anschauungen sprach, in denen er als Badenser zur Rheinbundszeit aufgewachsen war, und den Entschluß aussprach, so weit möglich selbst noch in seinen alten Tagen ein guter Republikaner zu werden, jedenfalls aber seine Kinder zu Republikanern zu erziehen.

Mittags vereinigte eine heitere Mahlzeit auf dem Schützenhause Behörden und Lehrer mit einer schönen Zahl ehemaliger Schüler des Gymnasiums, die nunmehr den verschiedensten Lebensaltern und Berufsarten angehören und gerne die seltene Gelegenheit benutzt hatten, um sich in jener Eigenschaft zusammenzufinden und als ein Ganzes zu erscheinen. Nachdem der Präsident des großen Rathes die freiwilligen Huldigungen des heutigen Tages als die einzige Belohnung dargestellt hatte, welche die Republik dem verdienten Schulmanne bieten könne, antwortete der Gefeierte in launiger Rede, indem er die Schule als seine Braut bezeichnete und das Bild trefflich durchführte. Ein Mitglied des Erziehungsrathes, selbst einer der ältesten Schüler Morstadts, zog eine frappante Parallele zwischen Morstadts lebendiger, realistisch-anschaulicher Weise, die Autoren zu interpretiren, und der alten rein grammatischen Schule seines Vorgängers. Auch der Gegensatz zwischen den Lateinern und „Deutschmicheln" d. h. Nichtlateinern an unserer von jeher combinirten Anstalt wurde in scherzhafter Weise hervorgezogen. Ein Lehrer übergab dem Jubilar im Namen seiner Collegen ein Album, welches die Photographieen der Lehrer und sehr vieler ehemaligen Schüler enthielt, worauf eine Deputation der ehemaligen Schüler ihrerseits ein Prachtwerk überreichte. Der Abend wurde durch Turnspiele der jüngern und eine dramatische Vorstellung der ältern Schüler ausgefüllt. Es war die Grütliscene aus Schillers Wilhelm Tell, welche unter der Leitung eines Lehrers recht wacker aufgeführt wurde, und ein von einem talentvollen Schüler gedichteter Epilog, den ersten Bund Schaffhausens mit den Eidgenossen dramatisirend, folgte dieser Scene. Nachher vereinigte der treffliche Ehrenwein der Stadt Jung und Alt noch einmal zu geselligem Beisammensein, und was bis tief in die Nacht Alles geredet und gesungen wurde, davon schweigt die Geschichte.

Nach der Beschreibung dieser in allen Theilen gelungenen Schulfeier darf ich wohl nur noch mit wenigen Worten auf die Festschrift zurückkommen, welche am Morgen ausgetheilt worden war. Dieselbe enthält eine Geschichte der höhern Unterrichtsanstalten in Schaffhausen, bis zu Anfang dieses Jahrhunderts in zusammenfassender Uebersicht, von da an ausführlicher. Die erste Reorganisation im Jahre 1805 gieng von dem um seine Vaterstadt hochverdienten Theologen Johann Georg Müller aus. Im Sinne der Neuzeit wurde das Lateinische nur noch für die unterste Classe obligatorisch erklärt, und für die Nichtlateiner das Französische eingeführt. Durch die zweite Reorganisation des Jahres 1827 wurden humanistische und realistische Bildung schärfer gesondert, Mathematik und Naturwissenschaften in den Lehrplan aufgenommen und tüchtige Ausländer (Bach, Götzinger u. a.) als Lehrer angestellt. Neben dem verstorbenen Bürgermeister von Meyenburg-Rausch erwarb sich in dieser Zeit der noch in Wien lebende Antistes Hurter große Verdienste um die Anstalt. In der dritten Reorganisationsperiode, die von 1851 datirt, befinden wir uns jetzt und werden wir nach den neuesten Beschlüssen der kantonalen Behörden wohl noch lange bleiben. Wer sich für das Detail dieser drei

Reorganisationen und die damit verbundenen Personalien interessirt, dem wird die von Hrn. Dr. Ott aus den Acten geschöpfte Darstellung vollkommenen Aufschluß bieten.

Schaffhausen. Theodor Hug.

Anzeigen.

Th. Echtermeyer, Auswahl deutscher Gedichte für gelehrte Schulen. Nach Robert Heinrich Hiecke's Tode herausgegeben von Dr. Fr. Aug. Eckstein. Zwölfte verbesserte Auflage. Halle, Waisenhaus, 1863. 8. XII und 932 S.

Daß die vorliegende, für Schulen bestimmte Auswahl deutscher Gedichte unter den zahllosen Anthologieen dieser Art eine besonders hervorragende Stelle verdient, braucht Angesichts der zwölf Auflagen, die Echtermeyer's treffliches Buch bis jetzt erlebt hat, nicht erst bewiesen zu werden. Seit ihrem ersten Hervortreten im Jahre 1836 hat diese Sammlung neben dem Charakter sorgfältiger Prüfung des schon in andern Chrestomathieen Mitgetheilten auch den einer selbständigen Durchmusterung unseres poetischen Nationalschatzes an sich getragen und hat ihn auch in seiner gegenwärtigen Gestalt behauptet. Ueberall finden wir den poetischen und sittlichen Gehalt der aufzunehmenden Stücke sorgfältig erwogen; auch die geistige Sphäre der Schüler ist gebührend berücksichtigt und durch geschickte Anordnung des Materials ist dafür gesorgt, daß sich im Ganzen und Einzelnen ein allmähliger Fortschritt vom Leichtern zum Schwerern ergebe.

Von der vierten Auflage an hat R. H. Hiecke, bekannt durch seine Arbeiten über den deutschen Unterricht, das Buch seines Freundes mit seltener Sachkenntniß und großem pädagogischem Geschick bearbeitet. Als nun aber auch diesen bewährten Herausgeber im Jahre 1861 der Tod hinwegnahm, unterzog sich Dr. Fr. A. Eckstein, einer der geachtetsten deutschen Schulmänner, der Mühe, diese zwölfte Auflage einer genauen Durchsicht zu unterwerfen, wobei er im Verein mit Dr. Oskar Schade sein Augenmerk besonders auf eine größere Gleichförmigkeit der Interpunktion und der Rechtschreibung, sowie auf die Verbesserung derjenigen Fehler richtete, welche sich im Lauf der

Jahre in den Text der Gedichte eingeschlichen hatten. Die vorliegende Auflage darf daher mit Recht als eine wesentlich verbesserte bezeichnet werden. Daß einzelne der aufgenommenen Gedichte gestrichen wurden, weil sie der wahren Aufgabe des Buches, welches kein Hausschatz der deutschen Poesie sein soll, widersprachen, können wir nur billigen, wie wir uns auch mit der Weglassung von Echtermeyers einleitenden Abhandlungen vollkommen einverstanden erklären. Mit Vergnügen bemerken wir noch, daß der gegenwärtige Herausgeber künftig auf eine möglichst vollständige Vermehrung der am Ende des Buches gegebenen Nachweisungen von Erläuterungen zu den aufgenommenen Gedichten Bedacht nehmen zu wollen verspricht und sich hiezu die Unterstützung seiner Amtsgenossen erbittet. Schließlich können wir nur wünschen, daß ihm dieselbe in reichstem Maaße zu Theil werden und daß das anerkannt brauchbare und treffliche Buch eine immer größere Verbreitung finden möge. S.

Germania. Vierteljahrsschrift für deutsche Alterthumskunde. Herausgegeben von **Franz Pfeiffer.** Neunter Jahrgang, erstes Heft.

Wenn wir uns auch versagen müssen, über die wissenschaftlichen Abhandlungen des vorliegenden Heftes, unter welchen besonders Holtzmann's Aufsatz über den Namen der Germanen hervorzuheben ist, ausführlich Bericht zu erstatten, so können wir doch nicht unterlassen, die Freunde der deutschen Alterthumskunde darauf aufmerksam zu machen, daß mit dem Beginne des neunten Jahrganges die Redaction im Hinblick auf vielfach an sie ergangene Wünsche einige wesentliche Erweiterungen hat eintreten lassen. Sie bezweckt damit, die Germania noch mehr, als sie es bisher war, zum eigentlichen Organ der deutschen Philologie und zum Mittelpunkte der wissenschaftlichen Forschungen und Bestrebungen auf diesem Gebiete zu machen. Zunächst ist dem ersten Hefte eine sehr verdienstliche bibliographische Uebersicht der Erscheinungen auf dem Gebiete deutscher Philologie im Jahre 1863 beigegeben, welche wir einem unermüdlichen Mitarbeiter der Germania, Prof. Karl Bartsch in Rostock, verdanken. Außerdem aber ist eine besondere Abtheilung unter dem Titel Miscellen eröffnet worden, welche im Gegensatz zum übrigen Inhalt der Zeitschrift, die Interessen der Gegenwart berücksichtigen soll durch Mittheilungen von Personalnotizen, sowie durch Berichte über neue Publicationen, wissenschaftliche Reisen, Handschriftenfunde u. s. w. Dieser nicht sowohl der deutschen Philologie, als den deutschen Philologen gewidmete „Sprechsaal" enthält in dem vorliegenden Hefte zuerst einen ausführlichen Bericht über die Sitzungen der germanistischen Section der 22. Philologenversammlung zu Meissen, verfaßt von K. Bartsch; dann einen beachtenswerthen Vorschlag R. Bechsteins über die Programm-Litteratur und endlich kleinere Mittheilungen über Sammlungen österreichischer Weisthümer und über käufliche Manuscripte.

Je größer die Freude ist, womit wir diese zeitgemäßen Neuerungen begrüßen, desto mehr drängt sich uns aber auch der Wunsch auf, aus der Germania persönliche Befehdungen ausgeschlossen zu sehen, die nicht nur der Wissenschaft unwürdig sind, sondern auch der deutschen Philologie unmöglich neue Freunde gewinnen können.

Basel. L. Sieber.

Corneille, Racine et Molière. Deux cours sur la poésie dramatique française au XVIIe siècle par **Eugène Rambert,** ancien professeur à l'Académie de Lausanne, professeur à l'Ecole polytechnique fédérale de Zurich. Lausanne, Delafontaine. 1862. 8°. 516 S.

Der Verfasser bezeichnet in der Vorrede die gegenwärtige Zeit, da Deutschland und Frankreich von dichterisch schaffender Thätigkeit ausruhen, als recht angethan, dem 17. Jahrhundert, in dessen Beurtheilung man bisher nach beiden Seiten zu weit gegangen sei, gerecht zu werden; er will das Seinige dazu beitragen, zwei Völker einander näher zu bringen, für deren literarisches Leben nur insofern zu hoffen sei, als sie aus der bisherigen Einseitigkeit, dem Vorwaltenlassen hier des Inhaltes, dort der Form heraustreten und durch liebevolles Eingehen in die fremde Eigenart bisher verkümmerte Keime in sich pflegen.

Der besonderen Darstellung der drei Bühnendichter geht eine einleitende Vorlesung voran, in welcher die übrigen Schriftsteller ihres Jahrhunderts in Kürze gekennzeichnet werden. Sie zerfallen in drei Gruppen, diejenige der aus den bewegten Zeiten der Renaissance und der Reformbestrebungen in die Ruhe des 17. Jahrhunderts überleitenden Geister (Descartes, Pascal, Larochefoucauld, Corneille; daneben Moliere und Lafontaine), diejenige der im ruhigen Genusse der französischen Größe schaffenden, vom Gange der Dinge befriedigten (Bossuet,

Racine, Boileau), und diejenige der Männer, welche in größerem oder geringerem Zwiespalt mit dem Bestehenden Frankreich auf das Gedankenleben des folgenden Jahrhunderts vorbereiteten (Fenelon, Labruyere, Saint-Simon). — Nach einer kurzen Hinweisung auf Corneille's nächste Vorgänger und seine Erstlingswerke bespricht der Verfasser den Cid, welchen er in anziehender, doch nicht erschöpfender Weise mit Guillen de Castro's Stücke und mit dessen Quellen, den Romanzen, dem Poema und der Cronica vergleicht, wobei sich als Vorzug des französischen Stückes vor dem spanischen namentlich das Hervortreten des Kampfes zwischen Liebe und Ehre ergiebt, von welchem die Aufmerksamkeit nicht durch allzu viele Zuthaten abgelenkt wird. Daß der spanische Dichter dagegen die alte Ueberlieferung mehr als Corneille im Geiste spanischer Ritterlichkeit behandelt habe, wird nicht in Abrede gestellt. Es folgt die Betrachtung des Horace, dessen Grundgedanke bei Beantwortung der Frage nach der Einheit der Handlung richtig angegeben und mit dem von Shakespeare's „Maß für Maß" verglichen wird. Die Anlage und die Ausführung der beiden letzten Aufzüge mißbilligt Herr R. und deutet an, wie mit einigen Aenderungen und in engerem Anschlusse an Livius dem Stücke ein mehr befriedigender Ausgang hätte gegeben werden können. An die kürzer gehaltene Besprechung des Cinna, des Polyeucte und der Corneille's Sinken bezeichnenden Stücke knüpft sich die Charakteristik des Dichters, dessen Kraft und Schwung und Hoheit uns nicht blind machen dürfen für die Enge seiner Begabung, für die dürftige Grundlage, die er dem Handeln seiner Gestalten giebt und die Unnatur mancher Motive. Glücklich und wirksam wird hier neben ein Gespräch zwischen Cinna und Emilie eine Unterredung Brutus' mit Portia bei Shakespeare gestellt. — Die Erwähnung der Berenice, in deren Abfassung Corneille, ohne es zu ahnen, mit Racine zusammentraf, führt auf diesen. Die Hauptzüge seines seltsam gemischten Wesens werden in den Wechseln seines innern Lebens aufgesucht und hierauf die Andromaque genauer betrachtet mit Hinsicht auf den Fortschritt in Gestaltung der Handelnden und in Ausdrucksweise, welcher sich in diesem Stücke zu erkennen giebt.

Verglichen mit Corneille erscheint Racine als der weniger gewaltige und ungestüme; seine Gestalten erregen weniger Staunen als Mitgefühl; sie offenbaren ihr Wesen seltener in Unternehmungen, die auf staatliche Umwälzungen hinzielen, als in stillen Seelenkämpfen, vorzugsweise in der Art, wie die Liebe sich bei ihnen äußert, — war doch auch das Frankreich, vor dem sie auftraten, ein innerlich viel ruhigeres geworden —; Frauengestalten gelingen dem jüngern Dichter in höherem Grade, und die Seltenheit der Rückfälle in die geschraubte Sprachweise der galanten Salonsänger, die sorgfältige Vollendung alles Einzelnen zeichnen ihn vor seinem Vorgänger aus. Dafür verwischt aber auch die stets würdevolle Mäßigung der Rede die Umrisse der individuellen Charakterzeichnung. — In überzeugender Weise führt sodann der Verfasser aus, wie die Knappheit der Form, die Forderung der Einheit der Handlung oder des Grundgedankens, woran überall festzuhalten sei, wie diejenige der Einheit der Zeit, welcher die des Ortes und die Breite der Exposition sich beinahe als nothwendige Folgen zugesellen, wie ferner das Streben, durch Berichterstattung das thatsächliche Geschehen zu ersetzen, welches die langen Erzählungen und die leidigen Vertrauten nach sich zog, wie diese Dinge alle keineswegs als Fesseln oder Schranken von Racine gefühlt wurden, wie vielmehr das Bewußtsein für eine scharf prüfende, nur das Nothwendige gut heißende Gesellschaft zu dichten, für eine Gesellschaft, die es verschmäht haben würde, durch die Sinne auf sich einwirken zu lassen, den Dichter wie von selbst auf diese Bahn habe bringen müssen. So stellt sich denn die Form der classischen Tragödie als eine den Zeitverhältnissen durchaus angemessene, aus ihnen ohne allen Zwang erwachsene dar; eben darum aber darf sie nun nicht auch für andere Zeiten maßgebend sein. — So gilt es auch, bei Corneille die Vorliebe für römische, und bei dem für politische Unternehmungen weniger sich begeisternden Racine, die Vorliebe für griechische Stoffe, bei Beiden die Scheu vor nationalen Gegenständen und die naive Erfüllung des alterthümlichen Rahmens mit französischer Galanterie und Loyalität aus der geistigen Bewegung ihrer Zeit, aus dem Geschmacke und den Anforderungen ihrer Zuhörer zu erklären. Die Studien und Genüsse der Renaissance hatten bei den Gebildeten Frankreichs die Erinnerung an die inländische Bildung des Mittelalters so sehr verdunkelt, sie waren so sehr in dem Irrthume befangen, ihr geistiges Leben sei die unmittelbare Fortsetzung des römischen, daß sie auf alles, was dazwischen lag, als auf eine Zeit der Finsterniß und Rohheit blickten, welche durch keine Kunst zu der Höhe ihrer nunmehrigen Weise zu denken und zu fühlen könnte gehoben werden; und doch hatte der Gang dieser dunkeln Jahrhunderte aus Frankreich etwas so durch und durch

Eigenthümliches gemacht, daß die antike Sage unter den Händen der Dichter, ohne daß sie es gewahrten, die seltsamste Umwandlung erlitt. Und diese Umwandlung ist bedeutend genug, um der Gegenwart, welcher eine langsam und mühevoll erworbene Geschmeidigkeit ein ohne Vergleich tieferes Eindringen in fremde Sinnesart möglich macht, den Genuß der französisch-antiken Tragödie oft durchaus zu verhindern; nicht immer in gleichem Maaße, etwas weniger da, wo ein glücklicher Griff oder eine besonnene Wahl einen Stoff getroffen hat, welcher sich der modernen, durch das Christenthum hindurchgegangenen Anschauungsweise weniger spröde darbietet, wie etwa Phädra oder Andromache. — Die bereits erwähnte Neigung der Gesellschaft, aus der Dichtung alles dem Verstande nicht durchaus nothwendig Scheinende zu verbannen, verbunden mit der Entfremdung der Gemüther gegen die schlichte, reine Natur, die Scheu vor religiöser Anregung zu andern Stunden oder an anderm Orte, als die gewöhnliche Tagesordnung mit sich brachte, erklären es hinlänglich, daß in der Tragödie des 17. Jahrhunderts die ächt dichterische Gestaltung neben der rhetorischen so sehr zurücktritt, und daß Racine, als ihm am Schlusse seiner Laufbahn jenes Werk gelang, in welches er die ganze Begeisterung seiner zu den religiösen Gefühlen der Jugend zurückgekehrten Seele legte, und dessen Schauplatz „statt des Salons ein Tempel" war, bei seinen früheren Bewunderern kein Verständniß mehr fand. — Wir müssen uns des beschränkten Raumes wegen versagen, die zweite Reihe von Vorlesungen, welche Moliere zum Gegenstande hat, in gleicher Weise zu besprechen wie die erste. Sie ist nicht weniger als diese reich an anregenden Bemerkungen und anziehenden Zusammenstellungen, nicht weniger lebendig und ausgearbeitet in der Darstellung. Wir wollen aber nicht verhehlen, daß die Rücksicht auf eine nach angenehmer, müheloser Unterhaltung verlangende, vielleicht aus beiden Geschlechtern gemischte Zuhörerschaft — denn zu der ausführlichen Behandlung von Moliere's Ansichten über weibliche Erziehung konnte doch wohl nur die Anwesenheit von Damen veranlassen —, sich bisweilen für unsern Geschmack etwas zu stark geltend macht. Bei der Bearbeitung für den Druck dürfte manche ästhetische Frage ohne Furcht etwas kräftiger angefaßt und hinwieder hie und da ein mehr überraschender als richtiger Gedanke beseitigt werden; so z. B. jene an Schiller's Theilung der Erde anknüpfende Darstellung der heroischen Poesie, als derjenigen des auf seinem Gang zum Himmel von zahlreichen Gleichgestimmten begleiteten, und der komischen als derjenigen des sich vereinsamt fühlenden Dichters, die Zusammenstellung des „Menschenhassers“ mit Hamlet und einiges Andere.

Solothurn. Adolf Tobler.

Die fünfte Jahresversammlung des schweizerischen Gymnasiallehrervereins in Luzern am 8. und 9. Oktober 1864.

I. Sitzung vom 8. October.

1. Der Vizepräsident, Herr Professor Gehrig, begrüßte in Abwesenheit des Präsidenten, des Hrn. Professor Dr. E. Kopp, die von verschiedenen Seiten eingetroffenen Vereinsmitglieder. Leider war die Zahl derselben nicht sehr ansehnlich; sie stieg mit Zurechnung derjenigen, welche erst am nächsten Morgen eintrafen, bloß auf etwa vierzig.

2. Verhandlungen in Betreff des Vereinsorganes, des „Neuen schweizerischen Museums“. Herr Professor Dr. Kießling berichtet, daß der bisherige Verleger den Vertrag gekündigt habe. In der sich anschließenden Besprechung beantragten einige Stimmen eine Erweiterung der Zeitschrift in dem Sinne, daß alle wissenschaftlichen Fächer eines Gymnasiums darin Aufnahme finden sollten. Schließlich ward beschlossen, die bestehende Redaktionskommission mit neuen Unterhandlungen auf der Grundlage des bisherigen Programms der Zeitschrift zu beauftragen.

3. Verlesung eines Briefes von Herrn Professor Dr. Köchly in Heidelberg. Es wird ein telegraphischer Gruß als Erwiderung beschlossen.

4. Besprechung der Anregung des Herrn Rektor Mann in Frauenfeld, dahin gehend, es möchte der Gymnasiallehrerverein sich zu einem Verein von Lehrern an kantonalen Anstalten, vorläufig mit Beschränkung auf die deutsche Schweiz, erweitern. Nach einigen Erläuterungen wird beschlossen, man wolle bei der bisherigen Einrichtung bleiben: Die Lehrer z. B. an Industrieschulen und andern kantonalen Anstalten

seien ja auch jetzt nicht ausgeschlossen, sofern ihre Lehrfächer mit Gymnasialstudien in Verbindung stehen.

5. Herr Professor Gehrig wünscht Auskunft, wie es zu halten sei mit dem jährlichen Beitrag von einem Franken an die Zentralkasse. Gegenüber der Ansicht, diesen Betrag nur von den Theilnehmern an Jahresversammlungen zu beziehen, wird für gut erfunden, den Beitrag von jedem Mitglied zu entheben, da man außer diesem kein Kriterium dafür habe, wer denn eigentlich zum Verein gehöre und wer nicht.

6. Herr Prof. Gehrig rügt das mangelhafte System der Kantonsrepräsentanten, wünscht ein Mitgliederverzeichniß und Zusendung der Einladungen u. s. w. an jedes einzelne Mitglied. Das Mitgliederverzeichniß findet allgemeinen Anklang, dagegen werden die Repräsentanten beibehalten, jedoch in Ortsrepräsentanten umgewandelt. Als solche wurden bestimmt:

für Aarau: Rektor Rauchenstein;
" Altorf (Uri): Präfekt Uhr:
" Baden: Prof. Färber;
" Basel: Prof. Dr. W. Vischer;
" Bellinzona: Prof. Franscini;
" Bern: Prof. Dr. Tobler;
" Biel: Prof. F. Hersche;
" Bremgarten: Bezirkslehrer Zimmermann:
" Brieg: Prof. Jnalbon;
" Brugg: Dr. Bäbler;
" Burgdorf: Prof. Muralt;
" Chur: Direktor Schällibaum;
" Delsberg: Bonanomi, Lehrer am Progymnasium;
" Einsiedeln: P. Gall Morel, Rektor;
" Engelberg: P. Frowin, Präfekt;
" Frauenfeld: Dr. Böckel:
" Freiburg: Prof. Mauron;
" St. Gallen: Prof. Hardegger;
" Genf: Prof. Peschier;
" Glarus: Prof. Leuzinger;
" Lausanne: Prof. Morell;
" Lugano: Dr. Lurati;
" Luzern: Prof. Gehrig;
" Muri: Rektor Strauch;

für Neuenburg: Prof. Prince;
= Neuenstadt: Direktor Imer;
= Pruntrut: Rektor Durand;
= Sarnen: P. A. Grüninger;
= Schaffhausen: Dr. Th. Hug;
= Schöftland: Bezirkslehrer Stüssi;
= Schwyz: Prof. Lommel;
= Sitten: Prof. Henzen;
= Solothurn: Rektor Schlatter;
= Winterthur: Dr. A. Hug;
= Wohlen: Rektor Rietlisbach;
= Zofingen: Bezirkslehrer Schumann;
= Zug: Präfekt Staub;
= Zürich: Prof. Dr. J. Frei.

II. Sitzung vom 9. Oktober.

1. Referat des Herrn Professor Lommel in Schwyz über die Frage: In welcher Weise und in welcher Ausdehnung sollen die Naturwissenschaften am Gymnasium gelehrt werden? Der Referent erörterte die Wichtigkeit dieses Faches und setzte die nach seiner Ansicht wünschbare Ausdehnung desselben auseinander; er theilte die nothwendigen naturwissenschaftlichen Disciplinen den sechs Klassen eines Gymnasiums zu und fügte Bemerkungen über die Methode des Unterrichts bei. Die Versammlung fand den Vortrag sehr verdankenswerth; im Einzelnen wurden freilich manche abweichende Meinungen geäußert, besonders hob man hervor, daß es wohl besser wäre, weniger Disziplinen zu lehren, diese aber dann um so gründlicher zum Eigenthum der Schule zu machen.

2. Rechnungsablage durch den Vereinskassier, Herrn Dr. F. Burckhardt in Basel.

3. Als nächster Versammlungsort wurde Winterthur bestimmt und Herr Rektor G. Geilfuß zum Präsidenten ernannt.

4. Vortrag des Herrn Professor Dr. Schweizer-Sidler von Zürich über die Frage: Wie sollen die sichern Ergebnisse der historischen Sprachforschung in der Schule verwendet werden? Der Redner besprach das Verhältniß der deutschen, lateinischen und griechischen Sprache unter sich selbst und besonders zur Sanskritsprache und zeigte,

wie die Behandlung der drei erstern durch zweckmäßige Hinweisung und Zurückführung auf die letztere nicht nur an Leichtigkeit, sondern auch an Klarheit außerordentlich gewinne. Die darauf folgende Diskussion wandte sich hauptsächlich der Frage zu, in welcher Reihenfolge die griechischen Klassiker zu lesen seien, ob mit Homer oder mit den Attikern der Anfang zu machen sei. Die ausführliche Besprechung brachte manches Belehrende und Anregende zu Tage. — Der Vortrag des Herrn Prof. Schweizer wurde gebührend verdankt.

Damit war die für Verhandlungen angesetzte Zeit ausgefüllt. Nach einem kleinen Spaziergang entschädigte ein gemüthliches Mittagessen für die Mühen des Vormittags. Der von der Regierung gespendete vortreffliche Ehrenwein bewirkte eine entsprechende Behaglichkeit, welche durch Trinksprüche und eine ächt kollegialische Heiterkeit auf erfreuliche Weise unterhalten wurde. Noch an demselben Abend eilten die meisten Theilnehmer wieder ihrer Heimath zu.

Berichtigungen.

Auf S. 166, Note, sind folgende Artikel, die sich in den philologischen Beiträgen aus der Schweiz finden, durch Versehen weggeblieben: X. Einzelne Bemerkungen über Aeschylos Agamemnon, mit Rücksicht auf Humboldt's Uebersetzung und Hermanns Verbesserungen. Von J. K. v. Orelli. XI. Philologisch-kritische Anmerkungen über die Iphigenie in Aulis. Von J. H. Bremi. XII. Cruces philologorum quinque tollere conatus est L. Döderlein. XIII. Aus Sophokles Elektra v. 86 ff. Von L. Döderlein. XIV. Einige Bemerkungen und Vorschläge über das erste Buch der Platonischen Republik. Von J. U. Fäsi. XIV. A. Blüthen hellenischer Lyrik und Elegie. Von Dr. W. E. Weber. XV. Ueber die Präposition ὡς. Von L. Döderlein. — Anhang zu XIII. Aus Sophokles Elektra.

Auf S. 167. Döderleins erste Gattin war nicht die Tochter Niethammers in München, der vielmehr des schon im elften Monat verwaisten Döderleins Stief- und Pflegevater wurde, sondern die Tochter des 1817 in Halle verstorbenen Juristen Hufeland.

Aarau. R. Rauchenstein.

History of Federal Government, from the Foundation of the Achaian League to the Disruption of the United States. By Edward A. Freemann, M. A. Late Fellow of Trinity College, Oxford.

Volume I. General Introduction. — History of the Greek Federations. Macmillan and Co. London and Cambridge. 1863.

Das in der Ueberschrift genannte Buch von Freeman verdient eine nähere Besprechung in unserem Museum in zwiefacher Hinsicht, einmal weil es für uns Schweizer eine ganz besondere Bedeutung hat, dann aber weil es die Geschichte der antiken Bundesstaaten mit ebenso viel Gründlichkeit als Unbefangenheit behandelt. Der Verfasser Edward A. Freeman, ehedem Fellow des Trinity College in Oxford, hat es unternommen eine Darstellung der Bundesstaaten von den ältesten Zeiten bis auf die Spaltung der vereinigten Staaten Nordamerikas zu geben und sich zu diesem Zwecke ebensowohl mit den verschiedensten schriftlichen Quellen vertraut gemacht, als sich im Leben selbst umgesehen. Noch im letzten Frühling haben unsere Zeitungen erwähnt, wie er nicht zum erstenmal mehrere der noch in der Schweiz existierenden Landsgemeinden besucht hat. Bis jetzt ist von dem Werke der erste Band (722 Seiten) erschienen, der außer der allgemeinen Einleitung die Geschichte der griechischen Bundesstaaten enthält. Der nächste Band soll die Geschichte der schweizerischen Eidgenossenschaft und der deutschen Städtebünde geben. Kaum nöthig ist zu bemerken, daß eine solche Geschichte sich wesentlich von einer allgemeinen Geschichte unterscheiden muß und vielfach an die Form einer historisch-staatsrechtlichen Abhandlung streift. Ganz und gar trägt diesen Charakter die Einleitung, aber auch in dem eigentlich historischen Theile tritt er entschieden hervor, indem stets die Einrichtungen der verschiedenen

Bundesstaaten mit einander verglichen werden, und dies führt bisweilen den Verfasser zu einer allzugroßen Breite.

Schon die Wahl des Gegenstandes läßt erwarten, daß Freeman Sinn und Verständniß für die Entwicklung kleinerer Staaten hat; denn diese sind es ja hauptsächlich, welche durch das Bedürfniß der äußern Sicherheit zur Conföderation getrieben werden; und die ganze Ausführung der Aufgabe bestätigt in hohem Grade diese Erwartung. Das Werk tritt dadurch in einen entschiedenen Gegensatz zu einer Anzahl neuerer deutscher Arbeiten, in denen das Streben der deutschen Völker nach Einheit nur zu oft den unbefangenen historischen Blick getrübt hat, indem so zu sagen als das einzige Ziel der Staaten die Kraftentwicklung nach außen betrachtet und darüber vergessen wird, welch unendlich reiches Geistesleben aus der „Kleinstaaterei", zunächst der griechischen Kleinstaaterei erwachsen ist. Freeman selbst ist sich dieses Gegensatzes wohl bewußt und wir begegnen daher wiederholt einer sehr entschiedenen Polemik gegen Droysen und Mommsen, indem er ebenso sehr des erstern übermäßige Vorliebe für Makedonien verwirft [1]), als gegen des letztern „Idolatrie der reinen Gewalt" Protest erhebt [2]), ohne deswegen andrerseits ihren großen Verdiensten seine

[1]) S. 229, Note 1. On the position of Macedonia in this age see Droysen's Hellenismus II. 553. Allowance must of course be made for the writer's ultra-Macedonian bias, just as for Mr. Grote's ultra-Athenian bias. When Droysen however goes on to compare the progress of Macedonia in Greece with the progress of Prussia in Germany he forgets or despises the difference between small principalities and small republics. A German County or Bishoprick loses nothing, but rather gains by being incorporated with a great German kingdom; a Greek city lost everything, by being incorporated with Macedonia. The sympathy which would attend the King of Italy in any attempt to recover Rome and Venice — I might add Dalmatia and the Italian Tyrol — would not extend to an attempt to annex a Swiss Canton, even of Italian speech, or to an attempt to overthrowt he immemorial liberties of San Marino. Vgl. S. 129, N. 4. S. 376, N. 2. The tale is well told by Plutarch, Ar. 17. It naturally moves the indignation of the Macedonian Droysen (II. 371).

[2]) S. 565, N. 1. The gradual steps of the process by which Rome gradually and systematically swallowed op both friends and enemies is perhaps best set forth in the history of Mommsen. But the reader must be always on his guard against Mommsen's idolatry of mere force. S. 639, N. 4. I cannot help protesting against the way in which this whole period is dealt with by Mommsen in his Roman History. He really seems unable to understand that a small state can have any rights, or that a generous or patriotic sentiment can find a place anywhere except in the breast of a fool. Vgl. S. 608, N. 4. S. 684, N. 2.

Anerkennung zu versagen. Ob deshalb Freeman auch zu den „politisierenden Philologen“ gezählt werden wird, auf welche der am meisten politisierende Philologe mit stolzer Geringschätzung herabblickt, müssen wir dahingestellt sein lassen. Uns freut es, wieder einen Geschichtsschreiber anzutreffen, bei dem das Recht auch des Schwächern seine Geltung findet. Ueberhaupt geht durch das ganze Buch ein wohlthuender Sinn für Recht und Freiheit, verbunden mit einer Unbefangenheit in der Würdigung der verschiedenen Parteien, die wir unten hervorzuheben Anlaß haben werden. In dieser Unbefangenheit steht er auch entschieden über seinem gelehrten Landsmanne, dem vortrefflichen Grote, den seine Bewunderung der athenischen Demokratie bekanntlich mehr als einmal zum geschickten Advocaten derselben hat werden lassen. Nur wo Freemann von den heutigen Zuständen spricht, ist er nicht frei von den Vorurtheilen der englischen Politik; unbegreiflich wäre es sonst, wie ein Mann von so hellem Blicke die neuste griechische Revolution bewundern und von einer dreißigjährigen bayrischen Corruption sprechen könnte. Geradezu komisch erscheint die Vergleichung des Advocaten Rufos aus Patras mit dem anderwärts als Washington des achäischen Bundes geschilderten Markos von Kerynela. Auch die im Uebermaß wiederholten leidenschaftlichen Ausfälle auf Napoleon und Oesterreich würde gewiß mancher Leser gerne entbehren [1]), besonders wenn er sich erinnert, daß die englische Politik vor dem moralischen Richterstuhle gerade auch nicht sehr glänzend besteht. Glücklicher Weise war das Buch geschrieben, bevor die letzten schleswig-holsteinischen Verwicklungen begannen.

Doch gehen wir zur Sache. In den ersten zwei Capiteln, welche auf hundertzweiundzwanzig Seiten die allgemeine Einleitung und die Charakterisierung des Bundesstaates enthalten, sucht der Verfasser den Begriff dieses festzustellen und seine Vorzüge und Schwächen auseinander zu setzen. Zu diesem Zwecke geht er von einer Betrachtung der Einzelstaaten aus und unterscheidet, ohne Rücksicht auf die gewöhnliche Eintheilung in Monarchie, Aristokratie und Demokratie, oder in absolute und constitutionelle Staaten, zwei Hauptklassen, kleine und große Staaten, von denen die erstern in der Hauptsache den Staaten der alten Welt entsprechen, die letztern denen der heutigen Zeit. Die höchste Entwicklung hat das System der kleinen Staaten im alten

[1]) Vgl. beispielshalber S. 95. 98. 99. 110. 111. 130. 472. 488.

Griechenland erreicht und dort wieder in Athen, das der großen Staaten in den modernen großen Monarchien. Denn kleine Staaten sind ihm die, wo die gesammte Bürgerschaft sich zur Behandlung öffentlicher Geschäfte ohne Schwierigkeit versammeln, also jeder Berechtigte sich persönlich an den Geschäften betheiligen kann, große die, wo eine solche persönliche Betheiligung unmöglich ist und wo, unter der Voraussetzung der Berechtigung zur Theilnahme an den Staatsgeschäften, also sogenannter constitutioneller Verfassung, diese Theilnahme nur auf dem Wege der Vertretung stattfinden kann. Es macht dabei keinen Unterschied, welche Verfassung der Staat hat. In dem kleinen Staate mag Aristokratie, Demokratie oder Monarchie, diese in der Regel als Tyrannis, bestehen. Selbst der Tyrann, — den, beiläufig gesagt, Freeman nicht übel genau dem „Kaiser" der Neuzeit entsprechend findet, nur daß sich nicht wohl von einem Kaiser von Megalopolis sprechen lasse — fühlt sich durchaus als Fürst seiner Stadt, und andere etwa seiner Herrschaft unterworfene Städte sind deshalb nicht den Bürgern seiner Stadt gleich, sondern erscheinen als die Unterthanen der von ihm beherrschten Stadt. Doch läßt sich nicht in Abrede stellen, daß die Republik die vorzugsweise dem kleinen Staat entsprechende Verfassungsform ist; denn es ist natürlich, daß wo die äußern Bedingungen eine unmittelbare Betheiligung des Bürgers an den Geschäften ermöglichen, er eine solche auch erstreben wird. Ebenso natürlich ist, wie die Erfahrung zeigt, die Monarchie, absolute oder constitutionelle, vorzugsweise die Verfassung großer Staaten. Der Verfasser fügt freilich bei, es sei der Versuch einer Republik in einem großen Einheitsstaate noch so selten gemacht worden, daß uns kaum ein Urtheil darüber zustehe, ob sie passend sei oder nicht. Allein eben die Seltenheit des Versuchs beweist, daß die Republik dort nicht die adäquate Staatsform ist.

Sehr interessant entwickelt der Verfasser nun die Vortheile und Nachtheile der beiden Staatensysteme, wobei er, wenn schon selbst Angehöriger eines blühenden großen Staates, doch ein offenes Auge für die guten Seiten der Kleinstaaten hat, vielleicht sogar aus der Ferne über manche schwachen hinwegsieht.

Abgesehen von der reichen Mannigfaltigkeit, welche ein aus kleinen Staaten, besonders aus Städtestaaten bestehendes Land darbietet, ist der erste und bedeutendste Vorzug des kleinen Staates der, daß jeder Vollbürger in ihm den höchstmöglichen Grad politischer Bildung erreicht. Die athenische Volksversammlung in der Blüthezeit der Demokratie hält der Verfasser für eine Versammlung von Bürgern, bei denen die durchschnittliche politische Bildung höher stand, als das je in irgend einem andern Staate der Fall gewesen sei, ja er steht nicht an, durchschnittlich dem einfachen athenischen Bürger einen höhern Grad dieser Bildung beizumessen, als dem einfachen Mitgliede des englischen Parlaments; denn jener habe nach bestem Ermessen in jedem einzelnen Falle sein Urtheil abzugeben gehabt, während das englische Parlamentsmitglied im Grunde ein für allemal sein Urtheil fälle, wenn es sich entscheide, ob es das Ministerium unterstützen oder ihm Opposition machen wolle. Daß das ein hoher Grad von politischer Moral sei, bezweifelt er, aber es sei einmal die angenommene politische Moral. Wir empfehlen diese Betrachtungen unsern schweizerischen Landsleuten zur Beherzigung. Denn während theoretisch und nach dem Wortlaute der Verfassungen in unsern verschiedenen politischen Körpern auch jeder nach bester Ueberzeugung stimmen soll, wird jetzt von vielen als allein selig machende Maxime gepriesen und verlangt, daß man nach der Parole der Parteiführer stimme. Man nennt das dann Parteidisciplin; es ist aber offenbar eine Fälschung unserer republikanischen Einrichtungen durch Einführung ihnen fremder Grundsätze. Durch diese individuelle Theilnahme wird aber nicht nur der gewöhnliche Bürger durchschnittlich auf eine höhere Stufe gehoben, sondern auch der, welcher sich über die Durchschnittshöhe erhebt, hat viel mehr Gelegenheit seine Fähigkeiten zur Geltung zu bringen. „Große Staatsmänner wachsen viel dichter in Republiken dieser Art als in großen Monarchieen" (S. 48. 49). Freilich ist Athen das glänzendste Beispiel eines solchen Staates. „Das athenische Volk scheint alle andern Völker an natürlichen Gaben übertroffen zu haben und die Verhältnisse der Republik brachten jeden Bürger in tägliche Berührung mit größern politischen Geschäften, als es bei den Bürgern der übrigen griechischen Republiken in der Regel der Fall war." „Aber bei der Würdigung der Wirkungen irgend eines politischen Systems muß man diese nach seiner vollkommensten Erscheinung für beides, das Gute und Schlechte, abschätzen. Und unzweifelhaft müssen auch Republiken, welche ihren Bürgern viel weniger politische Erziehung gegeben haben, als man in Athen erhielt, ihnen doch noch viel mehr gegeben haben, als man in irgend einer modernen Monarchie oder Republik erhalten kann. Wir vergöttern (idolize) die Tagespresse, als das große Werkzeug moderner Cultur; aber seine Zeitung zu lesen ist bei alle dem bei weitem keine so erhebende Sache, wie mit eigenen Ohren einem großen Staatsmanne zu lauschen und dann seine eigene unabhängige Entscheidung für oder gegen seinen Antrag zu geben." Diese hohe politische Bildung und Entwicklung des Charakters ist der bedeutendste Vorzug kleiner Staaten und ein reiner, ungemischter. Doch wird auch er und besonders in seiner höchsten Entwicklung in der Demokratie kaum anders möglich, als durch die Existenz einer niedrigern, unfreien Menschenklasse, der Sklaven, wodurch das Volk auch der absolutesten Demokratie gewissermaßen ein aristokratischer Körper wird. Es ist das ein Punkt, auf den meist bei der Beurtheilung der alten Staaten viel zu wenig geachtet wird.

Ein zweiter, aber nicht so reiner Vorzug der kleinen Staaten ist die Intensität des Patriotismus, der da, wo die einzelne Stadt dem Bürger Alles in Allem ist, weit kräftiger sein muß, als in einem großen Staate. Er ist die Quelle alles edelsten in der Geschichte der kleinen Republiken, aber auch der niedrigsten Thaten. Keine Selbstaufopferung erscheint zu groß, aber auch kein Unrecht zu schwarz, um das Wohl der Vaterstadt zu fördern.

Gegenüber diesen Vorzügen wird vom Verfasser unter den schwachen Seiten zuerst hervorgehoben, daß die Blüthe der kleinen Staaten eine kürzere Dauer habe, als die der großen. Die Behauptung einer hohen Stellung erfordert eine so gewaltige Anspannung aller Kräfte, wie sie nicht leicht lange Zeit anhalten kann; ein kleiner, auf eine erbliche Bürgerschaft beschränkter Staat kann sich auch nicht so leicht durch Aufnahme frischen Blutes von außen wieder kräftigen; eine einzige Eroberung kann einen kleinen Staat vertilgen, während sie einen großen nicht selten verjüngt. Das eine Jahrhundert Athens von der Vertreibung der Tyrannen bis zur Schlacht von Aegospotamos ist Jahrtausende des Lebens von Aegypten oder Assyrien werth, aber die Größe war zu ruhmvoll, um zu dauern. Sodann gestattet das reine System den „kleinen Staaten" keine Verbindung mehrerer solcher Staaten zu einer festen Einheit, auf gleichem Fuß. Die Verbindung ist nur als theilweise Unterwerfung durchführbar, wie in der athenischen Symmachie. Hierin liegen wirkliche Schwächen der kleinen Staaten, die in ihrem Wesen begründet sind. Dagegen weist Freeman als irrig die Betrachtungsweise ab, welche nur vom äußern Umfange der Staaten ausgehend, im Vergleiche mit colossalen Reichen, wie das despotische Rußland oder Frankreich kleine freie Staaten wie die Schweiz oder Norwegen geringschätze und also noch viel mehr die kleinen Staaten Griechenlands. Das sei eine rein physische Betrachtung, wobei die höhere Seite der menschlichen Natur vergessen werde. „Frankreich und Rußland haben in der That unvergleichlich mehr physische Macht als die Schweiz oder Norwegen, aber der Schweizer oder Norweger ist ein Wesen von einem höheren politischen Rang als der Franzose oder Russe.“ Aber es sei die Betrachtung überdies falsch, weil sie von einer mißverstandenen Analogie kleiner Staaten in einer Zeit ausgehe, wo sie von großen mit gleicher materieller Bildung umgeben seien, und kleiner Staaten zu einer Zeit, wo sie das Ganze der civilisierten Welt bildeten. Um das Wesen der freien Städte oder kleinen Staaten richtig zu beurtheilen, müsse man von einer Zeit ausgehen, wo sie nicht bloß Ausnahme, sondern Regel, wenigstens vorherrschend gewesen seien, und da zeige sich, daß die griechischen Republiken in Wirklichkeit stärker gewesen seien als die gleichzeitigen Königreiche. Eine einzelne Stadt sei heutzutage schwach im Vergleich mit einem kleinen Königreich, gerade wie ein kleines Königreich im Vergleich mit einem großen. Die Thatsache, daß kein Staat einer Macht widerstehen könne, die physisch stärker sei, als er selbst, beweise nichts für die Vorzüge besonderer Regierungsformen. So viel einzelnes Richtiges hierin ist und so gern man dem Verfasser zugiebt, daß ein „kleiner Staat“ relativ eine größere Stärke entwickelt als ein „großer“, so ist doch offenbar seine Beweisführung unklar, ja geradezu irrig. Er spricht hier von verschiedenen Regierungsformen und vergißt, daß er nur von „kleinen Staaten“ gegenüber großen handeln wollte, und er verwechselt die individuelle Tüchtigkeit des Bürgers mit der Macht des Staates. Es liegt wirklich im Wesen, oder wie er sich ausdrückt, im System des „kleinen Staates“, daß er nicht die gleiche äußere Macht haben kann, wie der große. Daß ein kleineres Königreich kleiner und damit schwächer als ein größeres ist, das ist, sofern es überhaupt mit zu den „großen Staaten“ gehört, etwas Accidentielles; daß aber der „kleine Staat“ schwächer ist auch als ein relativ kleiner Großstaat, ist etwas in seinem Wesen begründetes. Und wo „kleine Staaten“ eine wirklich große Macht gewonnen haben, ist es dadurch geschehen, daß sie im Grunde über die Schranken des „kleinen Staates“ hinausgegangen sind. Wo aber bei sonst gleichen Verhältnissen „große Staaten“ entstehen, verschwinden allmälig die kleinen, wie das nachher Freeman selbst ganz richtig sagt.

Andere Nachtheile sind bei dem Systeme kleiner unabhängiger, nebeneinander stehender Staaten die unaufhörlichen Kriege und der unbändige Haß, der sich um so intensiver entwickelt, je näher die rivalisierenden Staaten einander liegen. Auch die Parteikämpfe innerhalb der Staaten selbst pflegen einen besonders hohen Grad von Wildheit anzunehmen, und oft durch lange Zeiten sich erblich fortzupflanzen ohne einen vernünftigen Grund.

Nachdem er diese Sätze ausführlicher entwickelt, fasst er (S. 62) die beiden Seiten der kleinen Staaten oder, wie er hier sie geradezu nennt, der Städterepubliken schön in folgender Weise zusammen:

„Eine kleine Republik entwickelt alle Anlagen der einzelnen Bürger bis zum höchsten Gipfel; der durchschnittliche Bürger eines solchen Staates ist ein höheres Wesen als der durchschnittliche Unterthan eines großen Königreichs; er steht in einer Linie nicht mit dessen durchschnittlichen Unterthanen, sondern wenigstens mit dessen durchschnittlichen Gesetzgebern. Die Stadtrepublik entzündet die höchsten und am meisten veredelnden Gefühle des Patriotismus; sie weckt jede Kraft und jedes Streben (emotion) der menschlichen Natur; sie giebt dem menschlichen Genie jeder Art den weitesten Spielraum; sie bringt einen Aeschylus und Demosthenes, einen Dante und Machiavelli hervor. Aber auf der andern Seite ist der Glanz eines solchen Staats selten dauernd; er ist zu steter Kriegführung versucht, und zu einer Kriegführung von einer in gewisser Beziehung grausamen Art; er ist zu Ehrgeiz und Erwerbung von Gebiet wenigstens eben so anhaltend als ein größerer Staat verlockt und Einverleibung (annexation) durch eine Stadtrepublik bringt gemeiniglich mehr Uebel mit sich als Einverleibung in ein Königthum. Ferner ist bürgerlicher Zwist heftiger und Parteihaß wird zugleich bitterer und andauernder. Und wir können beifügen, daß Städterepubliken nicht wirklich blühen können, außer wenn sie entweder die ganze Lage beherrschen oder doch eine entschiedene Ueberlegenheit in Bildung über die sie umgebenden Monarchien besitzen. Das erstere war der Fall im alten Griechenland, das letztere im mittelalterlichen Italien. Im mittelalterlichen Deutschland und Flandern war die Ueberlegenheit der Städte weniger entschieden. Darum war ihre Freiheit weniger vollständig und ihre Geschichte weniger glorreich. Wie die umliegenden Monarchien an Macht wachsen, wie sie an Ordnung und Bildung zunehmen, vor Allem, wenn sie zur Aufstellung stehender Heere kommen — verschwinden allmählig die Städterepubliken oder bestehen nur noch durch verächtliche

Duldung der benachbarten Machthaber. Mögen die Mächte, welche sie umringen, despotische Staaten, constitutionelle Königreiche oder selbst consolidierte Republiken sein, die Richtungen eines Zeitalters großer Staaten sind der Erhaltung irgend einer wirklichen Unabhängigkeit einzelner nicht verbündeter Städte gleich sehr entgegengesetzt."

Kürzer verweilt der Verfasser bei der Würdigung der Staaten, die er große nennt, weil sie dem modernen Verständniß viel näher liegen. Er versteht darunter, wie schon gesagt, alle Staaten, die zu groß sind um den sämmtlichen Bürgern ein regelmäßiges Zusammenkommen an einem Platze zur Behandlung der Geschäfte möglich zu machen, gleichviel ob Republiken, constitutionelle oder absolute Monarchien europäischer Art. Die orientalischen Despotien schließt er von der Betrachtung ganz aus, weil dort von Gesetz und Regierung im wahren Sinn die Rede nicht sein könne.

Das Wesen solcher Staaten bringt es mit sich, daß das ganze Land rechtlich der Hauptstadt durchaus gleichsteht, obwohl faktisch es sich sehr oft zum großen Nachtheil des Landes anders gestaltet, und daß, wo überhaupt die Bewohner Rechte haben, sie diese nur durch Stellvertretung ausüben. Staaten wie Rom, Karthago, Venedig oder Bern, wo eine einzelne Stadt über ein weites Territorium herrscht, kommen nicht in Betracht, denn sie sind keine eigentlichen großen Staaten, sondern eine entartete Form der Städterepubliken (a corrupted form of the city-commonwealth S. 65). Diese kurze Andeutung macht den Leser nothwendig auf eine empfindliche Lücke in der Betrachtung der kleinen Staaten aufmerksam. Das Verhältniß der „kleinen Staaten", welche sich zu herrschenden Mächten erhoben haben, ist fast ganz übergangen, indem (S. 23—25) im Grunde nur von der Stellung der untergebenen Städte, nicht aber von dem der herrschenden gehandelt wird. Zugleich geräth der Verfasser in einen eigenthümlichen Widerspruch, da Athen, das er überall als das höchste Beispiel der Städterepublik aufstellt, während der Zeit seiner Blüthe in die gleiche Kategorie mit Rom, Karthago, Venedig und Bern gehört und also eine entartete Form der Städterepublik wäre. Was die Nothwendigkeit der Ausübung der politischen Rechte durch Stellvertretung betrifft, so betrachtet sie der Verfasser als unumgängliche und consequent durchzuführende Regel. Die wenigen Ausnahmen die vorkommen, stehen im Widerspruch mit dem Staatsprincipe und sind höchst verderblich, wie die einstige polnische Königswahl, oder bloße Komödie, wie das napoleonische Suffrage universel bei der Kaiserwahl und der Annexation von Savoyen und Nizza. Sonderbar ist, daß von der Anwendung desselben Mittels in Italien ganz geschwiegen wird. Als es in Griechenland angewendet wurde, war vielleicht das Buch schon geschrieben; in Mexiko hat es bestimmt erst nach dem Erscheinen desselben stattgefunden, dieser Fall wäre nicht vergessen. Selbst die Wahl des amerikanischen Präsidenten, die zwar nicht gesetzlich, wohl aber faktisch eine unmittelbare geworden ist, wird für eine schädliche Anomalie erklärt.

In einem solchen Staate, mögen sonst auch die wichtigsten Unterschiede bestehen, mag die straffste Centralisation herrschen oder die freiste Bewegung der einzelnen Theile, steht alle Staatsgewalt beim Souverän und bei der gesetzgebenden Versammlung, sofern eine solche da ist; die municipalen Freiheiten, mögen sie noch so groß sein, sind vollständig der Staatsgewalt untergeordnet; sie können vermindert oder vermehrt, ja ganz beseitigt werden ohne eine Rechtsverletzung. Auch ein relativ kleiner Staat dieser Art umfaßt in der Regel ein Gebiet, das größer ist als eine ganze Masse „kleiner Staaten" zusammen.

Dies bringt im direkten Gegensatze zu den „kleinen Staaten" als Vorzüge mit sich die Ruhe und den Frieden eines großen Landes und die Beseitigung oder wenigstens Abschwächung der Localeifersuchten; die Kriege werden weniger grausam, weil sie in der Regel nicht durch den Haß der Bevölkerungen hervorgerufen sind, bürgerliche Streitigkeiten durchschnittlich weniger bitter. Dagegen ist ein ebenso entschiedener Mangel dieser Staaten der geringe Grad von politischer Bildung, die durch eine periodisch eintretende Ausübung des Wahlrechts nicht gewonnen werden kann. Daraus entsteht nothwendig Verkehrtheit und Corruption der Wahlkörper, welche als inhärente Laster der repräsentativen Verfassungen erscheinen. Eine interessante, aber offenbar nicht ganz haltbare Bemerkung, die der Verfasser hier macht, ist die, daß in der Stadtrepublik oder in der Despotie Bestechung in der Regel gegenüber den Beamten in Anwendung komme, in repräsentativen Staaten gegenüber den Wählern und wohl auch den repräsentativen Körpern. Sehr richtig ist jedesfalls, daß wenn auch die Bestechung eines hohen Staatsmannes mehr unmittelbaren Schaden bringen kann, die Gewohnheit der Massen sich kaufen zu lassen, für den ganzen sittlichen Zustand des Volkes viel verderblicher ist.

Fast ist man nach dieser Auseinandersetzung erstaunt zu sehen, wie der Verfasser bei der schließlichen Bilanz zwischen den Vortheilen und Nachtheilen der kleinen und großen Staaten unbedingt zu Gunsten der letztern entscheidet. Die Erklärung liegt hauptsächlich in folgenden Worten (S. 87. 88): „die griechischen Republiken scheinen der Welt für einen Augenblick gezeigt worden zu sein wie ein Vorbild der verklärten Menschheit, aus dem Alle die höchsten Lehren ziehen sollen, das man aber nie hoffen kann in seiner Vollkommenheit zu reproduzieren.“ „Der Unterthan eines großen modernen Staates lebt ein weniger erregtes und weniger glänzendes, aber ein nicht weniger nützliches und ein geordneteres und friedlicheres Leben als der Bürger einer alten Republik.“

Richtiger als eine solche Abschätzung wäre ohne Zweifel gewesen, auf die verschiedenen Bedingungen einzugehen, unter denen das eine und das andere System von Staaten möglich und der Entwicklung der Menschheit förderlich ist.

Während also die Stadtrepublik Alles der vollen persönlichen Entwicklung des Bürgers opfert, das große moderne Königreich (er braucht hier selbst diese Ausdrücke) dem Frieden, der Ordnung und dem allgemeinen Wohlbefinden eines ausgedehnten Gebietes, giebt es ein drittes System von Staaten, welches zwischen beiden zu vermitteln, die Vorzüge beider zu verbinden sucht, das ist der Bundesstaat. Dieser entsteht da, wo eine Anzahl unabhängiger Staaten in der Weise sich verbinden, daß die Souveränitätsrechte getheilt werden zwischen den Einzelstaaten und einer gemeinsamen Gewalt. Diese Art der Verfassung ist aber eine kunstreichere als irgend eine andere, eine späte Frucht hoher politischer Cultur und nur in ganz besondern Fällen anwendbar, nur da, wo bisher getrennte Staaten einer engern Verbindung und Kräftigung bedürfen. Und zwar paßt sie auch da nur, wenn zwischen den verschiedenen Einzelstaaten eine gewisse Gemeinschaft der Denkart und der Interessen vorhanden ist und doch keine Identität derselben. Im erstern Falle bleiben die Einzelstaaten besser im Zustande der Trennung mit deren Vortheilen und Nachtheilen, im letztern ist die vollständige Vereinigung zum Einheitsstaate das Angemessene. Natürlich tritt auch der Bundesstaat in sehr verschiedener, mehr oder minder vollkommener Form auf.

In seiner vollkommensten Erscheinung läßt der Bundesstaat jedem einzelnen Staat volle Freiheit in Allem, was ihn allein betrifft, er unterwirft einer gemeinsamen Gewalt Alles was die Gesammtheit der

Glieder mit einander betrifft; das heißt die äußeren Verhältnisse, die Stellung zu andern Staaten wird durch die Bundesgewalt geleitet und durch sie allein, die inneren Verhältnisse verbleiben ganz der Competenz der Einzelstaaten. Nach außen erscheint der Bundesstaat als ein einziger Staat, nach innen als eine Mehrheit von einzelnen Staaten. Und zwar ist diese innere Freiheit der Einzelstaaten nicht etwa wie die Municipalrechte in Einheitsstaaten, Sache der Einräumung von Seite einer höhern Gewalt, sondern sie gehört ihnen als absolutes Recht vermöge der ihnen als unabhängigen Staaten inhärierenden Befugnisse. Es ist eben so sehr dem Princip des Bundesstaates zuwider, eben so rechtswidrig, daß die Centralgewalt sich in die innere Gesetzgebung und Verwaltung der Einzelstaaten einmische, als daß der Einzelstaat in äußere Verhältnisse eingreife und z. B. in diplomatischen Verkehr mit fremden Staaten trete. Auch unter Festhaltung dieser wesentlichen Grundsätze giebt es wieder zwei Hauptklassen: 1. die, wo die Bundesgewalt nur die Regierungen der Einzelstaaten repräsentiert und nur mit ihnen verhandelt, ohne je mit den einzelnen Bürgern in direkte Verbindung zu treten. Das nennt der Verfasser das System verbündeter Staaten (the System of Confederated States). 2. Die, wo die Bundesgewalt eine selbständige Regierung im eigentlichen Sinne gegenüber den Einzelregierungen bildet und innerhalb ihrer Sphäre sich frei bewegt und auch mit den einzelnen Bürgern der Einzelstaaten direkt verkehrt. Das nennt der Verfasser den zusammengesetzten Staat oder den höchsten Bundesstaat (the Composite State or Supreme Federal Government). Jene erste losere Form nähert sich mehr dem bloßen Staatenbunde, diese engere mehr dem Einheitsstaate. Beide aber sind doch vollständige Bundesstaaten, sofern sie nach außen als Einheit erscheinen, nach innen den Gliedern ihre volle Unabhängkeit lassen. Sie berühren sich so nahe, daß die Unterscheidung oft schwer wird.

Theoretisch betrachtet läßt sich nun ebensowohl ein aus Monarchien als aus Republiken bestehender Bundesstaat denken; doch weist faktisch die Geschichte nur republikanische auf, da verwandte monarchische Erscheinungen sich nie bis zum wirklichen Bundesstaate ausgebildet haben, und mit Recht bemerkt der Verfasser, daß ein aus Monarchien zusammengesetzter Bundesstaat mit einem erblichen oder gewählten Könige als Bundessouverän an der Spitze eine so delikate Maschinerie wäre, daß sie kaum eine einzige Generation durch dauern würde. Er setzt daher bei seinen weitern Betrachtungen immer republikanische Verfassung voraus.

Die republikanischen Bundesstaaten sind wieder sehr verschieden nach der Größe der Einzelstaaten, aus denen sie zusammengesetzt sind. Diese können nach dem System der Kleinstaaten durch die unmittelbare Theilnahme der Bürger regiert werden, oder nach dem System der Großstaaten durch Repräsentation. Ersteres war der Fall im achäischen Bund, letzteres ist es in Nordamerika; eine Mischung findet sich in der Schweiz. Danach nähern sie sich wieder einerseits mehr den reinen großen Staaten, andrerseits mehr den kleinen, bleiben aber immer entschieden eine besondere zwischen jenen stehende Art. Die Stellung von Megalopolis und New-York, beide in ihren innern Angelegenheiten souverän und bloße Municipalitäten gegenüber fremden Mächten, hat trotz der verschiedenen Größe mehr gegenseitige Aehnlichkeit als die von Megalopolis mit der Athens, oder die des Staates New-York mit der Englands.

Ein solcher Bundesstaat also sichert nun zwar nicht die gleiche Ruhe und Ordnung wie ein modernes Königreich, nicht die gleiche individuelle politische Entwicklung wie die alte Stadtrepublik, aber er gewährt mehr Ruhe als die alte Stadtrepublik und giebt durchschnittlich ihren Bürgern eine höhere politische Entwicklung, als die Unterthanen einer ausgedehnten Monarchie sie erreichen.

Selbst in einem großen Einzelstaate eines Bundes wird die Theilnahme der einzelnen Bürger an den öffentlichen Angelegenheiten eine weit unmittelbarere sein, als in einem großen Königreich oder einer großen einheitlichen Republik (Consolidated Republic), wie Frankreich war. In einem wie im andern Falle bleibt auch dem Einzelstaate eine ganz andere unabhängige Stellung als selbst der freisten Municipalität in einem Einheitsstaate. Und der Bundesstaat ist zugleich die günstigste Staatsform für die Entwicklung des Selfgovernment im ausgedehntesten Sinne. Der Verfasser meint nämlich, am wenigsten geneigt solche freie Bewegung zu ertragen sei die allmächtige Nationalversammlung einer großen Republik; weit weniger Eifersucht ihr gegenüber habe das an gewisse Schranken seiner Macht gewohnte Parlament einer constitutionellen Monarchie und noch weniger hätten eine bundesstaatliche Centralversammlung (Federal Congress) und eine legislative Versammlung eines einzelnen Gliedes des Bundesstaates, weil beide an gegenseitige rechtliche Begränzungen gewohnt seien.

Selbst das, was in gewissem Sinne als eine Schwäche der Bundesstaaten erscheint, den weniger festen Zusammenhang der einzelnen Theile im Vergleiche mit dem Einzelstaate, bezeichnet der Verfasser als eine bloß scheinbare Schwäche, indem verschiedenartige Theile durch das bundesstaatliche Band willig und dauernd zusammengehalten werden, die in einen Einzelstaat nur widerstrebend und mit Gewalt zusammengezwängt würden. Und so erscheint ihm sogar die größere Leichtigkeit einer Secession eher als ein Vortheil, denn als ein Nachtheil, wie andrerseits die Leichtigkeit, da wo das Bedürfniß es gebietet, die Umwandlung in den Einheitsstaat zu vollziehen. Die Vorgänge in Amerika haben aber ohne Zweifel, seit er das geschrieben, seine Meinung über die Leichtigkeit der Secession wesentlch modifiziert.

So ungefähr entwickelt der Verfasser das Wesen und die Wirkungen des Bundesstaates, wobei er indessen doch wohl zu sehr die Verhältnisse so betrachtet hat, wie sie theoretisch sein sollen, und nicht genug beachtet, wie sich aus dem Dasein zweier gesetzlich in ihrer Sphäre gleichberechtigter Arten von höchster Gewalt nothwendig, wenn auch nicht gleich ein Conflikt, doch eine gewisse Concurrenz ergeben muß. Denn sobald einmal eine starke Centralgewalt, welcher immer der wichtigere Theil der Souveränitätsrechte zufällt, geschaffen ist, hat sie den natürlichen Drang, den Kreis ihrer Thätigkeit weiter auszudehnen und namentlich in einer Zeit, wo alles Bestreben vorzugsweise auf Machtentwicklung gerichtet ist, findet sie nur zu sehr Förderung auch da, wo ruhige Ueberlegung das Gegentheil gebieten sollte.

Der Verfasser schildert, nachdem er einen Blick auf Nordamerika geworfen, was wir hier übergehen wollen, mit begeisterten Worten die wohlthätigen und einzigen Wirkungen des Bundesstaates an dem Beispiel der Schweiz. „Unter dem föderalen System," sagt er, „können der Katholik und der Protestant, der Aristokrat und der Demokrat, der Bürger von Bern und der Landmann von Uri, der Schwabe von Zürich, der Lombarde von Tessin, der Burgunder von Genf [1]) und die Leute, welche die unbekannte Zunge der rhätischen Thäler sprechen — sie alle können unter einander als freie und gleiche Bundes-

[1]) Der Verfasser gebraucht den Namen „Burgunder" von den französisch redenden Schweizern mit Absicht, im Gegensatz zu Franzosen. Man vergleiche seine Bemerkung über das burgundische Reich S. 31. 1.

genossen sitzen. Sie können ihre locale Unabhängigkeit, ihre localen Verschiedenheiten, ja wenn sie wollen, locale Eifersucht und Haß behalten und dennoch bei allen äußern Fragen als eine Nation auftreten, deren Glieder alle gleich bereit sind, ihr Bergbollwerk zu besetzen, wenn der geringste Angriff gegen irgend einen ihrer Brüder gemacht wird. Das föderale System, kurz gesagt, hat hier aus den verschiedensten ethnologischen, politischen und religiösen Elementen eine künstliche Nation geschaffen, so voll von wahrer und heldenmüthiger nationaler Gesinnung als je ein Volk vom allerungemischtesten Blut beseelt hat."

Einen Ausdruck müssen wir hier ablehnen, den einer künstlichen Nation (artificial nation), sofern damit etwas willkürlich gemachtes gedacht wird. So gern dem Verfasser zugegeben wird, daß die höhere Stufe des Bundesstaats einen hohen Grad politischer Entwicklung voraussetzt und ein kunstreicher Organismus ist, so folgt daraus noch nicht, daß die dadurch vereinigte Nation eine künstliche sei. Auch die höchste Entwicklung kann, oder vielmehr sie muß naturgemäß vor sich gehen, wenn etwas Haltbares daraus hervorgehen soll; und so gut Natur und nicht Kunst Bevölkerungen der verschiedensten Zungen in den engen Gränzen der Schweiz zusammengebracht, ist auch die historische Entwicklung, welche diese Bevölkerungen zu einer freien Verbindung zusammengekettet hat, eine natürliche, und darum hat diese so lange gehalten. Will man nur die Nation im ethnologischen Sinne eine natürliche nennen, so mag man im Gegensatz dazu die schweizerische eine historisch gewordene nennen, am besten ist aber wohl, den Ausdruck Nation gar nicht anzuwenden, sondern nur von einem schweizerischen Volke zu sprechen. Doch das ist am Ende ein Wortstreit, der noch dazu vom verschiedenen Gebrauche des gleichen Wortes in verschiedenen Sprachen abhängt. Sprechen doch unsere welschen Eidgenossen ganz ernsthaft von einer Nation Vaudoise und Nation Genevoise. Hingegen wird jeder Kenner der schweizerischen Verhältnisse fühlen, wie jene Schilderung schon jetzt nicht mehr ganz paßt, — Aristokratien sind nicht mehr gestattet — und die Unabhängigkeit der Cantone wesentlich bedroht ist, man darf wohl sagen, mehr als bedroht, seitdem der schweizerische Bundesrath mit nicht eben feiner Sophistik die Theorie aufgestellt hat, daß vermöge des Rechts Verträge mit dem Auslande zu schließen die Bundesgewalt durch die übrigen Bestimmungen der Verfassung nicht mehr gebunden sei, und also die cantonale Unabhängigkeit nur noch von der Discretion dieser abhänge, und — seitdem die Bundesversammlung diese Theorie acceptiert hat. Mögen die sich täuschen, welche fürchten, es sei damit der Pfad betreten, der vom Bundesstaat zum Einheitsstaat führt.

Hören wir noch, was der ebenso einsichtige als für unser Land warm fühlende Verfasser von einem solchen Falle sagt. Nachdem er ausgesprochen, daß zweiundzwanzig vollständig unabhängige Staaten sich unmöglich erhalten könnten, fährt er fort: „Aber würde Verbindung zu einem Einheitsstaat (consolidation) dem Zweck entsprechen? Sollen wir der Schweiz die stereotype Segnung eines erblichen Königs, eines verantwortlichen Ministeriums, eines erwählten und eines ernannten Parlamentshauses geben? Oder sollen wir zur Abwechslung ihr die niedlich entworfene Form einer einen und untheilbaren Republik geben? Solch ein Königreich oder solch eine Republik würde nur in kleinerem Maßstabe einen Anblick darbieten, wie die Reiche von Oesterreich und der Türkei. Die burgundischen und italienischen Provinzen würden gegen eine vorherrschend deutsche Regierung sich empören und sich um Hülfe an ihre stammverwandten Nachbaren jenseits der Gränze wenden. Frankreich würde für Waadt werden, was Piemont für die italiänischen Provinzen von Oesterreich, was Rußland für die slavischen Provinzen der Türkei“ (S. 120).

Ich habe mich absichtlich länger bei der Einleitung aufgehalten, um den Standpunkt deutlich zu machen, von dem der Verfasser ausgeht. Mit dem dritten Capitel beginnt der eigentlich historische Theil, der in sechs Capiteln die Geschichte des Bundesstaates in Griechenland von den ersten Anfängen bis zum Untergang des achäischen Bundes darstellt. Da der Verfasser sich keineswegs auf eigentliche Bundesstaaten im engern Sinne beschränkt, sondern auch verwandte Institute und bloße entfernte Versuche bespricht, so ist nicht zu billigen, daß er die großen hegemonischen Bünde oder Symmachien ganz bei Seite gelassen hat. Denn wenn auch die attische Symmachie so wenig wie die peloponnesische es je zum wahren Bundesstaate gebracht hat, so gehörten sie doch wenigstens so gut als mehrere der besprochenen Verbindungen hieher und wären besonders interessant gewesen wegen gewisser Analogien mit dem vorörtlichen System der schweizerischen Eidgenossenschaft. Wenn Freeman wiederholt von einer athenischen Herrschaft spricht, so übergeht er, daß diese Herrschaft in Folge mangelhafter Bundeseinrichtungen aus einer ursprünglich freien

Bundesgenossenschaft durch Uebergriffe des Vororts und Schlaffheit der kleinen Bundesglieder hervorgegangen ist. Eine Bundesbehörde, der Tagsatzung entsprechend, war im Synedrion da und sogar eine Finanzbehörde in den Hellenotamien. Es hätte hier gezeigt werden müssen, wie jede Hegemonie nothwendig zur Herrschaft des Hegemonen und zur Unterdrückung derer führt, welche die Leitung ihrer Kriegsmacht an einen Stärkern abgeben, und es daher der größte politische Fehler eines kleinen Staates ist, die militärische und diplomatische Führung an einen mächtigeren abzutreten, wenn man nicht von vorn herein eine völlige Absorption in diesen bezweckt.

Die delphische Amphiktyonie, den ältesten Staatenverein, den wir in Griechenland genauer kennen, beurtheilt Freeman richtig, wenn er sie als eine religiöse, nicht eigentlich politische Verbindung ansieht, die in späterer Zeit nur mißbräuchlich als politisches Werkzeug benutzt wurde.[1]) Nur läßt sich nicht verkennen, daß in jener ältesten Zeit Religiöses und Politisches so wenig streng geschieden waren, daß auch die Amphiktyonie bis auf einen gewissen Grad eine politische Verbindung wurde. Dagegen hat der Verfasser schwerlich mit Recht die Erscheinung, daß später sich aus der delphischen Amphiktyonie kein wirklicher Bundesstaat entwickelte, als Beweis dafür

[1]) Ueber die delphische Amphiktyonie resp. die Stimmen der theilnehmenden Völker giebt neuen, höchst interessanten Aufschluß ein 1862 von dem unermüdlichen verdienstvollen Inschriftenforscher Carl Wescher in Delphi aufgefundenes Document, von dessen Inhalt er mir im verflossenen October mündliche Mittheilung gemacht hat und über das man jetzt einen kurzen vorläufigen Bericht in der Revue Archéologique, November 1864, S. 407 ff. findet. Zur Zeit dieses Documents, das jedesfalls vor die Reconstituierung durch Augustus gehört, hatten sieben Völkerschaften je zwei Stimmen, zehn je eine, zusammen also vierundzwanzig. Die erstern mit je zwei Stimmen waren die Delphier, die Thessaler, die Phokier, die Böotier, die phthiotischen Achäer, die Magneten und die Aenianen. Die letztern waren die Dorier am Parnaß und die Dorier im Peloponnes, die Athener und die Euböer, die Malier, die Oetäer, die Doloper, die Perrhäber, die hypoknemidischen Lokrer und die westlichen Lokrer. Bei den Doriern, Joniern (Athenern und Euböern) und Lokrern erkennt man deutlich die Trennung früher einheitlicher Glieder in je zwei; dasselbe scheint der Fall zu sein bei den Maliern und Oetäern; die Doloper und Perrhäber, die sonst beide unter den ursprünglichen zwölf Völkerschaften genannt werden, sind vielleicht bei der Aufnahme von Delphi zu „Halbständen“ herabgesetzt worden. Es ist diese Verdoppelung der ursprünglichen zwölf Stimmen und die Theilung einiger ganz analog dem Verfahren in der Schweiz bei der neuen Bundesverfassung, wo statt der zweiundzwanzig Stimmen der Tagsatzung den Cantonsrepräsentanten im Ständerath vierundvierzig Stimmen gegeben wurden, den ganzen Cantonen je zwei, den sechs Halbkantonen von Unterwalden, Basel und Appenzell je eine.

geltend gemacht, wie wenig Sinn die Griechen in der Zeit ihrer größten Blüthe für eine engere staatliche Verbindung gehabt hätten. Man möchte sich umgekehrt verwundern, daß nach den Umwälzungen, welche die thessalische und dorische Wanderung mit sich führten, und bei den gänzlich veränderten Machtverhältnissen der theilnehmenden Völkerschaften jener alte apollinische Verein sich überhaupt auch in der losesten Form erhalten hat.

Wirklich politische Bünde, theilweise selbst Bundesstaaten, finden sich dagegen in mehreren Landschaften des nördlichen und mittleren Griechenlands, von denen der Verfasser nur Phokis, Akarnanien und Epirus etwas eingehender behandelt. Aetolien, das sich später über die landschaftliche Bedeutung erhoben, wird in einem spätern Abschnitt besprochen. Diese Bundesstaaten haben alle das gemeinsam, daß sie einen in einer zusammenhängenden Landschaft niedergelassenen Stamm umfassen, wo das Gefühl der Zusammengehörigkeit und Gleichartigkeit immer lebendig geblieben war, auch keine bedeutenden Städte bestanden, in denen sich Sonderinteressen entwickeln konnten. Von einem kunstreichen Organismus ist also hier keine Spur. Die Verbindung scheint sich früher hauptsächlich auf die Vertheidigung gegen äußere Feinde beschränkt zu haben. Erst in späterer Zeit, als das föderative System überhaupt sich mehr verbreitet hatte, scheinen die Formen weiter ausgebildet worden zu sein. Epirus wurde überdies erst um 229 Bundesstaat.

Bei den sehr dürftigen Nachrichten, welche die Schriftsteller uns über diese Staaten erhalten haben, ist zu bedauern, daß Freeman eine wichtige Quelle nur sehr mangelhaft benutzt hat, die Inschriften, von denen er fast nur die im Corpus Inscript. Graec. enthaltenen zu kennen scheint. Nun findet das freilich seine Erklärung in der großen Zerstreutheit dieses Materials, aber gerade für diese Bundesstaaten gewähren manche noch nicht in jene Sammlung aufgenommene Inschriften reiche Aufschlüsse. So erwähnt eine in Troas aufgefundene, jetzt in Cambridge befindliche Inschrift [1]) Bundesstaaten (*κοινά*) der Dorier am Oeta, der Aenianen, der Athamanen, der Oetäer, der östlichen Lokrer, von denen der Verfasser nur ganz zweifelhaft gesprochen hat, und die-

[1]) Von E. Curtius in Gerhards Arch. Zeitung 1855, S. 34 ff. veröffentlicht, weniger genau von Churchill Babington in den Inscriptiones Sprattianae. Den Kassander aus Alexandria Troas, zu dessen Ehren die Inschrift verfaßt ist, findet man in einer delphischen Inschrift wieder bei Wescher und Foucart Inscriptions de Delphes, n. 18, Z. 39. 40.

selbe Inschrift zeigt uns, daß in dem nach dem Ende der Aeakidenherrschaft in Epirus gegründeten Bundesstaate die Stadt Phönike der Sitz der Bundesbehörden war, wodurch die Darstellung bei Freeman wesentlich ergänzt würde und eine später (S. 667, Anm. 1) aufgeworfene Frage ihre Lösung erhalten hätte.

Auch für den phokischen Bundesstaat der makedonischen Zeit, so wie für die ozolischen Lokrer und die Dorier ist reichliches Material in den delphischen Inschriften enthalten, die aber freilich zum größern Theil erst nach dem Erscheinen des Buches 1863 von Wescher und Foucart herausgegeben worden sind.

Thessalien will Freeman gar nicht als Bundesstaat gelten lassen, ich glaube aber mit Unrecht. Denn schon der Umstand, daß die thessalischen Städte gemeinsame Einkünfte und Unterthanen, den gemeinen Vogteien der Schweiz entsprechend, hatten, beweist eine bündische Einigung, und die Oberfeldherrnschaft, Tageia, wenn auch faktisch oft in eine Tyrannis ausartend, vermochte dem Bunde nach außen eine Kraft zu verleihen, wie sie keine andere Landschaft mit bündischen Einrichtungen besaß. Daß die einzelnen Städte sich dem Tagos nur widerstrebend unterordneten, was der Verfasser für seine Meinung geltend macht, beweist gegen einen thessalischen Bund so wenig als die Feindschaft Plataäs gegenüber Theben etwas gegen einen böotischen.[1])

Eingehender als von diesen uns nur dürftig bekannten Bünden wird von Böotien gesprochen, das seit der Besetzung des Landes durch die Böotier, so viel wir wissen, stets einen Bundesstaat mit Theben an der Spitze gebildet hat, in dem aber früh die Ansprüche der Bundesstadt mit den Unabhängigkeitsbestrebnngen einiger andern Städte in einen Conflict traten, um den sich die ganze Geschichte des Landes dreht; denn auch die äußere Politik ist dadurch wesentlich bedingt. Den Grund der wenig gedeihlichen Entwicklung des Bundes findet der Verfasser in der unverhältnißmäßigen Macht Thebens gegenüber den andern Orten, was ihn zu beachtenswerthen Betrachtungen über den Sitz der Bundesregierungen überhaupt veranlaßt. Indem er diesen nie in einer Stadt haben will, welche sich durch Größe oder andere Bedingungen zu einer eigentlichen Hauptstadt eignet, äußert er

---

[1]) Näheres über die thessalische Bundesverfassung und besonders die Einrichtungen des alten Aleuas habe ich in der Schrift über Staaten und Bünde im alten Griechenland S. 19 ff. gegeben.

sogar sehr ernste Bedenken, ob die Wahl Berns zum bleibenden Sitz der schweizerischen Bundesbehörden eine weise gewesen sei und neigt entschieden mehr für den frühern Wechsel der Vororte.

Die politische Entwicklung des böotischen Bundes theilt er in drei Perioden: erstens die von seiner Entstehung bis zum Frieden des Antalkidas, 387 v. Chr., zweitens die kurze Zeit der Größe Thebens von der Befreiung durch Pelopidas bis zur Zerstörung der Stadt durch Alexander, 334 v. Chr., drittens den Zeitraum von da bis zur Auflösung des Bundes bei Anlaß des dritten makedonischen Krieges 171. Ursprünglich, meint er, hätten die Städte nur eine religiöse Verbindung um den Tempel der itonischen Athene bei Koroneia gebildet und daraus sei erst der politische Bund erwachsen. Es ist dies möglich, aber durchaus nicht zu erweisen, ja gar nicht wahrscheinlich, da die als Eroberer ins Land gekommenen Böotier immer als ein einheitliches Ganzes erscheinen und das Bedürfniß bündischer Verbindung hatten. Vgl. Thuk. III, 61. — So weit unsere historischen Kenntnisse über den Bund reichen, war Böotien formell ein wirklicher Bundesstaat mit durchaus nicht unbilligen Vorrechten Thebens, und blieb es den größten Theil der ersten Periode hindurch; aber im Gegensatz zu der formellen Berechtigung der Glieder wurde der Bund wesentlich im Interesse des Vorortes geleitet. Das muß man dem Verfasser zugeben. Aber er zieht nun auch aus dem bekannten Schiedsspruche der Korinthier im Streite Platääs mit Theben (519?) den Schluß, daß unparteiische Beurtheiler den böotischen Bund gar nicht als wirklichen Bundesstaat betrachtet hätten. Die Korinthier entschieden nämlich dahin, es solle nicht nur den Platäern, sondern allen Bundesgliedern nach Belieben auszutreten freistehen. Darin ist aber offenbar nur zu erkennen, wie stark bei den meisten Griechen damals noch die Vorliebe für absolute Städteautonomie war. Den Korinthiern erschien das Recht jeder Stadt auf unbeschränkte Selbständigkeit als etwas selbstverständliches, unveräußerliches; eine föderative Verpflichtung war ihnen undenkbar. An ein Urtheil über den böotischen Bundesstaat haben sie sicherlich nie gedacht. Mit der Anerkennung jenes Principes war der Bund aufgelöst und darum versagten sie die Thebaner. Denn etwas anderes kann man in ihrem Angriffe auf die abziehenden Athener, die den Platäern zu Hülfe gekommen waren, nicht sehen. Die gewaltsame Trennung von Platää, wie sie in Folge des Sieges der Athener eintrat, war viel weniger gefährlich, weil sie kein Princip sanctionierte.

Uebrigens muß man bei der Beurtheilung der Stellung Platäas zum Bunde sich, mehr als der Verfasser gethan hat, erinnern, daß wir nur einseitige, der secessionierenden Stadt günstige Berichte besitzen.

Auffallend ist, daß die Zeit von den Perserkriegen bis zur ersten Schlacht von Koroneia, 448 v. Chr., ganz mit Stillschweigen übergangen ist, wo doch Thebens Stellung zu Böotien wiederholt sehr erschüttert und verändert war. Ohne mich indessen hiebei aufzuhalten, will ich zur zweiten Periode übergehen, über die ich eine vom Verfasser ganz abweichende Ansicht habe. Dieser meint nämlich, in dieser Zeit der glänzendsten Machtentwicklung Thebens seien die andern böotischen Städte unter dem Namen einer Conföderation in eigentliche Unterthänigkeit gebracht worden. In der Hauptsache mit seinen Landsleuten Grote [1]) und Thirlwall in Uebereinstimmung, behauptet er, die Maßregeln, die Theben damals getroffen, seien nicht dahin gegangen, die kleinern böotischen Städte in sich zu einem Einheitsstaate zu absorbieren, sondern sie sich in der Form einer Conföderation zu unterwerfen. Allein schon die von Freeman und Grote selbst angeführten Stellen beweisen bei richtiger Auffassung das Gegentheil, namentlich hätte Freeman durch die ausführlich besprochene Stelle des Isokrates (Plat. §. 8) belehrt werden müssen.[2]) Aber obwohl er ganz richtig sagt: „wir hören nichts mehr von einem böotischen Bunde. sondern von einem thebanischen Staate, in welchem wider ihren Willen die andern Städte aufzugehen gezwungen sind," hält er doch diese richtige Auffassung nicht fest, sondern glaubt in der Stelle, die durch platäische oder isokratische Rhetorik gefärbt sei, bloß die Thatsache zu

[1]) Die Polemik gegen Grote S. 173 ff. bezieht sich nicht auf die föderative Form, sondern auf den unter dieser Form faktisch eingetretenen Zustand.

[2]) Isokr. Plat. §. 8. *ἐνίοτε γὰρ ἐπιχειροῦσι λέγειν ὡς διὰ τοῦτο πρὸς ἡμᾶς οὕτω προσηνέχθησαν, ὅτι συντελεῖν αὐτοῖς οὐκ ἠθέλομεν. ὑμεῖς δ' ἐνθυμεῖσθε πρῶτον μὲν εἰ δίκαιόν ἐστιν ὑπὲρ τηλικούτων ἐγκλημάτων οὕτως ἀνόμους καὶ δεινοὺς ποιεῖσθαι τὰς τιμωρίας, ἔπειτ' εἰ προσήκειν ὑμῖν δοκεῖ μὴ πεισθεῖσαν τὴν Πλαταιέων πόλιν ἀλλὰ βιασθεῖσαν Θηβαίοις συντελεῖν. ἐγὼ μὲν γὰρ οὐδένας ἡγοῦμαι τολμηροτέρους εἶναι τούτων, οἵτινες τὰς μὲν ἰδίας ἡμῶν ἑκάστων πόλεις ἀφανίζουσι, τῆς δὲ σφετέρας αὐτῶν πολιτείας οὐδὲν δεομένους κοινωνεῖν ἀναγκάζουσι. Πρὸς δὲ τούτοις οὐδ' ὁμολογούμενα φαίνονται διαπραττόμενοι πρός τε τοὺς ἄλλους καὶ πρὸς ἡμᾶς. ἐχρῆν γὰρ αὐτοὺς ἐπειδὴ πείθειν ἡμῶν τὴν πόλιν οὐχ οἷοί τ' ἦσαν, ὥσπερ τοὺς Θεσπιεῖς καὶ τοὺς Ταναγραίους, συντελεῖν μόνον εἰς τὰς Θήβας ἀναγκάζειν. οὐδὲν γὰρ ἂν τῶν ἀνηκέστων κακῶν ἦμεν πεπονθότες. νῦν δὲ φανεροὶ γεγόνασιν οὐ τοῦτο διαπράξασθαι βουληθέντες, ἀλλὰ τῆς χώρας ἡμῶν ἐπιθυμήσαντες.*

finden, daß Theben einen harten Druck geübt habe. Das hätte der berühmte Redekünstler aber nie so ungeschickt ausgedrückt. Die Wendungen „am thebanischen Staate Theil nehmen" (τῆς σφετέρας αὐτῶν πολιτείας κοινωνεῖν) und „zu Theben gehören" (Θηβαίοις συντελεῖν, εἰς τὰς Θήβας συντελεῖν nicht etwa εἰς Βοιωτούς wie in früheren Zeiten Herodot VI, 108 sagt) können nichts anderes bezeichnen als das gänzliche Verschmelzen aller böotischen Städte in einen Gesammtstaat, wie es auch von vielen Gelehrten ganz richtig verstanden wird. Wie alle Bewohner Attikas seit Theseus Athener waren, so sollten nun alle Böotier Thebaner werden, was in der Theorie durchaus keinen Druck voraussetzte, wie bekanntlich ein solcher in Attika auch nie von ferne bestand. In Böotien hatten nun aber einmal die Einzelstädte ihre Autopolitie seit undenklichen Zeiten gehabt und lieb gewonnen, zum Theil auch seit Jahrhunderten in Opposition mit Theben gelebt. Ihnen mußte daher das Aufgehen in der thebanischen Bürgerschaft als schwerer Druck erscheinen. Hatte auch der einzelne Bürger mit dem einzelnen Thebaner gleiche Rechte, so galt er doch nichts mehr als Platäer, Thespier, Orchomenier, war überdies durch die Entfernung von Theben im Nachtheile, wenn er nicht dorthin übersiedelte. Die einzelnen Städte als solche verschwanden, τὰς μὲν ἡμῶν ἑκάστων πόλεις ἀφανίζουσι, was genau das Nämliche bedeutet wie das Auflösen der Rathhäuser und der Magistrate der attischen Einzelstädte durch Theseus bei Thukydides 1, 15 (καταλύσας τῶν ἄλλων πόλεων τὰ βουλευτήρια καὶ τὰς ἀρχάς.). Für die untern Volksklassen war eine solche Maßregel wenig drückend, ja in den bisher oligarchisch regierten Städten erwünscht, wie denn auch ein großer Theil des Volks freiwillig nach Theben übersiedelte. Für die Vornehmen aber, besonders die Geschlechter, welche bisher in den kleinen Orten Aemter und Ehren inne gehabt und dort ihren Grundbesitz hatten, war die Aenderung eine sehr harte. Die hohen Stellen in den Einzelstädten hörten auf, in dem Gesammtstaate hatten sie freilich die Berechtigung zu allen Aemtern, aber blutwenig Aussicht sie zu erlangen, denn in der Volksversammlung, welche alle Wahlen hatte, waren faktisch die eigentlichen alten Thebaner ohne Zweifel in der Majorität und übten ihr Wahlrecht ohne Rücksicht aus. Wenigstens hören wir nicht, daß irgend ein Angehöriger eines kleinen Ortes in dieser Zeit ein bedeutendes Amt erhalten hätte.

Was den Namen des Gesammtstaates betrifft, so scheint er officiell als der thebanische bezeichnet worden zu sein, *οἱ Θηβαῖοι.* So wenigstens steht in der bekannten Steinurkunde jener Zeit über den unter Archon Nausinikos geschlossenen großen athenischen Bund, der einzigen mir bekannten, wo eine officielle Unterschrift sich findet.[1]) Damit stimmt auch wohl überein, daß während bei Thukydides, also in den Zeiten des peloponnesischen Krieges, Böotien als Staat immer mit *Βοιωτοί* bezeichnet wird, und bei Xenophon bis zur Zeit des antalkidischen Friedens der Gebrauch zwischen *Βοιωτοί* und *Θηβαῖοι* schwankt, seit der Befreiung vom spartanischen Joch bei diesem *Θηβαῖοι* das regelmäßige ist, und ebenso bei den Rednern immer *Θηβαῖοι* vorkommt.[2])

Im Widerspruch damit scheint nur der bekannte Vorfall am Friedenscongreß vor der leuktrischen Schlacht zu sein, wie ihn Xenophon (Hell. VI, 3, 19) erzählt. Die thebanischen Gesandten verlangten, daß im Protokoll für *Θηβαῖοι*, wie zuerst geschrieben stand, *Βοιωτοί* gesetzt werde. In der That, meint A. Schäfer (Demosth. I. S. 67), nicht die Thebaner hätten sich zuerst als *Θηβαῖοι* unterschrieben, sondern für sie die präsidierenden Spartaner diesen Ausdruck gesetzt, nicht was sie sonst geschrieben, hätten sie im Protokoll ändern wollen, sondern was die Spartaner für sie eingetragen hatten. Denn ihr Anspruch im Namen aller Böotier zu unterschreiben, sei ihnen nicht erst über Nacht beigekommen. Allein dieses Auskunftsmittel steht im vollsten Widerspruche mit Xenophons deutlichen Worten[3]), denen zufolge die Thebaner sich selbst eingeschrieben hatten. Vielmehr ist die Sache so zu verstehen, daß die Thebaner, als sie sich *Θηβαῖοι* unterschrieben, gerade wie im Bunde mit Athen, damit den in Theben concentrierten böotischen Staat verstanden; Agesilaos aber nahm es nicht in diesem Sinne und verlangte, daß die einzelnen Städte nun auch noch schwören und sich einzeichnen sollten. Da erst stellten die Thebaner, um jeder Mißdeutung zu begegnen, die Forderung, daß *Βοιωτοί* anstatt *Θηβαῖοι* geschrieben werde. Ganz ähnlich setzte nach Aeschines geg. Ktes. §. 142 Demosthenes in den vor der Schlacht bei Chäronea

---

[1]) Die Inschrift ist an verschiedenen Orten abgedruckt. Es genügt auf Rangabé Antiq. Hell. n. 381 und Meier Comment. Epigr. n. 1 zu verweisen.

[2]) Danach ist zu berichtigen, was Freeman S. 160 über den Gebrauch von *Βοιωτοί* und *Θηβαῖοι* sagt.

[3]) *Ἀπογραψάμενοι δὲ ἐν ταῖς ὁμωμοκυίαις πόλεσι καὶ οἱ Θηβαῖοι* und *Ὁ δὲ Ἀγησίλαος ἀπεκρίνατο, ὅτι μεταγράφει μὲν οὐδὲν, ὧν τὸ πρῶτον ὤμοσάν τε καὶ ἀπεγράψαντο.*

mit Theben abgeschlossenen Bundesvertrag, daß wenn eine böotische Stadt von den Thebanern abfalle, Athen den Böotiern in Theben (*Βοιωτοῖς τοῖς ἐν Θήβαις*) Hülfe leisten sollte, womit das Verhältniß vortrefflich ausgedrückt war, obwohl Aeschines es als eine Täuschung bezeichnet. Uebrigens erklärt Freeman selber nur von seinem Standpunkt aus die Stelle Xenophons in ähnlicher Weise. S. 175, N. 1. Daß Diodor in dieser Zeit einmal (XV, 80) von einer *κοινὴ σύνοδος τῶν Βοιωτῶν* und an einer andern von dem *κοινὸν τῶν Βοιωτῶν* spricht, darf uns nicht irre machen, da bei einem so ungenauen Schriftsteller der Ausdruck nicht urgiert werden darf. Ueberdies nennt bei dem Vorfall, der an der ersten Stelle erzählt wird, Plutarch (Pelop. 31 *ψηφισαμένων τῶν Θηβαίων*) ausdrücklich die Thebaner, und in der zweiten wirft Diodor zwei ganz verschiedene Vorgänge untereinander. Möglich bleibt, daß der Sprachgebrauch sich nicht vollkommen fixierte. Die obersten Beamten behielten immer den alten Namen der Böotarchen.

Dem Wahren näher ist Freeman bei der auf den böotischen Bund folgenden Betrachtung der zur Zeit des Königs Amyntas von Makedonien von O l y n t h o s unternommenen Centralisierungsversuche, obwohl er auch hier sich nicht hat entschließen können, es entschieden anzuerkennen. Die Rede des Akanthiers Kleigenes in Sparta (Xenoph. Hellen. V, 2, 16 ff.) zeigt aufs deutlichste, daß auch hier nur an eine Verbindung zu einem Staate gedacht werden kann. Mehr noch als die Worte *τοῖς αὐτοῖς νόμοις χρῆσθαι καὶ συμπολιτεύειν* beweist das der Ausdruck *τῆς πολιτείας κοινωνεῖν*, derselbe, den Isokrates in seiner platäischen Rede gebraucht. Freeman thut Unrecht, wenn er, wie es scheint, durch Thirlwalls Autorität bewogen, sich vorstellt, die chalkidischen Städte hätten gegenüber Olynth nur eine civitas sine suffragio gehabt. Uebrigens ist auffallend, daß er von diesen Bestrebungen Olynths nur bis zu dem erzwungenen Anschluß an Sparta und der damals erfolgten Auflösung der Vereinigung spricht, von der spätern Wiederaufnahme derselben aber schweigt, obwohl sie sehr bald eintrat und nach Demosthenes (*π. παραπρ.* § 264) zu einer noch mächtigern Verbindung führte, als sie früher erreicht worden war.

Die Griechen, bei denen gerade zu jener Zeit, in der ersten Hälfte des vierten Jahunderts, sich vielfach das Bedürfniß nach engern Staatsverbindungen geltend machte, kannten eben für eine feste und doch gleichrechtliche Einigung damals kaum eine andere Form, als die Verschmelzung in einen Staat. Die landschaftlichen Bünde, wie sie in Phokis und ähnlichen von gleichartigen hauptsächlich von Viehzucht und Ackerbau lebenden Stämmen ohne bedeutende Städte sich gebildet hatten, konnten in ihrer bisherigen einfachen Form dem Bedürfniß namentlich da nicht genügen, wo es sich um die Verbindung bisher ganz selbständiger ansehnlicher Städte handelte. Weil man aber als nothwendige Bedingung der Freiheit die persönliche Theilnahme an den Geschäften ansah, die höchste Gewalt also bei einer Gemeinde stand, in der das Stimmrecht persönlich und nicht durch irgend eine Repräsentation ausgeübt wurde, führte eine solche Verschmelzung nothwendig zu einer Bevorzugung des Regierungssitzes, und den andern Orten erschien daher nicht ohne Grund auch eine theoretisch völlig gleichrechtliche Verbindung als Unterdrückung.

Auch in den neuen Schöpfungen aus der Zeit des Epaminondas zeigt sich das. Der neue messenische Staat war bei seiner Gründung ein durchaus einheitlicher und selbst bei Arkadien mit der neuen Hauptstadt Megalopolis scheint das zuerst beabsichtigt gewesen zu sein. Das Arkadikon sollte Arkadien als Einheitsstaat darstellen, und als dessen Mittelpunkt wurde die neue Hauptstadt gegründet. Das scheint unter Anderm aus Xenophons Schilderung der Zwiste in Tegea hervorzugehen[1]), wo die eine Partei will, daß ganz Arkadien zusammentrete und was die Gesammtheit beschließe, alle Städte binde, die andere aber darauf hinarbeitet, daß man die Stadt unverändert bestehen und ihren ererbten Gesetzen folgen lasse. Das unverändert bestehen lassen, *ἐᾶν κατὰ χώραν*, involviert als Gegensatz das *ἀφανίζειν τὰς πόλεις*, wie es in Böotien genannt wurde, und da in Tegea auch von der Einheitspartei nicht eine Uebersiedlung der Bevölkerung nach Megalopolis beabsichtigt wurde, so handelt es sich offenbar um das Aufgeben der städtischen Selbständigkeit, um mehr als um bloße föderale Vereinigung im Innern selbständiger Orte. Daher finden wir genau die gleichen Erscheinungen wie beim böotischen und olynthischen Staate. Wie dort Platäa, Thespiä, Orchomenos oder Akanthos und Apollonia, so widerstreben hier mit aller Entschiedenheit

---

[1]) Xen. Hell. VI, 5. 6. *Τῶν δὲ Τεγεατῶν οἱ μὲν περὶ τὸν Καλλίβιον καὶ Πρόξενον ἐνῆγον ἐπὶ τὸ συνιέναι πᾶν τὸ Ἀρκαδικόν, καὶ ὅ τι νικῴη ἐν τῷ κοινῷ, τοῦτο κύριον εἶναι καὶ τῶν πόλεων. οἱ δὲ περὶ τὸν Κράσιππον ἔπραττον ἐᾶν τε κατὰ χώραν τὴν πόλιν καὶ τοῖς πατρίοις νόμοις χρῆσθαι.*

Heräa und Orchomenos und in einzelnen andern Städten die oligarchisch-lakonische Partei. Leider sind uns die Einrichtungen im Einzelnen so gut als gar nicht bekannt, und namentlich wissen wir nicht, wie weit den einzelnen Städten, die nicht zum unmittelbaren Gebiete von Megalopolis geschlagen wurden, noch eine municipale Stellung gewahrt blieb. Gewiß aber war Freeman nicht berechtigt, im Gegensatz zu Böotien und Olynth hier eine wahre Bundesverfassung (a real federal government) anzunehmen und eine höhere Entwicklung der bündischen Principien, als sie bisher irgendwo vorgekommen sei, so daß Arkadien, so kurz seine Einheit dauerte, ein Vorbild für spätere Zeiten, das heißt für den achäischen Bund geworden sei. Ich mache besonders darauf aufmerksam, daß nirgend von besondern megalopolitischen Behörden im Gegensatz zu den gesammtarkadischen die Rede ist, sondern die arkadischen Behörden auch die von Megalopolis gewesen zu sein scheinen, während im achäischen Bunde die Bundesbehörden streng von denen aller Einzelstädte geschieden waren. Ein wesentliches Merkmal eines Bundesstaates der höhern Stufe gegenüber dem hegemonischen Bunde liegt aber eben darin, daß die Bundesbehörde nicht zugleich die eines einzelnen Staates sei. Die Gründung einer verhältnißmäßig mächtigen Hauptstadt in Arkadien sucht der Verfasser mit seiner sonstigen Ansicht über diesen Punkt dadurch einigermaßen in Einklang zu bringen, daß er hervorhebt, wie eine ganz neu geschaffene Stadt nicht die Sympathien und Antipathien schon bestehender gehabt habe, offenbar nur sehr unzulänglich.

Mit besonderer Vorliebe verweilt er, wie einst schon Montesquieu, bei dem Bundesstaat des zwar nicht griechischen, aber doch vielfach in Bildung und Sitte den Griechen verwandten lykischen Volks, in dem nicht alle Einzelstaaten gleich viel Stimmen hatten, sondern nach ihrer verschiedenen Größe und ihren Leistungen entsprechend in drei Classen mit je einer, zwei oder drei Stimmen an der Bundesversammlung zerfielen. Während Manche sich diese Versammlung (συνέδριον) von soviel Deputierten, als die Staaten Stimmen hatten, gebildet denken, also als rein repräsentativ, hält Freeman sie für eine vollkommen primäre Landsgemeinde, an der jeder Lykier habe Theil nehmen können, die Abstimmung aber nach Städten stattgefunden habe; das heißt, die aus jeder einzelnen Stadt Anwesenden hätten als je ein Körper unter sich abgestimmt und was ihre Mehrheit gewollt, dann beim Schlußresultat je für eine, zwei oder drei Stimmen gezählt. Die

Darstellung Strabo's (XIV, 3. p. 664, 665 C.), unsere einzige Quelle macht einen sichern Entscheid unmöglich, obwohl sich nicht läugnen läßt, daß der Geschäftskreis der Versammlung, Entscheidung über Krieg und Frieden, und die Wahl des Lykiarchen und der übrigen Bundesbeamten und Richter dieser Auffassung nicht ungünstig ist. Ist sie richtig, so setzt Freeman mit Recht daneben noch einen bündischen Rath (βουλή) voraus, der sogar vielleicht unter den von Strabo genannten ἄρχοντες mitbegriffen ist. Besondern Beifall schenkt er der Einrichtung, daß Lykien keine Bundesstadt hatte, sondern das Synedrion nach Belieben bald da bald dort zusammentrat. Die Einführung dieser, soweit die Verhältnisse zu Rom es gestatteten, noch in der ersten Kaiserzeit bestehenden Verfassung setzt er übrigens gewiß mit Recht in die Zeit der Lostrennung Lykiens von Rhodos, 168 v. Chr. Die ältere Verfassung ist uns unbekannt, obwohl Aristoteles sie interessant genug gefunden hatte, um sie in seine Politien aufzunehmen.

Die bis dahin dargestellten Bundesstaaten sind größtentheils solche gewesen, die seit ältesten Zeiten je eine einzelne Völkerschaft der großen griechischen Nation zusammenhielten. Die bündischen Landschaften standen in einer Linie mit den einzelnen unverbündeten Städterepubliken; keine hat sich zu einer hervorragenden, über ihre Gränzen hinaus leitenden Bedeutung erhoben. Denn Böotien war, als es nicht ohne Erfolg nach der ersten Stelle in Griechenland strebte, wie ich gezeigt zu haben glaube, nicht Bundes- sondern Einheitsstaat. Die in einen Staat concentrierten einheitlichen Landschaften von Lakonien und Attika, das heißt die Staaten von Athen und Sparta hatten eine unvergleichlich größere Kraft entwickelt und sie daher Griechenlands Geschicke bestimmt. Auch Städte zweiten Ranges hatten eine viel reichere Geschichte als jene bündischen Landschaften. Aber die glänzende Periode jener Städterepubliken mit allem ihrem Schönen und mit ihrem Argen gieng vorüber. Die durch ihre gegenseitigen Kriege geschwächten Städte vermochten dem erstarkten Makedonien nicht zu widerstehen, Griechenland erlag dem König Philipp, und Alexander konnte als anerkannter griechischer Oberfeldherr Asien unterwerfen. Griechenland ist hinfort nicht mehr der Mittelpunkt der Weltgeschichte, im Osten sind mächtige hellenistische Monarchien entstanden, im Westen breitet sicher und stätig die römische Republik ihre Herrschaft aus. Griechenlands Geschichte ist nur noch ein Theil der allgemeinen Geschichte, deren Centrum sich immer mehr Rom zuwendet. Sie hat einen ganz andern Charakter als früher bekommen, bietet aber auch so noch großes Interesse dar. Griechenland ist jetzt eng mit Makedoniens Geschicken verbunden, in Griechenland selbst der Schwerpunkt von jenen Städterepubliken in die Bundesstaaten von Aetolien und Achaia gerückt. So bildet denn die Darstellung des achäischen und ätolischen Bundes und ihrer Geschichte den wichtigsten Theil von Freemans erstem Bande, den er um so ausführlicher behandelt, als er den Gegenstand in England über Gebühr vernachlässigt findet, wo Polybios fast ungelesen sei.

Die Verhältnisse Griechenlands und Makedoniens waren ganz andere geworden, als sie zur Zeit Philipps und Alexanders noch gewesen waren. Athen war für immer, Sparta wenigstens für längere Zeit in Ohnmacht versunken, von den Staaten zweiten Ranges hatte keiner vermocht sie zu ersetzen. Es fehlte jeder politische Zusammenhang und Griechenland war in den Weltereignissen eine Null. Die nördlichen Staaten waren zum Theil geradezu dem makedonischen Reiche einverleibt. Besser behaupteten ihre Selbständigkeit die landschaftlichen Bundesstaaten des mittlern Griechenlands, unter denen jetzt Aetolien ein entschiedenes Uebergewicht zu gewinnen begann und durch seine kriegerische Tüchtigkeit die Vormacht des Landes hätte werden können, wenn nicht seine Rohheit ein unübersteigliches Hinderniß gebildet hätte. Der Peloponnes, der alte Kern von Hellas, war fast atomistisch auseinandergefallen, die ehemalige Unterordnung unter Sparta seit der Lostrennung Messeniens und der Gründung von Megalopolis um so weniger denkbar, als die spartanischen Zustände selbst auf's äußerste zerrüttet waren, ein großer Theil der Städte entweder von Makedoniern besetzt oder in den Händen von Tyrannen, die dem Interesse Makedoniens ergeben waren, auf das sie sich stützten.

Aber auch Makedonien hatte große Veränderungen erlitten. Die Kämpfe der Diadochen und die gallische Invasion hatten es furchtbar zerrüttet, bis es durch Antigonos Gonatas (seit 377) wieder in einen geregelten Zustand gebracht wurde. Es war nicht mehr eine welterobernde Macht, aber immer noch ein kräftiges Königreich, das mit aller Energie sich Griechenland zu unterwerfen trachtete und in Peloponnes festen Fuß gefaßt hatte.

Der gänzlichen Unterwerfung konnte von griechischer Seite nur durch eine engere Verbindung der Einzelstaaten entgegengewirkt werden, und bei dem Mangel eines hervorragenden, zur Hegemonie befähigten Staates nur durch eine gleichrechtliche Verbindung im Bundesstaate.

Und diese Aufgabe übernahm Achaia. Kurz vor Antigonos Regierungsantritt traten (281) vier kleine achäische Städte zusammen und wurden der Kern eines Bundesstaates, der Griechenlands innere und äußere Freiheit zu behaupten, Ordnung und Gerechtigkeit zu schützen längere Zeit mit Erfolg bemüht war. Die Geschichte bewegt sich in den zwei nächsten Menschenaltern wesentlich um das Verhältniß zwischen Makedonien und Griechenland. Es ist zu gleicher Zeit ein Kampf zwischen Monarchie und republikanischem Bundesstaat, und verdient, wenn auch das Glänzende früherer Zeiten auf beiden Seiten fehlt, volle Aufmerksamkeit. Das schöne Ziel, das Achaia erstrebt, wird freilich nur mangelhaft erreicht. Aetolien und Sparta greifen in die Ereignisse in eigenthümlicher, verhängnißvoller Weise ein, und in einem Momente der Verblendung geht Achaia selbst wieder die verderbliche Verbindung mit dem makedonischen Gegner ein und zerstört sein eigenes Werk, bis zuletzt beide Theile römischer Politik und Kriegsmacht erliegen. „Griechenland," sagt der Verfasser (S. 236) „sollte in seiner schwachen Nachblüthe auch noch das erste Beispiel eines wohlgegliederten Bundesstaates geben. — Es hatte sein Werk als Land der autonomen Städte gethan, es sollte jetzt dem Menschengeschlecht eine weniger glänzende aber praktischere Lehre einer freien Regierung in ausgedehnterem Maßstabe geben."

Große Sorgfalt verwendet Freeman nun auf die Untersuchung und Charakterisierung der achäischen Bundesverfassung. Bekanntlich sind auch hier unsere Kenntnisse lückenhaft und lassen uns hier nicht bloß die Nachrichten der Schriftsteller oft im Stiche, sondern leider bieten uns gerade für den achäischen Bund die bisher bekannten Inschriften fast gar nichts, was für eine Zeit, wo so viel geschrieben wurde, fast unbegreiflich ist. Erfahren wir doch selbst über den ätolischen Bund aus dieser Quelle viel mehr. Neue positive Thatsachen dürfen wir also beim Verfasser nicht erwarten, wohl aber weiß er den Gegenstand durch die Art seiner Betrachtung, besonders auch durch die Vergleichung mit andern Bundesstaaten neue Seiten abzugewinnen und die Aufmerksamkeit zu fesseln. Ich übergehe, was er über die älteren Verhältnisse der achäischen Städte sagt und wende mich gleich zu dem im engern Sinne so geheißenen achäischen Bund, jenem Bundesstaat, der im dritten Jahrhundrrt vor Christus die Schranken einer bloß völkerschaftlichen Einigung überschreitend Staaten der verschiedensten Stämme mit einem festen Band zu umschlingen bestimmt war.

Dieser Bund hatte eine bundesstaatliche Organisation im vollen Sinn, gänzliche Gleichberechtigung aller einzelnen Glieder in ihrer Stellung zum Bunde, volle Freiheit in ihren innern Verhältnissen, hingegen für die gemeinsamen Interessen, also hauptsächlich für Krieg und Frieden, für die ganze Vertretung nach außen, eine von jeder Einzelregierung vollständig getrennte einheitliche Gewalt mit bestimmt begränzten Befugnissen. Wie die ersten Städte in völlig gleichrechtlicher Stellung zusammengetreten waren, ebenso wurde es mit den spätern gehalten. Es gab keine Bundesgenossen minderen Rechtes. Selbst die mit Gewalt zum Beitritt gezwungenen wurden den andern gleich. Einen bevorzugten Vorort gab es nicht. Aegion, wo bis in Philopömens Zeit die regelmäßigen Landsgemeinden gehalten wurden, so zu nennen, ist durchaus irrig. Auf Philopömens Antrag wurde auch jene Bestimmung geändert und die Landsgemeinde sollte abwechselnd an verschiedenen Orten gehalten werden. Merkwürdigerweise hören wir trotz dem nichts von Eifersucht bei den ursprünglich achäischen Städten, als die Leitung des Bundes vorzugsweise in die Hände von Bürgern später beigetretener Städte, erst Sikyons, dann des arkadischen Megalopolis übergieng. Denn etwas anderes war es, daß einige jener Städte, die gegen äußere Feinde von den Bundesbehörden nicht geschützt wurden, sich zu eigenem Schutze vorübergehend in einer Art von Sonderbund zusammenschlossen.

Wie die Einzelstaaten einander an Rechten absolut gleichstanden, so war auch ihre innere Unabhängigkeit gegenüber dem Bunde gesetzlich anerkannt. Die Bundesbehörden durften sich in die inneren Fragen der Einzelstaaten so wenig einmischen, als diese sich Eingriffe in die der Bundessouveränetät vorgehaltenen Rechte erlauben. Freeman giebt die Souveränetät der einzelnen Staaten eine so weite Ausdehnung, daß er meint, sie hätten sich ganz unbeschränkt ihre Verfassungen und Gesetze geben können und nur der faktische Einfluß der demokratischen Bundesverfassung und der Verhältnisse überhaupt habe allmälig eine analoge demokratische Gestaltung herbeigeführt. Ob er glaubt, selbst monarchische Verfassung wäre gestattet gewesen, sagt er nicht. Die Tyrannien wird er selbstverständlich nicht als erlaubt ansehen, da ihre Aufhebung mit oder ohne Willen der Tyrannen mit dem Eintritte der Städte in den Bund Hand in Hand geht, der Bund recht eigentlich gegen sie gerichtet war. Sie waren aber eben nicht regelmäßige Verfassungen, sondern nur auf Gewalt begründete Herrschaften. Sparta allein könnte in dieser Hinsicht in Betracht kommen. Als es sich aber um eine Verbindung dieses Staates unter Kleomenes mit dem achäischen Bunde handelte, waren die Verhältnisse so außerordentliche, daß sie keinen Rückschluß auf die normalen Zustände gestatten, und als er später in den Bund aufgenommen wurde, war das Königthum und das darauf folgende Tyrannenthum bereits gestürzt. Allgemeine Bestimmungen kennen wir keine, und es ist möglich, daß es keine gab, sondern das Verhältniß des Einzelstaates in dieser Hinsicht nur jeweilen in dem speciellen Beitrittsvertrag bestimmt war. Das herrschende Princip war aber entschieden, nur republikanische Staaten aufzunehmen, wie das auch durch die wiederholte Hinweisung auf die allgemein gültige *ἰσηγορία*, *ἰσονομία* und *δημοκρατία* bei Polybios bestätigt wird. Jedesfalls übte der Bund eine gewisse Aufsicht über die Erhaltung der gesetzlichen Ordnung, vermittelte bei Zwisten, und auf eine Art von Bundesgarantie weist hin, daß die Megalopoliten nach Wiederherstellung ihrer von Kleomenes zerstörten Stadt, die Bedingungen, auf die unter Aratos Vermittlung die Parteien sich vereinigt hatten, beim Altar der Hestia im Bundesheiligthum des Homarions aufstellten. Daraus ließen sich denn sehr leicht Einmischungen ableiten, wie deren verschiedene vorkommen, ohne daß wir immer beurtheilen können, in wie weit sie durch die Bundesverfassung gerechtfertigt waren oder nicht. Wenn Plutarch (Philop. 16) die Aufhebung der lykurgischen Gesetze über die Jugenderziehung in Sparta durch Philopömen und ihre Ersetzung durch achäische ein *ἔργον παρανομώτατον* nennt, so hat er dabei gewiß nicht die Verfassung des Bundes, sondern die durch Jahrhunderte geheiligten Ordnungen Lykurgs im Auge. Daß bei diesem Anlasse achäische Gesetze über einen speciellen Theil des Staatsorganismus genannt werden, beweist auch nichts für die Annahme, daß sie bundesrechtlich in allen achäischen Städten gegolten hätten. Ein ganz ungesetzliches, revolutionäres Verfahren war es auf jeden Fall, wenn in der allerletzten Zeit des Bundes Diäos durch ein Decret eine gewisse Classe von Sklaven im ganzen Bunde in Freiheit setzte.

Eine andere Frage, die ebenfalls schwer mit Sicherheit zu erledigen, ist die, ob die einzelnen Bundesglieder nur gleichberechtigte Bürger, wie jetzt die Schweiz und Nordamerika gehabt haben, oder auch unterthänige Distrikte, wie die alten Schweizercantone. Freeman entscheidet sich, mehreren deutschen Gelehrten folgend, für letzteres und meint bei Megalopolis sei es sicher, bei Korinth wahrscheinlich. Es wäre das den griechischen Verhältnissen der frühern Zeit durchaus entsprechend, ist aber doch mit der Schilderung des Polybios von der durchgängigen Gleichheit des Peloponneses (II, 37) schwer zu vereinigen, und überhaupt waren diese Unterthanenstellungen seit der Zeit des Epaminondas sehr erschüttert worden. Ein positiver Beweis ist aber auch weder für Megalopolis noch Korinth geleistet. Für ersteres wird einzig die Erzählung des Plutarch (Philop. 13) geltend gemacht, daß Philopömen viele der zum Stadtgebiet gehörigen Flecken von demselben abtrünnig gemacht, und ihnen eine Stellung als selbständige Bundesglieder verschafft habe. Allein dies beweist noch lange nicht, daß sie nicht vorher den Stadtbewohnern ganz gleichgestellt waren und volles Bürgerrecht des Staats von Megalopolis hatten, wie das Freeman später (S. 627) selbst zugiebt. Daß die Stadtbewohner die Lostrennung ungern sahen, ist so leicht zu begreifen, als daß Bern eine Erhebung des Jura oder Oberlandes zu besondern Cantonen nicht zugeben würde. Auch von Messene wurden später Abia, Thuria und Pharae getrennt, die doch sicher seit der Neugründung des messenischen Staates ein volles Bürgerrecht hatten und nicht Unterthanen waren. Bei Megalopolis, das mit Messene in einer Zeit gegründet worden war, wo man überall die Unterthanenverhältnisse zu beseitigen bemüht war, darf man ohne die sichersten Beweise solche am allerwenigsten statuieren. Offenbar hat sich Freeman zu der Annahme durch den Ausdruck *περιοικίδες κῶμαι* verleiten lassen, in welchem er auch sonst mehr als richtig ist, immer ein Unterthanenverhältniß zu finden geneigt ist, während eigentlich nur ein locales Verhältniß, dann erst die Zugehörigkeit zu einer Hauptstadt ohne staatliche Selbständigkeit darin liegt, gleichviel ob in unterthänigem oder freiem Verbande. Viel eher ließe sich mit dem Verfasser das Verhältniß von Tenea zu Korinth als ein unterthäniges denken und ist es auch gewiß in frühern Zeiten gewesen, allein die einzige angeführte Stelle des Strabo (VIII, p. 380 C.) beweist auch nichts, am wenigsten für die Zeiten des achäischen Bundes.

In anziehender Weise wird der ganze Organismus der Bundesbehörde entwickelt und durch Vergleichung mit modernen Staaten erläutert, denen der achäische Bund viel näher steht, als die frühern souveränen Städterepubliken. Von diesen, namentlich von der athenischen Demokratie, unterscheidet ihn hauptsächlich die weit größere Machtsphäre der höchsten Beamten. In Athen hatte eigentlich die Volksversammlung regiert, in Achaia regiert der Stratege mit den Damiorgen. Die höchste Gewalt ruhte freilich auch hier bei der allgemeinen Landsgemeinde, welche Freeman mit Recht für eine primäre Versammlung erkennt, an der jeder Bürger eines Bundesstaates, der das dreißigste Jahr zurückgelegt hatte, Theil zu nehmen berechtigt war. Sie hatte die Wahl der Bundesbeamten und die Entscheidung über Bundesgesetze, über Krieg, Frieden und Verträge mit fremden Staaten, überhaupt über alle wichtigsten Fragen im Bundesleben. Die Abstimmung geschah unzweifelhaft nach Staaten, was aus Livius (XXXII, 22. 23. XXXVIII, 32) evident hervorgeht. Jeder Staat hatte eine Stimme, die durch die Mehrheit der aus demselben Anwesenden bestimmt wurde; wofür die Mehrheit der so ermittelten Staatenstimmen sich entschied, das hatte Gültigkeit. Ob bei den Wahlen dasselbe Verfahren stattfand, wissen wir freilich nicht und hat Freeman gar nicht berührt.

So wichtig also die Befugnisse der Landsgemeinde waren, so vermochte sie doch schon wegen der räumlichen Ausdehnung des Bundes unmöglich sich mit den Geschäften so zu befassen, wie die Ekklesia einer Stadtrepublik, die sich so zu sagen täglich versammeln konnte. Ordentliche Landsgemeinden fanden zweimal des Jahres, im Frühjahr und Herbst statt und dauerten nur je drei Tage; außerordentliche zu berufen war freilich den Beamten gestattet, geschah aber natürlich nur in dringenden Fällen. So mußte den Beamten eine größere Gewalt eingeräumt werden, bei ihnen die eigentliche Regierung stehen.

Diese die eigentliche Regierung bildenden Beamten stellen sich im Strategen und den zehn Damiorgen dar. Nachdem die ersten fünfundzwanzig Jahre hindurch je zwei Strategen neben einander gestanden hatten, machte sich das Bedürfniß nach einer einheitlichen obersten Stelle geltend; hinfort gab es bis ans Ende des Bundes immer nur einen, von der Landsgemeinde auf ein Jahr gewählt und ein Jahr nach Niederlegung seines Amtes wieder wählbar, sehr häufig dann auch wirklich wieder gewählt. Er vereinigte die höchste, fast unumschränkte Militärgewalt mit der Regierungspräsidentschaft, während der Befehlshaber der Reiterei und der Unterfeldherr (oder wohl richtiger die Unterfeldherrn) nur militärischen Charakter gehabt zu haben scheinen; denn in Fällen, wo ein Stratege vor Ablauf der Amtszeit starb, trat der abgetretene Stratege des vorigen Jahres an seine Stelle. Der Kanzler (γραμματεύς), auch auf ein Jahr von der Landsgemeinde gewählt, scheint, so wichtig auch die Stelle war, doch nie eine hervorragende politische Rolle gespielt zu haben.

Ueber die Damiorgen sind wir nicht so unterrichtet, wie zu wünschen wäre, wie wir denn namentlich die Art ihrer Wahl nicht kennen. Aus der Zehnzahl und dem Namen hat man nicht ohne Grund geschlossen, daß sie anfangs Vertreter der zehn altachäischen Städte gewesen seien, aber mit vollem Rechte tritt Freeman der Meinung entgegen, daß auch nach Erweiterung des Bundes sie nur aus jenen genommen worden seien. Ohne allen Zweifel sind sie später ohne Rücksicht auf die Einzelstaaten gewählt worden. Wenn in einer Stelle des Polybios (XXIII, 10) unter den *ἀρχαί* die Damiorgen zu verstehen sind, wie Freeman meint, so ist dies vollständig bewiesen, da dort nicht weniger als drei in dem Collegium Megalopoliten sind. Leider bedient sich Polybios zur Bezeichnung der Behörden keineswegs immer der streng officiellen Titel, sondern gebraucht oft die allgemeinern Ausdrücke *οἱ ἄρχοντες, αἱ ἀρχαί, οἱ συνάρχοντες, αἱ συναρχίαι* und andere mehr, so daß man bisweilen in Zweifel ist, welche zu verstehen. Die zehn Damiorgen vergleicht nun Freeman in ihrer Stellung zum Strategen mit den Ministern moderner Staaten, namentlich Englands und Nordamerikas und nennt sie auch geradezu so, obgleich er bedeutende Verschiedenheiten nicht verkennt. Eine sehr wesentliche hat er aber nicht berührt, daß die Damiorgen nicht nur als Rathgeber dem Strategen zur Seite standen, sondern er sich ihrer Mehrheit zu fügen hatte; und daß er nicht immer die Mehrheit für sich hatte, davon haben wir Beispiele. Wenn einmal Philopömen (Liv. XXXVIII, 30) im Widerspruche mit ihnen handelt, so ist das offenbar eine freilich erfolgreiche Eigenmächtigkeit gewesen. Gesetzlich scheinen Damiorgen und Stratege als Collegium gehandelt zu haben; daher wird man die Bezeichnung als Minister besser aufgeben und wenn man eine moderne Analogie haben will, Stratege und Damiorgen zusammen den Bürgermeistern (Schultheißen, Landammännern, jetzt Präsidenten) und Räthen der Schweizer Cantone oder allenfalls dem Bundesrathe mit seinem Präsidenten vergleichen, wobei freilich nicht zu übersehen, daß der Stratege schon als Befehlshaber der Kriegsmacht eine viel selbständigere und höhere Stellung einnahm, als jene obersten Magistrate. Offenbar steht aber die achäische Verfassung den schweizerischen viel näher, als der englischen und selbst der amerikanischen, in welcher der

Präsident und sein Cabinet den monarchischen Ursprung auf der Stirne tragen, der in Achaia ganz fehlte.

Auch die Stellung des Strategen und der Damiorgen zur Landsgemeinde ist nicht ganz klar. Freeman meint, der Stratege mit den Damiorgen (the general acting with the concurrence of his ministers) habe die außerordentlichen Versammlungen berufen; ohne Zweifel richtig, sofern man darunter ein collegialisches Zusammenwirken versteht, aber schwerlich ist seine Annahme begründet, daß der Stratege durch das Organ der Damiorgen die Zusammenberufung veranlaßt habe. Wenigstens beweist die zweimal dafür angeführte Stelle nichts.[1]) Das formelle Präsidium in den Landsgemeinden und das Recht die Fragen zu stellen und darüber abstimmen zu lassen, meint er, habe nur bei den Damiorgen ohne Mitwirkung des Strategen gestanden, und sucht das durch die große exekutive Gewalt des letztern zu begründen, wobei er sich aber ohne Zweifel zu sehr durch englische Anschauungen hat leiten lassen. Der Stratege ist ihm der »Leader« nicht der »Speaker of the house«. Solche Unterscheidung war aber den Achäern gewiß eben so fremd, als den schweizerischen Landsgemeinden. Läugnen läßt sich nun allerdings nicht, daß eine Stelle des Livius (XXXII, 22) für die Ansicht Freemans spricht. Dort stehen fünf Damiorgen den fünf andern entgegen und weigern sich hartnäckig die Frage über ein Bündniß mit Rom und dessen Freunden zur Abstimmung zu bringen. Bei der Stimmengleichheit giebt nicht, wie man erwarten sollte, der Stratege Diophanes den Stichentscheid, sondern zuletzt wird einer der sich weigernden Damiorgen durch Drohungen seines Vaters bewogen, auf die andere Seite zu treten und so eine Mehrheit zu Stande zu bringen, worauf dann die Abstimmung stattfand. Hier also haben die Damiorgen allein ohne den Strategen entschieden. Allein dieser Stelle des Livius stehen mehrere des Poly-

[1]) Polyb. V, 1. *Συνῆγε τοὺς Ἀχαιοὺς διὰ τῶν ἀρχόντων εἰς ἐκκλησίαν.* Dazu ergänzt Fr. S. 275 *ὁ στρατηγός* als Subject, S. 296 *Ἄρατος ὁ νεώτερος*, der gar nicht mehr Stratege war. Er hat aber die Stelle flüchtig angesehen, denn es steht das Subject da, nämlich *ὁ βασιλεὺς Φίλιππος*. Die *ἄρχοντες* sind also der Stratege und die Damiorgen, was bestätigt wird durch XXIV, 5 (*Τίτος*) *ἔγραφε τῷ στρατηγῷ καὶ τοῖς δημιουργοῖς τῶν Ἀχαιῶν, κελεύων συνάγειν τοὺς Ἀχαιοὺς εἰς ἐκκλησίαν.* Für ein gemeinsames Zusammenwirken als Regel spricht selbst die Erzählung bei Liv. XXXVIII, 30. Philopömen wollte ein Gesetz beantragen, daß in Zukunft die Landsgemeinden nicht mehr bloß in Aegion, sondern abwechselnd in verschiedenen Städten sollten abgehalten werden. Nun beriefen die Damiorgen die Gemeinde nach Aegion, Philopömen als Stratege nach Argos, und dahin strömte die große Masse.

bios gegenüber, wo ihm das *διδόναι, ἀναδιδόναι διαβούλιον*, eine Sache zur Berathung vorlegen, beigemessen wird, und einmal verhindert er die Abstimmung über einen Vertrag, weil er ihn nicht für bestimmt genug abgefaßt hält.[1]) Es fragt sich daher ob, wenn der von Livius erzählte Vorgang uns in der Erzählung des Polybios vorläge, die Sache nicht anders erschiene[2]), und ob nicht vielleicht der Stratege Diophanes, um den Schein der Unparteilichkeit zu wahren, sich ganz außerordentlicher Weise des Entscheides enthielt.

Noch dunkler als die Stellung der Damiorgen ist uns in der achäischen Verfassung die ganze Beschaffenheit des zwischen ihnen und der Landsgemeinde in der Mitte stehenden Rathes, weil die ungenaue Ausdrucksweise der Schriftsteller auch hier öfter in Zweifel läßt. Auch Freeman hat nichts wesentlich Neues hierüber beigebracht; denn wenn er S. 307 sagt, eine Stelle des Polybios (XXIII, 7. 8) zeige, daß der Rath aus hundertundzwanzig unbesoldeten Mitgliedern bestanden habe, so beruht das auf einem Mißverständniß. Es wird dort erzählt, daß König Eumenes den Achäern ein Geschenk von hundertundzwanzig Talenten angeboten habe, um aus den Zinsen dieser Summe dem Rath bei seinen Zusammenkünften Taggelder zu geben. Von hundertundzwanzig Rathsgliedern ist aber die Rede nicht, und es läßt sich nicht einmal mit voller Sicherheit daraus entnehmen, daß sonst keine Taggelder verabreicht wurden. Zwei der gründlichsten Kenner der griechischen Staatseinrichtungen, K. F. Hermann (Lehrb. der gr. Alterth. I. §. 186) und Schömann (Griech. Alterth. II. S. 111) haben gerade den umgekehrten Schluß gezogen. Doch halte ich hier allerdings Freemans Auffassung für die richtige. Sicher dagegen geht aus den Worten des Polybios hervor, daß der Rath nicht immer versammelt war, sondern nur zu gewissen Zeiten und außerordentlicher Weise nach Maßgabe der Geschäfte zusammentrat. Seine Bestimmung war unzweifelhaft, die der Landsgemeinde vorzulegenden Sachen vorzuberathen, geringere selbst zu entscheiden, auch wohl bisweilen, mit besondern Vollmachten betraut, im Namen der Landsgemeinde zu sprechen.

Treffend sind die Betrachtungen, welche Freeman über den gemä-

---

[1]) Polyb. XXIII, 9. *οὐκ εἴασε κυρωθῆναι τὸ διαβούλιον, ἀλλ' εἰς ὑπέρθεσιν ἤγαγε διὰ τὴν προειρημένην ἀλογίαν.*

[2]) Auch Schorn, Gesch. Griechenl. S. 64, hält die Erzählung bei Livius für ungenau.

ßigten Charakter der achäischen Demokratie anstellt. Es ist nicht selten vermuthet worden, es sei diese Demokratie außer dem Erforderniß eines Alters von dreißig Jahren auch noch durch ein timokratisches Element, einen Census, beschränkt gewesen. Der Verfasser zeigt aber, wie diese Annahme durch nichts gerechtfertigt sei, sondern die Erscheinungen, welche zu derselben veranlaßten, sich auf andere Art vollkommen erklären. Die höhern Aemter sind, soviel sich erkennen läßt, durchweg in den Händen von Männern angesehener Familien, die Landsgemeinde ist vorzugsweise von den wohlhabendern Leuten besucht, ochlokratisch-demagogische Vorgänge sind mit Ausnahme der unglücklichen letzten Zeiten selten. Aber alles dies war nicht die Folge positiver Verfassungsbeschränkungen, sondern nur der geographischen Ausdehnung des Bundes und der unentgeltlichen Verwaltung der Aemter. Der gleiche Grund, der zu einer größern Machtsphäre der eigentlichen Regierung nöthigte, gab auch den gewöhnlichen Versammlungen einen aristokratischern Charakter, da unbemittelte Leute, die sich nicht besonders eifrig an der Politik betheiligten, nicht leicht aus entfernten Orten an die Landsgemeinde kamen, man kann beifügen mit Recht denken mochten, es komme auf ihre Anwesenheit wenig an, da ihr Staat eine Stimme hatte, ob viele oder wenige Bürger zugegen waren. Das unbeschränkte Recht aber, vom dreißigsten Jahre an der Landsgemeinde beizuwohnen, von dem auch wirklich in wichtigen Fällen bisweilen ein ausgedehnter Gebrauch gemacht wurde, mußte nothwendig jede oligarchische Absonderung der Vornehmern von der Masse des Volks unmöglich machen. Daß die Erwähnung der besitzenden Classen (κτηματικοί) im Gegensatz zu dem Proletariat (βάναυσος ὄχλος) für timokratische Beschränkung nichts beweist, sieht heutzutage wohl Jedermann ein. Die erwähnte Altersbestimmung mußte überdies sehr wesentlich dazu beitragen, den Versammlungen einen ruhigen Charakter zu geben.

Kürzer als zu wünschen, hat Freeman das Finanz- und Militärsystem des Bundes behandelt, das doch für den Charakter des Bundesstaates von der größten Bedeutung sein mußte. Er neigt zu der Annahme, daß der Bund keine unmittelbaren Einkünfte gehabt, sondern den Einzelstaaten bestimmte Geldcontingente auferlegt habe, welche diese dann aufbringen mochten, wie es ihnen beliebte. Die Kriegsmacht bestand theils aus Bürgermilizen, theils aus den damals allgemein gebrauchten geworbenen Truppen. Die erstern wurden von den Einzelstaaten unter eigenen Befehlshabern gestellt, während die letztern unmittelbar im Solde und unter Commando des Bundes standen. Wenn Freeman außerdem noch von einer kleinen stehenden Armee spricht (S. 310), so beruht das auf einem Mißverständniß.

Eine sehr wesentlich bundesstaatliche Einrichtung, die von Polybios gerühmte Einheit von Gewicht, Maß und Münze, wird kaum berührt, obwohl der Verfasser mit dem Münzwesen wohl vertraut ist, wie ein Anhang zeigt. Es verdiente aber wohl hervorgehoben zu werden, wie fein man in den Münzen die Einheit des Bundes und die Vielheit der Staaten verbunden auszudrücken wußte. Die einzelnen Staaten schlugen ihre Münzen nach dem gleichen Fuße, alle tragen auf der einen Seite den Kopf des Bundesgottes, des Zeus Homarios, auf der andern die Chiffre des achäischen Namens in einem Kranze, daneben aber im Felde die Typen oder Anfangsbuchstaben der Einzelstaaten, auch wohl ihrer Magistraten, seltener auch eine solche Bezeichnung neben dem Zeuskopfe. Gegenüber der sonstigen Zersplitterung war eine solche Einheit in den Mitteln des täglichen Verkehrs außerordentlich wichtig und mußte das Bewußtsein der Zusammengehörigkeit in hohem Grade fördern.

Gar nichts erfahren wir über die bundesgerichtlichen Einrichtungen, obwohl die wenigen gelegentlichen Erwähnungen einer genaueren Untersuchung sehr werth gewesen wären.

Selbst bei unserer lückenhaften Kenntniß werden wir durchaus Freeman beistimmen, daß die Verfassung des achäischen Bundes die eines wohlgeordneten Bundesstaates war und die Bedingungen besaß, um auch über die engere völkerschaftliche Gränze des alten Achaia hinaus bisher souveränen Stadtgemeinden den Beitritt wünschenswerth zu machen, indem er ihnen Gewähr für Freiheit, Sicherheit und Ordnung nach innen und außen, für innere Unabhängigkeit wie für Theilnahme an der Lenkung der äußern Bundespolitik bot. Die Grundzüge blieben während der ganzen Dauer des Bundes dieselben, einzelne Veränderungen sind eigentlich nur weitere Entwicklungen der Grundgedanken gewesen, die durch die veränderten Verhältnisse gefordert wurden. Einen Uebelstand erkennt nämlich auch der Verfasser in der bei der ursprünglichen Beschränkung ganz natürlichen Stimmengleichheit aller Einzelstaaten, klein oder groß, und in der excentrischen Lage des Ortes der Landsgemeinden, Aegion. Daß nicht gleich beim Beitreten der ersten relativ größern Staaten, wie Sikyon und Korinth, an Aenderungen gedacht wurde, begreift sich leicht; sie suchten ja Schutz durch den Beitritt, konnten also nicht wohl Vorzüge vor den bisherigen Gliedern verlangen. Weit fühlbarer mußte das Mißverhältniß werden, als es sich um den Beitritt von Staaten handelte, die nicht sowohl Schutz suchten als Macht bringen sollten. Und doch finden wir auffallender Weise nirgend Andeutungen von einem Versuche solchen Staaten mehr Stimmen zu geben. Wohl aber glaubt der Verfasser die gleiche Absicht einer billigen Ausgleichung in einer andern Maßregel zu erkennen, die wir von Philopömen und seiner Partei angewandt sehen, nämlich der Lostrennung kleinerer Gemeinden von den größern Staaten und ihrer Erhebung zu selbständigen Bundesgliedern mit einer eigenen Stimme. Wir finden das, wie oben schon erwähnt, bei Megalopolis und Messene, und ähnlicher Art ist auch die Trennung der eleutherolakonischen Städte von Sparta. Im Verhältniß zum Bunde selbst erscheint allerdings diese Maßregel sehr zweckmäßig, auch darum, weil sie die zu große Machtverschiedenheit der Glieder beschränkte, allein gegenüber den Einzelstaaten selbst war es unverkennbar ein starker Eingriff in ihre innere Selbständigkeit, in ihre Existenz eben als Einzelstaaten, die darum große Unzufriedenheit erregte und wohl mehr geschadet als genützt hat; es war fast ein Schritt über den Bundesstaat hinaus. Weit weniger verletzend und mit den Principien in keinerlei Widerspruch war der Antrag, auch die regelmäßigen Versammlungen nicht immer bei Aegion, sondern abwechselnd in verschiedenen Städten zu halten, von dem wir freilich nicht wissen in wie weit er wirklich ausgeführt wurde.

Der achäischen Verfassung gegenüber wird im sechsten Capitel die des ätolischen Bundes entwickelt, die, theoretisch betrachtet, große Aehnlichkeit mit ihr hat, und sogar eine energischere Entwicklung der Bundesgewalt gestattete. Demokratische Grundlage, einen Strategen nebst Hipparchen und Staatskanzler, eine Landsgemeinde und einen Rath, hier Apokleten genannt, finden wir auch bei den Aetolern. Nur eine den Damiorgen entsprechende Behörde können wir nicht mit Sicherheit nachweisen. Freeman ist geneigt, die in einigen Inschriften genannten Synedren (σύνεδροι) für eine solche zu nehmen. Dabei ist ihm aber eine sehr wichtige von Ussing (Inscription. graec. ined. n. 2) herausgegebene Inschrift entgangen, in welcher das Synedrion und eine siebengliedrige Vorsteherschaft desselben genannt ist, zu der der Hipparch und ein vom Staatskanzler verschiedener Schreiber gehörten. Daraus folgt, daß das Collegium ein ziemlich zahlreiches, jedesfalls viel zahlreicheres als die Damiorgen war. Andere haben darum das Synedrion für den Rath der Apokleten genommen. Dagegen scheint kaum zu sprechen, daß in derselben Inschrift das Mitglied des Rathes nicht σύνεδρος, sondern βουλευτάς heißt. Vielleicht dürfte daher angenommen werden, daß die Vorsteher des Synedrions, die sieben προστάται, eine den Damiorgen analoge Stellung gehabt haben. Derselben Inschrift entnehmen wir ferner die höchst interessante Thatsache, daß die Rathsglieder von den einzelnen Staaten deputiert wurden, und zwar in verschiedener Zahl nach der Größe, womit dann auch die Geldbeiträge an die Bundeskasse in einem Wechselverhältniß standen.

Ein wesentlicher Unterschied des ätolischen Bundes vom achäischen, nachdem beide die Gränze der ursprünglichen Landschaft überschritten hatten, bestand darin, daß während letzterer mit unbedeutenden Ausnahmen immer ein zusammenhängendes Gebiet umfaßte, der erstere dagegen auch sehr weit entfernte, durch Land und Meer getrennte, theils durch Gewalt, theils durch freien Willen zum Beitritt gebrachte Glieder zählte. Das hat zu der auch von Freeman getheilten Vermuthung geführt, daß es sehr verschiedene Abstufungen der Bundesverhältnisse gegeben habe. Auf jeden Fall mußte dieser Umstand faktisch die Betheiligung an der Landsgemeinde sehr modificieren; er mag auch die Ursache sein, daß nur eine ordentliche Landsgemeinde jährlich, im Herbst bei Thermon abgehalten wurde und daß wir sehr oft den Rath der Apokleten die Befugnisse der Landsgemeinde ausüben sehen. Uebrigens ist es ein Irrthum, wenn Freeman (S. 343) Teos, das er überdies wunderlich genug anstatt an die Küste Joniens „mitten in's ägäische Meer" (in the middle of the Aegaean) setzt, zu den ätolischen Bundesstaaten rechnet. Es hatte nach der Inschrift im C. I. Gr. n. 3046 nur durch einen besondern Vertrag mit den Aetolern Asylie und Anspruch auf Genugthuung bei etwaigen Plünderungen erhalten. Daß der Bund eigentliche Unterthanen gehabt habe, ist nichts weniger als ausgemacht und mir sogar unwahrscheinlich. Eine dafür geltend gemachte Stelle des Polybios (IV, 25) zeigt nur, daß man Städte mit Gewalt zum Beitritt zwang, Besatzungen hinein legte und ihre volle Souveränetät natürlich aufhob, aber nicht, daß sie als Unterthanen behandelt wurden; selbst die hier angedeuteten Tribute (φόροι) sind wohl nichts anderes als die von alten Gliedern entrichteten Beiträge an den Bund.

Daß bei sehr vieler Aehnlichkeit in der Verfassung der ätolische Bund mit der leidenschaftlich kriegerischen, zu Raubzügen und Abenteuern geneigten Bevölkerung seines Kernlandes eine ganz andere Politik befolgte als die friedlichen Gewerben ergebenen Achäer, ist bekannt genug. Der Verfasser macht darauf aufmerksam, daß trotz verwandter Bundesinstitutionen, doch ein wesentlicher Unterschied darin lag, daß Aetolien ursprünglich eine Verbindung von ungebildeten ländlichen Gauen war, Achaia aber von sehr civilisierten Städten, bemerkt dann aber sehr richtig, daß wenn auch Nationalcharakter und Sitte nicht ohne Einfluß auf die Verfassung zu sein pflegen, und umgekehrt wieder von dieser gewisse Einflüsse erleiden, sie doch zwei wesentlich verschiedene Dinge sind und keine Form der Regierung eine Panacee für alle menschlichen Uebel ist, und gerne wird man ihm in dem Satze beistimmen, daß die trefflichste Verfassung eines Landes keine Garantie für ein weises und ehrenwerthes Benehmen in der äußern Politik giebt.

Lesenswerth sind einige schließlich hervorgehobene Analogien zwischen dem ätolischen Bund und der schweizerischen Eidgenossenschaft, die er indessen gerade in ihren unvortheilhaftesten Seiten findet.

Die weitere Darstellung der Geschichte der beiden großen Bundesstaaten will ich nicht im Einzelnen verfolgen, sondern nur noch einige Hauptpunkte hervorheben. Indem mit Recht darauf hingewiesen wird, wie die Geschichte des achäischen Bundes, im Gegensatz zu der Blüthezeit Griechenlands und Roms, durch die leitenden Männer ihren Charakter erhält, ist eine natürliche Consequenz hievon, daß eine besondere Sorgfalt auf die Erforschung und Würdigung dieser Führer verwendet wird. Als den eigentlichen Gründer des Bundes betrachtet er den Markos von Keryneia, den er mit Washington vergleicht. Indessen ist dieser höchst ehrenwerthe Charakter uns nur wenig bekannt. Um so deutlicher tritt Aratos in den Vordergrund, welcher mehrere Jahrzehnte die eigentliche Seele des Bundes war und dem der Gedanke angehört, ihn zu einer möglichst allgemeinen Einigung freier griechischer Staaten zum Schutze der Ordnung und Gesetzlichkeit im Innern, der Unabhängigkeit, zunächst gegen Makedonien, nach außen zu machen. Bei ihm verweilt der Verfasser besonders lange, und offenbar gehört dieser Theil zu den gelungensten Abschnitten des Buches. Freeman anerkennt ebenso sehr die Vorzüge und Verdienste des Mannes, als er seine Schwächen offen zugiebt. Vom edeln Ehrgeize getrieben, sein Vaterland von der Herrschaft Makedoniens und dessen Werkzeugen, den Städtetyrannen, zu befreien und unter gemäßigt demokratischen Verfassungen zu einem wohlgeordneten Bundesstaate zu vereinigen, unbestechlich und aufopferungsfähig, Meister in Unterhandlungen und im kleinen Krieg, in Ueberfällen und Hinterhalten, brachte er in der ersten Hälfte seiner staatsmännischen Laufbahn den Bund zu einer überraschenden Entwicklung und gewann das unbeschränkteste Zutrauen bei den Städten der Eidgenossenschaft, obgleich schon damals seine gänzliche Unfähigkeit zur Leitung eines Krieges im größeren Maßstabe, zum Commando in einer Feldschlacht zu Tage trat. Freeman steht nicht an, das geradezu als Feigheit im offenen Kampfe zu bezeichnen, so verwegen er sein Leben sonst aufs Spiel setzte. Es war ein Fehler der Verfassung, daß der oberste politische Beamte zugleich Oberfeldherr war, allein es war ein Fehler, den sie mit fast allen alten Staaten theilte. Aber noch verderblicher als diese Feigheit war ein anderer Fehler im Charakter des Aratos. Er wollte das Beste seines Vaterlandes aufrichtig, aber es sollte allein durch ihn geschehen; die Tyrannis verabscheute er, aber in den verfassungsmäßigen Formen wollte er alles leiten und scheute zu diesem Zwecke geschickte Intriguen und selbst sehr anmaßliche Eingriffe in die Befugnisse anderer Beamten nicht. Daher das Fernhalten geschickter Kriegsleute, daher vornehmlich seine unglückliche Eifersucht auf den kriegstüchtigen, edeln Lydiadas von Megalopolis, der freiwillig die Tyrannis niedergelegt hatte, um sich und seine Stadt dem achäischen Bunde zu übergeben, eine Eifersucht, die erst mit dem nicht ohne des Aratos Schuld erfolgten Tod des Lydiadas in der Schlacht bei Ladokeia, 226 v. Chr., endigte. Selbst Philopömens Zurückhaltung und seine freiwillige Abwesenheit aus der Heimat in der ersten Zeit führt Freeman nicht ohne Grund auf die Eifersucht des Aratos zurück. Zu den traurigsten Ergebnissen aber führten seine Schwächen in dem Zusammenstoße des achäischen Bundes mit Sparta und dessen heldenmüthigen Könige Kleomenes, dessen Darstellung vortrefflich ist. Trotz seiner Vorliebe für den achäischen Bund anerkennt Freeman die ganze Größe des Kleomenes, zeigt aber, wie schwer die ganz verschiedenen politischen Interessen und Prinzipien der gemäßigt demokratischen, friedlichen Staaten des achäischen Bundes mit völliger Gleichberechtigung und der aus einer Revolution hervorgegangenen kriegerischen und thatkräftigen Monarchie Sparta zu vereinigen waren, wie sie fast nothwendig zu einem Kampfe führen mußten. Dennoch „hätte damals Griechenland“ (oder wenigstens ein großer

Theil desselben) „ohne die achäische Eifersucht geeinigt werden können unter der Führung eines seiner edelsten Söhne, eines Königs freilich, aber eines Königs von seinem eigenen Blute, eines Königs von Sparta, nicht von Makedonien“ (S. 561). Der überall siegreiche junge König bot, von seinem Standpunkte aus betrachtet, den Achäern sehr billige Friedens- und Bundesbedingungen. Ihre volle Freiheit sollte unangetastet bleiben, er verlangte nichts als die Kriegshauptmannschaft, die Hegemonie. Aber freilich diese Hegemonie war eine Aufhebung aller Grundsätze, auf denen der achäische Bund beruhte; der Peloponnes unter spartanischer Hegemonie war etwas ganz anderes, als ein nach den Gesetzen des achäischen Bundes geeinigter Peloponnes. Dennoch war in den achäischen Städten außer Megalopolis große Neigung zur Annahme der Anträge vorhanden, da man mit Recht darin das einzige Mittel sah, einen verderblichen und unrühmlichen Krieg loszuwerden, und da den Meisten wohl diese Frage fast als ein persönlicher Streit zwischen Kleomenes und Aratos erschien, wo der herzgewinnende junge Held gewiß selbst bei vielen bisherigen Feinden mehr Sympathie fand, als der schlaue Diplomat, der jede Feldschlacht zu einer Niederlage machte. Und namentlich blickten einestheils die Tyrannenfreunde, denen Kleomenes als Gewaltherrscher erschien, anderntheils die verarmten und verschuldeten Classen, deren Ideal Schuldentilgung und Gütertheilung war, voll Hoffnungen auf den König, beide ohne Zweifel mit Unrecht. Man begreift diese Stimmung. Aber ebenso begreift man, daß vielen aus den besitzenden Classen vor der in Aussicht stehenden Zukunft bangte, und daß den bisherigen Trägern der achäischen Bundesprincipien ein solcher Compromiß als unerträglich erscheinen mußte, vor allen Aratos, dem seit zwanzig Jahren fast unbeschränkten Lenker der Eidgenossenschaft; man begreift, wie er, als ihm klar war, daß Achaia mit eigenen Kräften nicht länger widerstehen könne, zuletzt den König von Makedonien zu Hülfe rief und zum Protektor und Herrn des Bundes machte, lieber als sich dem siegreichen Nebenbuhler, den Bund Sparta unterzuordnen. Man begreift es, ohne es zu billigen, aber auch ohne Aratos nur schlechte Motive unterzulegen. Die Annahme der spartanischen Hegemonie hätte eine Selbstverläugnung erfordert, die er nicht besaß. Er zog er vor, Achaia dem makedonischen Könige zu überliefern, ohne Zweifel in der Hoffnung, nach Erreichung seines Zieles durch seine diplomatischen Künste sich Makedoniens wieder zu entledigen. „Die Bedingungen des Kleomenes anzunehmen,“ sagt

Freeman, „bedurfte es allerdings persönlicher und nationaler Opfer, aber es waren Opfer des Patriotismus, sobald es sich nur um die Wahl zwischen Kleomenes und Antigonos handelte. Die Verfassung des Bundes soweit zu verändern, daß Kleomenes dessen Führer geworden wäre, wäre eine weit geringere Sünde gegen die Freiheit im Allgemeinen, selbst eine weit geringere Sünde gegen die besondere Form des Bundes gewesen, als die Verfassung in den äußern Formen aufrecht zu erhalten, aber die Eidgenossenschaft zu einer bloßen Dependenz einer fremden Macht zu machen. Es ist schwer in der ganzen Geschichte einen so traurigen Fall zu finden, als den des Aratos von 251 zum Aratos von 223. Er rettete sein Land, erhob es zum höchsten Punkte des Ruhms und stieß es dann nieder in den Koth. Dennoch war er im Herzen kein Verräther, er war nur das traurigste Beispiel des Weges, auf welchem Stolz, Leidenschaft und Eigensinn bisweilen das Urtheil selbst ehrenwerther ruhmreicher Männer verdunkeln." (S. 490.)

Seine Unbefangenheit zeigt bei diesen Vorgängen der Verfasser auch in dem Urtheil über König Antigonos, dem er volle Gerechtigkeit widerfahren läßt.[1]) Vollständig wird man ihm beistimmen müssen, daß die ganze damalige unglückselige Politik durchaus keine nothwendige Folge der Bundesverfassung war, sondern viel eher gerade der Abweichung von deren Principien.[2])

Mit dem Bündniß zwischen Achaia und Makedonien, mit der Ueberlieferung der Festung von Korinth an Antigonos ist im Grunde die unabhängige Entwicklung des Bundes beendigt. Obgleich formell ein gleicher Bundesgenosse, steht er in der nächsten Zeit doch ganz unter der Leitung der makedonischen Könige, erst der schonendern des Antigonos, dann der rücksichtslosen des genialen aber frevelhaften Philippos. Der wilde Bundesgenossenkrieg, zwischen den unter Philipps Leitung stehenden griechischen Staaten und Aetolien geführt, befestigte

---

[1]) S. 472. In all this Antigonos acted in a perfectly straightforward way, worthy of a ruler of a nation who called a spade a spade. Macedonia did not profess to make war for an idea; her King made no rhetorical flourishes about liberating Peloponnesos from the Isthmus to the Cretan sea. Antigonos like an honest trader, named his terms; his price was fixed, no abatment would be taken from the simple demand of Akrokorinthos. Vgl. S. 488.

[2]) Die Beurtheilung der damaligen Politik Achaias zeigt zur Genüge, daß Freeman den Polybios mit Kritik zu benutzen weiß und macht unnöthig auf diesen Punkt weiter einzugehen. Daß er sich deswegen nicht Brandstätters Standpunkt angeeignet hat, braucht kaum gesagt zu werden.

Makedoniens Herrschaft noch mehr. Durch des Königes Vertrag mit Hannibal (216) kam nun Griechenland und auch Achaia in die Sphäre der römischen Macht und damit war, wie Freeman richtig bemerkt, seine Unterwerfung unter diesen Staat nur noch eine Frage der Zeit. Sobald einmal erkannt war, daß Achaia, Griechenland überhaupt, nicht mehr allein seine Existenz behaupten konnte, wäre das Richtige gewesen, sich fest an Makedonien anzuschließen. Dadurch allein wäre ein erfolgreicher Widerstand gegen Rom möglich geworden. Daß es nicht geschah, war keineswegs nur der Fehler der Achäer und anderer griechischer Bundesstaaten, sondern ganz besonders des Königs Philipp, der, um mich hier einer treffenden Bemerkung Mommsens zu bedienen (R. G. I, S. 620), die schwierige Aufgabe nicht verstand, sich aus einem Unterdrücker in den Vorfechter Griechenlands umzuwandeln. So schwankten die griechischen Staaten zwischen Makedonien und Rom hin und her, suchten auch wohl eine unhaltbare Neutralität zu behaupten. Aetolien, das zuerst durch schmählichen Vertrag sich mit Rom verbündet, büßte billig auch zuerst mit völligem Verlust seiner äußeren Unabhängigkeit. Länger hielt sich Achaia, das, anfangs ohne sein Zuthun Roms Feind, später aber in den makedonischen und syrischen Kriegen sein Verbündeter, jedenfalls unter den griechischen Staaten noch die ehrenwertheste Rolle spielt, was entschieden zu Gunsten seiner Einrichtungen spricht. Ja es erreicht unter Philopömen, der nach Aratos Tod die erste Stelle einnimmt, äußerlich seine größten Erfolge, indem es gelang den ganzen Peloponnes nebst Megara dem Bunde einzuverleiben, ja sogar, freilich nicht zu seinem Vortheil, in Pleuron und Heraklea ein Paar detachierte Außenposten zu gewinnen. Allein diese Ausdehnung und Abrundung kam zu spät; sie war zum Theil nur noch eine von Rom geduldete, auch nicht ganz auf dem freien Willen der neugewonnenen Mitglieder, sondern theilweise auf Zwang beruhende. Immerhin zeigen sich noch Lichtpunkte, welche auch nicht verblendeten Vaterlandsfreunden Hoffnungen einflößen konnten. Die Reorganisation des Heerwesens durch Philopömen, unter dem die achäischen Waffen sich wieder volle Achtung erkämpften und verschiedene oben angedeutete Versuche die Verfassung zweckmäßig zu modifizieren, beweisen immer noch das Dasein mancher gesunden Elemente, auf deren Basis der Bund eine längere Dauer hätte haben können, wenn der ganze Entwicklungsgang der alten Geschichte ein System unabhängiger Staaten neben einander gestattet und nicht unerbittlich alle Völker unter eine Herrschaft getrieben hätte.[1]) Auch Philopömen selbst, „der letzte Grieche," ist bei manchen Schwächen noch ein so vortrefflicher Krieger und Feldherr und eine so tüchtige Persönlichkeit, daß er mit Recht bei Freeman eine anerkennende Würdigung findet und wahrlich nicht das wegwerfende Urtheil Mommsens verdient.

Allein Alles half nicht mehr, seitdem der Bund in den Zauberkreis der römischen Politik gerathen war, und die Geschichte des letzten halben Jahrhunderts bis zur Auflösung durch Mummius bietet ein trauriges Schauspiel dar, wo jeder Erfolg der achäischen Politik und der achäischen Waffen unmittelbar durch eine römische Intrigue oder Gewaltthat gelähmt wird. Der Verfasser geht den innern und äußern Verwicklungen bis ins Einzelste nach und stellt namentlich die edlern Persönlichkeiten der Patriotenpartei und ihre Bestrebungen in das gehörige Licht. Unbeirrt durch den Spott Mommsens weist er den unheilvollen Einfluß nach, den die römische Politik auf die griechischen Verhältnisse, speciell auf die Geschicke des achäischen Bundes ausübte und bezeichnet diese Politik unbedingt als eine treulose. „Römische Eitelkeit war verletzt durch die Existenz eines Volkes, das man nicht wie Sklaven behandeln konnte und das als Feind zu behandeln kein Vorwand da war. Der römische Senat machte sich keine Scrupel daraus, jede niedrige und übelwollende Kunst anzuwenden, um eine Macht herabzusetzen und zu schwächen, die in zwei gefährlichen Kriegen sich immer als treuer Alliierter obwohl nie als niedriger Schmeichler Roms gezeigt hatte" (S. 639).

Zu wenig sind vielleicht in dieser Zeit die innern Parteiverhältnisse in Betracht gezogen, indem die Parteien fast nur nach der äußern Politik bemessen werden und dabei übersehen ist, daß diese bei Vielen durch ihre Ziele im Innern bedingt war.

Nach dem dritten makedonischen Krieg und der Vernichtung des immer noch gefürchteten Reiches mußte Achaia, das wieder auf Roms Seite gestanden hatte, auf's grausamste fühlen, wessen es sich von diesem zu versehen hatte. Tausende seiner Bürger, darunter die besten, wurden ohne allen Vorwand nach Italien geschleppt, wie Mommsen sich ausdrückt, um die kindische Opposition der Hellenen mundtodt zu machen, was Freemans tiefste Indignation erregt. Er hätte einfach

---

[1]) Man vergleiche darüber die sehr richtigen Bemerkungen von Mommsen R. G. I, S. 778, die ihn aber doch selbst zu billigerem Urtheil über die kleineren Staaten hätten bringen sollen.

auf die eigenen Worte des berühmten Historikers weisen können, der drei Zeilen vorher sagt: „nach Rom wurde beschieden, wen die Papiere des Königs oder die Angaben der zum Denuncieren herbeiströmenden politischen Gegner compromittierten. Der Achäer Kallikrates und der Aetoler Lykiskos zeichneten sich aus in diesem Gewerbe.“ Von den Achäern war aber kein einziger in den Papieren des Königs compromittiert. Damit ist wohl Roms Verfahren hinlänglich charakterisiert.

Freeman nennt diese Deportation nur einen Act, obwohl den schmählichsten einer langen Reihe von verrätherischen Angriffen auf die Einheit und Freiheit des Bundes. Er mag zu weit gehen, wenn er, darin Schorn folgend, auch in der endlichen Freigebung des Restes der Gefangenen im siebzehnten Jahr nach der Abführung eine böse Absicht des Senates vermuthet.[1]) „Es mag sein,“ sagt er, „daß der Senat vorhersah was kommen würde und seine Opfer nur in Freiheit setzte, um neuen Anlaß zu Intriguen und endlicher Eroberung zu finden.“ Die Freilassung wurde ja betrieben und unterstützt von der Scipionenpartei und Cato. Und überdies gieng damals Rom schon so rücksichtslos vor, daß es sich kaum noch um Vorwände bemühte. Aber sicherlich ist die Bemerkung richtig, daß es jetzt für Achaia besser gewesen wäre, wenn auch die noch übrigen Deportierten im Exil gestorben wären. Denn sie hatten in der Mehrzahl nichts gelernt und nichts vergessen und kamen voll tödtlichen Hasses gegen Rom zurück, was zu der letzten ebenso thörichten als unglücklichen Erhebung wesentlich mitwirken mußte.

Achaia fiel unrühmlich. „Wenn es übel starb,“ sagt Freeman, „so war das hauptsächlich die Schuld seiner Mörder, und wenn es übel starb, so hat es wenigstens rühmlich gelebt. Denn hundertvierzig Jahre — kein kurzer Zeitraum im Leben irgend einer Nation und ein sehr langer Zeitraum in den wenigen Jahrhunderten, die wir alte Geschichte nennen — hatte der Bund einem größern Theile Griechenlands, als irgend eine frühere Zeit es gesehen hatte, ein Maß von Freiheit, Einheit und im Ganzen guter Regierung gegeben, welche wohl Entschädigung geben mögen für den blendenden Ruhm der alten athenischen Demokratie. Es war kein kleiner Ruhm, so viele Staaten in eine Einigung zusammenzuschweißen, welche sie gegen fremde Könige und Senate kräftigte, und welche ihnen doch die innere Unabhängig-

---

[1]) Auch C. Peter, Studien zur röm. Geschichte, S. 176, theilt diese Ansicht.

keit erhielt, die dem hellenischen Sinn so theuer war. Es war kein kleiner Fortschritt, so viele Städte so lange Zeit gleichmäßig frei zu halten von fremden Besatzungen, von einheimischem Pöbel, einheimischen Tyrannen und einheimischen Oligarchen. Wie wirksam das bündische Princip für Erhaltung der Kraft und Freiheit die Nation war, wird am besten gezeigt durch den bittern Haß, den es zuerst bei den makedonischen Königen und dann beim römischen Senat erzeugte. Es war kein verächtliches System, gegen das so viele Könige und Consuln successiv conspirierten. Es war kein schwaches Band, zu dessen Auflösung der schlauste von allen diplomatischen Senaten so viele Intriguen und Kunstgriffe anwandte. Und wenn der Bund ruhmlos fiel, so fiel er wenigstens minder ruhmlos als die Königreiche und Republiken um denselben. Besser war es in offener Schlacht besiegt zu werden, selbst unter einem Diäos, als das verächtliche Leben der Könige von Bithynien und Pergamos und der Betteldemokratie von Athen hinzuschleppen."

Basel. W. Vischer

Einige Bemerkungen über Stil und Grammatik des Rabelais.

In Herrigs Archiv ist neulich eine grammatische Abhandlung über Rabelais Sprache erschienen. Der Herr Verfasser, Dr. Scheffer in Darmstadt, weist mit Recht auf die Thatsache hin, daß während die altfranzösische Litteratur in jeder Richtung durchforscht und bearbeitet ist, den Schriftwerken des XV. und XVI. Jahrhunderts, jener interessanten Periode des Uebergangs vom alten zum modernen Französischen, die Ehre einer durchgreifenden, philologischen Ausbeutung noch immer nicht zu Theil geworden. Ich hatte, von denselben Anschauungen ausgehend, auf denselben Stoff mich geworfen und meine Studien ebenfalls mit Rabelais, als dem bedeutendsten Prosaiker der ersten Hälfte des XVI. Jahrhunderts, begonnen. Da nun genannte Abhandlung ihre Aufgabe in erschöpfender Weise gelöst hat, so halte ich es für überflüssig, meine Arbeit der Oeffentlichkeit zu übergeben; ich begnüge mich, einen Punkt herauszugreifen, den der Verfasser jener Abhandlung als außerhalb der Gränzen seines Themas liegend nicht nothwendig zu berühren brauchte. Seine Aufgabe war es, das grammatische Inventar von Rabelais' Sprache aufzunehmen und Vergleichungen anzustellen mit der Ausdrucksweise und Grammatik früherer Sprachperioden. Wenn ich es nun versuche, Rabelais mit sich selbst zu vergleichen und auf diesem Wege die Genesis seiner grammatischen, zum Theil auch seiner stilistischen Eigenthümlichkeiten in ihren Hauptmomenten zu verfolgen, soweit ein unvollständiger Apparat dies gestattet, so dürfte mir eine zwar spärliche, doch nicht ganz undankbare Nachlese auf dem frischgeernteten Felde zufallen.

Im Jahre 1532 erschien zu Lyon ein sechszehn Blätter starkes Quartbändchen, betitelt: Les grands et inestimables chronicques du grand et enorme Gargantua etc. Das Büchlein wurde gierig gelesen und schon im folgenden Jahre erschienen mehrere neue Auflagen. Nach Brunet existiren gegenwärtig nur noch drei Exemplare dieses Romans. Ein Exemplar der Editio princeps besitzt die kaiserliche Pariser Bibliothek, eine zweite oder dritte Auflage von 1533 ist Eigenthum der königlichen Bibliothek zu Dresden. Seinen Recherches sur les éditions de Rabelais 1852 hat Brunet die Ed. princ. der Pariser Bibliothek beidrucken lassen; die Dresdner Ausgabe wurde von dem gelehrten Uebersetzer und Erklärer des Rabelais, Regis in Breslau, veröffentlicht. Erst seit 1832 sind die Grands Chronicques den Bibliophilen bekannt. Ein glücklicher Zufall führte den unermüdlichen Brunet auf die Entdeckung und er schrieb in demselben Jahre noch eine Abhandlung, in welcher, wenn auch nur schüchtern, die Vermuthung, daß Rabelais Verfasser jenes Buches sei, ausgesprochen wurde. In der neuesten Ausgabe des »Manuel« dagegen hat Brunet, und gewiß mit vollem Recht, jene Conjectur in der Form einer zuversichtlichen Behauptung wiederholt. Da ich diesen ersten Gargantua, der, zum Unterschied von Rabelais späterer Bearbeitung, die Grands Chronicques (Gr. Ch.) heißen soll, als eine Arbeit Rabelais zu besprechen gedenke, so scheint es mir unerläßlich, so kurz als möglich die Thatsachen aufzuzählen, durch welche Brunets Conjectur erhärtet wird und welche dieser selbst nur theilweise und im Vorbeigehen andeutet.

1. Die Gr. Ch. erschienen zu Lyon in einem Zeitpunkt, wo Rabelais daselbst lebte; bei demselben Buchhändler, der Rabelais' spätere Schriften in Verlag nahm.

2. Im Prolog seines Pantagruel spricht Rabelais sehr weitläufig und mit der ihm eigenen komischen Uebertreibung von den Vorzügen der »Grands et inestimables Chronicques de l'enorme geant Gargantua«, die das Publicum ganz neulich gelesen habe. Dieser Prolog aber, geschrieben 1532 bis 1533, giebt unzweideutig zu verstehen, daß der Verfasser des Pantagruel auch Verfasser jenes Gargantua sei. Nun kann aber Rabelais seinen spätern Gargantua (das erste Buch der jetzigen Ausgaben) unmöglich gemeint haben, da derselbe damals noch gar nicht existirte. Es muß daher der obige Prolog auf die Gr. Ch. bezogen werden, womit zugleich Rabelais' Autorschaft ausgesprochen und nachgewiesen ist. Eine weitere Thatsache erhärtet sie. Die Dresdner Ausgabe der Gr. Ch. bietet am Schlusse einen längern Zusatz von drei bis vier Blättern, in welchem der Leser auf den damals in erster Auflage schon vorhandenen Pantagruel verwiesen wird, um die Abenteuer von Gargantuas Sohn, dem Riesen Pantagruel, nachzulesen. Ebendaselbst finden wir eine satirische Anspielung auf die Herren von St. Victor, jenes in der Nähe von Paris gelegenen Klosters, dessen meist aus scholastischem Schund bestehende Bibliothek im

siebenten Kapitel des zweiten Buches so einläßlich und schonungslos verhöhnt wird.

3. Einen ferneren Nachweis für unsere Behauptung liefert ein Vergleich des Dresdnerdrucks mit dem Pariserdrucke. Die Correcturen der neuen Auflage sind nämlich ganz nach den Grundsätzen behandelt, von welchen Rabelais bei Revision des Pantagruel sich leiten ließ. Dies gilt nicht nur von den sprachlichen, sondern auch von gewissen sachlichen Aenderungen. So hat Rabelais bei jeder spätern Ausgabe des Pantagruel die Dimensionen und Kraftproben seines Helden gesteigert und ganz dasselbe thut auch der Corrector der Gr. Ch. Es heißt z. B. in der Edit. princ. (Brunet p. 21) von Gargantua: va lever la main tout au large, en sorte que elle fesoit demi lieue et demiquart. Die Dresdner Ausgabe corrigirt: une lieue et demie. — Br. 27: et s'en trouva au nombre de trois cens et neuf. Dresdner A.: trois mil et neuf. Br. 28: un geant qui avoit douze coudees. Dresdner A.: vingt et deux. Zur Vergleichung einige Varianten aus dem Pantagruel. c. 22, ed. princ.: car il se y trouva plus de six cens chiens; Correctur der spätern von Rabelais besorgten Ausgabe: en laquelle feurent veuz plus de six cens mille et quatorze chiens. — ib. c. 29, ed. princ.: rompit en dix pieces; Corr.: en quatre mille octante et six pieces. — ib. c. 30, ed. princ.: lui feit deux ou trois pointz de aguille; Corr.: lui feit alentour quinze ou seize pointz.

Schließlich darf nicht verschwiegen werden, daß die Gr. Ch. nach Inhalt und Sprache zu Rabelais' Gargantua einen schroffen Gegensatz bilden. Man hat in diesem Umstande ein Argument gegen Rabelais Autorschaft erblicken wollen. Wer aber bedenkt, daß Rabelais erst im Alter von 50 Jahren an die Abfassung dieses seines ersten Versuches im französischen Romane gieng, daß er dabei noch keine andere Tendenz hatte, als eben ein Volksbuch zu schreiben, mithin der Form sehr wenig Werth beilegen mochte, daß ihn wahrscheinlich erst der überraschende Erfolg des an und für sich unbedeutenden Büchleins zu edlern Versuchen anspornte, der wird in dem Abstand dieser Erstlingsarbeit von den spätern Leistungen gewiß keinen Grund entdecken können, Rabelais' Autorschaft in Zweifel zu ziehen.

Nach dem bisher Gesagten dürfte es nun schwerlich befremden, wenn ich die Gr. Ch. als Rabelais' ersten Versuch in der angedeuteten Richtung zu untersuchen gedenke. Wie schon bemerkt, sind die Gr. Ch. in einem einfachen, volksmäßigen, etwas plumpen Stile verfaßt, der von der reichen, oft üppig wuchernden Diction der spätern Schriften auffallend absticht. Sowie der Inhalt jeder tiefern Tendenz, jedes philosophischen oder satirischen Hintergedankens entbehrt, so verzichtet auch die Form auf jeden rhetorischen Schmuck. Keine Spur jener oft mühsamen Inversionen der späteren Werke, jener Häufung synonymer Ausdrücke, jener komischen Antithesen, jener den Alten nachgebildeten künstlich verschlungenen Perioden, jener sesquipedalia verba, wie sie unser Fischart und Rabelais (v. das Monstrum IV, 15) combinirt haben.

Es ist nicht ohne Interesse, den Eingang der Gr. Ch. mit dem der späteren Prologe zu vergleichen. Er ist noch sehr anständig und bescheiden: »tous bons chevalliers et gentils hommes, vous debvez sçavoir que etc.« Der Prolog des zweiten Buches (des ursprünglichen Pantagruel) beginnt in ähnlicher Weise: Tresillustres et treschevallereux champions, gentilzhommes et aultres, qui voluntiers vous adonnez a toutes gentillesses et honnestetez etc. Mit dem der Zeit nach auf Pantagruel folgenden Gargantua hat Rabelais seine stereotype Eingangsformel gefunden. Beuveurs tresillustres et vous verrollez tres precieux (car a vous non a aultres sont dedies mes escriptz), nur daß bei den spätern Eingängen das anständigere goutteux die zweite Categorie bildet.

Als Stilprobe der Gr. Ch. stehe hier die Erzählung von Gargantua's Glockenraub, welche mit I, 17 und sqq. verglichen, nach Form und Inhalt den Unterschied dieser ersten und der spätern Manier des Rabelais hinlänglich characterisirt.

Gr. Ch. Brunet 11. Nachdem Gargantua's Trauer über den Verlust seiner Eltern geschildert worden, fährt die Erzählung fort:

Puis son dueil passa, et lui souvint qu'il avait oui dire que Paris estoit la plus grand ville du monde. Il lui print envie de y aller: car il appetoit a veoir choses nouvelles, comme font jeunes gens. Lors il monta sur sa grand jument et se mist a chemin. Quant il feut pres, il se mist a pied et envoya paistre la jument, puis va entrer en la ville et se alla asseoir sur une des tours de Nostre Dame, mais les jambes lui pendoient jusques en la riviere de Seine; et regardoit les cloches de l'une et puis de l'aultre, et se print a bransler les deux qui sont en la grosse tour, lesquelles sont tenues les plus grosses de France. Adonc vous eussiez veu venir les Parisiens, tous a la foule qui le regardoient et se mocquoient de ce qu'il estoit si grand. Lors pensa que il emporteroit ces deux cloches et que il les pendroit au col de sa jument, ainsi que il avoit veu des sonnettes au col des mules. Adonc s'en part et les emporte. Qui feurent marris, ce feurent les Parisiens, car de force ne falloit point user contre lui. Lors se mirent en conseil et feut dict que l'on iroit le supplier que il les apportast et mist en leurs places ou il les avoit prinses et que il s'en allast sans plus revenir, et lui donnerent trois cens boeufz et deux cens moutons pour son disner, ce que accorda Gargantua, etc.

Der mehrere Seiten lange Zusatz der Dresdner Ausgabe bildet, weniger seinem Stile als dem Inhalte nach, einen Uebergang zu Rabalais' späterer Manier, indem einige satirisch-humoristische Züge mit der Erzählung verwoben werden. Als charakteristisch für Rabelais' damalige Ausdrucksweise dürfen folgende Erscheinungen nicht unerwähnt bleiben.

1. Häufige Hinweisung auf ein Satzglied durch das entsprechende Pronomen: Lequel ou il passoit il detruisit le pays. — Voyant le Roy d'Irlande que il n'avoit gueres de treves, il feit diligence etc.— Auch bei vorangestelltem Subject: Le Roi voyant que graces estoient rendues, il manda querir. — Selten fehlt in diesen Fällen das wiederholende Pronomen. — Dieselbe Erscheinung wiederholt sich beim Object: et les cinq cens Bretons il les mist en un bourseron; und mit vorangestelltem Pronomen: et les chargerent les dicts vivres sur une grand jument. — Duquel clocher il en avoit oste la croisee. So müssen auch wohl Stellen wie die folgende erklärt werden: et tantost on trouva Gargantua qui se promenoit, dont le Roi et les barons feurent fort esmerveilles de sa grandeur et haulteur; und: Merlin leur conta le cas dont le Roi feut fort joyeux de ses vertus. Vgl. Rab. II, 15: un aultre petit pertuis qui put comme cinq cens diables, *j'en* suis empoisonne *de l'odeur*, tant il est puais. — Dieser Sprachgebrauch stimmt ganz mit dem der spanischen Syntax überein.

Hieran reiht sich die consequente Wiederholung der Conjunction nach eingeschobenem Nebensatz. Et le roi Artus lui dist que s'il vouloit demourrer avecque lui qu'il le feroit homme de bien. Sogar nach einer bloßen Satzbestimmung: Tant feirent que en peu de temps qu'ils eurent assez pour faire leur voyage.

2. Verkürzte Nebensätze sind selten, dagegen häufig die schwerfälligen Formen: Apres que Gargantua eust desjeune il eut envie de dormir. — Il feut force qu'il se destachast les chausses a la martingale. — Lors pensa que il emporteroit ces deux cloches et que il les pendroit au col de sa jument.

Für die Syntax des Part. præs. ist die wichtige Thatsache zu notiren, daß es, wofern es nicht zum Adjectiv geworden, unflectirt bleibt. Les ambassadeurs voyant la folle responce, wo Rabelais später voyans gesetzt hätte. Das Part. pass. dagegen wird behandelt wie später. Nur an einer Stelle findet sich Uebereinstimmung mit dem nachfolgenden Accusativobject: Quand Merlin eut faite cette grand jument; da auch die Dresdner Ausgabe diese Lesart bietet, so ist ein Druckfehler nicht wohl anzunehmen und die Vereinzelung des Falles zu erklären aus der damals noch herrschenden Unsicherheit in der Syntax der Participien. Die 1531 gedruckte Grammatik von Jacques Dubois (Silvius) gibt (bei Livet, les Grammeriens du XVI. Siècle p. 41) folgende Regel: Il faut avoir bien soin de faire accorder le participe avec le substantif, ex.: nous avons aimees les femmes, erklärt mit: habeo amatas fœminas. — In seiner Grammatik von 1545 spricht sich Meigret in demselben Sinne aus. Erst Ramus, dessen Grammatik 1572 erscheint, fixirt den Gebrauch (Livet 256): avec le verbe avoir le participe passif est mis pour l'infini (infinitif) si le substantif precede comme: ce sont les graces que Dieu nous a donnees, pour: a donne. — Que si le substantif suit, le verbe infini sera pratique comme: Dieu vous a donne ses graces, non pas: vous a donnees. Quelques grammairiens toutefois estiment en le participe donnees pour le verbe donne une lourde incongruite, mais l'usaige le combat.» — Beiläufig sei bemerkt, daß die Congruenz des Part. in den Gr. Ch., wie überhaupt in den Ausgaben jener Zeit, zuweilen vernachlässigt wird.

3. Consecutio temporum. — Adonc dist le Roi que il feist ce que il lui plairoit et qu'il *n'espargne* riens de son royaulme. — Par quoi il me semble que il seroit bon que vous *alliez* vous montrer. So hat die Ed. princ. des Pantagruel im Prolog die

Stelle: affin que — un chascun les *puisse* bien au net enseigner a ses enfants. Rabelais corrigirte später, peust.

4. Congruenz des Prädicats. Et pour entree de table lui feut servi les jambons etc. und bald nachher: pour faire son pourpoint feut leve sept cens aulnes de satin, wo in allen folgenden Sätzen der Singular steht; während im entsprechenden Capitel des Gargantua Rabelais immer den Plural gebraucht.

5. Ein rascher Wechsel der erzählenden Zeitformen: Præsens, Imperfect, Definitum, Perfect: Alors Gargantua le va prendre et lui plia les reins. — Lors se assist Gargantua a table et a este assis presentement. Das Perfect ist häufig: Les ambassadeurs du roi Artus voyant la folle responce des Irlandois, se sont mis sur mer pour tirer vers Londres. Ilz ont eu bon vent et ont fort bien exploicte, tant qu'ilz y arriverent par un lundi matin. Auffallend ist oft der Uebergang vom Definitum zum Imperfect. Gargantua se cuida desesperer, car il se arracha les cheveux et se gratoit la teste, il frappoit du pied contre terre et se detordoit les bras. Aehnliche Stellen finden sich in Rabelais' späteren Werken.

6. Schließlich sei bemerkt, daß die Ellipse der Artikel, der Präpositionen vor dem Infinitiv (so immer commencer a), der Negation ne nach den Verben des Fürchtens seltener ist als später; daß die Inversion des Subjects ziemlich oft, die des Objects ohne Wiederholung durch das entsprechende Pronomen selten vorkommt, daß lui gesetzt wird, wo Rabelais' späterer Sprachgebrauch in der Regel soi fordert (et quand Gargantua les veit venir a l'encontre de *lui*), daß endlich vor Part. präs. und Infinitiv immer se, nicht wie später soi steht.

Fassen wir jetzt zusammen. Aus dem bisher Gesagten dürfte hervorgehen, daß Rabelais, als er die Gr. Ch. zu schreiben unternahm, noch keinen individuellen Sprachgebrauch sich angeeignet und es noch nicht versucht hatte, die vielfach rohe und unbeholfene Ausdrucksweise seiner Vorgänger und Zeitgenossen zu dem umzugestalten, was sie unter der Feder eines Calvin, eines Amyot, eines Montaigne wurde.

Jenes Ringen mit dem sprachlichen Ausdruck beginnt aber schon in Rabelais' nächstem Versuch, dem Pantagruel, der bald auf die Gr. Ch. folgte. Die Ed. princ. dieses Romans (des zweiten Buches der modernen Gesammtausgaben) fällt ins Jahr 1532 und wurde schon in den nächsten Jahren mehrmals neu aufgelegt. Die dritte Auflage von 1534, sowie einige spätere, wurden von Rabelais sorgfältig revidirt und an vielen Stellen verbessert oder geändert. Diese Correcturen bekunden die Sorgfalt, welche der Verfasser von nun an der Vervollkommnung seines Stiles zuwandte. Ueberall zeigt sich das Streben nach einem klaren, gewandten, bündigen und wohlklingenden Ausdruck. Wenn dieses Streben allmählig einseitig wurde und oft in geschmacklose Schnörkel, unnatürliche, dem Sprachgebrauch zuwiderlaufende Combinationen ausartete, so darf man nicht übersehen, daß bei dem Mangel an großen nationalen Meistern, bei der gänzlichen Abwesenheit einer unbefangenen, durchgreifenden Kritik, in dem verworrenen Treiben vernünftiger und unvernünftiger Sprachreformen, es gar kein Leichtes war, das Richtige festzuhalten, und, wie unser Dichter sagt, „vom Steine hier, vom Sturze da, die Räder wegzulenken.“ Wie weit sich in jenen Correcturen (meist von 1534) Rabelais' Manier individuell gestaltet, wie weit es dem Schriftsteller gelungen, seine Sprache zu bilden und seinen Stil zu verfeinern, mögen folgende Beispiele zeigen, welche ich, der leichten Uebersicht wegen, unter allgemeine Gesichtspunkte zu gruppiren versucht habe.

1. Zunächst fällt es auf, daß gewisse Wörter und Wendungen, vermuthlich als zu ordinär und zu flach, beseitigt werden. So die Redensart: il y a. Cap. 2: Il y avoit une si grande secheiresse; corr.: feut secheiresse tant grande. — Prol.: s'il y avoit encore en vie nul de mes parents; corr.: si en vie estoit parent mien aulcun. — Cap. 5: voyant qu'il n'y avoit que; corr.: voyant que la n'estoit que. — Cap. 8: ni en temps de Platon ni de Papinian n'y avoit point telle commodite; corr.: n'estoit telle commodite. — Cap. 14: ne pensez pas que jamais il y eust gens plus elevez; corr.: ne pensez que jamais gens plus feurent elevez. — Cap. 10: notez qu'il y en avoit qui prindrent; corr.: notez que d'iceulx la plupart prindrent. — Cap. 10: qu'il n'y avoit pas les bonnes femmes — que quand il passoit ne dissent; corr.: jusques aux bonnes femmes lesquelles quand il passoit disoient. — Cap. 7: il feut averti qu'il y avoit une grosse et enorme cloche a Sainct Aignan du dict Orleans qui estoit en terre pres de trois cens ans y avoit; corr.: feut averti que une grosse et enorme cloche estoit

a Sainct Aignan du dict Aurelians en terre, passez deux cens quatorze ans. — Cap. 12: et il y auroit des aureilles; corr.: et seroient aureilles.

Ebenso wird s'en aller häufig gestrichen. Les deux parties s'en allerent toutes deux contentes; corr.: les deux parties departirent. — Cap. 15: allez vous en; corr.: partez d'ici. — ib.: et s'en alla en quelque etc.; corr.: se retira. — Cap. 20: si non s'en aller a; corr.: si non soi retirer en. — Cap. 29: m'en voie vous apporter; corr.: je vois vous apporter. — Cap. 28: allez vous en a ville; corr.: allez en a ville. — Cap. 30: s'en alloit pleurant; corr.: alloit pleurant. Ferner wird voici oft in voyez ici und voila in voyez la geändert; si vor dem Adjectiv und Adverb oft mit dem kräftigeren tant vertauscht, que nach aussi, autant, tel durch comme ersetzt.

2. Die Inversion wird häufiger. Rabelais gebraucht sie oft als ein Mittel, der Sprache Schwung und Charakter zu geben. Beispiel. Prol.: les aureilles lesquelles ils avoient si grandes; corr.: lesquelles tant grandes avoient.

3. Andere Correcturen verrathen ein Streben nach prägnanter Kürze. Unbeholfene Breite wird oft geschickt beseitigt. Cap. 8: mais plutost transmigrer d'un lieu; corr.: ains passer d'un lieu. — Cap. 10: qu'il sembloit qu'il feut echappe es chiens; corr.: qu'il sembloit estre echappe. — Cap. 28: feignit qu'il eust son armee sur mer; corr.: feignoit avoir armee (mit Weglassung des Poss.). — Cap. 10: qu'il n'y avoit pas les bonnes femmes que quand il passoit ne dissent; corr.: jusques aux bonnes femmes lesquelles quand il passoit disoient. — Cap. 12: ne vault il pas beaucoup mieulx les ouir de leur vive voix narrer leur debat que lire; corr.: n'est le mieulx ouir par leur vive voix leur debat que lire.

Hieher gehört die häufige Streichung der Artikel, zuweilen auch der Possessiva, des durch das Personal-Pronomen ausgedrückten Subjects, der Verneinungspartikeln pas und point, sowie der Präposition vor dem Infinitiv. Beispiel: de manger de choux; corr.: de manger besagues. — Il y auroit des aureilles; corr.: et seroint aureilles. — Cap. 14: getta sa coignee; corr.: getta coignee. — avoir son armee; corr.: avoir armee. — une certaine annee; corr.: une gestrichen. — un peu apres; corr.: un gestrichen. — un chascun;

corr.: un gestrichen. — Daultres; corr.: aultres. — Daulcuns; corr.: aulcuns.

4. Correcturen, die auf einen correcteren Ausdruck abzielen. Cap. 6: sans nul doute: corr.: sans doute. — ib. la mort Roland; corr.: la mort de Roland (dieser Archaismus übrigens später noch häufig). Prolog: s'il y avoit encore en vie nul de mes parents; corr.: si en vie estoit parent mien aulcun. — Cap. 1: lesquelz disent que sans point de faulte le dict Hurtaly n'estoit point dedans l'arche de Noe; corr.: lesquelz afferment que veritablement le dict Hurtaly n'estoit dedans l'arche.

5. Correcturen, die in dem schwankenden Sprachgebrauch ihren Grund zu haben scheinen. — Le navire; corr.: la nauf (dieses später häufig). — materies; corr.: matieres. — longitude; corr.: longueur. — Le reste; corr.: la reste. — et de ceulx-la; corr.: et d'iceulx. — en ceste façon; corr.: en icelle façon (diese Vertauschung ziemlich häufig). — Cap. 2: le pauvre peuple se commença a esiouir; corr.: le pauvre peuple commença a s'esiouir, vielleicht des Wohlklanges wegen, denn erstere Stellung bleibt Regel.

6. Die Ed. princ. läßt das Part. präs. in den meisten Fällen unflectirt.

7. Pronomina. Prolog: se morfondre; corr.: soi morfondre. — ib. moi vostre humble esclave; corr.: je vostre humble esclave. — Cap. 14: si moi; corr.: si je. — Cap. 20: si non s'en aller a; corr.: si non soi retirer en. — Cap. 29: et moi donc; corr.: et je donc.

Wenn wir in diesen Correcturen das verbindende Glied zwischen Rabelais' erster und zweiter Manier zu erblicken berechtigt sind, so reichen dieselben eben deswegen an und für sich nicht aus, diese zweite Manier zu charakterisiren; wir müssen vielmehr, um dies zu bewerkstelligen, die drei ersten Bücher ihrem ganzen Inhalte nach in den Kreis unserer Prüfung ziehen. Was Rabelais' zweite Manier genannt werden darf, bildet eine besondere, von der ersten scharf geschiedene, mit der dritten und letzten durch allmählige Uebergänge verknüpfte Entwicklungsphase in Sprache und Stil unseres Schriftstellers.

Es ist oben bemerkt worden, in welcher Sprache die Gr. Ch. verfaßt sind. Rabelais schrieb damals für das Volk, sein Stoff war rein erzählend, und das schlichteste Gewand das angemessenste. Als er aber an die Bearbeitung des Pantagruel und später an diejenige des Gargantua gieng, da hatte er offenbar ein anderes Publicum im Auge. Die gelehrten Citate und Anspielungen konnten nur den Gebildeten zugedacht sein. In jenen Romanen, wie der Verfasser in den Prologen des ersten und zweiten Buches mit Nachdruck hervorhebt, sollte mehr geboten werden als bloße Späße und Abenteuer. Sie sollten auch den philosophischen Leser, den Beobachter der Sitten, die Freunde religiöser und socialer Reformen zu fesseln im Stande sein. Bei dem tieferen Inhalt war eine gebildetere und geschmücktere Sprache unabweisbares Erforderniß. Rabelais wußte seine Aufgabe mit einem Geschick zu lösen, das um so bewundernswerther erscheint, wenn man seine unmittelbaren Vorgänger liest. Die Sprache des Pantagruel und des Gargantua ist fließend, reich, gesund und natürlich, den wechselnden Forderungen des Inhalts trefflich angepaßt. — Wir können sie Rabelais' beste Manier nennen, denn sie hält die rechte Mitte zwischen der nackten Unbeholfenheit der ersten und den oft geschmacklosen Ausschreitungen der letzten Entwicklungsphase.

Wie oben so lasse ich auch hier eine Uebersicht der sprachlichen Eigenthümlichkeiten dieser Periode folgen. Ich kann mich dabei um so kürzer fassen, als einige derselben schon bei den Correcturen des ursprünglichen Pantagruel erwähnt wurden.

1. Das Part. präs. congruirt mit seinem Beziehungswort im Numerus. Uebereinstimmung im Genus dagegen findet in dieser Periode nur beim adjectivischen Part. statt. Beispiele aus dem ersten Buche: En sorte que elles considerans cette complexion divine, faisoient sonner des voirres. — Toutes langues, voulens exteriorement demontrer etc. — auquel lieu ont trouve vos garnisons retournans des conquestes navales. — Aus dem zweiten Buche: une aultre fois je formai complanicte a la court, tendant affinque etc. — Je me retourne arriere et vi toute la ville bruslant.

2. Verkürzte Nebensätze sind häufig, besonders mit devant que (devant que partir etc.), selten mit apres; I, 26: Mais apres avoir diligemment recherche, trouvarent tout le pays en paix. — I, 34: Et se sont rassemblez en Boheme apres avoir mis a sac Sueve, Wirtemberg etc. In Buch II habe ich keine für den mit apres que eingeleiteten Nebensatz stehende Verkürzung gefunden. Aber auch im Gargantua stehen noch unverkürzte Sätze. I, 39: messieurs les

apostres qui fuirent tant laschement apres qu'ils eurent bien souppe. Verkürzung häufig mit par und a. I, 50: offrit ses presents, ilz ne feurent reçus par trop estre excessifz; se donna mancipe et serf voluntaire, — ce ne feut accepte par ne sembler equitable. — I, 14: Philippe congneut le bonsens de son filz Alexandre, a manier dextrement un cheval (daran, daß er —).

Die Verkürzung kommt selbst auf Kosten der Klarheit vor. I, 18: affin que ce tousseux n'entrast en vaine gloire pour a sa requeste avoir rendu les cloches (darüber, daß man auf seine Bitte die Glocken zurückgegeben).

Hieran schließt sich der nun immer häufiger auftretende Accusativus cum Infinitivo, den Rabelais nach den Verben des Sagens, Denkens, Wollens zu gebrauchen pflegt. I, 37: et ferois brusler et principal et regens qui endurent ceste inhumanite devant leurs yeux estre exercee. — II, 19: Les théologiens .... penserent que par ce signe il inferoit l'Anglois estre ladre; les conseillers pensoient que ce faisant, il vouloit conclure quelque espece de felicite humaine consister en estat de ladrerie.

3. Die früher berührte Wiederholung der Conjunction nach eingeschobenen Sätzen fällt gewöhnlich weg. Selten sind Stellen wie diese: II, 4: Les medecins disoient que si l'on le tenoit ainsi au berceau, que seroit toute sa vie subject a la gravelle.

Ebenso wird das Subject selten mehr wiederholt durch das entsprechende Pronomen. Puis voyant mon baschatz que le cas estoit desespere et que sa maison estoit bruslee sans remission et tout son bien perdu, se donna a tous les diables. — Die Wiederholung des Objects findet im zweiten Buch noch hin und wieder statt. II, 17: sinon qu'a celles qui estoient horriblement vilaines, je *leur* faisois mettre un sac sus le visaige.

4. Die oben bei Besprechung der Pantagruel-Varianten angedeuteten Ellipsen werden immer mehr Sprachgebrauch des Rabelais. Hier nur einen ergänzenden Nachtrag. Das Gerundium steht bisweilen ohne die Präposition en. II, 8: ce que tu ne pourras mieulx faire que tenant conclussions en tout sçavoir.

5. Vor Infinitiv und Particip werden bald die verbundenen, bald die absoluten Pronomina gebraucht, doch ist zu bemerken, daß Rabelais mehr und mehr die absoluten vorzieht. Statt des reflexiven lui steht

meistens soi. I, 48: Le moine print avec soi six enseignes de gens de pied. — Immer häufiger treten umgekehrt die verbundenen Personalpronomina an die Stelle der absoluten. Il, qui estoit victeur; je, qui vous fais ces tant veritables contes etc.

6. Die Inversionen mehren sich ebenfalls, namentlich in den Partien, wo die Erzählung der Betrachtung weicht, wie in den Prologen.

Wir kommen nun zur dritten und letzten Entwicklungsphase. Ueber fünfzig Jahre zählte Rabelais, als er seinen Pantagruel schrieb. Gargantua war 1535 gefolgt und nach einem langen Zwischenraum erschien 1546 das dritte, endlich 1552 das vierte Buch. Das fünfte und letzte Buch erschien eilf Jahre nach Rabelais' Tod, welchen eine Tradition ins Jahr 1553 verlegt. Ob an diesem fünften Buch fremde Federn gearbeitet, und wenn dies der Fall war, welch ein Antheil diesen beizumessen sei, möchte schwer zu entscheiden sein. Jedenfalls wird eine sprachliche Untersuchung sich am sichersten an die vier ersten Bücher halten.

Es ist oben gesagt worden, daß der Uebergang von der zweiten zur dritten Periode ein sehr allmähliger ist, und im Grunde kann man trotz der anzuführenden Kennzeichen von einer besondern, qualitativ der früheren entgegenstehenden, dritten Manier nicht reden. Das Wesen dieser letzten Periode ist ein Abfall vom nationalen Idiom zu dem lateinisch-französischen Stile der Ronsardschen Schule. Auf diesen Grundzug lassen sich die meisten der hier zu erwähnenden Erscheinungen zurückführen. Es sind:

1. Ein oft der Klarheit des Ausdrucks schädliches Streben nach Concision. So wird vom dritten Buche an die Präposition apres vor dem Infinitiv des Perfects meist gestrichen. III, 1: Pantagruel, avoir entierement conqueste le pays de Dipsodie en icellui transporta une colonie. Vgl. III, 49. IV, 9 2c. Die oben erwähnten Ellipsen werden zur Regel und sind oft sehr hart. IV, 8: Les prenans uns par les cornes aultres par les jambes. — Verkürzte Nebensätze werden häufiger; IV. nouv. Prol. affin de.

2. Constructionen mit dem Infinitiv. Der Accusativ mit dem Infinitiv tritt auch als Subject auf V, 27: Dessus les piedz chascun portoit une boulle ronde par ce que est dict (sic) Fortune en avoir une soubz ses piedz; — sogar als Subjects-Accusativ bei einem Infinitiv, III, 13: et difficile chose estre bons et serains

rester les esperitz, estant le corps en inanition. — Rabelais gebraucht diese Construction auch in Verbindung mit einer Präposition. III, 7: comme nous voyons les phares et aultres tours sur les haures de mer estre erigees, pour de loin estre vue la lanterne.

Wie im Lateinischen, so wird eine längere durch mehrere Sätze sich hindurchziehende indirecte Rede in dieser Form gegeben. IV, 17: Lesquels interrogez par Alexandre respondirent rien ne craindre sinon que le ciel tumbast. Non toutefois faire refus d'entrer en ligne avec un si preux roi.

Nachahmung des lateinischen Infinitivus historicus. Von der Präposition de begleitet ist dieser Infinitiv auch im modernen Französisch gebräuchlich. Rabelais nun hat die von ihm früher immer gebrauchte Präposition (I, 5: Lors flaccons d'aller, jambons de trotter, gobeletz de voler) vom dritten Buche an häufig elidirt und bietet so eine genaue Nachahmung des lateinischen Sprachgebrauchs. IV, 14: Troudon sonner de sa fleute, battre son tambourin, chascun rire, tous se preparer. — Ein weitausgeführtes Beispiel IV, 18.

3. Latinismen treten in großer Menge auf. Nur einige Beispiele. Reste il ici ulle ame montonniere? — le pere familles, la mere familles — unes lettres — impetrer — idoine — ocieux — astipulateur — angusties — fulcir — exercite — les metes de la vie etc.

II, 6 hat Rabelais die latinisirende Manier der Pariser Gelehrten so unterhaltend verspottet (nous transfretons la Sequane au dilucule et crepuscule. Nous deambulons par les compites et quadrivies de l'urbe etc.); sonderbar, daß er selbst ein Opfer dieser Krankheit zu werden bestimmt war.

4. Häufig, aber nicht immer, congruirt nun das Part. präs. auch im Genus. IV, 10: Icelles, attendantes sa venue, desguisarent les paiges. — Dagegen IV, 17: laquelle d'entre les gryphes d'une aigle tombant sur sa teste, lui fendit la cervelle.

5. Die in den letzten Büchern sich häufenden Inversionen machen die Lectüre oft mühsam. Beispiele anzuführen ist überflüssig, denn die Mannigfaltigkeit der Combinationen ist so groß, daß einige Belege keine Uebersicht zu geben vermöchten.

Werfen wir schließlich noch einen Blick auf die Gesammtheit der angeführten Thatsachen. Von den drei in Rabelais' Stil und Grammatik unterschiedenen Perioden trug die erste das Gepräge weniger des

Individuums als der Zeit. Die zweite zeigt die Entfaltung einer in den Schranken des nationalen Sprachgeistes sich bewegenden Originalität, die dritte endlich charakterisirt sich durch ein Aufgeben früherer Standpunkte und ein unglückliches Verfolgen unnatürlicher und deshalb unfruchtbarer Sprachreformen. Daß diese letzte Periode ein Rückschritt sei, bezweifelt Niemand und es hat nicht an Stimmen gefehlt, die ihn beklagten. Der Trost aber bleibt uns, daß eine gute Hälfte von Rabelais' Werken jener zweiten Periode angehört, wo sein Geist noch frisch, seine Phantasie noch fruchtbar und seine Sprache noch ächt französisch war. Als der Schriftsteller die Schwelle des hohen Greisenalters betreten hatte, da schwand die lebhafte, rasch vorschreitende, mit satirisch-humoristischen Zügen durchwürzte Erzählung, an ihre Stelle traten lange Betrachtungen und Digressionen, und je mehr die freudige Lebensfrische des Inhalts verblich, um so gesuchter wurde die Form. — Wie die mit 1549 auftretende Schule des Ronsard, du Belloy und ihrer Pleias, so scheint auch Rabelais in einer massenhaften Einbürgerung lateinischer und griechischer Wörter und Redeformen eine Veredlung seiner Sprache erblickt zu haben. Da die Mittel künstlich und willkührlich waren, so konnte das Resultat kein bleibendes sein. Nach kurzem blendendem Glanze sank die Pleias für immer in die Nacht der Vergessenheit.

Es wiederholt sich übrigens bei Rabelais, was Shakspere, Bacon, Burke und Goethe widerfuhr. Mit dem allmähligen Schwinden der genialen Productionskraft schwindet auch die klassische, durchsichtige Form. Um so mehr Grund für uns, den Genius des Dichters da zu suchen, wo er uns am schönsten entgegen leuchtet.

Frauenfeld. Breitinger.

Geographische Repetitionen.

Man hat wohl jetzt allgemein anerkannt, daß die alte Art und Weise Geschichte ohne Geographie zu treiben, eine durchaus verfehlte sei. Auf den meisten Gymnasien wird daher das, was in den untern und mittleren Classen in der Geographie gelernt ist, in den obern repetirt und mit der Geschichte in den engsten Zusammenhang gebracht. Dem Verfasser sei es erlaubt in der folgenden Arbeit zu zeigen, wie eine solche Repetition in der obersten Classe angestellt wird. Er kann versichern, daß dieß Alles aus der Praxis geschöpft ist.

Ungarn.

Zu diesem Lande gehören einmal die Karpathen, dann die östlichsten Ausläufer der Alpen. Es umschließen diese Gebirge eine Ebene, welche der Hauptsitz des erobernden Volkes der Magyaren geworden ist. Merkwürdig ist es nun, daß dieses Volk seine Herrschaft dauernd nur in dem Kreise hat befestigen können, welcher auch geologisch eine Einheit bildet. Das Ungarn benachbarte Böhmen hat vorzugsweise Granit zur Unterlage; die Hauptkette der österreichischen Alpenzüge besteht aus krystallinischem Schiefer und Massengestein, die vorgelagerte aus Trias und Jura; die ungarischen Alpenausläufer aber zeigen vorzugsweise Eocän und Miocän, woraus ebenfalls ein großer Theil des ungarischen Erzgebirges und des siebenbürgischen Hochlandes zusammengesetzt ist. Ein Blick auf eine geologische Uebersichtskarte wird die Zusammengehörigkeit beider Theile sofort klar machen. —

Die Karpathen erstrecken sich in einem Kreisbogen von der Donau bis wieder zur Donau, von Preßburg bis Alt- und Neu-Orsowa. Sie bestehen aus drei Theilen. Den westlichen Theil wollen wir als eine Gesammtheit auffassen und ihn unter dem Namen „ungarisches Erzgebirge" begreifen. Er wird durch die March und Oder von Böhmen, Mähren und Schlesien getrennt. Die Thäler dieser beiden Flüsse bilden zwischen Karpathen und Sudeten eine natürliche Scheide und sind zugleich eine der Hauptstraßen für die Völkerzüge geworden, die aus den östlichen Tiefebenen nach West-Europa strömten. Im Norden begrenzt die Weichsel, im Osten Dunajek, Poprad, Bodrog und Theiß und im Süden die Donau diese Gebirgsmasse. Sie besteht aus einer Menge von Ketten, welche theils von Norden nach Süden, theils von Westen nach Osten ziehen. Als der Hauptzug des ganzen Systems kann der hohe Tatra angesehen werden. Er streicht von Westen nach Osten etwa 10 Meilen und hat an 50 Quadratmeilen Umfang. Der Gebirgsstock selbst erhebt sich aus einer 2000 Fuß hohen Hochebene und erreicht als Granitmasse eine Kammhöhe von 6000 Fuß. Umflossen ist er von vier Flüssen, welche auf der Hochebene entspringen. Man sollte meinen: alle Quellen, die seinem Nordabhange entströmen, müßten der Weichsel zueilen und alle die, welche den Südabhang herunterkommen, der Donau. Dem ist jedoch nicht so. Auf der Südseite des Tatra hat die Waag ihren Ursprung; sie nimmt die Arva auf, welche dem Nordabhange entquillt; dahingegen entspringt der Dunajek an der Nordseite und in ihn fließt der von Süden kommende Poprad. — Der Granit des Tatra ist ungeschichtet, ungeklüftet; er bildet kompakte Massen von so großer Härte, daß sich keine vorliegenden Schutttrümmer finden. Es fehlen dem Tatra, der eine Hochgebirgsnatur hat, die schönen Thäler der Alpen, statt deren wir nur enge Felsspalten und trichterförmige Felskessel finden. In diesen liegen oft in bedeutender Höhe schöne, tiefe Seen. Das Gestein steht so zu Tage, daß die Höhen nackt sind. Da der Tatra wie eine Mauer kegelförmig aufsteigt und nur im Innern zerklüftet ist, so ist er fast unübersteiglich. Bis zu 1000 Fuß wächst noch Wein, dann beginnt die Region der Tannenwälder, reicht bis 5000 Fuß und geht allmählich in die Region des Krummholzes über. Die Region der Alpenkräuter, die darauf folgt, läßt sich in Bezug auf Reichthum und Fülle nicht mit der der Alpen vergleichen, weßhalb hier auch eigentliche Alpenwirthschaft fehlt. Im Osten liegen die Haupthöhen des Tatra: die Lomnitzer, Eisthalerspitze und der hohe Crivan, welche zwischen 7 und 8000 Fuß hoch sind. Der Tatra ist das erste Vorgebirge gegen das flache Osteuropa. Deßhalb treffen ihn die athmosphärischen Erscheinungen mit der größten Gewalt; er ist die erste Klippe, an der sich die Meteore brechen und wird deßwegen von furchtbaren Gewittern und Wolkenbrüchen heimgesucht.

Südlich vom Tatra ziehen parallele Ketten, welche durch Flußthäler, z. B. durch das der Gran von einander getrennt werden. Sie enthalten großen Metallreichthum, z. B. bei Schemnitz und Kremnitz, weßwegen auch die ungarischen Goldgulden berühmt geworden sind. Diese Schätze sind im Mittelalter von deutschen Bergleuten gehoben worden, wie denn überhaupt vom 12. bis 17. Jahrhundert die Karpathen zahlreiche deutsche Einwohner hatten. Besonders die religiösen Streitigkeiten haben darauf die Veranlassung gegeben, daß die Deutschen von slavischer Bevölkerung überwuchert worden sind. Die Menge deutscher Ortsnamen beweist, wo überall die Germanen hier gesessen haben. Am Süd- und Südostabhange dieses ungarischen Erzgebirges gedeiht bei Tokay und Eperies der wundervolle, weit berühmte Wein. Die fast kreisförmige Masse des ungarischen Erzgebirges besteht aus Eocän und Miocän; aus ihr erheben sich in der Richtung von West nach Ost die krystallinischen Schiefer und Massengesteine, in der von Süd nach Nord die jüngern Eruptivgesteine, wie Porphyr und Basalt. Dieses System wird umschlungen von Kreide- und Kalkmassen. So liegen zwischen Waag und March die kleinen Karpathen; an der Weichselquelle finden wir das Jablunkagebirge, über welches ein Paß aus dem Thal der Weichsel in das der Waag führt. Gewöhnlich sieht man das Jablunkagebirge schon als einen Theil der Beskiden an, welche in das Karpathische Waldgebirge übergehen. Dieses erstreckt sich also eigentlich vom Mährischen Gesenke bis an die Quellen der Theiß, des Sereth und Pruth. Es enthält nirgend Urgebirgsmassen, sondern seine Hauptkette besteht aus Kreide, Kalk und Sandstein. Daher ist es nur 2—3000 Fuß hoch und bietet viele bequeme Uebergänge dar. Nach Süden zur Theißebene fällt es steiler ab, als nach Norden, wo eine Fülle von Waldhügeln bis zur Weichsel und zum Dnjestr vorgelagert sind. Das Gebirge bildet eine Wasserscheide zwischen dem Dnjestr namentlich und der Theiß; es entquellen ihm viele Nebenflüsse dieser beiden Ströme und vermitteln bequem den Uebergang. Ueber dieß Waldgebirge kamen gegen Ende des 9. Jahrhunderts aus Südrußland die Magyaren. Die Magyaren sind entstanden aus einer Verschmelzung von Hunnen und Finnen. Als nämlich in der Schlacht am Nethad nach dem Tode Attilas die Macht der Hunnen durch die deutschen Völker gebrochen war, da räumten erstere Ungarn und überließen es den Ostgothen, Vandalen und Gepiden. Die Reiterschwärme der Hunnen blieben in Südrußland und vermischten sich dort mit verwandten finnischen Völkern. Als nun im 9. Jahrhundert Sventibold in Mähren ein großes Slavenreich gründete und ihm auch die in Ungarn angesessenen Slaven einverleibte, da wurde er ein gefährlicher

Nachbar des deutschen und oströmischen Reiches. Deßhalb benutzten beide Kaiser die Magyaren. Sie kamen unter Arpad und zogen von Lemberg den Weg, welcher über Schloß Munkacz in die Theißebene führt. In den Waldkarpathen blieben sie nicht, sondern wählten für sich die Tiefebenen. Munkacz ist eine wichtige Festung, die in neuester Zeit wieder dadurch berühmt geworden ist, daß Alexander Ypsilanti dort gefangen saß. Am Nordabhange dieses Gebirges liegen in einer Ausdehnung von 60—70 Meilen die berühmten Steinsalzlager.

Wenn dieß als das zweite Stück der Karpathen anzusehen ist, so ist das Siebenbürgische Hochland das dritte. Dieß Hochland besteht aus Eocän und Miocän, wird aber ringsum von Granit, Porphyr und Basalt eingeschlossen, welche Gesteine hohe Gebirgszüge bilden. Im Osten des Landes streichen diese von Nordwest nach Südost, im Süden und Westen aber in der Hauptrichtung von Ost nach West. Die höchsten Gipfel erreichen die Höhe von 8000 Fuß und finden sich besonders im Osten, wo vor Allen der Budosberg zu merken ist. Hier im Osten entspringen Nebenflüsse der Theiß, welche in tief eingeschnittenen Thälern von Ost nach West das Hochland durchströmend sich ihr zuwenden; so Szamos und Maros. Der Südrand, die Transsylvanischen Alpen genannt, erstreckt sich von Kronstadt bis Orsowa. Er besteht aus Granit und entsendet nach Süden eine Menge von Ausläufern, zwischen denen zahlreiche Flüsse zur Donau heruntereilen, Dieser Südrand wird durch die Aluta, welche ihn durchbricht, in zwei Theile gesondert. Längs dieses Flusses führt der berühmte „Rothe Thurmpaß“ aus der Wallachei nach Siebenbürgen. Es ist sehr selten, daß ein Fluß wie hier die Aluta ein Gebirge in einem Querthale ganz durchschneidet; wir finden etwas Aehnliches in Spanien, wo die Guadiana das Andalusische Scheidegebirge durch den Salto di Copo von der Sierra Monchique trennt. Der rothe Thurmpaß führt auf das sächsische Hermannstadt, das wie ein Wachtposten der Cultur gegen die türkische Barbarei dort liegt. Seinen Namen hat der Paß von einem Thurm, der ihn vertheidigt. Dieser Thurm war aus rothen Quadern erbaut, aber die Gegend um ihn ist auch oft geröthet worden von dem Blute der Streitenden, welche hier aufeinander stießen. Hier zog Sigismund, der König von Ungarn, im Jahr 1396 heraus gegen die Türken. Dem Laufe der Aluta folgend traf er den Feind bei Nicopolis und verlor die Schlacht durch den Ungestüm und den Uebermuth, namentlich der französischen Ritterschaft, welche nicht mit den

Fußknechten zusammen streiten mochte. — Die Transsylvanischen Alpen stoßen bei Orsowa an die Donau, welche hier zwischen ihnen und dem von Süden heranreichenden Haiduckengebirge den berühmten Durchbruch macht. Felsen, die in dem Flusse zu Tage treten, und die gewaltige Schnelligkeit des Stromes, der zusammengepreßt in rasender Eile dahinstürmt, erschweren die Schifffahrt. Man hat dadurch, daß man die gefährlichsten Felsen im eisernen Thor gesprengt hat, den Donaufahrzeugen eine sicherere Bahn zu schaffen versucht. Zwischen Alt- und Neu-Orsowa mündet ein kleiner Fluß, die Czerna, d. h. die Schwarze. An ihrem Ufer entlang führt ebenfalls ein Weg nach Siebenbürgen hinein, der Tergovaer Schlüssel genannt. Ihn zog Trajan, als er mit dem Dacierfürsten Decebalus kämpfte, da dieser an dem oberen Laufe der Czerna, zwischen ihr und dem Temes seinen Sitz hatte. Westlich von der Czerna liegt in dem sogenannten Banatergebirge der berühmte Badeort Mehadia, dessen heiße Schwefelquellen gegen Gichtleiden gebraucht werden. Der Westrand des Siebenbürgischen Hochlandes wird gebildet durch Erhebungen von Granit und jüngeren Eruptivgesteinen, die durch Flüsse von einander getrennt werden.

Vier Flüsse sind es, welche diesen Westrand gliedern; alle vier strömen sie von Osten nach Westen. Drei münden in die Theiß. Der vierte, der südlichste, der Temes, entspringt mit seinem Nebenflusse, der Bega, auf dem Westrande selbst, und zwar auf dem Banatergebirge; er fließt in die Donau. Nördlich von ihm durchbricht die Maros das Randgebirge. Sie aber entspringt im Osten des Hochlandes und ihre Quellen liegen dort ganz nahe bei denen der Aluta. Der dritte Fluß, der Köros, entquillt mit seinen zahlreichen Zuflüssen den Eruptivgesteinen des Westens, wo hingegen der vierte, der Szamos, vom Nordostrande kommt. Es ist natürlich, daß an diesen Flüssen eine doppelte Reihe von Städten sich findet; die eine Reihe kleinerer Orte liegt da, wo zuerst das Flußthal sich erweitert, die zweite aus größeren Städten bestehend da, wo das Gebirge endet und die Ebene beginnt. Mehrere dieser letzteren Ortschaften sind befestigt; so liegt an der Bega Temesvar, Allen bekannt durch die Marketenderin in Wallensteins Lager, welche bis dahin mit dem Bagagewagen gekommen ist, als sie den Mannsfelder thäten jagen. Weiter nördlich finden wir an der Maros die Festung Alt-Arad und am Köros Groß-Wardein, welches schon in seinem Namen seine Bedeutung anzeigt. Wardein nämlich, Guardia, heißt Schutz, deßhalb sagt auch der Kaiser zum

Abt: so sollst du mir sein ein rechter Wardein und gebrauchen wir heute noch den Ausdruck: Münzwardein. Daraus erklärt sich auch der Name Peterwardein. —

Das Siebenbürgische Hochland, ein Theil des alten Daciens, ist ein Land voll aller Güter, die zur Leibes Nothdurft und Nahrung gehören. Wein, Tabak, Korn, Salz, Holz; Alles findet sich in Hülle und Fülle. Noch ist das Land nicht genügend benutzt, noch ist Platz für viele tausend betriebsamer Hände. Seinen Namen hat das Land von sieben Burgen; von welchen aber, das können wir heute nicht mehr angeben. Es führt diese sieben Burgen auch in seinem Wappen, ebenso wie den Halbmond, das Symbol türkischer Herrschaft, unter der es ja lange gestanden. Das Land war von den Magyaren unterworfen worden und haben sie sich besonders um Klausenburg festgesetzt. Ein Stamm von ihnen, die Szekler, d. h. Grenzhüter, bewohnen die hohen Randgebirge des Ostens und bilden die Miliz gegen die Einfälle der östlichen Nachbaren. Sie haben als Krieger alle adlige Rechte, zerfallen aber in verschiedene Rangstufen. Um das Land zu bevölkern und anzubauen, traten die ungarischen Könige im Anfange des 13. Jahrhunderts mit dem deutschen Orden in Verbindung. Der Hochmeister Hermann von Salza sandte Ritter hierher, unter deren Leitung der Grenzkampf geführt und die Colonisation begonnen wurde. Aber nur kurze Zeit blieben die deutschen Herren dort; Streitigkeiten brachen aus und bewogen den Hochmeister diese Besitzung aufzugeben. Dagegen riefen die Könige Flandrer ins Land, begabten sie mit köstlichen Privilegien und gewannen an ihnen treue und fleißige Unterthanen. Diese eingewanderten Deutschen wurden und werden noch heute von den Ungarn Sachsen genannt. Sie sitzen in zwei Theilen des Landes; einmal im Norden um den obern Lauf des Szamos und Maros um Bistritz, dann im Süden um Hermannstadt und Kronstadt. Alle genießen sie die Rechte des ungarischen Adels. Sie sind die treuesten Anhänger der Habsburger und sind wohl dazu genöthigt, weil sonst ihre Nationalität unter den Magyaren nicht ungekränkt bleiben würde. Jetzt bekennen sich die Meisten zur protestantischen Kirche und schicken sie deßwegen ihre jungen Leute vielfach auf die deutschen Universitäten. Ihre Gymnasien und Schulen sind wohl eingerichtet und überragen die Sachsen deßwegen die anderen Bewohner des Landes an Bildung und Wohlstand. Außer diesen drei Nationen, den Sachsen, Magyaren und Szeklern, finden sich noch in großer Anzahl griechisch-katholische

Wallachen, jenes Mischvolk aus Römern und Slaven. Sie lebten bis in die neueste Zeit in großer Verachtung und hatten trotz ihrer bedeutenden Anzahl nicht das Recht, Vertreter in den Landtag zu schicken. An Bildung und Wohlstand stehen sie auch bis jetzt noch den andern Nationen nach.

Siebenbürgen wird erst wichtig und bedeutend, seitdem die Türken sich in der Hämushalbinsel festsetzten. Wie wir gesehen haben, zog von hier aus Sigismund gegen die Eroberer Serbiens. Sein Bastardsohn Hunyades, der Woywod von Siebenbürgen, ist der berühmte Vorkämpfer der Christenheit und nur, weil man seine Rathschläge nicht beachtete, gieng die Schlacht bei Varna im Jahr 1444 verloren als ein trauriges Vorspiel für den bald darauf erfolgenden Fall Konstantinopels. Sein Sohn Mathias Corvinus wurde König von Ungarn und gehört zu den besten Herrschern, welche dieß Reich gehabt hat. Dem Hause Habsburg ist Siebenbürgen lange ein unsicherer Besitz geblieben. Hier hielt sich besonders Johann Zapolya, der Gegenkönig Ferdinands I, der Stammvater der Esterhazys; hier herrschte zur Zeit des 30jährigen Krieges Gabriel Bethlen, hier Ende des 17. Jahrhunderts die Apaffis unter türkischem Schutz. Seit der Zeit Eugens von Savoyen aber haben die Türken in Ungarn und Siebenbürgen sich nicht mehr festsetzen können. Wollen wir die Vertheilung der bedeutendsten Völker in Siebenbürgen uns durch Zahlen klar machen, so würden wir etwa für das Land der Ungarn 573 Quadratmeilen rechnen, welche unter neun Comitate getheilt sind. Die Szekler haben 217 Quadratmeilen inne und theilen ihr Land nicht in Comitate, sondern in Stuhle. Szekler und Ungarn leben dort etwas über eine halbe Million. Das Land der Sachsen ist das kleinste; es umfaßt 155 Quadratmeilen und hat etwa 200,000 Einwohner. Dieses Gebiet zerfällt in neun Stühle und einige Distrikte. Am zahlreichsten über 1,100,000 sind die Rumänen, die im Nordwesten und Süden des Landes angesiedelt sind. Außer diesen vier Stämmen finden sich aber noch kleinere Bruchtheile von Völkern, die wir hier füglich übergehen. Das ganze Land hat nicht voll zwei Millionen Einwohner. Wie sich hier alle möglichen Völker mischen, so finden sich hier auch viele Confessionen; doch sind nur vier anerkannt: die katholische, reformirte, lutherische und die unitarische. —

Die Magyaren haben ihre Sitze nicht so weit hin in die Alpen ausgedehnt wie die Slaven. Wir wissen ja, daß die ersteren als ein

Reitervolk die Ebene mehr, als die Berge liebten. So haben sie denn nur die Theile der Ostalpen sich unterworfen, in denen breite Flußthäler den Zugang möglich machten. Sie haben aber mit Ausnahme eines Ostausläufers auf allen sich festgesetzt. Ueberall fanden sie ähnliche Bodenverhältnisse, wie in den Karpathen, denn diese Ausläufer bestehen aus denselben Kalkformationen, wie ein großer Theil der Karpathen. — Der Schneeberg und Semring bilden in den Ostalpen einen wichtigen Knotenpunkt, von dem aus nach Nordosten der Wiener Wald und das Leithagebirge ziehen. Beide Züge divergiren etwas, je näher sie der Donau kommen. Umschlossen wird von ihnen das sogenannte Wiener Becken, eine für den Geologen merkwürdige Landschaft. Dieß ist den Ungarn, die es einst besetzt hatten, von der deutschen Colonisation entrissen und der Leithafluß als Grenze festgesetzt worden. Das Leithagebirge stößt bei Presburg mit einer kleinen Graniterhebung an die Donau, gerade da, wo nördlich vom Flusse eine eben solche Erhebung sich zeigt. Diese beiden Gebirgsmassen stehen als die Grenzwächter Ungarns da; sie bilden das erste Thor, durch welches die Donau in dies Land eintritt. Vom Schneeberg und Semring aus zieht zwischen Mur und Raab ein nicht hoher Bergzug hin, der nördlich vom Plattensee als Bakony-Wald etwas ansteigt und an dem Donauknie zwischen Waitzen und Ofen endet.

An den Namen dieses Waldgebirges knüpfen sich so manche Erinnerungen: bis hierher, bis an die Raab ging Karls d. Gr. Reich; in diesem Walde mästen sich große Schweineheerden, die von halb wilden Hirten gehütet werden. Bei Gelegenheit überfallen denn diese Waldbewohner die Reisenden, denen sie gefährliche Gegner sind, weil sie mit unnachahmlicher Gewandtheit und Sicherheit Messer und Beil auf weite Entfernungen zu schleudern verstehen. Wer hat solche romantischen Geschichten von den Räubern des Bakony-Waldes nicht schon gelesen! Zwischen dem Plattensee, der Drau und Donau erhebt sich ein wellenförmiges Hügelland, aus dem nur bei Fünfkirchen höhere Kuppen hervorragen. —

Ein zweiter Knotenpunkt der Ostalpen, welcher für unsere Betrachtung wichtig wird, ist der Terglou, auf dem, wie bekannt, Sau und Isonzo entspringen. Von ihm aus zieht sich zwischen Drau und Sau ein Gebirge hin, welches verschiedene Namen als Warasdiner Gebirge ꝛc. trägt und zuletzt immer schmäler werdend bei Neusatz, Peterwardein und Carlowitz noch einmal als Granitstock sich erhebend, dort Fruschka Gora oder nach der alten Stadt Syrmium Syrmisches Bergland genannt wird. Da haben sich wohl schon in früheren Jahrhunderten, als durch die Königsfamilie der Anjous lebhafter Verkehr zwischen Ungarn und Italien stattfand, Italiäner niedergelassen. Unter ihnen ragt als bedeutendste Familie die der Fürsten Odescalchi heraus, welche außerdem noch im Kirchenstaate angesessen ist. Die Fruschka Gora bietet außer ihren landschaftlichen Schönheiten noch andere Merkwürdigkeiten dem Reisenden, nämlich eine Reihe griechisch katholischer Klöster und ist deßhalb von Wallfahrern ebenso sehr gesucht, wie das Athosgebirge. In Syrmium nämlich ist ein Hauptsitz der nicht unirten griechischen Katholiken, deren Patriarch in Carlowitz residirt. — Wie die beiden protestantischen Kirchen, die lutherische und reformirte, in manchen Ländern durch eine Union verbunden sind, so auch die griechisch und römisch-katholische. Als die Türken im 15. Jahrhundert Constantinopel so sehr bedrängten, haben sich manche griechischen Katholiken dazu verstanden den Papst als Oberhaupt anzuerkennen, wie das auch von manchen armenischen Katholiken geschehen ist. In Ungarn und seinen Nebenländern findet man nun alle diese Confessionen. —

Vom Terglou ziehen zwischen Isonzo und Sau die Julischen Alpen, an welche sich dann bis zur Culpa das Krainer Kalkplateau anschließt. Bekanntlich bildet das letztere das Ende der Alpen, die Scheidewand zwischen ihnen und der Hämushalbinsel. Ganz zum Gebirgssystem der letzteren gehört das Königreich Dalmatien, weßhalb wir es hier übergehen, wenn schon es lange unter der Oberhoheit der Könige von Ungarn gestanden hat und auch heute noch dazu gerechnet wird.

Um Drau und Sau, um Culpa und Unna liegen die kleinen Königreiche Slavonien und Croatien und der westliche Theil der Militärgrenze. Diese Gegenden so wie auch Dalmatien sind großentheils von den Chrobatischen Slaven bewohnt, welche sich sehr genau von den Slowaken unterscheiden lassen. Letztere nämlich gehören dem slavischen Stamme an, welcher Böhmen und Mähren besetzt hat und haben auch heute noch ihre Sitze in der Nachbarschaft dieser Länder, nämlich im Nordwesten Ungarns, im ungarischen Erzgebirge. Von dort aus durchziehen sie Deutschland als Händler mit Mäusefallen und andern Geräthschaften, welche aus Eisendrath gemacht sind. Erstere aber, die Chrobatischen Slaven, haben ihren Namen von den Karpathen, von deren Nordseite sie aus der Gegend, wo dieselben mit den Sudeten einen stumpfen Winkel bilden, in diese südlicheren Landschaften eingewandert sind. Sie traten mit Karl dem Großen und Ludwig dem Frommen in mannigfache freundliche und feindliche Beziehungen. In dem Abendlande, namentlich in Deutschland sind sie besonders aus der Zeit des 30jährigen Krieges her übel berüchtigt. Sie dienten in den kaiserlichen Heeren als leichte Truppen und verstanden es meisterhaft auch die verborgensten Besitzthümer auszuspüren. Durch Schillers herrliche Zeichnung in Wallensteins Lager sind sie für alle Zeit unter uns eingebürgert worden. Jetzt sind sie in der Militärgrenze als Militärcolonisten zugleich Soldaten und Bauern. Ein solches System, wie es hier durchgeführt ist, läßt sich nur in einer ackerbautreibenden Bevölkerung, bei den einfachsten Lebensverhältnissen festhalten. Diese Grenzer nämlich bilden kleine Gemeinschaften, denen ein Stück Landes als gemeinsames Eigenthum zugewiesen ist. Eine solche aus mehreren Familien bestehende Gesammtheit wählt für die Regelung des Haushaltes aus sich einen Hausvater und eine Hausfrau. Die Arbeit und der erzielte Gewinn wird durch diese überwacht und vertheilt. So läßt es sich ermöglichen, daß die dienstpflichtigen Männer die eine Hälfte des Jahres etwa dem Dienste, d. h. der Bewachung der Grenze und die andere der Bestellung des Feldes und der Besorgung des Haushaltes leben können. Für den Dienst an der Grenze werden diese Leute nicht besoldet, wohl aber, wenn sie in Regimenter zusammengezogen außerhalb ihres Landes verwandt werden. In unserer Zeit sind sie durch ihr Auftreten in den Jahren 1848 und 1849 berühmt geworden. Sie blieben damals dem Hause Habsburg treu und bekämpften unter dem Banus Jellachich sowohl die Ungarn und Italiäner als auch die aufständischen Wiener. Im vorigen Jahrhundert war ihre Grenzbewachung wohl wichtiger, als heut zu Tage. Damals verhüteten sie Streifzüge der räuberischen Grenzbewohner, sie hinderten den Schmuggelhandel und das Einschleppen der Pest. Um jede Verletzung der Grenze unmöglich zu machen, hat die österreichische Regierung längs derselben in kleinen Entfernungen von einander Wachthäuser angelegt. In jedem derselben steht ein Commando Grenzer und giebt Posten und Patrouilleure bis zur nächsten Station. Alle acht Tage wird solch' ein Trupp abgelöst. Selbstverständlich ist es, daß die Verwaltung eines solchen Landstriches eine militärische ist. Zu Slavonien und Croatien gehört nur der westliche Theil der Militärgrenze; der östliche, welcher um die Mündung der Theiß und der Temes liegt, schließt sich an Ungarn und Siebenbürgen. Da, wo die beiden Flüsse sich in die Donau ergießen, finden sich gewaltige Sümpfe. Dort in der Theißstadt Tittel liegt der Stab des Tschaikisten Bataillons, welches die Aufgabe hat, auf Flußschiffen die Grenze abzupatrouilliren und zu schützen. Meistentheils bestehen hier die Grenztruppen aus Serbiern. —

Wir haben schon oben erwähnt, daß das Königreich Dalmatien am Adriatischen Meere liegt und haben hier noch hinzuzufügen, daß auch Croatien sich bis an die Seeküste erstreckt. Für den Verkehr von Oesterreich und Ungarn sind nur die beiden Buchten wichtig, welche die Halbinsel Istrien mit dem Festlande bildet. Der nördlichere Meerbusen bei Triest ist direkt durch die Eisenbahn mit Wien verbunden, der südlichere bei Fiume ist der Endpunkt der großen Straße, welche von ihm über Agram auf Ofen führt. Aus dem Angeführten wird es leicht klar, daß Ungarn mit Italien in direkter Verbindung gestanden und eine Menge Italiäner aufgenommen hat; daraus erklärt es sich, wie die Anjous aus Neapel nach Ungarn gekommen sind. Ueber Ungarn herrschte nämlich seit der Einwanderung der Magyaren das Haus des Arpad. Als die Magyaren im Anfange des 9. Jahrhunderts sich in den Ebenen Ungarns festsetzten, waren sie Heiden und deßwegen von Haß gegen ihre christlichen Nachbaren erfüllt. Sie suchten ihre Nachbarländer heim, indem sie, ein Reitervolk, die Flußthäler aufwärts zogen. So drangen sie längs der Donau nach Westen und strömten durch das Thor bei Preßburg in die Mark Oesterreich, so zogen sie längs Drau und Sau und überflutheten Nord-Italien. Ihren Einfällen machten die sächsischen Kaiser Heinrich I und Otto I durch die Schlachten bei Merseburg (933) und auf dem Lechfelde (955) ein Ende. Darnach begann von Passau aus die Bekehrung des wilden Volkes und als Metropole für Ungarn wurde das Bisthum Gran gegründet. Um's Jahr 1000 führte der heilige Stephan (Istvan) das Christenthum ein, welches sich trotz mancher Reaktion dauernd erhielt. Es ist begreiflich, daß auch die griechische Kirche sich nach Ungarn hin verbreitet hat, wie sich nach Rußland, Polen und Böhmen gedrungen ist. Da aber die griechisch-katholische Kirche außer bei den Griechen besonders bei den Slaven Anklang fand und diese von den Magyaren unterworfen waren, so zeigte sich hier dieselbe Erscheinung wie auf den britischen Inseln bei Celten und Angelsachsen. Letztere nahmen das Christenthum nicht von den unterworfenen Celten an, sondern wurden direkt von Rom aus bekehrt. So auch die Magyaren. Sie wurden römische Katholiken und bekennen sich zur Hälfte noch heute zu dieser Confession. In der Reformation wandte sich ein großer Theil zur reformirten, der kleinere zur lutherischen Kirche. Die katholischen Magyaren haben ihren Centralpunkt in Szegedin, die lutherischen in Ketskemet und die reformirten in Debreczin. — Seit der Bekehrung zum Christenthum hörten die Raubzüge der Magyaren auf; an ihre Stelle traten Kämpfe, welche um die Anerkennung der Oberhoheit deutscher Kaiser geführt wurden. Deßhalb wurde besonders das Land westlich von der Donau wichtig und es treten Städte wie Preßburg, Stuhlweißenburg und Fünfkirchen als Centralpunkte heraus. Die Rechte der Deutschen den Magyaren gegenüber hatten besonders die Markgrafen von Oesterreich zu wahren. In den Kämpfen gegen seine Nachbaren fiel der letzte Markgraf aus dem Hause der Babenberger, Friedrich der Streitbare, durch die Hand eines Grafen Frangipani. Wie verderblich ist doch dies Haus den Deutschen geworden! Hier tödtete ein Mitglied dieser Familie den edlen Grenzhüter der Deutschen, den letzten eines Geschlechtes, welches in Wien einen so glänzenden Hof hielt, daß von weit und breit die Minnesänger dahin strömten, um „Singen und Sagen" zu lernen, daß ein Walther von der Vogelweide seine Lieder zu seinem Preise erschallen ließ. In Italien verrieth ein Frangipani den letzten Sproß der Hohenstaufen, den Conradin. Die deutschen Kaiser hielten aber diesen Kampf für so wichtig, daß sie den Markgrafen und Herzögen von Oesterreich jede andere Heeresfahrt für das Reich erließen. Als nun die Habsburger in den Besitz von Oesterreich gelangt waren und im Anfange des 14. Jahrhunderts das Haus des Arpad ausstarb, da wünschte Albrecht I, daß den ungarischen Thron ein König bestiege, der ihm und seinem Hause freundlich gesinnt sei. So kam durch seine Vermittelung sein Neffe, ein neapolitanischer Anjou, nach Ungarn. Seitdem stehen Ungarn und Neapel während des 14. Jahrhunderts in mannigfacher Beziehung. Nach dem Tode des letzten Angiovinen, Ludwigs des Großen, kam Ungarn an Sigismund, also an die Luxemburger, und dann wurde der Schwiegersohn desselben, Albrecht von Oesterreich, zum Könige gewählt. Wenn auch nach dessen frühzeitigem Abscheiden und nach dem Tode seines Sohnes die Ungarn Könige aus andern Häusern wählten, wie den Mathias Corvinus aus der Familie des Hunyades, so gelangte doch das Haus Habsburg nach der Schlacht bei Mohacz 1526 allmählich wieder in den Besitz des Landes. Lange Zeit jedoch haben die Habsburger fast nur den Theil westlich von der Donau besessen, denn Ofen war noch gegen Ende des 17. Jahrhunderts eine türkische Festung. In diesem westlichen Theile Ungarns liegt rings von Bergmassen eingeschlossen die Ober-Ungarische Tiefebene. In diese tritt die Donau bei Preßburg ein, und bei Gran verläßt sie dieselbe wieder. Somit theilt der Fluß die Ebene in zwei Hälften. Die südliche mag wohl ehemals ein großer See gewesen sein, wenigstens deutet Alles darauf hin. Jetzt wird freilich nur ein Theil vom Neusiedler See ausgefüllt, der in der Westecke der Ebene sich ganz in die Vorberge des Leitha-Gebirges schmiegt. An der Südostseite des See's, da wo derselbe die Ebene bespült, liegt als seine Fortsetzung der Hansag Morast, ein wunderbarer Waldsumpf. Die Erddecke ist an vielen Stellen so dünn, daß wohl darauf die Rinder weiden, aber nicht Wagen fahren können. Wenn die Hirten klares Wasser trinken wollen, stoßen sie ein Rohr in den Boden, und nachdem sie einige Mundvoll Wasser aufgesogen und weggespieen haben, gelingt es ihnen, helles, reines Trinkwasser zu bekommen. In diesem Sumpflande fing man den wilden Menschen, dessen Bild noch heute in einem Schlosse der Esterhazy zu sehen ist. Dort nämlich liegen die Hauptbesitzungen dieser fürstlichen Familie, dieser Nationalkönige Ungarns. Sie waren wohl im vorigen Jahrhundert noch reicher, wie jetzt: berühmt ist ihre Kapelle, in der Haydns Vater angestellt war, berühmt sind ihre Weinberge, weltbekannt ihre Diamanten, welche sie an ihrem Gallaanzuge trugen. Sie waren Gesandte in England und konnten dem reichen Adel der grünen Insel wohl imponiren, denn ihnen dienten mehr Schäfer, als mancher große Lord Schafe hatte. Unermeßlich wäre ihr Reichthum geworden, wenn sie auf den Wunsch der Maria Theresia eingegangen wären und das Sumpfland, die Baczka, gekauft hätten. — Den größten Theil der oberungarischen Tiefebene nimmt die Insel Schutt ein, welche von dem Hauptstrom und dem Neuhäusler Arm der Donau gebildet wird. Am Westende dieser reichen Insel liegt Preßburg, am Ostende die Festung Comorn. — Vom Plattensee an bis gen Siebenbürgen erstreckt sich die Nieder-Ungarische Ebene. Westlich von der Donau besteht sie theils aus wellenförmigem Terrain, theils aus Sumpf. Die Donau selbst strömt bei Ofen und Pesth aus dem Gebirgslande in die Ebene. Ihr rechtes Ufer ist in Ungarn höher, als das linke, weßhalb denn auf dem ersteren die befestigten Städte liegen. So erstreckt sich Ofen einen Berg hinauf, während gegenüber Pesth so wenig über dem Spiegel der Donau sich erhebt, daß es oft von furchtbaren Ueberschwemmungen heimgesucht wird. Vor Ofen haben die Brandenburger gegen Ende des 17. Jahrhunderts unter Schöning und Barfuß Lorbeeren geerntet. In Ungarn blieb seitdem ein Sprüchwort gäng und gäbe: er steht wie ein Brandenburger, und nannten die Türken diese Truppen die Blaumänner nach ihren Uniformen und die Feuermänner wegen ihrer Schnelligkeit beim Schießen. Noch vorhandene Ruinen zeigen, daß schon die Römer hier gewohnt haben. Pesth dagegen ist eine moderne Stadt, und besonders berühmt als der große Schweinemarkt Ungarns. Gleich südlich von Pesth bildet die Donau eine Insel; ebenso bei Mohacz, weßhalb denn dieser Ort als Uebergangspunkt wichtig ist. Hier besiegte Prinz Eugen die Türken und erzwang sich so den Eintritt in das östliche Ungarn. Wie Ofen und Pesth eine Doppelstadt bilden, so Neusatz und Peterwardein. — Das linke Donauufer ist flach, sumpfig und voller Rohrwiesen. — Parallel mit der Donau fließt von Norden nach Süden die Theiß, ein ächter Fluß der Tiefebene, rings von Sümpfen umsäumt und deßhalb der steten Beaufsichtigung und Regulirung bedürftig. Das Tiefland zwischen Donau und Theiß heißt die Ketskemeter Haide. Es ist eine ächte ungarische Puszta. Weite Steppen wechseln dort mit Sumpfflächen. Gegen Süden erhebt sich das Land, doch bleibt zwischen dieser Erhebung, der Teleczkaer Hochfläche, und dem Syrmischen Gebirge eine Senkung, die Baczka. Erst unter Maria Theresia ist diese Strecke durch den Kaiser Franz Canal zwischen Donau und Theiß entwässert, mit Colonisten besetzt und zu einer reichen Fruchtlandschaft umgeschaffen. In der Ketskemeter Haide wohnen die Jazygier und Kumanen, jene berühmten Reitervölker Ungarns, dort liegen die ungarischen Städte, welche dorfähnlich gebaut, meist von ausgedehntem Umfange sind. Da und in der Debrecziner Haide, die westlich von der Donau bis nach Siebenbürgen hin sich ausdehnt, ist die Heimath des ächten Magyaren. Dort stehen seine kleinen Gehöfte, von Wein umsponnen, von Tabakspflanzen, Melonen und Gurken umgeben, dort erklingen in der Schenke die wilden Tanzweisen, welche der Zigeuner dem Cziko, dem Roßhirten der Steppe, aufspielt.

Es ist Ungarn, wie wohl aus dem oben Gesagten hervorgeht, ein merkwürdiges Land, ein Land der Contraste. Alpenhöhen, Waldgebirge und dann wieder Steppen und unabsehbare Sumpfflächen! Und dieses Wunderland, es liegt so auf der Grenze der Cultur; es ist nicht so abgeschlossen, daß nicht von allen Seiten Einwirkungen stattfinden könnten und ist doch wieder so versteckt und umgrenzt, daß es seine Einwohner an sich fesselt und in sich zurückhält. — Der herrschende Stamm im Lande ist der der Magyaren. Stolz und keck ist der Magyar; er liebt sein Vaterland so sehr, daß er meint: außerhalb Ungarns sei das Leben nicht lebenswerth. Sein Stolz läßt ihn Handwerk, Gewerbe und Handel fliehen; am liebsten lebt der gemeine Mann in der Steppe als Hirt oder er dient als leichter Reiter. Im betroddelten Schnürenrock, in der Attila, in gesticktem Beinkleid, mit kurzen Stiefel und blinkenden Sporen daran, unter sich sein flinkes Rößlein, so sieht sich der Magyar gerne. Wenn dann der Ragoczi-Marsch gespielt wird, wenn der Zigeuner das Tambourin erklingen läßt, dann ist dem Husaren wohl. So lebt der Bauer, so die Unmasse des kleinen Adels; auch der Magnat, so fein gebildet er ist, so theilt er doch die Exclusivität seiner Stammesgenossen und bleibt stets Magyar. Seit den dreißiger Jahren unseres Säculums ist die Liebe für ihre Nationalität, der Gegensatz gegen Fremde, namentlich deutsche Bildung unter den Magyaren mit neuer Stärke erwacht. Seitdem haben sie ihre Sprache, welche mit der Türkischen, Baskischen und Finnischen Aehnlichkeit hat, sehr ausgebildet und sind in ihrer Mitte Dichter und Schriftsteller erstanden. Fast eben so zahlreich als dieses Volk wohnen in Ungarn die Slaven: sie theilen sich in mehrere Stämme. von denen wir schon die Slowaken und Croaten erwähnt haben. Der Slave liebt den Ackerbau und beschäftigt sich auch hier gerne mit ihm, obgleich einzelne Stämme daneben noch andere Erwerbszweige mit Eifer pflegen. So ist der Croat der Fuhrmann, der bis nach Schlesien hinein den Waarentransport vermittelt. Ueberall durch ganz Ungarn zerstreut, wohnen ausgewanderte Serbier, welche hier Raizen heißen. Sie haben die ärmsten Viertel in den großen Städten inne, wo sie durch Kleinhandel ihr Leben fristen. Wie der Serbe im Vaterlande vor Allem ein Schweinezüchter ist, so ist auch hier in Ungarn der Schweinehandel fast ganz in seinen Händen. — Solche vor dem türkischen Drucke entflohenen Slaven sind die in der Debrecziner Puszta angesiedelten Haiduken. Haiduk, Räuber, nennt nämlich der Türke jeden Christen, welcher seinem Drucke sich entziehend die Berge aufsucht. Diese ungarischen Haiduken, ganz besonders große und schöne

Leute, wurden und werden noch als Polizeisoldaten und Diener viel gebraucht und so ist es gekommen, daß wir unter einem Haiduken einen Bedienten verstehen. — In den Städten wohnen viele Deutsche, in deren Händen besonders der Handel und das Gewerbe ist. Leider haben sie auch in Ungarn die ihnen eigene Schwachheit gezeigt, sich ihrer Nationalität zu schämen und sich zu magyarisiren. — Bedenken wir ferner, daß im Lande sich Italiäner, Franzosen, Juden und Zigeuner finden, so werden wir uns erklären, weßhalb eine neutrale Sprache nöthig ist. So hat man denn als solche die lateinische und später die deutsche gebraucht, wohingegen die Magyaren jetzt mit allem Eifer ihre Sprache als die allgemeine Umgangssprache einführen wollen. Ungarn hat stets besondere Rechte und Freiheiten gehabt und für dieselben mit Eifer und Ernst gestritten. Es ist denn auch den Magyaren gelungen, sich eine gewisse Selbstständigkeit und ein gewisses Selfgovernement in den einzelnen Bezirken, in den Comitaten, zu erhalten und ihrem Landtage seine Bedeutung nicht nehmen zu lassen. Haus Habsburg hat stets Mühe gehabt, dieses eigenthümliche Land und Volk in organischer Verbindung mit seinen andern Gebieten zu erhalten.

Berlin. R. Foß.

Ueber Shakespeares Macbeth.

Als ich am zweiten Tage meines Aufenthaltes in Neapel, am 4. Februar 1863, bei der ersten größern Durchwanderung der Stadt von dem Platze vor dem königlichen Schlosse, dem sogenannten Largo di Palazzo, nach der Toledostraße gehen wollte, fiel es mir zufällig ein, die Theaterzettel an den Ecken ein wenig zu mustern; und wie groß war meine Ueberraschung, als ich für den Abend im Teatro del Fondo den Shakespeare'schen Macbeth angekündigt fand: ich hatte nie gedacht, daß der in Neapel gespielt werden könnte. Macbeth war von jeher unter den Dramen des Dichters dasjenige, welches ich am liebsten und am häufigsten gelesen und gesehen hatte; es war mir wiederholt die Gelegenheit geboten gewesen, bedeutende oder für bedeutend gehaltene Künstler in der Darstellung der Hauptrollen des Stückes zu studiren; und nun konnte ich die berühmte Ristori als Lady Macbeth kennen lernen. Sofort eilte ich zum Billetverkauf und war glücklich, einen numerirten Platz im Sperrsitz zu erhalten.

Nachdem auf diese Weise der Genuß gesichert war, erholte ich mich von der ersten Ueberraschung. Ein etwas niederschlagender Umstand fiel mir bei näherer Betrachtung des Zettels auf: das Stück war als ein vieraktiges angegeben, woraus, da es kaum thunlich ist, zwei Akte von den fünf zu einem zu verbinden, zu folgern war, daß man mindestens ⅕ unbarmherzig weggeschnitten hatte. Diese Folgerung wurde noch mehr verstärkt dadurch, daß auf den Macbeth nicht bloß eine Declamation der Ristori, sondern auch noch ein kurzes einaktiges Lustspiel folgen sollte.

Es kam fast noch schlimmer. In Italien blüht gegenwärtig in Oper und Drama ein Virtuosenthum, das alle wahre Kunst unterdrückt. Ein bedeutender Künstler oder eine Künstlerin umgibt sich mit einer Anzahl mittelmäßiger Talente und, wo auch deren Zahl nicht ausreicht, mit aushelfenden Statisten; und die schönsten musikalischen und tragischen Kunstwerke werden dann so zugeschnitten, daß sie eine möglichst große Anzahl von Glanz- und Effectscenen für die Hauptperson bieten. Für die Parthien, worin diese nicht mitwirkt, ist das Publikum ganz gleichgiltig, stört und unterbricht die Spielenden durch laute Unterhaltung, schlechte Späße und Hohngelächter, oft von solcher Stärke, daß man nicht einen Ton oder ein Wort von der Bühne her versteht. Dadurch wird aus dem ganzen Kunstwerk ein loses Conglomerat einzelner zusammengewürfelter Scenen, und von einem Verständniß des Ganzen als solchen, der künstlerischen Idee des Stückes ist nicht die Rede.

So war es auch Macbeth ergangen. Die ganze italienische Uebersetzung des Stückes war auf die Ristori berechnet. Die Lady Macbeth war die Hauptperson geworden. Die Scenen, in denen sie nicht auftritt, waren entweder über Bord geworfen, oder wenn sie selbst nur für den äußerlichen Gang der Handlung unentbehrlich waren, so viel als möglich beschnitten. Die andern Personen, auch Macbeth selbst, dem Sinne und der Absicht des Originals durchaus entgegen, dienten ihr nur zur Folie, zumal sie meist sehr schlecht besetzt waren; die Hexen, die nur im Anfange des Stückes vorkamen, wurden ausgelacht, und mit Recht; und nur eine Nebenrolle wurde mit einer Virtuosität, die in Deutschland nicht möglich ist, gegeben, die Rolle von Bancos Mördern, welche mit einer Naturwahrheit spielten, daß man fast hätte vermuthen sollen, die Regierung habe der Direction des Theaters einige eingefangene Briganti zur Verfügung gestellt.

Von dem Hintergrund aller dieser Mittelmäßigkeiten hob sich das Spiel der Ristori, wie beabsichtigt war, in blendendem Schimmer ab. Wenn man von dem Künstler nichts zu verlangen hätte, als die vollkommen klare Ausprägung, die handgreifliche Verkörperung der Vorstellung, die er sich von seiner Rolle macht, so wäre die Ristori auch im Macbeth eine Künstlerin erster Größe und in Deutschland ihr nur die Crelinger an die Seite zu stellen. Während unsere besten Schauspielerinnen trotz aller Begabung und alles Fleißes in ihrer Darstellung doch stets etwas Unklares, Verschwommenes, Unfertiges haben, war ihre Lady eine von Anfang bis zu Ende consequent gezeichnete, mit schneidender Schärfe ausgemeißelte, leibhaftige Figur, deren Wesen und Eigenheit sich jedem Zuschauer unauslöschlich einprägen mußte. Besonders glänzend war die Scene des Schlafwandelns, trotz der offenen Augen sah, ja man hörte sie schlafen, ohne daß sie schnarchte; und die Energie des selbst im Schlummer nicht rastenden Schuldbewußtseins wurde mit einer so entsetzlichen Wahrheit vor die Seele gezaubert, daß auch der kühle und kritische Gast aus dem Norden sich eines Schauders nicht erwehren konnte.

Aber bei alle dem — die Lady Macbeth der Ristori war nicht die Shakespeares. Ich kann nicht wissen, ob die Künstlerin absichtlich an die Stelle des Shakespearischen Heldenweibes ein Gebilde ihrer Phantasie gesetzt hat. Wollte sie das, so ist nicht abzusehen, wie sie zu diesem Behufe wagen durfte, des Dichters Werk zu verderben. Hat sie dagegen die Lady Macbeth im Sinne des letztern zu geben beabsichtigt, so war ihre Auffassung durchgängig und entschieden falsch, und nicht bloß die Auffassung *ihrer Rolle*, sondern auch des ganzen Stückes, die offenbar den andern handelnden Personen allein von ihr angegeben und inspirirt war.

Der Grundirrtum lag in dem schiefen Verständniß des Verhältnisses der beiden Gatten, der Lady Macbeth und ihres Gemahls, zu einander. In der neapolitanischen Aufführung war Macbeth ein unsäglich willensschwacher Mann und Gatte, der gegen das Regiment seiner Frau nicht anzukämpfen wagt und durch die Ueberlegenheit ihres Willens zu Dingen getrieben wird, deren Ausführung ihn in namenlose Angst setzt. Als seine Frau ihm den Königsmord ansinnt, zitterten ihm Stimme und Glieder; da er endlich ihren Befehl, weil er sie noch mehr fürchtet als den Teufel, thun mußte, ging er wie ein Sünder zur Hinrichtung zu dem Werke, das doch den vollen Muth eines Mannes erfordert. Bei der Erscheinung von Bancos Geist krümmte er sich wie ein Wurm; und nur die verächtliche Geringschätzigkeit, mit der die Lady ihn behandelte, verbunden mit der männlichen Bestimmtheit, in der sie ihm vorschrieb, brachten ihn nach dem Verschwinden des Geistes wieder zu sich; bei dem Zweikampf mit Macduff übermannte ihn die Feigheit dermaßen, daß man nicht begriff, warum er nicht bei seiner anfänglichen Weigerung, mit diesem Feinde nicht kämpfen zu wollen, stehen blieb und sich gefangen gab. Und wenn er mit seiner Gemahlin nicht allein war, sondern vor Zeugen handeln sollte, wie kläglich geberdete er sich. Bei jedem Worte sah er sich scheu nach ihr um, und sie verfehlte nicht, durch sehr deutliche Winke, durch ein im Ausdruck großartig gelungenes Mienenspiel ihm die Weisungen zu geben, deren er bedurfte. Mit einem Worte: die Ristori hatte, vorausgesetzt, daß sie beabsichtigte, das Stück in Shakespeares Sinn zur Anschauung zu bringen, die Vorstellung, der Dichter habe ein Weib von riesenkühner Geisteskraft zeichnen wollen, ein Weib, die nicht bloß sich selbst vollständig in ihrer Gewalt hat, sondern durch ihre Stärke auch einen an sich schwachen und zaghaften Mann zu Thaten fortreißt, die seiner innersten Natur widerstreben. Abgesehen davon, daß nach dieser Auffassung Macbeth kein Held mehr ist, merkte sie nicht, daß sich dabei zwei unauflösliche Widersprüche ergaben: einmal, wie bei einer solchen Ueberlegenheit ihrerseits sie plötzlich und ohne Motivirung zusammenbricht, während er ausdauert: und dann wie ein solches Weib einen solchen Mann nicht bloß heirathen, sondern auch lieben könne.

Englische Künstler habe ich im Macbeth nicht gesehen; jedoch könnte die Auffassung der Ristori aus einer englischen Quelle abzuleiten sein. Der bekannte Negerkünstler Aldridge, der, wenn ich nicht irre, in England sich gebildet hat, pflegte nicht bloß den Othello in seiner kraß natürlichen Mohrenweise zu spielen, sondern unterfing sich auch hin und wieder, dem gutmüthigen deutschen Publikum, das so viele unvergleichlich bessere Künstler hat, die Rolle des Macbeth, die er nicht verstand, für schweres Geld mit vieler Anmaßung vorzuführen, und zwar in einer Darstellung, die der Auffassung der Ristori täuschend ähnlich war. Auch er spielte einen unentschlossenen, zaghaften Mann, der sich nur durch die äußersten Mittel zu der That emporschraubt: vor dem Morde wankte er wie in taumelnder Trunkenheit auf der Bühne umher, kehrte von der Schwelle der königlichen Schlafkammer schaudernd noch einmal zurück, bis er endlich, ein elender Schächer, ans Werk ging; und in dem Zweikampfe mit Macduff schlotterten ihm die Kniee und klapperten ihm die Zähne wie im Fieberfroste, so daß Macduff einen solchen Mann ohne Zweifel an den Haaren hinter sich geschleudert hätte, anstatt mit ihm zu kämpfen.

Diese Mißverständnisse, so stark sie sind, haben doch ihren Grund. Die leichten Südländer, mit ihrer schnell und stark, aber nur an der Oberfläche aufschäumenden Natur werden überhaupt die geistigen Erzeugnisse der tief grübelnden Nordländer selten verstehen. Ihre Leidenschaften sind gewaltsamer als bei uns, aber sie richten sich nur nach außen; von den innern Seelenkämpfen mit sich selbst, welche die Pein und der Segen der germanischen Race sind, haben sie keine Vorstellung; wie in dem tiefsten Kern seines Thuns und Leidens ihnen ein Luther, ein Friedrich II unverständlich bleiben wird, so auch Shakespeares Hamlet, Göthes Faust. Für mich waren jene Mißgriffe die erste Veranlassung zu dem Wunsche, meine eigene Ansicht von dem Meisterwerke des Dichters, die sich bei wiederholtem Lesen und Sehen des Stückes stets befestigt und vertieft hat, zum endgiltigen Abschluß zu bringen.

Den Stoff des Macbeth hat der Dichter in Holinshed vorgefunden und dieser ihn seinerseits aus der englischen Uebersetzung einer lateinischen Chronik entlehnt.*) Shakespeare hat eine beträchtliche Zahl von Aenderungen in der Form der Sage vorgenommen. Hier sei nur erwähnt, daß in der Chronik Banco Macbeths Mitwisser und Gehülfe, in dem Drama an der That durchaus unschuldig ist, daß in jener Macbeth von Natur einen Hang zu wilder Grausamkeit, die

*) Vgl. Simrock, Quellen des Shakspeare in Novellen u. s. w., Th. 3, S. 17—42. Ueber die Abweichungen des Dichters von dieser Quelle handelt vortrefflich Hiecke, Shakspeares Macbeth, S. 81—101. — Von den Schriften über Macbeth habe ich außer Hiecke die einschlagenden Capitel von Gervinus und Kreyßig, auch die Schriften von Rötscher, obgleich von diesem wohl nicht alle, gelesen und benutzt. Daß trotzdem noch eine wesentlich neue Auffassung des Stückes möglich ist, zeugt am besten für die Unerschöpflichkeit eines wahren Dichters.

Lady einen unauslöschlichen persönlichen Ehrgeiz hat, während aus der weiteren hier zu gebenden Darlegung erhellen wird, daß der Macbeth des Dramas von einer solchen ursprünglichen Neigung eben so weit entfernt ist, wie die Lady von einem unbändigen Ehrgeiz für sich.

Im Ganzen war der Stoff schon vortrefflich geeignet für ein gewaltiges Drama. Aber wie der schönste Marmor unter den Händen eines mittelmäßigen Künstlers, auch wenn er das Technische seiner Kunst versteht, sich zu keinem Apollo von Belvedere gestaltet, so bedurfte es eines Shakespeare, um aus dem schönen Material ein solches Werk, wie Macbeth ist, zu formen. Der Stoff an sich ist und bleibt todt ohne den belebenden Schöpferodem, der ihm erst eingehaucht wird durch eine ihm gemäße, ihn ganz durchdringende und bis in die kleinste Einzelnheit beherrschende Idee; und diese Idee zu finden und die consequente Durchdringung des Stoffes durch sie nachzuweisen, ist die Aufgabe dessen, der ein Kunstwerk zu erklären unternimmt. Welches ist also diese dem Macbeth zu Grunde liegende, schon im Stoff unbewußt schlummernde, vom Dichter aus dem Schlafe erweckte und zu anschaulichem Leben entwickelte Idee?

Der Mord des Königs Duncan wird von Macbeth und seiner Frau begangen. Die Schicksals- oder Zauberschwestern erwecken ihm den Gedanken daran, indem sie durch den prophetischen Gruß „Heil Macbeth, dem künftigen Könige“ ihm das Bild der Königskrone vor die Seele rufen; was ihn aber hauptsächlich zu der That treibt, ist die Leidenschaft seines Weibes, die keine Ruhe noch Rast kennt, bis sie seine Schläfen mit dem goldenen Reife geschmückt sieht. Wo er zweifelt, scheucht sie seine Bedenken hinweg; wo er schwankt, stärkt sie ihn durch ihren unbezwungenen Muth. Die That thut er selbst; aber Plan und Art und Weise der Ausführung ist beider, ist hauptsächlich des Weibes Werk; das Verbrechen wird, wie kein anderes, von einem Gattenpaare in engster Gemeinschaft begangen.

Und zwar von ihnen allein. Kein Helfer, kein Mitwisser der That steht ihnen zur Seite: denn die Zauberschwestern können, da sie übermenschliche Wesen sind, als solche nicht gelten. Auch der nächste Freund Macbeths, Banco, weiß nichts davon; keines Menschen Auge sieht sie, keines Menschen Ohr hört von den Vorbereitungen dazu. Die Abweichung von Holinsheds Erzählung, in der Banco Mitwisser wird, ist sehr bezeichnend: der Dichter wollte seine Idee so rein und ungetrübt erhalten, wie nur irgend möglich; er wollte seine Aufgabe durch die engste Beschränkung auf den ihr gemäßen Kreis um so sicherer lösen.

Das Charakteristische in dem Drama ist also, daß zwei im vollkommensten Einverständniß ein unerhörtes Verbrechen begehen; daß sie beide gleich schuldig sind und die Entscheidung, wer mehr dazu gethan, selbst durch die feinste Wage nicht gegeben werden könnte. Dazu kommt, daß die zwei Mann und Weib sind. So regte der Stoff selbst in dem Dichter die fruchtbare und gewaltige Frage an: wie verhalten sich Mann und Weib in der aufs höchste gesteigerten Kraft ihrer geistigen Natur der Sünde gegenüber? welcher erliegt eher der Versuchung? welcher ist der stärkere in der That? wie trägt ein jeder die Folgen der Sünde und der eigensinnigen Verhärtung darin? Die Antwort auf diese Fragen, die poetische Entwicklung dieses Problems gibt uns das Drama mit einer Mark und Bein erschütternden Wahrheit.

Vor allen Dingen muß jede dramatisch darzustellende Sünde den Charakter der Größe haben: denn nur diese, die Charaktergröße, sofern sie in ihr sich offenbart, versöhnt mit ihrer natürlichen Häßlichkeit in so weit, daß sie ästhetisch verwendbar wird. Die Sünde aus weichlicher Schwäche und Entnervung stößt ab; wodurch sie uns Bewunderung abnöthigen kann, ist ein das Gewöhnliche überschreitendes Maß der Kraft. Darum verlegt der Dichter die Zeit der Handlung, wie das allerdings schon in seiner Quelle geschah, in die ferne Urzeit des europäischen Nordens, in jene Zeit ungeschwächter, roher Naturkraft, in welcher auf der noch unausgesogenen und naturwüchsigen Erde Schottlands Urwald und Heide in den gespenstischen Nebeln eines trüben Meeres ungebändigt wuchern; in welcher in felsartigen Schlössern ein ungebrochenes Geschlecht ohne verweichlichende Bildung haust, mit Riesenfäusten und Riesengedanken; in jene Zeit, in welcher Norwegen seine Wikingerschaaren über die düstergrauen Wellen sendet, und in welcher ergrimmte Helden, wenn sie mit einander zu rechten haben, sich einsam auf einsame Inseln übersetzen lassen, wo keiner entrinnen, niemand ihnen helfen, niemand ihrem Streite ein Ende machen kann, um dort in der Einöde den mörderischen Zweikampf Mann gegen Mann auszufechten auf Tod und Leben. Solche Zeit gebiert noch g a n z e Männer und g a n z e Weiber, mit festen Sehnen und starken Nerven, von unbeugsamem, eisernem Willen, thatkräftig zum Guten und zum Bösen, zu raschem Entschluß und gewaltsamer

That bereit, von des Gedankens Blässe noch nicht angekränkelt; die alten Helden- und Hünenseelen, trotzig und knorrig wie die Eichen ihrer Forsten, die in ihrem Eigenwillen, wenn es sein muß, Himmel und Hölle in die Schranken fordern.

Aus der Vergleichung dieser Barbarei mit der verhältnißmäßig weit milderen Gesittung, in welcher der Dichter England mit seinem heiligen Könige erscheinen läßt, und aus dem Umstande, daß Macbeth die Engländer an einer Stelle weichliche Epikureer schilt, hat Gervinus geschlossen, daß man sich die Zeit des Dramas nicht mehr in ungebrochener Stärke, sondern schon in dem Uebergange zu geistiger Bildung zu denken habe. Dieser Schluß ist schon von andern widerlegt, worauf hier näher einzugehen die Zeit gebricht. Aber etwas Richtiges liegt doch in Gervinus Ansicht. Der Uebergang zu höherer geistiger Bildung und in Folge dessen eine Entzweiung der Zeit in sich sowie ein Unterschied in dieser Beziehung zwischen England und Schottland ist nicht nachzuweisen; die Frömmigkeit Siwards und seines Königs ist aber nur ein persönlicher Vorzug, den Duncan und Malcolm in nicht viel minderm Grade besitzen. Aber doch ist bereits ein anderes Moment hinzugetreten zu der ursprünglichen Wildheit, das unumgänglich nothwendig war, um den Stoff zu einem tragischen zu gestalten. Denn die wilde Sünde, die ohne Widerstand von außen oder innen verheerend sich Bahn bricht, ist kein tragischer Gegenstand; die Schandthaten der merovingischen Herrscherfamilie, die man zur Vergleichung herbeigezogen hat, sofern durch sie harte und gefühllose Menschen in Strömen von Blut ohne Mitleid und Gewissensbisse den Weg suchen zu Macht und Ansehen, — solche Schandthaten eignen sich nicht für die Tragödie. Nur insofern die Sünde den Menschen Leiden bringt, vornehmlich das innere Leiden der Gewissensangst und Verzweiflung; nur insofern sie vollbracht, die rastlose Herzenspein weckt, welche die dunkelen Fittiche um die Schläfen des Schuldigen schwingt; nur insofern kann sie Furcht und Mitleid, die eigentlich tragischen Affecte, erregen; sonst würde nur Abscheu der Eindruck sein, den sie hervorruft. Den Sünder, der mit kaltem Blute frevelt und bis zuletzt keine Anwandlung von Furcht und Noth kennt, sondern in starrer Verstocktheit des Herzens die Früchte seiner Blutthaten genießt, konnte der Dichter nicht brauchen. Er läßt die wilde Zeit auch in Schottland schon christlich sein: die Religion der Liebe hat die Gewissen bereits wachgerufen und dadurch der Sünde eine Macht entgegengestellt. Macbeth weiß sehr wohl und sagt es ausdrücklich (III, 1), daß er durch seine That Gift in seinen Friedensbecher gegossen, daß er seinen ewigen Schatz, die Seligkeit des Himmels, für die Königskrone dem Erbfeinde der Menschheit, dem Teufel, hergegeben hat.*) Er erkennt als Christ den Kampf der sittlichen Prinzipien, des Bösen und des Guten, des Himmels und der Hölle, mit voller Klarheit in seiner Seele, und der riesengroße Schmerz dieses Kampfes, die unauslöschliche Pein, die ihm das Bewußtsein bringt, den früheren Seelenfrieden verloren zu haben, macht ihn zum tragischen Charakter.

Es ist ein sehr richtiger, von Aristoteles aufgestellter, von Lessing in der Dramaturgie schön durchgeführter Gedanke, daß der Sturz eines gemeinen Verbrechers kein tragischer Stoff ist: denn er erweckt nicht Mitleid, sondern höchstens das Gefühl allgemein menschlicher Theilnahme, die auch dann noch sich regt, wann ein unmenschlicher Missethäter zum Richtplatz geführt wird. Wären Macbeth und seine Gattin von vornherein Virtuosen des Verbrechens, so würden wir unmöglich Mitgefühl mit ihnen als mit unseres Gleichen haben können. Wie sind sie also gewesen, ehe die Versuchung an sie herantritt? Das ist eine Frage, die der Dichter, so karg er sonst mit Andeutungen über alles ist, was der Handlung seiner Dramen voraus liegt, beantworten muß.

Zunächst ist wohl zu beachten, daß die beiden Gatten vor und nach der That in dem innigsten ehelichen Verhältnisse sind und bleiben. Sie haben Kinder gehabt, aber verloren; so sind sie ganz auf sich angewiesen und leben mit und in einander und bedürfen, in dieser Gemeinschaft ihr volles Genüge findend, kaum der übrigen Welt. Kein Mißton stört den Frieden ihres Hauses, die Liebe zu einander. *Sie* sieht bis auf eine kleine Ausnahme, von der bald die Rede sein wird, ihr Ideal eines Mannes *in ihm* verkörpert; *er* hängt mit der hingebendsten Liebe *an ihr* und nennt sie wiederholt, auch noch als Bancos Mord beschlossen ist, mit den zärtlichsten Schmeichelnamen. Auf seine Entschlüsse gönnt er ihr nur zu viel Einfluß: er thut nicht gern etwas ohne sie, und was sie wünscht, läßt er nicht gern ungethan; um ihre Ruhe nicht zu stören, hält er den Plan von Bancos Mord vor ihr geheim, bis sie sich des Geschehenen freuen könne. Ja,

*) Nach dem Chronisten Marian. Scotus zum J. 1050 ist König Macbeth 1050 n. Chr. nach Rom gewallfahrtet und hat dort reichlich Almosen vertheilt. Vgl. Gregorovius Gesch. der Stadt Rom IV, S. 76.

als bei beiden die Sünde den Frieden der Seele, den Schlummer der Nächte vergiftet hat, erwartet man vergebens einen Laut des Vorwurfs von ihm oder ihr gegen den andern: was der Mensch nur zu gern von sich ab und andern auf die Schultern wälzt, das schwere Bewußtsein der Schuld, tragen sie selbst in sich, jeder seinen Theil fest und ohne Murren; auch die Schuld und die Noth des Herzens hat die Liebe des Gatten nicht vernichtet. Und als Macbeth schon bis zum Gürtel im Blute watet und durch die Gewohnheit des Verbrechens verhärtet und versteint ist, so daß alle Schreckensmahnungen der Sinnen- und der Geisterwelt an seines Herzens Felsenthor verhallen, da in dem Moment, wo er in einer Art verstockten Stolzes das Gefühl dieser Sicherheit ausspricht, da erschüttert ihn durch und durch die Nachricht von dem Ende seiner Gattin; und die bittere Bemerkung, daß sie ihren Tod wohl hätte aufschieben können, da auch später noch Zeit für eine solche Kunde gewesen wäre, zeigt, wie dieser Schlag allein noch im Stande war, seinen Muth zu brechen. Auch seine Umgebung weiß das: man meldet ihm, was man nicht verschweigen kann, den Tod der Königin; daß es Selbstmord war, erfahren wir erst aus Malcolms Munde.

Macbeth selbst ist nichts weniger als zum Verbrechen geschaffen. Vor der Versuchung ist er ein tapferer, gerader Soldat von starker Faust und kühnem Sinn, eine Säule des Thrones; ein zuverlässiger Freund, dem nicht bloß Duncan, ein Fürst ohne Urtheil und Scharfblick, unbedingt vertraut, sondern dem auch der edle und kluge Banco ohne Argwohn naht: er hält ihn ganz für Seinesgleichen und ahnt nicht, daß böse Gedanken in einem so redlichen Herzen wohnen können. Banco, der alle Abend betet, daß des Himmels Geister ihn selbst vor Versuchung bewahren mögen, hält Macbeth davon für ganz frei; auch als er nach der That Verdacht faßt, ist er doch weit entfernt zu glauben, daß Macbeth auch ihn könne beseitigen wollen; und gerade dieses Vertrauen wird die Ursache seines Todes. Wem aber ein solcher Mann vertraut, der kann kein Bösewicht gewesen sein.

Und weiter. Das ursprüngliche Gepräge eines edlen Charakters bleibt ihm auch, als er Verbrecher geworden ist. Wie er früher die Verstellung haßt — das ist es, weßhalb er sich noch nach Bancos Ermordung einen Anfänger in der Sünde nennt — (III, 4), so ist er auch später zum Heuchler verdorben. Der Teufel ist der Vater der Lüge nach der Schrift, d. h. die Lüge wird mit Nothwendigkeit durch die Sünde geboren; und auch Macbeth muß sich dazu entschließen; aber er thut es mit dem größten Widerwillen; und gerade deswegen verharrt er auf der Bahn der Sünde, weil er dadurch so weit zu kommen meint, daß er sie später nicht mehr zu verheimlichen braucht. Während Richard III sich in der Heuchelei wie in seinem eigentlichen Elemente behaglich gefällt, knirscht Macbeths edle Natur gleich dem kühnen Roß gegen sie, als sie ihm den Nacken beugt, in den Zügel; die Verstellung ist auch, wo er sie will, nur mangelhaft und nothdürftig. Vornehmlich aber ist er gegen sich selbst mitten in der Sünde rücksichtslos wahrhaft, und das ist es, was ihn selbst als Verbrecher noch adelt; soweit ist er im tiefsten Verfall dem Teufel nicht verfallen, daß er die Sünde vor sich beschönigte. Er sieht sie mit klaren Augen als das was sie ist: die Consequenz der ersten That zwingt ihn zu immer weiteren und schwereren Missethaten; aber er erkennt diese in ihrer ganzen Häßlichkeit, und gerade diese Erkenntniß macht ihn so freudelos, so namenlos unglücklich. Auch ist er weit entfernt, aus teuflischer Schadenfreude Mitschuldige zu nennen: Bancos Mörder können als solche nicht gelten; er sammelt die volle Schale des himmlischen Zornes allein auf sein eigenes Haupt; ja er mag es nicht ertragen, seine Gattin nur zur Mitwisserin bei Bancos Morde zu machen.

Das sind die traurigen Reste einer tüchtigen, edel angelegten Natur noch nach dem Schiffbruch. Die b ö s e Seite in ihm tritt in dem Drama weit schärfer hervor; aber so viel wird nach dem Gesagten feststehen, daß der Dichter in dieser starken, mannhaften Seele v o r der Versuchung die Schalen von gut und böse wenigstens hat ins gleiche stellen wollen.

Dasselbe von der Lady zu behaupten, scheint gewagter. Und doch — auch sie hat der Dichter nicht als Virtuosin des Verbrechens gedacht. Nicht nur, daß nach dem Zusammenhang des ganzen Dramas der Königsmord auch i h r e e r s t e Sünde ist; aus allen Nebenumständen bei dem Besuch Duncans in Inverneß geht hervor, daß a l l e ihre Gäste ohne den geringsten Argwohn ihr nahen. Mit unvergleichlicher Schönheit beweist dies das idyllische Bild, das in einem so schaurigen Contraste steht zu den Nachtgedanken, die damals schon in dem Herzen der beiden Gatten brüten. Dies Schloß hat eine so schöne Lage, sagt Duncan (I, 6); die Luft, kosend und schmeichelnd, fächelt so sanft zu unsern heitern Sinnen. Der Sommergast, fährt Banco fort, die Tempelbewohnerin, die Schwalbe, zeigt durch ihren fleißigen

Anbau, daß des Himmels Hauch hier wonniglich säuselt; wo sie am liebsten brütet und heckt, da ist die Luft rein und erquicklich. Der Contrast würde nur von halber Wirkung sein, wenn der Dichter mit diesen Worten nicht hätte symbolisch andeuten wollen, daß die Gäste auch im vollen Vertrauen zu ihren Wirthen und namentlich der Wirthin, die gleich darauf erscheint, die Luft für rein halten.

Von ihrer ächten und schönen Gattenliebe ist schon die Rede gewesen. Aber auch sonst ist sie nicht als unweiblich von vorn herein zu denken. Sie hat Kinder gehabt und weiß, wie selig es ist, den Säugling an ihrer Brust zu lieben (I, 7); das kindliche Andenken an ihren Vater bewahrt sie vor der That, deren sie sich vorher so kühn vermessen, der Ermordung Duncans mit eigner Hand (II, 2). Und wie stark auch in ihr das Gefühl ist für die Sünde, zeigt am besten die Thatsache, daß sie sich zu derselben so unnatürlich emporschrauben muß: weil ihr Inneres zu stark widerstrebt, ruft sie die höllischen Geister zu Hülfe und fordert sie auf, sie ganz zu entweiben und vom Scheitel zur Zehe randvoll mit grimmigster Grausamkeit zu füllen. „Macht dick mein Blut," so verlangt sie, „versperrt der Reue Thür und Thor, daß nicht das vorwurfsvolle Mahnen der Natur meinen wilden Vorsatz erschüttere" (I, 5). Wer sich durch solche Mittel zur That zwingen muß, der ist noch kein Meister im Verbrechen.

Aber freilich zeigt sich auch schon in ihrem früheren Wesen der schwarze Fleck, der, wie die kleine dunkle Wolke am Horizont, dem Kundigen das Anzeichen des losbrechenden Orkanes ist. Wie sie sich ihrer Gewalt über Macbeth gar wohl bewußt ist, so weiß sie auch im Voraus, daß er sich schwer zu der Unthat entschließen wird; sie hat also mit ihm schon früher ähnliche Gedanken besprochen; und darin offenbart sich die eigentliche Brutstätte ihrer beiderseitigen Sünde.

Wie nahe liegt doch im menschlichen Herzen gut und böse bei einander! In der Seele der Lady Macbeth ist die edelste Neigung die Mutter der schwärzesten Unthat. Schon andere Erklärer haben darauf hingewiesen, daß sie einen Ehrgeiz für sich kaum hat. Daß auch ihre Schläfe der goldene Reif zieren soll, reizt sie nicht vornehmlich; auch als sie ihn trägt, freut sie sich seiner mehr auf ihres Mannes Stirn: sie ist bei all ihrer Sünde in dieser Beziehung uneigennützig. Ihr ganzer Stolz ist ihr Gemahl; und wie nicht selten Frauen die Liebe und Achtung für ihre Männer übertreiben, und sie noch für viel höher, begabter und würdiger halten als sie wirklich sind, so ist es bei ihr. Macbeth ist Duncans Verwandter, sein nächster Verwandter nach seinen Söhnen, die noch jung und unbedeutend sind; die Erbfolge der Königswürde ist in Schottland noch weit entfernt davon, ein unerschütterliches Gesetz zu sein. Duncan selbst ist weder an Tapferkeit noch an Einsicht ein König, beides Macbeth: wie von selbst mußte da der ganz auf ihren Gatten und seine hohe Heldenseele stolzen Frau der Gedanke kommen: Wie anders wäre es, wenn er König würde? Und kann er es nicht werden? Duncan ist schwach; Malcolm und Donalbain Kinder: wie oft hat unter solchen Umständen ein starker Mann auch ohne eigentliches Verbrechen nach dem blendenden Schmuck gegriffen! Hätte sie noch Kinder, so würde sich ein Theil dieser überschwänglichen Schwärmerei auf diese übertragen haben: nun ist aber ihr bewunderungssüchtiges Herz allein auf den Gatten gewiesen. Ohne bestimmten Plan — denn der erwacht in ihr erst nach Cawdors Fall — hat sie in halbwachen Träumen sich das Bild ihres einzigen Macbeth im königlichen Staate ausgemalt; auch gesprochen hat sie davon; das zeigt ihr Unwille darüber, daß Macbeth — und das ist der einzige Tadel, den sie an ihm findet — so kalt über die Sache denkt. Er hat solche Träume stets abgewehrt, in der halb bewußten Ahnung, daß sie zum Verbrechen führen. Aber er hat sie nur abgewehrt, nicht erstickt; es hat ihm doch geschmeichelt, von einer solchen Frau so schwärmerisch verehrt zu sein; seine Eitelkeit, wie wenig sie auch bei ihm sich breit macht, hat ihm vorgespiegelt, er sei dessen werth; und so auf der gefährlichen Grenzscheide zwischen Abwehren und Geschehenlassen hat sich der Ehrgeiz eingenistet und die böse Lust.

Da kommt die Versuchung von außen und trifft die Herzen vorbereitet. Der Than von Cawdor empört sich, die Norweger fallen ein; der schwache Duncan entsendet Banco und Macbeth. Sie besiegen beide; am glänzendsten strahlt der Sieg um Macbeths Stirn; zuletzt kommen die Zauberschwestern und begrüßen ihn als Cawdor und künftigen König. Die erste Prophezeiung erfüllt sich gleich; Cawdor wird hingerichtet und Macbeth sein Nachfolger. Was bisher nur der Inhalt geheimer Träume war, scheint möglich und nahe, und so beginnt der Riesenkampf, in welchem die ganze Herrlichkeit des Helden zusammenbricht.

Die Versuchung kommt von außen. Die neueren deutschen Erklärer freilich fassen die Hexen lediglich als Verkörperungen der bösen Lust: Macbeth glaubt äußerlich zu sehen, sagt man, was in Wahrheit tief in seinem Herzen webt; die innere Versuchung wird seinem erhitzten Sinn lebendig und tritt sichtbar vor ihn hin, wie später der blutgetränkte Dolch und Bancos Geist. — Daß Macbeth, ein Mann auch von gewaltiger Phantasie, zu solchen visionären Erscheinungen neigt, ist unzweifelhaft; aber die Begegnung mit den Hexen gehört nicht in diese Klasse. Visionäre Erscheinungen kommen der Natur der Sache nach nur in den Momenten der höchsten geistigen Erregung, einer übernatürlichen Spannung des Nervenlebens; und bei dem Anblick der Zauberschwestern ist wohl von einem lebhaften Schrecken nach demselben, aber nicht von Ueberspannung der Seele vorher die Rede. Den Dolch sieht niemand als er selbst; von Bancos Geist sehen die andern Anwesenden, obwohl er ausdrücklich auf ihn hinweist, sieht selbst seine Gemahlin nichts. Die Hexen aber treten nicht bloß lange, ehe Macbeth die Bühne betritt, als selbstständige Wesen vor den Augen des Zuschauers auf; sondern Banco sieht sie ebenso gut wie Macbeth; ja er sieht sie sogar früher als dieser. — Und wie soll sich mit der Annahme, die Hexen seien nur Ausgeburten der erhitzten Phantasie, die zweite Hexenscene reimen, in welcher Macbeth Dinge prophezeit worden, die ihm ganz fern lagen? Die Weissagung von dem Walde von Birnam und dem nicht weibgebornen Sieger kann in keiner Weise aus ihm selbst hervorgehen.

Daraus erhellt wohl, daß der Dichter sich die Hexen nicht als visionäre Erscheinungen dachte: man hat die moderne Ansicht von Zeichen und Wundern auf des Dichters Zeit übertragen, die darüber ganz anderer Meinung war: sie dachte sich böse Geister real und persönlich außer der Seele des Menschen in selbstständigem Dasein. Es ist vielleicht nicht überflüssig hinzuzufügen, daß Shakespeare in der Art der Versuchung der Analogie des biblischen Sündenfalles folgte, bei welchem auch der Versucher in der Gestalt der Schlange von außen an den Menschen tritt, freilich zuerst an das Weib. Warum in dem Drama an den Mann, wird sich bald zeigen.

Durch die persönliche Selbstständigkeit des Versuchers wird die menschliche Verantwortlichkeit nicht aufgehoben. Denn so mächtig er ist, am mächtigsten dadurch, daß er des Menschen sündhafte Gedanken kennt (he knows thy thought IV, 1), so bleibt diesem doch die volle Freiheit des Handelns. Auch Banco sind die Hexen erschienen, auch ihm haben sie durch die Verkündigung künftiger Größe die Seele tief bewegt; aber obwohl die Versuchung bei ihm ihr Werk im Traume fortsetzt, bei ihm vermag sie nichts: er besiegt sie durch die volle Klarheit des Geistes, in der er den von seiner Einbildungskraft nur zu sehr beherrschten Macbeth nach dessen eigenen Worten ebenso übertrifft, wie Cäsar den M. Antonius (III, 1); ferner durch die Festigkeit des Willens, indem er den Schlaf, der ihm die Bilder der Verheißungen wieder vor die Augen führt, möglichst verkürzt; und endlich mit Hülfe der himmlischen Geister, die er, als er sich in der fürchterlichen Nacht schlafen legt, in kindlicher Frömmigkeit herbeiruft: „Gnädige Mächte, bändigt in mir die fluchwürdigen Gedanken, welchen die Natur im Schlummer Raum giebt" (II, 1). Auch Macbeth weiß sehr wohl, daß die Versuchung über ihn keine Macht hat, wenn er nicht will. „Wenn das Schicksal," sagt er, „mich zum König haben will, so mag es mich krönen, ohne mein Zuthun" (I, 3). Darauf brauchte er nur zu bestehen, um schuldlos zu bleiben. Er ist ein viel zu starker Mann, um seinen Willen nicht trotz der ganzen Hölle frei zu fühlen: er würde sich schämen, den elenden Hexen, die überdieß nur Dienerinnen höherer Meister sind (IV, 1: our masters), als Sklave zu folgen. Darum hat er auch später, als sein Glück vernichtet ist, keinen Vorwurf gegen sie, als hätten sie ihn gegen seinen Willen gezwungen; nur daß sie ihn betrogen haben, erbittert ihn. Auch die Hexen selbst denken nicht daran, ihm gebieten zu wollen: sie rathen ihm nicht einmal, was er zu thun hat, um die Prophezeihung zu erfüllen. „Heil Macbeth, Heil dir, dem Than von Cawdor; Heil Macbeth dir, dem künftigen König", das ist alles, was sie sagen. Sie verheißen ihm den Erfolg; das ist genug: eines Mehreren bedarf es nicht.

Ein leiser Anstoß von außen reicht aus, um die sündliche Lust zu entflammen; aber der ist auch für Macbeth nöthig; daß das Schicksal, wie er meint, will, was er will, das ist es, was ihn weiter und weiter treibt.

Die Versuchung ist da: wie wirkt sie bei Mann und Weib?

Wie in der Geschichte vom Sündenfall: das Weib ist gleich gewonnen; und erst durch sie wird, obwohl der Versucher in leibhaftiger Gestalt zuerst ihm begegnet, auch der Mann zu Falle gebracht. Die Hexen verstehen ihr Handwerk vortrefflich: sie wissen, daß es bei dem Weibe auch ohne ihre persönliche Einwirkung gehen wird; aber Macbeths Zähigkeit, fester als Adam's, verlangt die reale Beglaubigung der leibhaftigen Erscheinung. Lady Macbeth empfängt den Brief ihres Gemahls: Than von Cawdor ist er geworden, die Krone ihm verheißen. Das ist es ja, was sie schon lange für den heißgeliebten Mann ersehnt, was sie so oft in traulichem Gespräch ihm vorgestellt, was er durch seine Heldentugend längst verdient hat. Da sieht man es deutlich, sie hat Recht gehabt. Sogleich brennt sie lichterloh; ach daß e r nur in diesem einzigen Stücke nicht so lau, nicht so gewissenhaft wäre! O daß er h i e r wäre, und s i e durch die so oft erprobte Kraft ihrer Zunge ihn entflammen könnte, nach dem zu greifen, was nun gar überirdische Mächte ihm offenbar gewähren wollen. Ihren heißen Wünschen fügt sich selbst die gewaltigste aller bösen Gewalten, die Gelegenheit. Ein Diener meldet: „Der König kommt zur Nacht." Ein überraschendes Zeichen, daß nun das Schicksal selbst endlich, endlich dem Würdigsten die Krone bietet. In grausiger Erregung ruft sie die Geister der Finsterniß, ihre Milch in Galle zu verwandeln; die Nacht ruft sie, sich in den dicksten Dampf der Hölle zu hüllen, damit ihr scharfes Messer die Wunde nicht sehe, die es schlägt, und der Himmel nicht hindurchschaue durch die Decke der Dunkelheit, um der That Halt! halt! zuzurufen. Denn — o Grauen! — sie ist entschlossen, den Mord selbst zu vollbringen. Ihren inzwischen herbeigeeilten Gemahl bittet sie, das große Geschäft der Nacht in ihre Hände zu legen; er soll allein durch erheuchelte Heiterkeit die Gäste täuschen: alles Uebrige will s i e thun (I, 5 Ende). Und als vollkommene Meisterin ihrer Seele und ihrer Mienen begrüßt sie ihr Schlachtopfer, als es die Schwelle ihrer Wohnung betritt, in wohlgesetzter und höflicher Rede. Ueberall achtet sie auf das Kleinste: als Macbeth während des Gelages das Zimmer verläßt, ist sie gleich hinter ihm drein, und mit einer wahrhaft überlegenen Kenntniß seines Charakters weiß sie den Zweifelnden und Schwankenden durch das sicherste Mittel zu überreden, durch den Zweifel an seiner Liebe und — an seiner Mannheit. Feige sein kann ein Macbeth nicht, und was er zu denken gewagt hat, muß er auch wagen zu vollbringen. Sie ist Mutter gewesen und kennt die Seligkeit der Liebe zu dem eigenen Kinde; aber von ihrer Brust würde sie die zahnlosen Kiefern des zarten Säuglings losgerissen und seinen Schädel zerschmettert haben, hätte sie geschworen wie er. Da Macbeth hierdurch endlich fest geworden ist, trifft sie mit scheinbar kalter Umsicht alle Vorbereitungen; die Kämmerlinge des

Königs hat sie trunken gemacht, die Dolche zurecht gelegt; so steht der That nichts mehr im Wege.

Und er? In der That, man glaubt einen Hamlet, nicht einen Macbeth vor sich zu haben, wenn man sieht, wie schwer es ihm wird einen Entschluß zu fassen; und das hat den Mohren Aldridge und die Ristori zur falschen Auffassung des ganzen Charakters verleitet. So ganz und gar nichts scheint er von der düstern Seelengröße seines Weibes zu haben.

Die Frauen sind vermöge der leichteren und feineren Erregbarkeit ihrer Natur in der ersten Auffassung weit schneller und gewandter als das stärkere Geschlecht mit dem gröberen und schwereren Gewebe seiner Anlage. Sie sind längst fertig, wo wir mühsam arbeiten, sind schon zum Abschluß gekommen, wo wir noch überlegen. Dies gilt sowohl auf geistigem Gebiete wie auf dem des Charakters. Aber sie dringen in der Regel weit weniger tief und weit als die Männer: sie übersehen und überspringen die vorhandenen Schwierigkeiten; und wenn diese sich hinterher geltend machen, so erschlafft ihre Erregung eben so schnell, wie sie gereizt ward. Sie haben nicht die Nachhaltigkeit und zähe Kraft, die jedem schweren Unternehmen erst Dauer verleiht. Sie fangen rasch an, aber führen nicht zu Ende; auf halbem Wege bleiben sie stehen und müssen die Vollendung dem gröberen Geschlechte überlassen, das anfangs mühsam hinter ihnen her sich fort arbeitete.

Wie unentschlossen und langsam erscheint doch dieser Held Macbeth! Bei dem dreifachen, verheißungsvollen Gruß der Zauberschwestern steht er gebannt; er findet keine Worte. Als er endlich weitere Auskunft verlangt, verschwinden die räthselhaften Wesen. Rosse und Angus kommen und bringen ihm die Erfüllung der ersten Verheißung: er ist Than von Cawdor. Er verfällt in zweifelndes Grübeln, fast wie Hamlet, über ein metaphysisches Problem: ob die Prophezeihung gut, ob böse war. Der Mordgedanke — man weiß nicht, ob schon gegen Duncan gerichtet (I, 3) — tritt dabei so deutlich vor seine Seele, daß seine ganze Mannheit erschüttert wird; er vergißt seine Umgebung. Aber der Zweifel gewinnt die Oberhand; er will nichts thun; will das Schicksal ihn zum König, so mag es ihn selbst dazu machen. Er fordert Banco auf, bei Gelegenheit mit ihm über die Erscheinung zu sprechen; ein Beweis, daß er jetzt die Versuchung bekämpfen will. Auch bei der Begegnung mit Duncan scheint die Macht des Bösen bezwungen: er will der treue Vasall seines Königs bleiben. Aber die Ernennung Malcolms zum Prinzen von Cumberland und Reichsnachfolger erweckt die Schlange im Busen von Neuem: das ist der Stein, der übersprungen sein muß, wenn er ihn nicht zu Falle bringen solle. Wieder brütet er über Mordgedanken, man weiß nicht recht, ob gegen Malcolm oder Duncan.

Seine Gemahlin kennt ihn längst so von früher her: sie fürchtet seine Weichmüthigkeit. Er möchte groß sein und hat den Ehrgeiz dazu, aber nicht die Bosheit, die zur Größe führt; er möchte fromm und heilig bleiben und kein falsches Spiel treiben, wo, wie sie meint, nur die feste Entschlossenheit zum Bösen vorwärts bringt. Er kommt nach Inverneß und bestätigt die Kunde von des Königs naher Ankunft: sie erkennt gleich, daß Duncan nicht wieder von hinnen gehen darf; er will den Entschluß verschieben (I, 6). Beim Festgelage verläßt er die Gesellschaft und ringt allein in schwerem Kampfe gegen seine eigene Unentschlossenheit. Sein Gewissen ist rege; dennoch ist er schon bereit, das künftige Leben zu überspringen, wenn nur hier auf Erden mit der That auch die Folgen der That abgemacht wären: aber der Gedanke an seine Lehnspflicht und an Duncans Tugenden wirft ihn wieder in den Zweifel zurück. Er findet keinen Sporn, der ihn zu der That treiben könnte. Der gute Engel scheint zu siegen; denn auch als der böse Engel, sein Weib, wieder zu ihm tritt, bleibt er zuerst bei seinem Entschluß. „Wir wollen in der Sache nicht weiter gehen," sagt er; „er hat mich eben mit neuen Ehren geschmückt, und die goldene Achtung, die ich eben erst durch Tapferkeit und Treue eingeerntet habe, will nicht so schnell fortgeworfen sein." Sie greift zum letzten Mittel: bei seiner Liebe und bei seiner Mannheit beschwört sie ihn unter bitterm Hohne über seine Zaghaftigkeit, nicht zurückzuschrecken vor dem blendendem Bilde der ihm bestimmten Größe. Noch einen Augenblick schwankt er: „und wenn's mißlingt?" Damit hat sie gewonnen: denn wenn erst die Scheu vor dem Verbrechen selbst überwunden ist und es nur noch auf die Gefahr ankommt, dann wird ein Macbeth nicht lange mehr zaudern. Noch wenig Worte von ihr, um zu zeigen, daß es nicht mißlingen kann, und er ist endlich entschlossen (I, 7).

Als Banco, kurz vor der That, ihm sagt, er habe von den Zauberschwestern geträumt, und ihn deßhalb daran erinnert, daß sie früher beschlossen hatten, über die Begegnung mit ihnen sich auszusprechen, antwortet er: „Ich denke nicht an sie." Die Lüge zeigt, daß er der

Versuchung erlegen ist: einen Augenblick scheint er Banco in sein Vertrauen ziehen und ihn zum Mitwisser machen zu wollen; wenigstens spricht er in sehr dunkel gehaltenen Worten von einem Vorschlage, den er ihm eröffnen will — ein Zug, der an die Fassung der Chronik erinnert. Jedoch gibt er diese Absicht später entschieden auf. Er will die That allein vollbringen; aber noch kostet es einen harten Kampf. Mit fast gleichen Kräften ringen die beiden Mächte in seiner Seele, bis endlich der blutige Dolch, eine Ausgeburt seines gequälten Hirns, ihm den Weg zeigt, den er wandeln will: er weiß, daß er der Hölle verfällt; aber das verabredete Zeichen, die Glocke seiner Gattin, ertönt: er schreitet zur That.

Wie furchtbar, und wie tief gedacht ist dieser Gegensatz! Das schwache Weib, um dem geliebten Mann die verdiente Größe zu verschaffen, schwankt nicht ein einziges Mal; mit sicherem Fuß geht sie festen Auges der höllischen Versuchung entgegen. Der starke Mann zittert wie ein Rohr im Winde vor der ungeheuren That; dem schwachen Kinde gleich neigt er bald hier-, bald dorthin, bis er zuletzt, weniger um des lockenden Gewinnes willen, als um endlich einmal die quälenden Gedanken und den Widerstreit in seinem Innern los zu werden, der ihn mehr foltert als die Schrecknisse des Schuldbewußtseins selbst, fest wird und seine Hand wider den Lehnsherrn erhebt.

Und nun die That. — Bisher war Macbeth gegen sein Weib in Größe und Festigkeit des Willens im Nachtheil: er war fast nur das Werkzeug ihres Geistes, der Vollstrecker ihrer Pläne; und so scheint es auch noch im Anfange der That. Aber doch bereitet sich schon ein bemerkenswerther Umschwung vor. Sie hat sich hoch und kühn vermessen und ist eine Zeit lang fest entschlossen gewesen, für ihren Mann die unerhörte Sünde selbst zu begehen (1, 5); er soll frei bleiben von Schuld und nur die Frucht ihrer That ernten. Diesen Gedanken hat sie noch fest gehalten, als sie die Dolche bereit legte; aber als sie den friedlich schlummernden Duncan mit ihren mordgierigen Augen anblickt, da rächt sich die verhöhnte und mit Füßen getretene Natur an der Verächterin: der Schlafende gleicht ihrem Vater, und — sie kann die That nicht thun. Das ist nicht, wie man meint, eine vorübergehende Anwandlung rein sinnlicher Schwäche; es ist ein Meisterzug des Dichters, der uns die Natur des Weibes aufs glänzendste enthüllt. Nur durch unnatürliche Aufregung hatte sie sich künstlich zu einer Höhe und Festigkeit des Willens hinaufgeschraubt, die ihres Mannes Zaghaftigkeit weit zu überragen schien; aber es war eine künstliche Ueberspannung der natürlichen Kraft: als es gilt, nun auch mit fester Hand den Streich zu führen, bei dem das Herz sich umdreht und das tiefste Innere der Seele sich gegen die Verletzung der Natur empört, — da bricht sie zusammen: die überstraff gespannte Sehne reißt; sie wird wieder Weib und muß dem Manne lassen, was nur Mannesfaust und Mannesmuth vollbringen kann.

Macbeth ist im Schlafgemach des Königs, die Lady nebenan. Ein Streich, und Duncan hat ausgelebt; den leichten, heitern Schlummer hat sein schwarzgelockter Bruder, der düstere Todesengel, abgelöst. Aber der ganze Schrecken der That fällt auf des Thäters Herz. „Wer da?" ruft er, obwohl alles ringum still ist; „was ist?" und sein Weib fürchtet schon, was sie früher höhnisch unmöglich genannt hat, daß alles mißlungen sei. Macbeth kehrt zurück und verkündet, das Werk sei gethan. Früher schien es die Pforte zu dauerhafter Größe und blendendem Glück. Ach, und wie anders erscheint ihm jetzt dieses geträumte Glück. Der ganze Jammer der Zukunft überfluthet in trüber Vorahnung sein Herz. Die furchtbaren Bilder des eben verflossenen Momentes jagen in jäher Hast durch seine Seele. Der eine der beiden Kämmerlinge lachte im Schlaf; der andere schrie Mord; beide erwachten; aber ohne Ahnung von der wirklichen Gefahr, die in ihres Herrn Heiligthum eingebrochen war, sprachen sie ihre Gebete und schliefen wieder ein. Macbeth ist kein kalter Verbrecher, wie Richard III; sein tief religiöser Sinn zeigt sich in dem furchtbaren Augenblicke in voller Klarheit. In dem zermalmenden Gefühle der Friedlosigkeit erzählt er, wie der eine sprach: „Gott behüte uns!" der andere: „Amen!" Auch er, der blutige Mörder, hat nach alter, traulicher Sitte sein Amen sagen wollen, und das Wort des Segens, dessen er so sehr bedurfte, ist ihm in der Kehle stecken geblieben; mit herzzerschneidendem Jammer fragt er, warum er nicht habe Amen sprechen können. Er fühlt, daß er für immer aus dem kindlichen Paradiese der Unschuld ausgetrieben ist; der Engel mit dem feurigen Schwert wehrt ihm den Eintritt für immer. Sein eigner Mund spricht den ewigen Fluch über die Kainsthat: er hat eine Stimme gehört, die Stimme des Gerichtes, welche die Schläfer weckte: „Macbeth mordet den Schlaf, den unschuldigen Schlaf; Schlaf, der der Sorge wirrer Knäuel löst, den freundlichen Tod der Tagesmühen, der sauren Arbeit erquickendes Bad; des wunden Herzens Balsam, den zweiten Gang beim Gastmahl der Natur. Glamis hat den Schlaf gemordet; und" — herzbrechende Selbstverdammniß! — „dafür soll Cawdor hinfort nicht schlafen, Macbeth nimmer schlafen!" Er wagt nicht sich König zu nennen, obwohl er doch um dieses Namens willen die ganze That vollbracht hat.

Ist das ein Mann, der also klagt und jammert, sobald er die furchtbare Wucht der Verdammniß fühlt, der nothwendigen Folge seines Frevels? — Gewiß ist er ein Mann, und ein starker, wahrer Mann; ein stärkerer, als der gefühllose Teufel, der alles um sich hinschlachtet und, weil er an kein ewiges Leben glaubt, verhärtet ist gegen die Regungen des Gewissens. „Was ein Mann wagen darf, wage ich," hatte er prophetisch gesagt; „wer mehr wagt, der ist keiner" (I,7). Hätte er nicht gewagt, was er gethan, so wäre er der feste, starke Mann geblieben, der er war; da er es gethan, so wäre er keiner, wenn er den centnerschweren Jammer nicht empfände, der sein Herz erdrücken, sein Leben veröden wird. Sein Weib — sie ist eben kein Mann — hat solche Gedanken noch nicht. Auch sie wandelt vorübergehend der Schauder an; aber vielmehr sieht sie nunmehr erreicht, wonach sie so lange sündlich verlangte: ihr Gatte ist König durch einen raschen Entschluß, durch eine starke That, durch einen Augenblick kühnen Muthes. Da das Werk gelungen ist, so begreift sie sein Klagen nicht; noch ist sie scheinbar fester als er. Der Erfolg der That muß gesichert werden; um den Verdacht auf die Kämmerlinge zu wälzen, muß man sie mit dem Blute des Erschlagenen zeichnen. Aber Macbeth kann in die Kammer nicht zurückkehren: er ist entsetzt zu denken, was er gethan; es wieder anzuschauen vermag er nicht. O wenn jemand den todten Duncan ins Leben zurückrufen könnte! Da erhebt sie sich zu der vollen Höhe ihres Willens: die That zu thun vermochte sie nicht; aber mit einem Vorwurf gegen ihren Mann ergreift sie die Dolche, bringt in des Königs Todtenkammer und bestreicht die Kämmerlinge mit dem frischen Blute. Das ist der Zenith ihrer unnatürlichen Größe; triumphirend kehrt sie zurück mit bluttriefenden Händen; sie schämt sich, daß ihr Herz so weiß ist.

Man klopft; die Gatten entfernen sich und gewinnen Zeit sich von den Schrecken der Nacht zu erholen. Das thut auch noth: denn nach vollbrachtem Werk müssen sie, den Schatten des Todes im Herzen, den andern gegenüber treten. Wer ist nun der stärkere, auszuharren auf der einmal betretenen Bahn und die Folgen der That zu tragen? Denn die einzelne That, so schwer sie wiegt, ist nichts: „wäre es gethan, wenn es gethan ist," sagt Macbeth früher; „dann hätte es nichts auf sich:" er ahnte voraus, daß die eine Handlung das erste Glied einer unabsehbaren Kette ähnlicher Handlungen sein würde. Zu der einen That bedurfte es einer vorübergehenden, überspannten Aufregung; jetzt, da sie vollbracht ist, gilt es erst Festigkeit, eiserne Willensstärke, die Consequenz nicht einer Stunde, sondern des ganzen Lebens — nicht gegen äußeren Widerstand, sondern gegen die innere Auflehnung eines nie rastenden, ewig wachen Gewissens, gegen die entsetzliche Friedlosigkeit, die des Verbrechers Herz verdorren macht. Jetzt heißt es, stolzes Weib, zu zeigen, ob du gleich stark, ob du, wie du wähntest, stärker bist als dein Mann.

Die Natur hatte die unnatürliche That sympathetisch mit allen Schauern begleitet; unter den allmählich erwachten, nichts ahnenden Schläfern, die sich in dem Saale neben des Königs Schlafgemach versammeln, erscheint auch Macbeth. Er trägt den Wurm im Herzen: aber — wir erkennen den Mann nicht wieder. Früher unschlüssig und träumerisch, wie ein Hamlet, tritt er fest und sicher auf, so daß Niemand ihm etwas anmerkt: er, der früher um alles in der Welt nicht zu der Stätte des Frevels zurückkehren mochte, erbietet sich, Macduff in des Königs Zimmer zu geleiten. Seine Furchtsamkeit, wo er allein war, steht mit seiner jetzigen Festigkeit in wunderbarem Contrast: die ungeheure Aufregung des ersten Verbrechens hat ihn bis auf die Grundfesten seines Wesens erschüttert; aber da er sich einmal überwunden hat, so ist sein Sieg entscheidend: es ist der furchtbarste, schwerste, grauenhafteste Sieg, den ein Mann erkämpfen kann, der Sieg des festen Willens über das Gewissen, nicht für immer — das wäre zu viel für einen sterblichen Menschen — aber für die Zeiten, wo es noth thut. Fast mit Heiterkeit bewegt er sich unter den Genossen, denen was geschehen ist nicht lange verborgen bleiben kann. Macduff geht, um den König zu wecken; schaudernd kommt er zurück: aus dem Todesschlaf erwacht auch ein König nicht. Macbeth spielt die Rolle des Unwissenden mit meisterhafter Selbstbeherrschung; es fällt ihm ein, daß, wenn die beiden Kämmerlinge aus ihrer Betäubung erwachen, ihre ungeheuchelte Verabscheuung der That jede gegen sie gerichtete Beschuldigung widerlegen würde. Sie müssen aus der Welt. Auf den ersten sauren Schritt muß der zweite folgen: denn das ist der Fluch der bösen That, daß sie fortzeugend Böses muß gebären. Aber wie leicht und rasch geschieht dieser zweite Schritt. Eben noch fest entschlossen, den Ort des Grauens nicht wieder zu betreten, dringt er jetzt ohne Schwanken hinein und ersticht mit sicherer Faust die beiden Kämmerlinge, damit sie sich gegen den Verdacht, der schon auf ihnen ruht, nicht rechtfertigen können. Die furchtbar harte Zucht der ersten Sünde hat den zaghaften Schüler in kurzer Zeit zum Meister gemacht. Auch hier hat ihn der Schrecken wieder angepackt: denn seine Schilderung, wie auf der einen Seite Duncan lag, die Silberhaut verbrämt mit goldnem Blut, die tiefen Wunden gleich einem Riß in der Natur, und auf der andern seine Mörder, getaucht in die Farbe ihres Handwerks, — diese Schilderung, vortrefflich geeignet, um seinen raschen Entschluß, sie zu tödten, aus der erheuchelten Entrüstung über ihre angebliche That zu erklären, verräth auch unwillkührlich seinen eigenen Seelenzustand bei dem neuen Morde. Aber seine Verstellung ist so vortrefflich durchgeführt, daß Niemand gegen ihn einen ernstlichen Argwohn faßt, außer etwa Macduff und Duncans Söhnen. So erntet er die Frucht seiner That: da Malcolm und Donalbain, unsicher, ob der Frevel bei ihrem Vater stehen bleiben wird, eiligst fliehen, so wird der Argwohn erklärlich, sie seien die Anstifter der Kämmerlinge gewesen; sie werden von der Nachfolge ausgeschlossen, und Macbeth besteigt den Thron.

Lady Macbeth tritt in derselben Scene, welche ihren Gemahl so merkwürdig umgewandelt zeigt, auffallend zurück. Noch in der ganzen Fülle ihrer Seelenstärke entschlüpfen ihren Lippen einzelne ungewohnte Klänge. „Denke nicht so tief darüber nach," bittet sie ihren in seiner Seelenangst ringenden Gatten; „grübelt man in dieser Art über solche Dinge, so machen sie uns wahnsinnig." Als sie nach der Entdeckung des Mordes auf den Lärmen im Schlosse herbeieilt, fällt sie auf die Kunde von dem was sie längst weiß mit den kurzen Worten „Wehe! was? in unserm Hause?" in Ohnmacht. Man kann sagen: die Ohnmacht ist eine verstellte und sehr zur rechten Zeit angebracht. Aber von der Meisterin in der Verstellung hätte man bei dieser Gelegenheit vor oder nach der Ohnmacht einige gleißnerische Thränen und einige Worte von derselben Würze erwartet, die bei Duncans Ankunft so reichlich ihr zu Gebote steht. Statt ihrer spricht Macbeth mit schneller Fassung sein Bedauern aus, nicht einen Augenblick früher gestorben zu sein; denn dann würde er ein seliges Leben gehabt haben — schau=

derhaft wahr, nur in anderem Sinne, als er es verstanden wissen will. Die Lady ruft noch einmal um Hilfe und wird fortgebracht. Ich für mein Theil glaube, daß sie nach der Anstrengung der letzten Nacht erschöpft und ihre Ohnmacht wahr ist, während Macbeth noch die Kraft behält, die Kämmerlinge unschädlich zu machen.

Auch mit diesen ist es nicht genug. Banco war zugegen, als die Zauberschwestern Macbeth als König begrüßten; Macbeth vermuthet mit Recht, daß der Freund ahnt, welch falsches Spiel er gespielt, um es zu werden (III, 1). Außerdem ist Bancos Kindern und Kindeskindern die Nachfolge auf dem Throne verheißen, für den Macbeth sein unsterblich Kleinod an den gemeinsamen Feind der Menschen verloren hat. So hätte er für die fremde Brut seine Seele der Hölle überliefert? Unerträglich: auch Banco, auch Fleance, sein Sohn, muß fort: das ist die blutige Consequenz in der Seele des blutigen Königs. Er ist nun schon weit vorgeschritten in der Schule des Verbrechens. Von den starken Anfällen beim ersten ist nicht mehr die Rede; ohne daß Gewissensbisse und Bedenklichkeiten seinen Entschluß verzögern, sucht er sich Männer, die Banco und Fleance morden sollen. Der Anfeuerung seiner Gattin bedarf er nicht mehr. Als sie eben auf denselben Gedanken kommt, sind die Mörder bereits abgesandt: er wünscht sie unschuldig zu bewahren, sein theuerstes Weib, wie er sie nennt, bis sie der That ihren Beifall spenden kann. Er ist weit über sie hinausgewachsen.

Banco fällt, Fleance entkommt. Es ist ein wunderbar tiefer Zug in dem Drama, daß Bancos Geist zu dem Gelage kommt, zu dem er lebend geladen war. Bei oberflächlicher Betrachtung könnte man fragen, weshalb des von Macbeths eigener Hand erschlagenen Duncan Geist den Mörder nicht in seiner Ruhe stört, während Banco, nicht von ihm selbst getödtet, mit den zwanzig Wunden seines Hauptes sich auf den Stuhl des Wirthes setzt. Der Grund ist nicht so schwer zu finden. Duncans Mord hat in des Mörders Seele alle Schrecken der Hölle so furchtbar wach gerufen, daß selbst des Geistes Erscheinung sie nicht hätte steigern können: es war genug geschehen, um seinem Gewissen, wenn er ihm nur Raum geben wollte, den Sieg zu verschaffen. Aber er hat ihm nicht Raum gegeben, sondern mit eisernem Willen Schweigen geboten; er ist auf dem blutigen Wege weiter gewandelt; er läßt auch Banco morden. Gottes Gnade ist langmüthig: Hatte sie in den Schrecken der Nacht zu Inverneß vernehmlich, aber vergeblich zu des Sünders Herzen gesprochen, so will sie noch einen Versuch machen, noch einmal noch vernehmlicher und schrecklicher mit ihm reden; und wie im Don Juan den Geist des Comthurs, so sendet das Grab Bancos Geist an des Mörders Tisch. Noch einmal wird durch einen furchtbaren Kampf seine Mannheit erschüttert, um so mehr als die Gäste und selbst sein Weib nichts von dem sehen, was ihm das Blut aus den Adern zum Herzen zurückjagt; mit Recht kann er auf die vorwurfsvolle Frage der Königin, ob er ein Mann sei, sagen: Ja, und ein kühner, der es wagt zu schauen, was den Teufel zum Entsetzen bringen würde. Bisher hat er in Gegenwart anderer sich weit besser zu beherrschen gewußt, als wenn er allein war; jetzt übermannt ihn der Schrecken. Dennoch siegt sein Wille über die letzte Mahnung der göttlichen Barmherzigkeit: mit übernatürlicher Kraft kämpft er auch dies Entsetzen nieder und bleibt auf seinem Sündenwege. Von da an ist er unwiderruflich der Hölle verfallen: es war der letzte Versuch ihn zur Umkehr zu bewegen; jetzt nimmt die Strafe ihren Lauf. Aber auch sie findet ein gefeites Herz: die Mächte der Hölle selbst bestärken ihn durch trügerische Vorspiegelungen in seinem himmelstürmenden Trotz; das Gewissen, obwohl noch immer rege, vermag nichts gegen seine ferneren blutigen Entschlüsse; gedacht gethan ist sein schrecklicher Wahlspruch geworden. Auch Macduff soll fallen; und da der entflieht, so werden sein Weib und seine Kinder unschuldig gemordet; viele andern Opfer außerdem.

Und die Königin? Im Anfange schien sie ganz so fest und sicher, wie Macbeth später ist. Damals stand sie ihm mindestens gleich, auch wenn sie nicht die Kraft gehabt hatte, den Dolch selbst zu führen. Aber mehr und mehr erbleicht ihr Glanz vor dem seinen: sie hätte jetzt das Recht ihren Mann zu bewundern — denn so hatte sie ihn nie gekannt —, wenn er nur nicht in seiner Größe so unsäglich elend wäre. Da sie die erwartete Frucht nicht reifen sieht; da ihr Gemahl und sie selbst friedlos und freudelos den goldnen Reif tragen, der früher alles Glück in seinem Zirkel einzuschließen schien: da bricht ihr Herz. Auch ohne daß sie Bancos Geist sieht; auch ohne daß sie ferner Urheberin der Verbrechen ist, die den Thron sichern sollen, schrumpft ihr die Seele zusammen. Sie hat von weitem nicht die Kraft ihres Mannes: so sehr sie im Wachen sich zusammen nimmt, im Schlafe suchen sie die Geister der Erschlagenen heim, der alte Mann mit den Strömen Blutes in seinem Leibe, die der Ocean nicht wegwaschen kann, das einst dem Than von Fife gehörte, sie quälen die schlummernde Seele, wie das die grauenvolle Scene ihres Nachtwandelns so meisterhaft darstellt. Zuletzt erträgt sie es nicht, das friedlose Dasein; als der Rächer den schottischen Boden betreten hat, gibt sie sich selbst den Tod.

Er aber, den Giganten der griechischen Sage gleich, ist stark genug, den Kampf gegen den Himmel bis zuletzt fortzukämpfen. Anfangs hält ihn noch die Hoffnung: wenn nur Banco todt ist, dann wird Schlaf und Ruhe wiederkehren; als sie auch dann zögern, nur noch Macduff fort, dann ist das Spiel gewonnen. Aber auch die Hoffnung stirbt. Ein Blatt fällt nach dem andern: Freude hat der Sünder nicht zu erwarten; Freunde, wo fände sie der Mörder? Einsam und einsamer wird es um ihn; nur gedungene Sklaven halten in seiner Nähe aus; wer es kann, wendet sich nach England und Malcolm, der neuen Sonne, zu. Furcht und Schrecken sind seine Mitregenten; Schottland wird wüst und öde; die Ruhe eines Kirchhofes lagert sich darüber, und aus weiter Ferne hört man die Posaune des Gerichtes. Nichts haben dem König alle seine Verbrechen eingebracht; als die einzige Seele, die ihn noch liebt, seine Gattin, Hand an sich gelegt, steht er da, ein verwaister, entblätterter Eichenstamm; außen noch fest, innen bis aufs Mark verdorrt, dem Blitz des Himmels ein auserlesenes Ziel. Und doch, und doch hält er aus, obwohl sein Gewissen mit unbarmherziger Treue ihm täglich, stündlich den wahren Spiegel seines Seins vorhält; obwohl der freudlose Tag durch die schlummerlose Nacht um mehr als das Doppelte verlängert wird. Das Gefühl der Furcht hat er fast verloren: er ist verstockt, versteint durch das Medusenantlitz seiner Zukunft. Sein scharfes Schwert könnte ihn im Nu von dem Dasein befreien, das ihm so lästig ist; aber er hält aus. Auch als der Wald von Birnam gegen Dunsinane heranrückt, will er nicht durch Selbstmord aus diesem Possenspiel des Lebens scheiden; bis zu Ende auf dem Posten bleiben, das ist sein Grundsatz, mag kommen was da kommen will. Als Macduff ihm gegenüber tritt, will er, obwohl er sich des Sieges über ihn für sicher hält, mit dem Mann nicht kämpfen, dem er so furchtbar weh gethan — noch immer eine menschliche Regung seines früher so edlen Herzens; und als er muß und nun vernimmt, daß sein Gegner der ist, der ihn nach des Schicksals Schluß besiegen soll, da erfaßt ihn wohl noch einmal das unnennbare Grausen des Todeskampfes, indem er den Engel des ewigen Gerichtes rauschen hört: aber er rafft sich zusammen und kämpft und fällt — als ein furchtbarer Missethäter, aber dennoch als ein Held vom Scheitel bis zur Zehe, ein unbezwungener Mannesgeist.

Und wenn sein Ende uns zu grauenhaft und dieses Unterliegen in der Verstocktheit zu düster erscheinen will, so ist zu bedenken, daß der Dichter für die Versöhnung, die er uns in des Helden Seele nicht geben konnte, eine weit erhabenere gegeben hat. Den Riesenleib dieser Tragödie beseelt von Anfang bis zu Ende ein wunderbarer Lebensodem, gewaltig und trostreich zugleich: das ist der Lebensodem der göttlichen Gerechtigkeit, die in allen Verworrenheiten und Zufälligkeiten des menschlichen Lebens triumphirt; triumphirt nicht etwa nur am Ende, in der Vernichtung des Frevlers, sondern weit herrlicher und staunenswerther, zerschmetternder für den Schuldigen und erhebender für den Zuschauer, in der unausgesetzten, grimmigen Selbstbestrafung, die der starke Mann wider Willen über sich verhängen muß; in der Gewissensnoth, die ihn auf der schwindelnden Höhe des äußeren Erfolges innerlich herniederzwingt als friedlosen gerichteten vor Gottes Thron; in der schaudervollen Selbsterkenntniß, die wohl selten jemals an irgend einem tragischen Helden so geschildert ist wie an ihm. Was immer er furchtbares verbrochen, er hat es nicht minder furchtbar gebüßt noch vor dem Tode. Der rollende Wagen der Weltgeschichte, gegen deren Macht und Größe alles Streben und Kämpfen der kurzathmigen Menschen nichts ist als das Spielen der Eintagsfliegen in den Strahlen der Abendsonne, zermalmt den Verbrecher unter seinen Rädern, und die Weltordnung, die er aus ihren Fugen zu heben gedachte, stellt sich wieder her in ihrer ewigen Gerechtigkeit und Nothwendigkeit

Memel. Th. Kock.

CPSIA information can be obtained
at www.ICGtesting.com
Printed in the USA
LVHW040408200422
716646LV00005B/195

9 783752 599466